常林炎文集

常林炎／著　霍现俊／编

燕赵学脉文库

郑振峰　胡景敏　主编

社会科学文献出版社
SOCIAL SCIENCES ACADEMIC PRESS (CHINA)

"燕赵学脉文库"出版说明

"燕赵学脉文库"由河北师范大学文学院策划、编辑，主要编选院史上著名学者的著述。河北师范大学的前身是 1902 年创办的顺天府高等学堂和 1906 年创办的北洋女师范学堂，至今已有 110 多年的历史；文学院的前身是 1929 年由李何林先生等创建的河北省国立女子师范学院国文系，至今已有 80 余年的历史。燕赵之士，人称悲歌慷慨；燕赵故地，自古文采焕然。燕赵的风土物理、文化品格、人文精神，以及长期作为畿辅重镇的地缘环境为其培育了独具气质的学风、学派和学术。燕赵学术，源远流长。近年来，河北师范大学中国语言文学博士一级学科秉承燕赵学术传统，锐意创新，取得了无愧于先贤，不逊于左右的成绩。文库的编辑既是向有功于学科建设的前辈致敬，也是对在学术园地上孜孜耕耘的后继者的激励，所谓不忘过去，继往开来。

文库的出版得到了"河北师范大学中国语言文学博士一级学科"的资助，也得到了诸多友好人士与出版方的支持和帮助，在此一并致谢。

"燕赵学脉文库"编委会

2017 年 4 月

《常林炎文集》代前言

一

时光荏苒，岁月无情，一转眼吾师常林炎先生离世已二十多年。虽说先生之音容笑貌不时浮现于前，也写过片段回忆性文字，然先生之为人为学似没有得到更好的发扬光大，总觉得有些愧对先生。适逢河北师大文学院领导决定出版一套已故著名学者文集，由我负责常林炎先生文集的搜集、整理与编纂，按照院里的统一部署，经过半年多的劳动，已整理成册，30多万字。现在出版在即，对先生之为人为学做一简要评价，也算是对先生的最好纪念了。

常林炎教授，笔名尚木火，1920年生于甘肃省通渭县，1995年逝世于北京。1947年北平师大国文系毕业，曾任天津国立体专国文讲师，及平津解放，又先后任教于中央军委工程学院、北京河北省师。1956年调入河北师范学院（现河北师范大学）中文系，历任讲师、副教授、教授，古代文学专业硕士生导师；曾任河北省元曲研究会副会长，中国古代戏曲学会、中国水浒学会理事，《河北语文报》编委会主任等多种职务。

常林炎先生是著名学者、古代文学研究专家，从20世纪50年代后期起，就开始了关于古代文学的教学与研究工作。1960年前后，他为本科生开设了古典小说选修课程，并相继发表了许多古代小说研究文章。"文革"十年，先生被祸，被下放到山区农村接受贫下中农的再教育，且祸不单行，病魔缠身，使先生进一步陷入了人祸与天灾的交逼之中，数年间，几经磨难，几度几死而未死，消磨了他十多年金子般的时光，中断了他的研究工作，对其修业史造成了无法弥补的损失。"文革"结束后，先生又重操旧业，先后发表了《评毛宗岗修订〈三国演义〉》《谈〈水浒〉只反贪官不反皇帝的问题》等论文多篇，在学界产生了很大影响。

先生生前曾出版过其论文集《宿莽集》，那是经过先生亲自甄选编入的，虽过去将近 30 年，但有些论文的观点被学界不断地引用参考。这次收入文集中的论文，篇幅虽有所增删调整，但大抵依据先生旧编，除明显的排版错误给予改正外，文字上亦不做任何改动，以示尊重之意。

二

文集选文 40 余篇，按其内容分为六个板块，分别是《三国演义》评论与鉴赏、明清小说研讨、关汉卿研究、诗文评议、论学杂著和附录。从所涉内容类别可看出先生几十年的学术生涯在继承、创新、总结、发展中，形成了自己特有的卓有成效的治学风格。

先生的古代小说研究是全方位的，既涉及作者、版本、思想内容、艺术特色，又涉及小说史料和小说理论；既有纯粹的学术研究，又有赏鉴性的普及文字；既有宏观的探讨构建，又有微观的细致深入，其结论不乏真知灼见。应该说，这是先生最突出鲜明的研究特色。

先生多年潜心于《三国演义》研究，是国内这方面"功力最深的学者之一"。我们知道，《三国演义》是中国小说史上第一部长篇通俗小说，不仅对后世历史演义类小说，也对其他不同类型的小说都影响甚大。1949 年新中国成立以来，学界有关《三国演义》的研究不断开拓，且方法各异，文学的、史学的、政治的、军事的等等。特别是 20 世纪 80 年代以后，除延续传统的研究之外，甚至有从实用的角度，比如从人才学、外交学、口才演讲学等角度探讨其价值意义的，还涉及《三国演义》的影视剧改编等，可谓意见纷呈，在众多问题上很难达成一致的看法，留下许多悬而未决的问题。先生的《三国演义》研究，几乎涉足了其全部研究领域，也最能体现先生的研究特色，有些结论现在来看几成为共识。我们不妨从四个层面稍作展开，来看看先生的研究。

其一，关于《三国演义》尊刘抑曹问题。《三国演义》尊刘抑曹是任何人都无法回避的问题，是一个争论最多最大且始终未能达成一致意见的问题。先生认为，三国故事中尊刘抑曹倾向，由来已久。从史学到文学，从民间到官方，已形成深厚的社会基础，毛本《三国演义》只是在原轨道上进一步发扬了尊刘抑曹倾向，如果一股脑儿把责任都推到毛氏父子的身上，显然是不符合实际情况的。先生引经据典，条分缕析，具体分析了尊刘抑曹在《三国》中的内涵，认为实质上的"刘"，不只是汉中山靖王之后的刘皇叔，而是人民群众的美德（宽厚仁爱、对战斗友谊的忠诚等）的形象化；实质上的"曹"，不只是"名为汉相，实为汉贼"的曹丞相，而是剥削阶级的恶行（凶残诈奸、损人利己等）的集中体现、典型化。那种将尊刘抑曹的思想倾向与封建正统观念两者完全等同起来的观点同样也是站不住脚的。

对毛氏评本《三国演义》的贡献，先生认为对毛宗岗及其修订工作，有重新评价的必要。毛宗岗是一位历史上不著名的大作家、大批评家。他在理论上不及金圣叹，但在创作上超过了金氏的成就。

三国故事从人民群众的口头说唱到文人加工写定，据现在保存下来的资料来看，元、明、清三个朝代共出现了三次跃进：一是元刊《全相三国志平话》，二是嘉靖本《三国志通俗演义》，三是毛本《三国演义》。跃进一次也就是总结一次，也是由民间到文人加工再加工的过程，一个由零到整、由粗到精、由浅陋到完美的过程。毛氏的工作，不只限于整理回目，改订文辞，削除赞论，增删情节，改换诗文等表面工作，他遵循艺术规律，以删、增、改三者并用的手段，对"俗本"进行了改造和细致的艺术加工，说确切点就是在原作的基础上进行了再创作，使之从形与神两方面都得到极大的提高，艺术形式进一步完美，艺术力量进一步加强，同时也光大了作品原有的思想境界。于是《三国演义》终于成为一部光耀千古的不朽的艺术珍品。

毛氏修订的最大成就，表现在人物形象的艺术加工上。他对一些主要人物还可说是进行了再塑造，在塑造中十分注意典型人物个性化及其性格的完整统一，并突出其各自的独特性；且把强烈的感情，爱憎分明地渗进到他的正反两类人物的形象中去。小则数字的笔削，大则整段情节的增删，莫不服从于人物性格的艺术需要。举例来说，孔明听到司马懿复职的消息后，嘉靖本写道："孔明听毕，顿手跌足，不知所措。"这简直不是孔明了。毛本仅用"孔明大惊"四字，便不至于有损孔明一贯遇事不慌的性格。又如，嘉靖本孔明欲烧死魏延于上方谷，事未谐，反嫁祸于马岱，且涉及杨仪。孔明岂不成了阴谋家，与曹操何异！对此，毛本都予以删改。

对原本语言文字上的加工提高，改松散拖沓为紧凑畅达，是毛氏的又一大贡献。毛氏一改嘉靖本民间文学的那种粗率简朴，语言拖沓芜杂，且有不少常识性的错误。要之，毛本一出，明本便很少流传，实则是被毛本淘汰了。

其二，常先生对《三国演义》战争艺术的研究尤被学界所称道。原中国《三国演义》学会副会长兼秘书长沈伯俊先生这样评价说：

> 《三国演义》的战争描写是《三国演义》研究课题之一。"文化大革命"以前，对这个问题缺乏系统深入的研究。新时期以来，在这方面有了明显的进展。……常林炎是在研究《三国演义》战争描写方面用力较勤的另一位学者，他认为，《三国演义》"描写战争并不停留在力的较量上，更突出地表现其智的决胜"。"书中凡是描写成功的大大小小战役，尤其是几次著名的战役，总是把'人谋'放在第一位来描写。"他还归纳了《三国演义》在战争描写中使用的"针锋相对""败中写胜""过中写德"等艺术手法（《向〈三国演义〉借鉴写战争的艺术经验》，载《三国演义学刊》第2辑）（沈伯俊：《三国演义大辞典》，中华书局，2007，第749~750页）。

在该书"重要论著"部分，还特别介绍了常先生的《向〈三国演义〉借鉴写战争的艺术经验》一文。

《向〈三国演义〉借鉴写战争的艺术经验》这篇学术论文，载《三国演义学刊》第2辑（四川省社会科学院出版社，1986）。文章指出：《三国演义》"描写战争并不停留在力的较量上，更突出地表现其智的决胜"。

"书中凡是描写成功的大大小小战役，尤其是几次著名的战役，总是把'人谋'放在第一位来描写。"文章分析了《三国演义》在描写战争时，将作家的倾向性与历史的真实性统一起来的几点经验。其一，针锋相对。两军对垒，只有双方势均力敌，旗鼓相当，才会出现斗争的尖锐性、紧张性和激烈性。作者不因自己的拥蜀反魏思想倾向而把魏方无能化或丑化，而是通过双方针锋相对的斗争，表现出强中自有强中手。其二，败中写胜。对于英雄打败仗，《三国演义》既不颠倒史实，又不拘泥于史实，常常采取"败中写胜"的方法，虚写"大败"，实写"小胜"，使读者在心理上觉得英雄是不可战胜的。其三，过中写德。对于自己喜爱的英雄犯错误，作家并不否认，而是采取过中写德、以德补过的方法，来完成对英雄形象的维护，使其光辉不受影响。这些，正是"不以史害文，不以文害志"的创作原则的体现（中华书局，2007，第847~848页）。

此外，在沈先生《新的进展，新的突破——新时期〈三国演义〉研究述评》一文中，也提到常林炎先生。

沈评可谓十分中肯。文集中《向〈三国演义〉借鉴写战争的艺术经验——从蜀魏街亭之战谈起》及五篇《厄谈》都是探讨《三国演义》战争描写艺术的杰作。

其三，先生不仅重视纯粹的学术研究，同时也非常重视古典文学的普及，20世纪60年代，先生就写了不少普及性文章，这些文章文笔细腻，乐感性极强，部分有关《三国演义》的赏鉴文章，中央人民广播电台曾多次播出，现已成为保留节目并不断被改编为其他形式，例如由央广之声（北京）文化传媒有限公司制作、丁然演播的网络视频，即是先生所撰。

如何将《三国演义》这部经典名著搬上银幕，作为这方面久负盛名的专家，先生也尽其所能参与其中。沈伯俊先生在《电影：何日能圆三国梦——〈三国〉改编的三大艺术工程（下）》追忆了拍摄电影《三国演义》的艰难历程：

　　大约1983年前后，上海电影制片厂原厂长徐桑楚，与著名电影艺术家孙道临一起，开始了系列电影《三国演义》的筹划工作。……在上影厂的大力支持下，他们组建了华夏影业公司，由徐桑楚出任总经理，长期在电影系统从事组织、外事工作的丁小逖任副总经理，孙道临任艺术总监，著名电影艺术家、电影理论家张骏祥任艺术指导，专门负责系列电影《三国演义》的筹拍工作。……1989 年 9 月，上海市文化发展基金会和华夏影业公司联合召开了《三国演义》电影创作研讨会。这是一次高层次的研讨会。会议邀请对象主要是三部分人：系列电影《三国演义》的导演、编剧和专家学者。结果，9 位导演有 6 位到会；8 位编剧全部出席；专家学者共请了 11 位，其中上海 8 位，包括章培恒、何满子、朱维铮、黄霖等名家，外地 3 位，包括湖北的李悔吾先生、北京的常林炎先生和我。会议开得很活跃。久负盛名的艺术家们首先用一天时间认真听取文史专家们的各种见解和建议，然后分别介绍自己的艺术构思、遇到的困难和知识上的不足，然后再是艺术家与专家学者的讨论交流。讨论相当深入，各方面的意见都发表得很充分。会上宣布了导演、编剧的分工，要求在 1990 年内完成剧本，争取 1991 年开拍。（沈伯俊：《三国漫话》，四川人民出版社，2000）

作为《三国演义》研究大家，先生一直在践行他的学术理念，在普及中提高，在提高中普及，为《三国演义》这部经典的发扬光大，倾注了大量精力。

其四，先生非常重视新的理论和新的研究方法。还以《三国演义》"尊刘抑曹"思想倾向为例，这个问题在"三国学界"始终争论不休。20 世纪 50 年代，史学大师郭沫若、翦伯赞先生发动了一场为曹操翻案的学术论证。他们认为"自《三国演义》，风行以后……才把曹操当成坏人，当成一个粉面奸臣"……现在"应该替曹操摘去奸臣的帽子"。更有论者认为南宋以来，曹操才"变成为一个奸臣"，"《三国志平话》是置曹操于奸臣地位的判决书"。这就是说，曹操本来不是奸臣，是一些小说家硬给曹操扣上了奸臣的帽子，是一桩应予平反的历史冤案。

对此，先生借鉴胡如雷先生《运用"角色原理"研究历史人物的设想》的研究方法，将史学"角色理论"引入古代文学研究，很好地解决了这个问题：

> 实际上是先有历史上的奸臣曹操，然后才有艺术上的否定典型奸雄曹操。这些同志把本末倒置了。所谓奸臣或忠臣，是就君臣关系确立的，和奸臣相对立的角色是忠臣，并非英雄，奸臣也不是坏蛋的代名词，还可能是一位有作为的能臣，曹操正是如此。具体地说，曹操的奸臣身份是由对待汉献帝的态度确立的。如果说曹操不是奸臣，那么能说他是忠臣吗？恐怕不能。说他是个不奸不忠的臣，这样的讨论，显然是乏味了。在封建制度下，对君的忠、奸问题，是评骘人物的头等条件；而今它已不能作为我们评价历史人物的标尺。我们评价古人，特别是评价统治阶级中人物要看他在历史上有无进步意义，对待人民的态度如何，不是看他对待一个人——皇帝的态度怎样。对于忠臣或忠君思想一类的概念，已有过不少的分析、批判；但对于奸臣，以往假乎并未作过认真的定性分析。在为曹操翻案的讨论中，虽然涉及它，但只是囫囵地作为坏人的代名词一带而过了，以至到今仍留下了含混不清的影响。

这样的分析令人信服，虽然曹操历史上确为"第一流"的政治家、军事家、诗人，但在与汉献帝的君臣关系上，他确是一个典型的奸臣。即便再举出曹操一万条"伟大"来，只要拿不出一条忠臣的材料，想替曹操摘掉奸臣的帽子，那也是困难的。

先生的明清小说研究还涉及《水浒传》《聊斋志异》《红楼梦》等，都卓有建树。尤值得称道的是，先生对古代小说理论有他独到的见解，除上边所论毛宗岗《三国演义》评点的理论价值外，其《关于古代小说理论研究问题的思考》一文则是系统化的深入思考。该文作于 20 世纪 80 年代初期，在充分肯定古代文论研究成绩的同时，也客观指出存在的不足：即重视诗文批评，有意或无意忽视小说戏曲理论。为此，先生建议应根据古代小说理论遗产的"长"（历史）、"广"（范围）、"散"（材料）的三大特点，进一步挖掘开拓，清理总结，考实补遗，去芜取菁，及至重新评价，"平反正改"。尤其是不能割断与近代的联系，因为"有些文学史一类的论著，常常写到鸦片战争时代，便为自己划定界限，戛然而止。把晚清一段作为独立范围，从整部文学史中分离出去，治现代文学者自然更是谈不到它，于是形成一段'三不管'的地带，……把近代部分独立出去，这是从史学那里来的，……把这短短的数十年与三千年平列起来，就显得不大相称了"。所以，先生主张"把近代部分古代连接起来研究，或许收效更大"，学界不少学者都是如此呼吁的。

三

在"通"与"专"的关系中，先生认为专一经必须建立在通群经的基础上，因而他主张研究必须广而博、博而精，这可被视为先生第二个鲜明的研究特色。譬如他主攻小说，但不忽视戏曲、诗文的研究；主攻元明清文学，但对先秦两汉、六朝唐宋文学也都潜心研讨，都取得了不俗的成就。有《人道主义作家，现实主义历史——关汉卿创作论》《关汉卿故里考察记》《试论〈论语〉的文学贡献》《论陶渊明的创作》《唐诗的繁荣与唐时的民主》等论文多篇。

《人道主义作家，现实主义历史——关汉卿创作论》是一篇难得的对关汉卿剧作进行全面阐释颇具深度的力作。该文引入人道主义概念，认为人道主义有狭义广义之分。广义的人道主义，强调人的价值，赞美人的尊严，尊重人的人格，要求把人当作人看，坚持人的自由和幸福的权利，追求人的发展和发挥人的才能，反对一切把人贬为非人的现实的社会关系。它在特定的历史阶段具有反封建的深刻意义，其进步性是不容低估的。从这个角度看，关汉卿无愧为天才的艺术家、伟大的人道主义者；他的作品，称得起"卓越的现实主义历史"。文章从关汉卿的悲剧、喜剧和颂剧三个层面详尽分析了关氏现存杂剧作品的"人道"内涵，最后将关汉卿创作的主要特征归结为"人为万物之灵，天地间人为贵；关氏的作品中，闪烁着理想的光华；反对兽道，维护人的尊严；关氏尽管不是无神论者，但他并不宣扬神道；人本应是平等的"等八个方面，将关氏作品上升到"人道"的层面，可以说触及了关汉卿内心深处在那个时代所能达到的人文关怀的高度。

另一篇《关汉卿故里考察记》则大大开拓了关汉卿研究的空间，该篇可谓是将纸上材料与田野调查有机结合的光辉范本。我们知道，史籍所载关氏之里籍有三说：大都（北京市）说，见元人钟嗣成《录鬼簿》："关汉卿，大都人。太医院尹，号已斋叟。"解州（山西解县）说，见清人邵远平《元史类编·文翰》："关汉卿，解州人，工乐府，著北曲六十种。"二说皆语焉不详。三是祁之伍仁村（河北安国）说。见《祁州志》（乾隆二十一年刊，据嘉靖四年纂修本重修）："（关）汉卿，元时祁之伍仁村人也。"为了彻底弄清楚这个疑案，1985 年 6 月，先生与王学奇先生、张月中先生等偕同省文联的同志一行十三人，来到安国县城南伍仁村一带进行实地访问、考察，并与县文联、文化馆的同志和乡亲们举行了座谈会；会上，还听取了村里老者们关于关汉卿生平遗事的介绍，又在县委档案馆认真翻阅了有关的方志资料。

在实地考察了关家园（人们简称关园，即关宅）、关家坟（关墓所在地，在伍仁村西的北堤弯儿北部，占地也是九亩九分，因而又称关家坟为"十亩地"）、关家渡（小滋河于伍仁村南由西向东流来，关家为方便行人和自家到田间耕作，设船摆渡。人们因此称此渡口为关家渡）、关家桥（已徒存其名，而不见桥）、关匾（今存石匾"蒲水威观"，阳刻，笔力雄健而洒脱。现已折为两段。相传为关氏亲笔所题）等遗迹后，先生认为，在有关关汉卿籍贯的几种说法中，比较而言，祁州说所据较详、较具体。但同时先生也不敢自专，认为应提倡三说比较的研究方法，这体现了一个学者严谨的治学态度。

先生的诗文研究同样闪烁着光辉，且从先秦两汉到明清近代，几乎贯穿了整部文学史，体现出先生博的一面。《试论〈论语〉的文学贡献》《论陶渊明的创作》《唐诗的繁荣与唐时的民主》《小说家的散文——读蒲松龄的〈地震〉》等，都时有新见，多有创获，发人深思，再加上先生文笔优美，读来真是一种享受。这里就不一一缕析了。

四

强调打通古今、中外之间的联系，强调古代文学研究的当下关怀，将古代文学的成果与教学密切联系起来，这是先生学术研究的另一鲜明特色。《当代作家与民族文化修养》《研究与创作互相促进——〈中国作家与中国古典文学研究〉读后》《建立读书学》《尊右尊左辨》《什么是中国古典文学的优秀传统》等论文，不仅体现出先生学术研究的一贯理念，同时亦可看出他在文字、音韵、训诂方面的颇深造诣。他在《当代作家与民族文化修养》中首先提出这样的问题："我们的时代是伟大的，何以总是产生不出与之相匹配的伟大作品来？"接着他分析了其原因：

> 其原因固然是多方面的：社会的，个人的，客观的……能说上一大堆。依我看，不可忽视的一条是：我们的有些作家不认真读书，文化水平低，没有相当的学问，艺术修养差。他们的思维空间大受局限，其理论视野无法延展，在生活面前表现得无能为力，认识不上，分析不透，概括不了，评价不准，驾驭不灵；虽有一定的生活，却短于有力的表现方法。

如何改变这种现状？先生列出了几条具体的解决途径和办法，但最重要的一条是要提高文化修养。而又如何提高文化修养呢？先生认为当务之急是要建立"读书学"。因为一个人以有限的时光阅读浩如烟海的书籍，并不是件易事。这就需要究门径、讲方法、求效果。读书学首先肯定读书者的理想、志向、毅力和勤奋刻苦精神。但同时也提倡科学的攻读方法，反对不讲方法的笨读书、傻读书、死读书。有鉴于此，先生大声疾呼要建立"读书学"，并阐释了其关于"读书学"的基本内容。

（一）读书与理想、意志、勤奋、思想修养。
（二）书的历史（简史）、书的知识。
（三）要籍目录、读法、版本知识。
（四）工具书使用方法。
（五）读书方法探求：古今学者读书经验、方法总结评介。其他方法（凡阅读、思考、记忆、札记、制作卡片、积累资料等等）总结交流。

（六）现代化科学技术在读书与图书上应用的知识。

（七）其他。

以上诸项内容，偏重于使用，只觉目前可先作为大学的一门课程而言。若作为一门学科来研究，当然不能以此为限，更需要基础理论的建设。先生还建议应先在高校文科开设读书学。

该文作于1982年，时至今日，三十多年过去了，但如何有效地读书，上述七条依旧具有切实的现实指导意义。

《尊右、尊左辨》是一篇难得的深度好文，其征引材料之丰富、论辩逻辑之严密、考查范围之广博，可谓多学科交叉研究的结晶。在详尽考辨之后，先生得出结论说：

> 古代（秦汉以前）主要是以右为尊的；尊右，是有着人体生理依据的，是唯物思想的体现。关于尊左现象，除少数特定环境（如车上、民俗等）之外，其他多与阴阳、五行、吉凶等抽象乃至神秘观念相联系，是受当时阴阳五行学的影响，是唯心思想的反映。凡事有常有变，尊右是常，尊左属变。
>
> 从大的方面来看，"在不同时代、地域、民族、历史环境、风俗习惯下，尊右尚左有异"；而从小的方面来看，"在各种礼仪、官制、方位、座向、行止、坐立、车上、堂前、室内、男女、服饰等等方面，或尊右或尚左，各有不同"。
>
> 如果从时间和地域上看，尊右与尊左是全局与局部的关系，尊右是全局，尊左属局部。如从源流上看，尊右是主流，尊左是支流。

这样的结论，纠正了一些辞书、著作、文章不加辨析、以偏概全的错误，令人信服。

先生自结束学生生涯，便开始了教师生涯，一直从事教学工作，未曾另有过任何其他职业，可谓弟子满天下。先生教学有方，语言风趣幽默，注重教学理论与实践的结合，善于总结，发表有《关于〈失街亭〉教材教法的探讨》《什么是中国古典文学的优秀传统——中国文学史讲义导言》

《高师中文系向何处去》等论文，将学术研究的最新成果运用到教学实践中去，研教合一，不偏执于一方，这既是作为一个教师的天职所在，也体现出先生多面手的特质。

先生还工诗词，善书法，喜篆刻，长于散文，真可谓博才而多艺矣。

霍现俊

2017 年 2 月 16 日于河北师范大学文学院

●目 录

一 《三国演义》评论与鉴赏

二　明清小说研讨

三　关汉卿研究

四　诗文评议

五 论学杂著

六 附录

《三国演义》评论与鉴赏

评毛宗岗修订《三国演义》

早在 20 世纪 20 年代，胡适把罗贯中、毛宗岗全说成是"平凡的陋儒"，把"毛评"说成是"平凡的批评"①。建国以来，对毛宗岗的评价，也是不公允、不科学的。"十年内乱"时期，自不必言。且看 1978 年以后的一些出版物中的说法："毛氏父子的修订本，又使原作中的反动观点得到了加强。"②"毛纶、毛宗岗如此修订《三国演义》，是为了迎合清代统治者的需要。"③ 新版《辞海》说，毛宗岗"在其修改和评语中，依据朱熹的《通鉴纲目》，增强了尊刘黜曹的正统观念（按：这就是把尊刘抑曹的思想倾向与正统观念两者完全等同起来），艺术分析也本八股作法"。作为"阅读古籍用的工具书和古典文史研究工作者的参考书"（《辞源·出版说明》）的新版《辞源》根本不收"毛宗岗"这一条。这些书的群众性很强，影响极广。窃以为对毛宗岗及其修订工作，就有重新评价的必要。

一　胡适说法的矛盾

胡适对《三国演义》的评论，毋庸我们详辨，只需把他自己的说法录之予以对照，即见两相矛盾，不能自圆其说。胡适说：

---

① 《中国章回小说考证·〈三国志演义〉序》。
② 北京大学中文系编《中国小说史》，人民文学出版社，1978。
③ 《三国演义·前言》，人民文学出版社，1979。

这部书现行本（毛本）虽是最后的修正本，却仍旧只可算是一部很有势力的通俗历史讲义，不能算是一部有文学价值的书。

《三国演义》最不会剪裁。他的本领在于搜罗一切竹头木屑，破烂铜铁，不肯遗漏一点，因为不肯剪裁，故此书不成为文学的作品。[①]

按胡氏的见解，《三国演义》就应从文学史上勾掉，把它转入史学范围。恐怕今天不会有人赞同这种意见。可是他对该书的社会效果又作了极高的估价。他说：

> 在几千年的通俗教育史上，没有一部书比得上他的魔力。五百年来，无数的失学国民从这部书里得着了无数的常识与智慧，从这部书里学会了看书写信作文的技能，从这部书里学得了做人与应世的本领。
>
> ……他们只求一部趣味浓厚，看了使人不肯放手的教科书。四书五经不能满足这个要求，二十四史与《通鉴》、《纲鉴》也不能满足这个要求。《古文观止》、《古文辞类纂》也不能满足这个要求。但是《三国演义》恰能供给这个要求。我们都曾有过这样的要求，我们都曾尝过他的魔力，我们都曾受过他的恩惠，我们都应该对他表示相当的敬意与感谢！[②]

《三国演义》既是如此伟大的一部奇书，几千年的教育史上它独一无二，五百年来，从无数失学的国民到一代的学者博士（胡氏）都曾受过它的恩惠，经书、史书、古文都比不上它。可是它的作者竟是一个"平凡的陋儒"！真是伟大的作品，渺小的作家！这不就矛盾了么？我们宁愿我国多出几个这样"平凡的陋儒"的作家，我们也宁愿多要几部这样"没有文学价值"的、"不成为文学作品"的作品。其实，胡氏所说的"趣味浓厚，看了使人不肯放手""魔力"等，也就是文学作品的艺术力量，也就是

---

① 《中国章回小说考证·〈三国志演义〉序》。
② 《中国章回小说考证·〈三国志演义〉序》。

《三国演义》的文学价值。他把文学价值搞得神秘化了，以致自相矛盾，不能自圆其说了。

二 "自朱子以来无不是凿齿而非寿"

所谓使"原作中的反动观点得到了加强"，所谓"迎合清代统治者的需要"也者，指的也就是"尊刘抑曹"思想，亦即所谓的封建正统观念。毛宗岗的罪状，主要也就是这一条。人的思想，自然是要受当时政治历史环境的影响，如何看待魏、蜀正统之争的问题，清乾隆时代的学者已经做过令人易于接受的解说：

> 其书（《三国志》）以魏为正统，至习凿齿作《汉晋春秋》始立异议。自朱子以来，无不是凿齿而非寿。然以理而论，寿之谬万万无辞；以势而论，而凿齿帝汉顺而易，寿欲帝汉逆而难。盖凿齿时晋已南渡，其事有类乎蜀，为偏安者争正统，此孚于当代之论者也。寿则身为晋武之臣。而晋武承魏之统，伪魏是伪晋矣。其能行于当代哉？此犹宋太祖篡立近于魏，而北汉、南唐迹近于蜀，故北宋诸儒皆有所避而不伪魏。高宗以后，偏安江左，近于蜀，而中原魏地全入于金，故南宋诸儒乃纷纷起而帝蜀。此皆当论其世，未可以一格绳也。①

此段议论，既有鲜明的倾向性，但所述亦颇符合实际。自南宋以来，"帝蜀"观念一直成为主导，"陈寿之谬万万无辞"，颇可代表有清一代的一般学者的观点。明代进步思想家李贽也是以蜀汉为正统的。他在《史纲评要》② 中，于《东汉纪》（东汉十二帝共一百九十六年）后，特立《后汉纪》，不用陈寿《三国志》的三国平列的模式，以蜀为后汉，从章武元年到炎兴元年，共二帝（昭烈皇帝、后皇帝）、四十三年，文中凡曹丕、曹睿等皆称魏主，不称帝。帝蜀（史文中凡用"蜀"处皆用"汉"）寇

---

① 《四库全书总目提要》。
② 本书的史文，据考非出李贽之手，但眉批、夹批、段后评和对史文的圈、点、抹等均出他手，本书可代表李贽的历史观无疑。

魏的正统观极为鲜明。要求毛宗岗特立独行，打破朱熹以来的传统观点，以魏为正统（其实，这也是一种封建正统观），是很不现实的。

一六四四年清贵族入关，对汉族及各族人民的反抗斗争进行了残酷的镇压，正如恩格斯所指出的"每一次由比较野蛮的民族所进行的征服，不言而喻地都阻碍了经济的发展，摧毁了大批的生产力"。[①] 在清贵族的拉拢收买政策面前，汉族地主阶级内部分化为投降派与抵抗派，农民革命军也转变到抗清的立场，一时成为抗清的主力。复杂的民族矛盾与阶级矛盾相与交织。一些有民族气节的知识分子、思想家也和抗清的广大人民站在一起，进行武装抵抗。如王夫之、顾炎武、黄宗羲等都曾举兵抗清，失败后，隐居著书立说，依然不忘民族危难，把他们的民族思想、反清观点渗透在他们的著述之中。王夫之把"夷夏之防"提到了极高位置。他受到民族斗争的推动，对传统的君臣关系发生了动摇。他把民族利益看得高于一切，提出"不以一时之君臣，废除古今夷夏之通义"。[②] 顾炎武认为："华裔之防，所系者在天下"，"君臣之分，犹不敌华裔之防"。[③] 所谓"夷夏之防"，自然包含有狭隘的民族意识或大汉族主义思想，可是我们不能忘记这又和此时此地的广大的各族人民的反民族压迫的思想相互联系着。

这两位进步的思想家、抗清志士，终身抱持与清贵族统治者不合作态度。可他们都是激烈的帝蜀寇魏者，他们把"汉统"强调到前所未有的高度。王夫之在《读通鉴论》中愤激地指斥"曹操之篡""曹丕之弑""曹氏……处中原而挟其主""曹操方挟天子、擅威福，将夺汉室""曹操……则惨毒不仁，恶滔天矣"，同时他也痛斥"司马氏之篡"。他说："《三国志》成于晋代，固司马氏之书也。后人因之掩抑孤忠，而以持禄容身，望风依附逆党为良图。公论没，人心蛊矣。"他激烈地批评刘备不配作汉家的子孙，不是一个"誓不与贼俱生而力为高帝争血食者"！他说："以先主绍汉而系之正统者，为汉惜也。……为人子孙，则亡吾国者，吾不共戴天之仇也。以苻登之孤弱，犹足以一逞，而先主无一矢加于曹氏。即位三月，急举伐吴之师，孙权一骠骑将军荆州牧耳，未敢代汉以王，而急修关

---

① 《马克思恩格斯选集》第三卷第222页。
② 《黄书·宰制》。
③ 《顾亭林文集》卷七。

羽之怨，淫兵以逞，岂祖宗百世之仇，不敌一将之私忿乎？""羿篡四十载而夏复兴，莽篡十五年而汉复续，先主而能枕戈寝块以与曹丕争生死，统虽中绝，其又何伤？……先主其能为汉帝之子孙乎？"这种对刘备"怒其不争"的批评中饱含着对汉室"哀其不幸"的同情。① 甚至使人感到他在借题发挥地对南明不抵抗主义进行愤激的谴责！他赞扬诸葛公，主要是赞其"公之心，必欲存汉者也，必欲灭曹者也"；赞其"汉、贼不两立"的誓志；赞其为复兴汉室"鞠躬尽瘁，死而后已""唯忘身以遂志，而成败固不能自必也"的精神。这已经不是冷峻的评说历史，而是借以抒泄家国民族之恨。

顾炎武认为对刘备应称"先帝"，不应称"先主"。他说："若刘玄德帝蜀，谥昭烈，葬惠陵，初无贬绌。末帝降魏，封为安乐公，自可即以本封为号。陈寿作《三国志》，创立先主、后主之名。常璩《蜀志》因之，以晋承魏统，义无两帝。今千载之后，而犹沿此称，殊为不当。况改汉为蜀，亦出寿笔。当时魏已篡汉，改称昭烈为蜀，使不得附汉统。异代文人，不察史家阿枉之故，若杜甫诗中，便称蜀主，殊非知人论世之学也。昔刘知几论《后汉书·刘元列传》，以为东观秉笔，容或诣于当时，后来所修，理宜刊革。今之君子，既非曹氏、司马氏之臣，不当称昭烈为先主矣。诸葛孔明书中，亦多有称先主者，本当是先帝，传之中原，改为先主耳。"② 可见他蜀汉正统观之强烈。

这两位反清志士的强调汉统，看来，和他们"夷夏之防"思想是相联系的，亦可理解为他们反清思想的曲折反映。那么，生活在与王夫之、顾炎武大体同时代的汉族知识分子毛宗岗，也有此种汉统观念，怎么就成为一条"迎合清代统治者的需要"的罪状呢？退一步讲，也只不过是"自朱子以来，无不是凿齿而非寿"的传统观念的继续而已。多年来扣在毛宗岗头上的这顶不合尺寸的帽子应该是摘掉的时候了。但也有同志认为毛氏亦有反清思想。生活在民族斗争激烈时代的毛氏，从《读三国志法》中所提

① 谭其骧教授说，"清人王夫之在《读通鉴论》里对刘备的批判，就比对曹操的严厉得多"（《曹操论集》第66页）。这是谭先生误解了。王夫之对刘备的批判是哀其不幸、怒其不争的批判，是同情的；对曹操的批判，是彻底否定的批判。两者性质截然不一。

② 《日知录》卷二十四。

出的强调汉统的论点来看，很难说他就没有王夫之、顾炎武等人的那种"夷夏之防"的思想。但可惜的是，毛氏的生平材料，我们今天掌握者甚少，甚至连他的生卒年月至今仍不大弄得清楚。所以对此问题，也就很难明确得出结论。同时从毛氏的艺术实践毛本《三国》全局的具体描写中，也很难得到有力的证实。

三 陈《志》"隐然寓帝蜀之旨"

《三国演义》尊刘抑曹倾向，由来久矣。就现存的资料来看，《演义》尚未成书之前，在民间，早在北宋，三国故事已有鲜明的尊刘抑曹倾向。从正史看，形式上以魏为正统的陈寿《三国志》，实质上仍然是同情蜀汉的。清代学者已见到此点。朱彝尊曾说："寿独齐魏于吴、蜀。正其名曰：'三国'，以明魏不得为正统。"① 钱大昕说："（陈寿）以蜀两朝不立史官，故于蜀事特详。如群臣称述谶纬及登坛告天之文，魏、吴皆不书，而特书于蜀。""太傅靖、丞相亮、车骑将军飞、骠骑将军超之策文，皆一一书于本传，隐然寓帝蜀之旨焉。"② 我们很佩服清代学者读书的精细。陈寿在"欲帝汉逆而难"的情况下，不惜曲笔，在以魏为正统的形式下，"隐然寓帝蜀之旨焉"。

陈寿是个非常不幸的人。有才不遇，在蜀受尽黄皓打击迫害，屡遭贬斥，继又两遭亡国，先由蜀到魏，继而到晋，大家都知道，魏晋时代，文人被杀，简直象杀一只小鸡那样的随便。陈寿在心惊胆战中度过了他的一生。他以蜀人，作晋著作郎，深怀故国之思，对蜀中人物寄予深厚同情，特别是对于蜀有德的诸葛亮推崇备至，以饱含景慕的笔触写出了《诸葛亮传》。在《传》中胆大地引录了作为"讨贼兴复，北定中原"誓词的《前出师表》，明确提出"攘除奸凶，兴复汉室，还于旧都"的北伐目的。这不也是"隐然寓有帝蜀之旨"么！刘禅泰始七年死于洛阳，陈寿于三年后已完成了《诸葛亮集》的校定工作，于泰始十年二月冒死上《进〈诸葛亮集〉表》，这又是一篇一往情深的悼文，认为："亮之器能政理，抑亦管、

① 《曝书亭集·陈寿论》。
② 《潜研堂文集·跋〈三国志〉》。

肖之亚匹也，而时之名将，无城父、韩信，故使功业陵迟，大义不及耶！"把诸葛亮的最后失败，归结为"盖天命有归，不可以智力争也"。流露着一种哀婉不尽的感情。

陈寿还有一件另外的不幸，他的著作受到一些人的曲解，引来无端的非议。例如，据《晋书·陈寿传》记载，有人说，陈寿因父式曾被亮髡，因而谤议于亮，谓"亮将略非长"。这是以小人之心度君子之腹，对陈寿这样良史的污蔑！可是这种无稽之谈曾一度也流泛到《三国演义》研究中来。只需认真地读一读陈《志》，便知其说之谬。李严、廖立都曾被亮致罪，废为庶民。亮死后，李严悲痛欲绝，终"发病死"。廖立悲叹道："吾终为左衽矣！"陈寿对李、廖二人受罚无怨的品德作了肯定的记述。陈在《亮传》评曰："……开诚心，布公道，尽忠益时者虽仇必赏，犯法怠慢者虽亲必罚；服罪输情者虽重必释，游辞巧饰者虽轻必戮；善无微而不赏，恶无纤而不贬；……终于邦域之内，咸畏而爱之，刑政虽峻而无怨者，以其用心平而劝戒明也。"至于说亮"应变将略，非其所长"，亦自有据，如五出祁山，"连年动众，未能有克"，也是事实，这也是一个公正史家应持的态度。

最可注意的是，在《先主传》中，陈寿大量引录刘备及其群下上汉帝表或其他文告，以申张刘氏的正统地位，对曹氏父子的篡权，严加挞伐，愤怒声讨。现节引数段如下：

> 惟独曹操，久未枭除，侵擅国权，恣心极乱。臣昔与车骑将军董承图谋讨操，机事不密，承见陷害。臣播越失据，忠义不果，遂使操穷凶极逆，主后戮杀，皇子鸩害。……今操恶直丑正，实繁有徒，包藏祸心，篡盗已显。既宗室微弱，帝族无位，……臣退惟寇贼不枭，国难未已，宗庙倾危，社稷将坠，成臣忧责碎首之负。
>
> 曹操阶祸，窃执天衡；皇后太子，鸩杀见害，剥乱天下，残毁民物。久令陛下蒙尘忧厄，幽处虚邑。……今社稷之难，急于陇蜀，操外吞天下，内残群寮，朝廷有萧墙之危，而御侮未建，可为寒心。……
>
> 曹丕篡弑。湮灭汉室，窃据神器，劫迫忠良，酷烈无道，人鬼忿

毒，咸思刘氏。……汉有天下，历数无疆。曩者王莽篡盗，光武皇帝
震怒致诛，社稷复存。今曹操阻兵安忍，戮杀主后，滔天泯夏，罔顾
天显。操子丕，载其凶逆，窃居神器。群臣将士以为社稷堕废，备宜
修之，嗣武二祖，龚行天罚。

陈寿在《先主传》有限的篇幅内不厌其详地一再引录这些扬刘斥曹的
文字，《吴主传》中亦有同样的文字。"隐然寓帝蜀之旨。"尊刘抑曹的思
想感情几与《演义》无别。《演义》同样也照搬了这些文字。建安二十五
年，曹丕篡位，改元黄初。《先主传》说：

> 或传闻汉帝见害，先主乃发丧制服，追谥曰孝愍皇帝。

这已不是"隐然"，而是"俨然"以蜀为正统了。

《传》末评曰："先主弘毅宽厚，知人待士，盖有高祖之风，英雄之器
焉。及其举国托孤于诸葛亮，而心神无贰，诚君臣之至公，古今之盛轨
也。机权干略，不逮魏武，是以基宇亦狭。然折而不挠，终不为下者，抑
揆彼之量必不容己，非惟竞利，且以避害云尔。"先从品德上对备作了充
分肯定。把"基宇亦狭"的原因归结为"机权干略，不逮魏武"上，相与
对比中，褒中寓贬，贬中寓褒。一部《三国演义》中的刘备形象，正是遵
循陈《志》的史评原则塑造的。陈寿在《武帝纪》中还忙里偷闲、见缝插
针地宣扬了刘备："夫刘备，人杰也。今不击，必为后患"，"观刘备，有
雄才而得众心，终不为人下，不如早图之"。人杰而得人心，半生处于险
境，《演义》正发扬了陈《志》为刘备形象所定的这一基调。

人们多谓《演义》中曹操形象歪曲了陈《志》。其实，从主要方面看，
《演义》与陈《志》有不同而无矛盾。从形式上看，一帝蜀寇魏，一帝魏
寇蜀，自然是矛盾了，但实质上全是尊蜀的。两者的"不同"之处，主要
是由于文学与史学两者的不同任务所规定。"有行之士，未必能进取，进
取之士，未必能有行。"[1] 这是曹操自己的告白。他正是一个进取而无行的

---

[1] 陈寿：《三国志·武帝纪》。

典型代表。《演义》与陈《志》在这一点上也是一致的。曹操是个有才缺德的典型，不论作为历史人物还是艺术形象，都是如此。史学《志》侧重于记"有才"，文学《演义》侧重于写"缺德"。史学要记它的人物在历史上留下了什么样的印痕，当然重视其功烈；文学要给它的人物以性格，以灵魂，难免要感情用事。文学家比史学家要自由得多，从这个意义上说二书是互为补充的。如果说二者有矛盾，那则是文学与史学的矛盾。我们多年来在曹操的问题上总是纠缠不清，我以为问题都出在这里。

嘉靖本的作者署名，很可说明问题："晋平阳侯陈寿史传，后学罗本贯中编次"，《演义》由《志》"骤栝成编"。以《武帝纪》而论，它着重记述了曹操的"有才"，可也并未完全避讳其"缺德"。少时的阿瞒是什么样："太祖少机警，有权数，而任侠放荡，不治行业；故世人未之奇也"。这和"超世之杰"相距何远！《演义》描写曹操嗜杀成性，阴险狡诈，在《纪》中亦可找到依据，诸如，"太祖……所过多所残戮"，动辄屠城，杀戮无辜。《演义》大写特写，《先主传》曾三次提到的"操穷凶极逆，主后戮杀，皇子鸩害"事件，《武帝纪》亦未隐讳：建安十九年"十一月，汉皇后伏氏坐昔与父故屯骑校尉完书，云帝以董承被诛，怨恨公，辞甚丑恶。发闻，后废黜死，兄弟皆伏法"。至于曹操奸诈为人，《纪》亦多处提及，特别是在《纪》末评曰"矫情任算"，矫情任算，正是奸诈的同义语。再如："初，讨谭时，民亡椎冰，令不得降。倾之，亡民有诣门首者，公谓曰：'听汝则违令，杀汝则诛首，归深自藏，无为吏所获。'民垂泣而去；后竟捕得"。"公临祀绍墓；哭之流涕；慰劳绍妻。"数月之后，"攻谭，破之，斩谭，诛其妻子"。《曹操集》录《诛袁谭令》："敢哭之者，诛其妻子。"这些，都是凶残而奸伪的史实铁据。它在小说家的笔下，自然不会如此干巴巴了。至于"非常之人，超世之杰"之赞，这和毛宗岗所说"古今来奸雄中第一奇人"，本无本质的区别。

三国故事，尊刘抑曹倾向，由来久矣。从史学到文学，从民间到官方，已形成深厚的社会基础。随着三国故事的发展、成熟、完美，它深入人心，铸成了一条漫长的艺术轨道。要求修订者毛宗岗摆脱这条轨道，另辟途径，将是不可想象的。由于毛氏首先是个尊刘派，再加上他艺术加工的成功，进一步发扬了原来内容上的尊刘抑曹倾向，这也是势所必然的事。

一些肯定毛氏修订工作的论者，往往只作艺术上的肯定，不愿或不敢从思想上肯定。原因是不看其尊刘抑曹的实质，而把它和封建正统观念一而二，二而一地等同起来，以为若对毛氏的工作作了思想上的肯定，也就等于肯定了正统观念，因而他们对毛氏的肯定是不彻底的。他们的文章常常流露着一种转弯抹角的、躲躲闪闪的意味，甚至陷于矛盾而不能自圆其说的地步，我认为如果不能理直气壮地，也是有分析地肯定尊刘抑曹思想，不仅毛宗岗的案翻不了，就是《三国演义》这部书也难以肯定。谈《三国》，尊刘抑曹倾向是个无可回避的关键问题。问题并不在这个抽象的尊刘抑曹上，而在于所"尊"所"抑"的实质是什么。实质上的"刘"，不只是汉中山靖王之后的刘皇叔而是人民群众的美德（宽厚仁爱、对战斗友谊的忠诚等）的形象化；实质上的"曹"，不只是"名为汉相，实为汉贼"的曹丞相，而是剥削阶级的恶行（凶残诈奸、损人利己等）的集中体现、典型化。但也不必讳言，毛氏在作品中有时也投下了一丝尊刘皇叔、抑曹丞相的阴影（多表现在人物对话时的片言只语上，并未构成多么有力的形象）。但由于他能够遵循艺术规律办事，这一丝阴影深深被尊美德、抑恶行的大片光辉所掩没。所以尊刘抑曹，实质上并非坏事，不能和封建正统观念混为一谈。至少也是形象大于思想的。

四 对毛宗岗修订工作的估价

李庆西同志的《关于曹操形象的研究方法》①，是篇颇有见解的好文章，论述的虽是曹操形象的研究方法问题，但涉及了许多有关历史文学研究中的问题。不仅对刘敬圻同志文章②的某些失误做出了中肯的批评，同时也是一篇对毛宗岗修订《三国》工作的肯定的、令人信服的评论文章。它精确地指出："毛氏父子，就其历史观言，的确属于尊刘抑曹的'正统派'。但是作为通晓小说艺术的文学家，他们在对《三国演义》所做的艺术加工中首先是服从艺术规律，并没有为了往作品里面塞进某些观念的东

① 《文学评论》1982 年第 4 期。
② 《嘉靖本〈三国志通俗演义〉中的曹操形象》，《文学评论》1980 年第 2 期。

西而破坏人物形象的整体感。"这一见解如果得到充分的重视，或许毛宗岗的"罪过"将会得到减轻。

但是，我以为这篇文章仍有美中不足之处：一是，对毛氏修订工作的动机与效果似乎完全割裂了，以为人们对毛本尊刘抑曹思想加强的感受，是"由于毛氏在《读三国志法》里嚷嚷得厉害，无形中给人造成一种印象。"好象这一倾向的加强，不是毛本中的客观存在，而是人们"先入为主的观念，他们是先有结论，后找例证"。其实，未曾读过《读法》的人，也会有此种印象。毛氏既有宣言（也就是"嚷嚷得厉害"）在前，又有行动于后。他自觉地抱定他修订的主旨方针，怀着强烈的爱憎感情，对所谓"俗本"（即明本，按毛氏自称，"俗本"系"谬托李卓吾先生评阅"本，他据以修改的底本即叶昼伪托李评本，与嘉靖本并不完全相同）进行修订，或笔或削，自然要受其主张乃至感情的左右的。例如他声称："其评中多有唐突昭烈、谩骂武侯之语，今俱削去。"这既是声明，也是行动。我们何妨承认：毛氏既有加强这一倾向的动机，又有加强后的效果。毛氏取得的效果，是种瓜得瓜，而不是种豆得瓜。二是，回避对毛氏修订工作思想上作任何肯定，似乎尊刘抑曹是种"祸害"，它会对毛氏带来极大的不利，所以把毛本对这一倾向的加强，完全说成是"艺术上使《三国演义》增添了光彩"的自然结果，一再强调"原书所包含的思想倾向不能不借艺术形式的进一步完美而加重一些分量"。这话自然也不是没有道理，然而它完全抛开了作家的主观思想、自觉意图，是不符毛氏工作实际的。艺术加工的成功，诚然加重了原书思想倾向的分量，但毛氏对这一思想倾向的加强，完全是自觉的。李文似乎是为毛氏开脱，实际上对毛氏的成绩只肯定了一半，只从艺术上肯定，又从思想上否定。如前所述，尊刘抑曹，并不等于正统观念，它有双重性，封建性的阴影不过一丝，早淹没在大片的民主性的光华之中。所以不必担心，承认了尊刘抑曹倾向的加强，亦不会影响其对毛氏修订工作的肯定。三是，对嘉靖本的缺陷，特别是对由于早期长篇讲史小说还不善于驾御和提炼题材，鉴别不足地堆砌史料或传说，造成与作品倾向相背逆、人物性格割裂、时而赞美、时而批判的混乱现象，未予指出。因而对被批评的刘文赖以立论的基地未予触动，这就一定程度地减弱了对对方的说服力；显得对毛宗岗修订工作的成就，其评价的高度不够。

毛宗岗是一位历史上不著名的大作家、大批评家。既"大"就该"著名";"大"而不"著名",在旧时代,这是常有的事。对此反常现象,今天的研究者,就应予把它正过来。他在小说理论上、学术活动上是循着金圣叹开创的路子前进的,还可说他是金氏的忠实追随者。他在《第一才子书》的卷首有篇"序",署名金圣叹,学者们多认为是他自作而托名金氏,可见他确乎是个"尊金派"。他追随金氏,但也不是亦步亦趋,有时也有所突破、有所发展。总的说来,他没有金氏的那种创造力,但他对金氏的理论有所发挥,使之更为系统化,且在小说与现实的关系、人物塑造上的典型化以及艺术结构方面的探求,都有超过金氏之处。他在理论上是有明显的失误的,但他又是一位通晓艺术规律的大作家、艺术家。他在创作实践(对明本《三国》的修订工作,实际上是再创作)上的成功,超越了他理论上的成就,也可说是他创作上的成功,掩盖了他理论上的失误。比如,他主张历史小说需"据实指陈,非属臆造"。也就是主张实录,反对虚构。可是,谁也知道,毛本《三国》并非实录,且多虚构,至少也是"七实三虚"。没有虚构,也就没有小说。远在春秋时代,孔老夫子已懂得"今吾于人也,听其言而观其行"。我们不能光看口号宣言,主要还得"听其言而观其行",看行动,看实践。

我们说毛氏是大作家、艺术家,是以他的创作实践为依据的。他在理论上不及金圣叹,在创作上却超过了金氏的成就。金氏腰斩《水浒》破坏了原作故事的完整性,而成了"断尾巴蜻蜓"。毛本《三国》对原本的宏伟结构不仅全部保存,而且通过艺术加工使原型进一步完美,更增添了艺术光彩。如果我们透过历史的高度看毛氏,从讲史小说发展的轨道去看毛本,就会更清晰地看到他卓越的艺术才华与它高度的艺术成就。三国故事从人民群众的口头说唱到文人加工写定,据现在保存下来的资料来看,元、明、清三个朝代共出现了三次跃进:一是元刊《全相三国志平话》,二是嘉靖本《三国志通俗演义》,三是毛本《三国演义》。跃进一次也就是总结一次。正是由民间到文人加工再加工的过程,一个由零到整、由粗到精、由浅陋到完美的过程。毛氏的工作,不只限于整顿回目,改订文辞,削除赞论,增删情节,改换诗文等表面工作,他遵循艺术规律,以删、增、改三者并用的手段，对"俗本"进行了改造和细致的艺术加工，说确切点，就是在原作的基础上进行了再创作，使之从形与神两方面都得到极大的提高，艺术形式进一步完美，艺术力量进一步加强，同时也光大了作品原有的思想境界。于是《三国演义》终于成为一部光耀千古的不朽的艺术珍品。它描绘了整个三国时代的政治风云幻化，着力表现了当时各个政治集团之间的错综复杂、紧张尖锐的斗争。这种斗争发展成为接连不断的政治权力的争夺和军事冲突，因而一连串的战争构成作品的主要内容。《三国演义》最大的特色，表现在对战争的成功描写上。毛泽东同志说："自觉的能动性是人类的特点。人类在战争中强烈地表现出这样的特点。"《演义》极其成功地在战争的描写中表现了人类自觉的能动性这一特点，热烈地歌颂了人的智慧与武勇的价值，在描写战争的成功上，在我国古代文学史上可说是独一无二的，它是一部光芒四射的军事文学作品。这件伟大艺术工程的奠基人是无名英雄（民间艺人），工程进行中建筑师的杰出代表是罗贯中，最后竣工者则是天才的艺术师毛宗岗。毛氏的加工，从量上说，或许还不算太大，但就质上看，却起着画龙点睛之妙。如果说《三国》这条艺术巨龙是大家画的，若没有毛宗岗的点睛之功，这条龙也是腾飞不起来的。后来者居上，毛本一出，明本便很少流传，实则是被毛本淘汰了。广大读者是最大权威的鉴定者，孰文孰野，孰高孰低，不是已说明了问题么。

一九八四年三月四日写毕于北京和平街丁庐

一九八五年三月重订

《三国演义》从嘉靖本到毛宗岗本

　　《三国演义》是大家所熟知的一部著名古典长篇历史小说。今天所能见到的最早的刊本，要算明嘉靖壬午刻本《三国志通俗演义》（原题《明弘治本三国志通俗演义》），简称嘉靖本，题"晋平阳侯陈寿史传，后学罗本贯中编次"。全书二十四卷，分二百四十节，前有庸愚子（蒋大器）弘治甲寅（1494）序和修髯子（张尚德）嘉靖壬午（1522）引。庸愚子"序"说："书成，士君子之好事者，争相誊录，以便观览。"表明弘治时还是以抄本流传，所以原题"明弘治本"是不对的。修髯子"引"，才提到刻版："简帙浩瀚，善本甚艰，请寿诸梓，公之四方。"据此可知，嘉靖本可能是《三国演义》的最早刻本。

　　《三国志通俗演义》从脱稿到刊版，其间相隔百有余年，在"争相誊录"过程中，有意无意地改动或增删，都是可能的。据明高儒《百川书志》、周弘祖《古今书刻》、晁瑮《宝文堂书目》等记载，嘉靖时，《三国志通俗演义》存在几种刻本，但今存只有壬午刻本一种。嘉靖本之后，明清两代，新刻本不断出现，为数不少，但还是以嘉靖本最接近原著面貌，这对研究我国小说史和作者罗贯中的创作思想都具有重要意义及价值。

　　好久以来，嘉靖本已为一般读者所陌生。1975 年，人民文学出版社以上海图书馆藏本为底本，缩版影印；1980 年，上海古籍出版社又标点分段，排印发行，只是不知何以删去原题作者姓名："晋平阳侯陈寿史传，后学罗本贯中编次"？从此嘉靖本亦成了常见的本子。

　　在嘉靖本成书后，不断地被翻印刊行，在翻印中常常有不同程度的改动，这就出现了许多不同的本子。而其中改动最大的是清初毛宗岗的评刻本，这就是毛本《三国演义》。毛氏不仅在形式上加工润色，辨正史实，增删文字，更换论赞，改回目为对偶，而且在内容上加强了尊刘抑曹的思想倾向。毛本一出，嘉靖本和其他明本便很少再流传，毛本便成了后来最流行的本子。一些研究者认为《三国演义》经毛宗岗加工之后，形式上有所提高，但同时封建思想增加了。说毛氏"从尊刘抑曹的封建正统观念出发，一味丑诋曹操，极意美化刘备"，"毛氏父子的修订本，又使原作中的反动观点得到了加强"，等等。不看其尊刘抑曹的实质，而把它和封建正统观念一而二、二而一地等同起来的作法未必科学。他们一面肯定《三国》是优秀的古典文学名著，一面又说尊刘抑曹是反动的封建正统观念。尊刘抑曹，这是《三国》的总的思想倾向，如果不能理直气壮地，也是有分析地肯定这一倾向，不仅毛宗岗站不住脚，就是《三国》这部书也难以肯定它是优秀古典名著，因为它的总倾向是反动的。谈《三国》，尊刘抑曹倾向是个无可回避的关键问题。问题并不在这个抽象的尊刘抑曹上，而在所"尊"所"抑"的实质是什么。实质上的"刘"，不只是汉中山靖王之后的刘皇叔，而是我们民族的美德（宽厚仁爱，对战斗友谊的忠诚等）的形象化；实质上的"曹"，不只是"名为汉相，实为汉贼"的曹丞相，而是剥削阶级恶行（奸诈凶残，损人利己等）的典型化。但也不必讳言，毛氏在作品中也投下了一丝尊刘皇叔、抑曹丞相的封建性阴影（多表现在人物对话时的片言只语上，并未构成多么有力的形象）。但由于他能够遵循艺术规律办事，这一丝阴影深深被尊美德、抑恶行的大片民主性光辉所掩没。所以尊刘抑曹实质上并非坏事，不能同封建正统观点混为一谈，至少在作品中也是形象大于思想的。

有比较，才有鉴别。不见嘉靖本之粗，便不显毛本之精，也就不显毛本之才之功。

一部作品的内容，不管如何多样，它的人物性格不管怎样复杂，但是，它必须有个主旋律，不能自己对自己唱反调。正面人物也可以有缺点，反面人物也可以有优点；我们宁主张人物性格饱满多彩，不赞成单一瘦枯，但是，必须完整统一，不应违背性格发展的内在逻辑。作者的倾向性亦应鲜明，至少不应摇摆不定，乃至抵牾矛盾。嘉靖本也正是在这里留下了缺陷。毛宗岗或删或增或改，栉乱理杂，排芜纳菁，添腴救瘠，饰光润色，对那些表现作者倾向性混乱或矛盾的成分，芟削一清；对那些堆积史料造成的臃肿或游离现象，化腐为奇；增进的文字为作品输送了新养分。这样，再不见与主旋律相悖的错乱音符，《三国》终于成为一大谐和统一的完美乐章。

毛氏修订的最大成就，表现在人物形象的艺术加工上。他对一些主要人物还可说是进行了再塑造，在塑造中十分注意典型人物个性化及其性格的完整统一，并突出其各自的独特性；且把强烈的感情，爱憎分明地渗进到他的正反两类人物的形象中去。小则数字的笔削，大则整段情节的增删，莫不服从于人物性格的艺术需要。如孔明听到司马懿复职的消息后，嘉靖本写道："孔明听毕，顿手跌足，不知所措。"这简直不是孔明了。毛本仅用"孔明大惊"四字，便不至有损孔明一贯遇事不慌的性格。又如，嘉靖本孔明欲烧死魏延于上方谷，事未谐，反嫁祸于马岱，且涉及杨仪。孔明岂不成了阴谋家，与曹操何异！毛本予以删改。关于"诸葛瞻战死绵竹"的一段情节，嘉靖本竟背离史实地（按陈寿《三国志》："艾遣书诱瞻曰：'若降者，必表为琅邪王。'瞻怒，斩艾使，遂战，大败，临阵死，时年三十七。"）让诸葛瞻得邓艾信后，却想投降，反不如 19 岁的儿子诸葛尚。这种为自己的英雄人物脸上抹黑的作法，无异是自唱反调，只能导致倾向性的模糊或混乱。经毛氏修改，化腐为奇。值得一提的是，毛氏在这里补叙了一段诸葛氏的家庭生活；孔明求黄氏女为配，本在未出茅庐之前，毛氏特于瞻死难时以追述。黄氏貌丑才奇，"武侯之学，夫人多所赞助焉"。夫人"临终遗教，唯以忠孝勉其子瞻"。在结构上，诚如毛氏自嘘："有添丝补锦、移针匀绣之妙。"内容上显示出瞻、尚父子壮烈殉国，实有母教的生活依据。三代英杰，一门忠烈，武侯之泽，光前裕后也。

毛本对诸葛氏之"扬"，不论主观上是否出于"尊刘"目的，然而，他是服从于艺术规律的，其效果则是提高了作品的客观价值，对曹氏之"贬"，也是同一道理，不论主观上是否出于正统观念，我们也应从作品的客观实际落目。

嘉靖本曹操形象，确乎存在着两张皮、割裂而不统一的缺陷，所以有人说他是"双重人格""神经质"等。有文章说，"罗贯中笔下，仅就弄权说来，诸葛亮不比曹操逊色"。"从嘉靖本来看，罗贯中笔下的曹操与诸葛亮、刘备、周瑜、孙权一样……万万不可以偏概全，无视这个形象中所包含的令人喜爱的英雄气质。"① 这些看法，作者并不是指责嘉靖本，可它却道出了嘉靖本的缺陷：它的人物缺乏个性化特色，缺乏典型化，正反两面人物的界限有某种程度的不清，没有如《东坡志林》说的途巷小儿听讲三国故事时，被激得有哭有笑的那种艺术效果。这和我们今天要求的人物性格复杂饱满无涉，它主要是由于早期长篇讲史小说的史料题材庞杂，作者驾御能力不足，掌握不了，概括不了，分析不透，描写上的含混所造成。一句话，它正是长篇讲史小说在其发展历史中还不够成熟的一种征候。

有作为的作家、批评家，无不反对人物描写上的"恶则无往不恶，善则无一不美"的表面化、绝对化倾向。毛宗岗也是如此。他再塑造曹操的形象，既削删与作品主旋律相背逆或违反人物性格发展逻辑的那些赞誉曹操"英雄气概"、爱民为民的描写，以及颂扬曹操的冗繁的诗词赞论，但并未一味地丑化或罪恶化。在三分鼎立之前，即赤壁战前，毛本对曹操的功伐所向，除少数外，大多采取肯定态度。在伐董卓、击二袁、擒吕布等一系列的征战中，曹操依然站在"伐不仁"的立场，显示着他卓越的政治才能与军事谋略。连诸葛亮后来都称赞说："曹操智计，殊绝于人，其用兵也，仿佛孙吴。"② 毛氏对曹操"伐不仁"斗争的正义性，从来未采取否定的态度，所批判的一个重要方面是道德范畴的罪行。毛本依据史实，依然保留了曹操定冀州后，曾下令"河北居民遭兵革之难，尽免今年租赋"的记载。"报父仇曹操兴师"的情节，陈寿《三国志》只有"公……所过多所惨戮"一句话。嘉靖本演化为"三光政策"："操大军所到之处，鸡犬不留，山无树木，路绝行人。"毛本只说："操大军所到之处，杀戮人民，掘发坟墓。"（按：古代在战争中掘人坟墓事，早见于《左传》哀公二十六年）这自然也是暴行，但毛氏对有关曹操的题材并不采取"见恶则添，见善则减"的手法。且在杀杨修、赦陈琳等情节中，对曹操的格调都有所提高。嘉靖本："曹操忌杀杨修"，突出一个"忌"字。毛本否定"忌杀"，

① 《嘉靖本〈三国志通俗演义〉中的曹操形象》，《文学评论》1980 年第 2 期。

② 毛本九十七回。

赋予杀杨修以政治内容（由于杨修干预了他家的内政，参与了曹丕、曹植弟兄间的斗争），提高了曹操形象的美学内涵，既是阴谋家，又不失为政治家。陈琳为袁绍讨曹操的檄文，是篇绝好的"抑曹"的材料，毛氏增入它，既增加了历史真实感，又为后来曹操赦陈琳增加了波澜。毛本把曹操不杀陈琳的情节予以改造扩展，从奸雄与能臣的两个方面丰富了曹操的性格特征。嗜杀成性的曹操此时何以宽宏大量起来？剥削阶级的政治家、统治者，常常是以宽猛相济的两手来维持其统治地位的；在他的统治比较巩固的时期往往比较宽，当其感到危机来临时就会大肆杀戮镇压。在许都大火后，曹操就采用了残暴的扩大镇压的政策，而在破袁绍后势力急剧扩大，形势稳定，急需用人之际，甚至发现部下有通敌者，也会烧掉"暗通之书"，不予追究。怜其才而赦陈琳，亦正是此时。时宽时严的矛盾，便在怎样有利于自己就怎样干的利己主义的基石上统一起来。

毛宗岗体察古往今来多少奸雄的生性根基，看清了"治世之能臣"，与"乱世之奸雄"二者本有相通之处，这为再塑曹操提供了生活依据和历史依据。于是在他的笔底才出现了如他所说的似忠而非忠，似顺而非顺，似宽而非宽，似义而非义的"能臣"与"奸雄"的混一体，即所谓"其智足以揽人才而欺天下"的"古今来奸雄中第一奇人"①，也正是人们常说的艺术上的"这一个"。经过再创作之后的曹操，复杂中见统一，多彩中有主导，奸中透雄，伪里显智，更集中、更鲜明、更强烈、更理想、更典型、更符合人民的审美要求了。如果说嘉靖本的曹操已有一定的血肉，毛本更赋予以灵魂。一个有肉有灵、形神兼备的封建统治阶级政治家、野心家、阴谋家的形象从毛本《三国》中站立起来。毛宗岗说"奸雄之奸，奸得可爱"②，多么高的审美力！这个"奸得可爱"的千古不朽的否定艺术典型，应该说，最终是由毛宗岗完成的。

在尊刘抑曹的思想倾向上，嘉靖本与毛本并无质的区别，只不过五十步与百步之差耳。两书与陈《志》都是一脉相承的（详见前文《评毛宗岗修订〈三国演义〉》）。毛本最突出的成就，就是强化了曹操灵魂的奸。人们只注意了陈寿说的"超世之杰"，而忽略了同时又说他"矫情任算"。矫

---

① 《读〈三国志〉法》。

② 毛本第五十回总批。

情任算，就是奸诈的同义语。论者常引唐太宗如何称赞魏武的功烈才干，很少提到唐太宗也很鄙视曹操的奸诈为人："朕常以魏武帝多诡诈，鄙其为人，如此岂可为教令？"① 坚决主张"替曹操恢复名誉"的翦伯赞先生也说：曹操"把黄袍当作衬衣穿在里面"②，何以如此呢？还不是惟奸而已矣。如果一定要区分出史学与文学中两个曹操的不同来，那就是：前者重在记功烈，后者重在写性格；前者曹操，雄中见奸，后者曹操，奸中见雄；前者是死曹操，后者是活曹操。

对原本语言文字上的加工提高，是毛氏的又一大贡献，改松散拖沓为紧凑畅达。一部七十余万言的巨著，统一地改动起来，谈何容易！文学乃语言的艺术，切不能低估毛氏在这里加工润色的功果。

明万历间人胡应麟说："罗本亦效之（指《水浒》）为《三国演义》，绝浅鄙可嗤"，如与《水浒》相比，"二书浅深工拙，若霄壤之悬"。他所见到的不知是否是嘉靖本，但亦可见明人对明本《三国》的评价之低。今见的嘉靖本仍带着民间文学的那种粗率简朴特色，语言拖沓芜杂，且有不少常识性的错误。看来，作者（或者是修改者）、夹注者的文化水平不高。诸如：一、卷首作者署名上就有错误："晋平阳侯陈寿史传"。按陈寿未封侯，只作过平阳侯相，常璩《华阳国志》、《晋书·陈寿传》皆可据。陈寿于泰始十年二月一日癸巳上《进诸葛亮集表》，自署"平阳侯相臣陈寿上"。那么，这"侯"字，是否是手民之误呢？不是。该书卷二十，写孔明斩陈式后，注云："后陈式之子陈寿为晋平阳侯，编《三国志》"。二、不知"汉寿"是地名，竟在"汉"字上大作文章。曹操给关羽先送"寿亭侯印"，不受，后添上"汉"字，于是关羽欣然接受，〔按：省去"汉"字，只称"寿亭侯"，或许是宋元间民间传说之讹。关汉卿《单刀会》第二折：司马徽问鲁肃："大夫请我呵，再有何人？"鲁云："别无他客，止有先生故友寿亭侯关云长一人。"（末唱：）"你道是旧相识寿亭侯，和咱是故友。"〕 三、蒋琬谓孔明曰："昔楚杀得臣，而文公喜"。其夹注不知"得臣"是人名，竟望文生义，说是"昔楚成暗弱，而杀得益之臣"。四、忽略近体诗起于何时，竟让汉末人吟起七律来。书中类似的"硬伤"不

① 《贞观政要》卷五。
② 《历史问题论丛·应该替曹操恢复名誉》。

少，毛氏一一医治，手到病除。这些错误有的或许是传抄过程中夹杂进去的，不会是罗贯中的手笔。

我们只说嘉靖本在艺术上比较粗糙，但并不否定或贬低它的历史成就。两种本子的文野之分，高低之别，乃是历史的产物。从明初人罗贯中到清初人毛宗岗，从嘉靖本到毛本，其间有一个不短的历史阶段。嘉靖本在它的时代出现，不论思想上还是艺术上，已经难能可贵。我国长篇小说一出现即达到如此高境，应该说是我们民族的骄傲。我们长篇小说历史上在全世界也是遥遥领先的。在比较两个本子的时候，决不能忘掉历史唯物主义这一思想指导原则。

一九八四年三月于北京

历史素材与艺术成品之间

——读《三国》论

历史文学的素材与成品之间的关系问题，本来并不是什么太复杂的问题，可是不知怎的它总是纠缠不清地予人以麻烦。常说：历史小说首先是小说，不得太实；但又不同于一般小说，不得太虚；什么虚实结合，真实统一；等等，诸如此类。无疑都是非常正确的。但是"大实话"有时便是废话，说了和不说一样。我现在不想再重复"大实话"，愿结合一点实例说说具体问题。以"单刀会"论，我以为关汉卿不受史实束缚而成功，罗贯中以"事太实则近腐"。"马谡之死"的描写，可惜未能充分利用已有的史料。曹操既奸又雄，实与虚有机统一，是历史文学塑造人物的成功范例。在小说中还能看到这样一种现象，凡是作家有意改变史实原貌（自然是要改得合乎情理）的地方，往往是作品的精彩部分；因为作家发挥匠心，驱史实服从艺术规律。

史料与成品之间的关系，既广而杂。我们的谈论自不宜拘于虚实问题之一格。本文作为读书散论，话题自应放开一些。

一　评两个"单刀会"

这里说的两个"单刀会"，即：关汉卿的杂剧《关大王独赴单刀会》和《三国演义》66回"关云长单刀赴会"。它们同一史实，但各具风格。有的同志认为："单刀赴会的，不是关羽，而是鲁肃。""按照历史来看，鲁肃出于顾全大局，不惜冒着生命危险单刀赴会。……关云长单刀赴会的这种'义勇之概'，那是作者从鲁肃那里移植过来的。"① 其根据是《吴书》曰："肃欲与羽会语，诸将疑恐有变，议不可往。肃曰：'今日之事，宜相开譬。刘备负国，是非未决，羽亦何敢重欲干命！'乃趋就羽。"其说之误，已为明人胡应麟早辨："盖《吴书》乃自尊其国，非实录也。本肃邀羽相见，故羽操刀起，岂得云肃欲往，疑羽有变乎？裴松之辨驳最明，独此注引《吴书》而略无是正，亦大愦愦。司马据之，尤为疏也。"② 胡氏之说甚是，惟对司马光的指责有所失当。我们且看《通鉴》（卷67）的记载：

> 鲁肃欲与关羽会语，诸将疑恐有变，议不可往。肃曰："今日之事，宜相开譬。刘备负国，是非未决，羽亦何敢重欲干命！"乃邀羽相见，各驻兵马百步上，但诸（请）将军单刀俱会。

虽然"司马氏《通鉴》据《吴书》修辑"，有"议不可往"一词，但"议"得结果并未"乃趋就羽"，而是"乃邀羽相见"，"请将军单刀俱会"。所以司马氏仍然取陈寿《三国志·鲁肃传》说。《传》曰：

> （备）遣羽争三郡。肃住益阳，与羽相拒。肃邀羽相见，各驻兵马百步上，但请将军单刀俱会。肃因责数羽曰："国家区区以土地借卿家者，卿家军败远来，无以为资故也。今得益州，既无奉还之意，但求三郡，又不从命。"语未究竟，坐有一人（按：在小说里坐者实为周仓）曰："夫土地者，惟德所在耳，何常之有！"肃厉声呵之，词色甚切。羽操刀起谓曰："此自国家事，是人何知！"目使之去。备遂割湘水为界，于是罢军。

"单刀赴会"的史实如是。合情合理，真实可信。陈《志》、《通鉴》的可靠性远非《吴书》所及。按：时刘备已得益州，孙权先派诸葛瑾向备

---

① 邱振声《〈三国演义〉纵横·单刀赴会是鲁肃》，持其说者，不止一人。
② 《少室山房笔丛·庄岳委谈下》。

索荆州诸郡。备不许。权派人接管长沙、零陵、桂阳三郡,全被关羽赶跑。权大怒,遣吕蒙督军取三郡。刘备自蜀亲至公安,遣关羽争三郡。孙权督军进驻陆口。使鲁肃将万人屯益阳以拒关羽。在此形势下,有诸葛瑾出使在先,鲁肃便不会再"趋就羽"。"邀羽相见",倒是情理中事。胡应麟认为"《肃传》本实录",批评"《吴书》自尊其国",语焉不实之论,当是至理。

这段史实的本身,就宏伟动人,富有戏剧性,它到艺术家手中,便自然会导演出一场有声有色、威武雄壮的戏剧来。

论者多罪毛宗岗强化了《三国演义》的封建正统思想,且责其"推崇关羽","是为了迎合清代统治者的需要"①云云。观其杂剧《单刀会》,关汉卿之正统思想及对关羽之推崇,并不亚于毛氏,或有甚焉。据史籍记载:鲁肃邀关羽单刀俱会,索取荆州,"责数羽",大骂刘备"私独饰情,愆德隳好……贪而弃义,必为祸阶"。会上,鲁肃一直盛气凌人,剧言厉色,质问得"羽无以答"。在关剧里却翻了个过。关羽声威逼人,豪气凛然,而鲁肃反受其辱,心思白费,极尽能事地渲染关羽的大智大勇,叱咤风云的英雄气概。全剧贯串着维护汉家基业的思想,关羽以捍卫祖宗基业为己任,在谈判会上,以居高临下的气势侃侃而谈:

> 俺汉高皇图王霸业,汉光武秉正除邪,汉献帝将董卓诛,汉皇叔把温侯灭,俺哥哥合情受汉家基业。则你这东吴国的孙权和俺刘家却是甚枝叶?请你个不克己的先生自说!

自刘邦创业以来,荆州一直是汉家的基业,汉家的子孙刘备继承汉业,天经地义,孙权外人,无权过问。关羽成为为捍卫国家领土主权不受外人侵犯,赴汤蹈火在所不辞的英雄。全剧突出一个"汉"字。关羽自称:"我是三国英雄汉云长。"连东吴老臣乔玄一开场自称:"俺本是汉国臣僚。"剧终末句是:"急且里倒不了汉家节。"我们且认可它是一种正统观念,但说它反动却未必对。这种观念,是从哪里来的?既不是作家脑子

---

① 《〈三国演义〉前言》,人民文学出版社,1979。

里固有的，也不会是天上掉下来的，只能为社会存在所决定，也就是宋元时代的文化思潮、历史环境，特别是民族矛盾等客观外界现象作用于人的头脑的反映。能说它是反动的吗？在《三国演义》里，关羽回答东吴使者诸葛瑾说："大汉疆土，岂可妄以尺寸与人！"吕布曾对曹操说"汉家疆土，人人有分"。这确乎是当时两种尖锐对抗的观念，关羽也确乎是汉统的卫护者。作者再三强调"大汉""汉家"。如果说毛氏由于"推崇关羽"，而"是为了迎合清代统治者的需要"，那关氏之推崇关羽比毛氏有过之无不及，那么，他是否也是迎合元代统治者的需要呢？若使置各民族及其各自具体历史阶段的独特性于不顾，空言放之四海皆准的空头理论，犹如空中玩刀，尽管令人眼花缭乱，甚或有点望而生畏，但实际上并不解决问题。

《单刀会》是一部政治剧。但剧作家对生活中的政治评价、道德评价，经过审美中介，自如地转化为美的艺术形象，已经超越了事件的表层，而获致一种诗的情致与深厚思索的意蕴。如关羽纵目大江，吊古凭今。一曲《新水令》，"豪气三千丈"。再听《驻马听》：

> 水涌山迭，年少周郎何处也？不觉灰飞烟灭，可怜黄盖转伤嗟！破曹的樯橹一时绝，鏖兵的江水由然热，好教我情惨切！（云）这也不是江水，（唱）二十年流不尽的英雄血！

把人引进无穷尽的联想与当年赤壁鏖兵的血与火的追思之中。满江的水，感觉上犹然在被战火烧得发热，质地上是战士血管里流出的血。长江里流的不是水，而是"二十年流不尽的英雄血"。这实际上是一种诅咒战争、向往和平感情的流露，表示对人的生命的珍惜，天地间人为贵的思想，蕴含着不愿再动干戈，荼毒生灵的"惨切"的情怀，表现了人道主义精神的广阔胸怀（单刀赴会的举动，本身就是一种主张和平，反对战争的壮举）！按理，这段唱词，并不太符合关羽这一人物的平生性格。这实则是作者自我激情不可抑制的坦露，但它却表现出深邃奇丽的诗思与飞扬奔放的热情。"热"与"血"的联想及其遣词造意，前无古人，借用东坡的旧词，而别赋新意。为诗的意境、语言的近代化起催化作用。关汉卿也是一位奇才诗人!

赤壁一战定三分,刘备集团从此结束了流亡生涯,取得根据地,得成霸业,得与曹、孙争雄。关羽的集团在战争中也付出了力量。可是他在这里对赤壁之战并未采取肯定态度,而对周瑜、黄盖等战胜者、英雄人物亦持轻蔑态度。这显然和小说《三国演义》中的关羽是不同的。在史籍和《演义》中,关羽把他们在赤壁作战建功,作为这次会上反诘鲁肃的理由。如云长曰:"乌林之役,左将军亲冒矢石,戮力破敌,岂得徒劳而无尺土相资?今足下复来索地耶?"(《演义》据《吴书》概括)四折杂剧已是一个完整的艺术形式。如果不把它和长篇小说中的关羽形象混同起来,"二十年流不尽的英雄血",可使老冉冉将至的关羽,更看清战争的无穷灾难,激发了人道思想,喊起"好教我情惨切",出此千古绝唱,似乎亦未足诟病。不,它使关羽的性格更丰满了。

《三国演义》66回(嘉靖本与毛本文字略有不同,内容一致)与关剧所写,同源异体,各有千秋。同为歌颂武勇智术,宏扬英雄主义;但在鼓吹汉家正统思想上,小说比杂剧减弱多矣。且戏剧与小说形式不同,一长于抒情,一善于叙事。毛宗岗评赞:"(关羽)来得轩昂,去得轩昂","往来自得,旁若无人"。果然,来得轩昂。关平、马良前后劝阻,关羽答以"吾若不往,道吾怯矣!""既已许诺,不可失信"。语虽简短,颇见个人英雄主义性格特点。去时轩昂,叙事简明,生动传神:

> 云长右手提刀,左手挽住鲁肃手,佯推醉曰:"公今请吾赴宴,莫提起荆州之事。吾今已醉,恐伤故旧之情。他日令人请公到荆州赴会,另作商议。"鲁肃魂不附体,被云长扯至江边。吕蒙、甘宁各引本部军欲出,见云长手提大刀,亲握鲁肃,恐肃被伤,遂不敢动。云长到船边,却才放手,早立于船首,与鲁肃作别。肃如痴似呆,看关公船已乘风而去。

叙事中含描写,威风凛凛,果然"古今来名将中奇人也"。

若就总的艺术成就而言,《演义》比关剧逊色远矣,逊在对待史实的问题上。关剧想象飞扬,距史已远,而《演义》拘守史籍,缺乏创造,真有点"事太实则近腐"①的意味。尤其鲁、关对话，几乎全搬《吴书》及陈《志·鲁肃传》的原语。其不知《吴书》有自己的立场，不会长敌人之志气，灭自己的威风，是以会上鲁肃振振有词、咄咄逼人，关羽处处招架，理屈词穷。小说受原史料的左右，在对话中关羽仍未摆脱被动挨打的局面。《吴书》突出鲁肃的凌厉质问，以"羽无以答"状其窘态。小说对四字略改之而沿用"云长不之答"（嘉靖本）或"云长未及答"（毛本）。足见拘泥之一斑。胡应麟批评《吴书》"所记羽语殊俚陋，不类云长"。而小说于鲁肃斥责刘备"已得西州，又占荆州，贪而背义，恐为天下所耻笑"之后，竟凭空添上关羽这样的回答：

> 此皆吾兄之事，非某所宜与也。

在强敌面前，昆仲间竟推卸起责任来。更是"不类云长"！一大败笔！谈判会上，言词是最有力的斗争工具，对话失败，文章减色！综观小说"单刀会"的描写，两头（来、去）成功；中间（对话）失败，囿于史籍所致。

二　曹操本来是奸臣

面对时代改革大潮，文史界很多同志颇注意如何更新观念，开拓视野，强化研究的现代意识，积极致力于新研究方法的探求与运用，但是一些文章讲得倒不无道理，只是读后令人抓不着、用不上、学不来，也难予说明问题、解决问题。近读胡如雷先生《运用"角色"原理研究历史人物的设想》②一文，颇得教益。文章以诸多的历史人物、历史现象验证了"角色论"原理，用实例说明了问题，使人感到它抓得住用得上，有路可循。文中提出研究历史人物的三大原理，依我体会：（一）按"角色原理"，一个人一生中同时会充当若干角色；角色是从人际关系中确立的。人在社会关系中，产放能量，发光散热，或接受反影响，必须在一定的社

---

① 谢肇淛：《五杂俎》。
② 《光明日报·史学》463 期。

会定点上，要对他作出正确的审视与评价，定位分析，"角色定性"，成为不可缺少的步骤。（二）按"社会化原理"，承认时代、社会环境给予人性的后天化育，这和现实主义文学所遵循的"典型环境典型人物"的理论是相通的。文章以杨坚后来的崇佛同他第一个社会化阶段的寺院生活有关为例，简而明地说清了道理。对历史人物要做到既知其然又知其所以然，"社会化原理"则是重要的。（三）按"角色冲突原理"，角色有多样的心理欲求，内心矛盾与冲突是复杂变错的。欲明了角色的行为关系之究竟，就得对他们的内在世界作出透视。文章对隋文帝、唐太宗、韩愈等角色的例析，读之令人了然。总之，如果说"角色原理"是从人际关系的横向审视历史角色，那么"社会化原理"便是从角色性格的完成与发展的纵深审视历史角色，而"角色冲突原理"则是从角色的内在矛盾交错中透视历史角色，这样纵横交错的立体研究结构，所得的结论，其准确度、可靠性自然是会比较高的。

现在，我们就循着"角色论"的路子学步，试对曹操这个多角色人物作点分析。

三十年前（50年代）两位史学大师郭老、翦老发动了一场为曹操翻案的学术论争，其功绩不容低估。但在当时，对"奸臣"这一概念，未能作出"角色定性"，把奸臣当做坏人的同义词，将二者混同起来。讨论中在否定曹操是坏人的同时，连曹操的奸臣帽子也统统摘掉了。三十年来，一直留有影响，在研究、教学和学术会上，常常因之争论不休。

所谓要为曹操恢复名誉，主要内容之一是要为他摘掉奸臣的帽子。郭老说："自《三国演义》，风行以后……把曹操当成坏人，当成一个粉面奸臣。"① 翦老说："（曹操）长期被当作奸臣，这是不公平的。我们应该替曹操摘去奸臣的帽子。""《三国演义》简直是曹操的谤书。"② 将近三十年之后的今天有论者直承其说，提出"曹操在什么时候成为奸臣？"其结论是：南宋以来，曹操才"变成为一个奸臣"，"《三国志平话》是置曹操于奸臣地位的判决书"。③ 这就是说，曹操本来不是奸臣，是一些小说家硬给

---

① 《曹操论集》，三联书店，1962，第10页。
② 《曹操论集》，三联书店，1962，第12页。
③ 《〈三国演义〉纵横谈·曹操在什么时候成为奸臣》。

曹操扣上了奸臣的帽子，是一桩应予平反的历史冤案。

实际上是先有历史上的奸臣曹操，然后才有艺术上的否定典型奸雄曹操。这些同志把本末倒置了。所谓奸臣或忠臣，是就君臣关系确立的，和奸臣相对立的角色是忠臣，并非英雄，奸臣也不是坏蛋的代名词，还可能是一位有作为的能臣，曹操正是如此。具体地说，曹操的奸臣身份是由对待汉献帝的态度确立的。如果说曹操不是奸臣，那么能说他是忠臣吗？恐怕不能。说他是个不奸不忠的臣，这样的讨论，显然是乏味了。在封建制度下，对君的忠、奸问题，是评骘人物的头等条件；而今它已不能作为我们评价历史人物的标尺。我们评价古人，特别是评价统治阶级中人物要看他在历史上有无进步意义，对待人民的态度如何，不是看他对待一个人——皇帝的态度怎样。对于忠臣或忠君思想一类的概念，已有过不少的分析、批判；但对于奸臣，以往几乎并未作过认真的定性分析。在为曹操翻案的讨论中，虽然涉及到它，但只是囫囵地作为坏人的代名词一带而过了，以至到今仍留下了含混不清的影响。

翦老以三个"第一流"（政治家、军事家、诗人）为据，说明曹操"被当作奸臣是不公平的"。其实两者毫不抵牾。我们还可说曹操是第一流的奸臣。即便举出曹操一万条"伟大"来，只要拿不出一条忠臣的材料，想替曹操摘掉奸臣的帽子，那也是困难的。在陈寿笔下，曹操是伟大的，大书"太祖武皇帝"，文才武略，勋业彪炳。但是，同时曹操仍然是个实足的奸臣。《武帝纪》："汉皇后伏氏……废黜死，兄弟皆伏法。"杀伏后及其二子、兄弟、宗族，死者数百人。忠臣能干这样的事吗！《先主传》的记载那就更典型了："操穷凶极逆，主后戮杀，皇子鸩害。""今操恶直丑正，实繁有徒，包藏祸心，篡盗已显。""曹操阶祸，窃执天衡；皇后太子，鸩杀见害，剥乱天下，残毁民物。久令陛下蒙法扰厄，幽处虚邑。"按翦老自己的文章生动的描绘，曹操也是个奸臣："他总是抓住汉献帝不放手，企图躲在汉献帝的背后完成做皇帝的一切准备，而在他宣布自己为中国皇帝的前一天，都没有人知道。他把皇袍当作衬衣穿在里面。"① 这说明曹操不仅是个奸臣，而且还是个非常奸诈阴险的大奸臣。

① 《曹操论集》，第18页。

我们之所以在这里重提二位长者三十年前的旧说，是因为它在今天仍产生着影响。议旧，正是为了同今天论者同志们"疑义相与析"。说曹操在南宋以后才变成奸臣的理由主要是：

一是说"有唐一代'帝魏寇蜀'占着统治地位"。其论据是唐太宗在《祭魏太祖文》里称赞过曹操。称赞则称赞，但并没有说他是忠臣。可是唐太宗也很鄙视曹操的为人："朕常以魏武帝多诡诈，深鄙其为人。如此，岂可堪为教令？"并说："朕欲使大信行于天下，不欲以诈道训俗。"① 这就不是什么"惺惺惜惺惺，英雄赞英雄"，而是英雄斥奸雄了。唐太宗并未矛盾，赞其魄力，鄙其品行。至于说杜甫的赠曹霸诗："说曹霸是曹操的子孙很光荣"，对曹操有"赞美之词"。即便如此，亦未见得杜甫就必然"寇蜀"。大家熟知，杜甫写了不少追念蜀汉君臣的诗篇，颂扬"诸葛大名垂宇宙，忠臣遗象肃清高"；发出过"出师未捷身先死，长使英雄泪满襟"的悲叹。这里的"忠臣"，无非是鞠躬尽瘁于汉室的忠，这里的"出师"无非是武侯北伐中原之师。可知老杜绝不"寇蜀"！单凭《祭魏太祖文》和《丹青引》两条材料，无论如何是得不出"有唐一代"，曹操还不是奸臣的结论。相反，唐代揭露曹操为奸臣者，倒确大有人在。著名的史论家刘知几说："曹公之创王业也，贼杀母后，幽逼主上；罪百田常，祸千王莽。"② 欧阳询《艺文类聚》（卷 83）："操别入砀，发梁孝王冢，破棺，取金宝数万斤，天子闻之哀泣。"此等事，忠臣岂为！

另一理由是说，北宋文人多以曹魏为正统，来证明北宋时期曹操尚不是奸臣。其说亦难于成立。封建时代文人的正统观是随着不同时代的政治需要而改变的，没有什么真理标准可言。但，是奸臣，还是忠臣。总是有一定的事实，即其人的客观行事为准则的。陈《志》是以魏为正统，可其中仍记录了不少曹操危害汉室的奸臣的事实。以魏为正统的"北宋文人"，司马光当为代表，可是他说："以魏武之暴戾强伉。加有大功于天下，其蓄无君之心久矣。"③ "蓄无君之心久矣"，正是典型的奸臣。以文人的正统观为依据，是说明不了曹操是不是奸臣的。不管北宋文人怎样的以曹魏为

① 《贞观政要》卷五。
② 《史通·探赜》。
③ 《资治通鉴》卷六八。

正统，但是人民群众却有着自己的看法。途巷小儿听"说三分"时所表现的哭与笑，正反映着人民群众的爱憎感情。曹操从来就不是忠臣，南宋以来，一变而为奸臣的说法，是不能成立的。《三国志平话》是起不到"判决书"作用的。

小说《三国》实际上是正史《三国》的继承和发展。《三国志演义》么，就是《三国志》的演义，何"谤"之有？历史人物曹操和艺术形象曹操，就其实质，基本上也是一致的，都是能臣（不是忠臣）与奸雄的统一体，都是有才缺德的典型。史家侧重于记"有才"，作家侧重于写"缺德"。史家比较冷峻，作家难免要感情用事，作家比史家要自由得多。如果说两个曹操还是有所不同的话，那是史学与文学的两种不同的任务所规定。

曹操性格固然是复杂的，但其脉络是清晰的。主要是"有才"与"缺德"的两种因素在他身上交互作用着。"有才"使他的"缺德"达到了惊人高度，因而发挥了极大的作恶效能；由于"缺德"，不受封建道德规范的约束，使他的"有才"得到为所欲为的施展。他的破坏性有时却赢得了意外的建设，他独霸天下的野心，又收到力扫群雄，安定社会秩序的后果。于是功罪交织，终于是杰出的政治家、军事家，同时也是野心家、阴谋家。他把皇位看作是"火炉"，可他又无时无刻不在觊觎着这座"火炉"。他完全可以轻而易举地登上皇帝宝座，可他又不上去，也不让别人上去；只是牵着汉献帝这具傀儡，学周文王，为自己的儿子作周武王作准备，这就是他的总路线。这一路线的执行者决不能是忠臣！这就决定他必须搞阴谋诡计，损人利己，发展奸雄性格。从这里清楚地留下了曹操性格的"社会化"进程。他种瓜得瓜，求豆得豆，他胜利了。一个成功万骨枯，这就是封建社会的文明史。曹操何只是一个奸臣，他身上同时具有暴君特点。如果说他是一只狼，还具备了狐狸的特点，因之群狼莫敌。它吃掉了数以千万计的人：老百姓、官吏、士兵、俘虏、皇戚、知识分子、妇女、儿童乃至幸姬、儿媳（曹植之妻）等，也吃掉了不少同伴：大大小小的狼（也算是为了人除了害）。吃呀，吃呀，于是吃肥了自己，为一世之雄也。在狼的世界里，他确乎成了一个佼佼者。

曹操角色的内在矛盾冲突是复杂的，但其"有才缺德"仍占主导位置，从古人的评论中亦得到证实。最早的评论家要数许劭，他当面对曹操说："你是治世之能臣，乱世之奸雄。"这是有才缺德的美誉，操闻之，满意地一笑而去。诸葛亮称他为"奸凶"，自然是"缺德"了。可也不否认他是一流的军事家，如说："曹操智计殊绝于人，其用兵也，仿佛孙吴。"[①] 陈寿承认他是一流的政治家，说他是"非常之人，超世之杰"；但也说他"缺备""多所惨戮""矫情任算"[②]，唐太宗赞其"以雄武之姿，当艰难之运"的才干，又鄙其诡诈为人。最有分量的评语是陆机的："曹氏虽功济诸华，虐亦深矣，其民怨矣。"[③] 肯定"有才"所造成的功绩，批判"缺德"所产生的恶果。在《三国演义》中，贾充以同样的话对司马炎说："操虽功盖诸夏，下民畏其威而不怀其德。""功盖诸夏"四字，在三国人物中谁可当之？这是对曹操的最高评价。然而，最可贵的是他俩（陆机、贾充）都看到了人民，察到了民怨，也感到了人民的力量，找到了曹氏政权短命的原由是失民心。贾充以此顺说司马氏来取而代之。对一个"功盖诸夏"的政治家，史家有责为其树碑立传。古往今来，凡是进步作家，无不是人民的同情者。对一个"虐深民怨"的封建统治者，作家通过文艺形式予以揭露鞭挞，正是现实主义文学的使命，何为"谤书"？人民需要这样不朽的"谤书"！

按"角色论"，一个历史人物同时可充当若干角色，在汉末三国群雄纷争的关系中，曹操充当着"功盖诸夏"的政治家角色；在豪强争城略地的战争中，他又是一位"仿佛孙吴"的军事家；在建安文坛上，他还是一位才华出众的诗坛领袖，但在对待人民群众的态度上，他却是一个"虐深民怨"的残暴封建统治者；在与汉献帝的君臣上，他是一个典型的奸臣。如果 50 年代人们已接受了"角色论"，或许为曹操翻案时，就不一定要摘他的奸臣帽子了。

三　马谡的典型性及其它

按福斯特的理论，中国古典小说便很少有圆型人物形象（当然并不是

---

① 《后出师表》。
② 《三国志·武帝纪》。
③ 《辨亡论》。

说扁平型人物就都不成功）。在《三国演义》里，如果说曹操是个圆型人物，那么，马谡便是个介于圆扁两者之间的文学人物。蒋琬说他是"智谋之臣"，司马懿则谓"乃庸才耳"；孔明既赞他"饱读兵书，熟谙战法"，又责他"马谡无知，坑害吾军"；他献攻心策，得服南人，施反间计，司马懿遭贬，作出卓越贡献；但又误失街亭，全军败绩，几致孔明被俘；既是功臣，又是罪人；既是谋略家，又是大话将军；既是人才，又是庸才；具有一定的复杂性和矛盾性；在全书中所占篇幅不大（从第 87 回出现到第 96 回处斩），但却获得了长久的艺术生命，至今仍活在人们的言谈笑语中。对于他的最后处理，长期以来，人们从明法与用人的两个不同角度立论，争论不休，以至于今。就是在今天，这仍然是个有活力的议题。

《三国》写战争，总是以人物为中心，写人物又以情节为完成性格的重要手段。它不从抽象的概念出发，而是通过生动、丰富的情节去塑造性格鲜明的典型人物。设没有弹琴退仲达，也就谈不到孔明之智，若无拒谏失街亭，也就不存在马谡之妄。它很少有细致的肖像描写、心理描写或景物衬托，但一个个性格化的艺术形象，却生气盎然，跃然纸上。或许这正是我们民族文学的小说艺术方法的特征之一。

有的论者指责《三国》的缺点之一是："人物性格缺少发展，好象曹操生来就奸诈，孔明生来就聪明。"① 只是一种按现实主义艺术原则提出的要求，但也不宜看得过于绝对化，或许它和题材不无关系。《三国》写的是汉末、三国时代政治斗争的风云变化，表现的是各个政治集团之间的权力争夺和军事冲突。它的人物一出现即被推向斗争的前列，一出场多半是已经相当成熟的盛年人、老手；如此众多的政治家、军事家不容与他们的成长过程。尽管如此，如果我们仔细观察，仍见后期的曹操、孔明、刘备等重要人物，都还是有着一定程度的变化。若关羽、马谡更是有着显明的发展。关羽由气盛至刚愎自用，马谡由饱学而成为教条主义者。由于他们性格的恶性发展至终酿成失地杀身的悲剧。他俩的悲剧便是性格悲剧。

在历史上有两类人出了名：一是因建功成名，一是因犯错出名。马谡正是由于失街亭问斩，而名传百世，其典型是否写性的，但又不是反面人

① 游国恩等主编《中国文学史》，人民文学出版社，1984。

物，虽然说他的事迹不多，但事例典型，于是他能够作为一个成功的艺术典型站列于《三国》人物艺术画廊之中。关羽、张飞还有"卧蚕眉、丹凤眼"或"豹头环眼"之类的寥寥数字的肖像勾勒，而马谡是个什么样的长相，在小说里都无从得知。可是一个夸夸其谈、狂妄自大的教条主义者的形象，却活灵活现地出现在我们眼前。探其究竟，这主要是凭借生动的情节来完成的。

历史上成功的现实主义作家，总是要求在现实的发展中历史地观察生活、观察人物。他们笔下的人物是在社会环境、条件、事件中成长和活动的。环境作用着人，人反转过来对他周围的世界亦发生着影响。所以，性格不是被描绘成天生的或固定的，而首先是特定的社会历史环境的产物。马谡理论有余，经验不足，巧于运筹，拙于行动的性格也正是特定的社会历史环境的产物。

历史小说《三国》，其人物的基本性格，常常以史籍为依据。如曹操"矫情任算"①，刘备"弘毅宽厚"②，关羽"便亮有雄气，然性颇自负，好陵人"。③"羽善待卒伍而骄于士大夫，飞爱敬君子而不恤小人"④ 历史上的马谡，"才气过人，好论军计，丞相诸葛亮深加器异"。⑤ 但他同时有"言过其实"的缺点。可见历史上的马谡性格已具复杂性。史家已为作家提供了一具富有可塑潜力的雏形，艺术家终于赋予他以灵魂，成为一个有肉有灵的艺术形象。

"自幼饱读兵书，熟谙战法"的马谡，也曾出过不少好主意，以他的军事理论知识为他的集团立过功。建兴三年，孔明南征，马谡奉主上敕命，携酒帛前来军次劳军。孔明向他问策，他头头是道地分析了南人的特点及其形势之后，提出："夫用兵之道：'攻心为上，攻城为下；心战为上，兵战为下'。愿丞相但以服其心足矣。"颇得孔明的赞赏："幼常足知吾肺腑也。"从此马谡做了参军，遂随孔明一起南征。其言取得了良好的

① 陈寿：《三国志·武帝纪》。
② 陈寿：《三国志·先主传》。
③ 《江表传》。
④ 陈寿：《三国志·张飞传》。
⑤ 陈寿：《三国志·马良传》附《马谡传》。

后果："亮纳其策，赦孟获以服南方。故终亮之世，南方不敢复反。"三擒孟获时，马谡用计，又受到孔明的夸奖："汝之所见，正与吾同。"依计而行，取得预期的胜利，进一步取得孔明的信赖。曹睿既立，司马懿掌握了雍凉兵权，孔明引为后患。马谡看清对司马懿，"曹睿素怀疑忌"，便用反间计予以离间，使司马懿几乎掉了脑袋，终于被削职回乡。孔明兴奋地说："（懿）今既中计遭贬，吾有何忧？"这一功可不小啊！嘉靖本在写孔明第一次出祁山时，与王朗对阵叫骂，在王朗大段陈词后，这样写："蜀兵闻言，叹之不已，皆以为有理，孔明默然不语。蜀阵上参军马谡自思曰：'昔季布骂汉高祖，曾破汉兵。今王朗用此计矣。'"可说马谡是位颇有书本知识的饱学之士。然而，他虽然"才器过人，好论军计"，可是却缺乏生活实践，他虽然"自幼饱读兵书，熟谙战法"，却又缺乏实战经验。理论与实践在他身上脱了节，便陷进教条主义的泥沼。功劳、学识，都成了他骄傲自大的资本。成绩、赞扬，在促使着他目中无人、唯有我高意识的自我膨胀；理论应用上的成功，反而在助长着他言过其实、纸上谈兵的思想作风，一个个的胜利，冲昏了头脑，失却了心理的平衡，这成了他性格发展内在逻辑的必然结果。街亭一战，金玉灰飞，败絮全露矣。马谡失街亭处斩，则是一个空头理论家的悲剧。

刘备临终嘱咐："马谡言过其实，不可大用。"主驾崩永安宫时，已为马谡之败打下了伏线。街亭败北，马谡犯了双重错误。一为思想上的错误：骄傲轻敌，狂妄自大，违背了孔明惟谨慎的军事思想。既不把敌人放在眼里，说什么："休道司马懿、张郃，便是曹睿亲来，有何惧哉！"又笑"丞相何故多心也？量此山僻之处，魏兵如何敢来！"完全错估了形势。表现在行动上：一违孔明"下寨必当要道"之令，二拒王平"不能屯兵山上"之谏。果然魏军断汲水道，山上无水，蜀兵自乱，街亭失守。二为理论上的错误：开口孙子，闭口兵法，屯兵山上的理论有两条：一是"凭高视下，势如破竹"；再一条是"置之死地而后生"。这便是不知通变，不管具体的情况地死搬教条。在敌强我弱、敌众我寡的形势下，置之死地则难生。在当年刘备取汉中的征程中，徐晃、王平引军至汉水。晃令前军渡水列阵。王平不同意，徐晃说："昔韩信背水为阵，所谓'置之死地而后生'也"。平曰："不然，昔韩信料敌人无谋而用此计，今将军能料赵云、黄忠之意否?"结果是:徐晃大败,军士死于汉水者无数,王平投蜀。可见兵法还得活用。作者正是通过这些典型事例,成功地塑造出一个骄傲自大、夸夸其谈的教条主义军事指挥官马谡的形象。

作为一个艺术典型,马谡是有着长久的艺术生命力的。嘉靖本,孔明看到王平派人送街亭防务图本后,拍案大惊曰:"马谡真匹夫,坑陷吾军,早晚必有长平之祸也。"满腹兵法的赵括,纸上谈兵,长平一战,断送赵卒四十万。可见早在战国,便有马谡式的将军。明代批评家说:"马谡妄自尊大,一味糊涂,一味自是,及到魏兵围定,莫展一筹。惟待救兵而已。极似今时说大话秀才,平时议论凿凿可听,孙吴不及也,及至临事,惟有缩颈吐舌而已,真可发一噱也。"① 可见明时亦有马谡式的大话秀才。马南邨在《燕山夜话·说大话的故事》里,列举了不少好说大话的人,其中第一名便是马谡。马谡可称得上是一位说大话的人的典型。从战国到明代,从明代到今天,马谡式的人物一直在我们的国土上游荡着,其典型意义,应该说是深刻的,久远的。我们古代的艺术家敏锐地捕捉到历史生活中存在着这一典型,并且在自己的艺术概括中运用了这一典型。但是它并不是实际存在的历史上个性的原封再现;因为它的独特的个性是艺术家想象的结果,是对许多人具有的特征加以创造性的概括和集中的结果。所以罗贯中的马谡和陈寿的马谡,是一个人,又不是一个人。

马谡失街亭问斩的这段史实,本身就很生动丰满,富有戏剧性,特别是富有悲剧性"按史实:马谡:兄弟五人,并有才名,乡里为之谚曰:'马氏五常,白眉最良。'良眉中有白毛……"谡兄马良对蜀屡建大功,与刘备交厚。后随刘备伐吴,于夷陵遇害。小说里,在夷陵战中,马良往还于刘备与孔明之间,即前线与后方之间的联络人物。把他的死改在孔明南征之初,仅用"马良新亡"四字一带而过,未能突出马谡的"烈属"身份。史籍记载:马良与孔明曾约为弟兄,孔明年长,良呼为尊兄。孔明与谡为世交,"每引见谈论,自昼达夜"。《襄阳记》说:"谡临终与亮书曰:'明公视谡犹子,谡视明公犹父,愿深惟殛鲧兴禹之义,使平生之交不亏于此,谡虽死无恨于黄壤也。'于时十万之众为之垂涕"。是何等动人的场

---

① 李卓吾:《批评三国演义》九十五回。

面！于公于私，马氏与刘氏、诸葛氏三家之情谊关系是如此之深厚！小说对马谡的家庭身世、社会关系这样富有人情味和生活气息的素材未能充分利用，以加深其作品的人情味、悲剧性及其生活气息，甚是可惜！只有政治、军事、大事，缺少生活小事，人情风物，致令作品生活气息不足，可说是《三国》的一大缺陷。这可能与民族文化的发展历史阶段不无关系。这时的讲史小说，在题材上，写的尚不是平常人，而是英雄传奇；感情意识上还不能切入一般人的生活深层；在人物性格的描写上多是军事的人、政治的人，而少是人性的人，多带些人间烟火气的人，或许是如有人说的，从类型化向个性化过渡吧。从我国小说历史的流动总体中去观察，或许这是一个不可跳跃的必由阶段。

尽管如此，但是作品仍然是成功的，它表明了：孔明斩马谡时内心充满着复杂的矛盾，公与私、法与情的矛盾造成他深刻的精神痛苦。从"挥泪""流涕"到不可抑制而放声"大哭"，正是内在痛苦深化、激化过程的外在表现。所以"孔明挥泪斩马谡"这段描写，总地说来，依然是动人的。

从历史素材到艺术成品，其间必要段要经过一道艺术概括的工序，使作品凌驾于历史的真实之上。在这段描写中也有打破史实真实的地方。失守街亭，咎在马谡；孔明之过，在于误用马谡。作者首先在任用马谡上作了文章。按陈《志》："建兴六年，亮出军向祁山，时有宿将魏延、吴壹等，论者皆言以为宜令为先锋，而亮违众拔谡，统大众在前，与魏将张郃战于街亭，为郃所破。"[①] 可知孔明任用马谡实为不得人心之举，致令老将们愤愤不平。而小说把"违众拔谡"改为由马谡自告奋勇。作品对马谡请战过程作了重点描写。第一步，马谡自荐，孔明不许，晓以街亭在战略上干系重大，从地势上说，"守之极难"，任务艰巨。第二步马谡以"熟读兵书，颇知书法"的自我优势，再争取，孔明仍不许，晓以司马懿、张郃非等闲之辈，"恐汝不能敌之"。第三步，马谡以"若有差失，乞斩全家"作保证，立了军令状。这才"孔明从之"。马谡就是在这样不惜身家性命地坚请下，孔明才勉强同意的。把原来的主动提拔改为被动地准其坚请，过

---

① 《蜀书·马良传》附《马谡传》。

失虽在，但比"违众拔谡"减轻了许多。这就是违背史实，是为了服从艺术的需要。历史文学中背离史实之处，往往是作家匠心之所在，创造力得到表现之处，会给作品以光亮。

至于说，马谡究竟该斩不该斩？千百年来论者从用人与明法的两种角度来着眼，争议不绝。在当时，蒋琬就以"今天下未定，而戮智谋之臣，岂不惜乎"（小说据《襄阳记》）为由，提请"刀下留人"。后来的史论家习凿齿以"杀有益之人"，对诸葛亮提出尖锐批评。而何焯又认为："今谡不诛，惜一人而乱大事。"该不该问斩的问题，我们姑置一边。若从艺术上看，处死马谡则是情节发展的需要，也是完善人物性格的需要。它增进了情节的生动性、丰富性及作品的悲剧；充实了孔明"守法严而用情公"的性格特征。如此，斩马谡便成为作品必不可少的关键部分。再若从蜀魏街亭战争的全貌来看，马谡违令失守战略要地街亭；由此造成严重后果，致使一生谨慎的诸葛，不得已而西城弄险，设空城计脱险；孔明退回汉中后，对这次战争作善后处理，追究责任，作了三件事：一斩马谡；二赏赵云；三自请贬职。无一不在体现赏罚无私、明法自责、尽忠为公的崇高品德与法治思想。

一九八八年元月十八日于北京和平街丁庐

从"寿亭侯"说到通俗文学创作中的随意性

——读稗札记

陈寿《三国志·关羽传》云:"曹公即表封羽为汉寿亭侯。"汉寿:清人王鸣盛、赵翼等据《续汉书·郡国志》,认为武陵属县有汉寿,关羽所封即其地。① 故城址在今湖南省常德市东北的空笼城。今天通行的《三国演义》(人民文学出版社)卷前附的地图上有汉寿,其位置与此大致符合。按亭侯:汉制,列侯大者食县邑,小者食乡、亭。东汉后期遂以食乡、亭者称为乡侯、亭侯。可见"汉寿亭侯"四字中的"汉"是不能随意去掉的。"汉寿"二字亦不能分割。

可是,在嘉靖本《三国志通俗演义》中,竟在"汉"字做起文章来,关羽困于曹营时,曹操派人先送去"寿亭侯印"给关羽,羽辞而不受,后添"汉"字于其上,便欣然受之。显然是作者误解这里的"汉"为汉朝的"汉"。尽管突出了关羽"身在曹营心在汉"的忠义性格,毕竟是出了笑话性的错误。直到毛宗岗修订《三国演义》时,才予册正。但这并非绝无仅有的偶然现象。关汉卿《关大王独赴单刀会》杂剧第二折,司马徽与鲁肃对话中亦称关羽为"寿亭侯"。如:

> 鲁云:"别无他客,止有先生故友寿亭侯关云长一人。"
> 末唱:"你道是旧相识寿亭侯,和咱是故友。"

---

① 见《十七史商榷》卷四一,《陔余丛考》卷三五。

罗贯中弄错了，关汉卿已错在前面了。一位伟大的小说家，一位伟大的戏曲家，两人全错了，错是错了，总得有个原因吧！

明有"寿亭侯"之说，元已有之。我们再看宋人的记载。洪迈《容斋四笔》（卷八）云：荆门玉泉关将军庙中有"寿亭侯印"一钮。相传绍兴中，洞庭渔者得之，后归庙中。又以建炎二年因伐木，于三门大树下土中深四尺余处得同样的印，其环并背俱有文云："汉建安二十年，寿亭侯印。"邵州守黄沃叔启，庆元二年夏买一钮于郡人张氏，其文正同。闻嘉兴王仲言，亦有其一。如此，共有四钮。容斋主人最后总结说："侯印，一而已，安得有四？云长以四年受封〔谈按：建安五年（公元200年）春，曹操擒关羽。夏四月，关羽刺颜良于万众之中，斩其首还，遂解白马之围，操即表封羽。所以洪氏'四年'之说，亦不确，应是五年四月〕，当即刻印，不应在二十年，尤非也。"洪氏又说："予以谓皆非真汉物，且'汉寿'乃亭名，既以封云长，不应去'汉'字。是特后人为之，以奉庙祭，其数必多，今流落人间者尚如此也。"言之有理。

以"汉寿"之"汉"，误解为"汉朝"之"汉"，于制印时去之，可知其决非上层士大夫所为，一般饱学之士亦不为，也只能是出于民间粗通文墨者之手，可姑称之为"民间文化"。但可由此而知关云长在我国民间的影响，确是既深且远，在宋代发现的"寿亭侯印"，至少就有四钮。元明以后，出现在文人作品中的"寿亭侯"一词，属于前代的"遗产"，以讹传讹，既非关氏之发明，亦非罗氏之创造，而是受"民间文化"之影响所致。

说来也巧，关氏《单刀会》里，出现"铜雀春深锁二乔"的诗句；嘉靖本《三国》里，汉末人竟吟起七律来。想来，关氏不会不知道这是唐人的诗句，罗氏也不会不知道近体诗起源于何时。看来，当时的剧作家、小说家（即通俗文学作家）在创作上对史实的真实性表现出了一种满不在乎的随意性，似乎在通俗文学这一领域内形成了一种重情节轻史实、重艺术轻知识的文风。象马致远这样的大家，在作品里也常常出现时间性、知识性的差错。如《荐福碑》里，竟让宋朝人范仲淹与唐朝人张镐结拜为弟兄；《青衫泪》里，白居易和孟浩然、贾浪仙同时登台，白称孟、贾为"二位老兄"。以东篱之才之识，这自当不至是疏忽或无知所留下的后果。

象关、马、罗这样文学史上第一流的赫赫大家，不免如是，更何况他人！这些失误，本来是轻而易举地可以避免的，可作者似乎毫不介意，并不以为错的样子。这种创作上的随意性，导致以历史人物为主人公的剧作，又不能称之为历史剧或历史小说。它成为我国传统戏剧的一大特征。其实，这并不是什么优秀传统；恰恰相反，它正是传统中的一种落后性。特别是它成为传统戏曲的一大缺陷，是创作上缺乏严肃性的表现。小说、戏曲的长久被正统文人所轻视，所谓不能登大雅之堂者，问题固然在彼，出于他们的偏见。然从小说、戏曲（特别是早期的）的本身来说，它也是为轻视者留有可攻之隙；其隙之一，便是这种创作上的随意性。

随意性是通俗文学、特别是民间文学的一大缺陷。我国文人创作的通俗文学作品，起源于民间文学和民间文娱活动，自然与它有着密切的联系，深受着民间文学的影响；有积极的成分，也有消极的成分。我们已往对民间文学的评论，多持隐劣扬优的态度；谈其对文人的影响，也只谈积极的方面，回避消极的方面。应该说，宋元明期间，文人通俗文学作品中的随意性是受民间文学的某些消极因素传染的结果。民间艺人，尤其是说话人，他们既是演员，又是编辑或作家，他们多半天赋很高，才华横溢，但不幸的是他们被剥夺了受良好文化教育的权利。由于文化程度、知识水准的局限，其作品常常是生动性有余，科学性不足。有时且为追求场地效果或迎合听众（或读者）的如乐需要或低级趣味，不惜加油添醋，甚至信口开河，荒诞无稽，那管史实的真实性、科学性（这里所说的真实性、科学性是针对笑话性的错误而言，不是反对合理的虚构。没有虚构就没有文艺）！从《三国志平话》等作品中可以看到这类痕迹。一般的听众或读者由不便要求到根本不要求什么真实性、合理性，只求娱乐性，也是形成这种"随意性"文风的因素之一。文人在创作或者在加工改编提高民间作品的过程中，在接受积极影响的同时，难免也受到一定的消极影响，即是已走向成熟阶段的文人作品，亦难免在其肌肤的某一部分上偶尔也留下几滴幼年时期稚气的斑痕。我们不妨仍以《三国》为例，看它的发展历程。从《平话》到嘉靖本、再到毛本，由随意性造成的差错（不是正常的艺术虚构），在不断地减少着。在毛本中"寿亭侯"这类的"硬伤"，已治愈了。这不是说毛宗岗一定就比罗贯中高明多少，其实是时代使然。从罗氏到毛氏，其间时代已向前推进了两个多世纪。由随意性造成的艺术缺憾，终归是会被认识、被摒弃的。晚明思想家、理论家对陈旧观念的猛烈抨击，空前地对小说、戏曲地位的肯定与高评，同时也促进着小说、戏曲本体的由粗至精的逐步完善。晚明以来，在名家的作品中，那知识硬伤"便少见了"。

当然，元明时代作家笔下的知识性"硬伤"，也不尽全属是明知故犯，有时也会是疏漏或无意之间造成的。由于古代印刷出版的不便及其他原因，一部作品由稿本到刊本往往相隔多少年，其间多人插手，误抄误刊者有之，滥改乱增者亦有之，其责任自不能由原作者负。如嘉靖本《三国》从脱稿到刊版，其间相隔有百余年，在传抄过程中，也难免有增补和改动现象。其中有些谬误，或与罗氏无涉。如卷二十"孔明挥泪斩马谡"一则中有云："昔楚杀得臣，而文公喜。"本是说楚国大将成得臣由于对晋作战失利，回国后被迫自杀。晋文公闻知，甚是高兴。可"夹注"竟望文生义说："昔楚成暗弱，而杀得益之臣。"再如：陈寿并未曾封平阳侯，只作过平阳侯相。《晋书》本传，常璩《华阳国志》，陈寿上《进诸葛亮集表》等皆可据。可嘉靖本卷首作者署名："晋平阳侯陈寿史传，后学罗贯中编次。"卷二十注亦云："陈式之子陈寿为晋平阳侯，编《三国志》。"此误与前述马致远等作品中之误，便不同了，显然它不是明知故犯，或许，亦未见得就是原作者的手笔。

对我国古代叙事性文学史上出现的这一（随意性）文学现象，究竟应作何解释？迄今鲜为人道。这篇小文，投石问津耳！

一九八八年三月于北京丁庐

不以史害文　不以文害志

——关于《三国演义》的虚实问题

　　历史文学（历史小说、历史剧）的纪实与虚构问题，本事就是个复杂问题。《三国演义》虚实之论，从明万历年间起，已出现不同的评议。直至于今，论争仍在继续。二十年代胡适说："《三国演义》拘守历史的故事太严，而想象力太薄弱"，"只可算是一部很有势力的通俗历史讲义，不能算是一部有文学价值的书"（《中国章回小说考证·三国演义序》），这就是嫌它太"实"。五十年代，翦伯赞先生又说它"肆意地歪曲历史"，"把三国的历史写成了滑稽剧"（《翦伯赞历史论文集·应该替曹操恢复名誉》），又怪它太"虚"。去今两年召开的两届《三国演义》学术讨论会上，它仍是引人注意且看法不一的论题之一。讨论虽非无益，但似乎难以深入；其原因，好象是从材料到理论都缺乏新的东西，来回章学诚的"三七论"，反复打督邮者是谁不是谁，草船借箭怎样移花接木。这，"而今已觉不新鲜"。没有新见，艺术真实与历史真实的理论就会成老生常谈的公式，也易于引人厌倦。所以人们很期望对它的探讨能取得一点突破性的进展。近期来《光明日报·文学遗产》就此先后发表了几位同志的有关文章，继续开展讨论，值得欢迎！我亦随之助兴。

　　我们付出很大力量来研究古代文学，自然也含有古为今用的功利目的；其中总结彼时彼地的艺术经验，作为我们此时此地的借鉴，则是目的任务之一。历史小说《三国演义》为我们提供足堪借鉴的经验，其中关于虚与实之处理，就是一个成功的范例。我们可以试总结其经验为两条：一条是"不以史害文"，另一条是"不以文害志"。

社会生活是文学艺术的唯一源泉。我们得承认：历史小说，史实对它有一定的制约性，它对史实有一定的依赖性。"不以史害文，不以文害志"，就是在服从艺术规律的前提下，对它们之间的关系作出必要调整，既有限制又有突破，最后使作品的艺术性、（史实的）真实性、思想性三者必须统一，越是高度统一，作品就越为成功。《三国演义》中出现的一些违反史实的情节，正是在"不以史害文"的原则下对史实的制约性作出了必要的冲破。当阳之战，刘备败逃。陈寿《三国志·先主传》云："曹公将精骑五千急追之，一日一夜行三百余里，及于当阳之长坂，先主充妻子与诸葛亮、张飞、赵云等数十骑走。"这不是明明写着诸葛亮和刘备等在一起逃跑么？可是小说却偏偏不让诸葛亮和刘备一道逃跑，让他在刘备的委托下远去江夏求援，轻轻地把他打发到当阳之役的战场之外了。这样的安排，就是遵循了"不以史害文"的原则。诸葛亮，在人们心目中是智慧的化身，不能让他轻受战败之辱；况且他下山还没有多久，在他的指挥下刚打了两个漂亮仗：博望烧屯，白河用水，竟使夏侯惇、曹仁大败而归，才树立起军师的威信，关羽、张飞等才刚刚服他。如果这次让他束手无策地和刘备一道狼狈逃跑，这就多少有损于军师的尊严和人物性格的完整性。所以这种处理，就不留痕迹地保护了这位理想人物的威望，也称得上经济得体。当阳之战的描写，可说是虚实相结合的成功范例。作者在简单的古史素材的基础上，发挥其想象和虚构的才能，本着"长自己的志气，灭敌人的威风"的创作精神，采取败中写胜——从大败中突出小胜（赵云、张飞之胜，史亦有据）的手法，生动地描述了这次战争的全貌，表现了作者尊贬扬抑与爱憎喜怒的思想感情——这就是我们说的"不以文害志"的又"志"，亦即对善与恶的判断，美与丑的评价。

又如，考诸史传，并不见有司马懿和诸葛亮街亭交战的记载。且陈《志》有关的《纪》《传》都写得十分明确：在街亭击败蜀军的是右将军张郃。街亭之战发生于魏明帝太和二年（228），司马与诸葛正式遭遇，是太和五年的事，这都史有明文可稽。小说把太和二年春正月司马懿破新城、斩孟达的史实予以艺术概括，并把它同攻取街亭的战斗连接起来，把本来没有参与街亭战役的司马懿搬上街亭之战的指挥台，而把实际上夺取街亭的主将张郃只作为一个先锋。这一切，也是从"不以史害文"的原则出发的。在小说里，孔明是智慧的典型，张郃不过是一介勇夫（与历史人物略有不同），这就不能与孔明相提并论，更不应成为孔明的战胜者；若使孔明败于张郃之手，自会有损于孔明的光辉形象，只有使"深明韬略，素有大志"、史家常称为"司马宣王"的司马懿出来与之相抗衡，这才显得旗鼓相当，棋逢对手，庶不降低孔明的身价。街亭之战的高潮是空城计，如果让一介起起武夫的张郃来到西城，焉能不杀进城去，活捉了孔明？所以"不以史害文"，也就是在一定的条件下史实须得服从艺术规律。

但是，不适当的违反史实的虚构，也会造成创作上的失败。例如，嘉靖本，孔明想烧死魏延于上方谷，事未成，反嫁祸马岱，至终还牵进了杨仪。不但把孔明写成了阴谋家，与曹操无异，蜀汉内部也成了相互残害、尔虞我诈的阴谋集团，与曹集团无异。这便是"以文害志"，虚构损害了作品的思想性。关于"诸葛瞻战死绵竹"的一段描述，按陈《志》："艾遣书诱瞻曰：'若降者必表为琅邪王。'瞻怒，斩艾使。遂战，大败，临阵死，时年三十七。"这是何等的英雄气概！嘉靖本竟让瞻得艾书后，犹豫不决，而想投降！这种违背史实地给自己的英雄人物脸上抹黑的作法，只能导致作品倾向性的混乱。正是"以文害志"的具体表现。毛宗岗对它的修芟加工，正体现了"不以文害志"的原则。毛本在这里还补叙了当初孔明与黄氏夫人的一段婚姻生活，并介绍了黄夫人"以忠孝勉其子瞻"的母教。很好地体现了瞻、尚父子所以奋勇杀敌、壮烈殉国、是夙经母教，实有生活依据的，从而自然地表彰了诸葛氏三代英杰、一门忠烈的崇高家声，瞻与尚，不愧为诸葛亮之子孙，武侯余泽不泯！

据陈《志》，"建安五年……曹公禽羽以归，拜为偏将军，礼之甚厚"。被擒投降，对一个英雄人物来说，总不是光彩的。作家既不能否认这一史实，又想不使之有损于他的人物的英雄形象，光靠"实"是不行的，必须得有"虚"。于是发挥想象，变不光彩的投降为体面的归顺，重彩浓描，关公是有条件的暂时依曹，并非无条件的投降。向读者为关羽争取最大的同情。这里便出现了"三罪"、"三便"和"三约"的锦绣文章。首先为关羽安排一个被困土山的险恶环境，摆在他面前的只有：不降即死，不死即降的二路，另无选择！关羽已作好了死的抉择，口口声声，"视死如归"，"吾仗忠义而死"。偏偏张辽出来为他堵住了死路，指出死有三罪：一负桃园誓同生死之盟；二负兄长嘱保二夫人之托；三负共扶汉室之义。死则不忠不义，徒成匹夫之勇耳！不死，却有三便：可保二嫂之安全；可守桃园之约；可留有用之身。这才逼出了关羽的三约：降汉不降曹；确保二夫人之优遇；但知刘备去向即走。三者缺一不可。从此关羽开始了身在曹营心在汉、物质优越、精神痛苦的寄居生活。这一艺术处理，既合情入理，又为形象增添了光泽。它是建立在"吾受刘将军厚恩，誓以共死，不可背之""羽尽封其所赐，拜书告辞，而奔先主于袁军"（陈《志》本传）史实的基础之上的。这里则把"史""文""志"三者高度地统一起来。从降曹、背曹到释曹，一系列美丽的想象、生动的情节，延展开去，虚虚实实、虚实相生，以虚补实，以实映虚，成功地塑造了一位"义勇之概，时时如见"（鲁迅语）的古代英雄的形象。

陈琳为袁绍讨曹操的檄文是真实史料，也是一篇奇文，辱及曹氏祖宗三代。毛本增入这篇文字，既增加了历史真实感，又鞭挞了曹操，且为后来曹操赦陈琳的情节增添了波澜，最主要还是从既奸又雄的两个方面丰富了曹操的性格特征。这则是"不以史害文，不以文害志"的正面范例，亦即"以史益文，以文益志"的成功例证。

看来，对历史小说的实与虚的处理，难以拘于一格，通晓小说艺术的艺术家们只有按艺术规律办事，便可运用得得心应手，游刃有余。

一九八四年五月二十四日于北京丁庐

关于《失街亭》教材教法的探讨

对于今天的中学语文教学，我缺乏研究，现只就最近看到的徐育民同志的《从〈三国志〉到〈三国演义〉》① 一文所提到的问题和《失街亭》这篇教材（见高中语文课本第三册）的一些编写问题，表达一点个人的看法，愿和同志们商讨，并希望得到语文老师的指正。

用"两则史料"与课文作比较的做法好不好？

《失街亭》课文后，编者附录了两条《三国志》中有关街亭战争的史料：一条摘录自《魏书·张郃传》，一条摘自《蜀书·诸葛亮传》；要求学生"与课文加以比较"。这可真是一道难题呀！徐育民同志的文章说："《失街亭》课文后面的'思考和练习'第一点，要求学生将《三国志》两则史料与课文加以比较，这个题目出得好。通过比较，学生就会了解：《失街亭》是怎样从一二百字的简略史料，扩充到五六千字的两大回小说的，在长至数十倍的文字中，作者罗贯中又是抓住了哪些方面，去展开想象，肆力铺写的。"徐文还进一步明确"小说是史料的扩充"的观点说："罗贯中依据这几句简略的史料，扩充了大量惊险新奇、生动有趣、引人入胜、扣人心弦的情节。"我认为把"大量惊险新奇……扣人心弦的情节"，归结为"几句简略的史料"的"扩充"，是不符合创作实际的；"五

---

① 《中学语文教学》1980 年第 11 期。

六千字的两大回小说"，亦未见得就是从"一二百字的简略史料""扩充"而来。罗贯中搞的是创作，不是"扩写"。

在讲历史题材的文艺作品之前，让学生知道一点有关的历史知识，当然也是必要的。但在讲"街亭之战"时，"要求学生将《三国志》两则史料与课文加以比较"，培养学生"掌握'扩写'的基本方法"的做法，我认为是不科学的，有困难的，无必要的。

史学与文学属两个不同范畴，史料与历史小说既有联系，又有区别。联系只是素材上的联系，但区别却是两类范畴的区别。二者不能混同。从史料到小说，其间并不只是个"扩充""铺写"的问题。即以"街亭之战"来说，它的"大量惊险新奇的情节"，也绝不仅仅来自"几句简略的史料"的扩写。作者摄取的材料十分广泛，绝不仅止于《三国志》。《三国演义》基本上是一部现实主义巨著，但具有浓厚的浪漫主义色彩。"街亭之役"的描写，正具此种特点。"两则史料"不能说明问题。

罗贯中有他自己的世界观、历史观，他创作上的现实主义成就，是建立在他自己对社会生活、历史形势的深刻体察的基础之上的。他是一位杰出的艺术家，自然不会跟在史学家的屁股后面亦步亦趋。毋庸讳言，他是利用了一些《三国志》的史料，可是他和陈寿有着不同的史学观点。《三国志》与《三国演义》正好表现了两种不同的历史观，两种思想倾向：前者帝魏寇蜀，后者帝蜀寇魏。那种单从形式上、某种材料的详与略上作比较，意图培养学生的"扩写"能力的教法，会有意无意地引导学生把《演义》看作《志》的"扩写"或放大，把二书只看作量上有差异、质上无区别了。这将是个多么不应有的效果！

我只是不赞成这种比附式的不科学的"比较"法，但决不一概反对对二书作比较研究（只是在中学生的课堂上恐怕要受到局限），对它们的相同之点可以研究，不同之处更可探讨。例如，考诸《三国志》各纪、传，均不见司马懿街亭拒亮的记载。有关各纪、传中，明明写着在街亭击败蜀军者是右将军张郃。街亭战争发生于公元二二八年，即魏明帝太和二年春天，司马与诸葛正式相拒，是三年以后，即太和五年的事，史有明文可考。小说把"太和二年春正月，司马懿攻新城，旬有六日，拔之，斩孟达"（《通鉴·魏纪》）的史实，予以艺术化，使之与司马、诸葛的智斗相交织，把它同紧接着发生在街亭的战争连接起来。把事实上并未参与街亭战役的司马搬上了街亭之战的指挥台，而把事实上取街亭的主将张郃只降为一名先锋——实际上却成为司马手中一个工具而已。这一切，都是艺术家从他的艺术需要出发的。作者让三国后期出乎其类、最辉煌的两颗将星的斗争持续下去，而使魏之"第二个曹操"司马懿荣任了这次街亭大捷的指挥者，这是符合艺术真实的。张郃在小说里不过一介勇夫，自不能与孔明相提并论，更不应成为孔明的战胜者；若孔明败于张郃之手，岂不有损于作为智慧的化身的形象么？必也使之"深明韬略、素有大志"的"司马宣王"出来与之抗衡，这才显得门当户对，棋逢对手，庶不降低孔明的身价。"棋逢对手，将遇良才"，若用于创作，也正是我国传统的一种相与衬托的艺术手法。街亭战中，两位最高指挥官，在他们敌对的军事行动中，作者成功地运用了这一传统的艺术手法。司马在这里担当的艺术任务，张郃是担当不了的。

还可再举一个例子。这次战争中，孔明在任人上犯了严重错误。据史传记载，放着魏延、吴懿等一班有经验的名将他不用，偏偏要"违众拔谡"，搞得不得人心。可是在小说里，便成了马谡出守街亭，完全是自告奋勇，而且再三请求，直至上了"若有差失，乞斩全家"的保证书，这才勉强批准。临行，孔明还千叮咛万嘱咐，仍放心不下，并作了多种安排，颇费苦心。这样不惜改变史实地为孔明减轻过失，其目的也是保护他的理想人物的光辉形象不受伤损；当然也表露着作家的思想倾向。《三国演义》的读者大概都有这样一个印象：凡是孔明有错，能减则减，凡曹操有错，能增则增。在史学家，此乃大忌；但在文学家，这是容许的。不然，他怎么去创造典型，怎样去完成他的人物性格呢？

举上述两例的目的，是为证明：一、《志》与《演义》有许多不同之处，不能把两者等同起来，《演义》是创作，不是《志》的"扩写"或"放大"；二、不一概反对比较研究，这两个例子，正是从两书的比较中，看到作家在创作中所取得的艺术经验；三、应划清史学与文学的界限。

"两则史料"提供得好不好？

徐文认为："要求学生将《三国志》两则史料与课文加以比较，这个题目出得好。"我认为出得不好。"街亭之战"的基本情节，皆有史可稽。它散见于《三国志》有关纪、传，如《魏书·明帝纪》《张郃传》《曹真传》《郭淮传》等，《蜀书·诸葛亮传》、《马良传》附《马谡传》、《赵云传》等，以及裴注有关引录等。《通鉴》亦多记之。诸传所录，各有侧重，互相参看，方可得全豹。摘取一二条来，虽亦不无参考价值，但难免有挂一漏多之弊，易于造成误解。如果一定要录，我以为首先应考虑《马谡传》。马谡是失街亭的关键人物。这位大话将军之所以名传百代，就是因为他好说大话，违令、拒谏，上演了一出失街亭的悲剧，最后孔明洒泪处决了他。全部史实，一传自然不易概括，但较他传详明；尤其是关于他怎样当此出守街亭的重任的记载，《演义》和《志》有很大出入。谡再三毛遂自荐，同"亮违众拔谡"，是很不相同的。是罗贯中为诸葛亮"文过饰非"呢？还是陈寿有意"挟嫌报复"（《晋书·陈寿传》说，陈寿之父被诸葛亮处以髡刑，所以寿为亮立传时不说好话）呢？大家都可考虑。

判断一种设施或方法的好与不好，得看它的实践效果；自然，我们以上讨论的问题，应该接受实践的检验。挂一漏多，会造成一种误解：以为"街亭之战"的史实依据，只有这么"两则"。凡与这"两则"对不上号的，统统看作是罗贯中的虚构。从徐育民同志的文章看，他就是吃了这个"两则"的亏，造成了几处误解。例如，他说："作者就虚构了马谡拒谏的一段精彩文字。这段情节是根据《三国志》'谡依阻南山，不下据城。郃绝其汲道，击，大破之'的记载，敷演出来的。"这里的引文，正是"两则"之一，但这里根本没有王平，连"拒谏"的影子都没有！只须翻翻《王平传》，即知其全说错了：第一，不是"虚构"；第二，"这段情节"不是"根据这段记载"。请看《王平传》：

> 建兴六年，属参军马谡先锋。谡舍水上山，举措烦扰，平连规谏谡，谡不能用，大败于街亭。众尽星散，惟平所领千人，鸣鼓自持，魏将张郃疑其伏兵，不往逼也。

徐文说："《三国志》只是说诸葛亮'还于汉中，戮谡以谢众'。罗贯中则据此创造性地铺叙出'孔明挥泪斩马谡'这一引人入胜、感人肺腑的

一段文字。"这里的两句引文，也是"两则"之一中语。但这里只说"戮
谡"，并不见"挥泪"。"挥泪"事，见《马谡传》《襄阳记》。先看《马谡
传》：

> 谡下狱物故，亮为之流涕。

> 《襄阳记》曰：谡临终与亮书曰"明公视谡犹子，谡视明公犹父，
> 愿深惟殛鲧兴禹之义，使平生之交不亏于此，谡虽死无恨于黄壤也。"
> 于时十万之众为之垂涕。亮自临祭……亮流涕曰："孙武所以能制胜
> 于天下者，用法明也。……"
>
> ——引自裴注

徐文又说："作者又巧妙地虚构了一场惊险、神奇的空城计。"说"空
城计"事，属罗氏虚构者，实不乏其人。这是从"想当然"得出的结论。
"空城计"事见郭冲《诸葛隐谋》，现依裴注引录于下：

> 郭冲三事曰：亮屯于阳平，遣魏延诸军并兵东下，亮惟留万人守
> 城。晋宣帝率二十万众拒亮，而与延军错道，径至前，当亮六十里所
> （一本作十六里），侦候白宣帝说亮在城中兵少力弱。亮亦知宣帝垂
> 至，已与相逼，欲前赴延军，相去又远，回迹反追，势不相及，将士
> 失色，莫知其计。亮意气自若，敕军中皆卧旗息鼓，不得妄出庵幔，
> 又令大开四城门，扫地却洒。宣帝常谓亮持重而猥见势弱，疑其有伏
> 兵，于是引军北趣山。明日食时，亮谓参佐拊手大笑曰："司马懿必
> 谓吾怯，将有强伏，循山走矣。"候逻还白，如亮所言。宣帝后知，
> 深以为恨。

这段记载的史实可靠性究竟有多大？那是可以研究的。裴松之对它就持否
定态度。即便是它的史实性是完全失真的，但它白纸黑字地在罗贯中之前
已存在那么长久的岁月，而且著名的史学大师裴松之还把它引进到《三国
志》注里。裴注于公元四二九年（宋文帝元嘉六年）告成，至《三国演

义》成书年代，已有千年。而且裴注影响相当大，怎么能说它是罗贯中虚构的呢？这段记载的可靠性虽成问题，但也并非决不可能出现的事。类似的事却还史有记载：宋文帝元嘉七年（公元四三〇年）魏兵攻济南，济南太守萧承之（萧道成之父）帅数百人抵抗。其时敌众我寡，"承之便偃兵，开城门"，"魏人疑有伏兵，遂引去"。① 这不是在诸葛亮西城"空城计"之后，萧承之在济南又上演了一次"空城计"么！

史实的真实性，对史学家说来有头等的重要性，文学家有他另外的标准。"诗人的任务不在叙述实在的事件，而在叙述可能——依据真实性、必然性可能发生的事件，史家和诗家毕竟不同。"② 象这样富于传奇色彩的文学素材，对表现孔明这样一位传奇式的人物形象有着高度的艺术价值，作为艺术家的罗贯中当然是不会不利用的。只能说是"利用"，而不是"虚构"。即便是虚构的，也并不出自罗氏之手。

想来，受"两则史料"影响而造成误解，把凡是与"两则"对不上号的情节，统统目为"虚构"者，或许不只限于少数写文章的人，所以做点订正的工作，我认为还是必要的。

以上所讨论的，本来都是属于好不好的问题，不是对不对的问题。这就是说原来的做法并不错误，但不够好；可是从由此所产生的效果看，就有了对不对的问题。有人由此产生了误解，这就是由"不好"变为"不对"了，经过大家讨论，我相信这一课书的教学会变得更好。

一九八〇年十二月十九日于北京和平街丁庐

---

① 《通鉴》卷一二一。
② 亚里士多德：《诗学》。

向《三国演义》借鉴写战争的艺术经验

——从蜀魏街亭之战谈起

　　《三国演义》以善于描写战争为其特色；就其成功的高度而言，它在我国古代文学史上是独一无二的。有人称它为军事文学，我以为这名副其实。它描写战争并不停留在力的较量上，更突出地表现其智的决胜。力是战场上英雄武勇的标志，智则是表现对客观事物的正确判断与对未来事变的科学预见。智与力的结合便成为保存自己、征服敌人的有力保证。书中凡是描写成功的大大小小的战役尤其是几次著名的战役，总是把"人谋"放在第一位来描写。它热烈地赞美着智力的伟大能量，形象地说明了精神化为物质的强大力量。自觉的能动性是人类唯有的特性，在战争中人类把自己的这一特性发挥到了惊人的高度。"眉头一皱，计上心来"，就可克敌制胜，化险为夷。数只草船，霎时间就可借来十万雕翎；一计空城，便可退去十万精兵。相反，一着走错，也会失地丧身；一谋失算，便使前功尽弃，甚乃全军覆灭。然而，其中，这一切，并非以离奇的故事或抽象的兵法理论取胜，而是作为一个活生生的艺术世界出现的；栩栩如生的人物则仍然是这个世界的主宰。在街亭之战中，孔明、马谡和司马懿等人则活灵活现地在军营里、战场上活动着。

　　战争总是残酷的。特别是千军万马的大会战，既要争地争城，就难免要杀人盈野、盈城。可是除极少战例外，《三国》描写的战争，一般都没有死与伤的哀嚎，血与火的惨象。很少有《封神演义》中"十绝阵"那类描写。不仅不那么凄惨可怕，且多富于英雄史诗般激壮昂扬的格调，满含诗情画意。或写运筹帷幄，决胜千里；或绘披坚执锐，斩将搴旗，全是智与力的赞歌。至若孔明，羽扇纶巾，风流儒雅，观鱼平定五路，空城琴退仲达，真是袖里统兵甲，扇底起风云。指挥千军万马，犹如弹琴赋诗。战争对他来说，简直是诗歌。指挥员凭借战争的舞台，"却可以导演出很多有声有色威武雄壮的戏剧来"（毛泽东语）。诸葛公正是在这个"舞台"上为我们导演出了一幕幕威武雄壮的戏剧来。所以当读者进入这个争奇斗智的战争艺术世界的时候，便会感到这里闪耀着我们民族的智慧光芒，显示着人类主观能动作用之广大，不时地给予我们以智的启迪，力的感染，美的享受。

当作家的想象驰骋时，历史小说，就不能不受史实疆界的约束。如何处理史实与虚构的关系问题，如何体现作家的爱憎感情问题，如何统一作家的倾向性与历史的真实性问题，等等，在今天仍然是颇有意义、值得进一步探讨的问题。在这方面，《三国演义》为我们留下了足堪借鉴的艺术经验。现就街亭之战等战例，试探索总结如下。

一　针锋相对

两军对垒，如果敌对双方的才智、力量对比过于悬殊，自然不会形成极度激烈紧张的局面，必也势均力敌，旗鼓相当，才会出现斗争的尖锐性、紧张性和激烈性。常言："棋逢对手，将遇良才。"它若用于创作，也是我国传统的一种相与衬托的艺术手法。在诸葛亮六出祁山特别是街亭之役中，双方的最高指挥官诸葛亮与司马懿，在他们敌对的军事行动中，作者成功地运用了这一传统的艺术方法。作者不因自己的拥蜀反魏思想倾向，而把对方无能化或丑化；相反，欲扬诸葛之智，而先写司马之能。往往诸葛所谋，不出司马所料；司马所营，亦难瞒过诸葛的慧眼。一个老辣多谋，一个指挥若定。你聪明，我比你更聪明。道高魔也高，于是争奇斗智，节节进逼，针锋相对，一招胜过一招，一计胜过一计，于是尖锐、紧张、惊险、动人心目，亦引人入胜。当然，胜败乃兵家常事。尽管双方互有胜负，但每当斗争到了一定阶段，作者总是不忘给读者一种这样的感觉：强中自有强中手。司马虽强，毕竟逊诸葛一筹。作者似乎还有点不大放心，于是特地还让司马出来自行表态认输："孔明真乃神人，吾不如也"，"孔明瞒过吾也，其谋略吾不如之"，"仰天叹曰：'吾不如孔明也。'"作家爱憎褒贬之意，溢于字里行间。

考诸史传，并不见司马懿街亭拒亮的记载，在街亭破蜀兵、复三郡者乃是右将军张郃。曹睿同时派遣曹真、张郃二人，一"督关右"，一"击亮于街亭"。裴松之对此辨之甚力："亮初屯阳平，宣帝（懿）尚为荆州都督，镇宛城，至曹真死后，始与亮关中抗御耳。"按曹真死于太和五年（公元二三一年）三月，街亭之战发生于太和二年（公元二二八年）春天，司马与诸葛，才正式相拒。是三年后，即太和五年的事。《明帝纪》："五年……三月，大司马曹真薨，诸葛亮寇天水，诏大将军司马宣王拒之。"可见司马不参与街亭之役，无可置疑。那么，我们的艺术家偏偏要把他搬上街亭激战的指挥台，而把事实上取街亭的主将张郃降为一名先锋，实际却成为司马懿手中的工具而已。这一些，都是艺术家从他的艺术需要出发的。

有出息的艺术家，自然不能紧跟在史学家的身后亦步亦趋。然而，面对历史题材，亦不能凭空捏造，制作其在历史上所不可能出现的事。小说把"太和二年春正月司马懿攻新城，旬有六日拔之，斩孟达"（《通鉴·魏纪》）的史实，予以艺术概括，使之与诸葛、司马的斗智相交织，把它同紧接着发生的街亭战争连接起来，让曹操、刘备死后，三国舞台上出乎其类的两颗最辉煌的将星的斗争持续下去，而魏之第二个曹操"司马宣王"荣任街亭大捷的指挥者，这是完全符合艺术真实的，即在历史上也不是完全不可能出现的事。按史实，公元二二八年春司马懿破孟达，同时发生街亭战役；二三〇年曹睿派司马懿、曹真伐蜀，诸葛亮在城固、赤阪设防以待，适因"大雨绝道"。司马懿被召还（按：地点不在祁山，小说家把它也作为孔明的六出祁山之一。按史实，只有五出祁山）。从二三一年春天起（小说把它提前了两年多），司马、诸葛正式相对垒，一直周旋于关、陇、祁山地带，直到二三四年秋八月诸葛卒于军中。所以司马参与街亭之战，虽非信史，然而历史也为小说家提供了这一艺术虚构的合理性。

张郃在小说里，不过一介勇夫（按陈《志》：郃识变数，善处营陈，料战势地形，无不如计，自诸葛亮皆惮之），自不能与孔明相提并论，更不宜成为孔明的战胜者；必也使"深明韬略，素有大志"的司马宣王出来与之抗衡，这才显得棋逢对手，旗鼓相当，庶不降低孔明的身价。

孔明第一次兵出祁山，所向披靡，擒夏侯楙，收姜维，斩五将，取三城，败曹真，破羌兵，史称"威声大震，远近州郡，望风归降……前军已临渭水之西"，曹睿惊恐万状，但前后所遣将帅，皆非孔明的对手，在魏廷再无人可拒诸葛的形势下，不得不起用已削职回乡的司马懿。他在街亭战前早已出场，但作为三国后期唯一可与孔明匹敌的人物出现，作为这一时期政治、军事舞台上举足轻重的人物——促进改朝换代、推动统一三分局面的关键人物出现，则是在这次重行起用之后的事。所以作者对他在街亭战中如何登场，作了精心的艺术安排。

首先，描写了他在政治上的起落：重用，遭贬，起用，在诸葛心理上的反应："大患"，"大喜"，"大惊"，从这里突出了司马的不同凡响。曹丕托孤，得到曹睿的重用，诸葛判定："必为蜀中之大患"；及曹睿中反间计将司马削职回乡，孔明闻之大喜曰："吾欲伐魏久矣，奈有司马懿总雍凉之兵，今既中计遭贬，吾有何忧？"于是上表北伐；及司马复职起兵，"孔明大惊"（嘉靖本且有"孔明听毕，顿手跌足，不知所措"的过火描写），并说："所畏者惟司马懿一人而已。"司马尚未正式来到，而他已经造成了先声夺人的气势。

作者如此宣传司马，突出司马，无非是烘托他的非凡，显示诸葛确乎遇到劲敌，表明两人棋逢对手，都是强者，然强中自有强中手。欲扬诸葛之强，则先言司马之不弱。突出司马仍然是为突出诸葛亮服务的。

作者把司马的重新登台，放在曹魏面临军事危机的严重关头，使他成为力挽狂澜的魏之最杰出的人物，自后一直靠他来抵御神人般的孔明的长期、持续、多次（六出祁山）的进攻。诸葛活了五十四岁，最后耗尽心血的十年岁月，主要对手则是司马懿，一直进行着针锋的斗争。

司马一登场，果然气势凌厉。他从建立奇功中站了出来。一被起用，即刻针对孟达事件，先与诸葛展开了一场心理战。孟达与诸葛密约分取两京。及司马复出，诸葛大惊，断言："今孟达欲举大事，若遇司马懿，事必败矣！孟达非司马懿对手，必被所擒。""不须十日，兵必到矣。"司马得悉孟达谋反，断言："此贼必通诸葛亮，吾先擒之，诸葛亮定然心寒，自退兵也。"于是以迅雷不及掩耳之势，火速进兵八日而到新城，一举镇压了孟达。孟达之败，咎由自取，主要是不听诸葛的良言所致。孟达先笑孔明多心，及司马必临城下，仰天叹曰："果不出孔明之料也！"但悔之已晚。司马知情后，惊呼："世间能者所见相同，吾机先被孔明识破！"作者从对方的叹服声中为诸葛争得了更高的声威。司马、诸葛，针锋相对，英雄所见略同，惟孟达愚鲁自恃，败事有余。一件事表现了三种不同的性格：孟达的昏钝粗率，诸葛的谨慎善断，司马的机警果敢，均跃然纸上。

孟达既诛，孔明曰："孟达作事不密，死固当然。今司马懿出关，必取街亭，断吾咽喉之路。"果然，司马引二十万军出关，谓先锋张郃曰："街亭汉中咽喉，吾与汝径取街亭。"街亭交兵的战幕即由此掀起。

诸葛为马谡布置防务时，再三叮咛："下寨必当要道之处，使贼兵急切不得偷过。"当司马发现马谡屯兵山上，当道并无寨栅时，高兴地喊道："乃天使吾成功也！"当诸葛看到马谡的扎营图本时，拍案惊叫："马谡无知，坑陷吾军矣！观此图本，失却要路，占山为寨，倘魏兵大至，四面围定，断汲水道路，不须二日，军自乱矣！"果然，司马先断汲水道，不二日街亭失守。处处针锋相对，所见略同。诸葛不断警戒部下："今司马懿出兵，与众不同"；司马亦是如此："若是怠忽，必中诸葛亮之计也。"作者就是这样把两位杰出的军事家放在针锋相对的斗争中，使之各显其才，各逞其能，从不断的智的较量中突现其性格特征。

两位军事家围绕孟达展开的斗争，是远在千里之外进行的；街亭交兵，尽管激烈，但中还有马谡；而西城相遇，则是面对面的斗争，才是诸葛、司马斗智的最高潮。在这一回合中，诸葛只须得以脱险，便是司马的最大失败。读者清楚地看到两人虽则棋逢对手，毕竟诸葛真是一位富有敏捷应付事变才能的智慧的化身。

空城计，是对人类在战争中所强烈表现的自觉能动性的一曲赞歌，是对人类的也是我们民族的智慧力量的赞歌。

空城计的合理性是建立在当事者双方性格基础之上的。谨慎是双方共同的特点：诸葛以司马谨慎而判定他不进空城，司马以诸葛谨慎而断定他不设空城。然而，两人的谨慎中各显不同的个性：诸葛因"不得已而用之"，谨慎中含果敢机智；司马处处惟恐中计，谨慎中见多疑诡谲。两人都以为是"知己知彼"：诸葛做到了真知；司马只知其一，不知其二。谨慎对诸葛说来，是必然性，弄险则是偶然性。司马不懂辩证法，只知一般，不懂特殊，以"必然"代替了"偶然"，于是陷于判断的错误，上了诸葛的当。这一情节，自然是美化了诸葛，却也并未丑化司马。设使城头坐的是马谡，其计未必可成；或者城下来者是张郃，其计亦未必成。必也使之两个饱经战故，老奸巨猾的谋略家碰在一起，棋逢对手，以诈对奸，才能成此千古佳章。空城计得逞，不是司马太蠢，只缘诸葛太灵。你聪明，我比你更聪明，诸葛聪明，适得其中；司马聪明过了头，作了傻事。山外有山，人外有人。最后，只有仰天叹曰："吾不如孔明也！"

空城计成功的另一因素，便是司马的心理基础。诸葛多次的"诡计多端"，造成了司马心理疑惧，他患了"恐诸葛症"。两人一交锋，他时时提心吊胆，神经紧张，惟恐中计，免不了中计。这一点是于史有据的。《通鉴·魏纪》：明帝太和五年，蜀魏交战，懿"又登山掘营，不肯战。贾栩、魏平数请战，因曰：'公畏蜀如虎，奈天下笑何！'"胡注："懿实畏亮，又以张郃尝再拒亮，名著关右，不欲从其计，及进而不敢战，情见势屈，为诸将所笑。""畏蜀如虎"即"恐诸葛症"。

诸葛与司马在未遭遇之前，其战略思想早就针锋相对。诸葛从来主张联吴拒魏，司马则一贯主张联吴拒蜀，且收到成效。刘备进位汉王，曹操怒不可遏，拟起倾国之兵与备决一雌雄。司马谏阻，遣满宠入吴，利用蜀吴矛盾，进行分化，致书孙权："将军攻取荆州，魏王以兵临汉川，首尾夹击，破刘之后，共分疆土。"从此促成吴、魏联合攻蜀的局面。这是对诸葛"北拒曹操、东和孙权"八字方针（孔明嘱关羽曰："吾有八字，将军牢记，可保荆州。"）的严重打击。关羽擒于禁，斩庞德，威震华夏；樊城危急，直逼许都，曹操欲迁都以避其锐。又是司马出谏："今孙刘失好，云长得志，孙权必不喜。大王可遣使去东吴陈说利害，令孙权暗暗起兵蹑云长之后，许事平之日，割江南之地以封孙权，则樊城之危自解矣。"由此出现了孙、曹联军（吕蒙、徐晃）攻荆州，致使关羽失城杀身。乃至吴送关羽首级至魏，司马识破其计，曰："此乃东吴移祸之计也。"主张厚葬关羽首级，挑拨蜀、吴继续相争，"我却观其胜负；蜀胜则击吴，吴胜则击蜀，二处若得一处，那一处亦不久也"。这和诸葛联吴拒魏的思想路线，正针锋相对。司马懿"畏蜀如虎"，诸葛公"所畏惟司马懿一人"。这也表明英雄畏英雄，正如一百回结回诗："棋逢敌手难相胜，将遇良才不敢骄。"

《三国》针锋相对的艺术手法，并非仅限于诸葛与司马；他如刘备与曹操亦复如是。备尝言："操以急，吾以宽；操以暴，吾以仁；操以谲，吾以忠。每与操相反，事乃可成。若以小利失信天下，吾不为也。"周瑜与孔明的斗争，亦多如是。

二　败中写胜

翻开《三国》，可知在街亭之战以前，孔明从未打过败仗。在孔明出山之后，刘备集团也曾打过几次败仗，但它都与孔明无干。当阳之败，史称"先主弃妻子与诸葛亮……等数十骑走"（陈寿《三国志·先主传》），可见孔明确乎和刘备一起逃跑。可在小说里，作家让孔明在刘备的委托下远去江夏求援，把他打发到这场失败战争的战场之外了。庞统落凤坡之败，关羽荆州之败，刘备夷陵之败，等等，都是直接违背了孔明的战略思想或不听其忠告所致。特别是致蜀汉大伤元气的夷陵之败，战后，刘备悔恨交加地说："早听丞相之言，不致有今日之败！"所以，这些败仗虽然使孔明的集团蒙受了损失，可是却反而为孔明本人增添了威望。因为实践证明：不听他的话，不按他的旨意办事，就要出错！可是街亭之败，他确是责无旁贷！由他亲自指挥，误用马谡，失掉了战略要地，自己险些作了敌人的俘虏，三郡得而复失，前功尽弃，第一次北伐彻底失败，回师汉中，自请贬职：可谓惨矣！但是，这，也没有、丝毫没有损于他形象的高大：不，他更高大了！读者感到他依然是了不起的军事家、政治家、智慧的化身。这就是说，胜了，他是英雄，败了，他更是英雄。不禁令人惊叹：竟何术而致哉？这便是我们所要探究的，所要总结的。古代的艺术家为我们在这里提供了宝贵的艺术经验。

打了胜仗的指挥官，有战绩可贺，有荣耀可夸，是容易歌颂的；打了败仗，依然让人感到他是英雄，可亲可敬，这就需要有一番匠心经营。作家主观上自然是不愿自己心爱的人物，全力以颂的英雄吃败仗的。可是孔明这次的失败却是不可否认的历史事实。作家总是要在他的作品里表现自己的尊贬扬抑的倾向和爱憎喜怒的感情的。但在遇到的题材，极不利于顺利完成他的意愿时，又该怎么办呢？《三国》给我们提供了丰富的描写失败战争的艺术经验。它紧紧地掌握了"长自己的志气，灭敌人的威风"的原则，对史料的采撷，往往是弃不利（于自己者）而取有利。既不愿意颠倒史实，又不拘泥于史实。在尊重历史的基础上，充分驰骋想象和虚构的才能、手段，而把历史的真实性与作家的思想倾向性两相结合起来。它写失败战争，不仅不惟流露失败情绪，反而写得昂扬风发，激人奋进。最常用的方法之一，便是从败中写胜，从大败中写小胜。把全面叙述和重点描绘结合起来；全面概括地勾勒"大败"的全貌，叙述战役过程，交代历史面貌，而又重点突出，生动具体，浓墨重彩地描绘大败中的小胜。以写意笔法意到笔随地写"大败"，以工笔精雕细刻地写"小胜"；虚写"大败"，实写"小胜"；把中国传统艺术中所谓虚写与实写的手法结合起来，构成虚实相生、浓淡相映的光彩照人的风云画卷。它所产生的艺术的效果是：把"大败"淹没在"小胜"之中，"大败"似乎只成为"小胜"的背景而存在，且衬托和渲染着战争全役的气氛。打了败仗，可最后胜利的好象不是敌人，仍然是自己，使读者感到诸葛亮是不可战胜的，赵子龙则是无敌的，达到了尊蜀抑魏，长自己的志气，灭敌人之威风的创作目的。作家的立场、观点、爱憎和意愿都鲜明可见，并未颠倒史实，而且历史事实的脉络亦清晰可辨。

"空城计"，便是大败中突现小胜的范例之一。

街亭既失，孔明来到西城，司马懿引十五万精兵蜂拥而至。孔明有二千五百兵，且无武将，多是一般文官；想打打不过，想守守不住，想跑跑不掉。在此形势下，司马若不能活捉诸葛，便是极大失败，诸葛倘得以脱险，便是极大胜利。疾风知劲草，兵敌败将才，诸葛弹琴退敌，化险为夷，安全退却。而司马中计后，已退至武功山小路，闻诸葛布置的疑兵声喊，仍"回顾二子曰：'吾若不走，必中诸葛之计矣！'"一语讥讽，作家之爱憎明矣。及空城计真相大白，"懿悔之不及，仰天叹曰：'吾不如孔明也。'"司马表态认输，作家之倾向见焉。大败之后出此小胜，"小胜"浓而"大败"淡矣。虽有大败，孔明形象的光辉性实有增无减，作家的艺术匠心自见。

更值得一提的是，从揭露敌人的内部矛盾中，巧妙地交代了"大败"的概貌。郭淮、曹真拟抢占列柳城与司马争功，不意司马已捷足先登，他看见郭淮赶来争城，故意"大笑曰：'郭伯济来何晚也？'"却于背后，"唤张郃曰：'子丹、伯济，恐吾全获大功，故来取此城也。'"用虚写法交代了列柳城已落敌手。又如"曹真、郭淮复夺三郡，以为己功"，"真引兵鼠窜而还，蜀兵连夜奔回汉中"，既是对敌人抢功争利行为的揭露，又如实地交代了战役的发展结局。既不违背历史的真实，又很好地表现了作家感情所向。写"大败"只作叙述而少描绘。虚写"大败"，实写"小胜"，收虚实相生之效。

在蜀军向汉中撤退中，又出现了赵云断后的胜利，亦大败中之小胜。司马诡谲多疑，惟恐中计，不敢追击，只采取"穷寇莫追"方针，却命郭淮、曹真"星夜追之"。于是在箕谷道中出现了赵云斩将立功、敌人胆寒的局面，击败郭淮，枪挑苏颙，箭射万政，大喝一声："赵子龙在此！""惊得魏兵落马者数百人"，"余军溃散"，"因此军资计物，不曾遗弃"，"子龙不折一人一骑"。胜利完成断后任务，得到孔明的嘉奖赞扬，亦收长己志而灭敌威之效。

空城计退敌，赵云断后取胜，皆非罗氏杜撰。空城计事，早见郭冲《诸葛隐谋》。在《三国》成书之前，流传已久，裴注引录，但从史学观点出发，又持不相信态度。裴注于宋文帝元嘉六年（公元四二九年）告成，至《三国》成书年代，已有千年，所以不能说它是罗贯中的虚构。这一传说的史实可靠性究竟有多大，这对史学家来说自然是重要的；但对小说家来说，不论是真是假，都是极为难得的文学素材，对表现天才的军事家孔明的形象，自有高度的艺术价值。在历史上还真的重现过类似的事件，据《通鉴·宋纪》记载，文帝元嘉七年（公元四三〇年），魏兵攻济南。济南太守肖承之（肖道成之父）率数百人抵抗。但寡不敌众，不能取胜。于是"承之使偃兵，开城门"。结果是："魏人疑有伏兵，遂引去。"这不是在小说孔明的西城"空城计"之后，正史上肖承之在济南也上演了一次"空城计"么！可见《三国》里"空城计"情节，既有艺术的真实性，有历史的可能性。

至于赵云断后的情节，确于史有据，陈《志》说："云、芝兵弱敌强，失利于箕谷，然敛众固守，不至大败。军退，贬为镇军将军。"（《蜀书·赵云传》）小说家取材，总是舍不利而取有利，不取其说，而采用了更有利于表现赵云忠勇形象的《赵云别传》："亮曰：'街亭军退，兵将不复相录，箕谷军退，兵将初不相失，何故？'芝答曰：'云身自断后，军资什物，略无所弃，兵将无缘相失。'云有军资余绢，亮使分赐将士，云曰：'军事无利，何为有赐？其物请悉入赤岸府库，须十月为冬赐。'亮大善之。"（引自裴注）书中关于赵云断后及辞赏的情节本此。可知作者始终遵循着既不拘泥史实，又不任意捏造史实，而把历史的真实性与主观倾向性两相结合起来的原则。

孔明六出祁山，自然也打过一些胜仗，但若从出师的目的"恢复中原，复兴汉室"来说，那却是劳而无功的。正如孔明在第六次出师前泣告昭烈庙时说的："臣亮五出祁山，未得寸土，负罪非轻。"六出祁山，仍然是未得寸土，且身死军中，实践了他"鞠躬尽瘁，死而后已"的誓言。我们知道，"指导战争的人们不能超越客观条件许可的限度期求战争的胜利"（毛泽东《论持久战》），孔明在其时"恢复汉室"的期求，是超越了客观条件许可的限度的。这一点，他自己似乎有所察觉，在《后出师表》中说："先帝虑汉、贼不两立，王业不偏安，故托臣以讨贼也。以先帝之明，量臣之才，故知臣伐魏，才弱敌强也。然不伐贼，王业亦亡。惟坐而待亡。熟与伐之！……臣鞠躬尽瘁，死而后已；至于成败利钝，非臣之所能逆睹也。"所以六出祁山，实际上则是以攻为守的。只是小说的作者对孔明"才弱敌强也。然不伐贼，王业亦亡。惟坐而待亡，孰与伐之"的见解，未能提到"人们不能超越客观条件许可的限度期求战争的胜利"的唯物史观的科学高度，予以发挥，当其陷于困境而不能自圆其说时，便含混地用"天不灭曹"或"谋事在人，成事在天"之类神秘观念作解。这就不能不削弱其现实主义的艺术力量。当然这只是局部现象，作为古代作家，自亦不必苛求。我们以此要说明的是孔明六出祁山（按：史记五次，且非每次都到祁山），固然有胜有败，然败是全局性的大败，胜是局部性的小胜。若斩王双，败郭淮，辱仲达，射张郃，添灶退兵，木牛流马运粮等胜利，都并未改变全局，实属局部性小胜，但作品对它们作了夸张、突出的描写。每到情节发展的关键时刻，便推出一个胜利镜头，浓墨重彩，具体生动地予以描声绘形，使读者感受不到六出祁山的徒劳无功，相反，觉得胜利总是在孔明这一方。于激烈紧张的战斗中不忘显示孔明指挥若定、谈笑风生的潇洒风度：在木门道张郃中计被射杀后，孔明立于火光之中，指众军而言曰："吾今日围猎，欲射一'马'，误中一'獐'。汝各人安心而去，上复仲达：早晚必为吾所擒矣。"在放走夏侯楙后，又说："吾放夏侯楙，如放一鸭耳。今得伯约，得一凤也。"直到孔明死后，仍然出现"死诸葛能走生仲达"的谚语。其对手司马懿亦不得不叹服："此天下奇才也！"

然而，作品并未曾颠倒史实，败局还是败局：连年动众，消耗浩大，寸土未得，每次出征，结果都难免：全线退却，举师奔回汉中。尽管对它只采取了虚写，几笔轻描淡写，但历史脉络不曾模糊，倾向性无伤于真实性。

败中写胜的艺术手法，不仅只见于六出祁山，普遍见于描写刘备集团的其他失败战争，当阳之战亦是典型的战例。作品全面勾勒轮廓式地叙述了刘备走新野、弃樊城、败当阳、奔夏口的大败，交代了历史面貌，又依据陈《志》张飞、赵云在当阳长坂坡断后取胜的简单记载，大写特写了"赵子龙单骑救主""张翼德大闹长坂桥"的败中之胜，颂扬了刘备集团的两员虎将是英勇无敌的，给读者的印象：最后失败的似乎不是刘备，倒有点象是曹操。这里就有值得总结的艺术经验。

三　过中写德

街亭战败，干系重大；孔明身为统帅，过不容辞，可是并未以此降低了他的威信。相反，更显得形象高大，品德崇高，更提高了权威性；而且形象中又添进了明法自责的新内容，更显得充实丰富了。令人颇感为怪：打了败仗，更见才高；犯了错误，反显品优。这其间的奥秘，正是我们所探求、所总结的艺术经验。

作者自然是不愿自己心爱的人物犯错误，但此次孔明犯错误，则是不容否认的事实。要表现它：照搬，不行，有损于英雄形象；不承认，也不行，有背于历史小说。就得既不拘泥史实，又不随意编造史实，而采取了过中写德、以德补过的手法，来完成对英雄形象的维护，使之光辉性不受其影响。例如，或添枝加叶，或抽椽换檩，弃不利而取有利，都必须按艺术规律办事。从历史素材到艺术成品，其间必须经过一道艺术概括的工序，使之情节和人物典型化，使作品凌驾于史实的真实之上，通过其艺术形象自身的生活真实性显示其思想的艺术力量。

失守街亭，咎在马谡；孔明之过，在于误用马谡。作者首先在任用马谡上作了文章。按陈《志》："建兴六年，亮出军向祁山，时有宿将魏延、吴壹等，论者皆言以为宜令为先锋，而亮违众拔谡。统大众在前，与魏将张郃战于街亭，为郃所破。"（《蜀书·马良传》附《马谡传》）可知孔明任用马谡，实为不得人心之举，致令老将们愤愤不平。而小说把"违众拔谡"改为由马谡自告奋勇。作品对马谡请战过程作了重点描写：第一步，马谡自荐，孔明不许，晓以街亭在战略上干系重大，从地势上说，"守之极难"，任务艰巨；第二步马谡以"熟读兵书，颇知兵法"的自我优势再争取，孔明仍不许，晓以"司马懿、张郃非等闲之辈"，"恐汝不能敌之"，第三步，马谡以"若有差失，乞斩全家"作保证，立了军令状。这才"孔明从之"。马谡就是在这样不惜身家性命的坚请下，孔明才勉强同意的。把原来的主动提拔改为被动地准其坚请。孔明的过失虽在，但已觉情有可原。

孔明对马谡既准如所请，但仍不放心。以王平为副将，明确交代布防任务，谆谆告诫，再三叮咛。"孔明寻思，恐二人有失"，又派高翔屯兵街亭东北的列柳城。"孔明又思：高翔非张郃对手"，又派魏延去街亭之后屯扎。再遣赵云、邓芝于箕谷道中为疑兵。这一切，无一不在为孔明减轻过失责任打圆场，无一不在为"诸葛平生惟谨慎"的性格特点作卫护。

马谡自幼熟读兵书，谙识兵法。曾献攻心计，以服南人；南征中与孔明同策破敌，颇有奇谋；施反间计，司马懿遭贬回乡。才器过人，累建奇功。但他实系一参谋人才，又乏实战经验，且有"言过其实"之短。孔明委以如此重任，错则错矣，并非了无证据，任人唯亲。

过中写德，以德补过的手法，更多地表现在对街亭战败的善后处理上。孔明在此作了三件事：一斩马谡，二赏赵云，三自请贬职。无一不在体现赏罚无私、明法自责、尽忠为公的崇高品德。

先谈斩马谡。马谡究竟该斩不该斩？千百年来论者从用人与明法的两种角度来着眼，争议不绝。在当时，蒋琬就以"今天下未定，而戮智谋之臣，岂不惜乎"（小说据《襄阳记》）为由，提请"刀下留人"。后来的史论家习凿齿以"杀有益之人"对诸葛亮提出尖锐批评。而何焯又认为："今谡败而不诛，惜一人而乱大事。"该不该问斩的问题，我们姑置一边。若从艺术上看，处死马谡则是情节发展的需要，也是完善人物性格的需要。它增进了情节的主动性、丰富性及作品的悲剧性；充实了孔明"守法严而用情公"的性格特征。如此，斩马谡便成为作品必不可少的关键部分。再若从蜀魏街亭战争的全貌来看，马谡违令失守战略要地街亭，由此造成严重后果，孔明几乎作了俘虏！致使一生谨慎的诸葛，不得已而西城弄险，设空城计脱险；孔明退回汉中后，对这次战败作善后处理，追究责任，处马谡以极刑，理当自然。情节的发展，诚如后来戏曲编演的那样，自然地分作"失""空""斩"三出。三出戏既自成格局，同时又是一个完整的艺术整体，就如一条激流上三层波浪，一浪推一浪，相与推波助澜，益见壮观。

孔明处斩马谡，内心充满着复杂的矛盾，公与私、法与情的矛盾造成他深刻的精神痛苦。从"挥泪""流涕"到不可抑制而至放声"大哭"，正是他内心痛苦深化激化过程的外在表现。按史实：谡兄马良于蜀有功，与刘备交厚，且随备于夷陵战中遇害（小说把马良之死的时间改至孔明南征之初，仅用"马良新亡"四字，十分含混）。按此，马谡应为"烈属"。谡与孔明交厚："每引见谈论，自昼达夜。"马良与孔明约为弟兄，所以小说中孔明挥泪对谡说："吾与汝义同弟兄，汝之子即吾之子也。"《襄阳记》亦说："谡临终与亮书：'明公视谡犹子，谡视明公犹父。'"云云。于公于私，马氏与刘氏、诸葛氏之感情关系至深。然而，法不徇私，孔明坚持："若不明正军律，何以服众？"流涕谢蒋琬的求情，说："昔孙武所以能制胜于天下者，用法明也。……若复废法，何以讨贼耶？"诚如史学家所评："刑政虽峻而无怨者，以其用心平而劝诫明也。"这实质上正是一种高尚的道德品质的表现。但是，使孔明"大哭不已"者，非为马谡，而是"想先帝在白帝城临危之时，曾嘱吾曰：'马谡言过其实，不可大用。'今果应此言。乃深恨己之不明，追思先帝之言，因此痛苦耳！"这里把孔明的悲痛突出集结到对先帝的追思，从而表现他性格中与智慧相辅而行的另一特征：忠贞。把效忠知己的素怀与安邦定国、建功立业的宏愿联系起来，实际上则是更好地突出了思过责己、不为身谋的伟大人格。在创作手段上说，这正是在过中写德，确乎亦收以德补过之效。

再说赏赵云。赵云断后，斩将立功。孔明以金五十斤赠云，以绢一万匹赏云部卒。云以"三军无尺寸之功，某等俱各有罪"辞赏，请寄库，俟冬日赐军士。孔明叹曰："先主在日，常称子龙之德，今果如此。"赵云忠贞谦恭，素有德行。这一情节，亦是美德的赞歌。作品赞赵云，实亦赞孔明，赞其"尽忠益时者虽仇必赏，犯法怠慢者虽亲必罚。善无微而不赏，恶无纤而不贬"的美德。

考诸史实，赵云于街亭战后，"贬为镇军将军"。而王平于街战中有功："众尽星散，惟平所领千人，鸣鼓自持，魏将张郃疑其伏兵，不往逼也。于是平徐徐收合诸营遗迸，率将士而还。……平特见崇显，加拜参军，统五部兼当营事，进位讨寇将军，封亭侯。"（均见陈《志》本传）可是在小说中，当王平战败回来，向孔明汇报马谡不听规劝的实情后，仅有"孔明喝退"四字，别无他文。到京剧《斩马谡》里，王平还挨了板子。艺术家得按艺术规律办事，不能确守史学家划定的框框。在舞台上或小说里，败归时，王平出现在马谡之先，先打王平，再斩马谡，一打一杀，立即酿成森严庄肃的舞台气氛，有利于渲染孔明此时此地的盛怒、威严、气势。倘拘泥史实，则难以收到此种艺术效果。据史实，这次与马谡一起处斩的尚有将军张休、李盛，受处罚的尚有将军黄袭等，但不能把他们统统搬上舞台，小说艺术总是离不开概括、集中、典型化的。赵云列五虎将，为全书主要人物之一，素以德行见称，街亭断后取胜，亦见《赵云别传》；而王平于孔明开辟汉中时才归降蜀汉，影响自不及云。作家厚一薄一，不亦宜乎。

孔明赏赵云，斩马谡既毕，所作的第三件事便是上表后主，自请贬丞相职。认为街亭战败，"咎皆在己，授任无方。臣明不知人，恤事多阍。请自贬三等……"诏贬孔明为右将军，行丞相事。在对答费祎时说："兵败师还，不曾夺得寸土，此吾之大罪也。"又说："今欲减兵省将，明罚思过，较变通之道于将来……自今以后，诸人有远虑于国者，但勤攻吾之阙，责吾之短，则事可定，贼可灭，功可翘足而待矣。"他最善于自我批评，绝不文过饰非，且要他人对自己"攻过责短"。他检讨失败，策励将来，进一步坚定灭贼建功的决心。他的宏伟的抱负、愿望、气度构成了他的独特的军事家、政治家的丰满永生的形象。他情真意切的自我反省，在艺术效果上，自然也起着以德补过的作用。

过中写德的手段，在全书中大量存在，并不仅见于此。关羽死，刘备急于报仇，趋小义而忘大义，匆匆忙忙倾全国之力发动了一场意气用事的伐吴战争。他不听忠告，却说："朕不为弟报仇，虽有万里江山何足为贵？"政治与道德有时就是不相容的。他要信义（弟兄之盟）不要江山的思想，包含着见义忘利的内容，在其时是被看作一种高尚的品德的。战后，他又悔悟自责"何期智识浅陋，不纳丞相之言，自取其败"，临终不忘嘱其后代："勿以恶小而为之，勿以善小而不为。惟贤惟德，可以服人。"他虽犯了严重错误，可是从个人品格上争得了读者的同情。关羽刚而自矜，破坏了孔明联吴抗曹的战略方针，致有荆之败，其过非小。然而过中亦见其忠厚老实善良之品质。轻信徐晃往日之交，以为人皆念旧。当徐晃宣令"若取得云长首级者，重赏千金"时，他奇怪地惊叫起来："公明何出此言？"致遭大败。误中吕蒙卑词厚礼修好的诡计，也是由于他心地纯良，不相信人竟会如此地不讲信用！愚则愚，但愚中见憨。困麦城，已走投无路，但面对诸葛瑾"归顺吴侯，复镇荆襄，可以保全家眷"的说降，正色而言曰："吾乃解良一武夫，蒙吾主以手足相待，安肯背义投敌国乎？城若破，有死而已。玉可碎而不可改其白，竹可焚而不可毁其节：身虽殒，名可垂于竹帛也。"败则败矣，但这位古代悲剧英雄的豪气长存。

生活是复杂的。人犯错误，与当时的客主观、遭际、环境都有关系。《三国》写人物，从现实生活出发，不从概念出发。各类人物，各有所长，亦各有所短，不把人物简单化。不象某些旧小说，写十八条好汉，总是按序数次第，一条降一条。第一条好汉一出，二条必败；二条一出，三条必败。读者一看序数，胜败早定。生活没有如此简单机械。智者也有一失，愚者也会有一得，不能绝对化。若孔明用兵如神，也有一失，与司马懿斗智，互有胜负；曹操智过张绣，宛城为绣所破；关羽一世无敌，竟被潘璋部将马忠所获。刘备枭雄，反为曹丕所笑："刘备不晓兵法，岂有连营七百里而可以拒敌者乎?"孔明智过刘备,刘备识马谡而孔明不识,刘备识马谡而又不识李严……事件的复杂性,人物性格的丰富性,意味着对生活体察的深邃。应该说这是《三国》现实主义笔法的胜利。

过去,我在一篇小文中,曾经提到,在处理历史小说的纪实与虚构问题上,《三国》为我们提供了一条很好的经验,那就是:不以史害文,不以文害志。现在总结败中写胜、过中写德的艺术手法,仍觉这一条经验也是适宜的。在失败中,在过失里,写胜写德,当然是为了给心爱的人物增辉,不使他们灰溜溜一败涂地,不使他们威信扫地,一蹶不振。一句话:这正是作家感情的自然流露,倾向性的归宿,也正是"不以史害文"这一原则的具体体现。败中写胜,过中写德,意在:因为"败"与"过"都是史实。历史小说要受史实的制约,不能对它置之不顾。于是在承认史实的基础上,从中发现其有利于自己倾向性的因素,予以夸饰,予以小题大做,借以长自己的志气,灭敌人的威风。所以这也正是"不以文害志"原则的体现。作为表现手法的"败中写胜,过中写德",正是"不以史害文,不以文害志"创作原则的具体体现。看来,成功的历史小说,史、文、志三者必须统一。三者中,"志"是关键。古人所谓"诗言志",实际上也就是"文艺言志"。不论是古代作家,还是现代作家,没有不把"志"放在第一位的。没有思想目的、不表示作家意愿的创作是没有的。

一九八五年十月于北京和平街丁庐

温酒斩华雄

——《三国演义》卮谈之一

　　《三国演义》这部小说，可以说是描绘三国时代的一幅政治风云的彩色画卷。它着重表现的，是当时各个政治集团之间错综复杂、紧张尖锐的斗争。这种斗争发展成为接连不断的对政治权力的争夺和军事冲突，因而一连串的战争，构成了小说主要的内容。作品艺术上的最大特色，也就突出地表现在对于战争的出色描写上。《三国演义》描写战争，不论是千军万马的大会战，或者是单枪匹马的个人搏斗；不论是对垒几个月相持不下的持久战，或者是神出鬼没、出奇制胜的速决战；不论是酣战几百回合不分胜负的大鏖战，或者是三刀两枪结束战斗的突击战，都写得有声有色，各具特点：或力敌或智取，有火攻有水淹，时而奔驰疆场，时而运筹帷幄，时而火一般的血战，时而诗一般的抒情，给人们展示出一幅波澜壮阔、惊心动魄的战斗风云图。然而，读起来，不仅毫无凄惨阴森的感觉，而且不时予人以雄健的感染或智慧的启发。尤其可贵的还在于作者不是为写战争而写战争，而是在战斗的环境中展示了人物的性格；让他的一系列的战斗英雄的群像都从战斗的环境中站立出来。既写了战争，又突出了人物性格。第五回"温酒斩华雄"这段描写，就是一个很好的例子。这是一个并不算大的战争场面，可是却写得惊天动地、气象万千；而且在这个战斗环境里表现了不少不同的性格，尤其是成功地塑造出了关羽这个超群绝伦的古代英雄的形象。

　　斩华雄这件事，就关羽个人来说，这是他一生英雄的战斗历史的开端——这以前他只不过是一个区区县令手下的马弓手，这以后就不断地斩将立功，声名大振；就这次战争的意义讲，他为十八路诸侯讨董卓的联军赢得了第一个胜利，大大打击了董卓的气焰，为联军进入汜水关，大破虎牢关打开了胜利之门。

斩华雄以前的形势是这样的：十七路诸侯响应了曹操的号召，公推袁绍为盟主，以长沙太守孙坚为先锋，联合讨伐董卓。兵进汜水关，首次交锋，就遇上了劲敌董卓的部将华雄。华雄这个人十分骁勇，第一阵就刀劈了诸侯军的部将鲍忠，接着又赶得先锋孙坚走投无路，连头上的帽子都作了敌人的胜利品；如果不是部将祖茂以死掩护，恐怕连孙坚的性命也很难保。战到天明，华雄引兵上关；兵临城下，形势十分紧张。先锋孙坚"伤感不已"，盟主袁绍束手无策，只好聚众商议退敌之策，众诸侯又是一个个闭口不语。在这种窘迫的情势下，探子又来报了。

现在我们就看看《三国演义》中的这一段具体描写：

忽探子来报："华雄引铁骑下关，用长竿挑着孙太守赤帻，来寨前大骂搦战。"绍曰："谁敢去战？"袁术背后转出骁将俞涉曰："小将愿往。"绍喜，便着俞涉出马。即时报来："俞涉与华雄战不三合，被华雄斩了。"众大惊。太守韩馥曰："吾有上将潘凤，可斩华雄。"绍急令出战。潘凤手提大斧上马。去不多时，飞马来报："潘凤又被华雄斩了。"众皆失色。绍曰："可惜吾上将颜良、文丑未至！得一人在此，何惧华雄？"言未毕，阶下一人大呼出曰："小将愿往斩华雄头，献于帐下！"众视之，见其人身长九尺，髯长二尺；丹凤眼，卧蚕眉；面如重枣，声如巨钟；立于帐前。绍问何人。公孙瓒曰："此刘玄德之弟关羽也。"绍问现居何职。瓒曰："跟随刘玄德充马弓手。"帐上袁术大喝曰："汝欺吾众诸侯无大将耶？量一弓手，安敢乱言！与我打出！"曹操急止之曰："公路息怒。此人既出大言，必有勇略；试教出马，如其不胜，责之未迟。"袁绍曰："使一弓手出战，必被雄所笑。"操曰："此人仪表不俗，华雄安知他是弓手？"关公："如不胜，请斩某头。"操教酾热酒一杯，与关公饮了上马。关公曰："酒且斟下，某去便来。"出帐提刀，飞身上马。众诸侯听得关外鼓声大振，喊声大举，如天摧地塌，岳撼山崩，众皆失惊。正欲探听，鸾铃响处，马到中军，云长提华雄之头，掷于地上，其酒尚温。……曹操大喜。只见玄德背后转出张飞，高声大叫："俺哥哥斩了华雄，不就这里杀入关去，活拿董卓，更待何时？"袁术大怒，喝曰："俺大臣尚自谦让，量一县令手下小卒，安敢在此耀武扬威！都与赶出帐去！"曹操曰："得功者赏，何计贵贱乎？"袁术曰："既然公等只重一县令，我当告退。"操曰："岂可因一言而误大事耶？"命公孙瓒且带玄德、关、张回寨。众官皆散，曹操暗使人赍牛酒抚慰三人。

这一段精炼的描写充分显示了作者独特的艺术创造力。本来，这是一个战斗英雄斩将立功的战斗场面，一般的写法总是要大写特写战场的情景。然而在这里，《三国演义》的作者却不直接去写战场，而是着意地来写会场；把战场放在会场的后面来写。会场的空气和人们的情绪又完全受着战场的支配。就象是一幕剧，场景始终不换，戏一直在中军帐里开展，战斗放在后场进行。可是，战场上的杀声、鼓声、喊声却一直震荡着会场上人们的耳鼓和心弦。鼓声、杀声、折兵斩将，全是耳闻；议论、争吵、派兵遣将，才是眼见。全场的中心人物关羽往来于战场、会场之间，他的冲锋陷阵的声势和神威，是耳闻；"鸾铃响处，马到中军"的刹那之间，可以说是耳既闻，眼已见；"提华雄之头，掷于地上"的英武气概，才是眼见。而会场上的人们，时而"大惊"，时而"失色"，时而"失惊"，时而又"大喜"，时而又"大怒"或"大叫"。这些激荡不安的情态，又无一不和战场的动静紧紧相关。这样就把战场和会场紧密地连接在一起了。同时，由于既有会场，又有战场；既写耳闻，又写目睹；既有实际情景的描绘，又有情势气氛的烘托：就对英雄人物的创造，更起着一种传神壮威的作用。

这种实写会场、虚写战场的艺术手法，首先是在有限的篇幅里取得了更大的容量，丰富了作品的思想、艺术。既不至陷于孤立地去表现一个人或者一件事，同时又可以通过一个人或者一件事巧妙地揭示出诸侯军内部的复杂性，使中心人物的形象在复杂的矛盾关系中凸显出来。这支讨董大军，本来是由十八路诸侯纠合起来的一支混合联军，内部关系复杂，矛盾重重。安排这样一个会议场面，就便于在描写敌我双方决斗于疆场的同时，又表现出联军统一战线内部的矛盾。会场的空气是那样的波荡，人们之间的情绪又是如此的对立！有惊有喜，有恼怒。有喧嚷，有争吵，有议论。同样是斩华雄这一件事，有人喜，有人怒。同样是关羽这一个人，有人敬重，有人歧视；有人把酒称庆，有人大声喝斥；有人当面排斥，有人背后拉拢。打了胜仗，本来应该庆贺，可是反而不欢而散；得功者本来应该受赏，可是反而要"赶出帐去！"这些，都揭示出诸侯军统一战线内部豪门和白身、腐朽的贵族和新兴势力之间存在着尖锐的矛盾，使人不仅清楚地看到诸侯联军的貌合神离、各怀鬼胎的真面目，而且也预示了他们分崩离析的必然趋势。

这种虚实相结合的手法，更便于创造一个富有特征的情势和氛围，从而烘托中心人物关羽的英雄气概和他那锐不可当的精神威力。作者并不直接描写关羽的武艺如何高强，甚至连他和华雄交战的具体情形，都一笔不提，只是着意来渲染华雄如何勇不可当，连斩四员上将，兵临城下，众诸侯如何惊恐失色。在这种严重情势下，关羽以神奇的速度，轻而易举地斩将解围。在一杯热酒尚有余温的顷刻之间，已经提华雄之头，掷于中军帐前。这就可以看出，强中自有强中手，华雄虽强，但远不是关羽的对手。不明写关羽之勇，关羽之勇自现，实际上让华雄的骁勇，诸侯的惊恐，反衬得关羽的威武形象更鲜明，更生动！

人物的性格特征，不是从外面贴上去的，它应该融会在人物的一切行为当中。一个战斗英雄，在他的战斗行为里自然会带有自己的性格特点。《三国演义》的作者就十分善于从他的人物的战斗行为当中把握他的英雄性格。关羽的战斗行为决不同于张飞或者是许褚。他不以玩刀弄杖、脚踢拳打或者酣战几百回合的血气之勇来显示自己的威猛，而是以凛冽的精神气魄和逼人的威慑力量见长，所以常常以神速战术显示他的英风豪气，以致使得外来的强敌不可逼近他，就予以制服。谁要是和他交战，总是手起刀落，人头落地，行动是那么神速！神速，这就是关羽战斗行动的一个很大的特色。《三国演义》在其他章节里描写关羽的战斗行动，也是掌握了这个特点，突出他的惊人的神威。比如在斩颜良、诛文丑、斩秦琪、斩蔡阳的时候，关羽的战斗行动，也都是极为迅速的。这些描写都以神速的战斗行为来突出他的内在的威力。在"斩华雄"这个情节里，作者不写他具体的战斗行动，单写他惊人的战斗效果，这更足以表示他作战的神速。上阵之后，不写刀来枪往，如何取胜，只从鼓声、喊声，"天摧地塌，岳撼山崩"的激壮声势中，助其神，壮其威，显示他冲锋陷阵的不可抗拒的威力。在我国戏曲舞台上就成功地发展了小说中关羽的这个特点，注意从精神气度上表现这个具有独特个性的名将风度。关羽虽然是一员武将，可是在他的武勇中又包含着一种儒雅，在他神速的战斗行动中又包含一种凛洌的威严。清代有的学者说关羽是"古今来名将中的第一奇人"，人们又管他叫做"武夫子"，看来，这都是很有道理的。

"温酒斩华雄"，这一杯酒，在艺术效果上很起作用，它形象地表明了关羽作战的神速，斩华雄是那样的轻而易举，用《三国演义》常用的一句话说，就是"在百万军中取上将之首，如探囊取物耳"。时间的流逝，本来是抽象的。关羽提着华雄的头胜利归来，在战前斟下的一杯热酒还有余温，这就把时间的迅速流逝具体化了，形象化了，也把关羽斩华雄易如反掌的超人本领和他行动的敏捷、威猛，表现得更为光彩夺目，足以启发人们的联想作用。这一杯酒，在刻画人物上起着不可忽视的作用。曹操教人给关羽斟酒预祝胜利，让他先饮一杯，然后出战，关羽却说："酒且斟下，某去便来。"在这种响亮的回答声中，显示着关羽坚决果敢，具有必胜信念的英雄性格。袁绍本来是当时的盟主，可是曹操为关羽斟酒称庆。这一杯酒，就不仅表明了曹操当时在群雄中的身份和地位，而且还表现了他的识人爱才的政治家的风度，同气量狭小见解偏激的袁氏弟兄形成对比。可见这个细节的描写，在这段情节里是不可缺少的。

在这幅有限的画面上，除了中心人物关羽之外，作者还描写了不少其他不同性格的人物。曹操周旋席间，显然是这个会场秩序的维持者，而且也是此时此地的正义的维护者。他既反对重职位、轻人才的贵族偏见，又顾全大体，力劝袁术不能"因一言而误大事"。在关羽出战之前，他为反对阻挠关羽的出战，和袁氏弟兄一再力争；然而语气又是那么委婉，他说："试教出马，如其不胜，责之未迟。""此人仪表不俗，华雄安知他是弓手？"这完全是针对对方的责难来进行说服，以达到让关羽顺利上阵的目的。等到关羽胜利归来以后，他又针对袁氏兄弟的偏见，高唱"得功者赏，何计贵贱乎？"这又是何等严正的声音！但是，作者并没有忘记曹操这个人物特有的心计，事后，他又要在暗中送牛酒抚慰刘、关、张，进行私人拉拢。这样，一幅"胸怀大志，腹有良谋"的封建时代的政治家的精神风貌，不是写得逼真欲见么？作者同时还勾画了袁氏弟兄，他们出身四世三公，满脑子的贵族偏见，目光如豆，有眼不识英雄。尤其是袁术，从他的骄傲无理的行为中，已经十足地暴露出一幅腐朽贵族的丑恶嘴脸来。在《三国演义》第二十一回里，"曹操煮酒论英雄"时曾说袁术是"冢中枯骨，吾早晚必擒之"。意思说袁术是坟墓里的乱骨头，我早晚得捡了它。看来，这架"冢中枯骨"的原形在这里已隐约显露了。再看作者对张飞的描写。他快人快语，看到哥哥立了功，兴奋得情不自禁，高声大叫起来："俺哥哥斩了华雄，不就这里杀入关去，活拿董卓，更待何时？"虽然是三言两语，然而张飞的粗豪急躁、疾恶如仇的性格，不是也表现了几分么？当然，这些人物的性格矛盾，都是通过对中心人物关羽和中心事件斩华雄而体现的，所以尽管写了不少人物，然而最突出的一个人，仍然是关羽。

优秀的古典文学，它的笔法的精炼，有时确乎达到了惊人的程度。在"斩华雄"这段不到六百字的有限篇幅里，竟然容纳了如此宏富的内容；其中一个主要的表现方法，就是采取了虚实相结合的手法，为作品争得了更大的容量。第一，既有会场的实况，又有战地的气氛；既写耳闻，又写目睹；两者都摄入镜头，自然就扩大了表现范围。而且从会场的角度去写战场，自然便于取舍，又可以省去许多不必要的关于战场的描写。第二，既写战争，又写会议，便于容纳各种人物和表现复杂的矛盾。此外，作者又不浪费片言只语，每句话都经过精心的锤炼。比如，袁绍夸耀说："可惜吾上将颜良、文丑未至！得一人在此，何惧华雄？"这句话既表现了袁绍骄矜的性格，又交代了颜良、文丑当时并不在场，更重要的还是，令人联想到，以后关羽的斩颜良、诛文丑，他们两个人也不是关羽的对手。从袁氏弟兄和曹操性格的对立中，既表现了袁氏弟兄的昏庸，曹操的精明，同时也为不久袁氏为曹操所灭的事实透露了迹象。曹操在暗中抚慰刘、关、张，不仅表明了曹操的有心计、善用人的性格特点，而且也为不久刘、关、张的暂时依附曹操提供了线索。作者精湛的艺术修养，真是不能不令人叹服！

一九六〇年冬于北京和平街己楼

"当阳之战"的艺术成就

—— 《三国演义》卮谈之二

　　远在北宋时代，三国的故事对人已经就很有吸引力。据说小孩子们如果顽皮淘气，为"其家所厌苦"，大人常常给他们一点钱，让他们去听艺人讲故事，听到三国故事时，"闻刘玄德败，频蹙眉，有出涕者；闻曹操败，即喜唱快"（东坡《志林》）。由此可见三国的故事，早在《三国演义》尚未成书之前，就具备了这两点：一、尊刘贬曹的思想倾向；二、故事在传说中已有很强的艺术效果，连小孩子都激动得有哭有笑。《演义》的作者可以说是十分出色地承继并发展了这两方面的特色。刘备兵败当阳的一段艺术描写，便是一个很典型的例子，既有鲜明的思想倾向，又有高度的艺术效果。如何评价尊刘贬曹的思想内容，是一个复杂的学术问题，这里姑且不谈；然而，作者为表现这一主题所采取的一些艺术手段，显明易见，是有可借鉴之处的。他以饱含爱憎感情的艺术彩笔为我们点染出一幅永不褪色的当阳之战的风云图，而在这幅图画上又为刘备集团的两员虎将赵云、张飞醒目地题上了一首英雄赞歌。

　　当阳之战，本来是刘备吃了败仗，而且败得很惨；丢妻撇子，仓皇逃生；从樊城撤退时尚有"三千余军马"，经过景山（位于当阳县）一役，"再看手下随行人，只有百余骑"，其损失可谓惨重！有意思的是，作者并没有回避这些失败的事实（陈寿《三国志》先主、张飞、曹仁等传，对刘备兵败当阳一事都有简略记载。《演义》与《三国志》的记载基本上相符），可是它给读者的印象，却是：刘备集团的英雄是英勇无敌的，不可战胜的，最后失败的似乎不是刘备，倒有点象是曹操。这就是一个很值得令人玩索的艺术秘密。人们阅读这一段作品时，真有点象东坡《志林》说的那样，总是为刘备不利的形式和他的命运提心吊胆；而赵云、张飞的忠勇善战，英武威猛，又不时让读者振奋喝采。作家在这里深具匠心的艺术安排，很值得我们探讨。

首先，作者向读者交代了他的主人公刘备宁肯逃亡，而"不忍乘乱夺同宗之基业"以安身的个人品德（当刘表病危之际，诸葛亮劝刘备"可乘此机会，取彼荆州为安身之地，庶可拒曹操也"。刘备以"吾宁死不作负义之事"谢绝之）。这就使读者先从道义上肯定了刘备这次的逃亡。

同时，作者把刘备在逃亡途中为曹兵所追及造成惨重损失的原因归结为刘备的爱民行为——不忍"弃众速行"，甘与百姓共患难。这就为刘备的失败争得了读者更大的同情。作者在这里十分突出地描写了刘备的宽厚爱民。在形势极为危急的情况下，他仍然依恋百姓，不肯先行。不管部下怎样着急，三番五次地劝告，他总以"安忍弃之"来谢绝。

第一次是：诸葛亮劝他"可速弃樊城，取襄阳暂歇"，他说，"奈百姓相随已久，安忍弃之"？结果是：

> 两县之民，齐声大呼曰："我等虽死，亦愿随使君！"即日号泣而行。扶老携幼，将男带女，滚滚渡河；两岸哭声不绝。……船到南岸，回顾百姓，有未渡者，望南而哭。

"军马十余万，大小车数千辆，挑担背负者不计其数。"这就为刘备的顺利逃走挂上了沉重包袱。

第二次是：他带着十万拖家带口的民众上路，每日只走十余里便歇。哨马报说："曹操大军已屯樊城，使人收拾船筏，即日渡江赶来也。"部下众将齐声劝告："江陵要地，足可拒守。今拥民众数万，日行十余里，似此几时得至江陵？倘曹兵到，如何迎敌？不如暂弃百姓先行为上。"他还是流着泪说："举大事者，必以人为本。今人归我，奈何弃之？"结果还是"拥着百姓，缓缓而行"。这就为追兵造成了大好机会。

第三次是：曹操听到这种消息，立即命令各部精选铁骑五千，连夜追击。就在追兵已经赶上的当天晚上，简雍失惊地告诉他："主公可速弃百姓而走""若恋而不弃，祸不远矣！"他还是坚持地说："百姓从新野相随至此，吾安忍弃之？"结果，当阳景山一役，被曹操打得落花流水，丢妻弃子，险些遭性命之忧。到了此时，他依然不忘百姓，放声大哭说："十数万生灵，皆因恋我，遭此大难；诸将及老小，皆不知存亡；虽土木之人，宁不悲乎！"

作者就是这样一再地强调刘备的爱民行为的。或许这也是处在水深火热、暴君统治时代里人民的一种希望好皇帝的愿望在作家笔下的反映。不管怎样，古代人民或一般读者，对一个对人民有着较好态度的长厚仁爱的性格的人，总是会同情、会肯定的。作者正是抓住刘备宽厚爱民的这个特点，加以艺术渲染，表现了自己的倾向，争得了读者的同情（罗贯中或毛宗岗美化刘备，其中当然也有他们烘托蜀汉正统的成分；古代读者也难免有正统思想，但读者同情刘备可绝不是仅仅因为他代表着汉朝正统。顽皮的小听众们闻刘玄德败而蹙眉出涕，想来不会是他们的正统思想使然吧）。《演义》的读者为刘备的命运而提心吊胆，或许从这里也可以找到一部分答案。

战前，作者以他饱含爱憎感情的笔触指出双方力量的过度悬殊，曹操占着绝对优势，刘备处于绝对劣势；曹操处于主动地位——追击，刘备处于被动地位——逃跑。从这里悄悄地暗示给读者：曹操以强凌弱，刘备兵寡不敌；刘备不被曹操一口吞没，就算胜利，曹操不能完全消灭刘备，即是失败。这样，作者就既为他心爱的主人公遭受战败之辱，先建造了开脱之门，又为他的主人公危险的命运争得读者更大的关注，更重要的还是为他的主人公在读者当中奠定了败不足馁、胜则更喜的心理基础。这真是一石数鸟的艺术手法。

我们何妨再看看当时的具体形势，曹操的力量已空前壮大，兵多将广，擒吕布于下邳，摧袁绍于官渡，破乌桓于白登，北方的群雄，略已剪平，正欲消灭刘备、孙权，扫平江南。大军南下荆襄，刘琮又不战而降。他为攻刘备，先发兵十万，径抵博望，继又起大军五十万，直逼新野。不意诸葛亮博望烧屯，白河用水，竟使夏侯惇、曹仁辈大败而归。这更激怒了意气骄横的曹操，于是亲自催动三军，填塞白河，分兵八路，满山遍野，排山倒海而来。及至当阳时，他的兵力已具参加赤壁鏖兵时的八十三万，诈称百万的总数。

而刘备呢？东跑西跑，无立锥之地。"寄迹刘表，兵不满千，将止关、张、赵云而已。"况乃"新野山僻小县，人民稀少，粮食鲜薄，兵甲不完，城郭不固，军不经练，粮不继日"。强敌压境，不能不造成"弃新野，走樊城"的趋势。"败当阳，奔夏口"也成为势所必然。就以向当阳撤退时的最高兵力说，才不过三千余军马。以三千不经练之兵，如何抵挡得住百万雄师！兼之又有"十余万赴义之民，扶老携幼相随"，而刘备又"不忍弃之，日行十里，不思进取江陵，甘于同败"。这就在不利的条件上又加了不利。

双方力量之强弱寡众，其悬殊如此！可是战斗的结果，刘备居然安然脱险，除糜夫人一人自尽疆场之外，刘备集团的其余的主要人物，都安全无恙，以致造成后来孙、刘联合抗曹的局面，揭开了著名的赤壁之战的序幕。从这个意义上看，当阳之战，刘备并没有彻底的败，曹操也没有完全胜。尤其在大战期间，居然还出现了长坂坡赵云救主、长坂桥张飞退敌的场面，这就更使读者产生刘备虽败犹胜、曹操虽胜犹败之感。罗贯中就是这样用他的生花之笔表现其倾向性的。

作者还颇具匠心地把刘备集团的两个常立于不败之地英雄人物——关羽、诸葛亮安排开，让他俩先后远去江夏救援，免受这场战败之辱；让这场不可避免的失败灾劫由刘备这个惯遭失败的人物一人承当。这就很耐人寻味。看来，关羽的往江夏求援，还很自然，且为后来的汉津阻击曹操埋下了伏线；不仅在艺术上有它的作用，而且还有一些历史的影子（《三国志》先主、关羽等传有先主"别遣关羽乘船数百艘使会江陵"的记载）。而诸葛亮的继去江夏，就似乎无甚必要；而且《三国志·先主传》明明写着"曹公将精骑五千急追之，一日一夜行三百余里，及于当阳之长坂，先主弃妻子与诸葛亮、张飞、赵云等数十骑走"云云，可是《演义》的作者却偏偏不让诸葛亮和刘备一道儿跑，让诸葛亮在刘备的委托下也远去江夏了。替他找到的出使理由是："云长往江夏去了，绝无回音，不知若何？""敢烦军师亲自走一遭。刘琦感公昔日之教，今若见公亲至，事必谐矣。"就这样轻轻地把孔明也打发到当阳之役的战场之外了。

我们不难看出这样的安排，作者是有他的一番艺术用意的。诸葛亮，在作者（或读者）心目中简直是智慧的化身，胜利的象征，不能让他轻易掉到失败的泥坑里去；况且他下山还没有多久，在他的指挥下刚打了两个漂亮仗，才树立起军师的威信。刘备部下的将领，如关羽、张飞等才刚刚服他。如果这次让他束手无策地和刘备一道儿狼狈逃跑，神机妙算哪儿去了？这就多少会有损于他的尊严和人物性格的完整性。所以，作者这样的艺术处理，我们虽然不能过誉，但至少是不留痕迹地成全这位能掐会算、未卜先知人物的威望，自然也就节省了在失败场合为作者所衷心歌颂的英雄人物的必要的圆场文字，从而减少了创作中不少的麻烦。因之，我们也就不能不肯定这种手法的经济得体。

最后的一点，也是最值得注意的一点：作者在简单的历史素材的基础上，充分施展了他的丰富的想象和大胆的虚构的才能，紧紧地掌握了"长自己的志气，灭敌人的威风"的原则，又不肆意地颠倒历史事实，采取了从败中写胜——从大败突出小胜的手法，生动地描述了这次战争的全景，表现了他的尊贬抑扬的思想与爱憎喜怒的感情。

作为尊刘贬曹的罗贯中，当然，在主观上他并不愿意他所尊的人物失败，可是刘备兵败当阳，这是史有记载的事实。作为现实主义作家的罗贯中，他又不能在他的作品中隐讳或颠倒这一事实。在"当阳之战"的一段描写里，罗贯中确乎是创造性地处理了这一历史题材。在这次败退中，赵云"抱弱子，保护甘夫人，皆得免难"（《三国志·赵云传》）；张飞"据水断桥，瞋目横矛……敌皆无敢近者，故遂得免"（《三国志·张飞传》），也有记载可考。败，固然是事实；胜，也是事出有因。只是，败是大败，胜乃小利；败是亡命逃生的全面败，胜则是自卫脱险的局部胜。《三国演义》又是一部历史小说，它不能任意捏造历史；可是任何一个作家，不管他采用何种题材——从历史、传说提供出来的还是从现实生活提供出来的，他总是要表现他的立场、观点、爱憎和意愿的，他的笔总是有所倾向的。在既有的素材不利于对他所要歌颂的人物进行歌颂的条件下，依然要极尽歌颂之能事，这就到了考验作家艺术本领的紧要关头。尽管历史题材对作家有一定约束性，但是一个有作为的艺术家是决不会跟在史学家的屁股后面亦步亦趋的。从历史素材到艺术成品，其间必须经过一道艺术概括的工序,使其人物和情节典型化,使他的作品凌驾在史实的真实之上;因为文学作品总是要通过其艺术形象自身的生活真实性显示其思想艺术力量的。罗贯中关于"当阳之战"的一段艺术处理,在这方面为我们提供了足堪借鉴的艺术经验。

他既不拘泥于史实,也不任意捏造史实,而把史实的真实性和作者的倾向性两相结合起来(《演义》其他部分在这点上有时是有缺点的),把中国传统艺术中所谓虚写与实写的手法结合起来,把全面叙述与重点描绘结合起来。他全面概括地、勾勒轮廓式地叙述了刘备走新野、弃樊城、败当阳、奔夏口的大败,交代了历史面貌,而又突出重点,生动具体、极尽夸张地描绘了"赵子龙单骑救主""张翼德大闹长坂桥"的大败中的小胜(所谓"小胜",系与大败相对而言,实际上赵云、张飞的战果是辉煌惊人的)。作者以高度同情的笔调写了大败,又以热烈兴奋的心情写了"小胜";意到笔随地写了大败,精雕细刻地写了"小胜";虚写了大败,实写了"小胜"。虚实相生,构成了一幅淡抹浓描相宜的彩色风云图。同时,"大败"不仅仅是贴在"小胜"后面的背景,而且让"大败"的情势造成的氛围烘托得"小胜"更为彩色绚烂,眩人心目,烘托得战斗中刘备部下的虎胆英雄的形象更加神勇无敌,光芒四射。其效果则在读者印象中把"大败"淹没在"小胜"之中,好象最后的胜利还是在刘备这一方面,达到了作者尊刘贬曹、长自己之志气、灭敌人之威风的创作目的;既使历史事实的脉络清晰可辨,又使关怀正面人物命运的读者"即喜唱快"。

我国先秦的哲学家荀子曾说"不全不粹不足以谓之美"(见《乐论》),"当阳之战"的艺术处理,既全面地表现了战役的经过,又集中而精粹地描绘了典型情节,既"全"而"粹",足以谓之"美"!

一九六二年五月于京郊

再谈"当阳之战"的艺术成就

——《三国演义》卮谈之三

这里再谈谈"当阳之战"中的两段具体的描写。

"当阳之战"写得最引人注意的还是"赵子龙单骑救主"和"张翼德大闹长坂桥"的两段情节。它不但写出了惊天动地的炽烈的战争场面,而且还从战斗中成功地塑造了两个叱咤风云的古代英雄的形象:一个是忠勇善战、胆大心细的赵云,一个是勇猛刚烈、神威慑人的张飞。在这次败退中,他俩接受的军事任务是:一个"保护老小",一个"断后"。在当时双方力量强弱寡众极度悬殊的形势下,能完成这两大任务,对刘备集团说,就是最理想的胜利;可是要完成这两大任务,那是非常艰巨的。然而,最后他俩都出色地完成了任务。完成任务的过程,也正是显示他们的英雄本色的过程,同时也就是作者完成他的人物的英雄性格的过程。

作者写这两个人物的时候,都紧紧围绕着他们的"保护老小"或"断后"的任务去落笔,所以尽管是那样一个千军万马、军民扰攘的纷乱局面,可是作品仍然显得重点鲜明,凝炼集中,而那纷乱扰攘的环境,正好成为这两尊英雄雕像的天然背景。

赵云的任务是"保护老小",在当时,这已够艰巨,况且家小已被冲散,要在千军万马中再救回已经失散的家小,这就在艰巨上面加上了艰巨。任务越是艰巨,就越足以显示其任务完成者的本领。在这样的环境中,非忠勇就不敢也不能有杀进重围的决心和行动,非善战就不能冲破重重阻拦,非大胆就不能孤身深入敌阵,非细心就不能找到深陷在难民海洋中的眷小。赵云的英雄性格就在这样的典型环境中突现出来。

写赵云深入敌阵的英雄行为，先不正面直写，一开头就是一个引人入胜的侧面镜头：

> （刘备等）正凄惶时，忽见糜芳面带数箭，踉跄而来，口言："赵子龙反投曹操去了也！"玄德叱曰："子龙是我故交，安肯反乎？"张飞曰："他今见我等势穷力尽，或者反投曹操，以图富贵耳。"玄德曰："子龙从我于患难，心如铁石，非富贵所能动摇也。"糜芳曰："我亲见他投西北去了。"张飞曰："待我亲自寻他去。若撞见时，一枪刺死！"玄德曰："休错疑了。岂不见你二兄诛颜良、文丑之事乎？子龙此去，必有事故。吾料子龙必不弃我也。"张飞那里肯听，引二十余骑，至长坂桥。

本来，刘备等因失散诸将及老小，正在凄惶，糜芳既面带数箭，踉跄而来，已够令人震惊，何况又带来赵云降敌的恶讯，就立刻造成一种由凄惶而变紧张的气势；同时又突出了人物的性格，使糜芳的慌张不智、主观粗率，刘备的慧眼识人、从容自信，张飞的粗豪威猛、刚烈焦躁的性格特点都清楚地突现出来。然而更重要的，还是透过他们三人的争论更有力地突出了赵云的胆量与气魄，烘托出赵云深入敌阵的行为简直是奇险得出乎常人的意料之外；正值大家都在逃命之不暇的当儿，他不唯不逃，反而深入敌阵去了。所以就连从敌阵中逃出的目击者，也会把这种出奇的行为不假思索地以为只能是投敌的行为！作者明写糜芳的慌张主观，实际上是在暗写赵云的忠勇惊人；明写刘备的从容自信，实际上是从侧面强化赵云的忠而仁勇的品德；明写张飞的刚烈焦躁及其粗豪的行动，实际上是从暗中推动事态的跌宕发展，且为他后来长坂桥挡追兵、援赵云铺垫出有力的伏笔。这种一举多得的手法使读者进入奇险紧张的氛围之后，又从紧张的心弦上挑起了急待"分解"的悬念。

原来赵云从四更时分与曹军厮杀，直至天明，寻不见了刘备及其家小，心急如焚，自思："主人将甘、糜二夫人与小主人阿斗，托付在我身上；今日军中失散，有何面目去见主人？不如决一死战，好歹要寻主母与小主人下落！"这一笔心理描写，在表现赵云的性格特点和推动情节的进展上都起着极为重要的作用。在赵云焦虑的内心深处，含着有负重托的内疚和过错心情，强烈的责任感再加上一个武将特有的血性促成了他成功成仁必选其一的决心。这就深化了他行动的内在力量，也显得他效死疆场的行为有着深厚的思想动力，他的"勇"是有"忠"的坚实后盾，他的"力"乃是内在精神的外部体现。因而作者尽管把他也写成一个血气方刚的少年将军，然而又和匹夫血性之勇清楚地区别开来。救回简雍，一方面释开了糜芳所造成的误会，同时赵云借他给刘备传讯："我上天入地，好歹寻主母与小主人来。如寻不见，死在沙场上也！"作者再一次地强调了赵云的这种置生死于度外的大无畏精神，加强了他性格中刚毅自信的力量；他的斩钉截铁的响亮声音中，迸射着力与勇的火花！

赵云象一股猛烈的旋风向敌阵卷去，一面冲杀，一面探听着小的下落。救甘夫人，救糜竺，无一不显示他忠勇善战、心细胆大的性格特点。及至枪挑夏侯恩，得青红宝剑，为战胜强敌又取得了有力的武器，如虎增翼，愈战愈强，很快地把情节推向高潮。及赵云再度杀入重围，"回顾手下从骑，已没一人"，孤身深入敌人的万马军中，枪刺剑砍，往来寻觅。敌人一碰到他，便倒的倒，翻的翻，完全失掉了自卫能力。这里，一员"浑身是胆"的虎将形象，跃然纸上。

及至寻到糜夫人和阿斗，自愿步行死战，再三请糜夫人上马，糜氏不听而至厉声催促，从恭而有礼的大将风度中又显示着一个武将在战场上特有的气质。糜氏投井自尽，他又唯恐敌人盗尸，推墙掩井，急迫中又带从容，又表现出他一贯的精细机灵的性格。我们还应该注意到，就是在这极紧迫的时刻，极细小的地方，作者从不放弃他褒贬、抑扬的态度。"曹操随身背剑之将军夏侯恩"，竟"自恃勇力，背着曹操，只顾引人抢夺掳掠"，可以见曹操军纪之一般。糜夫人的"舍己"，却完全是为了"为人"——为赵云，更主要是为阿斗，在今天看来，尽管她的语言里还不无封建意识，可是她此时此地的自我牺牲的行动，却给人以深刻的印象。本来《三国志》先主、张飞等传有"……及于当阳之长坂……先主弃妻子走"，《曹仁传》有曹纯"追刘备于长坂，获其二女辎重"等记载，可是《演义》的作者在他的作品里却作了这样的艺术处理，道理很明显，无非是不愿自己所同情的人落到敌人手里，而让历史细节的真实服从于艺术的真实，且对丰富情节和人物性格，亦不无小补。

作品有声有色地写出了狂风暴雨般的激战，可也并没有把它写得一急到底，一览无余，总是那样摇曳多姿，波澜起伏。赵云怀抱幼主，一手执枪，一手秉剑，杀了一围，又有一围。刚杀退二将，夺路而走，情势方欲转缓，背后忽然又有二将大叫"赵云休走！"截住去路；又陡起波澜，顿时紧张。及赵云力斩二将，直透重围，已离大阵，血满征袍；情势又为之一缓。读者方欲喘气，后面有人又大喝："赵云快下马受缚！"原来追兵又到。真是："才离虎窟逃生去，又遇龙潭鼓浪来。"及至赵云杀死最后追来的两员敌将，脱身望长坂桥而走；好象这回已确保安全，紧张空气就会过去，谁知后面又喊声大震，原来文聘又引军赶来。情势又立变紧张。赵云就在此已人困马乏的时刻，正好奔到桥边，从一声"翼德援我"的大呼中凯旋而下，而张飞又从"子龙速行，追兵我自当之"声中巍然出现，矗立桥头，极自然地担负起"断后"的任务。这一高妙的处理，才使读者深深喘出一口气来，也正好和前面误听糜芳诬传时的情形相与照应，想要"一枪刺死"赵云的张飞，而今正好成了赵云的救星。令人颇感情味横生！

赵云能够脱险，这已够出奇。作者总结这一场厮杀，还说赵云"砍倒大旗两面，夺槊三条；前后枪刺剑砍，杀死曹营名将五十余员"。这确乎显得很夸张。不过总的说来，写赵云胜利完成任务，夸张是夸张，只是它的夸张还是建立在合理的基础之上的。我们何妨再看这段描写：

> 却说曹操在景山顶上，望见一将，所到之处，威不可当，急问左右是谁。曹洪飞马下山大叫曰："军中战将可留姓名！"云应声曰："吾乃常山赵子龙也！"曹洪回报曹操。操曰："真虎将也！吾当生致之。"遂令飞马传报各处："如赵云到，不许放冷箭，只要捉活的。"

看，从曹操的赞赏声中，作者又在为他的英雄进行鼓吹；曹操的行为又很符合他爱才的性格特点。同时从这里也可看出赵云处境的危急，因为没有足以制服赵云的把握，曹操是不会有"捉活的"的打算的。作品虽然没有明白写出，但实际上是没有文字的地方也有意思；这为赵云的脱险酿造着艰险奇难的气氛。可是这个"捉活的"却为赵云的突围脱险留出了得乘的空罅。赵云早在思想上作出了如不成功、当死于沙场的决定，而今他的敌人竟欲活捉，不许伤害他，这不正好为他打开了有生之门？常言"一夫舍命，万人莫敌"，赵云本有万夫不当之勇，再加上他决一死战，这就是他不可战胜、得以成功的支柱。因此，我们说，作品写得奇则奇，奇而有理；险则险，险而可信。因之，它才获得了足以感人的艺术力量。至于那几句赵云陷入土坑、红光滚起的荒诞描写，以及对赵云所以脱险，"此亦阿斗之福所致"的解释，这当然不可取，不过也只是白璧微瑕而已。

　　背景是一篇作品气氛的重要构成部分。我国古典小说一般不大段孤立地去专门描写背景，成功的作品大半是把时间、空间和人物活动其间的一切环境及其行为融会起来加以表现。"长坂坡赵云救主"的这段描写，正是这样。全段的调子是紧张热烈、跳跃迅速的，作者巧妙地使人物往来驰骋疆场的情节结构与背景，都和这一主导的调子完全相适应。虽然背景只是战场，可也写得丰富多样，形形色色。有中箭着枪、抛男弃女的难民队伍，有身受重伤、倒卧草间的伤员形象；有军士震撼山岳的喊声杀声，有百姓震天动地的哭声叫声；有敌人绑解俘虏的场面，有刀丛中逃命的妇女行列；有横矛立马于桥上的将军雄姿，有观战于山顶的主帅风度；有背着主子抢夺掳掠的散兵游勇，有披头跣足落难逃亡的王侯夫人；有被火烧坏的房舍及其断垣枯井，有尘雾笼罩的树林山野；有为了儿子的安全投井自尽的母亲，有身藏战将怀中，酣睡未醒的孩子；有暴风雨般的激战，东奔西逃的急迫，有树阴之下、君臣相聚、泣诉衷情的沉静。有动有静，有平有险。忽而这边，忽而那边，并不停留在战场的一角，使每个角落都各有不同的气氛。随着主人公的奔驰，把读者的目光时而引向这方，从旁侧视；时而又引人的目光逼视那方，如亲临其境。象是一个个连接的电影镜头，又各有不同的情景。使人应接不暇，可也又有条不紊。不但有声有色，写激战，似乎听到刀枪剑戟相与击撞的音响，看到血满战袍的将军形象；而且好象还有味，仿佛嗅到战场上特有的风尘气味。看来，好象作者还是并没有专门开辟篇幅，在环境气氛的描写上大下功夫，可是作品竟然有了如此良好的艺术效果，这也是我国古典艺术中一个值得令人探讨的地方。

张飞的任务是"断后",情况和赵云又有所不同;应该说比赵云的任务更为艰巨。他全部的兵力不过二十余骑;要以二十余骑拒百万之众,单凭"力敌",是决不行的,这就需要"智攻"来配合。急中生智,张飞看见桥东一带树木丛生,便教二十余骑马尾拴带树枝,往来驰驱,冲起尘雾,以作疑兵,使敌人莫知虚实,不敢轻进。这就使得张飞的"断后"成功有了基础。

单凭"智"也是不行的,仍然需要"力"来相助。可是一个人要挡住象潮水般倾泻而来的百万雄师,任凭你的武艺再高强,那是无济于事的。这就决定了长坂桥头的张飞,再不能和长坂坡前的赵云一样以枪刺剑砍的"力"来取胜,而是以一种惊人的精神威慑的"力"来慑服敌人的千军万马。他未动一刀一枪,只凭三声大喝,打退了敌人。不,说得更确切一点,不是打退了敌人,而是吓跑了敌人。张飞的粗豪威猛,而又粗中有细,神勇无畏的英雄性格就从这里突现了出来。

藐视敌人,敢于斗争的精神,智与力相结合的正确斗争方法,这就成为张飞其所以以寡胜众的根本原因。"张翼德三声喝退曹操百万兵"的故事,成为千古美谈,这不是偶然的。它确乎是罗贯中的一段神来之笔:

> 却说文聘引军追赵云至长坂桥,只见张飞倒竖虎须,圆睁环眼,手绰蛇矛,立马桥上;又见桥东树林之后,尘头大起,疑有伏兵,便勒住马,不敢近前。俄而曹仁、李典、夏侯惇、夏侯渊、乐进、张辽、张郃、许褚等都至。见飞怒目横矛,立马于桥上,又恐是诸葛孔明之计,都不敢近前。扎住阵脚,一字儿摆在桥西,使人飞报曹操。操闻知,急上马,从阵后来。张飞圆睁环眼,隐隐见后军青罗伞盖、旄钺旌旗来到,料得是曹操心疑,亲自来看。飞乃厉声大喝曰:"我乃燕人张翼德也!谁敢与我决一死战?"声如巨雷。曹军闻之,尽皆股栗。曹操急令去其伞盖,回顾左右曰:"我向曾闻云长言:翼德于百万军中,取上将之首,如探囊取物。今日相逢,不可轻敌。"言未已,张飞睁目又喝曰:"燕人张翼德在此!谁敢来决死战?"曹操见张飞如此气概,颇有退心。飞望见曹操后军阵脚移动,乃挺矛又喝曰:"战又不战,退又不退,却是何故!"喊声未绝,曹操身边夏侯杰惊得

肝胆碎裂，倒撞于马下。操便回马而走。于是诸军众将一齐望西逃奔。正是：黄口孺子，怎闻霹雳之声？病体樵夫，难听虎豹之吼。一时弃枪落盔者，不计其数。人如潮涌，马似山崩，自相践踏。

三声大喝，其威力竟至于此！真是神话般的出奇。可是它既出奇而又合理：既出人意料之外，又尽入情理之中；既极尽夸张之能事，又极为令人信服。

原来，博望、新野的两仗，诸葛亮的"诡计多端"已造成曹军的心理恐惧。张飞博望城刺死夏侯兰，博陵渡大败曹仁的余威尚在，而今来至桥前的曹军将领又多半是刚吃过苦头的那批原班人马，正好又看见张飞如此惊人的气概，他们在桥前疑虑不前的行为，就显得是有着充分的心理根据。象洪水般汹涌而来的千军万马，既然突然停止不前，这也就为他们的后退提供了可能性。这里已经滋生着张飞转败为胜的因素。

同时，情节始终在紧张、疑虑、惊恐和情况不明的气氛中进行着。张飞在明处，对曹军的动静看得清楚，所以三声大喝，都能恰中要害；曹军在暗处，不知张飞的底蕴，桥东一带又是尘雾弥天，疑有埋伏恐中其计，所畏者非张飞一人矣。况乃当时张飞是死命，退则无望，战或可保；曹军是活命，进则有险，退可保全。及至"战又不战，退又不退"的局面形成，抵抗者已得到初步的成功，追击者已先从精神上打杀了自己的锐气，从而为双方胜败的转化铺设了无形的轨道。

作品还入情入理地展示了曹军由追击到停止，由停止到败退的具体过程：最初是文聘不敢前进——接着是，曹仁等九人都不敢前进——曹操心疑，亲自来看——（飞喝第一声）曹军股栗；操急令去其伞盖，嘱部下不可轻敌——（飞喝第二声）操颇有退心，后军阵脚移动——（飞喝第三声）夏侯杰惊撞于马下，操回马而走，全军望西奔逃——人如潮涌，马似山崩，自相践踏。这样一个过程，就很符合在出其不意的紧张、疑虑、慌乱的情势下，造成仓皇失措、混乱不堪的特定规律，也符合一般事物发展变化的规律。

引军开道的第一员将在势如破竹的顺利追击中，突然停下兵来，疑惧不前，势必会影响到后面的大军。也就不能不引起依次而来的曹仁、李典、夏侯惇等人的戒备；眼前又是一片可疑的现象，他们"都不敢近前"，也很自然，于是"一字儿摆在桥西"使人飞报曹操。在这种情势下，人马越是聚集得多，就越易于增加疑虑心理，也就越容易酿成混乱局面。性本多疑的曹操，遇到这种局面，引起他更多的疑虑，也很自然。及他亲自来看，正逢张飞霹雳般的第一声大喝恰如焦雷贯顶而来，全军人人发抖。就在这千钧一发、人人惶恐的时刻里，连主帅都心不自主地一面急令去其伞盖，一面嘱咐部下不可轻敌；实际上是在"灭自己的志气，长敌人的威风"。所以当张飞第二声巨雷般的大喝之后，主帅既"颇有退心"，"后军阵脚移动"，就更是情理中的事了。张飞第一声只是"厉声"大喝；第二声更是怒形于色，加强声势，"睁目"大喝；到了第三声时，便带有责问的口吻，而且也行动起来，"挺矛"又喝："战又不战，退又不退，却是何故？"这个"退又不退"，倒提醒了一时被惊怔了的曹军，于是倒的倒，逃的逃，到了不可收拾的地步。这次的狼狈逃跑，军士的惶恐，对主帅有着不小的影响，可是作为统帅的曹操，他的一系列的疑虑胆怯的行为，也不能不影响部下。上下惶恐，相互影响，也是造成这弃枪落盔、自相践踏的狼狈局面的原因之一。常言"兵败如山倒"，数以万计的军队拥挤作一团，而至无组织的疯狂逃命，那是决不会安全的。情节就这样始终是奇而有理、险而可信的演进着。

在这一场紧张激烈的斗争中，张飞以绝对的劣势而成功，曹操以绝对的优势而失败。而这种成败的骤变，又是通过人物性格的特点而实现的。文聘的顾虑，曹仁、李典、夏侯惇的胆怯，曹操的多疑，使他们从胜利的边缘上转向失败；张飞的勇猛无畏，使他从失败的边缘上转向胜利。这样紧张而有波澜的气势和急速变化，又有力地突出了人物的性格。

作者写曹军惧张飞之威，又不陷于一般化，而是各人有各人不同的生活与心理经验。细心的读者会注意到这位开道将军文聘的来历：文聘本来是刘表部下新来的降将。曹操既定襄阳，怕刘备先据江陵，准备追击。"随命于襄阳诸将中，选一员引军开道。诸将中却独不见文聘。操使人寻问，方才来见。操曰：'汝来何迟？'对曰：'为人臣而不能使其主保全境土，心实悲惭，无颜早见耳。'言讫，欷歔流涕。操曰：'真忠臣也！'除江夏太守，赐爵关内侯，便教引军开道。"在当阳景山役中，他当先拦住刘备，却被刘备以"背主之贼，尚有何面目见人"骂得"羞惭满面"而退。可见当时的文聘虽为曹操引军开道，但仍然"内怀犹疑之心"，思想上矛盾重重，为曹操效死的决心尚未树立。他先赶到长坂桥，既见张飞是那般可怕的模样，又见桥东尘土漫天，疑有伏兵，不愿冒险，这是多么合乎情理的事。第一个在桥前疑惧不前的是文聘，而不是张郃、许褚，可以看出作者的用心之细。曹仁、李典、夏侯惇等疑惧不前，也各有他们的心理根据：新近在新野、博望两仗，他们误中诸葛亮之计，几乎被烧死淹死，今天又遇到如此可疑的局面，小心翼翼，"又恐是诸葛孔明之计"。这又多么自然！作为老辣多谋，却又谨慎多疑的曹操，遇此出其不意的险局，他更不会贸然行事。至于他的"恐张病"，早在白马坡关羽斩颜良时就中下了根由。当时曹操盛赞关羽之勇，"关公曰：'某何足道哉！吾弟张翼德于百万军中取上将之头，如探囊取物耳。'操大惊，回顾左右曰：'今后如遇张翼德，不可轻敌！'今写于袍襟底以记之"。今天正逢张翼德，曹操胆怯，也就有了充分的根据。宁肯败退而保全，决不冒险以取胜，这正概括了谨慎老练、奸险多疑的曹操的性格。

当然，作者刻画最成功的还是张飞的性格与气度。"倒竖虎须，圆睁环眼，手绰蛇矛，立马于桥上。"十七个字写尽勇猛刚烈、威风凛凛的猛将气概，一尊叱咤风云的古代英雄的塑像巍然屹立在读者面前。他饱含着一种雕塑美，给人以显明的立体感与可触性。"桥东树林之后，尘土大起"，在茫茫的大雾中又虚隐着千军万马，在有限的画面上又延展出了无限的空间，它巧妙地结合了中国传统艺术表现中的虚与实，真所谓"虚实相望，无画处皆成妙境"（笪重光《画筌》）。三声大喝，地动山摇。一声有一声的效果，一声比一声的威力加强。"谁敢来决死战"的有声征问，仿佛得到的便是"谁还敢和他决战"的无声回答。从百万敌军的疯狂溃退中显现了三声大喝的威力，从曹操的仓皇逃命的狼狈形象中反衬得张飞的气概更加威严。但是我们决不能忽视作者浪漫主义的彩笔上又饱含着现实主义的浓墨，他美化张飞，可也并没有神化张飞。张飞毕竟是一员猛将，而不是一个谋士。退敌之后，断桥而走，在这一点上，他既不如曹操，又不如刘备。刘备得知之后，便叹惜说："吾弟勇则勇矣，惜失于计较。""若不断桥，彼恐有埋伏不敢进兵；今拆断了桥，彼料我无军而怯，必来追赶。彼有百万之众，虽涉江、汉，可填而过，岂惧一桥之断耶？"这正好是对张飞"勇有余而谋不足"的性格的补充说明。果然不出刘备所料，曹操同样也作出了"彼断桥而去，乃心怯也"的正确判断。作者从多种性格的对照中又突出了张飞勇猛有余而失于计较的性格，使读者感到张飞毕竟是张飞，有血有肉，活灵活现。

"张翼德大闹长坂桥"的这一段散发着耀眼光辉的艺术描写，在陈寿的《三国志·张飞传》里，不过是这样几句简单的记录：

> 曹公入荆州，先主奔江南。曹公追之一日一夜，及于当阳之长坂。先主闻曹公卒至，弃妻子走，使飞将二十骑拒后。飞据水断桥，瞋目横矛曰："身是张益德（《三国志集解》作益德）也，可来共决死！敌皆无敢近者，故遂得免。"

在艺术家的彩笔挥动之下，把原来朴素呆板的史料变成彩色绚烂的艺术品，显得比史实更合理、更可信、更感人，它的真实性因而又凌驾在史实之上，达到了所谓"比普通的实际生活更高，更强烈，更有集中性，更典型，更理想，因而就更带有普遍性"的境界。

一九六二年五月于京郊

空城计——聪明的指挥员的出产品

——《三国演义》卮谈之四

　　蜀、魏街亭之战，在《三国演义》里，是描写得十分成功的一次著名战役。诸葛亮既完成南征、后方无虑，遂于建兴五年春三月，出师伐魏，率军三十余万出屯汉中。及至兵出祁山，所向披靡，连克三郡，关中惊震。魏主曹睿先后派遣的抗蜀将帅，都不是孔明的对手，于是重行起用了已削职回乡的司马懿。这时，原蜀降将、现魏新城太守孟达感于形势，与孔明暗通声息，拟起新城、上庸、金城三处军马起事，并与孔明约定：自己起兵从后方直接袭击洛阳，孔明从前线攻取长安，两路起兵，互为呼应，构成"大定两京"指日可待的形势。司马懿上台后的第一个行动，便是以"一日行二日路"的急行军，以迅雷不及掩耳之势一举镇压了孟达。孔明闻讯，"大惊曰：'孟达作事不密，死固当然。今司马懿出关，必取街亭，断吾咽喉之路。'"果不出孔明之料，司马懿认定"街亭是汉中咽喉"，引军二十万，以张郃为先锋，兵进街亭。街亭交兵的战幕即由此揭起。战斗开始，由于蜀将马谡违令妄为，街亭很快失守，造成严重后果，致使"一生惟谨慎"的诸葛亮，不得已而在西城弄险，设"空城计"退敌，奔回汉中。这次战争即此告结。街亭战中有不少精彩的场面，这里只谈谈"空城计"。

　　考诸史传，并不见有司马懿和诸葛亮在街亭直接交战的记载。且陈寿《三国志》有关《纪》《传》都写得十分明确：在街亭击败蜀军的是右将军张郃。街亭之战发生于魏明帝太和二年（公元二二八年），司马懿与诸葛亮正式遭遇，是三年以后即太和五年以后的事，这都有史可稽。小说把太和二年春正月司马懿破新城、斩孟达的史实予以艺术化，并把它同攻取街亭的战斗连接起来，把本来没有参与街亭战役的司马懿搬上街亭之战的指挥台，而把实际上夺取街亭的主将张郃只作为一个先锋——其实只是司马懿手中的一个工具而已。这一切，都是艺术家从他的艺术需要出发的。

在《三国演义》里，孔明是智慧的化身，而张郃不过一介勇夫，自然不能与孔明相提并论，更不应成为孔明的战胜者；若使孔明败于张郃之手，岂不有损于孔明的光辉形象？只有使"深明韬略、素有大志"史家称为"司马宣王"的司马懿出来与之相抗衡，这才显得旗鼓相当，棋逢对手，才不降低孔明的身价。再者，如果让一介武夫的张郃来到西城，还能不杀进城去，活捉了孔明？这样一来，不就没有戏了么！可见作者的这番艺术处理，还是颇具匠心的。

两军对垒，如果双方的力量对比——包括指挥官的才智，过于悬殊，自然不会形成激烈紧张的局面。只有势均力敌，棋逢对手，才会形成斗争的尖锐性、紧张性和激烈性。常言所谓"棋逢对手、将遇良才"，这若用于创作，也正是我国传统的一种相与衬托的艺术方法。在描写街亭之战两位最高指挥官司马与诸葛敌对的军事行动中，作者成功地运用了这一传统的艺术方法，把他俩放在针锋相对的斗争中，使他们各显其才，各逞其能，从智的较量中不断突现性格特征，一步步增浓其尖锐紧张的氛围，自然地推动情节的不断发展。在西城相遇前，两人已连斗数个回合了。围绕孟达展开的斗争，是在数百里之外进行的；街亭交兵，尽管激烈，其间尚有马谡，两位主帅并没有碰面。而西城相遇，可真是面对面的斗争！这才是司马、诸葛斗智的最高潮。在这一回合中，只须诸葛得以生还，便是司马最大的失败。如果说在前几个回合中尚未决定高低的话，那么在这座空城面前，读者就清楚地看到诸葛就是要高出司马一筹；司马懿自己也不得不认输："孔明真乃神人，吾不如也！"这也正是作者苦心经营的所在。

街亭既失，战局顿时发生了急剧变化，蜀军丧失了优势，陷入被动。诸葛亮紧急布置全线有组织地退却，随即自引五千兵至西城搬运粮草。司马懿惟恐中计不进取阳平关，决计从中途截取蜀军辎重，便下令："径取斜谷，由西城而进！"就在这里突然与诸葛亮不期而遇。而诸葛亮"西城行险、琴退仲达"的最惊险、紧张的一幕出现了。

这一富于浪漫主义色彩的情节，既出人意料之外，又合乎情理之中，奇特的夸张中蕴含着合理的内核，充分表现出作家洞察生活的思想修养及其卓越的艺术才能。

作者平常写司马、诸葛斗智，总好突出他们的预见性：一方的军事意图或部署，常常早为另一方所料到。一反其常，这次两巨头西城相遇，双方事先都毫无预测，毫无准备，纯属邂逅。当司马兵临西城，听到军哨的"急报"时，竟"笑而不信"，作者对这一突然相遇境界的精心安置，便成为"空城计"得以成立的基本环境。平生谨慎的诸葛亮，若事前略有估计，决不会来此冒险；深通韬略的司马懿，若事前有所探测，也不会放着空城不进。这一意外事件的突然来临，对表现诸葛亮镇定机灵，应付危机的过人才智，自然是提供了条件。

平生谨慎的诸葛亮，何以在此突然冒起险来？这完全是为形势所迫；不是万不得已，他决不出此险策。他向众官说明了原因："吾非行险，盖因不得已而用之。""吾兵止有二千五百，若弃城而走，必不能远遁，得不为司马懿所擒乎？"确乎如此。这是在打不过、守不住、跑不掉的危急形势下，审时度势采取的灵活性，即所谓"运用之妙"，决不是妄动。正如毛泽东同志所说："古人所谓'运用之妙，存乎一心'，这个'妙'字，我们叫做灵活性，这是聪明的指挥员的出产品。灵活不是妄动，妄动是应该拒绝的。灵活是聪明的指挥员基于客观情况，'审时度势'（这个势，包括敌势、我势、地势等项）而采取及时的和恰当的处置方法的一种才能，即是所谓'运用之妙'。"（《论持久战》）诸葛亮的"空城计"，正是基于客观情况，"审时度势"，而采取的一种灵活恰当的处置方法，是以有效地陷敌于判断的错误和行动的错误，因而转变了敌我的优劣形势。从这个意义上说，"空城计"也正是"聪明的指挥员的出产品"。

"空城计"的合理性，同时也是建立在两个指挥官的性格基础之上的；通过这一情节，又强化了两人的性格。谨慎与多谋，是诸葛亮行事、用兵的两大特点，也是他性格的主要特征。因为他的平生谨慎早为司马懿所深知，这才造成司马懿以为他"必不行险"的错误判断；因为他的平生多谋早为司马懿所深惧，这才造成司马懿以为他"今大开城门，必有埋伏"的错误判断。错误的判断导致了错误的行动，因而司马懿丧失了已经取得的优势，这就构成了"空城计"成立的客观条件。我们知道，"战争指挥员活动的舞台，必须建筑在客观条件的许可之上"。所以诸葛亮的胜利，并未超越客观条件许可的限度，因而它既惊险奇特，却又合情入理；既象神话，却又是现实。

"空城计"成立的客观条件，作者在作品中作了精心的艺术设置。首先是在"谨慎"二字上大作了文章。人言"诸葛一生惟谨慎"，诸葛亮本人更以"谨慎"而自豪；自称："先帝知臣谨慎，故临崩寄臣以大事也。"在此次战争中，作者也是着力宣扬了诸葛亮尚谨慎的军事思想，批判了违背这一思想"作事不密"的孟达和轻敌妄动的马谡。如果马谡按照诸葛亮的军事思想谨慎从事，街亭便不至失守。再如，出师方始，魏延献策，愿率五千精兵循秦岭以东，取小路，出子午谷，径袭长安。在当时这也不失为良策。可是诸葛亮却认为是冒险，以"非万全之计"而不用。他信任王平，原因是："吾素知汝平生谨慎，故特以此重任相托。"作品还特地描写了诸葛亮平生谨慎的性格特点在敌方所引起的反响：司马懿奉命拒亮之初，出关下寨，首次召见先锋张郃，便说："诸葛亮平生谨慎，未敢造次行事。若是吾用兵，先从子午谷径取长安，早得多时矣。他非无谋，但怕有失，不肯弄险。"这已表明"亮平生谨慎，不肯弄险"这一认识，早在司马脑子里固定下来。这样，在西城的险境下，司马懿重现"亮平生谨慎，不肯弄险"的判断便顺理成章，毫不突兀。接着，作者加上一笔，写诸葛亮知己知彼："此人料吾平生谨慎，必不弄险；今见如此模样，疑有伏兵，所以退去。"这就进一步增强了情节的真实性。

诸葛平生谨慎，这只是形成司马第一个错误判断——"必不弄险"的因素；司马同时还出现了第二个错误判断——"必有埋伏"，这则是由于诸葛的平生多谋所致。由于诸葛平时多谋，魏军中出现了"恐诸葛病"。所谓诸葛亮的"诡计多端"，造成了他的敌人的心理疑惧。司马与诸葛相斗，时时提心吊胆，神经紧张，唯恐中计，却又免不了中计。作品这样描写：司马一出关，和先锋张郃分析敌情，首先的判断，便是诸葛亮"非无谋，但怕有失"，及至攻取街亭的军事部署完成之后，临行再三叮嘱张郃曰："诸葛亮不比孟达，将军为先锋，不可轻进，……若是怠忽，必中诸葛亮之计。"司马既拿下街亭，不敢径取阳平关，却说："吾若去取此关，诸葛亮必随后掩杀，中其计矣！"于是采取了"穷寇莫追"的方针。直到兵临西城，本可稳捉诸葛，可他闻讯，先是"笑而不信"，继而"看毕大疑"，终于"望北山而退"。原因是：认定诸葛"必有埋伏，我兵若进，中其计也！"中计后，撤兵"望武功山小路而走"，听到诸葛布置的疑兵鼓噪声，"懿回顾二子曰：'吾若不走，必中诸葛亮之计矣！'"于是"魏军心疑，不敢久停，只得尽弃辎重而走"，这些描写，足以表明司马懿的疑惧心理及魏军的"恐诸葛症"。"空城计"成功也正得力于此。这既刻画了司马懿的多疑诡谲，又衬出诸葛亮的大智大勇对敌人形成的威慑力量。

一件事刻画了两个人物的性格。谨慎是双方共有的特点，诸葛以司马谨慎而判定他不进城，司马以诸葛谨慎而断定他不设空城。然而，两人的谨慎中又各显出不同的个性：诸葛谨慎中含果敢、机智；司马谨慎中见多疑、诡谲。两人都以为"知己知彼"：诸葛做到了真知；司马则是只知其一，不知其二。谨慎对诸葛说来，是必然性，弄险，则是偶然性。司马不懂辩证法，只知普遍，不知特殊，以"必然"代替了"偶然"，于是陷入判断错误和行动错误的苦境，上了诸葛的当。这一情节，美化了诸葛亮，却也并未丑化司马懿。假使城上坐的是马谡，其计未必可成；倘若城下来的是张郃，其计亦未必成。只有使两个饱经战故、老辣深算的谋略家碰在一起，棋逢对手，以诈对奸，才能出此千古佳话。魏叔子《日录》说："料事者，先料人，能料愚者，不能料智；能料智者，并不能料愚。余尝览《三国演义》，孔明于空城中焚香扫地，司马懿遇之而退；若遇今日山贼，直入城门，捉将孔明去矣！"这话讲得很有道理。若遇魏营中其他猛将，孔明亦将为之虏矣。

司马懿兵临空城，不进而退，并不是作者丑化他，而正是写出了他的性格特征。《三国演义》描写人物，常常是基于生活，刻画个性，表现出一种复杂性。各种人物，各有所长，亦各有所短；愚者或有一得，智者也有一失，不去绝对化。作家并未单一地把司马懿只写成一员武将，在他多谋多疑的性格中仍然显现着一种封建统治阶级中政治家的风度。

"空城计"的故事，早在《三国演义》成书之前，已长久流传。事见郭冲《诸葛隐谋》。史学大师裴松之且把它引录到《三国志》注里。裴注于宋文帝元嘉六年（公元四二九年）告成，至《演义》成书年代，已有千年。有人把"空城计"故事，说成纯属罗贯中的虚构，这是不准确的。郭冲的记载其史实的可靠性究竟有多大，这对史学家来说自然是重要的（裴松之对它持否定态度，是有道理的）。然而，文学毕竟与史学不同。亚里士多德说得好："诗人的任务不在叙述实在的事件，而在叙述可能的——依据真实性、必然性可能发生的事件，史家和诗家毕竟不同。"郭冲的记载，不论是真是假，对小说家来说，都是极为难得的富于传奇色彩的文学素材，对表现这位传奇式的人物、天才的军事家孔明的形象，自有着高度的艺术价值。

在历史上，还真的重现过类似的事件。据《通鉴·宋纪》记载：文帝元嘉七年（公元四三〇年）魏兵攻济南。济南太守萧承之（萧道成之父）率数百人抵抗。但寡不敌众，不能取胜。于是"承之使偃兵，开城门"。结果是："魏人疑有伏兵，遂引去。"这不是在小说诸葛亮的西城"空城计"之后，正史上萧承之在济南又上演了一次"空城计"么！可见《演义》里"空城计"情节，既有艺术的真实性，且有历史的可能性。

一九八二年九月于丁庐

司马懿在与孔明的针锋相对斗争中再出场

——《三国演义》卮谈之五

　　司马懿是三国后期出乎其类、拔乎其萃的风云人物。在小说里，他和曹操、诸葛亮是同列的三大军事家的形象。他和曹操有更多的相似点。如果说，曹操的成功，在于英雄造时势，那么他则更多的是时势造英雄。他没有曹操那么多的恶德和奸雄气质，可他的雄才、韬略、阴谋、野心，似乎亦不亚于曹操；只是在艺术上作家表现得不如曹操那样成功。他俩一前一后，奋斗终身，并未白辛苦，都满意地达到了学周文王而把皇袍留给了自己的儿孙的目的，终于赢得了追尊为魏武帝、晋宣帝的雅号，显然，他俩都是强者，胜利者。

　　前期的司马懿，作品没有作为重要人物来描写，也较少出场。在曹操时代，虽已露头角，发表过精到的战略见解，但曹操早识得他是一个危险分子，说"司马懿鹰视狼顾，不可付以兵权，久必为国家大祸"，所以他当时并未捞得兵权。曹操死后，司马懿颇受曹丕的重视。及至曹睿立，司马懿掌握了雍、凉兵权，诸葛亮引以为患。马谡看到曹睿对司马懿"素怀疑忌"，便以反间计离间之，使懿几乎掉了脑袋，终于削职回乡。这便是前期的司马懿。

　　司马懿的大展经纶，成为一世之雄，是在再次起用之后的事。他重新登台之后，充分显示了他过人的军事谋略与政治才能。一是对外用兵，抗击强敌（诸葛亮）；一是对内夺权，排除异己，证验了曹操"久必为国家（曹氏之国）大祸"的预言。

在我国古典艺术中，对于一个重要人物在一定局面下出场的描写，往往是十分重视的。司马懿作为三国后期政治舞台上最重要的人物——促进改朝换代，统一三分局面的关键人物出现，则是在这次起用之后。作者对他的重新登场作了精心的艺术安排，首先描写了他在政治上的起落：重用、遭贬、起用的三部曲；在诸葛心理上的不同反应：大患、大喜、大惊，用以突出他的才智的非凡出众。

先是，曹丕临终托孤于曹真、陈群、司马懿三人。曹睿即位，懿得重用，封骠骑大将军，提督雍、凉兵马。"孔明闻讯大惊曰：'曹丕已死，孺子睿即位，余皆不足虑，司马懿深有谋略，今督雍、凉兵马，倘训练成时，必为蜀中之大患。'"是借诸葛之口，突出司马之能。

及至曹睿中反间计，将司马削职回乡。"孔明闻之大喜曰：'吾欲伐魏久矣，奈有司马懿总雍、凉之兵，今既中计遭贬，吾有何忧？'"次日，孔明即上《出师表》请求北伐。于是出征，是为首次兵出祁山。可知司马确是非凡，其能量竟可左右诸葛出师与否的行动，这便是作者再次突出司马之能。

孔明出师后，所向披靡。魏主先派驸马夏侯楙率二十万军抵御，孔明俘夏侯楙，收姜维，连克三郡，"威声大震，远近州郡，望风归降……前军已临渭水之西"。魏主又派大将军曹真为都督，司徒王朗为军师，选拔东西两京军马二十万前来抵抗。军师王朗被孔明活活骂死在疆场，两个先锋连连被斩，孔明败曹真、破羌兵，锐不可当，威声益震。曹睿惊恐万状。前后所遣将帅，皆非诸葛亮的对手。在非司马懿再无人可拒诸葛亮的情势下，钟繇向魏主保举司马懿说："向者诸葛亮欲兴师犯境，但惧此人，故散流言，使陛下疑而去之，方敢长驱大进，今若复用之，则亮自退矣！"曹睿于是在再无人可匹敌诸葛的紧急形势下，不得已而起用被罢职回乡的司马懿，复官职，加为平西都督，就起南阳诸路军马。闻讯，"孔明大惊"（嘉靖本尚有"孔明听毕，顿手跌足，不知所措"的过火描写）孔明在答马谡问时说："吾岂惧曹睿耶？所患者惟司马懿一人而已。"曹操盖一世之雄，孔明尚未如此惧患！司马尚未正式上场，而已先声夺人。这便是作者三次突现司马之能。

作者如此地宣传司马，突出司马，无非是烘托他的不同凡响，显现诸葛确乎遇到了劲敌，表明两人棋逢对手，相遇若使稍有不慎，便会铸成大错，从而预示了赢得这场将要来临的战争（街亭之战）胜利的艰巨性，似乎也透露了一丝战争失利的可能性，及早地为读者减轻或排除其心理上对孔明失利的意外感。它既为失街亭、奔汉中铺垫了归路，也为后来孔明的能予败中取胜，转危为安；琴退仲达、设疑兵退追兵等巧计奇谋反衬光彩。表明两人都是强者，只是强中自有强中手。欲扬诸葛之强，先言司马之强。实则突出司马仍然是为突出诸葛服务的。

作者把司马的重新登台，放在曹魏面临军事危机的严重关头使他成为力挽狂澜的魏之最杰出的人物。自后一直靠他抵御着神人般的孔明的长期、持续、多次（六出祁山）的进攻。这不仅在刻画人物性格上，而且在作品情节的发展上也起着推进作用。诸葛从建兴六年春三月第一次出师伐魏，至建兴十二年秋八月卒于前线军营，前后与司马在关、陇、祁山地区相周旋了整整六年多，若从建兴元年孔明"安居平五路"算起，两人已斗争了十一年之久。诸葛活了五十四岁，最后耗尽心血的十年岁月，主要的对手便是司马。诸葛在未遇司马之前，从未吃过败仗，以曹操之奸险多谋，诸葛未尝引以为忧。六出祁山，自然也打过一些胜仗，若从出师的目的"恢复中原，复兴汉室"来说，那却是劳而无功的。正如孔明在第六次出师前泣告昭烈庙时说的："臣亮五出祁山，未得寸土，负罪非轻。"六出祁山，仍然未得寸土，且身死军中，实践了"鞠躬尽瘁，死而后已"的誓言。所以六出祁山，实际上是以攻为守的。诸葛与司马相遇，正是棋逢对手，一直进行着针锋相对的斗争。

作者把司马这次的出场，安置在起落不定的政治斗争的尖锐关口，把人物性格的刻画与未来情节的发展融为一体，揭示了曹魏集团内部司马氏同曹氏潜在矛盾的逐步暴露。马谡反间计之所以一时得逞，正是因有曹睿对司马"素怀疑忌"的心理基础。华歆奏曰："先时太祖武皇帝尝谓臣曰：'司马懿鹰视狼顾，不可付以兵权，久必为国家大祸。'今日反情已萌，宜速诛之。"王朗奏曰："司马懿深明韬略，善晓兵机，素有大志；若不早除，久必为祸。"这既是对军事家、政治家司马懿的肯定，也是对阴谋家、野心家司马懿的批判。所以这一段关于司马出场的描写，为今后作品情节的发展作了有力的疏导和预示。司马在这次重新登台之后，成为曹操死后曹魏集团中最杰出的铁腕人物，也是三国后期有数的雄才。及至诸葛死后，司马的斗争矛头便转向魏统治集团内部，夺势篡权的欲望逐日化为行动。一〇四回"陨大星汉相归天"，一〇六回即是"司马懿诈病赚曹爽"，一〇七回即"魏主政归司马氏"。历史似乎又在重演，"素有大志"的司马懿俨然成了曹操第二。自称："人皆疑吾有异志，吾尝怀恐惧。"终于由他的子孙演出了一幕"再受禅依样画葫芦"的历史滑稽剧。

作者让司马从平定反叛、建立奇功中站了出来。"司马懿克日擒孟达"，先斩后奏，行动神速，这便是对他过人的才智胆略的写照。孔明兵进祁山，所向无敌，连克三郡，关中惊震。原蜀降将、现新城太守孟达感于形势，又与孔明暗通声息，拟起新城、上庸、金城三处军兵起事，与孔明约定自己起兵从后方径取洛阳，孔明从前线攻取长安，两路进兵，互为呼应，构成"大定两京"有日的有利形势。司马一接复职诏书，即刻针对孟达先与诸葛展开了一场心理战。司马获悉孟达反讯，认定："此贼必通诸葛亮，吾先擒之，诸葛亮定然心寒，自退兵也。"于是先派人用计稳住孟达，随即火速进兵新城，以迅雷不及掩耳之势，一举镇压了孟达，清除了内患，顿时改变了危急形势，然后再回军长安，面见魏主。两位英雄，既针锋相对，又所见略同："孟达一举，两京休矣！"（司马语）"孟达若死，中原不易得也！"（诸葛语）司马平新城之叛，便成街亭之战的前奏。

孟达事败，当然是司马的胜利，诸葛的失败。致胜，固然显得司马的高明；遭败，却未显出是诸葛的无能，诸葛依然是智慧的化身。那么，这样的艺术效果，又是怎样获得的呢？

孟达与孔明密定分取两京，诸葛对此抱有很大希望，函励孟达："若成大事，则公汉朝中兴第一功臣也。"及司马复出，诸葛大惊，断言："今孟达欲举大事，若遇司马懿，事必败矣！孟达非司马懿对手，必被所擒。"果然，事态正是按着诸葛的判断发展着。诸葛之智，司马之能，皆现纸上。

诸葛鉴于严重的危机，致书孟达，再三叮嘱："极宜谨密，不可轻易托人，慎之戒之！近闻曹睿复诏司马懿起宛、洛之兵，若闻公举事，必先至矣。须万全提备，勿视为等闲也。"可是孟达看信后，反笑曰："人言孔明多心，今观此事可知矣。"孔明"事必败矣"的预言，从这里已得到初步的证验。这种既写诸葛又表司马，一举两得的手法，既经济笔墨而又集中矛盾，更利于表现斗智的主题。下面我们再将孟达、诸葛、司马三人的言行作一对照：

孟达：反笑诸葛多心，复信说："窃谓司马懿之事，不必惧也。宛城离洛阳八百里，至新城一千二百里，若司马懿闻达举事，须表奏魏主，往复一月间事……达何惧哉！丞相宽怀，惟听捷报。"

诸葛：看毕掷书于地而顿足曰："孟达必死于司马懿之手矣！……岂容料在一月之期？曹睿既委任司马懿，逢寇即诛，何待奏闻？若知孟达反，不须十日，兵必到矣！安能措手耶？"急令回报孟达："若未举事，切莫教同事者知；知则必败！"（孟达依然泄于同事者，果被告密）

司马：得到孟达谋反的密告，先"以手加额称庆"，而后说，"若待奏闻，必中诸葛亮之计也"。"若等圣旨，往复一月之间，事无及矣！"于是即刻行动，倍道而行，八日而到新城。

及司马兵临城下，孟达仰天叹曰："果不出孔明之料也！"但悔之已晚。司马知情后，惊呼："世间能者所见相同，吾机先被孔明识破！"在此作者特地加重一笔，从对手的叹服声中为孔明争得了更高的声威。对未来事变的正确判断，正是聪明智慧的鲜明标志。司马、诸葛，针锋相对，所见略同；惟孟达愚鲁自持，败事有余。通过一件事表现了三种不同的性格：孟达昏钝粗率，诸葛的谨慎善断，司马机警果敢，均跃然纸上。

孟达之败，咎由自取，主要则是不听诸葛的良言所致。所以在这一回合的较量中，胜利的一方，虽不是诸葛，却又无损他的智慧形象的光辉性。在作者的生花之笔下，既真实地反映了司马平定孟达之叛的史实，又艺术地表现了诸葛的过人才智，把真实性和倾向性无间地统一起来。这也是一条值得总结的艺术经验。

孟达既诛，孔明曰："孟达作事不密，死固当然。今司马懿出关，必取街亭，断吾咽喉之路。"果然，不出孔明之料，司马懿引军二十万出关，谓先锋张部曰："街亭是汉中咽喉，吾与汝径取街亭。"街亭交兵的战幕即由此掀起。正是英雄所见略同，处处针锋相对。

作者在违背史实（史有明文，街亭拒亮者是右将军张郃，并非司马懿）地把不曾参与街亭之役的司马懿推上街亭大捷的指挥台，而把事实上取街亭的主将张郃降为一名先锋。这也是艺术家从他的艺术需要出发的。依据艺术规律办事，就不能过于拘泥于史实。

两军对垒，如果敌对双方的才智、力量对比过于悬殊，自然难以形成极度激烈、紧张的局面，只有势均力敌，旗鼓相当，才会出现斗争的尖锐性、紧张性和激烈性。作者不因自己的"拥蜀反魏"的思想倾向而把对方丑化或无能化，相反，欲扬诸葛之智，先写司马之能，一个老辣多谋，一个指挥若定。往往是诸葛所谋，不出司马所料；司马所营，亦难瞒过诸葛的慧眼。你聪明，我比你更聪明，于是争奇斗智，节节相逼，一招胜似一招，一计胜过一计，于是尖锐紧张动人心目。尽管两者互为胜负，但当斗争到了一个阶段，作者总是不忘给读者一种这样的感觉：强中自有强中手，司马虽强，毕竟要逊诸葛一筹。作者似还有点不大放心，于是还让司马出来自行表态认输："孔明真乃神人，吾不如也。孔明瞒过吾也，其谋略吾不如之。""仰天叹曰：'吾不如孔明也！'"作家的爱憎抑扬之情，溢于字里行间。

司马这次登台是作为唯一可与诸葛匹敌的人物出现的。张郃在小说里不过一介勇夫，自不能与孔明相提并论，更不应成为孔明的战胜者；若孔明败于张郃手下，自有损于作为智慧化身者的形象。只有使"深明韬略、素有大志"、史家称之为司马宣王的懿出来与之抗衡，这才旗鼓相当，一不降低诸葛的身价，二可提高司马的威望，把街亭大捷的荣誉归于这个重新起用后、一出现即显不同凡响的重要人物，岂不是恰当不过！且为不久即将出现的千古佳章空城计做出了不可缺少的铺垫。只有司马懿这样特殊精细聪明的人物才会不进空城；他犯的错误，不是愚鲁的错误，而是聪明的错误。一般的人不会放着空城不进，设使张郃到此，还能不杀进城去，活捉了孔明！所以这番有违史实的艺术处理，倒是颇具匠心。

司马一经起用，便从与诸葛的斗智中站了出来。他一登场，果然气势凌厉，擒孟达，取街亭，一直到中空城计，诸葛才得奔回汉中。常言"棋逢对手难得相胜，将遇良才不敢骄"（第一百回结回诗），它若用于创作，也是我国传统的一种艺术手法，从司马这次出场后，他与诸葛便成为三国后期最辉煌的两颗将星。在他们以后的长期多次的敌对军事行动中，作者成功地运用了这一"棋逢对手，针锋相对"的艺术方法，为作品增色不少。

一九八三年四月于北京丁庐

借鉴　开拓　创新

——读《三国演义创作论》

　　《三国演义》就它的实际价值和巨大的社会影响来说，我们对它的研究显然是不够的。近数年来单篇论文，虽见增多，但全面系统的研究专著，并不多见。近期问世的叶维四、冒炘二同志的《三国演义创作论》一书（江苏人民出版社），在这方面作出了新的建树，值得庆欣！

　　作者从"继承与创造""思想与艺术""人物论""作者、版本、成书年代"等四方面分专章对《三国》进行了系统的论述，对难点重点作出了历史的分析，提出了符合实际的论断。既借鉴了现有的研究成果，又表现出自己在方法上的开拓与创新。

　　首先，把作品放在它的史的发展过程中，以及与其他文学形式的联系中来考察、探究，而不孤立静止地就作品论作品，把文学的宏观考察与微观考察相结合，所以才水到渠成地把握了作品的客观实际。在中国文学的历史发展中，长篇小说一出现，就象《三国》这样的结构宏伟，思想成熟，应该说这是奇迹般的。我常怀疑在《三国》《水浒》出现之前，还可能有不大成熟的长篇小说（不仅有《三国志平话》《宣和遗事》），只是被人遗忘了，为时代淘汰了。《创作论》虽未明确提到此点，但它的研究却也已经顾及到了这部伟大作品的出现不是突然的。它从古小说、唐诗、平话以及元杂剧的发展，顺理成章地考察探究了《三国》的继承和创造。尤其值得一提的是，作者从《三国》的形成过程中观察到元杂剧对它创作上的重大影响，从而打破了"据正史、采小说"的局限，把眼光扩大到戏剧形式方面。以金、元以来杂剧中三国戏及其存目，与《三国》的内容、回目、人物塑造、情节提炼、主题形成等方面相与对照分析，又从三国戏与元刊《平话》作对照考察，证明了《三国》的创作从内容到艺术与元杂剧都有着密切的联系，从而也说明了它们间的继承与创造的关系。这自然是研究中有所开拓的表现。

《三国》评论中的争议，多年来，大半集中在主题、正统观念、虚实等问题上，这简直成了研究中的"老大难"。它确乎呈现出一种历史的复杂性。在学术研究上，我们也应提倡知难而进的攻坚精神和科学的学术胆识。严肃的著作应该不回避这种复杂性、艰巨性，并通过对它的剖析，达到弄清问题的实质。近年来，在《三国》的论争中，出现了某种矛盾现象，既肯定《三国》是优秀古典名著，又说"拥刘反曹"是封建正统观念，应予批判。其实，如果不能理直气壮地肯定"拥刘反曹"，《三国》这部书也就无从肯定。因为"拥刘反曹"这贯串全书的思想倾向，作者面对"老大难"问题，旗帜鲜明、毫不含混地提出了"《三国演义》以拥刘反曹的主题贯串全书"，且进行了有力论证。在目前，很难说这就是定论，自应继续讨论。但如果我们不在名词概念上兜圈子，则会看到作品实质上所拥的"刘"，不只是汉中山靖王之后的刘皇叔，而是人民群众美德的化身；实质上所反的"曹"，不只是"名为汉相、实为汉贼"的曹丞相，而是剥削阶级恶行的典型化。自也不必讳言，作品中有时确也投下了一丝拥刘皇叔、反曹丞相的阴影；但这一丝阴影，深深被拥美德、反恶行的大片光辉所掩没，所以绝不能把拥刘反曹和封建正统观念混为一谈。特别是这种敢于克难攻坚、旗帜鲜明的明快文风，值得提倡。对这种云腾雾罩、天马行空、吞吞吐吐、前言不对后语的文风，将是一种强烈的对比。

美学进入古典文学研究领域，体现了近年来研究工作发展所需要的新的方法论。悲剧性是美学的基本范畴之一。《创作论》从作品的悲剧性主人公、悲剧的冲突、悲剧气氛、悲剧结局等方面，剖析了《三国》的悲剧特色，说明了作品的审美价值。这对开拓理论视野或思维空间，无疑都会起到积极作用。

"人物论"是这部著作的重点之一。除人们经常提到的几个重要艺术形象外，对司马懿、"江东三杰"的分析品评，扩大了作品的研究面，开拓了《三国》人物的艺术画廊。在解放前，已有研究者注意到这个接替曹操支撑曹魏乾坤而与诸葛亮相抗衡的赫赫人物司马懿。如祝秀侠的《论司马懿》一文，把他与曹操相比较："曹操的创业是英雄造时势，司马懿的成就却是时势造英雄。"今天读来，尚不乏新意。近三十年来似乎对这一重要人物有所忽视。《创作论》填补了这一不足。刘备是小说的作者最爱戴、用墨最多的人物之一。艺术上虽不尽成功，但他关系主题最大。"人物论"中没有这一人物的位置，似乎多少有点缺欠。

金无足赤，书也不能尽善。这部著作原是在单篇论文的基础上加工整理而成，现在已是一部系统完整的学术专著，但仔细读来，仍会感到单篇论文遗留的痕迹，出现少数文字重复或结构上的不足之处。与前三章相对而言，最后"作者、版本、成书年代"一章显得薄弱了一点，在论述上重点突出，但似乎全面性不足，有关考订材料的丰富性亦较弱。总之，读后颇得教益，并向两位作者致贺！

一九八五年八月二十四日于北京丁庐

二

明清小说研讨

谈《水浒》只反贪官不反皇帝的问题[*]

　　《水浒》只反贪官不反皇帝，这是不以评论者的意志为转移的作品的客观存在。企图全面否定《水浒》的人，如果他还承认它尚有"反贪官"的一面，那他的理论就必将陷入无法自圆其说的矛盾混乱之中，因之也就别想把这部优秀的古典名著一铁扫帚扫掉。喜爱《水浒》的同志，如果对它"不反皇帝"的一面采取回避或不承认主义，那就势必会导致无批判地兼收并蓄。如果担心承认了"不反皇帝"这一严重缺陷，便有碍充分肯定其作品的优秀性，那是无必要的；如果因此进一步为它辩解，那更不是科学的态度。我们需要的是马克思主义的实事求是的态度和科学的批判精神。

　　《文学评论》一九七八年第四期刊出的王俊年等同志的《〈水浒传〉是一部什么样的作品》一文（以下简称《作品》）提出了一些有益的见解，特别是充分肯定了《水浒》在中国文学发展史上的成就，谈得有理有据，令人信服。但在《水浒》反不反皇帝这一重要问题上，所持的见解及其论述，我们认为是不符合作品的实际的，是值得讨论的。

一

　　《作品》说："《水浒传》的可贵之处，……还在于它也赞扬了梁山英雄对地主阶级的总后台、总代表——皇帝表示了不满和反对的叛逆思想和

---

　　* 与常河合作。

革命行动。""作者不仅通过对李逵等众多形象的刻画，肯定了他们反对皇帝的举动，而且还在作品的描写中，表现了对宋徽宗皇帝的不敬、不满和批判态度。""……矛头无不直指当时的最高统治者。""把斗争的锋芒指向皇帝。""《水浒传》中关于梁山英雄蔑视皇帝、反对皇帝的描写是很多的"。这些论点，显然是对《水浒》"只反贪官，不反皇帝"这一论断的极力否定，然而，文章又不能提出相应的论据，所以它是不能成立的。

下面我们就看《作品》所列举的《水浒》中"很多的"所谓"蔑视皇帝，反对皇帝的描写"：

> 郑天寿等说："便是赵官家驾过，也要三千贯买路钱。"石勇说："便是大宋皇帝也不怕。"张横唱："不怕官司不怕天。"文章解释说，皇帝是天子，不怕天，就是不怕皇帝（笔者按：这太勉强了）。"阮小七着龙袍，系玉带，踏无忧履，戴平天冠，跃马扬鞭，四处嬉笑。"（按：文章没有说明阮着的是谁的龙袍！这是平方腊后，阮小七搜出"方腊伪造的平天冠、衮龙袍……心里想道，这是方腊穿的，我便着一着，也不打紧。"如果说穿了方腊的衣冠，就算反皇帝，那么征方腊该算什么呢？阮小七正因此受到了童贯部将的打击陷害，所以有理由说它也是只反贪官不反皇帝的）"写宋徽宗，把他与……'浮浪破落户子弟'高俅相提并论。"（按：写高俅的发迹史不能不联系到未登台前的宋徽宗——端王。这里主要是反高俅，不是反徽宗）"作为至高无上的天子……到妓女李师师家去寻欢作乐。"［按：梁山英雄、宋江的使者见到李师师还要拜上两拜，口称"娘子是梁山泊数万人之恩主也"！作者完全以赞赏的笔触描写了赵（佶）与李（师师）关系。在明清小说、戏曲中，风流天子的形象不少，能说"游龙戏凤"之类的作品，还有反皇帝的意味么？］……

《作品》在这里所举的所谓"反皇帝"的描写确有不少条，但大都是一些片言只语，或"个别细节"，在作品中并未引起任何波澜。而且有些所谓"蔑视皇帝"的语句，又多半是作家在表现他的人物时作为粗人粗语的手法出现的，并非肯定和赞扬它。马克思主义认为，决定一部作品性质的是它的"总的倾向",而不是"个别细节"。所以我们应该分清问题的主干与枝节。"只反贪官不反皇帝"是贯串《水浒》全书的思想倾向,是作品的主干所在。

《水浒》一开卷就是一片颂皇之声:"自古帝王都不及这朝天子",历数北宋天子,说这个是"上界霹雳大仙",那个又是"赤脚大仙"下凡,要之,皇帝全是"玉帝差遣下界"的"大仙",只能拥戴,不能反对。反对便是"逆天",拥护才是"顺天",仁宗盛世,"文有文曲,武有武曲","辅佐天子"。徽宗也是"至圣至明",只是由于奸臣闭塞,才所以朝廷不明,是以"天魁星"宋江应运而出,"替天行道",反对奸臣,忠于天子。九天玄女的"法旨":"为主全忠仗义,为臣辅国安民。"也正是宋江一生的行动准则。《水浒》只反贪官不反皇帝的思想也就从这里铺开了。

> 宋江这伙,旗上大书"替天行道",堂设忠义为名,不敢侵占州府,不肯扰害良民,单杀贪官污吏,谗佞之人。只是早望招安,愿与国家出力。

这是宋江的特使燕青"月夜遇道君"时的一段奏词。它相当完备地概括了梁山的方针、政策和路线。这正是一个"只反贪官不反皇帝"的政治纲领。据史实记载,宋江领导的这支起义军,活动于淮阳、京东、河北、海州等十郡,地区广阔,声势浩大。然而,在《水浒》里,却是一支始终未脱离开梁山据点的草泽"忠义军"。自白龙庙聚义之后,接着出现了规模一次比一次大的武装斗争,可是其斗争目标,始终没有夺取政权的要求;不是从谋图改变农民被剥削、被压迫的地位出发,更多地表现为狭隘的复仇主义,不建立自己的根据地。只是杀了贪官,卷起细软财帛,赶紧跑回梁山,不敢多占"正土"一寸。大名府之役,歼敌三万有余,取得辉煌胜利,依旧不占领城池,溜之大吉,东平府之役,是"英雄排座次"的前夕,是义军事业全盛的日子,东平府即郓州,梁山泊就在东平府境内。打开东平,依旧是"尽数取其金银财帛",逃回山寨完事。在反朝廷军的"进剿"中,先后击溃了童贯的十万大军,高俅的十三万大军,并活捉了主帅。在这样巨大的胜利、绝对优势下,仍然是乖乖放走了俘帅,撤兵回寨。这不成怪事了吗！为什么呢？一句话：不反皇帝！在组织路线上，朝廷降将原官职越高者越受重用，简直成了"任人唯官"了，这也从另一个方面表现了"不反皇帝"的倾向。最后并不是在走投无路，而是在一派胜利的形势下，主动地"全伙受招安"：这又作何解释呢？"不反皇帝"而已矣！所以鲁迅先生说得好："一部《水浒》说得很分明：因为不反对天子，所以大军一到，便受招安，替国家打别的强盗——不替天行道的强盗去了，终于是奴才。"（《流氓的变迁》）受招安之后，宋江所部，仍和朝廷不断发生矛盾，其性质也没有离开只反贪官不反皇帝的基调，在卷末写宋江之死更是个很好的例子。皇帝赐御酒，本是一片好心，意在慰劳有功之臣。无奈奸臣将御酒偷换作鸩酒，枉杀了忠良。宋江死后，徽宗还要梦游梁山泊，以示对忠良眷念不忘，以至对宋江封侯建庙，荫庇子孙。好事是皇帝干的，坏事是奸臣背着皇帝干的，这不正是"反奸臣不反皇帝"的具体化！

二

《作品》说："纵观毛主席历来对《水浒》的评论，可以看出，毛主席高度评价了梁山农民起义军的英雄主义，充分赞扬了李逵等大多数起义英雄反皇帝、反政府的反抗精神，只是指出了作为领袖的宋江不反皇帝，主张投降。"把毛主席历来对《水浒》的评论联系起来看的方法，是科学的。但据我们看，毛主席有关《水浒》的评论中并没有这样的意思：大多数起义英雄都反皇帝，只有宋江不反皇帝。相反，毛主席明确指出："《水浒》只反贪官，不反皇帝。"同时，这种《水浒》中大多数英雄都反皇帝的说法也是不符合作品实际的。

宋江在梁山是受到极大的拥戴的，和他思想上有冲突的只是少数人。如果说大多数人都反皇帝只有他一人不反，那他的投降主义何以得逞？怎么会"全伙受招安"？实际上，忠义，在梁山义军中是一种普遍思想（个别人不讲忠，但很尚义，如李逵），是义军导致悲剧的思想基础。

李逵、吴用、阮氏三雄是好的，是不愿投降的。这是从作品的实际所作出的恰如其分的概括。"不愿投降"四字，说得很有分寸。愿与不愿，只是主观愿望；但客观实际，还是投降了。这也并非完全屈从于宋江一人的威压，实际上他们仍然各有自己的弱点。

吴用早随晁盖造反上山，是义军中的"智多星"，对梁山有不容忽视的功绩。后来又常和造反派站在一起，对宋江的一些错误主张作过抵制。然而，另一方面，又因为他"知书明礼"，在宋江与李逵的冲突中，在为李逵求情的同时，又常常责备李逵粗鲁无知，不懂法度，以至连李逵斗争的正义性（如要"夺鸟位"，反皇帝）也统统给否定了。由于他较有远见，看出"纵使招安，也得看俺们如草芥"，不愿投降。然而他又不坚决反对招安。劝宋江对招安"休执迷"，不要操之过急，须得对朝廷先施以军事压力，"杀得他人亡马倒，梦里也怕，那时方招安，才有些气度"。可见他并非从根本上反对招安，所争的只是个"有气度"的招安。真的在败童贯、俘高俅的军事优势下，赢得了"有气度"的第三次招安。这位足智多谋的好军师，在梁山创业与义军事业的发展中，他的智慧、谋略都发挥过灿烂的光和热，可是在争取招安途中也为宋江助过一臂之力。著名的"燕青月夜遇道君""把衷情达知今上"的勾当，正是出自他的锦囊。在征辽前线，在为宋江分析当前形势时竟说"目今宋朝天子，至圣至明，早被蔡京、童贯、高俅、杨戬四个奸臣专权"云云，这不也很象宋江的腔调么！象吴用这样一个在梁山举足轻重、实居第二号的人物，也没有排除"只反贪官不反皇帝"的思想。

"打渔一世蓼儿洼"的阮氏三雄，弟兄三人中有两人穷得连家都成不了，早就吃尽了剥削压迫的苦头。在未上梁山之前就打得剿捕的官军落花流水，活捉何观察。第一次招安时，曾倒船换御酒，招安之后又想造反重回梁山。象这样出身贫苦阶层反抗性强烈的英雄，正是农民起义军中的基干力量，可是他们也唱道："酷吏赃官都杀尽，忠心报答赵官家。"这完全是"只反贪官不反皇帝"的同义语。他们竟把反贪官看做是忠于皇帝的手段了。在《水浒》的作者看来，受招安是忠君，反贪官也是忠君。

鲁智深原是个无家无业的汉子，最后被社会逼得连和尚都当不成了，只好落草造反。自身的遭遇使得他对当时的社会有着较清醒的认识，所以不愿投降，认为"招安不济事"。曾以大家散伙、各奔前程的愤激言词来抗议宋江，可是他又认为："如今满朝文武，都是奸邪，蒙蔽圣聪。"还是没有离开"只反贪官不反皇帝"的基调!

真正既反贪官又反皇帝的,可说只有李逵一个。第一次招安时钦差宣读诏书,一百七人"全跪在堂前,拱听开读",只有他一人不跪。招安后,宋江仍骂他:"黑禽兽!反心尚兀自未除。"然而,他又有他的致命弱点。只需宋江喝声"黑厮!黑禽兽"之类,他便立即失去反抗力,乖乖唯命是听,还表示:"哥哥剐我也不怨,杀我也不恨。除了他,天也不怕。"他不忠君,但很尚义,于是做了忠君者(宋江)的俘虏,想反皇帝实际并未反起来。多次提出"打去东京,夺了鸟位"的革命倡议,总是立即被人家的三言两语,就压得无声无息,最后仍然是屈从于投降路线了。在革命的根本问题,夺不夺取政权的问题上,即反不反皇帝的问题上,革命队伍内部出现了分歧,本应掀起轩然大波,可是站在忠君立场的作者,却以李逵为"大逆不道",让他的革命主张得不到一个人的支持,从而把他孤立起来,甚至以他的言行招人取笑开心,笑他鲁莽无知,不识法度,三阮虽然是贫苦出身,但还知道个"赵官家""赵君王"之类,李逵竟无知到连自己经常要"夺鸟位"的当今天子姓什么,都不知道!在扯诏打钦差时竟说:"你的皇帝姓宋,我哥哥也姓宋……"(容与堂本竟在回目中给他扣上"扯诏谤徽宗"的罪名!)还曾这样说过:"晁盖哥哥便做大宋皇帝,宋江哥哥便做小宋皇帝。"作者对这样极为严肃的命题作这样极不严肃的渲染,无非是表示他对李逵所持的夺皇位的革命主张的一种鄙弃。所以把李逵与宋江的矛盾,只停滞于思想上一瞬间的冲突,并没有把两种绝然对立的思想放在斗争中去开展,从而认真地上升到两条路线的斗争上去。实际上李逵的造反光焰只能成为稍纵即逝的火花。

当然,我们也应该看到,作者把不愿投降的思想性格,赋予这些来自社会下层的劳苦人民,这无疑是现实主义创作方法的胜利。然而世界观的矛盾,又是无法可掩盖的。他把忠君这一政治信念,强行置诸他的艺术实践,农民起义的题材又一定程度地制约了他下笔时的随心所欲,只好把造反与忠君这两个对立体拼于同一形象之中,一定程度地破坏着人物性格的完整统一。"不反皇帝"的信念,有如作家手中的一瓶变了质的花露水,在他所需要的人物身上都要洒上几滴,结果是:欲增其香,反添其臭。

三

"梁山上存在着激烈的两条路线斗争。"这是近年来十分流行的一种说法。宋江搞投降，但义军中出现了激烈的反降斗争，这当时意味着《水浒》写作上的成功。"四人帮"是《水浒》彻底的否定者，可他们也把所谓梁山上激烈的两条路线斗争，尤其是对反降派及其斗争，吹得神乎其神，以大量的笔墨、美术作品、展览会等形式离开了《水浒》实际，肆意渲染，常常以古喻今地置宋江于造反派的批斗之下，宋江战战兢兢，造反派威武雄壮。果真如此，《水浒》不是成了一部歌颂造反派、打击投降派的好书了么！何否定之有？原来"四人帮"们又在搞影射史学、活抓宋江，一贯自居为正确路线的代表者，今天又以梁山造反派自况。他们滥设骗局，总是顾了脑袋丢了尾巴地相互矛盾着。"四人帮"御用喇叭的胡吹乱奏，一时造成极大的混乱。今天，我们作为学术问题，和同志们一起认真地对此作一点探讨，也是必要的。

《作品》说："《水浒传》的作者……反复地描写和肯定了李逵、鲁智深等人反招安、反投降的斗争。李逵、武松、鲁智深等大闹菊花会。李逵大叫：'招安、招安招甚鸟安'是最著名的反招安描写。阮小七换御酒，李逵扯诏书，花荣一箭射死了'天使'，致使两次招安都失败……凡此种种，说明梁山上投降与反投降的斗争是激烈的。"等等。我们则认为：作者对"李逵、鲁智深等人反招安、反投降的斗争"究竟怎样"肯定"的？"致使两次招安都失败"的根本原因究竟何在？"梁山上投降与反投降的斗争"的实质究竟是什么？作者对"妥协投降"所持的态度是批判，还是肯定？都应从作品的具体描写中做出具体的分析。如果忙于简单化的赞扬，就易于掩盖问题的实质甚或引出错误的结论。

翻开中国封建社会史，就可以看到封建统治阶级对于造反的农民队伍，当其武力镇压不能得逞时，就要兼用其政治欺骗、施展招安伎俩。这正是地主阶级对农民进行的阶级斗争的一种形式。它反映在义军内部便表现为受招安与反招安，即投降与反投降的两条路线斗争。所以路线斗争，归根结蒂，也就是阶级斗争。

具体到《水浒》里也正是这样。以赵佶为首的封建统治阶级内部，在围绕着如何对付梁山义军的问题上，出现了两派，以宿元景、张叔夜为代表的主抚派；以蔡京、童贯、高俅为代表的主剿派。在义军内部，则有以宋江为代表的投降派，以李逵为代表的反投降派。各派之间，因其矛盾性质的不同，开展着不同的斗争。

不论是抚派、剿派还是降派，其实是三位一体，无本质的不同，尤其抚、剿两派，亦可随机转化。只需看看义军打破大名府后，蔡京的一段戏法，便可一目了然。"蔡京初意欲苟且招安，功归梁中书，自己亦有荣宠；今日事体败坏，唯以遮掩，便欲主战。"从此蔡京便成了死硬的剿派人物了。抚派谏议大夫赵鼎因说了几句主抚的话，在蔡京的大怒下，险些丢了性命，最后"罢为庶人"。乍看起来，两派斗得很凶，实际上只是两种手段一个目的：扑灭梁山起义火焰而已矣！降派与抚派之间本无矛盾可言，一家愿抚，一家愿降，两厢情愿。降派与剿派之间的矛盾，也只是地主阶级内部这一派与那一派之间的矛盾，因此，三派原是一家人、一派——保皇派。只有反降派与他们的矛盾，才是不可调和的阶级矛盾，与降派的斗争则是两条路线的斗争。可是作者正在这一点上，不等斗争开展，匆匆收场，把不可调和的矛盾草草合二而一了。

《水浒》的作者始终不曾忘记"只反贪官不反皇帝"这一基调。在统治阶级内部，凡是支持招安政策的便目为忠臣，予以歌颂：凡是反对招安政策的就目为奸臣，予以暴露。他很懂得招安政策成功的决定因素，不在统治阶级而在梁山内部，所以着力描写的还是降派及其路线，因而大树特树了宋江这块忠义样板，称颂招安政策为"九天恩雨"。不难想象一个在这里站错了立场的作家，能正确地去表现梁山上出现的两条路线的斗争！更何谈"批判妥协投降"呢？

一部上百回的小说，正式描写反降斗争的情节，只见于两三回。有人管宋江要给卢俊义让位引起的那场风波，也说成是投降与反投降的路线斗争。这是误解。这争取卢俊义上山，梁山费了九牛二虎之力，一般认为是反降派的吴用也是出力不小。宋江的让位说词中，诚然有卢作了寨主，搞招安会比他自己更有条件之类的意思，但众人反对让位的原因并不在这里。连李逵也说："哥哥做皇帝，卢员外做丞相。"反对的只是卢不能坐第一把交椅。作者主要还是为了表现"宋江不负晁盖遗言","谦让仁厚"，非他做寨主，"众人不伏"。有的研究者把李逵在李师师妓馆打架放火事件，也列为反招安的"激烈的两条路线斗争"。这也是误解。书中对李逵放火的原因说得非常清楚。李逵因见"宋江、柴进和那美色妇人吃酒；却教他和戴宗看门"，正在恼火，不知趣的杨太尉偏在此刻闯了进来，无端寻衅欺凌，于是李逵在打架起劲的时刻，撕下书画一点，火就这样烧起来了。这把火烧得痛快，可与反招安无关。因为宋江和柴进"闪在黑暗处"搞的勾当，李逵压根儿不知道，怎么能把这也上到两条路线斗争的纲上去？

宋江平时在梁山就有种种右倾投降设施：改聚义厅为忠义堂，无人反对；政治上只顾"保境安民"，大家也支持；军事上搞逃跑主义，无人抵制；组织上搞"任人唯官"，大家也不在乎。凡此种种，皆未见引起激烈的两条路线斗争。在"英雄排座次"前夕，一百八人聚齐，宋江当众提议"欲建一罗天大醮"，为是的："一则……，二则惟愿朝廷早降恩光，赦免逆天大罪，众当竭力捐躯，尽忠报国，死而后已；三则……"结果是："众头领都称道：'哥哥主见不差！'"及"排座次"之后，宋江又"择了吉日良时"，"焚香金炉，鸣鼓聚众"，一百八人"一齐跪在堂上"，歃血盟誓，便把"但愿共存忠义于心，同著功勋于国"写进了盟词。"誓毕，众皆同声共愿……"到此，宋江的投降主义路线已一致通过。只待里通朝廷，派员授降。就在此种形势下，出现了一个"菊花之会"。会上，宋江踌躇满志，乘兴赋《满江红》。词末唱道："望天王降诏早招安，心方足。"先后引起武松、李逵和鲁智深三人的反对。这便是《水浒》里唯一的一次直接面对宋江本人的反招安义举。

但是，会上，作者置宋江于至高无上的地位，生杀予夺之权全操。全场众人都是他顺从的奴隶，反降派人物也是一压即服。他们既没有一个反降的宗旨、计划，又说不出一点反降的理由。李逵只会说个"招安，招安，招甚鸟安！"踢翻桌子。武松除了说个"冷了兄弟们的心"之外，再也说不出一点理由来！鲁智深算是多说两句，可是他却把"招安不济事"的原因，归结到奸邪"蒙蔽圣聪"上去了。经宋江一发怒，一反驳，全成了哑口无言、理屈词穷的人了，尤其宋江要杀李逵，李逵毫无反抗力，对当刑小校说："你怕我敢挣扎！哥哥杀我也不怨，剐我也不恨。"还说："我梦里也不敢骂他！他要杀我，便由他杀吧！"（能说这种斗争还是激烈的吗？）李逵是如此，那么其他众人呢？"众人都跪下求告：'这人酒后发狂，哥哥宽恕。'"连吴用也说李逵"是个粗鲁的人，一时酒后冲撞"云云。这样，就把反降派置于完全孤立的地位。用"酒后发狂"四字一笔抹煞了他们斗争的正义性，而宋江借机会在会上大唱忠君投降经："今上至圣至明"呀！"改邪归正，为国家的臣子"呀！"赦罪招安，同心报国"呀！最后，他郑重宣布："只愿早早招安，别无他意。"结果是："众皆称谢不已。"所谓"菊花会"上激烈的反招安斗争也就如此而已。

从此宋江实现投降的障碍再也不在内部，而是朝廷主剿派——奸臣了。下一步便是他的东京之行，很快把一双乞降的手伸进了封建统治最高层，开始了他新的叛卖活动。

按理，梁山起义事业面临着被投降出卖的紧急关头，投降与反投降的矛盾会成为主要矛盾，可以大写而特写，可是作者仅让双方在"菊花会"上一次交锋之后，便匆匆转换了矛盾，把降派与反降派之间的矛盾，换作反降派与剿派，即奸臣之间的矛盾了。第一、二次招安时出现的斗争即属此类矛盾。

第一次朝廷派人来梁山招安，李逵扯诏打钦差，阮小七倒船换御酒，对来自劳苦人民的造反派敢于斗争的精神，无疑应予肯定。但是否以此就认为是作者在歌颂反招安、反皇帝呢？不是的。作品前后共写了三次招安，前二次失败，后一次成功，只要弄清所以失败与成功的原因，问题就清楚了。

在这里，作者在写反降派与剿派矛盾的同时，交错进了剿派与抚派的矛盾。奸臣主剿，忠臣主抚。两相明争暗斗，第一次陈宗善奉命招安，蔡京、高俅从中破坏，把诏书简直写成了檄文，这还不算。又派心腹胁制钦差，无端挑衅，"打骂众人"，"擅作威福，耻辱众将"。尽管如此，在宣读诏书时，除李逵一个外，一百七人全"跪在堂前，拱听开读"。及至读毕，"宋江以下皆有怒色"。于是李逵怒不可遏，扯诏书打钦差，众人又见御酒全是村醪，忍无可忍，"一个个都走下堂去"。第一次招安就这样失败收场。

所以失败，问题出在诏书上。按诏书的内容，就不是招安，而是威逼梁山无条件投降。"宋江以下皆有怒色"，怒在诏书的言词上；反降派李逵扯诏问：""写来的诏书，是谁的话"，"好歹把你那写诏书的官员尽都杀了"。抚派张叔夜叮咛钦差："用甜言美语抚恤众人。"降派宋江也说："诏旨不明"，"非宋江等无心归降，实是草诏官员不知我梁山泊的弯曲，若以数句善言抚恤，我等尽忠报国，万死无怨"。以上尽管是三派从不同的角度所表示的意见，但一致集中在诏书的措词问题上。而剿派奸臣们也正是用"恶言恶语"的诡计有效地破坏了这次的招安。这样看来，（一）作者笔下的反降派，并不是从根本上反对招安，只是诏书的内容太不象话了；（二）这次招安阴谋之所以未得逞，其根本原因，并非反降派斗争的结果，而是剿派奸臣阴谋破坏所致；（三）反降派反的并不是诚心诚意想招安他们的皇帝，而是蔽塞皇帝、蓄意破坏皇帝招安政策的奸臣。总之，从表面看来，好象是招安与反招安的斗争，实质上仍然是一场"只反奸臣不反天子"的斗争。

第一次招安失败，抚派失势，崔靖被拿问罪。剿派得势，实行武力进剿。可是军事上又接连失利，兼之宋江利用释俘搭桥乞降，又出现了二次招安。本来梁山很愿招安，又是奸臣从中破坏。高俅又在诏书上捣了鬼，"故意读破句读，要除宋江"。梁山识破阴谋，吴用目示花荣，射杀"开诏使臣"，二次招安又以失败收场。这次招安基本上是上次招安公式的重演。所不同者，这次斗争含有保卫宋江的意义（高俅图谋"单杀宋江，招安其余"）。矛头所指仍是欺君枉上、私改皇诏、破坏皇帝招安政策的奸臣。斗争实质与上次完全相同。

由于第二次招安不成，剿派又增兵调将，再次进剿，但赢得的是一次胜过一次的惨败，以至连剿派首脑人物高俅都作了俘虏。这并不是作者有意歌颂梁山声威，而是借以打击剿派，说明主剿政策的不能取胜，只有主抚才是唯一的良策，但招安政策的最大障碍是奸臣的蔽塞。正如宿元景对宋江所说："只被奸臣闭塞，谗佞专权。使汝等下情不能上达。"如何排除"蔽塞"，使下情得以上达，便成了今后降派的奋斗目标。宋江终于发挥了他的主观能动作用。继自己的东京之行，又派出了精明的特工人员潜入东京，绕开奸臣的封锁，设法打通关节；一方面贿赂"今上心爱的近侍官员"宿元景，一方面走"和今上打得热"的李师师的门子。这就是一手攀着忠臣的朝靴，一手揪住妓女的裙带，狠命地往"今上"跟前爬，终于达到了目的。宋江的秘密使者于黑夜里在妓院见到了当今天子，鼻涕一把泪一把地倾诉了"心腹衷曲"，从而下情得以上达。皇帝了解了下情，奸臣受到了申斥，排除了"蔽塞"，忠臣得势。宿元景充当了招安使臣，持天子亲书御笔丹诏，满纸"恤抚善言"，"读毕丹诏，宋江等山呼万岁，百拜谢恩"，及至祝御酒时"遍劝一百单八名头领，俱饮一杯"，招安一举成功。此种场景和前二次招安恰成对比。这次招安的成功，更有力地证明了前二次失败的根本原因，在于奸臣的破坏。

可以得出一个公式：天子愿抚，梁山愿降，惟有奸臣从中阻塞，招安失败；梁山争取，天子知情，忠臣得势，排除蔽塞，招安成功，皇恩浩荡。最后取得的得数是：只反贪官不反皇帝。

作者稳站在忠君的立场，描写了为实现招安的目标而展开的各派间的斗争，在这场斗争中：（一）奸臣是招安的唯一敌人，梁山和忠臣都是为实现招安而同奸臣作斗争的。这场斗争的实质，是忠与奸的矛盾，而不是农民与地主阶级的矛盾。（二）梁山内部基本上是统一的，反降派和降派把矛头一致指向破坏招安的奸臣，实际上他们都作了忠臣的同盟军。（三）真正反对招安的是朝廷奸臣，而不是梁山造反派；梁山反对的是由奸臣操纵的"假招安"，不是按照皇帝旨意办事的"真招安"。因之，这场斗争的实质，与其说是反招安的斗争，毋宁说是反奸臣的斗争。

因此，我们认为，欠分析地过分赞扬《水浒》关于"招安与反招安斗争"的描写，并不是科学的态度。

四

马克思主义的科学态度是包含着高度的求实精神的。对待一部作品，理应也是爱而知其恶，恶而知其善。《水浒》是我们喜爱的读物，然而，"不反皇帝"确是它不可忽视的严重缺陷，而且也不是什么封建社会农民的普遍思想或局限性。有的同志用所谓"山高皇帝远"，直接害民的是"官"不是"君"的事实，来解释这种现象，用这来说明落后状态的农民是有道理的，但是用于革命的农民英雄，就不适当了。不反皇帝与不反帝制是有区别的。农民既想推翻现存的皇帝，但又设想不出一个没有皇帝的崭新的社会制度来（如李逵那样），这是历史的局限性。根本不反皇帝，不想夺取政权（如宋江那样），就不能说这也是局限性。远在纪元前中国第一次农民起义时，就出现了诛无道，伐暴秦，"彼可取而代也"的反皇帝思想与行动。以后，"苍天已死，黄天当立"的口号是何等的气魄！在《水浒》本书内就有"僭王称号"的方腊；义军内就有常要求"夺鸟位"的李逵。稍后的《西游记》中，孙悟空喊得更明确："玉帝轮流做，明年到我家。"因此，我们认为作为一支起义的农民队伍，"不反皇帝"则是无可辨驳的错误。

但是，我们决不能因为《水浒》有了"不反皇帝"的缺点，就可忽视或否定它"反贪官"的成就。我们认为：《水浒》的成功，就成功在它的"反贪官"，其失败就失败于它的"不反皇帝"。"反贪官"斗争给予地主阶级的反动统治以沉重的打击，"不反皇帝"又使得斗争受到了局限。《水浒》描写了一支农民起义队伍的发生发展、成长壮大以及覆灭的全部过程，"反贪官"使得他们在斗争中成长壮大，"不反皇帝"导致他们全部覆没。然而，《水浒》主要部分仍是"反贪官"而不是"不反皇帝"，《水浒》描写最成功的部分（从量到质），还是"反贪官"，而不是"不反皇帝"，从个人反抗到集体斗争，一直到组成一支千军万马的强大的武装，可以说全是反贪官斗争。"反贪官"斗争的范围也是相当广泛的，从打击地痞流氓、地主恶霸到州府官吏乃至朝廷权臣，并击溃多次进剿的官军的庞大的军事力量。从这些广泛而激烈的斗争中，展示了一个时代的社会本质与风貌；人压迫人、人剥削人的不合理的制度，揭示出"官逼民变"的人民造反的原因，勾画出了当时的官府、衙门、市井、绿林山寨以及地主庄院等等风土情景；从具体的描写里，告诉人民，对反动统治阶级，不能屈下膝头，要举起拳头，武大的道路走不通，武松走的才是正道。当统治者逼得你走投无路时，就造反、暴动！一个人不成，就结伴合伙，集体斗争！一支人马不行，就山联山，寨联寨，联合起来，树起旗帜，提出口号，斗争，大干！这才是出路。当人们的视野进入到这样广阔而丰富的生活画卷时，"不反皇帝"的内容，好象不知不觉沦到了次要位置。从艺术上看"反贪官"的描写也远远压倒"不反皇帝"的说教。宋江不是最成功的形象，而李逵、鲁智深、武松、林冲等英雄群像一个个生龙活虎，跃然纸上。阮小五"忠心报答赵官家"的歌词十分抽象，而"酷吏赃官都杀尽"，倒觉得有点性格化，具体多了。因此，就有足够的理由说明《水浒》仍然是一部优秀的不朽古典文学名典。如果再把它放在文学历史的发展过程中来看，那就更占有着光辉耀眼的重要地位。同时，对作者的忠君思想在严于批判的同时，也还应顾及当时复杂的历史环境，要把这些问题完全弄清楚，看来还需要艰辛的工作，大家都熟悉高尔基的一句名言："在资产阶级文化遗产里，蜜糖和毒药是紧紧混合在一起的。"既是"紧紧混合在一起"，那就不是象一粒蚕豆那样只要揭外皮，就天然地分为两瓣的。所以，我们的工作还是十分艰巨的。

《水浒》四论[*]

一　能不能说《水浒》是农民起义的教科书？

在"四人帮"评《水浒》运动之前，一些论者对它能不能算作农民起义的教科书，回答是肯定的。如廖仲安同志于一九七三年出版《〈水浒〉浅谈》（北京出版社出版，是一本较为全面地评价《水浒》的有益的读物），列专章以全书四分之一的篇幅用大量的史料，从《水浒》对后世农民起义的积极影响对这一问题作了充分肯定的论述。两年之后，一些文章又反其道而说之，不仅否定廖说，且说《水浒》是反农民起义教科书，其作者是"教唆犯"。"四人帮"覆灭了，《水浒》也翻了身，但它"是农民起义的教科书"的这一"名誉"，并未得到恢复。廖仲安同志又说："我过去说，《水浒》是农民起义的教科书。就显得存在简单片面的毛病。"[①] 近来，杨绍溥同志说："《水浒》对农民起义的积极影响是巨大的。是中国历史上任何一部文学作品的任何一个进步思想家所不能比拟的。"但又说："《水浒》的消极影响，我认为还是比较清楚的，因之笼而统之说《水浒》是'农民革命的教科书'，我认为也是不恰当的。"[②] 这就是说，不管《水浒》的积极影响有多大，大得历史上任何作品、任何进步思想家都不能比

---

[*]　与常河合作。

[①]　《〈水浒〉与明末农民起义》，《光明日报》1978 年 8 月 22 日。

[②]　《〈水浒〉与明代农民起义》，《文学评论》1979 年第 6 期。

拟，只要它还有一定的消极影响，这个提法就不能成立；这也就是为其消极影响所决定。

我们认为说《水浒》是农民起义的教科书，只是个比方。列宁说："德国俗话说'任何比方都是有缺陷的'。我把文学比作螺丝钉，把生气勃勃的运动比作机器，也是有缺陷的。"① 显然大家认为列宁这样的比方是恰当不过的。《水浒》就象一部内容丰富的教科书或者一部生动的教材那样为起义的农民提供着政治、军事、组织等方面的知识和多样的生活斗争经验教训及其精神力量，而且这些，都是通过生活的图景，形象地展示给农民的，胡林翼曾说："一部《水浒》教坏天下强有力而思不逞之民。"② 这固然是出于害怕《水浒》说的，可也道出了《水浒》对农民的教科书作用。教科书也可能会有某些缺陷，诸如消极成分之类；不能因为有了某些缺陷，就认为它不是教科书。没有任何缺陷的事物，在现实世界里，是不多的。

杨文还主张"要从全面、确切的历史材料出发，真正弄清《水浒》对农民战争的影响"。确乎文章提供了大量的史料，这些扎实认真的工作是有益的。考察一部古代作品的影响，当然是不能离开必要的史料的。然而，要是单纯地"从历史材料出发"，却未必能够正确回答《水浒》是不是农民起义的教科书这一问题。史料对解答这一问题固然有重要帮助，但这一问题的正确解决，并不应完全取决于史料。有关积极影响的史料多几条或少几条，或有关消极影响的史料多几条或少几条，它只能说明作品影响的大小好坏，并不能改变或代替早成客观存在的作品的既定内容。抛开作品本身的内容，单从记载"影响"的史料条条上判定《水浒》是不是农民起义的教科书，至少也带有很大的片面性。换句话说，几条作品之外的古人的记录，是不能左右《水浒》是农民起义教科书这一论断的能否成立的。

廖、杨二同志对于作品影响方面所作的述证是有力的，对我们的研究也是有益的。然而，对《水浒》是不是农民起义教科书的这一问题，却都撇开了作品内容，单从记载影响的史料中去找答案。我们之所以不同意这

---

① 《列宁选集》第一卷（下）第 647 页。
② 《胡文忠公遗集》卷七一。

样的观点及方法，最根本的一条理由就是《水浒》是一部文学作品。考证学毕竟不能代替文艺学，历史材料也不能代替现实生活图画。《水浒》作为一部文学作品，它本身所展示的生活图景及其显现的思想力量，同样对农民、对造反的人民起着教科书的作用。它所宣扬的八方共域，异姓同家，哥弟相称，不分贵贱，患难相扶，生死与共，无问亲疏，识性同居，随才器使的社会理想，在梁山根据地已成为现实。这和人压迫人、人剥削人、等级森严、同类相残的现有世界是尖锐对立的。这两种世界的孰优孰劣，生活在水深火热中，挣扎在死亡线上的农民是最清楚不过的。这个梁山理想世界的存在，自然会激发他们的向往精神，这种向往精神的行动化，就是冲击旧世界的强有力的物质力量。《水浒》正是以多种被迫害的不幸人物的苦难经历指明了奔向理想世界的道路，对已组成集体的或仍在个体反抗的力量，都指点着出路，一条路：反抗，造反！"报仇雪恨上梁山！"怎样对付毛太公，如何惩处张都监？它用生活图画的手段告诉人民：对反动封建统治阶级及其帮凶们，不能屈服，只有举起拳头，拿起刀枪反抗。象金氏父女那样不行，象鲁智深那样才对；武大走的是死胡同，武松走的才是正道；武松当初想作合法斗争是走了弯路，后来的杀仇造反才痛快；林冲想委曲求全，不行；杨志梦想求"上进"，也不行；阮氏三雄象把火种，一点就燃：这都是当时农民的最好的镜子，生活的教材。当统治者逼得你走投无路时，大喝一声：造反！暴动！以牙还牙，血债血还！一个人的力量有限，那就结伴合伙；一支人马嫌少，那就山联山，寨联寨，联合起来。斗争要有纲领，那就提出口号，扯起旗帜，水来土掩，兵来将挡，建立起根据地，不断扩充力量，组成一支千军万马的人民武装，以武装的革命反对武装的反革命。斗争要讲策略，什么样的对手，应该力敌；什么样的敌人，应该智取。攻曾头市得到了哪些教训，打祝家庄取得了什么经验，对起义农民来说，都是最好的教科书！

　　就以《水浒》的悲剧结局来说，尽管作者主观上肯定了招安，宣扬了投降，然而，作品客观所揭示的投降的悲惨后果，不也说明：投降没有出路；同类相残是可悲的；叛变没有好下场，受招安是上了敌人的当。这一切，难道不是后来人的前车之鉴？从某种意义来说，这也起着生活的教科书作用。

《水浒》所体现的某些思想内容，在今天仍有一定的积极意义。毛泽东同志说："《水浒传》上有很多唯物辩证法事例。"① 既说是"很多"，可见不仅是一个"三打祝家庄"的个别事例。唯物辩证法对任何时代的人民都是好教材。毛泽东同志还说："我们要学习景阳冈上的武松。"② 这种敢于斗争的打虎精神就是在社会主义的今天仍然是我们所需要的，慢说历史上的农民。对富于教育意义的生活图画，打个比方，说成"好教材"或"教科书"，有何不可。当然，我们之所以如此认真地和同志们研讨这个问题，并不是仅仅为了对一个作品的比方打得对不对的问题，而是这里存在着一个对古典文学的评论方法或研究方法的问题。

在为封建社会的农民、受压迫者提供如此丰富、深刻、宝贵的反抗知识、斗争经验的作品，在文学的历史上，恐怕很难找到第二部作品能与《水浒》争辉！

以上我们从作品本身的内容来说明《水浒》是农民起义的教科书，而廖书与杨文所提供的关于《水浒》的积极影响的历史材料，又从后人的反映证实了《水浒》确乎起了如是的作用。抛开作品本身的内容，单从后人的反映，即所谓积极影响或消极影响来说明它是不是教科书，那是片面化不科学的。《水浒》的内在思想与它的社会影响虽说是基本一致的，但经过记录者的反映，"郢书燕说"的现象，亦在所难免，所以对反映作品影响的史料，还必须采取审慎分析的态度。马克思说："研究必须搜集丰富的材料，分析材料的种种发展形态，并探究这种种形态的内部关系。"③ 可知"搜集"材料是第一步，第二步是"分析"，还得第三步"探究"材料。研究一部文学作品，作品的本身总是最基本、最首要的材料，其他有关对作品的反映的材料相对却是第二位的。

我们肯定《水浒》是农民起义的教科书，并不意味着就否定它还有消极影响。《红楼梦》是举世闻名的杰作，但据记载亦有不少消极影响。④ 但这又何妨说它是一部"封建社会的百科全书"呢！评价一部作品应取决于

---

① 《矛盾论》。
② 《论人民民主专政》。
③ 《资本论》第一卷第二版跋。
④ 参看《红楼梦资料汇编》第 347 页、349 页、388 页。

它的总倾向，不在于个别细节。《水浒》是封建时代的产物，自然会带有一定的封建落后性，尤其不能忽视的是，它宣扬了招安，肯定了投降，自然也会产生一定的消极作用。认为《水浒》只有单一的影响，没有其复杂的社会影响，这当然是不对的，但它的消极影响是次要的。事物总是一分为二的，当经过人们的思维推理判断，辨明主次，就可就其主导方面定性结论。所以《水浒》尽管还有消极影响，我们仍然赞同廖书所说："说《水浒》是一部农民起义的教科书，是名副其实的。"

二 不反皇帝与不反帝制有没有区别？

我们认为对不反帝制与不反皇帝两者之间应予以区别。造反的农民既想推翻现存的皇帝，但又设想不出一个没有皇帝的崭新的社会制度（姑称之为"不反帝制"），如李逵那样，这是历史的局限性；根本就不反皇帝，不想夺取政权，如宋江那样。就不能说这也是历史的局限性，历史上的农民起义不都如此？前者是要推翻旧政权，建立自己的政权，是要斗争、革命的；后者是要维护旧有的政权，势必导致投降。这中间的区别很大，《〈水浒〉浅谈》在引述了阮小五"酷吏赃官都杀尽，忠心报答赵官家"之后说，提出要"杀去东京，夺了鸟位"的李逵，他的思想算是比阮小五们进了一步，他觉得赵家的皇帝不好，应该来一个改朝换代，换个晁大哥、宋大哥那样的好人当皇帝，但在不能没有皇帝这个大前提上，他和阮小五等还是一致的。斯大林在评论俄国农民起义领袖拉辛和普加乔夫的时候说："他们都是皇权主义者：他们反对地主，可是拥护'好皇帝'。造反最坚决的李逵也同样是个'皇权主义者'。"这段话的本身当然不能说有什么错误，可是它只强调了李、阮思想相"一致"的方面（不反帝制），而忽视了他们不一致的方面（不反皇帝）。实际上，问题主要还是在它的不一致的方面。不反帝制没有成为《水浒》的问题，不反皇帝才是《水浒》的严重问题所在。阮小五的这两句诗（酷吏赃官都杀尽，忠心报答赵官家），正是"只反贪官不反皇帝"的同义语。《水浒》的作者把这一思想加诸苦大仇深的贫苦渔民阮氏弟兄，正是他世界观的局限使然。宋江可确是这一思想的化身。"杀去东京夺鸟位"的思想比"忠心报答赵官家"的思想，应该说不是只从量上"进了一步"，而是有着质的不同：一是反皇帝，一是不反皇帝，反与不反则形成尖锐对立。一场轰轰烈烈的农民起义运动，正是由于这"忠心报答赵官家"，才终于惨遭覆没。近来，在有些文章，这种只强调水浒英雄不反帝制的一致性，忽视他们在不反皇帝上的不一致性的倾向，似乎更进了一步。例如孙一珍同志《〈水浒〉主题辨》说："李逵和宋江的分歧，不在于要不要皇帝，而在于让谁当皇帝。归根到底，在'皇权主义'这个基本点上二者却是完全一致的。……作者这样刻画李逵和宋江，着眼点在于性格上的差异，根本谈不上'路线斗争'。"①在《水浒》故事流传及其成书的那个时代里，是不可能设想出一个没有皇帝的新制度的，所以也就根本不会发生"要不要皇帝"的问题。不论上智、下愚，帝王、庶民，忠臣、奸贼，英雄、奴才，自然也无从在这里发生分歧。李逵和宋江也是一样，当然也不会发生"要不要皇帝"的问题。强调他们的一致性，是不能说明什么问题的。问题就在于"让谁当皇帝"，让宋江出来当皇帝和让宋徽宗继续当皇帝，那就是不一样！农民义军想"来一个改朝换代，换个晁大哥、宋大哥那样的好人当皇帝"，就必然得打翻宋徽宗，夺取政权，就必须得狠狠打击反动封建统治，就必须坚持斗争，这就是革命！让宋徽宗继续当皇帝，那就得北面而尽臣下礼，就得背叛自己的起义事业，就得甘当奴才，就要放下武器，接受招安，投降，还得去镇压自己的阶级兄弟，这就是反动！尽管两者"在不能没有皇帝这个大前提上是一致的"，然而，对封建统治的打击是不同的，革命与投降的界限是清楚的。即便最后都是失败，但任何一种失败，都不比投降更坏！即便最后都是失败，但对社会的发展却起着不同的作用。

反不反皇帝，在作品中，表现为：要斗争，还是要妥协？夺取政权，还是归投朝廷？因而它正是一个政治路线的问题。李逵和宋江的分歧，正集中表现在这一对立的政治观点上。尽管两人也有"性格上的差异"，但更主要则是路线上的冲突，两人一生最尖锐的矛盾正突出表现在这里，只须举两个例子即可说明问题：菊花会上，李逵险些被宋江砍了头，是为什么？宋江临死也不放过李逵；这位对梁山事业无比忠诚的英雄黑旋风，没

---

① 见《文艺研究》1979 年第 3 期。

有倒在疆场，却死于自己的宋大哥的药酒，又是为什么？一句话：反不反皇帝的政治观点矛盾的激烈化。谁能说这只是"性格上的差异"？

这种李、宋性格上有差异、路线上无区别的论点，正是强调他们的一致性，忽视其不一致性的自然结果。再强调下去，就将会以为反皇帝与不反皇帝之间亦无多大差别，黄巢、朱元璋、李自成等和宋江也相差无几。因为反皇帝者不过是为了自己当皇帝，与不反皇帝者同样都是皇权主义者，彼此彼此，半斤五两而已矣！这样，势必导致：斗争与妥协，革命与投降，英雄与奴才的混同。如《〈水浒〉主题辨》说：

> 《水浒传》不反皇帝并不奇怪。象黄巢，朱元璋和李自成等反皇帝的农民革命领袖，归根到底也不过为了自己当皇帝而已。文学作品如果以反皇帝为主题固然好，《水浒传》不反皇帝，也无可指责，这完全是历史的局限使然。

就算黄巢、朱元璋和李自成等是"为了自己当皇帝"而反皇帝；然而，他们反皇帝的伟大业绩是不可磨灭的。他们打击了封建统治，动摇和推翻了封建王朝，除旧布新，使封建政治经济关系发生相应的变化，为社会生产力的发展一定程度地清除了障碍。这就对于推动封建社会的发展起了重要作用。正如毛泽东同志所指出："在中国封建社会里，只有这种农民的阶级斗争、农民的起义和农民的战争，才是历史发展的真正动力。因为每一次较大的农民起义和农民战争的结果，都打击了当时的封建统治，因而也就多少推动了社会生产力的发展。"① 决不能因为反皇帝的农民英雄还有当皇帝的动机，就抹煞他们的社会功绩，把他们和不反皇帝的奴才等同起来；也不能因为农民起义的最终难免陷于失败，就得出"农民起义无用论"的结论。《水浒》里的"不反皇帝"，就是意味着将要背叛和投降；它的严重后果，就是背叛起义事业，接受招安，镇压同伴，维护和巩固宋王朝的封建统治。简言之，前者则打击、推翻封建统治政权，后若则维护、巩固封建统治政权。这就是反皇帝与不反皇帝的根本区别，也就是英

---

① 见《中国革命与中国共产党》。

雄与奴才的重要标志。二者怎能混同？

《水浒》里的"不反皇帝"，是指造反的农民却不造皇帝的反，致使自己失败覆没。它有着特定的内容，和其他作品里所反映的统治阶级内部的忠君思想还不尽相同。《三国演义》中的诸葛亮是忠于皇帝（刘备、刘禅）的，人们且将其智慧与忠贞却都看作他的优秀品质。《水浒》里的"不反皇帝"，从行动上看，表现为向敌对的阶级投降；从影响上看，起着消极腐蚀作用；从思想道德体系上说，属封建正统观念、封建忠君思想。至于民族意识、爱国御侮之说，只可作为考察作品形成时的一种历史环境的参考，但在作品里并未得到充分、确切的反映，无从得到有力的根据。充其量只能是一种推测、可能，而不是现实、必然。科学的结论，是不应排开现实，而建立在可能的基础之上的。如果说这都"无可指责"，那几千年的古代文化中可指责的东西恐怕就不多了。这似乎不符合马克思主义对待文化遗产的批判地继承的原则。

关于"皇权主义"问题，有的文章谈得相当复杂。本文无意于赘论。这里只说明一点。德国作家路德维希向斯大林问到俄国农民起义领导人拉辛时，有意把斯大林的"生平历史"和"有思想的强盗"拉辛作了比拟，所以斯大林在回答他时，强调了"拿他们和布尔什维克相比拟无论如何是不恰当的"[①]，才说出了这番"他们是皇权主义者"的话。显然，这是对拉辛和普加乔夫他们革命不彻底性、不否定封建帝制所作的批评。但是，说他们是皇权主义，并不意味着他们就拥护"一切皇帝"，而是说他们只是拥护"好皇帝"。有条件地拥护"好皇帝"的皇权主义者，同无条件地拥护"一切皇帝"的保皇主义者还是不同的。具体到宋徽宗这样殃民祸国的昏主，还能说是"好皇帝"吗？所以把李逵与宋江乃至把黄巢、朱元璋、李自成等与宋江如果笼统地以皇权主义者等同起来，那是会掩盖其问题的实质的。

马克思主义者认为，革命的根本问题是政权问题，世界上的一切革命都是为着夺取政权，而反革命的同革命势力斗争也完全是为着维持他们的政权。《水浒》正是把李逵多次提出的夺取政权的革命主张压制下去，则

---

① 见《斯大林全集》第十三卷第99~100页。

以宋江维护宋朝皇帝的投降主张为指针，于是在革命的高潮中主动投降，形成千古悲剧！所以我们认为分清两者的区别则是必要的。

三　怎样理解"历史的局限性"？

我们认为在当时的历史条件下难以出现或受历史条件限制不能产生的事物，可称为历史的局限性，如李逵的不反帝制；在当时早成为普遍现象或历史条件完全许可的事，就不能再说它是历史的局限性，如宋江的不反皇帝；要是把历史上出现的在我们看来是不好的或有缺陷的事物，笼统地都称之为历史的局限性，那就很难对它做出先进、落后或反动的科学评价。

我们还认为对一般的农民与起义英雄也应有所区别。有的论者以阮氏弟兄曾唱的歌词为例，分析水浒人物只反贪官不反皇帝的思想时说："正因为'天高皇帝远'，他们不知道皇帝是什么样的人，所以他们只知道'官逼民反'，不知道是'君逼民反'……因此他们就对封建皇帝抱着不同程度的幻想。"[①] 这是一种颇为流行的观点。这些道理讲得很好，用以说明封建社会的一般状态的农民那是适当的，如果用于革命的农民英雄或起义领袖，就未见得适合；因为它首先不符合历史真实，不能代表历史上农民英雄起义领袖的思想，《水浒》的作者把这种一般状态或落后状态农民的思想强加于来自社会下层的起义英雄阮氏兄弟身上，实是一种败笔！首先，是不真实的；其思想与出身、生活经历两张皮。其次，作为起义英雄，竟把造反杀贪官看做是忠于君王的手段了，格调何低！再次，其思想与行动也是两张皮：倒船换御酒的活阎罗，同时也是高唱"先斩何涛巡检首，京师献于赵君王"的阮小七；"忠心报答赵官家"的思想与招安后又想"把东京劫掠一空，再回梁山"的性格，在同一形象之中如何统一（人物性格是允许有发展变化的，但在作品中并无此痕迹）？作家虽则给他们散碎地安排了几件勇敢的行动，但并未热情地对他们做出充分的描写，在多数场合，只笼统地提"阮氏三雄"，往往把三人只作一个形象来看待，

---

① 见《〈水浒〉浅谈》。

显得有点简单化。在作者看来，受招安是忠君，造反杀贪官也是忠君，于是把忠君与造反这两个对立体拼于同一形象之中，所以就造成了人物性格上的割裂、矛盾。有的文章过分赞扬"三阮"形象的塑造成功，常常且与李逵的形象相提并论，这是不符作品实际的。"忠心报答赵官家"的思想，谈不上代表起义英雄的思想，只能说是处于一般状态或落后状态的农民的思想；当然也就无从说是历史的局限性。

至于说"《水浒传》不反皇帝，也无可指责。这完全是历史的局限使然"，"南讨方腊的情节"，也是"历史局限性所致，不能因此苛求古人"①云云，这更是不符历史事实的。远在夏、商、周三代时代，就出现了汤放桀、武王伐纣的事，这就是中国历史上最早的"反皇帝"的记录。毛泽东同志称"武王伐纣"是"武王领导的当时的人民解放战争"。② 我们如果翻开中国农民起义史，就会发现从第一次农民起义开始，就有夺取政权、反皇帝的要求。从秦朝的陈胜、吴广、项羽、刘邦起，中经汉朝的新市、平林、赤眉、铜马和黄巾，隋朝的李密、窦建德，唐朝的王仙芝、黄巢，宋朝的宋江、方腊，元朝的朱元璋，明朝的李自成，直至清朝的太平天国，有几人不反皇帝？有几人不想自己出来称王称帝？在《水浒传》本书内就有"占据八州二十五县"，"僭王称号"的方腊；在梁山义军内部也有常常要"夺鸟位"的李逵；稍后的《西游记》中孙悟空喊得更明确："玉帝轮流做，明年到我家。"可见反皇帝已在农民革命运动中早成为普遍现实。退一步说，只须在宋江之前有少数人是反皇帝的，那也证明历史已提供了反皇帝的条件，因之，说《水浒》不反皇帝是历史的局限性，那就是无根据的，其论则不能成立。至于"南讨方腊"，更是作品的糟粕部分，大可指责。不能以"历史的局限性"掩盖其作者宣扬招安再去镇压同类的实质。"不反皇帝"与"南讨方腊"，这是《水浒》无可辩驳的缺陷，正是作家世界观落后的反映。认为它"无可指责"，就可能会导致无批判地兼收并蓄。"苛求古人"，当然不对；为古人开脱，也不好。遵循马克思主义对文化遗产批判继承的原则，实事求是，分清精华、糟粕，对我们丰富的文学遗产做出公允的评价，这才是需要我们大伙共勉以求的！

---

① 见《〈水浒传〉主题辨》。
② 见《别了，司徒雷登》。

四 李逵的反皇帝与《水浒》的
不反皇帝有无矛盾？

一部作品在宣扬不反皇帝思想的同时，可它又成功地塑造了一位反皇帝的英雄，这不是矛盾了么？有着浓厚忠君思想的《水浒》作者，却怎么在他的正面形象李逵身上描写起反君思想来了？这岂不成了怪事！所以对《水浒》的不反皇帝与李逵的反皇帝到底如何理解，我们认为值得研究。

忠君思想，就好象是《水浒》作者手中的一撮胡椒面，在他所需要的人物身上都要撒上些许。宋江派人物自不消说，即一些反招安派人物吴用、鲁智深、三阮等人，也都不同程度地透露过一点“只反贪官不反皇帝”的思想。作者不仅在梁山人物身上点染其忠君思想，甚至让五台山上修行的老和尚在他们的禅堂里也念起了“忠君经”：“智真长老到法座上，先拈信香，祝赞道：‘此炷香，伏愿今上天子万岁万岁，皇后齐眉，太子千秋，金枝茂盛，玉叶光辉……’”这是“宋江五台山参禅”时的一段描写，可见作者处处不忘为皇帝祝福的。可是他又出色地写出了一个与众不同的既反贪官又反皇帝的英雄李逵来。

我们认为李逵的形象在某些方面是高于作者的思维的，读者特别是今天的读者在某些方面又赋予李逵以一定的新意。作者在李逵身上所否定的某些，或许正是今天的读者所肯定的某些。李逵性格中最宝贵的东西，那就是造反的坚决性，总想夺取帝位，建立自己的政权，这正是今天的读者所最欣赏的部分。可是作者呢，写是写了它，然而并不肯定它！还可以说是：写了它，正是为了批判它，所以采取了压制、打击、嘲笑、孤立的种种否定手段，对宋江不反皇帝的形象作了有力的反衬。对李逵夺取“鸟位”的主张，视为“大逆不道”，连同他身上的所谓卤莽无知，不识体统，不懂法度，盲动冒险，乱杀乱砍等一系列的缺点混为一体地予以谴责，常常以他的言行作为粗人蠢语来开心取笑。在梁山事业日益发展的日子里，他多次倡议“杀去东京，夺了鸟位”，并提出了自己的组阁方案：谁作皇帝，谁作丞相，谁作国师，谁作将军……这是多么正确的革命主张！可是却被人家看作粗人傻话，“不识法度”，便以“割舌”“砍头”之类的恫吓，压得他哑口无言，顿时成为一个理亏词穷者的模样。宋江在菊花会上酝酿争取招安，他表示反对，但作家却不让他讲出任何反对的理由来，只会骂句"招安，招安，招甚鸟安"。再不然，就踢毁桌子。这次，他几乎掉了脑袋。要砍他头的正是作者全力歌颂的理想人物宋江。在这场激烈的冲突中作者肯定谁，批判谁，其倾向是十分鲜明的。就是梁山上的第二号人物吴用（也是作者所着力歌颂的）在为李逵求情的同时，连同他斗争的正义性也以"粗卤""醉后冲撞"之词统统给否定了；"众人"也都说他是"酒后发狂"，于是使他完全陷于孤立地位，却借此引出了宋江的大篇投降"理论"。在这里，李逵的言行是被否定的，"酒后发狂"四字是"众人"的话，也是作者的话。在第一次接受招安时，他扯诏书打钦差，这是何等英勇的行为！可是有的本子在回目中却说他"谤徽宗"！一个"谤"字，倾向昭然。还让他对钦差说："你的皇帝姓宋，我哥哥也姓宋。"还曾这样说："晁盖哥哥便做大宋皇帝，宋江哥哥便做小宋皇帝。"三阮虽也系贫苦出身，但还知道个什么"赵官家""赵君王"之类，可李逵竟无知到连自己要"夺鸟位"的当今皇帝姓什么都不知道！这只能说明作者对李逵反皇帝主张的鄙弃。只须一接触到反皇帝问题，作者在李逵身上一再地强调的就是"卤莽"与"无知"四字。所肯定他的就是一个"义"字，特别表现为对宋江的服从。招安之后，宋江仍骂他："黑禽兽！反心兀自未除。"于是这个反君者终于未逃出忠君者的计算。作家赋予"天也不怕"的李逵一个致命的弱点，只须宋江喝声"黑厮"或"黑禽兽"，他便失去了反抗力，服服贴贴，唯命是听。还说："哥哥剐我也不怨，杀我也不恨。"他不忠君，但很尚义，前者是作者所批判的，后者是作者所极力肯定的。在这一点上，今天的读者恰好和作者的态度是相反的。李逵想反皇帝，结果并未能反起来，问题就出在这个"义"上面。如果说梁山义军悲剧的思想基础是忠君的话，那么李逵悲剧的思想基础则是尚义。可见作家的忠君观念仍然在他的人物身上曲折地留下了伤痕。

一九八〇年四月于北京

论宋江性格的悲剧特征

一

  《三国》《水浒》是我国文学史上最早出现的两部宏伟的英雄悲剧性的长篇小说，从"悲剧是人类生活的恐怖""悲剧是人的伟大的痛苦"（车尔尼雪夫斯基语）这一点说，《三国》《水浒》是同样的。从悲剧是人们争取实现美好愿望与实际上不可实现之间构成的冲突来说，二者也无大异。但若从主人公悲剧性格的矛盾性、复杂性说，尤其是命运的悲惨性、残酷性说，宋江、李逵则远远超过了诸葛亮、关羽。宋江、李逵的品格高度、思想境界似乎还不那么尽如人意的崇高，然而，他们形象中却蕴含着丰富的审美价值。

  谁都知道，生活里充满着矛盾，充满着戏剧性。"戏剧性是生活中富有诗意的因素，包含在表现为激情、热情的那些相互对立的敌视的思想的冲突和矛盾之中。"（别林斯基语）文学作品从生活的戏剧性中吸取其内容、意蕴，所以它必然再现人们对立的思想、感情、行动、观点等等之尖锐冲突。《水浒》正是如此。它在反映敌我双方对抗性矛盾的同时，也成功地反映了梁山义军内部之冲突种种。这一冲突最尖锐、集中地反映在宋江、李逵身上。他俩的生活地位不同，出身文化教养不同，性情气质有异。一是读书明理的知识分子，一是文盲、大老粗。宋惟其是知识分子，知道的东西多，头脑复杂；李惟其是大老粗，懂得的东西少，头脑简单。宋惟其知书明理，知圣贤之书，明封建之理，处处宗法守度，对现存社会多保守妥协，李惟其文盲，不知法度，不管礼法，少思想束缚，多革命性，可也因其无知易于盲动蛮干。宋出身小吏，既上知官府，又下明江湖，李来自社会底层的一小牢子，只知下情，不懂上层。二人由于种种的不同延伸到政治观点的对立：一个只反贪官不反皇帝，进而争取招安，为国效忠；一个既反贪官又反皇帝，要杀去东京夺鸟位，让自家人登上龙位也过过皇帝瘾。于是革命内部出现了两派：招安派、反招安派。争执起来，矛盾激化了。激化到生命攸关的时刻，菊花会上，李逵差点掉了脑袋。从此，一场"人类生活的恐怖""人的伟大的痛苦"的英雄悲剧由酝酿而无情地铸成下来！作为农民革命领袖形象的宋江，其性格中的悲剧因子却由此益发活跃起来。

宋、李性格，既有对立的一面，而就其主导方面却是统一的。"八方共域，异姓同家"的梁山乐园，把不同经历的各路好汉全都连结在一条命运的传送带上，最后同趋于闪光之后的共同毁灭，即所谓"一百八人，上应天星，生死一处"。宋、李在上山之前，早就相识。相识之前，宋江"呼群保义"的声誉早在李逵脑海里先入为主。既见之后，大哥的慷慨义气，从道义到物质的扶济，使这位正处困境的兄弟，铭感五内，江州法场上是李逵最先从刽子手的刀口下夺回了宋江这条命。经过一段交往，以至对宋江崇拜到迷信程度："哥哥杀我也不怨，剐我也不恨"，"生时伏侍哥哥，死了也只是哥哥部下的一个小鬼"。宋江自言，"他与我情份最重"，晁盖听人说"黑旋风和宋三郎最好"。弟兄们也认为他是宋江的"心腹之人"。所以，两人的冲突不论达到何种激烈的地步，最后总是：不是由于一方无条件的屈从，就是因一方的宽容大度，刹那间便烟消云散。他俩统一的思想基础，便是李逵说的："俺哥哥以忠义为主，誓不扰害善良，单杀滥官酷吏，倚强凌弱之人。"这既是宋江的性格特征，也是李逵的性格特色，只是李逵不是以忠为主，而是以义为主。"单杀滥官酷吏，倚强凌弱之人"。它正是中世纪中国农民的愿望，《水浒》的深厚的人民性之所在。以此团结了李逵，团结了梁山众兄弟，组成了一支千军万马的起义军，才能以武装的革命反对武装的反革命。然而，正是由于"以忠义为主"，"忠为君王恨贼臣"，只反奸臣，不反皇帝，其结果是不仅奸臣依然在，而且自己反被奸臣所谋。这正是宋江悲剧的历史深刻性。现在我们就看宋江临终前和李逵的一段对话：

> 宋江道："兄弟！你休怪我，前日朝廷差天使赐药酒与我服了，死在旦夕。我为人一世，只主张忠义二字，不肯半点欺心。今日朝廷赐死无辜，宁可朝廷负我，我忠心不负朝廷。我死之后，恐怕你造反，坏了我梁山泊替天行道忠义之名，因此请你来相见一面；昨日酒中已与你慢药服了！回到润州必死，你死之后，可来此处。楚州南门外有个蓼儿洼，风景尽与梁山泊无异，和你阴魂相聚。我死之后，尸首定葬于此处，我已看定了也。"言讫，堕泪如雨。李逵见说，亦垂泪道："罢，罢，罢！生时伏侍哥哥，死了也是哥哥部下一个小鬼。"言讫泪下。……李逵临死之后（前），付嘱从人："我死了，可千万将我灵柩去楚州南门外蓼儿洼和哥哥一处埋葬。"嘱罢而死。

宋江至死未悟，愚忠可悯！可气！可叹！当初若听李逵之言，何至有今日？临死犹为保"忠义之名"，竟亲手毒死自己"情份最深"、忠言在先的兄弟。这位兄弟生性刚烈、对敌若仇恨的黑旋风般的兄弟，竟也心甘情愿地受死，做一名部下的小鬼！使我们看到：忠义之残酷，忠义之非人道，忠义之反人性，以至于此也！不管作者的主观用意若何，但作品显示的这一客观意义是谁也无法抹煞的。

李逵是不怎么讲忠君的，但他却非常尚义，如果说宋江的一生是忠的悲剧的话，李逵之死，正是义的悲剧。"一个悲剧，简言之，是一首激起怜悯的诗。"（莱辛语）《水浒》又何尝不是如此呢？

二

"生活中充满了戏剧性，充满了巨大的可笑的矛盾。"（高尔基语）马克思主义美学认为客观存在着的社会生活是艺术取之不尽的源泉。现实主义艺术再现人物性格是以生活真实为依据的。生活中的戏剧性、巨大的矛盾，自然会得到作家的艺术再现。现实主义艺术的典型性格是在克服生活矛盾的过程中，是在尖锐的戏剧冲突的过程中发展和站立起来的。在文学史上宋江是一个复杂丰满的艺术形象。由于他有着深厚的社会依据和生活依据——中国历史上各色各样的农民运动及其归宿和多种多样的农民首领及其结局，这一形象仍然是可信的。由于作者现实主义艺术的成功运用，这一性格尽管复杂、矛盾，却依然是统一的、真实的；还可说它的成功之处，正表现在此。有的研究者把所谓"农民起义的领袖"和"出卖革命的叛徒"超时空地两相对立起来，说宋江的性格是分裂的，还有的说是"大杂烩"，在历史上，农民起义领袖投降的还少吗？接受了招安，过去的当领袖的事实还是存在的。接受了招安，固然是投降，宋江应负主要罪责，但梁山泊此次是全伙受招安，和宋江暗中单独投敌，叛卖求荣，还略有不同。梁山英雄李逵、吴用、三阮、林冲、武松、鲁智深等一百八人全都接受招安，难道他们的性格是分裂的或"双重性格"不成？"叛徒"一词用于古代受招安的农民首领，也未必得体。"叛徒"，作为一顶政治帽子，它在"四人帮"时期用滥了。他们不管今人、古人地乱扣一起，也扣在了宋江头上。作为学术研究，这种做法也未必科学。梁山义军是全伙受招安的。当萧让读完皇帝的"丹诏"之后，一百八人都"山呼万岁，再拜谢恩"，御赐金牌三十六面、银牌七十二面，一百八人，每人有份。御酒"一百单八名头领俱饮一杯"。一百八人朝京面圣，天子驾到文德殿接见，命排御筵，"天子亲御宝座陪宴"。"九重凤阙新开宴，十载龙墀旧赐衣"，场面是热烈的。所谓"义士今欣遇主，皇家始庆得人"的局面，是大伙主动争取来的。在争取招安的过程中梁山英雄中出了不少积极分子，在梁山举足轻重、实居第二号人物的军师吴用，在争取招安的过程中就起过重要作用。"燕青月夜遇道君""把衷情达知今上"的谋划，正是出自这位智多星的锦囊，从此打开了通往招安的门户。称宋江叛徒，称他们什么呢？难道也得来个"集体叛徒"不成！如果说宋江由于接受了招安，只能是叛徒，不再是农民起义领袖，那么，梁山全伙受招安，是否也就不能再说他们曾是农民起义军呢？

三

宋江是个具有审美价值的艺术形象，是个悲剧性的人物。

宋江的一生，是矛盾的一生，有着无法解脱的心理矛盾，他在矛盾中成长，矛盾中发展，矛盾中灭亡，一生在精神折磨中活着，在巨大痛苦中死去。他"自幼通经史，长成有权谋"，有着过人的才智，有着高超领导才能，可是却干了一辈子违心事、不得已而为之的事和错事。前期，他干了不少好事，甚至是惊天动地的大事，可是他却以为是干错了，是犯法的、违心的；他原认为是"上逆天理，下违父教"的事，"不忠不孝"的事，"法度不容"的事，可是没有多久，他却统统都干了，都付诸行动了。然而，干是干了，又不那么心甘理得，于是时刻怀着犯了罪的虚弱心理希冀得到人家的宽恕赦免；从敌人的宽恕赦免中觅出路。屈中求伸，成了他奋斗的策略。现实，残酷的现实，酿成了他苦闷、愤懑、焦虑、忍受的复杂心理状态，时而自大，"幼攻经史，长有数谋"，以"潜伏爪牙忍受"的猛虎自况，时而自卑，口口声声"宋江文面小吏，无学无能"，他要前进一步，那是艰难的，需经反复、迂回的折腾，才能落脚。到了后期，他为弟兄们带错了路，他却以为是走上了正路，干了许多错事，他却以为干对了。宋江从梁山弟兄的恩人到罪人，从梁山事业的创建者到毁坏者的过程，正是一部一个农民起义领袖的悲剧的发展史。它鲜明地分为上山之前，上山之后和招安以后的三个阶段。不论是哪一个阶段，宋江的身心都是分离的：上山前，身在官府，心在江湖；上山后，身在草泽，心在朝廷；招安后，身在战场，心在朝廷。宋江身心的矛盾，也是官府与江湖、草泽与朝廷、战场将士与朝廷贼臣诸矛盾的曲折反映，也是封建社会种种矛盾的客观反映。

现在就看上山前这一阶段。

《水浒》一开始，就给我们展现出一个官逼民反的世界。在官与民的对立、逼与反的矛盾的关系中，每个人必须得有个站在哪一边的问题，思想倾向问题，同情或反感的问题。一个"自幼学儒，长而通吏"的官府小吏，站在官的一边，逼的一方，这是常规。可是，不！宋江虽身居官府，却心在江湖，他把同情寄予了被逼者一方，终于被逼到了民这一边。现实主义艺术，不仅写人怎样对他周围的世界发生作用，而且首先应揭示环境怎样影响人。按宋江的特定环境，所处社会位置，所受的教养，他走向造反路程，步履维艰，这是自然的。我们有些评论者，在这点上发出了对宋江形象的责难，似乎是性急了一些。他和李逵、三阮等来自社会底层的劳苦大众不同，不会那么干脆利落，和林冲倒近乎是一类；但林冲是武人，他是文人，思想和感情都更为复杂迟疑。说是一回事，做又是一回事；对造反不管他口头怎样地嚷嚷："法度上饶不得"呀！"弥天大罪"呀！"上逆天理"呀！"灭九族的勾当"呀！然而，在行动上他却予以个个击破。终于上了山，入了伙，当了头头，站进了人民的行列。且在被逼过程中，已对起义事业做出了贡献。

这个"刀笔敢欺肖相国，声名不让孟尝君"的郓城县小小押司，一登场，便带着江湖上的及时雨的特色。他"舍着条性命""担着血海也似的干系"飞马救晁盖的壮举，先声夺人地说明他是一个不同凡响的人物，至少也是个有胆有识的江湖豪侠。这是他一生征程的起点，功业的起步，同时也是多事之秋的开始，悲剧性格也从这里孕育。这件事干得漂亮，果敢有谋。然而，即使没有什么远大理想，单凭一点江湖义气或许也能办到，自不必作过高的评价。我们还可作这样的比方：不赞成或不认识革命，甚至不主张打倒蒋介石的人，在白色恐怖时期，因偶然的机会，保护或放跑了一位正在追捕中的共产党人，从此他受到当局的迫害，反使他走向革命，即所谓"为汤、武驱民者，桀与纣也"。但在其时，他只不过是有一点正义感而已。"放晁"时的宋江也只能作如是观。

由于"放晁"，引出"杀惜"。前者是主动仗义救人，后者则是被动自卫。它虽牵涉到情场纠葛，但不是情杀，而是带有些政治性的杀人灭口。杀人是为了隐匿自己和梁山的关系，但杀了人沦为逃犯，浪迹江湖，更和梁山缩短了距离，和"一班儿杀人放火的弟兄们的联系更多更密了"。"杀惜"在宋江成长史上的意义不可忽视，一个大英雄亲手杀死自己的情妇，本身就是悲剧性事件，但更重要的是他从此离开了官府。向何处去呢？不管宋江的主观想法如何，前路又是怎样的坎坷曲折，但上梁山已成为大势所趋的唯一出路。

可是逃出之后，宋江并不愿上梁山。先后到柴进庄上、清风山、白虎山避难，清风寨事件，才智得到了施展机会，更赢得弟兄们的拥戴。但是，后退更无路了，前进却又不愿顺着兄弟们走，本是一条坦途，自己却视为畏途。这正是宋江的矛盾及其精神痛苦的关键所在。他的叛逆思想艰难地在和他的传统观念苦斗着。

本拟上山，但一封假信，立即改变原意，扔下人马，回家"奔丧"。在家被捕时对父亲说：

> 官司见了，倒是有幸，明日孩儿躲在江湖上，撞了一班儿杀人放火的弟兄们，打在网里，如何能够见父亲面？便断配在他州外府，也须有程限，日后归来，也得早晚伏侍父亲终身。

以为"吃了官司"倒比躲在江湖上为幸，盼望刑满释放回来，"伏侍"父亲终身的思想，哪还有半点的英雄气息！不应出自一个有着"凌云志"的大丈夫之口。然而，它确乎是"于家大孝"的孝义黑三郎亲口说的。封建道德的能量有时是畸形的，不能按着常规去判断。孝子在严父面前，会出现反乎常理的心理状态。宋太公的一席话，完全可以扯住儿子的后腿。封建统治者有句选拔人才的格言："求忠臣必于孝子之门。"作为古代作家，自然不能不受其时盛行的统治阶级思想的影响，在渲染宋江忠义的同时，再添进几分的孝义，也无足为怪。在宋江悲剧性格的成因中，除了忠义，尚有孝义。宋江既有此言，也有此行：挺身自首，接受刺配，置一批渴望他领导的造反军马而不顾。一位方才起步的农民起义领袖，在前进途中突然出现如此的反复、倒退，只能说是主人公生活命运中的"悲剧性错误"因素在特定时空下的显露。

可是，在政治上，他依然是有抱负、有追求的。且看三十二回和武松话别时一段进言：

> 兄弟，你只顾自己前程万里，早早的到了彼处，入伙之后，少戒酒性。如得朝廷招安，你便可撺掇鲁智深、杨志投降了。日后但是去边上，一刀一枪，博得个封妻荫子，久后青史上留一个好名，也不枉了为人一世。我自百无一能，虽有忠心，不能得进步。兄弟，你如此英雄，决定做得大事业。可以记心。听愚兄之言，图个日后相见。

这一席为武松前途命运谋划的肺腑之言，把宋江的人生观、英雄观也和盘托出，他们的最高人生理想、奋斗目标，不过封妻荫子，青史留名而已。

欲达此目的的路线是：期望朝廷招安；撺掇同志投降；达此目的的手段是，凭本事在边庭上一枪一刀。投降路线，自然可鄙，但欲在边庭上立功，却无可指责。"虽有忠心，不能得进步"，这是欲达此目的而不得的怨言、牢骚，也正是宋江的现状；不甘现状要做出一番"大事业"，是宋江的"雄心"。但这个"大事业"，绝不是兴王图霸、黄袍加身的大事业。按容与堂本，"大事业"作"大官"。我以为这倒符合宋江的实际。宋江一直是个"官迷"。在鲁智深擒方腊之后（时已出家），宋江劝说："今吾师成此大功，回京奏闻朝廷，可以还俗为官，在京师图个荫子封妻，光耀祖宗，报答父母劬劳之恩。"当鲁智深回答"洒家心已成灰，不愿为官"时，他继续动员："吾师既不肯还俗，便到京师去住持一个名山大刹，为一僧首，也光显宗风，亦报答得父母。"鲁智深统统谢绝，表示"只得个囫囵尸首便是强了"。这里的卑下与崇高，一目了然。这个"官迷"思想，正是酿成宋江"悲剧性罪过"的主观原因；他只是想做清官不做贪官，想做忠臣不做奸臣就是了。一个农民领袖抱着北面为臣的动机去革命，结局必然是悲剧。宋江一生的努力、挣扎、拼搏，始终没有超出他为武松所划的这一奋斗范围。作为一条江湖好汉，未始不可说它是雄心；对于一个农民起义的领袖来说，他却是悲剧的思想胚胎，"虽有忠心，不能得进步"，这是现实矛盾在宋江心理上的反映。如果说"名为强盗，实则忠臣"是宋江悲剧性格的外形的话，"虽有忠心，不得进步"便是他悲剧性格的内核，他把欲尽忠而不得的心理痛苦，从草泽带到朝廷，从朝廷带进了蓼儿洼坟墓。主人公的悲惨结局，也常常是悲剧性的形式之一。

综观史册，有作为的农民起义领袖，须是"有志图王"的"野心家"。宋江正缺少它。或许有人会问：浔阳楼头留下的反诗应作何解释？

心在山东身在吴，飘蓬江海漫嗟吁，他时若遂凌云志，敢笑黄巢不丈夫。

这确是一首反诗。说"反诗不反"，是不对的。出自宋江之口，自属可贵，它标志着宋江性格的新发展。特别是前一韵，甚符合宋江总是身心分离的心理实际。若以"听其言而观其行"的原则来考察，后一韵确是"酒前狂言"。黄巢，这位冲天均平大将军，南下破广州，北上克东都（洛阳），入长安，建立大齐政权，最后于狼虎谷战败，被围自杀。生得英雄，死得壮烈，观其宋江所志所事？何能望黄巢之项背！宋江笑黄巢，岂不狂而且谬！诗是好诗，但与宋江实际不符，只能看作是大脑皮层在强烈的情绪中失去主导作用之后的心理反应。心理学上管它称为"激情"。"激情是由对人具有重大意义的强烈刺激所引起，它往往发生于当事人的意料之外。在激情状态下，伴随着内部器官、腺体、外部表情等高度显著变化。如：过度兴奋时的手舞足蹈和大笑大哭。人的一切心理过程和全部行动会随之产生显著变化。人的理智力和自制力也会显著降低。在情绪激动时，有时会失去了理智，忘记了自己。"① 按作品实际描写，此时的宋江确是处于"激情状态"。宋江刺配江州，在浔阳楼独自喝起闷酒，想到"日今三旬之上，名又不成，功又不就，倒被文了双颊，配来在这里。……不觉酒涌上来，潸然泪下，临风触目，感恨伤怀"。先写了《西江月》一首。"宋江写罢，自看了，大喜大笑，一面又饮了数杯酒，不觉欢喜，自狂荡起来，手舞足蹈，又拿起笔来"，写了此四句诗。当宋江"酒醒后，全然不记得昨日在浔阳楼上题诗一节"。这正是自制力降低，"失去了理智，忘记了自己"的心理反应。宋江事后自谓"醉后狂言，谁个记得"？我们也不能看它做"酒后真言"。《西江月》中的"恰如猛虎卧荒丘，潜伏爪牙忍受"二句，倒是真实地反映了宋江的内心世界。这种由抑压而导致的心理痉挛，即成为他悲剧性格的组成部分。这和他"虽有忠心，不得进步"的苦闷，委曲求全，屈中求伸的策略是一脉相通的。

不管道路怎么的艰难曲折，宋江总是上了梁山。

常言"秀才造反，三年不成"；其所以不成，首先是自己思想上的拦路虎。驱逐这只"虎"，是个痛苦的过程。宋江虽然上了山，但心灵深处的这只"虎"，仍是他一生悲剧的种子。宋江硬是被逼上了梁山。这个"逼"字在身上突出得好。他上山的被动性，正好为他的下山打下伏线。上山的波澜起伏，正为下山的逆流开掘了渠道。

我们再看宋江上梁山以后的阶段。

---

① 伍棠棣等：《心理学》，人民教育出版社，1980，第161页。

宋江并未因上山而解决了他的思想矛盾：一方面从黑暗的社会现实出发，同情人民造反，同时自己也走进了造反队伍；一方面又由于传统思想束缚，认为造反是大逆不道，不甘于永久造反。这种矛盾思想，使他在造反过程中一直起着积极与消极的两种不同作用。正如李卓吾所说"独宋公明者，身居水浒之中，心在朝廷之上"，身心依然是分离的。上山后，英雄获得了用武之地，聪明才智得以施展，发展了义军力量，打击地主武装，惩治贪官污吏，并抗击多次进剿来犯的官军，对起义事业做出了巨大的贡献。可是另一方面却抱着"权时避罪水泊，只待赦罪招安"的想法。现实主义艺术，性格不是被描绘成天生的和一成不变的，而是在以环境为转移的性格形成过程中来加以描绘的。随着革命实力的发展，招安的可能性越来越大，宋江于是把义军的壮大和胜利当作换取招安的资本，"一意招安，专图报国"（李卓吾语），完全执行起上山前他为武松的谋划：争取朝廷招安，撺掇弟兄投降。对彭玘说："某等众兄弟，也只待圣主宽恩，赦宥重罪，忘生报国，万死不辞。"也曾以这类话对呼延灼、徐宁等原政府降将进行撺掇，在公众集会上也多次作公开的动员。在"英雄排座次"前夕，宋江当众提出"欲建一罗天大醮"，其目的之一是："惟愿朝廷早降恩光，赦免逆天大罪，众当竭力捐躯，尽忠报国，死而后已。"在菊花会上更提得响亮："望天王降诏早招安。""改邪归正，为国家的臣子。"从此，统一了内部思想，便展开了外交活动，争取朝廷降诏，终达乞降目的。

有的论者说宋江"攻占了宋朝天子的城镇"。按史实记载，宋江领导的这支义军，活动于淮阳、京东、河北、海州等十郡，地区甚广。可在《水浒》里，它却是一支始终未脱离开水泊梁山的"忠义军"。自宋江上山后，出现了规模一次比一次大的武装斗争，但斗争的目标，始终没有领土要求。攻克城池，杀了贪官，卷起细软财帛，就赶紧撤回梁山，不敢占领"王土"一寸。攻开大名府，歼敌三万余，不占城池，打完即走。东平府之役，是"英雄排座次"前夕，是事业发展的全盛时期，东平府即郓州，梁山泊即在东平府境内。打开东平，依旧"尽数取其金银财帛"，跑回水泊了事。得了城镇州府，不就地建立自己的政权，这是宋江有意识地为招安打通渠道。燕青"月夜遇道君"时的奏词说：

　　宋江这伙，旗上大书"替天行道"，堂设忠义为名，不敢侵占州府，不肯扰害良民，单杀贪官污吏、谗佞之人。只是早望招安，愿与国家出力。

后来皇帝的诏书也说：

　　寡人闻宋江等不侵州府，不掠良民，只待招安，与国出力。

这是宋江这支农民起义军的独特性。不占领土地，没有建立政权的要求。革命的结局是什么？可以想象必然是悲剧。

　　在梁山好汉大败官兵，将敌军的主帅高俅活捉上山时，宋江见到他，竟是这样：

　　宋江纳头便拜，口称：死罪。……宋江开口道："文面小吏，安敢叛逆圣朝？奈缘积累罪尤，逼得如此……万望太尉慈悯，救拔深陷之人，得瞻天日，刻骨铭心，誓图死报。"

　　乍看，岂非怪事？宋江还哪是义军领袖，还哪是英雄？然而，它漫画式地（并非有意讽刺）突现了宋江此时只顾招安、不计其他的急切心情，同时亦不违背宋江的固有性格。宋江虽作了千军万马的统帅，但始终并未丢却小公务员出身留给他的卑微感。卑微感的进一步行动化便是奴颜婢膝，婢膝就是骨头软。熟悉作品的读者，都会记得宋江动辄便跪，开口闭口："小可不才，自小学吏"，"宋江鄙猥小吏，无才无学"，"愚拙庸才，孤陋俗吏"，"力薄才疏"，"卤钝才薄"，"罪孽深重"，等等。在智取无为军，活捉黄文炳的大胜利之后，宋江、晁盖带了五起人马，二十八个头领，其中有花荣、李逵、刘唐、黄信、张顺、张横等这样的名将，浩浩荡荡回军梁山。路过黄门山时，欧鹏、蒋敬、马麟、陶宗旺四人特来迎投，可他们先故意吓唬道："我四个等候你多时！会事的只留下宋江，都饶了你们性命！"于是：

> 宋江听得，便挺身出去，跪在地下，说道："小可宋江被人陷害，冤屈无伸，会得四方豪杰，救了性命。小可不知在何处触犯了四位英雄？万望高抬贵手，饶恕残生！"

身带重兵名将，竟在四个草头山大王面前，出现如此丑态！或许有人会指责作品失真。其时，它是真实的。莱辛说："我不否认，尽管苏里曼有许多矛盾，使他在我们心目中显得卑怯可怜。他还是一个实际上可能存在的人。有些人身上集中着糟糕的矛盾，世上这种人并不缺少。"① 旧时代小职员的卑微感，常常出自：退则怕丢掉饭碗的自卫心理，进则为讨好上司，便于向上爬的"官迷"脑袋的保护色。宋江带着这种骨软气怯、低声下气的职业性格进入革命队伍，积性难改，不足为怪。作为领袖，他虽腹有良谋，但胸无大志：只求封妻荫子，何敢僭王称号！从这里看去，宋江的卑微感，和他"没有半点异心"的悲剧性格是相通的，也可说卑微感正是构成他悲剧性格的一部分。

现在，来看招安之后的宋江。

受招安之后的宋江身心仍然是分离的：身在战场，心在朝廷。

宋江受招安之后，干了两件事：一件好事，一件坏事。好事是征辽，坏事是打方腊，不论是干了什么事，等待他的同样是不幸的命运，迫害他的全是一类人：代表旧世界的反动的社会力量、人民的共同敌人。所以受害者尽管自身也犯了错误，但我们决不能说这是"合该"的，何况宋江还干过好事。

征辽，过去我们对它很少评价或者说评价不够。有的同志对它根本抱不承认主义。《水浒传》的故事和文字有个发展过程。百回本出现，才定型成书。今见的最早的三种百回本，明嘉靖间郭勋刻本，是个仅存数回的残本；明万历十七年天都外臣序刻本，现仅存清人补页之本；明万历间所刻的容与堂本，是个较为完整的本子。其中征辽、平方腊的情节相当完整，它从明代就白纸黑字传了下来。宋江本来是做了两件事，一好一坏，评论者硬是算坏不算好，似乎不公。对征辽作为问题进行研究自不无意

---

① 《汉堡剧评》。

义，但在评论百回本时，把征辽作为全书不可分割的一部分也是有道理的。就作品本身看，梁山英雄在上山前或上山后，常常提到要在"边庭上一刀一枪"，去建立功业。宋江的这一思想更是浓厚。菊花会上唱出的《满江红》词中就说："统豺虎，御边幅。号令明，军威肃，中心愿：平虏保民安国"；且把"平虏"作为"望天王降诏早招安"的一大目的。宋江是在"辽兵侵境，逆虏犯边"的形势下出征的。乡民有诗歌颂宋江的队伍说："虎视龙骧从此去，区区北虏等闲平。"所以宋江的"平虏愿"，显然是和以后的征辽实践互为呼应的。九十九回写道君天子见宋江时，描写了"三番朝见"的情景：一是受招安之后，二是破大辽之后，三是平方腊之后。平方腊后，众官庆功。"宋江再拜泣涕道：'当初小将等一百八人破大辽还京，都不曾损了一个……怎知十停去七。'"宋江进表表功，总是把征辽和打方腊二事并提："幽州城鏖战辽兵，清溪洞力擒方腊""北破辽兵，南征方腊"，作为他"全忠秉义，护国保民"的两大功勋。所以在作品的内在联系上、结构形式上，征辽都是作品的有机部分。如果从宋时的历史环境来考察，作品内容受到民族斗争思想的影响，也是自然的。李卓吾就认为："施罗二公，虽生元日，实愤宋事。是故愤二帝之北狩，则称大破辽以泄其愤。"[1] 或许他把问题确指得太具体了，但其精神是可取的。说征辽的描写，反映了民族矛盾激化时期，人民不甘于受侵略、受宰割，起而保疆护国的愿望，是符合实际的。

宋江在征辽过程中，心境仍然是痛苦的，悲凉的，不时地受到来自朝廷的威压。"陈桥驿滴泪斩小卒"，干的又是违心事，不得不斩，不敢不斩，只能叹息："今日一身入官，事不由我。"只能诉之一哭。

征辽，是一场保疆卫国的反侵略战争。"辽国郎主兴兵前来，侵占后山九州边界。兵分四路而入，劫掳山东、山西，抢掠河南、河北。""各处申达表文求救，累次调兵前去征剿交锋，如汤泼蚁。贼势浩大，所遣官军，又无良策，只是折兵损将。"可是把持朝政的童、蔡、高、杨四贼持不抵抗主义，但又设计"将宋江等众，要行陷害"。宋江正是在外敌压境、内贼交逼的形势下，本着"与国出力、建功立业""尽忠报国，死而后已"

---

① 《忠义水浒传序》。

的愿望，率众弟兄出征的。宋江连战皆捷，收复大片失地。辽主慑于宋江的强大声势，派欧阳侍郎以厚爵重赏诱降，最足以打动人心的还是他的说词："将军纵使赤心报国，建大功勋，回到朝廷，反坐罪犯。"宋江也承认"侍郎之言极是"。自己的亲密战友吴用动摇了，劝说宋江"弃宋从辽"。宋江批评吴用说：

> 军师差矣，若从辽国，此事切不可提。纵使宋朝负我，我忠心不负宋朝。久后纵无功赏，也得青史上留名。若背正顺逆，天不容恕！吾辈当尽忠报国，死而后已。

这里"忠不负宋"的思想是不能否定的，由于在外患当前，它和"尽忠报国"的爱国观念相联系着。明知立了功，反会坐罪；但置自身的安危利害于度外，坚定地走"尽忠报国，死而后已"的道路，鲜明地显现出他性格中的崇高与英雄的一面。但是，人生有价值的却遭到了毁灭。他的命运具有了悲剧性意义。历史上，在阶级矛盾中表现卑下，在民族矛盾中却表现崇高的人，屡见不鲜，即所谓"兄弟阋于墙，外御其侮"。这也是一种我们民族的传统精神，所以宋江的性格并不是分裂的。

打方腊，本身就是一场深刻的悲剧，受招安，认贼作父；打方腊，则以友为敌。同类相残，两败俱伤，致令渔人得利。在豆萁相煎的过程中，"帮源洞中杀的尸横遍野，流血成渠，按宋鉴所载，斩杀方腊蛮兵二万余级"。宫殿楼阁，俱化灰烬。宋江等一百八人，仅存二十七人。宋江涕泣曰："当初小将等一百八人，破大辽还京都不曾损了一个。……克复扬州，渡大江，怎知十停去七。今日宋江虽存，有何面目再见山东父老，故乡亲戚？"从战争开始，宋江就日以泪洗面，兄弟阵亡噩耗频传，他常"哭得几番昏晕""日夕怀忧，旦暮悲怆"，或不时"寝食俱废，梦寐不安"。及胜利归来，贼臣继续设谋加害，对此所剩无几者，一直到赶尽杀绝。毒者毒，缢者缢，魂聚蓼儿洼，可谓悲矣！悲惨，固不等于悲剧。然而，正面人物的悲惨结局，则几乎是悲剧不可缺乏的表现形式。宋江的悲剧则为后世的农民革命提供了极为深刻的教训。

宋江受毒，系朝廷加害，出于无可奈何。李逵受毒，系哥哥所为，既非误毒，又非迫毒，完全出于主动自觉，是以更悲！这一笔，足以写尽宋江之性格：忠义痴人。为全忠义之浮名，竟至心狠手辣与敌人同类。作者或怀颂扬忠义之动机，而实落批评宋江之后果。

宋江的悲剧"放晁""杀惜"，可说是序幕，上梁山是发展，招安是高潮，征辽是缓冲，"中药酒"是结局，"毒李逵"是余波，"魂聚"是尾声。作者在这里为我们提供了一部一个农民起义领袖悲剧性格的发展史。

四

我们过去由于受"左"的思想的影响，对于古人的要求一般偏高，有时甚或有点苛刻。对于忠义一类的封建道德观念的批判，也往往有点过头。道德作为社会意识形态，它的产生、发展和变化服从于整个社会的发展规律；道德作为个体现象，它的形成和发展，自然有赖于人的心理发展规律，但依然依存于客观的社会条件。封建道德也是在封建社会集体生活中，人们为了维护共同的利益，协调彼此的关系，而形成的调节人们行为的准则。人们根据这些准则，鼓励、限制或评议他人的行为，同时以此来支配自我的行为。《水浒》写宋事，生活在宋时的人，出现在宋时的事，要超越宋时的社会意识、道德准则，是不易的。宋时，是个民族多难的时代，讲求忠义的时代，《水浒》中出现彰扬忠义的思想，是无足为奇的。宋江的忠君思想，在征辽实践中及其对诱降所持的"忠不负宋""尽心报国，死而后已"的态度上，则把忠君与爱国统一起来。过归过，功归功，不能因为曾有过，则对功就采取不承认主义。

我们按照马克思主义的历史唯物主义，对文学遗产进行科学的分析，既应指出它们在今天条件下的意义，以今天的科学的观点方法予以评价，又应指出在当时历史条件下的意义，给以一定的历史地位，才能避免片面性。在今天，人们对忠君思想的封建性进行批判，自然是必要的。可这种并不是从损人利己的动机出发的愚昧思想，在宋江的时代，乃至漫长的封建社会里，一般的人民大众都管它看作是一种美德，即大思想家、儒学的"异端"李卓吾，也不例外。他激烈地反对理学，却又推崇忠义，称赞宋江。他同情下层人民的苦难，同情起义英雄，但又站在封建统治阶级立场，把忠君与爱民当作是统一的，梁山英雄有此思想者，实非宋江一人。花荣临终时对吴用说：

> 我等在梁山泊时，已是大罪之人，幸然不死，累累相战，亦为好汉。感得天子赦罪招安，北讨南征，建立功勋。今已姓扬名显。……如今随仁兄同死黄泉，也留得个清名于世，尸必归坟矣！

花荣军官出身，或不为怪。猎户出身的解珍、解宝，在出征伤亡前对宋江说：

> 受了国家诰命，穿了锦袄子。今日为朝廷，便粉骨碎身，报答仁兄，也不为多。

渔民出身的阮小五、阮小七，在哥哥阮小二战死后，挂孝对宋江说：

> 我哥哥今日为国家大事折了性命，强似死在梁山泊埋没了名目。

看来，他们的觉悟是不高的，他们和宋江的思想是容和的。他们和宋江统统卷进这场惨痛的历史悲剧的漩涡。或许有人会说，这是作者对劳动人民形象的歪曲！但是，如果我们不离开宋时的历史条件来考察，也会感到它是真实的。起义的农民，也会有多种多样的思想的。作者写出这类思想感情，更加重了作品悲剧性的感人力量。

我们自觉地应用阶级论分析人类社会，是马克思主义诞生以后的事。我们说，打方腊是一场豆萁相煎的悲剧，这是近代以来才可能有的看法。翻开旧史学著作，有几位史学家是能正确地评价农民起义呢？

一九八五年七月二十四日午夜一时脱稿

论语言环境与文学批评

　　人们的活动,总是离不开时、空的。人们说话自然也会有个语言环境。有的话,要是离开了讲话时的具体环境,就有可能成为另外的一种意思。这里可以打个比方:你若是在去王府井的电车上,面对售票员说,"我买一个百货大楼"(买几个都行)!谁也不会感到你的话有问题,你会毫无疑义地达到你讲话的目的——得到一张去百货大楼的车票。假如离开了这个特定的环境,你要是走进了百货大楼,面对着售货员,再重复这句话:"我买一个百货大楼!"那人家就有理由怀疑你的神经不大健全。一个神经健全的人自然是不会对售货员讲这样的话的,但对售票员讲这话,那可太平常了。如果把这句话从特定的语言环境中抽出来,予以分析上纲,也可能会成为一条罪状:"你的资产阶级私有欲可太惊人了,竟想买一座百货大楼!"这当然是个笑话。但在过去的一些冤案里,类似这种笑话的事,也不是没有的。前些天在报刊上看到女作家丁玲的所谓"一本书主义"罪状的由来,就觉得它和这类笑话颇有类似之处。原来这位作家同志在家让客人们观赏一些装帧精美的图书(包括普希金的著作在内)时,谈笑中随便说了句,"如果一个作家能写出一本值得这样装帧的书,那就好了"。可到后来,这竟成了一个骇人听闻的"主义"——"一本书主义"了!看来,这种硬上纲,实在是太不尊重人家的语言环境了。今天真相大白,原来它和笑话一样的可笑!这样看来,不尊重语言环境,会造成生活中的冤案;同样,不尊重语言环境,也会造成文艺上的冤案——误评。下面就遇到的几个实例试作一点分析。

一

先举一个小说评论中的例子。

评论《水浒》的人，常常喜欢引用宋江的"宁可朝廷负我，我忠心不负朝廷"这句话来进行批判。按《水浒传》里，宋江曾两度说过这样的话。第一次是在征辽前线对吴用说的，第二次是在楚州临终前对李逵说的。同样的话，但讲说时的具体环境不同，以致它的思想内容随之迥异。如果把它从特定的语言环境中孤立出来，就很难得出确切的评论；或者不加分析地一股脑儿都作为宋江的一大罪状，也就未必公允。

宋江到楚州后，朝廷赐药酒拟致死他，李逵劝他起来造反，重上梁山。他至死不悟地说："宁可朝廷负我，我忠心不负朝廷。"毫无疑问，对此封建愚忠思想，应予批判。若以《杨家府通俗演义》（万历间刻本）中杨怀玉最后率全家上太行山对朝廷使者宣称"若以理论，非臣等负朝廷，乃朝廷负臣家也"的话相比，宋江就显得更加渺小了。在今天，人们对忠君思想的封建性、危害性，自然是要批判的。可这种损己利他而又有害于人类社会的愚昧思想，在宋江的时代，乃至漫长的封建时代里，除了起义的农民英雄和少数其他先进分子外，一般的人和处于中间状态的广大农民，并不对它鄙视，甚至还以为它是一种美德！它和《三国演义》中曹操的"宁教我负天下人，休教天下人负我"损人利己的人生哲学，又是不相同的。对曹操的这种极端利己主义哲学不仅为历代的劳动人民所不齿，即使统治阶级内部的正人君子也是不能公然接受的。我们评价一个历史人物（包括它的艺术形象）的言行，把它置于一定的历史环境之中予以考察，而又看到当时与今天道德的不同准则，也是必要的。

至于以前宋江在征辽前线对吴用讲这话时的情景，那就又有所不同了。尽管我们不能否认那也是表现了他的封建忠君思想，可是结合当时具体环境来看，对此就不能不分青红皂白地予以完全否定，从而认定宋江背叛宋朝才是正确的道路。

这就有必要看看宋江这次说话时的具体环境了。按《水浒传》的描写，征辽，是一场保疆卫国的反侵略战争。"辽国郎主兴兵前来，侵占后山九州边界。兵分四路而入，劫掳山东、山西，抢掠河南、河北。""各处申达表文求救，累次调兵前去征剿交锋，如汤泼蚁。贼势浩大，所遣官军，又无良策，只是折兵损将。"可是把持朝政的童、蔡、高、杨四贼持不抵抗主义，而又设计"将宋江等众，要行陷害"，宋江正是在此外敌压境、内贼交逼的形势下，本着"与国出力，建立功业""尽忠报国，死而后已"的愿望率众弟兄出征的。出征后，英勇奋战，接连收复失地，连克檀州、蓟州等重镇，致使骄纵一时的辽国郎主，慑于宋江"军马势大，难以抵敌"，派欧阳侍郎作使臣，企图以厚爵重赏诱降宋江，敕封宋江为"辽镇国大将军，总领兵马大元帅"（宋江在宋朝"止得先锋之职，又无升授品爵"），并赠金、银、彩缎、名马等，"抄录一百八位头领姓名赴国，照名钦授官爵"（在宋朝"众弟兄具各白身之士"）。这还不算，更足以打动人心的，还是使臣晓之以权奸当政，"将军纵使赤心报国，建大功勋，回到朝廷，反坐罪犯"的利害关系。这一席话，宋江听了也不得不承认"侍郎之言极是！"军师吴用便动摇了。下面就看吴用和宋江的这段对话：

> 吴用答道："……四个奸臣专权，主上听信。设使日后纵有成功，必无升赏，我等三番招安，兄长为尊，只得个先锋虚职。若论我小子愚意，弃宋从辽，岂不为胜，只是负了兄长忠义之心"，宋江听罢，便道："军师差矣，若从辽国，此事切不可提。纵使宋朝负我，我忠心不负宋朝。久后纵无功赏，也得青史上留名。若背正顺逆，天不容恕！吾辈当尽忠报国，死而后已！"

很清楚，宋江的这话是针对吴用的动摇投降思想而发的。宋江以他"忠不负宋"的坚定性批评了吴用见利思迁的动摇性。这里的"忠宋"思想之所以不能否定，正是由于它和外患当前，"尽忠报国"的爱国观念相联系着。身为抗敌前线的统帅，在敌人的利诱分化面前，连自己的亲密战友、军师都动摇了，来说降了，面临着两条路：是置自身的安危利害于度外，坚定地走"尽忠报国"的道路呢，还是做卖国求荣的汉奸呢？宋江选择的是前者。如果说这里的"忠不负宋"不对，那么，负宋降辽去做汉奸才算对么？这不是在批判宋江"投降派"的同时，又赞成他做第二次投降派——民族的叛徒么（如果说第一次投降朝廷，是阶级的叛徒的话）！有些研究者为宋江的接受招安寻求历史根源时，常常要提到宋元时代民族矛盾和阶级矛盾相与交织的复杂历史环境。其实，这在作品里并未得到充分的表现，只有在"征辽"这样有限的情节内才流露出一些痕迹。在这里，要是再联系到它的历史背景去考察，就会感到此时此地的忠不负宋思想，客观上确乎与国家民族的利益相联系着。如果不加分析地统统作为封建糟粕一并摒弃，就会如同浴后连污水带孩子一起泼掉一样。

二

再举两个诗歌评论中的例证。

诗歌，由于它本身的特殊形式，高度集中，凝练，往往一韵之间，亦可相对自成语意，这就给予一些不尊重语言环境、好断章取义的评论者以可乘之机。鲁迅先生早对此有过尖锐的批评，"还有一样最能引读者入于迷途的，是'摘句'，它往往是衣裳上撕下来的一块绣花，经摘取者一吹嘘或附会……读者没有见过全体，便也被他弄得迷离惝恍"。[1]这种"最能引读者入于迷途"的摘句法，过去就有，今仍数见不鲜。吴汝煜同志说：

> 李白在嘲弄孔丘的同时，也没有放过现实的尊孔派，他直截了当地宣布说："仲尼且不敬，况乃寻常人！"（《送鲁郡刘长史迁弘农长史》）"寻常人"犹言庸人，指当时狂热尊孔的上层统治集团，李白对他们表示了极大的蔑视。[2]

这些斩钉截铁的论断及对诗句所作的诠释，对"没有见过全体"的读者，可确乎"便也被他弄得迷离惝恍"，但只须看看"仲尼且不敬，况乃寻常人"的上句"鲁国一杯水，难容横海鳞"，即可知这种解释，便是不顾及

---

① 见《且介亭杂文二集·题未定草》。
② 见《论李白的法家思想》，《学习与批判》1976 年第 2 期。

语言环境；从语法上说，就是暗换了"仲尼且不敬"的主语——换"鲁国"为"李白"，从而做出了如此异乎寻常的讲法！其实，这几句诗明白得象大白话：象鲁国这样小如"一杯水"的地方，是难容你这样大若"横海鳞"的雄才的。此地连孔圣人都不尊重，何况对我们一般平常人呢？李白遗憾鲁人有眼不识圣人的同时，在以"仲尼"与"寻常人"的对照中自然流露了对孔子的尊意，哪有半点"嘲弄孔丘"的影儿！当然，诗句着重点还在说明鲁人不识货，慰勉他的朋友刘长史离开其地也好。"寻常人"就是一般平常人（李白《梁甫吟》："大贤虎变愚不测，当年颇似寻常人。"就是说吕尚虎变之前，当年和平常人一样），这里明明是指刘长史（语气上当然也包括了诗人自己）。把它说成"狂热尊孔的上层统治集团"，"现实的尊孔派"，是毫无根据的。"鲁人不识孔子圣人"，这是有出处的。不必另翻资料，王琦的注本已够用了。李白《送薛九被谗去鲁》诗云："宋人不辨玉，鲁贱东家丘。"王琦注："沈约《辨圣论》：'当仲尼在世之时，世人不言为圣也，……或以为东家丘，或以为丧家犬。'《五臣文选注》：'鲁人不识孔子圣人，乃曰：彼东家丘'。""仲尼且不敬"句，即依此典而来。

"摘句"之法，尽管早已有之，但"四人帮"的御用喇叭们对它又吹出了新花样。他们不仅断章取义，而且断句取义；不仅寻章摘句，而且寻句摘词。例如，罗思鼎说："用大不敬的态度直呼孔老二名字的也还大有人在。李白自称是'我本楚狂人，凤歌笑孔丘'，对孔圣人有点油腔滑调，很不礼貌。"[1]（其说虽谬，但影响不小）1978 年的有些同志的出版物中，仍时见有李白对孔子"直呼其名，予以嘲弄"之说。这就是既不顾及《庐山谣寄卢侍御虚舟》的全诗，又不顾及"我本楚狂人，凤歌笑孔丘"的全句，只从句中摘出"笑孔丘"三字，大作文章，把"笑"作为"嘲弄"去强调。至于站在何种立场去笑？笑的内容是什么？是以先进笑落后，还是以落后笑先进？"楚狂人"何许人？"凤歌"何为歌？一概避之不谈，统统置之而不一顾。很清楚，要是一接触这些问题，自然是顾及了全句，那罗思鼎所经营的所谓"嘲弄孔老二"之类的论断，自然都会不驳自倒。这

---

[1] 见《从王安石变法看儒法论战的演变》，《红旗》1974 年第 2 期。

里何妨引录李白原诗于下:

> 我本楚狂人,凤歌笑孔丘。手持绿玉杖,朝别黄鹤楼。五岳寻仙不辞远,一生好入名山游。……闲窥石镜清我心,谢公行处苍苔没,早服还丹无世情,琴心三叠道初成。遥见仙人彩云里,手把芙蓉朝玉京。先期汗漫九垓上,愿接卢敖游太清。

胡适曾就这首诗做出结论,说"他(李白)始终是个世外道士"。"这才是真正的李白。这种态度与人间生活相距太远了。所以我们读他的诗,总觉得他好象在天空中遨游自得,与我们不发生交涉。"[①] 把李白看作"始终是个世外道士",把这一首诗说成"才是真正的李白",当然是片面的、错误的。但不容讳言,这确乎也是李白的一个方面。这称得上是首游仙诗,它表现一种消极避世的道家思想。据记载,"楚狂"正是"避世之士",属道家派人物。以消极避世笑积极入世,以"道"笑"儒",或许连以五十步笑百步都说不上。再看用什么来笑孔丘呢?乃是"凤歌"。据《论语·微子》,"凤歌"是:"凤兮!凤兮!何德之衰?往者不可谏,来者犹可追。已而,已而,今之从政者殆而。" 歌中以凤鸟喻孔子,与其说是嘲弄,倒不如说是赞颂,全歌对孔子充满着同情、惋惜与劝谏的感情。批判的倒是不能用孔子的"今之从政者"。哪里有什么"嘲弄"或"大不敬"!

"笑孔丘"的"笑",在这里自然是有善意讽劝,不赞同或责怪、抱怨的含义,但并非恶意"嘲弄"或"嘲笑"。李白《送薛九被谗去鲁》诗云:"宋人不辨玉,鲁贱东家丘。我笑薛夫子,胡为两地游。"这里"薛夫子"前也用了"笑"字。但全诗对薛九的遭谗表示了极大的同情与不平。且认为:"黄金消众口,白璧竟难投。梧桐生荞藜,绿竹乏佳实。凤凰宿谁家,遂与群鸡匹。……沙丘无漂母,谁肯饭王孙。"对他的怀才而见弃是如此地抱愤!能说"我笑薛夫子"的"笑"还有半点的恶意吗?"凤歌笑孔丘"的"笑",与此可作同一解,亦即不赞同孔子积极从政的态度。倘释作"嘲弄",那就不仅与事实不符,而且和"凤歌"的内容无法统

---

① 见《白话文学史》。

一了。

如果说"凤歌笑孔丘"同是"直呼其名",则谓之"大不敬",那么"西过获麟台,为我吊孔丘"(李白《送方士赵叟之东平》),也是直呼其名,能说这也是"大不敬"吗?一个作家,对其所写的人物,是可以根据创作上的需要自由选用其不同的称谓的。且旧体诗有较严的格律,诸如平仄、对仗、押韵等,诗人都需要作精心的推敲。例如"荆人泣美玉,鲁叟悲匏瓜"(《早秋赠裴十七仲堪》)是一联对仗句,此处用"鲁叟",既与"荆人"相对应,且意义含蓄而不拘执。吴汝煜同志却说:"恩格斯说过:'愤怒出诗人。'李白的反孔诗篇燃烧着强烈的怒火,他敢于对孔丘嬉笑怒骂,称他为'鲁叟'(《早秋赠裴十七仲堪》)。"① 这可是决大的误会呀!全诗没有一点对孔丘"愤怒"的意思,更谈不上"燃烧着强烈的怒火"。按:"叟",乃长老之称,是尊称。梁惠王见到前来访问的孟子时,第一句就是"叟!不远千里而来,亦将有以利吾国乎?"赵岐注:"叟,长老之称也,父也。孟子去齐,老而之魏,故王尊礼之曰父。"《方言》说:"俊父,长老也。东齐、鲁、卫之间,凡尊老谓之俊,或谓之艾;周、晋、秦、陇谓之公,或谓之翁;南楚谓之父,或谓之父老。"按:俊,本作宑,俗通作叟。还可证之以李白自己的诗:"赵叟得秘诀,还从方士游。……今别复怀古,潸然空泪流。"(《送方士赵叟之东平》)能说这里的"赵叟"还含有什么"嬉笑怒骂"之意吗?再如,他在《梁甫吟》中,对自己热烈歌颂的人物吕尚亦称"屠叟",他说:"君不见朝歌屠叟辞棘津,八十西来钓渭滨。宁羞白发照渌水,逢时壮气思经纶。广张三千六百钓,风期暗与文王亲。"这里的"屠叟"还能有"嬉笑怒骂"之意吗?

"孔丘"二字在李白诗中出现过两次(一是"凤歌笑孔丘",一是"为我吊孔丘")。"丘"字皆在韵脚。《庐山谣》前三韵押"尤"韵,《送方士赵叟之东平》全篇一韵到底,全押"尤"韵。"丘"字在"十一尤"。这就是说所谓"直呼其名",与押韵有一定的关系。在李白诗中,对孔子的称谓,从最尊称:"宣父"、"尼父"、"孔圣",到一般称:"孔子"、"仲尼"(此称在李诗中最为普遍),乃至直呼其名"孔丘"者皆有。如,"宣

---

① 《论李白的法家思想》,《学习与批判》1976 年第 2 期。

父犹能畏后生"(《上李邕》）；"冶长非罪，尼父无猜"（《上崔相百忧章》）；"孔圣犹闻伤凤麟"（《答王十二寒夜独酌有怀》）；"希圣如有立，绝笔在获麟"（《古风之一》）；"留我孔子琴，琴存人已没"（《忆崔郎中宗之游南阳》）；"仲尼欲浮海，吾祖之流沙"（《古风之二九》）；……煞费苦心地找出"孔丘"二字作为李白尊法反孔的根据，正好从另一方面说明要从李白作品中找出反孔材料来大概是有困难的。实际上，李诗中倒有不少尊孔的内容。此非本文讨论范围，容另议。

楚狂接舆"凤歌"讽谏孔子的事，最早见于《论语·微子》。《论语》是部什么书？大家都明白。它是孔门子弟宣扬孔子之道的书，哪能收录真正反孔的内容！如《微子》篇的楚狂接舆、长沮、桀溺、荷蓧丈人，《宪问》篇的荷蒉者等，虽然表面上对孔子的态度似乎不敬，但实质上只是不赞同孔子于此"天下无道"之时，仍持"知其不可为而为之"的那种不识时务的态度，并不从根本上反孔；而且骨子里对孔子充满着同情和敬意。《论语》里还有"子畏于匡"和"在陈绝粮"两则关于孔子遇到危机的简单记载，那也没有反孔的意思；它所表现的主要是孔子的"匡人其如予何""君子固穷"的对事变泰然处之的高风大度。另外，《子张》篇有这样一条记载："叔孙武叔毁仲尼。"倾向性鲜明地只用了一个"毁"字，至于毁的内容是什么，它又讳莫如深，不得而知了。只是上章提到叔孙武叔说过一句"子贡贤于仲尼"。这又算得了是什么"毁"？至此，不禁令人想起"四人帮"的"追谣"闹剧，恐怕大家还未忘记，他们既要追"谣"，又不让人说出"谣"的内容，为的是：要为"首长"讳。其实，此法孔门已应用在前，大概也是怕起再宣传的作用，所以只用一个"毁"字，为师长讳了。更重要的还是借此引出了子贡对老师的一段大颂大扬："无以为也（想诽谤仲尼是没有用的）！仲尼不可毁也。他人之贤者，丘陵也；仲尼，日月也，无得而逾焉（是无法超越的）。人虽欲自绝，其何伤于日月乎？多见其不知量也（多见不自量力了）。"《论话》之颂孔如此：罗思鼎"缘木求鱼"地想从《论语》里发现出反孔材料来，"多见其不知量也"！

现在，我们就用鲁迅先生的几句话来结束这篇小文。先生说："我总以为倘要论文，最好是顾及全篇，并且顾及作者的全人，以及他所处的社会状态，这才较为确凿。要不然，是很容易近乎说梦的。"① 离开了特定的语言环境，架空地或孤立地去评论人家的言论，也"是很容易近乎说梦的"。

一九七九年十一月一日于北京

---

① 《且介亭杂文二集·题未定草》。

就古典文学的研究方法谈《促织》的评论问题

一

长期以来，在古代文学的研究中，一直存在着这样两种现象：一是对作者实际提供的东西，似乎有点儿不大相信，总愿抛开它另去索隐求微，或找弦外之音；一是对作品实际展示的客观现实，不够正视，不从实际出发，总愿拿出自己认定的概念公式去套作品。自从马克思主义进入古典文学研究领域以后，此种现象，虽屡遭批评，但它仍然不时地，或显或隐地，或变化形式地出现着。用此种方法对待作品，或抬高或压低，都很方便。作品中本来没有的，经过求微，也就有了；作品中本来有的，经公式一套，给套掉了。或者，不是少了这个条条，就是违背了那个框框。这么一来，检验作品好坏的标准，好象不再是作品的实际及其所体现的客观意义，而只是评论家胸中既定的本本主义。评论一部作品，尤其是古代作品，当然不能单纯的就事论事，就作品谈作品，更不能丢掉马克思主义理论武器；然而，最主要的总还是得看作品的本身，还得看作品的客观实际，还得实事求是。马克思主义就是要凭客观实际，就是要从实际中引出正确的结论来。以下就蒲松龄《促织》的评论为例，试着谈一谈个人的看法。

二

宣德间，宫中尚促织之戏，岁征民间。此物故非西产，有华阴令，欲媚上官，以一头进，试使斗而才，因责常供。令以责之里正。市中游侠儿，得佳者笼养之，昂其直，居为奇货。里胥猾黠，假此科敛丁口，每责一头，辄倾数家之产。

这是《促织》开头的一段文字。这段文字无异勾勒出一幅封建社会成套的官僚机构图。从中央最高统治（宫中）到地方官吏（县令）、社会渣滓（游侠儿），一直到封建政权最低层（农村里胥），他们联合起来，形成了一台转动着的压榨人民的罪恶机器。他们都在干什么呢？宫廷荒唐取乐于前，官吏逢迎献媚恐后，游侠儿投机居奇从旁，里胥借以大肆搜刮，上好下奉，其结果是老百姓大遭其殃！再细看，他们在为什么呢？原来不过是为一只小小的蛐蛐！可是那一道征收令从宫中传出，经过地方官府，到了民间，"每责一头，辄倾数家之产"，不知有多少人家因之倾家荡产甚或家破人亡！一头促织，何其贵耶？人民的生命财产，何其贱耶？这就是作者所绘出的生活图景所显示给我们的：这个社会就是这样的不合理、要不得！宫中是那样的作孽，官吏是那样的横暴，里胥是那样的猾黠；人民呢，灾难是那样的深重！

这段描述，实际上也就是成名一家人悲剧产生的典型环境。主人公成名尽管这时还未出场，可是读者却从这个阴森环境里已感到有不可避免的不幸在等待着这个不幸的人。致使他不幸的根子扎在宫中，其枝干布满、遍及州县地方以及整个社会。

这段描写，无疑是成功的。但怎么也看不出这里还有什么"民族意识"，或"避文字狱"的意味来！

起头一句"宣德间，宫中尚促织之戏"，这说明故事发生在明宣宗朱瞻基在位的年代（1425~1435）。王渔洋首对此提出疑议，他说：

宣德治世，宣宗令主，其台阁大臣，又三杨、蹇、夏诸老先生也。顾以草虫纤物殃民至此耶？抑传闻异辞耶？①

---

① 《聊斋志异》手稿本。

但明伦顺承王渔洋的意见说：

> 或是传闻异辞，但论其事，不必求其时代可也。①

还有一种评本②认为：

> 事虽诞而文精极，玩其文而不必究其事。

这些意见，尽管它们的着眼点还不尽相同，但都认为宣德间不会实有其事。第二种意见主张根本不必管它是什么时代了；第三种意见主张只"玩其文"，连事都"不必究"了。这些批词评语，实不足训。旧时代的点评家自然要受时代、阶级的局限，谬批妄评，原不足奇，似无必要赘论，可是它在今天仍有一定的影响。例如，五十年代，有人认为王渔洋的说法，是一个值得注意的见解，蒲松龄为了避文字狱，把故事发生的时代假托在明朝宣德间云云。此后，这种"假托说"十分流行，从研究性的专著、一般论文，直到通俗读物，多采其说。且有人以为这里表现了"民族意识"！一直到六十年代中期，其说不衰。我认为这种意见是不科学的。现在既要对"假托说"表示不同的看法，首先对王说就有了辩证的必要。

王氏认定"宣德治世，宣宗令主"，所以就不会有"以草虫纤物殃民"的事。这是一种武断。历代封建最高统治者，尽管也有高低之分，但没有不剥削、压迫人民的；历代帝王宫廷的腐化，其程序或许有所不同，但没有不骄奢享乐的。而且越是"承平日久"，越是所谓太平盛世，就越给他们的享乐提供物质的或精神的条件。他们的荒唐糜烂生活就越会变本加厉。他们的快乐必然是建立在人民的痛苦之上的。明宣宗年代，社会经济是比较繁荣，但也并非"治世"！翻开《明史·宣宗本纪》，就会看到在他的十年统治中，天灾人祸，层出不穷。水灾、旱灾、煌灾、地震，几乎连年不断。一方面他固然有过蠲租赈灾，缓和社会矛盾的措施，可是另一方

---

① 《聊斋志异新评》。
② 《原本加批聊斋志异》，上海有正书局出版。

面又把"垦荒田、永不起科及洿下斥卤无粮者,皆核入赋额"①,来加大其剥削。宣德三年,保定、南阳等地出现数达十余万口的流民②。宣德五年,山东潍县、直隶大名等地农民大量逃亡③。在表面繁荣的明帝国,人民的灾难却是十分深重的。

何况,宣宗以草虫殃民,确是事实,有多种切实的记载可考。这里,我们可引录数则于下,杨循吉《吴中故语》"况侯抑中官"条:

> 宣宗……时承平岁久,中使时出四方,络绎不绝。采宝干办之类,名色甚多。如苏州一处,恒有五六人居焉。日来内官罗太监尤久,或织造,或采促织,或买禽鸟花木。皆倚以剥民,祈求无艺。郡佐县正少忤,则加捶挞,虽太守亦时诃责不贷也。

沈德符《万历野获编》"技艺类·斗物"条:

> 我朝宣宗最娴此戏,曾密诏苏州知府况钟进千个。一时语云:"促织瞿瞿叫,宣德皇帝要。"此语至今犹传。

陆寿名《续太平广纪》"昆虫部·促织"条:

> 宣庙好促织之戏,遣取之江南。其价腾贵,至十数金。时枫桥一粮长以郡遣觅得最良者,用所乘骏马易之。其妻以为骏马易虫,必异;窃视之,跃去矣!妻惧,自经而死。夫归,伤其妻,且畏法,亦经焉。

第一则的记录者杨循吉系成化进士,与宣德年代相距不过二三十年。第二则记载,使我们得知宣宗好促织,在民间形成了歌谣,到万历年代,犹流传不衰。第三则是清人的记载,其中某些情节已与蒲氏的小说相近

---

① 《明史·食货志》卷七七。
② 《明宣德实录》卷四二。
③ 同上卷七〇、七四。

似。这些记载，至少可以说明蒲氏"宣德间，宫中尚促织之戏"这句话，既非传闻异辞，又非有意假托，而是确有史实根据。

既然如此，何以人们要说他为避文字狱把故事假托在前朝呢？恐怕是传统的在作品中寻求微言大义的研究方法仍起着影响，或有意无意地相沿成说。最终的用意无非是想在蒲氏暴露一般封建统治阶级罪恶的这块"锦"上，再添上一束反清之"花"，借以再抬高一步。

其实，蒲氏对清朝最高统治者，那是十分爱戴的。我们翻开他的文集，就会看到歌颂"天王圣明"之作，连篇累牍。那些所谓"贺表""谢表"，对清廷更是奉承备至。对当朝天子康熙本人，极度虔诚崇敬。连自己私下手稿（《聊斋》手稿，绝大部分是亲笔），也都要避圣讳，每遇"玄"字，都用"雍"或"元"代替。说《促织》里有民族思想，那是没有根据的。退一步说，即便发现蒲氏在其他地方确有"避文狱"的表现，那也不能类推到《促织》中来。

当然，不能以考证学来代替文艺批评。不能因为宣德间确有其事，就认定蒲氏所反映的只限明代社会，而与清代现实无关。《促织》所反映的社会现实是有典型意义的，甚至对整个封建社会政治制度来说，都是有一定的批判作用的，因为以声色狗马嬉戏殃民，正是封建统治阶级的常规。

三

为了一只促织，成名不仅"薄产累尽"，备受折磨，而且搞得举家不宁，妻子求神，儿子投井，甚至连儿子死后也不得安息，以身化促织，供人取乐。这才一时博得人家的欢心，且受到统治阶级的层层赏赐，以致最后发家致富，裘马扬扬。作品就这样以大团圆的喜剧——实际上则是含着眼泪的喜剧收了尾。

因此，多年来，不少论者指责这样的结尾"违背现实生活本来的面目"，是"光明的尾巴"。一九七八年五月，报上又有文章对此种见解做了进一步的阐述："在作品的结尾处便出现了违背生活必然逻辑的大转折……登时改变了矛盾冲突关系，出现了十分拙劣的蛇足式的收尾……为封建统治者开脱罪责，美化封建政治制度。"

如果，我们更多地看看作品的实际描写及其所展示的客观图景，尤其它所体现的喜剧性的讽刺效果，就会发现所谓"光明尾巴""拙劣蛇足"这类的批评，不是凭客观实际，不是从具体的的作品的具体分析中引出的正确结论，而是外贴上去的论断。

成名因祸得福，确是受到了原压迫者的赏赐。然而，这种"赏赐"，与前面的"苦役"，并无本质上的差异。苦役是为了满足他们一时的取乐需要，赏赐是由于一时满足了他们的取乐需要，都是从剥削者的私欲出发的。只是前者表现为残暴，后者表现为荒唐；残暴与荒唐，正是专制统治者的特性所规定。

在历史上，这类残暴加荒唐的罪恶事例，是数见不鲜的。唐玄宗好斗鸡之戏，王准、贾昌都以擅鸡术而获宠，显赫一时。据陈鸿《东城老父传》记载，开元间，三尺童子贾昌因善驯鸡、斗鸡，"天子甚爱幸之。金帛之赐，日至其家。开元十三年（725），笼鸡三百，从封东岳。父忠死太山下，得子礼奉尸葬雍州。县官为葬器丧车，乘传洛阳道。十四年三月，衣斗鸡服，会玄宗于温泉。当时天下号为'鸡神童'。时人为之语曰：'生儿不用识文字，斗鸡走马胜读书。贾家小儿年十三，富贵荣华代不如。能令金距期胜负，白罗绣衫随软舆。父死长安千里外，差夫持道挽丧车'"。此外，《水浒》的故事，更是人们所熟知的。高俅本是个"浮浪破落户子弟"，只因会踢球竟官至太尉，作了宋徽宗的权臣。由此看来，成子以身化促织，能斗善舞，因而博得统治者的"恩典"，这并不"违背生活本来的面目"！

作品通过对成名遭祸与得福的描写，相当深刻地批判了现存社会的官僚政治制度。成子为求得其父免于苦役，用自己的生命换得了一家人的安宁。一个仅仅九岁的儿童，有什么罪过？那么幼小的灵魂竟去充当人家的玩物，由人家取趣作乐。当我们读到"以金笼进……每闻琴瑟之声，则应节而舞，上大嘉悦"的时候，感到的并不是好玩，而是辛酸！"上大嘉悦"的"悦"，正是建立在人民"悲"的基础之上的。我们再顺着作者的笔锋看去，那台罪恶的官僚机器又这样转动了："上大嘉悦"，他玩得高兴了，"诏赐抚臣名马衣缎。抚臣不忘所自，无何，宰以卓异闻。宰悦，免成役，又嘱学使，俾入邑庠"。这难道不是对成套的封建官僚制度透骨的讽刺，深刻的暴露？不是对所谓"国之栋梁""民之父母"的大官小吏的冷峻嘲笑？他们的什么尊严的赏罚法令，什么为国选贤的神圣的庠序制度，什么卓异的政绩，都是扯淡！封建社会的"卓异政绩"，原来如此！一只蛐蛐，拨得他们团团转，一切都随着一个人——所谓"上"的喜怒哀乐为转移。这就揭到了这个政治制度的要害处。昨天他们"严限追比"，逼得人民走投无路；今天他们又"并受促织恩荫"，层层加官受赏。真是"一人飞升，仙及鸡犬"，——骂得痛快！这又勾勒出封建官僚制度的真实面貌。

在"天下为私""朕即法律"的时代里，专制统治者握有生杀予夺之权，人的吉凶祸福，完全操纵在他们手中。他既可作威，又可作福，施威施恩，随其所欲，是非曲直，没有公断，一切都按着他们的欲望去行事。蒲氏对成名一家的祸与福的描写，所谓"成氏之子以蠹贫，以促织富"的过程，正表现了这种历史真实。

《促织》的思想意义，还不仅限于它暴露了封建统治阶级奴役人民——从肉体到精神的罪恶，同时还有力地讽刺了以天子为首的成套的封建官僚制度，嘲笑了他们的既可恨而又滑稽，既残暴而又荒唐，使人具体地感到了这个制度的腐朽没落。一只小小的草虫，就可以使人倾家荡产甚至家破人亡，一只小小草虫同样也可使人升官发财并取得功名；一只草虫可以使小吏大臣上以献媚求荣，下以暴敛肥己；一只草虫又可以使他们层层受赏，政绩卓著。这成个什么世界！主人公成名的遭祸，说明这个社会的不合理，成名的得福，也说明这个社会的不合理。当成名荡产失子的时候，使人感到这个社会的可憎，当成名荣耀富贵的时候，使人感到这个社会的可笑。读到《促织》的开头，使人感到这个社会阴森可怕，读到《促织》的结尾，使人感到这个社会滑稽可笑。既可恨而又可笑，这便是《促织》所反映的社会给人留下的总印象。从这个意义上说，《促织》又是一出出色的讽刺剧，一出别具风格的封建社会的"升官图"。

四

在《促织》的故事写完之后，作者站出来发表了一段愤激之情溢于言表的议论：

天子偶用一物，未必不过此已忘，而奉行者即为定例。加之①官贪吏虐，民日贴妇卖儿，更无休止。故天子一跬步，皆关民命，不可忽也。第成氏之子以蠹贫，以促织富，裘马扬扬。当其为里正，受扑责时，岂意其至此哉！天将以酬长厚者，遂使抚臣、令尹并受促织恩荫。闻之：一人飞升，仙及鸡犬。信夫！

这段话，使我们更清楚地看到了蒲氏创作时的基本立场。他把憎恨的视线投向作威作福的封建统治阶级，而把深厚的同情寄给了被蹂躏、被奴役的人民。尽管他把造成"民日贴妇卖儿"的罪责推给了"奉行者"贪官虐吏，对天子作了开脱；尽管在这里对天子的评议，和他平常总以为凡事皆能"上达帝听"就好了的思想并不根本对立，然而，毕竟他还是看到了"天子一跬步，皆关民命"，使读者看到支配这一场悲喜剧的根本动力总是在"宫中"；特别是对贪官污吏的深恶痛绝，更使得他笔下有神，能够反映出封建社会的某些本质和面貌——人吃人、人压迫人的罪恶来。这，也就是致使他作品获得成功的重要因素。

作者对"官贪吏虐，民日贴妇卖儿，更无休止"的社会现实，那是有深刻体察的，所以对官僚机构的批判是成功的。他对受压迫、受侮辱的不幸者是同情的，可是他的同情心却是建立在封建道德思想体系之上的。他又从"天将以酬长厚者""好人必有好报"的宿命论观点出发，为他所同情的不幸者祈求并"创造""好报"，因之当他和笔锋转向对这些不幸者的前途命运的描绘时，他的思想上的弱点也就会暴露出来了。这，当然也就是导致他作品的失败之点。

把同情寄给被压迫者，这当然是对的；因其同情，希望其有一个好的结局，这也是自然的。然而，被压迫者怎样才能得到好的结局？对此，他没有认识；不，他的认识完全是错误的。按照他给成名所安排的道路，那就是对压迫者不必反抗，逆来顺受，甚至不惜牺牲一切地去满足人家；人家满足了，自会开恩赏赐幸福。那么，什么是被压迫阶级的幸福呢？好人所得"好报"的具体内容又是什么呢？他的认识也是错误的。他把统治阶

---

① 此从手稿本。铸雪斋张抄本亦作"加之"，黄炎熙抄本作"加以"。

级的"功名富贵"当作人生（不分任何阶级）的共同的最理想的幸福，他把封建主义所标榜的"多福、多寿、多子孙"，看作对"好人"的最好的"报应"。他在《聊斋志异》的很多篇目中孜孜不倦地宣扬着它。"世家"，成为他心目中最羡慕的东西，对他所同情的人物，最后常常都要让他向"世家"看齐。成名最后也是"一出门，裘马过世家焉"。他一方面谴责有钱有势的人，一方面又羡慕人有钱有势。所以他同情无钱无势的人，总是想方设法把他们变作有钱有势。怎样才可以变得呢？他又从愚昧的唯心主义出发，在幻想中去兑现，所以花妖狐怪常常是不幸者的幸运的恩赐者。作者所歌颂的正面人物、不幸人物，最后往往都成了新贵、暴发户或地主老爷。成名最后也成了一个大暴发户。《促织》中虽然没有什么花妖狐怪，可是成名得到"好报"，也是通过成子化虫的幻化描写，得到统治阶级的恩典；一个久试不售的老童生，今天忽就入了"邑庠"；"薄产荡尽"的穷小子，今天成了"田百顷，楼阁万椽，牛羊蹄躈各千计"的大富翁。这就是他认为的"天将以酬长厚者"的结果。此时的成名，尽管还是作者所同情的人物，可是读者和答者的此种感情则已大相径庭！因此，有理由说，《促织》的某些描写，客观体现的深刻批判作用及其讽刺意义，未见得尽属作者主观意图之内的事。

蒲松龄总好这样：把他所同情的被压迫者、不幸者变作压迫者、幸运儿；这些新的压迫者是否再去压迫人，或再制造新的人间不幸，那他就不管了。列宁论托尔斯泰的几句话略事变动个别词语，用于蒲松龄，我看也是适当的。一方面他无情地批判封建主义（列宁的原话是"资本主义"）的剥削，揭露政府的暴虐、法庭和国家管理机关的滑稽可笑，是一个天才的艺术家。另一方面他又是一个因为迷信命定论而变得傻头傻脑的迂夫子。他在揭露社会矛盾、为贪官污吏勾画嘴脸的时候，是艺术家，他在解决社会矛盾，为被压迫者安排出路的时候，是迂夫子。

一九七八年十一月于北戴河

关于古代小说理论研究问题的思考

一 不能"厚古薄近"

我们的学术界对古代文学理论的研究是有成绩的，特别是近年来，文艺界、教育界对古代文论更为重视了，已出现了一批有价值的文章和专著，作为一个学习者，因受到教益对著作者们是感谢的、崇敬的。但也毋庸讳言，在这一研究领域内还是有不足之处的。我以为首先一点，便是"厚古薄近"倾向；其标志就是对古代文论的一个重要组成部分——小说理论的忽视；忽视表现在：投入的研究力量不够，其研究成果与祖上留下的这宗精神遗产的丰富性极不相称。三年前，张国光同志曾著文提出"刘勰无论是才、学、识都很不足"，对《文心雕龙》①亦多贬责。所论亦未免有过当之处。学术争论，自可从长讨论。但张文由此呼吁："把我们从集中全力研究古代正宗文论，和偏重于研究魏晋六朝文论的框框中解放出来，这是有利于今后加强对唐宋以来近几百年的文论，特别是对小说戏曲理论的研究的。"这种加强对近几百年的文论尤其是小说戏曲理论的研究的要求，无疑是正当的，这种反对"厚古薄近"的精神是可取的。当然，汉魏六朝的文论也尽可以研究，也不必把它和对唐宋以后的研究对立起来。我们不赞成"厚古薄近"，同时也不主张反其道而行，我们的原则是古为今用。

---

① 《〈文心雕龙〉能代表我国古代文论的最高成就吗》，见《古代文学理论研究》1981年第4辑。

文论研究中的"厚古薄近"倾向导致研究范围的狭窄，多停留在对诗文论的研究，无形中排挤了（尽管不是有意的）对小说戏曲理论研究的应有位置。诗文论自然可以研究，问题则在于不应顾此失彼。

近年来《文心雕龙》的研究，确是有成绩的，理应充分肯定，它也确乎成了热门，在一般现代文学评论或鉴赏文章中，也常出现一些《文心雕龙》的引文。理论本来就是为了运用，引得恰当，值得称赞和提倡。可是有的却引用得十分牵强，食古不化，甚或成为一种时髦的装饰或佐料。在古文论的引用上，我们常常看到有这样两种现象：其一是说是"大实话"，但了无新意，人尽知之，只因是古人说的，便一引再引，奉为至理。其二进穿凿附会，如刘勰以骈文著书，其语言精粹典丽如诗句，比一般古体、近体诗还难懂费解（凡能释解疏通文义者，可成专家），也就是以古奥的诗的语言形式写评论，常言"诗无达诂"，这则给附会者以可乘之机，他们常以"诗无达诂"的手段解释刘著。历史地看刘勰确是伟大，一经附会，便伟大上加伟大，真的似乎头顶上出现了一圈灵光。所以学术界有人提出要"打破对刘勰的迷信"，看来也并不是完全无故的。

实事求是，是马克思主义的基础，也是学术研究的灵魂。实事求是，是一切科学工作者、学术工作者的良心。缺少了它，所谓科学，只能是伪科学、假科学。

一切理论都是实践经验的总结。理论的正确性需经实践检验。文学理论自然不能凭空而生，只能是前人创作经验的总结。《文心雕龙》只能是刘勰对前代和当代文学现象、各种文体、创作规律的分析、概括和总结的产物。生活在南北朝时代的刘勰再伟大，他也得受时代的局限，中国文学史上出现的不少高峰：唐诗、宋词、元曲、明清小说，等等，他都无缘总结。"江山代有才人出"，我国有成就的小说理论家不少，其著作如林。当然，若《文心雕龙》这样体系严整的著作并不算太多，需知越是散乱碎零的东西，就越需要下功夫，挖掘整理，沙里淘金，任务就越艰巨。这一领域内的工作，大有可为，道路艰险但前程似锦。

二 古代小说理论研究的新气象

多年来，古代小说理论的研究，与诗文理论研究相比，显然是落后了一步，可是近几年来，随着整个学术研究事业的欣欣向上，小说理论的研究亦呈现出可喜的气象，已有了一些新的收获。这里老专家又做出了新贡献。吴组缃先生发表在《文艺报》一九八三年三期上的《关于我国古代小说的发展和理论》一文，是篇颇有分量的科学著作。吴先生以他特具的条件——作家丰富的创作经验、评论家深厚的理论修养、学者渊博的学问知识三者结合的优势，来观察问题，解释问题。（一）从历史的高度对我国古代小说历史的发展脉络，予以透视。用比较法指出我国小说从神话传说开始与世界小说并无二致。由文史不分到文史分家的发展，"说书艺术的底子"形成了与外国小说"写给人阅读"的不同，一下子就准确地说明了中国小说的独特风格。文人独立创作的出现，现实主义显出长足的发展，逐步出现了辉煌的高峰。文章又从时代的横切面上突现了中国文化在人类文化中的"最前列"的位置，中国小说在全世界也站在最前列。读到这里，人们的民族自豪感受到莫大的鼓舞！理论必须回答现实中提出的问题，文艺理论不能脱离文艺现状。文章又指明了何时以何故又造成了我们物质生产和精神文化的落后，并批判了"四人帮"全部否定祖国文化的愚民政策，有力地论证了我们对古代继承的必须性，首先是继承，继承必须有批判，在继承的基础上发展新文化。正确地回答了关于批判与继承的关系问题，澄清了长期以来人们在这一问题认识上摇摆不定的思想混乱。在全面考察古代小说发展规律的论述中，突出了我国古代小说理论的民族特色，使人对民族特色与普通规律的关系也有了较清晰的认识。（二）我国古代小说与史传文学有着密切的关系。吴先生发人之所未发，从刘知几《史通》中披沙提金，总结出一系列值得继承的经验。如"器识"说：作家的胸怀眼界问题，也就是作家的思想修养论。"孤愤"说：也就是作家的感情论。"真实"说：即写真实论；在这里阐述了真善美三者的关系，深入生活、反映论、"善恶必书"等一系列理论问题。语言和表达说：即语言提炼与艺术概括问题。文章对重要艺术规律作了分析之外，还对一些特殊范畴，如"形似与神似"之类亦作了精当的阐释。吴先生文章的一个很大特色，就是体现了党一贯的理论联系实际的学风和古为今用的原则，为古代文化学术工作者在写作上树立了风范。

对中国古代小说理论家的研究，是古代小说理论研究的重要任务之一。我国古代小说理论形成自己的体系，可说是到了金圣叹时的事。《聊斋志异》著名的评点者冯镇峦已发现金圣叹的评点"开后人无限眼界，无限文心"。① 足见金圣叹理论的影响，在中国小说理论批评史上他称得上是一位承先启后的杰出的理论批评家。但是长期以来，他却未受到应有的重视，而且头上还堆满了什么"封建反动文人""形式主义""八股选家"等贬责不实之词。在对金圣叹及其理论进行重新研究、重新评价的工作中，张国光同志做出了可贵的贡献。一九八一年他出版了多年来的研究成果《〈水浒〉与金圣叹研究》一书（中州书画社出版），这是一部二十六万余言的论文结集，其中多数文章是近年来的创作。文章从不同的角度论述了金批《水浒》与《忠义水浒》的本质不同，强调了金圣叹腰斩《水浒》不但无过，而且有功，功且极高。通过对金圣叹本人及其著作的研究，一反传统看法，肯定"金圣叹是我国历史上尚待发掘的杰出思想家和应该受到高度评价的文学批评家"，而不是反动文人，并提出"要从胡适《水浒》考证的桎梏中解放出来"，建立以马克思主义为指导的科学的《水浒》学体系。其在著作的《前言》中特地声称："我在两三年中写了一批以'用历史唯物主义的态度重新评价金圣叹批改《水浒》的功过'为中心内容的论文，并把基本观点归结八个字：两种《水浒》，两个宋江。"这"八字观点"颇有影响，但也毁誉不一。学术问题有争议，乃正常现象。张国光从版本研究入手，发现问题的研究方法，颇有启示，使人从这里看到古代小说发展史、出版史上的一大特点，从祖本到定本中经多人（不同时代的人）、长期（达百数十年或数百年不等）插手、流变，给我们带来不少复杂难办的问题。《水浒》有两种《水浒》，两个宋江的问题，《三国》也有两种《三国》，两个曹操的问题。嘉靖本与毛本及其曹操形象就有显著的不同。此种提法对研究者不无提供法门、开拓思路之效。国光同志勇于探求、敢于碰硬，文章旗帜鲜明、观点明确，有棱角、见锋芒，对引发讨论、开展百家争鸣更是有益的。其中的文章多侧重于学术争鸣论战，特别是在推进金圣叹由"反动文人"到"杰出的思想家、最大的文学批评家"的论争过程中，起过重要积极的作用，有着不可忽视的功绩。若

———————

① 《读〈聊斋〉杂说》。

从细致总结金氏理论经验、探讨其艺术规律和阐明美学思想诸方面来要求，自然是尚有不足之处的。

当今，世界科学技术在急剧更新，我国社会各方面都在改革中快速前进，社会科学研究事业亦面临着新的挑战。在古代文论研究领域内，人们迫切感到极需要有创新精神，极需要有新的开拓，新的突破，新的建树，以求适应新的形势。叶朗同志在自己讲授的课程基础上写成《中国小说美学》一书，北京大学出版社一九八二年出版，称得上是这一研究领域内的新开拓、新建树。我们学术界对于古代小说理论的研究是近几年内才见起色的。美学研究的对象是什么，本来在学术界至今仍有争议，那么小说美学研究什么，这就更是一个新课题。叶朗颇有创见地提出了问题，也持之有固、言之成理地回答了问题。从美学角度研究古代小说理论并发掘阐明其美学思想，这便是一种创新精神的体现。著者一反轻视、否定古代小说评点理论的传统偏见（包括胡适、郑振铎等现代著名学者在内），肯定李贽哲学就是中国古典小说美学的真正灵魂，叶昼、金圣叹、毛宗岗、张竹坡、脂砚斋等人的证点理论包含了极为丰富的美学思想，涉及艺术创造、艺术欣赏、审美特性及美感心理的广泛领域，由他们的著作组成了一座中国古典小说美学的真正宝库。近年来国内学术界虽有少数从美学角度谈论小说评点家的文章和《中国美学史资料选编》之类的书中摘编几条评点理论资料，但都未能做出系统阐述和高度评价。著者在最后一章中，把对于小说美学的认识概括为十六条。由于从广阔的范围内进行了经验总结和理论概括，因而获得了一定的普遍意义。由于紧密地结合了古代著者、著作的实际，作出了具体的而不是架空的分析，便从这些美学理论中显现了中国气派、中国风格，这也就是民族特色。对民族特色和普遍规律的关系也做出了比较明晰的阐述。读完全作，予人一个突出感觉：建立具有本民族特色的马克思主义文艺理论体系，并不是渺茫的事，从而为我们的努力增加了信心。当然，作为一部开创性的著作，不能说它在体系上、论证上、阐释上都是完备、细致、透彻、令人信服的。例如，体系上仍留有"资料选编"① 式的痕迹，还不够浑然一体。但我们相信，这一良好的开端，会

---

① 北京大学哲学系编《中国美学史资料选编》。

把今后的研究引向完善之境。

常言"兵马未到，粮草先行"，这话原来是对兵家说的，说明粮草给养对用兵的重要性。资料之对于研究工作者，其重要性，不亚于粮草之对于兵家。正当学术界开始重视古代小说理论研究，却又缺乏较为完整系统的资料的时候，黄霖、韩同文同志的《中国历代小说论著选》一书（江西人民出版社，一九八二年版）问世了。雪里送炭，受到人们的欢迎与重视，是意料中事。它对散见于各处或不易为一般读者所见的我国历代小说理论批评资料，进行了一次系统的发掘清理和总结工作。"这部书却无疑在一定程度上反映出中国古代和近代的小说理论发展的历程，有助于我们了解中国小说理论演变的概况，是一部很有意义的著作。"（章培恒《序》）这是恰如其分的评价。黄霖同志平常既搞理论批评，又兼治版本考订之学，在本著中正好发挥这两方面的优势。"选""注""说明"三部分各具特色。博采精选，用"全录""选录""节录"的灵活多样的办法，以利于收博与精，丰富性与代表性相结合之效，体现了我国小说理论的发生、发展和成熟或逆转的全部历程。注释不只是疏通文字且多订讹考实，亦见功力。"说明"实际是一篇精悍的述评，既注意从史的角度阐明来龙去脉，又能予以适当的评价，体现出知识性与理论性相结合的特点。所以这部著作，并不是一部单纯的资料汇编，同时是一部有价值的学术论著。当然，象这样庞大的工程，自然也是不易达到尽善尽美的地步，各个部分间，质量自有不大匀称平衡之处，有些注释，亦不是已无可商榷之处。如果读了前边我们提到的吴组缃的那篇文章，就会感到对《史通》只选《杂述》是很不够的。不过吴文着眼于史传文学的经验，而黄著着眼于小说本题，所以这又成为见仁见智的问题，而不是谁是谁非的问题。说《中国历代小说论著选》是近年来小说理论研究园地上的重要的新收获是毫无疑义的。

朱一玄先生积多年研究古代小说之经验，于近年来以非凡的精力一连完成了《三国演义》、《水浒传》、《西游记》、《儒林外史》（以上四种与刘毓忱同志合作）、《金瓶梅》、《聊斋志异》、《红楼梦》等七部古典小说名著的《资料汇编》工作，共计三百余万字。前三种已于八一年、八三年出版，后四种即将陆续问世。所取资料，依其内容的不同，分为"本事"

"作者""版本""评论""影响"等编（亦有少"本事编"或增"注释编"者）。其中"评论编"，是小说的理论批评文字。在本编中辑录了该小说问世以来各家的有关评说议论，是《汇编》的中心内容，占该书绝大部分篇幅，以《三国演义编》为例，"评论编"便占有二百五十六页之多，为小说理论的研究提供了丰富的资料。选录所及，不拘一格，举凡序跋、评点、杂著、笔记、专论等等，凡在中国小说理论批评史上有一定位置和某一说之有代表性者，或对今人有一定参考价值者，或节录或全录，均在入选之列。至若容与堂本《水浒传》李贽评、金圣叹的《水浒传评》、毛宗岗的《三国演义评》、张竹坡的《金瓶梅评》、卧闲草堂的《儒林外史评》、脂砚斋等诸家的《红楼梦评》等，均已选录其中。这种类似的工作，前已有之。但多为条件所限，难免都有这样那样的不足。早则如蒋瑞藻的《小说考证》，用力颇勤，但内容芜杂；且只录本文，不及作者、版本、卷数，用之颇为不便。鲁迅的《小说旧闻钞》，取材可靠，惟惜收录的内容太少。孔另境的《中国小说史料》实际上是在《小说旧闻钞》的基础上扩充而成，可是又把《旧闻钞》所收资料的卷数予以删掉，这实际上是一个倒退。孔编所收小说种目虽多，但具体到每部书，所收资料，仍感有挂少漏多之不足。以《水浒》《西游》二书来说，前者只收六十条，后者只收四十条。且字数较少，而朱编对前者收三百九十余条，后者收二百余条，且多长篇巨制（如果说"孔编"是"总辑"的话，"朱编"则可说是"别辑"或"专辑"）。一九六三年出版的一粟的《古典文学研究资料汇编·红楼梦卷》，所收资料下限到一九一九年，且不包括"五四"运动时期在内；而朱编《红楼梦资料汇编》却收集了有关清宫档案的资料，且选入部分今人的研究成果。一九八〇年出版（第二版）的马蹄疾的《水浒资料汇编》，审核欠精，讹误时见，断句标点，亦间有不点，而朱编《水浒编》又收其扬长避短之益。问世于"朱编"之前的同类各书，质量自有高下之别，但为"朱编"的成书，则提供了正反两方面的经验借鉴。继承发展，本是学术研究事业的一般规律，后来者居上亦成自然趋向。此类工作，难处甚多，小说资料，浩如烟海，星散群籍。朱编各册，自然还不能说是已搜集完备，整理尽美。至若编排体系，选材标准，仍有必要继续探求、精益求精，尤其在选择版本和校勘工作方面，还有艰巨工作可做。然而，他们排沙聚金，确尽心力，辑佚钩沉，用力殊劬。细核原书，精心标点，并注明作者、卷数和所根据的版本。编排上，亦有自己的特点，既先根据材料内容分编，然后依时代顺序排列，这就给查阅者提供了较大的方便。总之，这套《资料汇编》的"评论编"，给古代小说理论研究者提供了丰富的资料，对初学者也会起一定的指迷作用，对这一领域内的研究也将起一定的推动作用。郑振铎先生在为孔另境《中国小说史料》一书所作的序中说："有了一部良好的关于某种学问的书籍目录，可以省掉许多人的暗中摸索之苦。我们都是经过了'摸索'的境界，吃尽了苦的，故对于'版本'、'目录'的编著者，往往是抱着很大的敬意的。"郑先生的话使人感到十分亲切，他说出了我们这些过来人的心里话。我正是"抱着很大的敬意"，写这段评介文字的。常言，"前人种树，后人乘凉"。作为一个"乘凉者"，我对"种树人"是不能不满怀敬意的。

以上就个人所见的具有一定代表性的数种论著，略加评介，以示近年来古代小说理论研究园地已出现了令人鼓舞的新气象，而不是对这些论著的全面评价。一九八四年三月在武汉举行的"中国古代小说理论研究讨论会"，与上述的论著具有同等性质，都标志着这一领域内的喜人形势。不过，就当前说，还只能说是小说理论研究的早春天气，但它已展示出一个万紫千红、繁花似锦的未来必将来临。

三　研究范围探讨

以上谈了我们的努力已取得可喜的进展，已有了良好的开端，但是我们的研究，深度广度都还不够，亟须继续开拓挖掘，亟须系统的整理总结。从研究任务来讲，主要应该说是总结理论经验，探讨发展规律，批判地继承。但由于我国古代小说理论遗产的"长"（历史）、"广"（范围）、"散"（材料）的三大特点，挖掘开拓，清理总结，考实补遗，去芜取菁，及至重新评价，"平反正改"的工作，仍然十分艰巨。

（一）惟其历史长，则需要开展纵的研究

我国自古文史不分，最初的小说，不是有意识的文学创作，而是作为

记载史实出现的，因而文史同流。古代神话传说，先秦诸子散文中的寓言，魏晋六朝间的志人志怪，虽有虚构，实非完备的小说，只能说是小说的萌芽状态或幼稚时期的小说。我国小说脱离史而成为真正的文学创作，那是唐人传奇。唐人传奇的出现，标志着我国小说经过漫长的历史岁月，终于由萌芽到成熟。宋元话本的兴起，开辟了我国小说的新纪元。内容上出现了大量劳动人民（或市民阶层）的形象，形式上的白话，大大扩大了读者面。特别是说书艺术的发展，构成了中国小说的兼为听觉艺术、不同于世界小说的独特性。听众的广泛性则是可观的。从大人到孩子（东坡《志林》记："途巷小儿听三国语"），从普通老百姓到学者贵人（明文征明"喜听人说宋江"——见钱希言《戏瑕》"水浒传条"；袁宏道："嗜听朱曳讲水浒"："听之令人脾健，……娓娓万文不绝"——见《游惠山记》）。从宦官、宫女、后妃到皇帝（嘉靖间，郭勋通过宦官把《英烈传》等小说送入宫中，从后妃到皇帝都听得极为入神，所谓其书"传说宫禁，动人听闻"。一见《皇明从信录》卷三十），都成了听觉艺术的爱好者、"小说迷"。这则不仅增强了小说的群众性（文盲读者的数字是可观的），而且直接影响着创作的内容与形式，通俗、白话、大众化、长篇章回体裁，应运而诞生而繁荣。在宋元话本的基础上，明代长篇章回小说崛起，我国古代现实主义得到长足的进展，一步步推向辉煌的高峰。正是在明代长篇小说所开创的道路上，终于在清代，出现了标志着我国古典现实主义达到顶点的作品《红楼梦》。小说理论正是以小说的创作实践作为总结的前提和基石的。我国古代小说理论的发展，大体也就是随着这样一个脉络而发展的。

在我国正统文坛上，小说无地位，由来已久，自然亦有其根源。儒家崇实，孔子"不语怪力乱神"；史家以史实的标准看小说，司马迁谴责它"文不雅驯"，班固嫌它"奇言怪语，皆非其实"，刘知几表示："恶道听途说之违理，街谈巷议之损害"，直到清代章学诚还在责备《三国演义》"三虚七实""惑乱观者"。影响所及，小说小道，为士君子所鄙视，于是轻视小说形成为传统观念。所以我国进步的小说理论一出现，便为争取小说的社会地位而斗争。我国进步的小说理论批评家，首先是在和鄙视小说的传统观念斗争中显示着自己的才华和思想的先进性。唐以前，小说尚未达到成熟阶段，其理论亦自然处于萌芽生长状态。这里且从唐代说起，唐代伟大的思想家、文学家柳宗元的《读韩愈所著〈毛颖传〉后题》是第一次明确提出小说"有益于世"观点的评论文章。他指出："太史公书有《滑稽列传》，皆取乎有益于世者也。""韩子穷古书、好斯文，嘉颖之能尽其意，故奋而为之传，以发其郁积，而学者得之励，其有益于世欤！"他力排众议，热烈赞赏韩愈创作《毛颖传》，并提倡写此类小说体裁的作品，肯定"有益于世"的小说的社会作用及其价值，无疑是对轻视小说的传统观念的有力回击，也是早期为小说争地位的一篇力作。

不管封建正统派怎样歧视小说，但小说随着时代的进展不可抗拒地日益发展繁荣。北宋初年，皇帝也想从小说中"鉴照今古"，官纂的号为"小说家之渊海"的《太平广记》问世了。它采辑了三百四十五种之多的野史小说，是我国最早出现的小说总集。南宋曾慥从二百四十九种小说集中选辑而编成五十卷《类说》。他在序中提出了小说的四大社会作用："资治体，助名教，供谈笑，广见闻。"这里肯定小说除了政治、教育意义外，还有娱乐、予人以知识见闻的意义。相当全面地肯定了小说的社会作用，实际上也是对歧视小说的传统观念的抗争。

明中叶以后，资本主义萌芽有了显著的发展，城市新兴的市民阶层日益壮大，相与适应地在文学领域内，现实主义得到发展，长篇章回小说及拟话本小说雨后春笋般地相继涌现，中国古典小说的各种体裁，已臻完备。思想家、批评家李贽的反程朱理学、反道统的哲学、惊世骇俗之论，应运而生。此时，小说仍受正统派的歧视排斥。李贽指出六经、《论》、《孟》，都不能与《水浒传》相比拟。《水浒》才是"天下之至文"。他破天荒地把小说的社会历史地位提到前所未有的高度。作为他的文学理论核心的"童心说"，打破了前代和当代学者以儒家的道统为中心的传统的文论观念。不破不立，他既有摧枯拉朽般的破，又有振聋发聩般的立。尽管他的立少于破，然而，他那反伪崇真的文艺思想和哲学思想，无疑体现了日益壮大的市民阶层的审美需求，反映了人们力图摆脱礼教束缚、追求精神解放的时代精神。他对《水浒》的评论，已不再单纯限于思想范畴，而是从思想与艺术的两方面进行评论与评点。这不仅在小说批评史，而且在文学理论批评史上都是进步的一大标志。所以我们说，李贽的理论是小说理论史上的一块里程碑；李贽其人，是中国古典小说理论的奠基人。影响所及，望风景从，公安派及冯梦龙等，都是他的追随者和援军。袁宏道在《听朱生说水浒传》一诗中说："后来读水浒，文字益奇变。六经非至文，马迁失组练。"这真是李贽理论的再宣传。由于李贽的盛名及理论的感召，不少冒名的小说点评也相继出现。李贽的理论方法，为小说批评开辟了一条新的途径，后来金圣叹、毛宗岗、张竹坡、脂砚斋诸名家的卓越贡献，都无不是这一理论方法（包括评点形式）的继承与发展。

李贽之后，中国小说理论批评史上出现的第二个巨人，便是明清之际的金圣叹。由李贽已奠定基础的中国小说理论，到了金圣叹，得到继承并发展，进而形成了自己的体系。他把《水浒》与《离骚》、《庄子》、《史记》、杜诗等同列并提，继续发扬李贽、袁宏道、冯梦龙诸人的观点，不懈地为提高小说的历史社会地位同封建正统观念作斗争。在创作论上，他把塑造艺术形象、刻画人物性格的理论强化到个性化、典型化的高度，对作品的美感力量富有创见地提出了可贵的新探讨。这样，在文论史上，他对小说艺术的认识和阐释，跃进到了新的境界。清初的毛宗岗，又是一位杰出的通晓小说艺术的理论批评家。毛氏不论在理论上或学术实践上，都是遵循着金氏开创的路子前进的。他虽然没有金氏的那种创造力，但他对金氏的理论，亦有所发挥，有所补充，使之更为完整，更为系统化；且在小说与现实的关系以及艺术结构在创作中的作用等问题上都有自己的独到之处。金、毛二氏都是以"评点"这一文学批评独特的形式来发挥其聪明才智的。这一形式，最早本用于评点诗歌，南宋刘辰翁始用以评点小说《世说新语》，中经李贽等运用发展，到了金圣叹、毛宗岗，便进一步成熟完善，自后，便成为我国古典小说理论批评中主要的、普遍的形式。文学单篇专论文章的大量出现，是到近代以后的事。但金圣叹在评点中开创的"读法"这种文章体裁，实际上则是一篇独立完整的文学批评论文，它对一部作品做出全面的纲领性的总论及具体的艺术分析，就是篇不折不扣的文学专论，完全可以脱离"评点"的格套而单独成篇。金氏的《读第五才子书法》，毛氏的《读三国志法》，当是这一形式的代表。它们已是长篇大论，从思想内容到艺术形式都做出了全面细致的分析、评论，特别是重视艺术规律的探求，表现了他们的敏锐的审美能力和健康的审美意识，无异于是批评家为读者所写的一篇阅读指导书。作为一种文学评论文体的形式，自然也是一种创造，且开后来文学专论的先声。影响所及，效仿者风起。但是从胡适起，人们多责垢于金、毛"读法"的"八股文法"。谁都知道，人是不能离开时代、社会而生存的。在"四人帮"逞凶时期，一些小学生的作文里还难免要受"帮八股"的污染。明清以八股文取试，金、毛二氏生活的年代正是八股文的鼎盛时代。当时文人的作品受点时文时调的影响，自不难理解。况且，所谓"读法"的"八股气"，主要是形式上的感染，其内容则是健康的。

以上所勾勒的，只是一个我国古代小说理论发展的粗略的主体脉络（未包括支流、逆流），但已可以看出它的源远流长，由幼稚到壮大的成长历程。它基本上随着小说创作的发展繁荣而前进，可又不是平静地而是在颠簸斗争中成长。在重要历史关口，推进其跃进的人物，常常不仅是单纯的文学家，而是兼之为思想家（如柳宗元、李贽、金圣叹等）。我国古代小说理论经过它自身坎坷的发展道路，到了清初金圣叹、毛宗岗的时代，已经完全成熟。那种认为中国小说理论到了近代才趋于成熟的看法，无异于说我国古代无成熟的小说理论，无疑是对古代小说理论的低估或贬斥。

（二）我们的理论遗产，惟其方面广，则需有"横"的研究

我们小说理论历史既长，方面又广，纵横交错地蕴存于文史哲诸子百家之书，自古有"稗官乃史之支流"之说，足见小说与史之关系，尤其和史传文学有不少类似之处。在小说尚处于萌芽阶段时，我国史传文学早已成熟，如《左传》《史记》等书，都比较注意人物性格的描写，讲求语言文采和故事情节的生动。这都是小说创作所不可缺少的要素。因此古代的一些史论中往往蕴含着不少类同小说艺术的理论批评文字。例如唐代史论家刘知几总结史传文学写作经验，写出了《史通》一书。本文前边已介绍的吴组缃的文章，就是从《史通》中总结出了可贵的小说理论。刘知几从史论家的立场出发，以史实的真实性为标准，并没有看到小说的真正的社会作用。他从追求史料的价值出发，仍不能不涉足潜心于小说之林。他本着"偏记小说，自成一家，而能与正史参行"的态度，在《杂述》篇中，对当时的笔记小说进行了评述，且提出了比较细致的分类，分作十流：

"一曰偏记，二曰小录，三曰逸事，四曰琐言，五曰郡书，六曰家史，七曰别传，八曰杂记，九曰地理书，十曰都邑簿。"尽管这并不纯属小说，但在八世纪，当时小说体裁尚不完备，且不成熟，他的分析、批评、分类等研究方法，为后来的小说理论研究，提供了法门，也给我们以启示。古代史学家也可能对小说理论提出可供我们借鉴的经验，不仅在文学著作中，就在史学典籍里亦有珍贵小说理论资料可寻。

（三）我们的理论遗产，惟其散乱，则需有排沙聚金的工作

源远流长、面广类博的结果，也会形成浩如烟海、星落玉碎的特点。它的丰富性，也会造成我们工作的艰巨性。所以排沙聚金，钩沉辑佚，去伪存真，取菁去芜等工作，仍是当务之急。截至目前，我们尚无一部《中国小说理论批评史》，而且，在鲁迅的《中国小说史略》之后，尚无一部公认较好的《中国小说史》。目前流传的几本小说史，由于出书的年代关系，大都受"左"的影响，评论不够实事求是；内容既单薄，又缺乏关于史的发展规律的总结。古代有不少著作家的文集早经散佚，明清人功德无量重予结辑出版了一些。这种工作我们依然可作。象李贽、金圣叹、毛宗岗等大家，就有必要整理编辑出版他们的专集。俞平伯先生曾把几个主要的脂评本辑录为《脂砚斋红楼梦辑评》，是件有益的工作。《水浒》《聊斋》的会评本的出现，为研究者和读者带来了方便。所以人们很希望这方面成果的继续出现和健康发展。科学的整理校定工作，不仅是为研究工作服务的，而且它本身就是研究工作的组成部分。

（四）在我国古代文学的研究阵地上，也曾有过"左"的影响，评价失当或"冤假错案"，时或有之，所以重新评价或"平反改正"工作，也是当务之急

现在有些相当流行的书上对毛宗岗的评价，就很不公允，很不科学。"四人帮"横行时期，自不必说，即一九七八年以后的一些出版物，或说是毛氏父子修订《三国演义》，加强了原书的反动观点；或说是为了迎合清代统治者需要；或说是八股作法。总之，多是全盘否定。学术研究是桩极为细致的工作，需要以理服人，不是往敌人阵地上投炸弹，一炸了事。

首先，三国故事，尊刘抑曹倾向由来久矣。清乾隆时代的学者说得清楚，"自朱子以来，无不是凿齿而非寿。然以理而论，寿之谬万万无辞"。① 自南宋以来，尊刘抑曹倾向一直成为主导。即朱熹之前，"抑曹"的史家亦大有人在，习凿齿、刘知几都是如此。罗贯中之后，杰出的思想家李贽亦属"尊刘抑曹"派，他在《史纲评要》（本书的史文虽非出自贽手，然批与评皆出其手，可代表他的历史观无疑）中，特立《后汉记》，以蜀为后汉，不承认曹魏。明清之际，与毛宗岗大体同时的进步思想家、抗清志士王夫之指斥"曹操方挟天子，擅威福，将夺汉室"，"则惨毒不仁，恶滔天矣"。② 另一位进步思想家、抗清志士顾炎武更是位激烈的拥刘反曹者，他对有些史学家称刘备为"先主"，不称"先帝"，认为"殊为不当"。③ 能说他们也是为了"迎合清统治者的需要"吗？在毛宗岗的时代，尊刘抑曹思想，已成为传统观念。在民间，从说话艺术、平话、戏曲，到明本（罗本）《三国演义》等，都是如此。这就是从史学到文学，从官方到民间已形成深厚的社会基础。要求修订者毛宗岗摆脱这一传统观念，另辟途径，将是不可想象的。加之由于毛氏艺术加工的成功，进一步发扬了原有的内容上的尊刘抑曹思想，这也就是势所必然的事。《三国》的这一倾向本来是罗本已铸定的，毛本只不过是增强其程度而已。毛宗岗与罗贯中只不过百步与五十步之别耳。何以罗氏就是伟大作家，而毛氏却成反动文人了呢？三国故事在人民群众的口头上，在文人的笔底下，或说或唱或写或演，经过几百年的漫长的岁月，最后定稿之功，终于落在清初人毛宗岗肩上，这个由民间到文人，加工再加工的过程，正是由粗到精、由浅陋到完善的提高过程。毛氏的修订工作，不只限于：整顿回目，改订文辞，削除赞论，增删情节，改换诗文等表现工作，他按艺术规律，以删、增、改三者并用的手段，对"俗本"（李卓吾评本，与嘉靖本接近）进行了再创作，使之艺术形式进一步完美，艺术力量进一步增强，使人物形象本身的美学涵义更深远了，割裂的性格统一了，更集中，更强烈，更典型，更理想，善者愈善、恶者愈恶，更符合人民的审美要求了，使原作模糊的旗帜鲜明

① 《四库全书总目提要》。
② 《读通鉴论》。
③ 《日知录》卷二四。

了。《三国演义》终于成为一部光照千秋的文学巨著。毛本一出，明本便很少流传，实则被毛本淘汰了。广大读者是最大权威的鉴定家，孰优孰劣，已经昭然。对这样一位有卓越成就的大作家、大评论家，扣上封建正统主义的帽子，打入地狱，揆诸情理，其为得平！所以，帮助摘掉扣在古人头上的不合尺寸的帽子，也是今天研究者的一大艰巨而又有意义的任务，今天印行的毛本，作者只署罗贯中一人姓名，一般的读者根本不知道有个毛宗岗。这当然自有历史原因，当初毛氏假托"古本"，不能自署其名。今天毛本《三国》的作者署名，应是罗贯中、毛宗岗两人；金本《水浒》的作者署名，亦应是施耐庵、金圣叹两人，这才符合实际。

四　不能割断与近代的联系

有个这样的笑话：有人中了箭，到外科医生那里去治疗，便锯去体外部分的箭杆了事。患者说："有半截箭还在体内。"医生说："请去看内科！"这个故事讽刺了借分工而推卸责任的弊端。现在有些文学史一类的论著，常常写到鸦片战争时代，便为自己画定界限，截然而止。把晚清一段作为独立范围，从整部文学史中分离出去，治现代文学者自然更是谈不到它，于是形成一段"三不管"的地带。这便是个值得思考的问题。

把近代部分独立出去，这是从史学那里来的。鸦片战争后，中国社会性质起了变化，中国历史进入了近代，建立一门"中国近代史"研究是从实际出发，非常必要，对这一时期的文学如果也以此加重对它的研究，也是对的。可是独立出来，甩掉不管，似不是办法，倒莫如把近代部分古代部分连接起来研究，或许收效更大。

文学毕竟与史学不同。社会性质的变化反映在文学作品中，远莫如历史记载那样来的直接快速，就小说而言，这一时期的数量虽不算少，但质量不高，形式上仍然是以章回体为主，诗文形式大体上"仍旧贯"。当然也有它的特色，这主要表现在思想内容上，但是把这短短的数十年与三千年平列起来，就显得不大相称了。其小说理论倒是空前繁荣，便把它独立出去，实会造成割裂现象。以《红楼梦》为例，如果砍掉近代部分，显然会造成对红学的割裂。所以我以为不论是对近代文学创作的研究还是对理论批评的研究，犹如"明代文学""清代文学"那样沿着文学历史的发展轨道顺延下来，称为"近代文学"，不必一定要"闹独立"，人为地把数十年同三千年平列起来。

最主要的一点，则是研究古代小说理论，也不能割断与近代的联系，应找出继承与发展的脉络。这短短数十年的小说理论成就，包括数量质量自然都不宜低估，它有自己的特色；最大的特色便是资产阶级改良主义思想与西方哲学思想进入国学研究领域，进入文学研究领域，一些人用新的观点、新的方法研究文学，小说理论批评领域起了不小的变化。梁启超、王国维、严复、天僇生、秋平子、黄摩西等人皆有小说理论，他们大都接受了外来思想的影响。西方哲学思想的引进，为当时的理论研究注入新的血液，使人们扩大了眼界，探讨起新的课题。当然，我们有了真正科学的观点、方法，使学术研究起了根本性的变化，是后来马克思主义传入，有了历史唯物主义这一种精神武器之后的事。看来，研究文学，没有哲学思想的指导是不行的。搞文艺批评或评论，更必须有坚定的哲学基础。

一九八四年二月二十九日脱稿

喜见当代红学扬新澜

——在武汉首届当代红学研讨会上的书面发言

一　向湖北学术界同志学习

数年前，首届《水浒》学术讨论会，由湖北同志发起、组织在武汉召开。它不仅开拓了《水浒》研究的新局面，且对我国古典小说的研究产生了积极影响与推动作用。不久前，所谓《古本水浒》，一时流传；一些报刊、广播，以假当真，谬事宣传。湖北学术界及时组织"辨伪会"，澄清了一场人为的学术混乱。正当古代文学研究出现"危机"、红学研究陷于沉闷状态的时刻，又是湖北学术界于今年七月初在湖北大学召开了"当代红学研究的思考与探索"学术研讨会，力求运用科学的方法，对四十年来我国红学研究所经历的曲折道路，所取得的经验与教训，进行历史总结。为了更广泛深入地进一步作好这一意义重大的工作，还将准备于十月底举办"首届当代红学研讨会"，这无疑是一次盛会、壮举，必将达到预期的目的，取得可喜的成功。

就我目力所及的一些通讯、文件、文章中，已发现在研究中出现了不少新见解、新观点、新方法、新视角，不管它所达到的真理性如何，最后将对它做出什么样的评价，但它现在已足以发人深省，开阔人的思维空间，大大引发了人们对当代红学的重新思考，使人从"危机"中看到了转机。对抱残守阙、墨守陈规者，无异是一声棒喝！湖北同志在研究中显示的魄力、锐气、学术责任心、使命感，不囿旧说，不怯权威，敢于创新，勇于探索的精神，值得学习，应当倡导！我作为一个在古代文学教研道路上爬行了数十年的老卒，不能不向这些劳苦功高的同志们由衷地致敬！

二 评张国光的"两两论"

一个《水浒》专家（在我印象中，张国光先生原不是红学家）竟向壁垒森严的红学阵地开了一炮，且很有响声！① 启人深思。

张氏之学的理论家底，可归结为八个字"两种《水浒》，两个宋江"。由此推及到"两种《西厢》，两个莺莺"。现在他又用同样的武器向红学阵地开炮，提出"两种《红楼梦》，两个薛宝钗"。我们可简称之为张氏"两两论"。"两两论"是否可成为一个完整的体系，目前尚不便断言。你要不赞成它，这容易；但要彻底驳倒它，我看，也难。因为它持之有故，言之成理，且建立在坚实的版本研究的基础之上，构成一家之言。把这种提法放在中国文化历史的背景上去考察，也是相符的。我们从这里看到古代小说、戏曲发展史、出版史上的一大特点，从祖本到定本中经多人（不同时代的人）长期（达百数十年或数百年不等）插手、流变，给我们带来了不少麻烦难办的问题。张国光从版本研究入手发现问题，总结出他的"两两论"，得以解释繁纷得不易说得清的问题，一团乱麻有了可理的头绪，为研究者提供了法门，开拓了思路。张氏提出《水浒》《西厢》《红楼》皆存在着两种版本、两个形象的问题，其实，《三国》也是如此："两种《三国》，两个曹操。"嘉靖本与毛本及其曹操形象就有显著的不同。把两种不同的本子混为一谈，张冠李戴，把金圣叹的思想说成王实甫、施耐庵的，把毛宗岗的话记在罗贯中名下，这不是已往常有的事？清分它正是今天研究者的职责。古代小说，有"两两"现象，这是不容否认的客观存在。至于这"两两"之间，是怎样关系，距离如何，孰优孰劣，如何评价，如何解释，自然是存在着复杂的学术问题，大有研究、探讨的余地。张氏用其法发现了不少问题，也解释了一些问题。他再三强调"不弄清版

本真相，会给古典文学作品的改编与鉴赏工作带来许多麻烦；甚至会严重地影响改编的艺术品的价值"。其意是可取的。张氏版本之学①，已越过了旧版本学偏重考鉴形式问题、量的问题的水准，他从总体上、内容上审视不同版本思想与艺术的高下，从而作出质的鉴别，其法也是可取的。从版本入手进行研究的方法，为中国古代文学特别是小说戏曲的研究提供了新的门径，至于它的不完备处及存在的问题那是可以讨论研究的。

张国光这次用他的"两两论"武器向当代红学发难，看来，初见成效。据《红学新澜》反映看，这一炮打破了当代红学一时沉闷的局面，大有"一石激起千重浪"之势。不论张氏的红学"两两论"理论上还有什么缺欠，论证上还有哪些不够细致缜密之处，甚至还会在微小处尚有生硬之感，但是这一炮发得是时候。虽不能说它在当代红学的壁垒上已经轰开了一道缺口，但至少也是打出了一丝小小的裂纹，从这条裂缝里人们多少窥见其中的某些一向被人熟视无睹的东西，诸如绝对化，"凡是"主义思想，形式主义方法，新索隐派形迹，宗派主义影子之类。

三 议红学"凡是论"

如果不是出于矫枉必须过正，不过正不足以矫枉的良苦用心的话，我看，也不必反其道而说之；来个"崇高贬曹"。我们反对绝对化，反对好就是绝对的好、一切都好，坏就是绝对的坏、一切都坏的形式主义方法。我们不赞成红学中的两个"凡是"：凡是前八十回就是绝对的好、一切都好；凡是后四十回就是绝对的坏、一切都坏。或者说，凡是曹氏写的都好，凡是高氏写的都坏。这种红学"凡是主义"，正是绝对化的表现形式。我们还不同意把曹、高二人有意地尖锐对立起来，把高鹗说成曹雪芹的敌人，企图一铁扫帚把后四十回扫掉，把高鹗一棍子打死的作法，是缺乏科学的分析批判精神的粗暴表现。胡适要算红学史上一位较早著名的"崇曹派"，但他还不是"凡是派"。他根据俞樾《小浮梅闲话》，认为后四十回为高鹗所作，但他对后四十回并不采取完全否定态度。他说："平心而论，

---

① 见《古典文学论争集》，第404页。

高鹗补的四十回，虽然比不上前八十回，也确然有不可埋没的好处。他写司棋之死……都是很有精采的小品文字。最可注意的是这些人都写作悲剧下场。……作一个大悲剧的结束。打破中国小说的团圆迷信。"胡适在佩服高氏的悲剧眼光的同时，还感谢其"悲剧的补本"，"居然替中国文学保了一部有悲剧下场的小说"！① 众所周知，著名红学前辈俞平伯先生、何其芳先生，他们都是崇曹的，但他们都不是"凡是派"。他们都持分析批判态度，对高鹗并不一棍子打杀。特别是近年来，俞先生对后四十回更有所肯定，他说："我看是高鹗续作，后四十回文字上是流畅的，也看不出很大的漏洞，但关键是人物的观点和内在思想明显看得出来是和前八十回不一样。但高鹗还是有功绩的，毕竟是把书续完了，而且续得不错。"② 何先生肯定高氏的最大贡献在于大大帮助了曹氏原著的流传，若无百二十回本的出版，很难想象《红楼梦》会很快产生如此大的影响。他说："续书和原著印在一起，能够为广大的读者所接受（按：何氏的'读者观点'是可贵的，是今天的有些红学家尚所难及的），也有他本身的原因，绝大多数情节都和前八十回大致接得上。贾宝玉和林黛玉的爱情故事不但保存了悲剧的结局，而且总的说来也还写得动人。有些片段也还写得较好。"并举实例说明某些、某段，"构思还是不错的"，"写得符合这些人物的性格，而且也比较生动。这都是后四十回的可以肯定之处"。"但另外有些部分（按：自然不是'全部'）的思想内容却违背（按：有些人便把无意'违背'变作恶意'歪曲''篡改'）了曹雪芹的原意（按：这个'原意'，成为有些红学家、改编者们所热衷追捕的圭臬）。"且说，"曹雪芹的前八十回并不是没有缺点和漏洞"。③ 我们是赞赏这种分析批判精神的。老一代学者，看到了"悲剧的补本""保存了悲剧下场的小说"；从广大读者接受的事实看到了"补本"本身的价值；或勇于修正旧的说法。凡此种种，难能可贵，但，他们亦自有局限。他们把对"补本"的肯定或批评，大半建立在以对原本的向背为标准的基础之上，这就为习于"随人说长短"的朋友们，开辟了一条有阶可拾的小径，一场不大不小的红学"原意热"，在

① 《红楼梦考证》。
② 1986 年 11 月 25 日香港《大公报》。
③ 本文所引何其芳的话，均见《论〈红楼梦〉》。

这里掀起了。在追捕"原意"的征程中，索隐派复活了，也大显了一番身手。

何其芳在肯定续书的某些优点之后，说："在艺术欣赏上要求较高的人读完以后，还会感到不满足。"有那么一些论者，好象是认为贬高的砝码愈重，便意味着艺术欣赏水平愈高，于是贬高之风愈演愈烈。其实，多为人云亦云，一如赵翼诗云："矮子看戏何曾见，都是随人说长短。"何氏说："（高续）有些部分的思想内容却违背了曹雪芹的原意。"有些人便层层加码，则说："原著八十回后的重要情节已然全被篡改，伪续四十回。从根本到细节都是歪曲了雪芹的思想的。"还要追查高氏续书的不良居心："高鹗续书，违背原书本旨，本来有其目的性，他绝不是无谓而续，他是利用伪续的方式来篡改原著的思想的。"看来，高氏续书，不仅无功而且有罪，罪且不小。过去，有人骂"金圣叹是《水浒》最凶恶的敌人"，而今看来，高鹗也成了曹雪芹的最凶恶的敌人。四十回续书莫不成另一部《荡寇志》，至少也是曹著的"谤书"！骂高氏"特别恶劣……削弱和磨平了曹雪芹批判封建正统主义的思想和反对封建统治的锋芒"。"曹雪芹是坚决反对封建正统思想的，高鹗则是封建正统思想的信奉者……"把两人竟说成誓不两立的政敌。于是由崇曹到迷信曹，由贬高到排高，包含着两个"凡是"的红学"凡是主义"，从理论到实践，日趋壮大。"凡是论"的核心，便是"迷曹排高"的四个字。《红楼梦》电视剧的编、演，在某种意义上说，是在文艺、学术领域内掀起的一场"排高"运动，是红学"凡是主义"理论的一次实践，是"凡是论"推行的最高潮，同时也可说是红学"凡是派"的一次暂时大胜利，如果他们的代表作《红》视剧能经得起观众、读者的考验的话。《红》视剧的上映，或许对红学"凡是论"的可能或早日得出结论会产生促进作用。

改编者们一再声明："我们的改编原则是'忠于原著'"，"我们的改编只对前八十回负责"。可以！创作自由嘛！但是，还要求"读者和观众从忠于小说原著的角度进行评论"，这就不可以了！评论也是自由的嘛！哪能替人家定框框、划范围？你说"高续"是怎么的坏，可以；你说《红》剧是如何的好，更可以。但不应把《红》剧以前的所有的剧本，即所谓"向来的剧本"都一笔扫之，以显"惟有我高"。请看周汝昌先生

《红》视剧"序"中一段话：

> 雪芹的真《红楼梦》自从乾隆末年遭到程高伪续书的偷天换日以后，原著的八十回后的重要情节已然全部篡改，伪续四十回，从根本到细节都是歪曲雪芹的思想的、向来的剧本，都是沿袭了程高的伪续的那些"场景"，并且认为"好戏"正在这里，正要在这个"节骨眼儿"上大做特做。那些剧本十分欣赏那个"李代桃僵"的"掉包式"爱情小悲剧。以为《红楼梦》的"顶点"和"菁华"就在这里，这样的见解一旦定型，当然不可能另有心胸手眼。而现在的这个电视剧本，却第一次敢于打破二百多年来程高所设置的坚固的枷锁。

我们且不问对"续书"如此激烈地指斥，到底有多少根据，单说对"向来的剧本"，热嘲冷讽，一概贬倒，断言其"不可能另有心胸手眼"。这又是何"心胸"？是恨乌（"伪续"）及屋呢，还是打击别人抬高自己呢？无论如何，这个打击面可太宽了！问题还在于你并没有说出足够的道理来，就显得是那么的武断。我们还怀疑："伪续"既是那样的"拙陋、淡而寡味，结构松弛，人物个性不鲜明……"糟得不能再糟，怎么竟能成为"二百多年来程高所设置的坚固的枷锁"，竟会有如此大的威力？"二百多年来"，说得也似乎有些夸大。程甲本、乙本出世的年代，周先生绝不会不知。乾隆辛亥、壬子至今一百九十多年，这是常识。那么，何必一定要说成"二百多年"呢？这恐怕和周先生习于夸大其词（或为言过其实）的思维方式不无关系。它和同文中"全被篡改""都是歪曲"之类，同一思路，一气呵成。这虽然不是什么大问题，如果出于一般的作者，或不为怪。问题是周先生是著名的红学家，一言一语，颇有影响！把这种不谨严、不科学的语句写进堂而皇之的"序言"中，难免会有人仿效，从学风上看似乎不能说是严肃的。

请允许我作一点说明，我在本节中使用了红学"凡是主义""凡是论""凡是派"等词，借用现成词语，便于记忆，但这没有丝毫的恶意。它纯为学术概念，与政治无涉。我不赞同此派的观点，但我承认他们是红学特别是当代红学中的一个重要流派，在将来的红学史上应占一席地位。他们有理论、有创作，且有人才。我以为吴世昌先生亦属此一流派（代表作见英文本《红楼梦探源》和中文本《红楼梦探源外编》），但吴先生亦是我素所敬重的有真才实学的学者之一。至于他们的是非功过，自然可以讨论，然而结论还有待于大家来作，但无论如何也不能忽视这一现象的客观存在。我所起的"凡是"之名，我认为是可以概括其实的。如果认为不当，那就听红学史家的便，群众也可另作设计。

四　我看《红楼梦》电视剧

《红》视剧是"凡是论"指导下的产物，但我反对"凡是论"，却不完全否定《红》视剧，且认为它在某些方面有着前无古人的成功高度。这可怎么解释呢？首先，它是一门综合艺术，在美术、音乐、摄影诸方面都有自己独特的风格，对观众有着巨大的吸引力，赢得广大群众的喜悦〔我以为对文艺的评价，应目有群众。作品经过读者（观众）才能完成其作用任务〕。特别是荟萃了那么众多、聪颖、年轻、俊俏、整齐、洋溢着生之活力的演员，与我们其他舞台上出现的演员老化、设施陈腐的情景则形成强烈的对比。再如衣饰、陈设、场面、装点，都是那样的考究认真，富丽华贵，处处给人以浓郁的审美享受，大大提高了人们的欣赏味口，使得一些地方的同类古装戏，相形见绌，黯然失色，显得它们寒酸不堪。这方面的成就，在中国影剧史上那是创纪录的。《红》剧正是在这里赢得了观众。

其次，在编剧上也不是无可取的。我是不赞成绝对化和排高主义的，但在对曹雪芹的艺术的高度推崇这一点，我和他们也是有共同之点的，我也认为曹雪芹确是伟大的。且认为编剧者只需能把曹氏的艺术在他们的剧中表现出十之二三，那也会给观众一份珍贵的精神粮食，他们的工作就会取得局部的胜利。《红》剧对观众所产生的魅力，正是来自这里，尽管编者们一再地宣言："我们的改编原则是'忠于原著'"，"我们的改编只对前八十回负责"惟恐"忠于续作"，但在创作实践中，遇到了困难，此路不通！于是只得承认："我们在改编工作进行到八十回以后部分时，所抱的态度便是'忠于原著，重视续作'"，"续作中凡与原著相契合处，则尽量采用"。① 这和对高鹗深恶痛绝的激进"凡是派"有了明显的不同。"重视续作"的态度，值得欢迎。已往，人们把创作实践中出现的这种现象，称之为"现实主义笔法的胜利"。现在我们可说它是"凡是主义在实践中的失败"。剧作者既承认"续作中凡与原著相契合处"云云，可见他们与周汝昌说的"伪续四十回，从根本到细节都是歪曲"，"全被篡改"，还是有所不同的。

《红》剧的三位编者我以为是有才能的，他们的任务太艰巨太繁难了，其成品有如今天这样的屏幕规模，已不简单了。这就有点不好意思再说三道四，惟恐是苛求了。谁知事有不测，它和最近掀起的"红学新澜"算是裹在一起了，这就是不得不勉为分说，借以引玉。

《红》剧有得有失，失在哪里？总的说来，失在"凡是主义"上，迷信脂本、脂评，追捕"原意"，大大束缚了作家自由创造力，把文艺创作变作为代圣贤立言。还有人告诫剧作家："任凭他们有多大的才能，却不许'自我膨胀'，他们的任务职责，是尽一切努力去'显现'雪芹，而不是显现'我自己'。这一点，至极要紧。"且以为"成功或失败"，"就是取决于这一要点"。② 我看，幸好作品中还是多少有一点"自我"的，只是太不够了，成为作品的一大缺点。如果连一丝的"我自己"都没有，那还能称之为创作吗？

由于要"忠于原著"，追寻"原意"，有时不得不索隐求微，以考证学代替创作论。《红楼梦》，"梦"是它的最大特征，从梦中托出了一个艺术世界。当你步入这个世界时，便会有"看了这壁，觑了那壁，纵有丹青下不得笔"之感。它真真假假，虚虚实实，使你思之不尽，味之无穷，"谁解其中味"？一片白纸黑字诱发你无垠的联想，思索，猜度，反刍——这是因为它本身存在有一种迷离不确定性、含蓄的暗示性，这正是《红楼梦》在中国古典小说群中所显示的它的独特性。如果从中国古典文学中寻求与《红楼梦》艺术韵味相近的作品，《离骚》或可当选。香草美人亦可延展读者的想象力与思辨天地。《红楼梦》中处处是谜，是疑，是不可解，是缺陷，是玄而悬之，甚至曹氏没有把它写完，也构成了一个残缺令人思

---

① 均见周雷等《红楼梦》电视剧文学剧本《代前言》。
② 见《红楼梦》电视剧文学剧本"序"。

辨的天地。生活的无限性是作家无法通过有限的语言词汇无遗地述说尽致的，只有在作品中为读者提供联想思索的空间，才可补偿作家的"有限"的局限。读者的想象力是可以达到"无限"境界的。记得在五十年代，一位苏联教育家批评我们的中学教学（《红领巾》教学）有如把"嚼烂的食物喂给学生，使学生失掉积极思维的余地"。一部伟大的作品绝不应该象是嚼烂的食物，不能剥夺读者积极想象的自由。想象象咀嚼，正是读者的审美享受和再创造；虚灵美，不确定性，正是《红》小说的成功之处。恰好，相反，影剧的特性规定它要有确定性。它要把原作留下来的思辨空白、想象余地，来个填平补实，真是焚琴煮鹤，大煞风景，这就是在一般情况下，人们总是难予满意由小说改编成的影剧的，它常常会扼杀小说独特的虚灵美的。懂得了这一点，批评家们恐怕就不能不笔下留情。《红》剧自然没有也摆脱不了这一常规的"大煞风景"，现在的问题是，可以摆脱的它并没有摆脱。

二百年来，各类红学家想方设法，就是要把《红楼梦》的"梦"变为非梦，一心把梦境统统变为现实，从文学角度说，干的是大煞风景的事。他们索隐探微，求证考实，煞费苦心，作为研究的步骤，作为科学范畴，似乎也无可无不可，但要是以考证学来代替创作论，那就会扼杀艺术的。今天的电视剧创作也还是没有离开这条索隐考实的老路子，只是所索的是曹氏"原意"的隐，脂评的隐。凭一鳞半爪的批词就要端出一个艺术世界！拾片言只字或几句残断诗词，便要构成一段重要情节！作则去作，成功难期，犹如文物工厂用不同色调、纹理不衔的碎瓷片修复成一具古瓶，虽然已具原型，终缺浑圆一体之美。观《红》剧，常有零碎断烂之感，就是短缺了一种浑圆统摄体系，追索"原意"，揣摩坐实，它必然会妨害艺术。《红》剧之失，失在这里。举凡剧中的败笔大体多出在这里，弃宝玉"神游"，取可卿"淫丧"，便是例证。秦可卿之死，本是曹氏所惨淡经营（可以也是改编者出力不小的篇章），似有苦不可明言者，便用环境陈设烘托，用其他重要人物陪衬，留下一片朦胧景象和思索空地，推出一段充满着虚灵美的锦绣文章。可是编剧者偏偏要考证坐实到"淫丧天香楼"，终于出现了那幅为众所诟的、败兴的公媳床上镜头。再如，一桩桩一件件要落实清算王熙凤的罪恶账，把这个有才缺德的铁腕人物金陵一钗、聪明能干的大观园中的女杰，过于坐实罪恶化，最后还要来个长长的曳尸游行，是不是以明其死有余辜？其实是把这个有肉有灵深厚复杂的人物给予简单化、肤浅化了，实际上是剥削了观众的思辨空间、想象自由。对凤姐再创作的失色，是《红》剧改编中塑造人物上的一大艺术缺憾，因为原作的王熙凤形象的成功度，在红楼人物画廊中是堪称一流的。同样用考实学方法（不是从完整的人物的历史命运出发），凭一鳞半爪的所谓"原意"根据，坐实到让贾宝玉去讨饭，其结果是悲剧不悲，几近滑稽，观众哗然。其实过分地追索"原意"是没有意义的。所谓作品的"原意"不见得就必然是作者所给予的原意，而常常是由解释者的认识水准、知识结构、历史文化环境、心理素质所决定。就是让曹雪芹复活，自己解释自己作品的"原意"，也未必就一如初衷，一成不变。从《红》剧的演出效果，已证明这种捕捉、坐实法的失败，也是红学"凡是主义"理论的失败。

对于古代题材，我以为应持博览精采的态度。取各家之长，去各家之短，不问门户，惟优是取，以见当代作家的胸襟气度。由于排高主义，惟恐"实际上，成了'忠于续作'，而前十八回原著的作用，只不过是替'续作'铺垫了"。[①] 于是排掉了一些戏剧性甚强的精采而有价值的情节，良为可惜！我们一向是忽视欣赏主体的，实际上没有读者（或观众），作品就等于没有完成，特别是剧作家在任何时候不能短缺群众观点。"续作"再不如原作，但它在长期流传过程中，经过广大读者的检验，不惟不被淘汰，且被多种多样的文艺形式光大传播，深入人心，就必然有它的可取之处。你要推翻它从来，且不说有无此种必要，但你拿出来的"新货"，就必须得胜过它；微弱的胜过还不行，还得大大超过。不然，群众是不会认可的。何况在一些牵动全局的重要关目上，你的"新续"还远远的不及人家的"旧续"。群众经久的、不是一阵风的欢迎，就是一种公正的评价。其巩固性，非"专家路线"所能动摇。若非《红》剧的编、演，或许尚不会如此迅速地证明两个"凡是"理论的失败。

---

① 见《红楼梦》电视剧文学剧本《代前言》。

五 余论

近年来，文学界对审美功能越来越重视，出现了从政治要求转向审美要求的走向，开始建立新的文学价值体系。这是一个不寻常的进步。但古典文学研究特别是红学，在这一整体前进中，步子迈得似乎小一些。"突出政治"的意识似乎仍在研究中释放能量，有意无意地仍在坚守"政治第一"的标准，还没有回到艺术就是艺术，不是别的合理位置上来。艺术把艺术要求不放在第一位，是艺术失去独立性、尊严性的不幸结局。这自然不能由某人或某流派所负责，这由历史存在所决定，从五十年代批《武训传》到七十年代"评《水浒》"中经一连串的批判运动，一律无例外地未把文学当文学看。红学中出现的"红外线"学也是不把文学当作文学的另一表现，把《红》当作成政治历史，也是广义上的"红外线"学。人们天长日久，其观念深入人心，其方法，亦得心应手。如果不如此，反以为离经叛道。记得直到八十年代初，一家刊物开展唐代边塞诗的讨论，一个主要论点就是：战争的正义性或非正义性是决定一首边塞诗的肯定或否定的绝对标准。这首先得解决战争的性质问题，然后才能提到文学评价。唐代边疆上有那么多的数不清的大大小小战役，要让每一首抒情诗都对号入座，难啊！于是出现了："莫教胡马度阴山"，是保卫战，正义的，应予肯定。"不破楼兰誓不还"，是进攻战，非正义的，应予否定。且莫作笑话看！把文学不当文学看，"把什么不当什么看"的这个公式延展下去，麻烦确不少！如果是把人不当人看，把狗不当狗看，山不当山看，水不当水看……那笑话就多了，麻烦，乱子无穷。返回来说，如果真的把文学当作文学看，那就可省掉不少的麻烦。上述的五十年代初以来，继续不断的批判运动就都不存在了，根本就搞不起来。要是把《红楼梦》真当作文学看，那就不知会节省多少的人力物力、笔墨纸张，红学无疑会出现一个大的飞跃。要是来一个"要把文学当作文学来看"运动，我看是必要的。回想一下，我们的许多麻烦，都是来自我"不当作"三字。文学，不拒绝政治，但不能失掉它的独立性、尊严性！我们的古典文学研究，特别是红学失掉大量的读者，一个重要原因就是它失去了应有的尊严性，只成一种

"附庸"!

作家主张创作自由，研究者亦当主张写作自由。比如有人喜欢搞"红外线"学，探隐学、烦琐考证学或乐于写点红学消遣文字，这并不违背四项原则，人家就有这种自由，就不应横加干涉。只是不要以此来代替科学的学术研究。不妨把它同钓鱼、养鸟、种花、打太极拳视为同列，或可开辟一门"老龄红学"，属于养生学范畴。其成果，由《长寿》《老年之友》一类刊物提供园地，或别建设专刊，这便是古人说的"为之，犹贤乎已"。

如果既接受了"写作自由"这一原则，又反对人家搞"新编""新补"之类创作活动，这就是站不住脚的。你可以批评人家搞得质量如何，但不能反对人家从事这件工作。俞平伯先生曾说凡书皆不能续，非高鹗才短。这只是一种看法。《红楼梦》古往今来，有多少续书啊！说唱、戏曲、电影、电视，实际上都是在新补新续，何以唯独就不能以小说形式新续？早在五十年代，何其芳先生就说："如果有那样有才华的作者，他愿意去做这件事情（按指续书），象写历史小说一样依据曹雪芹的计划和自己的想象去加以重写或改写，高鹗的续书或许还是可以取而代之的。"如果真有一本可以"取而代之"的新补，又有什么不好呢？我未读"新补"本，所谈只能到此，总觉得"百花齐放"嘛，放得越繁茂越好。还有人在"做这件事情"，在说明《红》书的生命力之不朽。过去，我们养成一种用上纲上线压人的不好习惯，例如，你听见了《红》书里为中国封建制度的灭亡敲起了丧钟，算你耳聪，也不必骂人家没有听见"钟声"的人就都是聋子；甚至说听见了的是无产阶级（观点），未听见的是资产阶级（观点）。谁愿当资产阶级？于是"人云亦云"的队伍在壮大！

古作今编，我以为它是缓解古典文学"危机"的门路之一，特别是电视连续剧这个现代化的艺术形式，极受群众欢迎。在编剧上还不算十分成功的《红》视剧，上映之后，在群众中掀起了一阵《红楼》热，听说书店里积压的《红》书，一时脱销。影响遍及千门万户，黛短钗长，一时成为街头巷尾、菜篮队伍中的热门话题。当前从古典小说名著改编，已推及古典戏曲的改变，关汉卿戏曲电视连续剧已在积极编制中，对古典文学的推广普及来说，这都是可喜庆的景象。近来，武汉学术界又掀起了红学新波澜，值得欢迎！如果说红学还存在着"危急"的话，那么今天，我们从"危机"中已看到了一息转机。

一九八八年十一月二十二日
写毕于北京和平街丙庐

丰厚的积累　珍贵的奉献

——评介朱一玄先生《中国古典小说资料丛书》

常言"兵马未到，粮草先行"。这话原是对兵家讲的，说明给养对用兵的重要。资料之对于研究者，其重要性犹如粮草之对于兵家。今天，由于古代小说研究事业的蓬勃发展，研究队伍的不断扩大，其研究资料常有供不应需之虑。为觅一条资料，研究者往往极尽奔波之苦；查阅资料，已不仅是脑力劳动，而且也成了艰辛的体劳。尤其是我们原有的小说资料，丰富纷繁又多散见于文史哲诸子百家之书。有时初学者欲找一条资料，犹如牧人侦亡畜于茫茫草原，艰苦备尝。近代学者若蒋瑞藻、鲁迅、孔另境诸氏，对小说资料的整理编辑开路于前，做出了不同的贡献，然惜为条件所限，难免留下这样或那样的不足。进入八十年代后，正当学术界重视古代小说的研究，而又缺乏完整系统资料的时候，朱一玄先生的小说资料汇编，一部接一部的相继问世，真是雪里送炭，功德无量！

朱先生研究古代小说积数十年之久，学识宏通，积累丰厚，近年来以非凡的精力，实现着他编著《中国古典小说资料丛书》的宏愿。这套丛书，已完成的有下列三类。

甲　专书资料

一、《水浒传资料汇编》49万字，1981年百花文艺出版社出版

二、《三国演义资料汇编》66 万字，1983 年百花文艺出版社出版

三、《西游记资料汇编》30 万字，1983 年中州书画社出版

四、《儒林外史资料汇编》45 万字，将由百花文艺出版社出版（以上四书，与刘毓忱合编）

五、《金瓶梅资料汇编》48 万字，1985 年南开大学出版社出版

六、《聊斋志异资料汇编》48 万字，1985 年中州古籍出版社出版

七、《红楼梦资料汇编》77 万字，1985 年南开大学出版社出版

乙　专题资料

一、《古典小说版本资料选编》（外三种）73 万字，将由山西人民出版社出版

二、《古典小说资料序跋选编》（《古典小说版本资料汇编》外三种之一）

丙　断代资料

一、《明清小说资料选编》100 万字，将由齐鲁书社出版

以上十大著作，约计五百余万言，是对学术界的一宗丰厚而珍贵的奉献，受到人们的欢迎、重视和好评，是意料中事。

翻开朱书各编，给人的总印象是：功底扎实，方法切实，学风笃实；"三实"精神，贯串全书。欲作好此类工作，难处甚多。我国小说资料，源远流长，方面又广，纵横交错地散见于群籍。既浩如烟海，又星散玉落；有真有伪，菁芜杂陈。有时材料繁多，然又不能尽收，必须细筛精选，留取其富有典型性、代表性者，不时地在考验编选者的目力。在此诸方面，我们满意地看到了朱氏的功力：既广收博采，又排沙聚金；既钩沉辑佚，又订伪考实；栉乱理绪，分别部居；精审细究，力求谨严。复善于汲取他人的经验教训，看到蒋瑞藻等学者所辑的资料，只记书名，不及著者、卷数和版本，使用起来，极不方便；于是对每条资料，均细核原书，注明时代、著者、卷数和所据之版本。注明版本一项，十分重要，惜尚未

得到一些人的重视。对于其中的错别字，一般不予径改，在其后面加方括号，写出正确样字，供使用者参考。所引资料，如系转引，也注明转引的出处，一五一十，原原本本，毫不含糊。

书中浓厚地反映出一种笃实谦逊的风格。文如其人，扎扎实实，质朴无华，这是朱著的一大特色。问世于朱编之前的同类各书，质量自有高下之别，但对朱编的成功，则提供了正反两方面的经验借鉴，继承，发展，本是学术研究事业的一般规律，后来者居上，亦是自然趋势。朱编常于卷首"说明"中，特地声明："参照"或"参考"了某某学者的某某论著。于《明清小说资料选编·儒林外史编》等"说明"中声称："本书是在蒋瑞藻《小说考证》、鲁迅《小说旧闻钞》、孔另境《中国小说史料》等著作的基础上完成的。"其实，蒋编用力虽勤，但内容芜杂，用之不便；鲁编取材可靠，惟收录太少；孔编实际上是由鲁编扩充而成，可又把鲁编所收资料的卷数删掉，这却是一大倒退。朱编扬其长避其短，后来者居上。孔编收录六十余种小说的资料，二十万字，朱编（《明清小说资料选编》）除选录《水浒传》等七部名著的资料汇编外，并扩大范围，收录自明初至清末共二百八十三种小说的资料，计一百万字。孔编中关于《儒林外史》的资料只有十六条，而朱编（《儒林外史编》）已是四十五万言巨册。然而，朱先生却不忘受益于人，认为自己的著作是在他人"著作的基础上完成的"。不禁令人想起"我之高是立足于人之肩之故"的名言，在掠美之风犹盛的今天，朱氏之风，称得起是一种值得倡导的文德。

编辑资料，是为了供人使用。使用上的方便与否，应该说是衡量编写成败的主要标准。使用方便，这是朱书的又一特色，在编排材料上，它自成体例。与中华本一粟《红楼梦卷》、北大本侯忠义等《金瓶梅资料汇编》均不相同。先根据材料内容分编，然后再依时代顺序排列。七部《汇编》分为本事编、作者编、版本编、评论编、影响编等。这样，和从资料的文本形式上分编的方法相比，使用者感到方便。所录材料均保持原来的面貌，不随意改动，但又不限制编者表示看法；编者的意见，另放在"编者注"中，这些都足以说明编者为使用者着想的好意好行。

编写既有一定的原则和规格，但又有适当的灵活度；这是由内容的需要所取决。所收资料的下限，一般截至"五四"运动初，但部分资料，由于特殊需要，亦可越此限度，增加了资料的丰富性。在《红楼梦编》的"版本编""影响编"中收录了某些今人的研究成果；"作者编"中收录了清宫档案资料；"评论编"中收入甲戌、己卯、庚辰、戚序本等四种脂砚斋评本的评语及王希廉、姚燮、陈其泰、哈斯宝等四种评本的回评。较之同类著述，其丰富性，显然是后来居上了。《红楼梦编》不设"本事编"，《儒林外史编》则称"素材编"，是有关小说人物原型的传记和作者塑造人物所借用的前人著述中的材料。《金瓶梅编》则称"本事编"，辑录《金瓶梅》从古典小说中采取和借鉴的材料。且增添了"附录编"，这便是由内容决定了这种形式。在"附录编"中，辑录了朱氏自著人物表、故事编年和张竹坡所列的西门庆房屋布局。人物表和故事编年两部分占全书四分之一强。这是朱公辛勤研究的硕果，有着不可忽视的学术价值；辨讹考实，颇显功力。这样，作品中的人物关系尽管复杂纷繁，故事情节尽管多发展变化，然读者启卷，心目了然；通过定量分析，数次统计，指谬发微，不时发现"书中的疏漏"，且对张竹坡认为的"神妙之笔"，经过缜密考察，责之以"象这样把作者的疏漏说成是神妙之笔，实在是难以令人接受的"。在不少"编者注"中，都闪烁着著者博学、慎思、明辨的思想光亮。

"人无完人，金无足赤。"应该说，书，亦无尽美。特别是这样一套五六百万言的大书，自然不敢说已整理尽善，搜集完备；若编排体例，选材标准，想来也会有进一步探讨，精益求精的必要；尤其在选择版本和校勘工作方面，还会有艰辛工作可做。这是作为设想来谈的，就具体细小方面来说，有的资料，如李卓吾一百二十回本的《水浒》评、《金瓶梅》崇祯本评，似应酌予收录。再如明王道生《施耐庵墓志铭》、清曹雪芹《南鹞北鸢考工志自序》，在学术界颇有争议，似乎在"编者注"中，略作提示，有所倾向，以助初学者思辨。

总之，这套小说资料丛书，在资料学史上谱出了新章，为研究者提供了成套系统的丰富资料，大大节约了新老研究者的时间和精力，对初学者更起着引路、指迷作用，对这一领域内的研究势必起着推动作用。常言"前人种树，后人乘凉"，作为一个"乘凉者"，我对"种树人"，则是满怀敬意的。这篇小文，正是抱着很大的敬意写就的。并望早日看到朱编各卷，加上丛书字样，以《中国古典小说资料丛书》的总名，由同一出版社统一出版问世，它将是一桩不朽的盛事。

一九八六年十月七日于北京和平街丁庐

三

关汉卿研究

人道主义作家 现实主义历史

——关汉卿创作论

一

在文化史上，元杂剧的出现、定型，标志着中华戏曲艺术的成熟。在我国古典戏剧的发展进程中，关汉卿是一位创新家，他在前代宋金戏曲的基础上推陈出新，以自己大量的创作实践和戏曲活动丰富了当时的戏曲舞台，促进了杂剧的发展、定型，把中国戏曲艺术推向成熟、繁荣阶段。元钟嗣成《录鬼簿》著录杂剧，以关汉卿为首；明朱权《太和正音谱》说关汉卿"初为杂剧之始"；王国维《宋元戏曲考》说："关汉卿一空倚傍，自铸伟词，而其言曲尽人情，字字本色，故当为元人第一。"良非虚誉。我们说，关汉卿诚为杂剧之父，他当之无愧地成为我国古典戏剧的奠基人。早在十三世纪，我们已有了若元杂剧这样成熟的戏剧艺术，有了若关汉卿这样伟大的剧作家，不能不说这是我们民族的骄傲，不能不感到我们的民族为人类精神文明做出了一份贡献而自豪！

当然，关汉卿的卓越创造，并非是孤立无援的。法国史学家兼批评家丹纳在他的《艺术哲学》中，曾以无可辩驳的大量史实，说明伟大的艺术家不是孤立的，而是在这个艺术家族中最显赫的代表，有如盛开的百花园中的"一根最高的枝条"。莎士比亚并不是从天上掉下来的，从个别星球上来的陨石，在他周围有白斯忒、福特、玛星球等十来个优秀剧作家，都用同样的风格、同样的思想感情写作。卢本斯也不是前无师承、后无来者的独一无二的人物。实际上当时比利时有整批的画家，都用同样的风格，同样的感情理解绘画，在各人特有的差别中始终保持同一家族的面貌。在中国文学史上也是同样：在楚辞、汉赋、唐诗、宋词、元曲的百花坛上，在绿叶扶持中都有他们的"最高枝"。关汉卿正是元曲艺术家族中最显赫的代表，元曲花坛上的"最高枝"。

关汉卿生逢其时，群星灿烂，他的周围与身后有着众多的优秀剧作家；他是他们的杰出代表。在大都一带，有他志同道合的好友，以文会友，从事戏曲活动，如杨显之、梁进之、费君祥、王和卿以及名演员珠帘秀等，都有深挚的友谊。关氏的成就中难免也有他们的一份劳绩。一个伟大的艺术家的出现，不是偶然的，而是时代、环境孕育的成果。宋金杂剧艺术的成就为关氏提供了继承、发扬而至后来者居上的条件。元纪社会是中国封建社会历史阶段上的一个十分黑暗的阶段，阶级压迫极度沉重，民族歧视至为严酷。违反人道，违反人性，兽道横行的社会现实，正催进了卫护人道，卫护人性，反对兽道的人道主义思想的勃发。人道主义因此成为有元一代文学特别是元杂剧的普遍主题。我们在元曲里"所学到的东西比从职业的历史学家、经济学家那里学到的东西还要多"，元曲称得起是元纪社会的"卓越的现实主义的历史"（借用恩格斯论巴尔扎克《人间喜剧》语）。"为一时之冠"的关汉卿，无愧为天才的艺术家，伟大的人道主义者；他的作品，称得起"卓越的现实主义历史"。

"人道主义"一词，起初是指起源于十四世纪下半期的意大利并扩及欧洲其他国家的一种从以神为中心到以人为中心的哲学和文学运动，常被认为是文艺复兴的主题，也译为人文主义。这是狭义的人道主义。事实上，人道主义作为一种思想观念，作为一种伦理规范，自人类社会出现了反人道（蔑视人和人的价值）的行为，便随之即产生了人道主义（尊重人和人的价值）的思想。广义的人道主义，强调人的价值，赞美人的尊严，尊重人的人格，要求把人当作人看，坚持人的自由和幸福的权利，追求人的发展和发挥人的才能，反对一切把人贬为非人的现实的社会关系。它在特定的历史阶段具有反封建的深刻意义，其进步性是不容低估的。

出现在中国十三世纪的人道主义思想，则是广义的人道主义，是封建时代的人道主义。它和一个世纪之后发生在欧洲作为文艺复兴主题的人道主义的不同点之一，在于：前者以反对兽道主义而存在，后者则和神道主义相对立。但在主张把人的价值放在第一位（尽管当时还没有这样的用语），反对把人贬低为非人的这一根本点上是基本一致的。只有兽道主义比神道主义似乎更具野蛮性。神道主义还是讲道德的，只是所讲的道德是违反人性的，贬低人而抬高神的。兽道主义根本不讲道德，它也宣扬"神道"，神化一人（皇帝或领袖），贬低万民（群众、平民）；它显现着中国封建社会制度长期统治的特征。关汉卿由于他所处的社会阶层，有利于仰视俯察，再加上他卓越的艺术秉赋修养，对这个社会体察得极为细微深刻，一生怀着人道主义精神，以戏曲为精神武器，为人民代言，向人道湮灭、兽道横行的世界开战，成为我国古代剧坛上一面不倒的旗帜。

二

　　关汉卿冠盖群英，在元代剧作家中产量高居首位。据文献著录，有杂剧六十多种，今存者仅十八种；其中少数几种，疑非出自关汉卿氏手笔。若《状元堂陈母教子》，可疑度确是不小。首先是它与关作的风格不类，与关氏生平思想背反。关氏轻功名，重自由，风流狂放，"不屑仕进"；《陈》剧宣扬追求功名利禄。关作是典型的人学，《陈》剧鼓吹的则是理学。三末陈良佐这个人物在艺术上自有可取之处，但仍然不象关作的"亲属"。"一个艺术家的许多不同的作品都是亲属，好象一父所生的几个女儿，彼此有显著的相象之处。每个艺术家都有他的风格，见之于他所有的作品。"（丹纳《艺术哲学》）《陈》剧和关氏的其他"女儿"毫无相象之处。此外，接近钟氏原本《录鬼簿》的孟本系统《录鬼簿》不录，亦在加大其可疑度。可以认为《陈母教子》并非关作。在今存关氏的十几种剧作中，从数量上说，喜剧较多，悲剧次之，尚有少数英雄颂剧。现在就依悲剧、喜剧和英雄颂剧三类作品来评说。

　　《窦娥冤》是关氏悲剧的代表作，也是中国古典悲剧的代表作之一。它是一部我国十三世纪的社会悲剧，生动地反映了元代这个悲剧的时代，剧作可说是当时社会的缩影。这里：官府贪赃枉法，草菅人命；地痞无赖，横行霸道，敲诈勒索；"羊羔利"高利贷盘剥；读书求功名的人以亲生女抵债；生活里没有爱情，只有强婚、逼婚、童养媳、买卖婚姻。这里没有是非公理，只有负屈含冤，"为善的受贫穷更命短，造恶的享富贵又寿延"。一个善良的人生活在这样的环境里，其命运则可想而知。这正是窦娥不幸命运的典型环境。作品通过窦、蔡、张三户人家的婚姻纠葛：抵债婚、强婚、逼婚关系以及三家的毁灭过程，描绘出一卷元纪社会的"卓越的现实主义历史"。举凡政治窳败，经济凋敝，民不聊生，道德沦丧以及家庭结构，婚姻制度，风土人情，人际关系，等等，在短短的四折戏里，皆得到一定的反映。在这里所看到的东西，真的或许要比从职业的历史学家、经济学家那里看到的东西更为生动逼真。

窦娥，三岁丧母，七岁抵债做童养媳，十七岁守寡，已够不幸。这个出身于读书人家的女孩子，有着浓厚的贞节、孝顺、守法等封建伦理观念，涉世未深，天真善良，完全是个封建社会的顺民，完全信赖官府。当张驴儿反诬她毒死张父时，她深以为父母官，"明如镜，清如水"，毫不犹豫地愿与张去见官。但是在昏官桃杌的"一杖下，一道血，一层皮"的现实教训下，她觉醒过来，才懂得原来"官吏们无心正法，使百姓有口难言"。楚州太守的"人是贱虫，不打不招"的理论，是典型的兽道主义哲学。但屈打并未使窦娥承招，为了年迈的婆婆免予受刑笞之苦，她才自觉地迎接死神。正如她对婆婆所说，"若是我不死，如何救得了你"。这正是一种崇高的人性美，也是我们民族的一种舍己为人的高尚品德与勇敢的英雄行为。如果纯粹把它说成是封建性孝心，就未免太简单化了，则陷于单纯的动机论了。

在绑赴刑场的途中，〔端正好〕〔滚绣球〕二曲，震撼人心，激越悲壮，呵天斥地，敢怒敢言，对不合理的社会做出了最确当的概括。对传统的神权日月、鬼神、天地都发生了怀疑，提出严正质问、抗议！他们颠倒善恶，不分好歹，错勘贤愚，对这个世界至高无上的主宰者骂得威风扫地，揭穿了现实生活的异化，对天地鬼神的批判，也就是对人间社会政治法律的批判。批判了使人遭受冤屈、遭受侮辱、遭受迫害、遭受贱视，把人贬为"贱虫"的社会关系。这无疑反映着剧作家肯定人的价值，肯定人在天地间的位置，亦证明关汉卿的人道主义既反对兽道，又轻蔑神道。社会就是人的社会，世界就是人的世界。窦娥由一个天真顺民到英勇的叛逆者，从听天命到信人力，由顺从到抗争，宣示了人的价值，人的力量，人的主观能动作用。这里达到了人道主义与英雄主义相结合的艺术高度。

临刑前，窦娥发出三桩誓愿，一一应验：一腔热血，直飞染白练；风云变色，六月飞雪；天地震怒，三年不雨。一个弱女子蒙冤不明，怨气冲天，竟使自然界发生如此巨大的变异！正是人命关天，人怨天怒，天服人愿，强烈显示了人的力量，人的伟大与尊严。人为万物之灵，宇宙间人为贵。人，绝不是桃杌太守说的"贱虫"，窦娥说得对："人心不可欺！"人是不可侮的。侮人者将受到自然力的惩罚！

窦娥与恶势力作斗争，死而不已。身化厉鬼，仍要报仇雪恨。她所报并非一己之私仇。她劝告父亲窦天章："你将滥官污吏都杀坏，与一人分忧，为万民除害。"冤狱昭雪，正义伸张，自然是体现了人民群众愿望。悲剧的结尾不悲，这是中国古典悲剧的通例。

《鲁斋郎》《蝴蝶梦》是关汉卿的另外两部社会悲剧。中国古典悲剧的结局，往往要满足观众善恶有报、正义得伸的心理要求，使之主人公含冤得伸，而快人心。这样，结尾势必出现大团圆或某些喜剧色彩，然整体上的悲剧性质仍然未变。这两部剧正是如此。也可说这是中国古典戏剧形式上的一大特征，不必拘泥于西方悲剧理论。二剧所描写的都是其时特权势力欺压人民群众的非人道的社会现实。他们或夺人之妻，或杀人之父，横行霸道，为所欲为，制造妻离子散、家破人亡的人间悲剧。鲁斋郎"动不动挑人眼，剔人骨，剥人皮"，"有拐人妻妾的器具，引人妇女的方术"。葛彪"权豪势要之家，打死人不偿命"，"只当房檐上揭瓦片似的"。按《元史·刑法志》："诸蒙古人因争及乘醉殴死汉人者，断罚出征。"这就是说蒙古人打死汉人不偿命。作品的反映有现实的依据。在这个皇亲国戚、恶霸淫棍统治的兽道世界上，人成了最下贱的东西，女人尤遭践踏。鲁斋郎先抢了银匠李四妻，继夺六案都孔目张珪妻，然后又把李妻转赏给张，人行兽事，逼得两家夫妻离散，子女飘零。处于小公务员地位的张珪懦弱怕事，备受折磨。当他屈辱、孤独、矛盾痛苦无法解脱时，只好悲观厌世，上华山出家，一走了事。直到十五年后，包待制审案，设计把鲁斋郎改成"鱼齐即"，瞒过皇帝，骗取批准，才斩了这个恶贯满盈的罪魁。原来鲁斋郎是受皇帝庇护的，他之所以为所欲为，正是有皇帝作后台的。作者巧妙地暗示了人民祸患的根源，把批判的笔锋暗暗指向最高统治者。《蝴蝶梦》的主人公继母王婆是与张珪不同类型的另一种受害者的形象。葛彪打死她的丈夫王老汉，她敢怒敢言，呵斥道："使不着国戚皇亲，玉叶金枝，便是他龙孙龙子，打杀人要吃官司。"及至她的儿子们为父报仇，打死葛彪，公堂之上，三个儿子争相偿命。而王婆主动求释前房所生的王大、王二，而让并未打人的亲生子王三抵罪。并叮嘱儿子死后也不能饶了葛彪，"把杀人贼推下望乡台"。剧作在这里显现出它的悲剧特征和悲剧气氛。包待制在审案前受到梦境蝴蝶的启示，设计营救了王三。于结尾处又带来一丝喜剧色彩，它或许会缓解观众片刻的沉重心理负担，却未遮掩得了全程悲剧性的实质，依然是属悲剧范围。《鲁》《蝴》二剧称得起是中国封建社会黑暗、不人道的那段蒙古贵族统治时期的"卓越的现实主义历史"。关汉卿对那个把人不当人的野蛮世界，愤激地进行了批判，在他的现实主义艺术的笔法里闪烁着人道主义的光华。

《西蜀梦》《哭存孝》是关汉卿的两部英雄悲剧。它们对有功于国而死于被陷害的英雄深致哀悼，对暗害忠良的贼子严予谴责。颂扬崇高，鞭笞卑鄙，要求复仇，惩罚奸邪，是二剧的共同主题。《西蜀梦》元刊本科白全缺，单就曲文读来，亦相当感人。关羽、张飞遇害，魂返西川，双双托梦刘备，要求兴兵复仇，但复仇的对象，不强调敌国东吴，而主要是出卖陷害他俩的内部奸邪刘封、糜芳、糜竺、张达四人。意在表明：关羽之败，非战之罪也；张飞之死，不在疆场；一代名将，功烈盖世，竟为自己人（内部小人）所暗算！这加重了对美好事物毁坏之痛惜，揭露了人的卑鄙性，人性中存有反人性的兽性。这，大大加强了悲剧性的深厚度。在艺术上还有意渲染了人间与鬼蜮之间的不同，创造出一种苍凉的悲剧意境。《哭存孝》写"李存信妒贤害能，飞虎将负屈衔冤"的故事。李克用嗜酒昏聩，听信谗言，车裂了为他创立霸业，"血战三千阵，十生九死，万苦千辛"，且始终忠心耿耿的飞虎将李存孝。李存信、康君立二人不通武艺，未建寸功，只因能歌舞、善奉迎，赢得宠信，受到比李存孝更高的封赏，设计诬陷存孝致死。人为地颠倒功过，错乱赏罚，这是历史上无数悲剧产生的一大来由。剧作反映了历史发展过程的某一阶段中带有普遍性或规律性的矛盾。主人公就是这些社会矛盾的体现者。李存孝死前总结道:"英雄屈死黄泉下,忠心孝义下场头。"邓夫人讲得更明确:"俺割股的倒做了生分,杀爹娘的无徒说他孝顺,不辨清浑。"这和窦娥所概括的"不分好歹,错勘贤愚",都是不合理社会的同一征候。它制造着人间千万部血泪悲剧,这也正是关式悲剧反复表现的主题。值得一提的是,作者从刘夫人的奔走斡旋,邓夫人的哭诉申辩中显现出了两位贵夫人的正面形象。刘夫人的贤明更显李克用的昏庸,邓夫人的机警更见李存孝的忠厚,给予人以巾帼胜须眉的印象。在封建时代,它是作者先进的妇女观的反映。二剧共有的艺术效果是:主人公生命毁灭的闪光,却照亮了后人的历史视线,反衬得崇高者愈崇高,卑鄙者愈卑鄙。这两部悲剧,从另一侧面反映了关氏的人道主义胸怀。人道主义是一种把人和人的价值置于首位的观念,它是"随着历史的发展而不断变化着的一种思想体系。这个体系承认人本身的价值,承认人有自由、幸福以及发挥和表现自己才能的权利"(《苏联大百科全书》,一九七二年版)。不承认人有自由、幸福的权利是不人道的,不承认人有发挥和表现其才能的权利,也是违反人道的。对此违反人道的社会存在,关汉卿是深恶痛绝的,严予批判的。

上述关氏的悲剧,都未越出复仇主题,都富有浓厚的人道主义精神,这是时代使然。元纪,是个民族多难的时代,仇恨的时代,悲剧的时代;积恨如山,民怨沸腾。关氏的人道主义思想,关氏的悲剧主题,正是时代的折光。它反映着生活过程中出现的进步倾向反对历史上注定要灭亡但仍然有巨大危害力的社会力量的斗争,反映着被欺凌者不甘于欺凌的冲突。在反映过程中,关汉卿总是稳稳地站在被欺凌者一边。所以他的作品,则是人道的控诉,正义的呐喊。

现在,我们再来看关汉卿的喜剧。

《救风尘》《望江亭》是关汉卿喜剧的代表作。主要是写受欺凌的妇女不甘于自己受损害、受压迫的命运,或仗义救人,或捍卫自己的幸福,靠自己的聪明才智与恶势力进行斗争,终于克敌制胜的故事。两个小女子:一个妓女,一个再婚寡妇,完全处于劣势地位。她们既不求神占卦,又不求助于人;既无内线,又无外援,全凭自己的力量,竟孤身入虎穴,信心十足,乐观无畏,取得虎口拔牙的胜利。她们制服了强敌:一是狡猾奸诈、欺凌妇女的老手；一是仗着皇帝的势剑、金牌，握有生杀予夺大权的花花太岁。可是几个回合之后，两只张牙舞爪要吃人的活老虎，顿时成了被戳破的纸老虎。剧作在这里获得了强烈的喜剧性效果，引人发出快意的笑，对丑恶鄙视的笑。这笑即对事物的感情评价。

这两个有趣、精彩，却又有点意外滑稽的故事，并不给人带来半丝的虚假感。因为它根植于现实生活的泥土之中。二剧令人深信不疑的效果，首先，表现为主人公行动目的的迫切性。她们的果敢出自友爱和爱情，出自疾恶如仇的心理。赵盼儿得知结义姐妹宋引章被人毒打，危在旦夕，便认为"做的个见死不救，可不羞杀这桃园中杀白马、宰乌牛"？平常受刘、关、张英雄义气的影响，她的侠义性格有着生活素养。谭记儿受够凄苦的寡居生活，适与青年官员白士中新婚，获得美满的爱情，不意杨衙内前来图谋杀夫夺身，她立即由娇羞变为刚烈，为捍卫自己的幸福，不惜赴汤蹈火。其次，对策正确。敌强我弱只有出奇制胜，察言观色，随机应变，聪明而美丽，成为她们取胜的重要条件。周舍狡猾，事先已想到会有"尖担两头脱"之险，然他被色欲、贪欲迷了心窍，经不起赵盼儿切中要害的智攻，仍然乖乖写了休书，落得个"尖担两头脱"的失败下场。杨衙内仗着皇权，生杀予夺之权在手。貌似强大，但他又有贪杯好色的劣根性。巧扮渔妇的谭记儿乘势攻之以酒惑之以色。这位花花太岁手中的势剑、金牌终成为"张二嫂"的战利品。失去了权力的凭借，便如缴了械的俘虏。我们绝不可忽略了这个可笑故事后面隐含着现实主义批判的深刻性。周舍胡作非为，虐待妇女，有"丈夫打杀老婆不偿命"和一纸休书就可单方面逐出妻子的"王法"作后盾。杨衙内的生杀予夺之权是皇帝赐与的。所以作品鞭笞的并不仅仅是人的一般缺陷或个人品质，同时指出了造成这些缺陷与恶行的社会根源。关氏批判的笔锋没有停留在周舍、杨衙内之流的个人行为上，而且触及到封建的、反人道的政治制度、法律制度和专制皇权制度。二剧结构紧凑，冲突集中，双方的斗争凝集于休书和势剑金牌的争夺上，从斗争中成功地突现出两位正视危机、敢于斗争而又各具性格特征的青年妇女形象。

关氏所处的是个不承认人的价值、人的尊严、人的发展和人的自由幸福的社会，女人更没有人的地位，女人中的妓女、寡妇则更受歧视。关汉卿自觉不自觉地"承认人有自由、幸福以及发挥和表现自己才能的权利"，以人道主义的思想目光，发现了人的价值，发现了被贱视的妇女特别是下层妇女的才智、品质和力量。妓女赵盼儿却具备了古代英雄的智仁勇品德。谭记儿亦非等闲之辈，化装斗强敌。白士中说："莫说一个杨衙内，便是十个杨衙内也出不得我夫人之手。"关氏笔下频频出现比男子汉更强一等女丈夫，自然不无理想化的色彩，然亦可见其审美理想的崇高可贵。人道主义与英雄主义的结合，构成他作品的独特风格。

《调风月》《拜月亭》《玉镜台》三剧都是以爱情婚姻为题材的喜剧。女主人公都是聪明可爱、纯真无邪、充满活力生气的青春少女，都不甘于命运的摆布，各有自己的追求层次。在爱情上都有挫折，有甜有苦，但最终都以大团圆结场。其主调是愉悦的，洋溢着喜剧性气氛。

《调风月》的主人公燕燕是女真贵族家的婢女，在等级森严的社会里，她爱上了和自己身份极不相称的贵公子小千户，这就决定了她的爱情航程不会是一帆风顺的。她聪明而有心计，小心翼翼地注视着那个人欲横流、处处为女人设下陷阱的男权社会。她无奈何地受到小千户的诱惑之后，则喜忧交加：喜的是"蒙君一夜恩"，遇得"这好郎君"，以为"不系腰裙"（不作女奴）在望；但怕他"志不诚"，"负义忘恩"。惟恐上当，果然受绐。发现小千户另有所爱，爱的是和他具有同等身份的贵族小姐莺莺。她顿时由爱转恨，由喜转怒，由怒发作：摔小千户稀罕的物品，毁莺莺送小千户的信物手帕，还让小千户吃闭门羹。在小千户和莺莺的婚礼上，借看相又揭又骂："黑心贼""偷汉精""铁扫帚""绝子嗣，妨公婆，克丈夫……死的灭门绝户"。骂得狗血淋头，骂了个痛快。处于弱小地位的一个小丫头，竟以一正压百邪的气势压倒貌似强大，但理亏心虚的作孽者。她出其不意地频频予他以凌厉的攻伐、教训，终于大获全胜，"许以第二夫人做"，从此"燕燕花生满路"。这胜利不是乞求来的，而是争斗来的。可惜现存的剧本科白断烂不全，但从曲文与关目中依然看出来它洋溢着浓厚的喜剧性效果。

但是，不容忽视，在这部喜剧后面隐含着深刻的悲剧性。一个站在等级社会阶梯的最低层的奴婢，受到从肉体到心灵的戕害。奴婢身份使她先天地不能获得爱情上的平等，她还违心地去干自己绝不愿干的事；不得不为自己心目中的"好郎君"去求亲说媒。这苦楚和《鲁斋郎》中张珪献妻时感叹"几曾见夫主婚妻招婿？今日个妻嫁人夫做媒"是一致的，都是对人性的无情践踏。她照样得服侍她不愿服侍的人："到晚送得他被底成双睡，他做成暖帐三更梦，我拨尽寒炉一夜灰！"一个心灵遭到蹂躏的少女的幽怨，却是对灭绝人性的奴婢制度的血泪控诉。关汉卿以他的人道主义思想光辉，烛照到暗无天日的社会底层，光及挣扎和呻吟在这里的卑贱低微人物身上，使人们得知她们最苦痛的痛苦，最难耐的不平。他把一向被人们熟视无睹的"贱民"的痛苦，纳入他的苦恼的艺术构思之中，于是他确确实实成为封建社会良民的代言人。在剧末，他提出：人，要有"人心人面皮，人口人语言"！应该说，关氏在本篇作品中所达到的人道主义思想高度，是前不见古人的。

关氏没有孤立地写爱情，他把爱情与封建等级制度联系起来。反人道的奴婢制，限制和破坏着人的纯洁爱情。燕燕所追求的爱情，一开始就包含着摔掉奴隶枷锁，争做人身自由的功利目的。第一次接受小千户的"爱"之后，就提出要求："过今春，先教我不系腰裙（奴婢系的围裙）。"再次叮咛："你可休言而无信，许下我包髻团衫绸手巾，专等你世袭千户的小夫人。"（做小老婆、二夫人，这比当女奴强），她一再为她的"半良身""半贱体"的奴隶身份而忧虑。她责怪小千户说："你那浪心肠看得我忒容易，欺侮我是半良不贱身躯。"当她苦闷到极点，相怜扑灯蛾时说："咱俩个堪为比并：我为那包髻白身，你为着灯火清。"对灯蛾说的自然是心底话。从良作自由人，正是她追求的目标。与其说她爱小千户，毋宁说她爱的是人身自由。"小夫人"并不见得就是爱情的代名词，可它无疑是"包髻白身"的化身。她不厌其烦地念叨着它，在对小千户抱着"好郎君"幻想时，就"专等你世袭千户的小夫人"，及至"好郎君"变为"黑心贼"之后，她仍然念念不忘："怎当那厮大四至铺排，小夫人名称。""空使心作俫，被小夫人引了我灵魂。"她简直成了"小夫人迷"。应该说，"小夫人"和爱情是两码事。但有了它，便可不再是奴隶，可享受人的待遇。自从她看穿了小千户的黑心之后，她追求的并不是爱情，而是一个"位置"。经过勇敢而辛辣的斗争，终于"求福而得福"地达到梦寐以求的"包髻白身"的目标，挤上了"二夫人"的席位。不管她获得了爱情没有，但争得了自由，取得了人的资格，这确乎是真的。如果我们明白了这点，再去争论应不应该让燕燕出走，似乎就意思不大了。今天的改编者如果从观众的接受感出发，怎么改随他。但如果认为原剧这一结尾是个赘瘤，必须割掉，那则是忽略了这一结尾和全剧的整个相通的经脉。不能认为它一如马戏团里的猴子，割去尾巴，就更接近人形。作家的追求层次产生并受制于一定的历史环境。追求目标的实现，亦离不开历史提供的条件。关汉卿再伟大，也写不出历史尚未提供条件的作品来。

《拜月亭》的剧情，是在兵荒马乱的背景下开展的。少女王瑞兰随母逃难，被哨马冲散，与书生蒋世隆相遇，患难相扶，结为夫妇。适其父出使归来，在客店中父女相逢，竟强迫女儿丢下抱病的女婿跟他回家。瑞兰回家后，思念丈夫，抱怨父亲，但不敢明言，只在夜深人静后，对月祷告，祈求幸福。后来，蒋世隆中了状元，王父招他为婿。见面之后，才知蒋原是他在客店里唾弃的那位卧病的穷书生，自己成为被观众嘲笑的对象。一系列的巧合、奇遇、忽合忽离、误会、意外等偶然性事件，构成了故事情节和人物的关系，但它又都合乎情理，具有真实感。因为事情发生在战乱之际，战争破坏着社会的安定，打乱了人们生活的正常秩序，出现突然性、偶然性的事件也就成为必然。具有高度真实感的奇、巧、意外、滑稽、聚散无常、苦乐不定，正是最好的喜剧特征。它以喜剧的形式反映了战乱时代人们的悲欢离合，成功地描绘出封建时代一个大家闺秀的娇羞心态，情节曲折，词曲鲜丽，为作品增色不少。

《玉镜台》写聪明美丽的少女刘倩英被老翰林学士温峤看中，以玉镜台为定物骗其举行了婚礼。但她不承认他是自己的丈夫，洞房里不让他接近自己一步。最后王府尹设水墨宴调解，利用她天真简单、好美爱面子的弱点，使之终于顺从了。全剧结构单纯，词曲富丽多姿，幽默风趣，堪称喜剧珍品。温峤，这位历史上的骠骑大将军，在这里却带有几分的"色情狂"（宋元时期，文学作品中的男性求爱者，总是免不了一见倾心、"唯美是爱"的势态，顾不得也谈不上什么对思想性格一致性的要求，常常显得痴情者患有性饥渴心理症，张君瑞乃至晚些时的柳梦梅都有一些"狂"味），令人厌恶，但他绝不是反面人物。他心诚意真，并无三妻四妾，对年少新妇"洞房中抓了面皮"的抵抗，采取了惊人的宽容态度，坚决反对

"倚官挟势"的强权手段，表示："索将你百纵千随，你便不欢欣，我则满面儿陪笑；你便要打骂，我也浑身都是喜。"在古典喜剧舞台上，《玉镜台》为观众推出了一位吃尽了"自招自揽风流苦"的"老丈夫"形象。如果我们不是过分强调艺术的思想教育功能和认识功能，对这个喜剧就不宜过贬。它的富于人情味的描写，以华丽生动的歌词作为描绘人物的艺术手段，把欣赏者引向新的审美境界。刘倩英的女性美，是通过一个好色的老翰林学士的审美心理结构反映的，从手到脚以至指甲都有细腻的观察，似乎美人从此有了标准。

作为一切社会关系总和的人，他的成长、追求以及性格的形成，无不受制于一定的社会环境。燕燕、王瑞兰、刘倩英三人对加之于身的压迫都是反抗的，但她们的行为上又各带有出身教养的烙印。身为女奴的燕燕，反抗多行动化，摔东西，毁手帕，骂大街，粗声硬气，言不雅训，什么"背槽抛粪"呀！什么"便似包着一肚皮干牛粪"呀！等等。生长于仕宦之家的刘倩英或许连牛粪都未曾见过，就难能出此"粗话"。如果有千百万个燕燕聚集在一起，一怒之下，说不定会掀起一场奴隶大暴动来。大家闺秀王瑞兰对父亲的狠心，只有怨气，不见行动，她的反抗只在口头上、心理上进行，不敢理直气壮地公然决裂，且常常满面娇羞，不失贵小姐的身份。出生于名门的独生女刘倩英，自幼失怙，与其母相依为命，娇生惯养，单纯天真，她的反抗，别无他方，只有以手指抓人面皮，稚气未退，经不起人家的老谋深算。可见关氏现实主义笔法的胜利，无疑也是忠实于生活的结果。关氏对比男人多受一层压迫的女人的同情，对人性和人性美的宏扬，为他的剧作增添了光泽。

《金线池》《谢天香》是两部儿女风情喜剧。以妓女的爱情生活为题材，通过对她们与情人的悲欢离合的描写，表现了被压在社会底层的妇女的品格情操、聪明才华及其痛苦。《金线池》写：杜蕊娘与韩辅臣本来真心相爱，都愿结为夫妇，怎奈杜母钱迷心窍，反对女儿从良，直至造谣离间，诬韩另有所爱，破坏了女儿对韩的感情。不论韩怎样苦苦哀求与解释，总是得不到这位倔强的姑娘的谅解。最后在石府尹公堂上"列杖擎鞭"的高压下，两人才和好。观众在笑声中散场。这一结局是滑稽的，甚至是有点荒唐的。然而，细读剧本，便觉得它又是可信的，甚至觉得这位滥用职权的父母官，尚不无可爱之处。他的动机很好，效果不坏；为了成人之美，亦达其目的，只是方式不好。用"大棒子"逼人合好、成亲，不仅侵犯了人权，而且是以官压民。可是在那个把人不当人看，尤其是把女人不当人看的社会里，这又算得了什么！《窦娥冤》里，桃杌太守不是也哼着"人是贱虫，不打不招"么！"贱虫们"挨点打，有何稀奇！这一形式上的荒唐，正是作家以喜剧形式揭示的社会真实。这里引发的观众的笑，是一种评价，是一种否定。从剧情发展看，官方的这一压，还真解决了问题，既满足了原告的要求，也符合被告的利益，成全了这对恋人因受恶人的挑拨而遭致损害的爱情。如果不这样解决，让这对有情人再僵持下去，以至破裂到底，亦非观众的感情所望。这位粗暴的府尹之所以采用此法，亦属事出无奈，是由好友韩辅臣用唱喏、下跪乃至寻死觅活逼出来的。他还慷慨解囊，拿出花银百两给那位爱财的老虔婆杜母做财礼，另取俸银二十两办庆婚筵席，为穷朋友帮了大忙。显然，作品在赞美爱情的同时也赞美了友情。杜蕊娘的出现，在关氏的人物画廊中又站立起一位浑身锋芒、口快如刀的倔强姑娘。她的锋芒是为捍卫人的尊严而长出的，是为保护女人的价值而存在的，犹如动物身躯上的保护色，是适应环境、生存竞争的必然结果。关氏笔底妇女身上的保护色，是后天的获得性。韩解元才貌双全，有着"读书人的凌云盛气"，气高自负，可是他常常跪倒在妓女蕊娘的石榴裙下，甚至要跪一夜、跪到天明，自认"我气高，那蕊娘的气比我更高"。一个妓女在贵公子面前，毫无卑贱感，反而志高气盛，这是关氏笔下开始出现的新意识，唐传奇中不曾有此现象。细心的读者会注意到关氏笔底，要是男女相较量，男人总是比女人矮三分、逊一筹。他处处不忘为被压迫者出气，足跟总是牢牢站在弱小者一边，偏偏与重男轻女的社会唱反调。杜母是蕊娘亲生母，不是鸨母，可她毫无母爱，逼得女儿"夜夜留人夜夜新"。女儿到了三十岁，还是不让从良嫁人，为的是给自己觅钱。这种违反人性的残忍行为，她竟以为是合理的。她是畸形社会的产物，是社会扭曲了人性。在这个社会里，法律、道德都在认可或保护母亲把女儿作为觅钱工具的。在关汉卿的喜剧后面，是悲剧。

《谢天香》既肯定谢、柳爱情，又赞美钱、柳友情。才人柳永迷恋济南名妓谢天香，其友钱大尹鼓励柳永出求功名，许以对谢天香"敬重看待"。柳永去后，钱大尹取谢天香进府，以纳妾为名，实际上"整三年有名无实"，保护了朋友的恋人。但柳、谢两人一时并不知情，或恨钱夺人之爱，或在府内幽怨丛生。三年后柳永中状元归来，误会得释，喜结良缘。在封建男权社会里或许这可称是一桩佳话，实际上它反映了那个把女人不当人、只当作玩物的社会真实。这一点在当时，或许连关汉卿也未见得就意识到。女人没有独立的人格，可以随便安上一个什么名义（诸如小夫人之类），代为保管，人，纯粹成了玩物，人的尊严何在？谢天香对此体验最深。她聪颖多才，向往自由心切，在相公府内看到金笼里的鹦哥因会念诗而受笼牢，意识到若自己这样的女子，有才反是累，才艺带给她的是受玩弄、被笼牢。进府来本想"到家须做个自由鬼，今日个打我在无底磨牢笼内"。以"骰盆内色子"为题，吟诗自怜："一把低微骨，置君掌握中，料应嫌点涴，抛掷任东风。"这不止是谢天香一人的怨声，而是千千万万人格受屈辱、人身失自由的妇女的悲愤控诉。

两部戏的主人公不幸地有着同一身份，都在为摆脱非人的屈辱地位、过上人的正常生活而奋斗。但她俩的性格，却一刚一柔，一个刚中有柔，一个柔里见刚。作者对她们的同情与赞扬，显然是对人的尊严的卫护，对非人道的批判。妓女制度本身就是反人道的。有正义感的作家，如果是如实地而不是歪曲地再现了她们的生活，必然会是尚人道的、反兽道的。

以上我们谈论了关氏的喜剧作品。它嘲笑了现实中的反面的、腐朽的东西，肯定了生活中正面的、理想的事物。作品主人公全是妇女（《玉镜台》虽是末本戏，但旦扮刘倩英仍是主要角色）。人道主义思想光触人物心灵，为形象增益了人性美。生动活泼、幽默风趣的喜剧性风格中，留下了关氏"滑稽多智，风流蕴藉"性格的投影。情节的生动，词曲的富丽，显示着他"一空依傍，自铸伟词"的卓越才华。

以下再看关汉卿的颂剧。

《单刀会》是关汉卿英雄颂剧的代表作，它有一定的史实依据。陈寿《三国志·鲁肃传》云："肃邀羽相见，各驻兵马百步上，但请将军单刀俱会。"在会晤中鲁肃索取荆州，态度强硬，"责数羽"，"辞色甚切"。结果是"备割湘水为界，于是罢军"，关羽完全处于被动局面。据《吴书》记载：鲁肃在会上盛气凌人，振振有辞，质问得"羽无以答"。《资治通鉴》

（卷67）所记，亦有"羽无以答"语。关剧《单刀会》正翻了个过。关羽声威逼人，豪气凛然，而鲁肃却反受其辱，心思白费，极尽能事地渲染了关羽大智大勇、叱咤风云的英雄气概。全剧贯串维护汉家基业的思想。关羽以捍卫祖宗基业为己任，在谈判会上，以居高临下的气势侃侃而谈："俺汉高皇图王霸业，汉光武秉正除邪，汉献帝将董卓诛，汉皇叔把温侯灭，俺哥哥合情受汉家基业。则你这东吴国的孙权，和俺刘家却是甚枝叶？请你个不克己先生自说！"自刘邦创业以来，荆州一直是汉家的基业，汉家子孙刘备承继汉业，天经地义，孙权外人，无权过问。关羽便成为为捍卫汉家领土主权不受外人侵凌、赴汤蹈火在所不辞的大英雄。全剧突出"汉"字，关羽自称："我是三国英雄汉云长。"剧末句是"急且里倒不了汉家节"。连东吴老臣乔玄一上场自称"俺本是汉国臣僚"。这是关氏的一部政治剧。但他对生活中的政治评价、道德评价，经过审美中介，自由地转化为美的艺术形象，已经超越了事件的表层，而获致一种诗的情致与深厚思索的意蕴。如关羽纵目大江，吊古凭今，一曲《新水令》，"豪情三千丈"。再听《驻马听》：

> 水涌山叠，年少周郎何处也？不觉的灰飞烟灭，可怜黄盖转伤嗟。破曹的樯橹一时绝，鏖兵的江水犹然热，好教我情惨切！这也不是江水，二十年流不尽的英雄血！

把人引入无穷尽的联想与当年赤壁鏖兵的血与火的追思之中。满江的水，感觉上犹然在被战火烧得发热，质地上是战士血管里流出的血。长江里流的不是水，而是"二十年流不尽的英雄血"！这实际上是一种诅咒战争、向往和平感情的流露，表示对人的生命的珍惜，天地间人为贵的思想，蕴含着不愿再动干戈、荼毒生灵的"惨切"情怀，表现了人道主义的广阔胸怀（单刀赴会的举动，本身就是一桩主张和平、反对战争的壮举）！按理，这段唱词，并不太符合关羽其人的平生性格。它实则是作者自我激情不可抑遏的坦泄，但它却表现出深邃奇丽的诗思与扬厉奔放的热情。"热"和"血"的联想及其遣词造意，前无古人，借东坡旧词而别赋新意，为诗的意境、语言的近代化起催化作用。关汉卿也是一位奇才诗人！

赤壁一战定三分，刘备集团从此结束了流亡生涯，取得根据地，得与曹、孙争雄，关羽的集团在战争中亦付出了不少力量。可是他在这里对赤壁之战并未采取肯定态度，且对周瑜、黄盖等战胜者、英雄人物亦持轻蔑态度。这显然和小说《三国演义》中的关羽是不同的。在小说乃至史籍中，关羽把他们集团在赤壁的作战建功，作为这次会上反诘鲁肃的重要理由。如说："乌林之役，左将军亲冒矢石，戮力破敌，岂得徒劳而无尺土相资？今足下复来索地耶？"四折杂剧已是一个完整的艺术形式。如果不把它和小说中的关羽形象混同起来，"二十年流不尽的英雄血"，可使老冉冉将至兮的关羽，更看清了战争的灾难，激发了人道思想，喊起"好教我情惨切"！出此绝唱反而有助于性格的丰富饱满。

关汉卿不仅是杂剧作家，同时也是位散曲大家，也可说是戏剧家兼诗人。据赵万里辑校的《关汉卿散曲辑存》，有套曲十四，小令五十七，附录小令五，其中有少数作品，疑非关作。内容涉及离情、闺情、游乐、自然风物的吟咏以及自我性情的表露，甚或是内心苦闷的变相发泄，除去一部分一般离愁别恨的抒写，平淡无奇之外，主要部分，则有独特的发现，独特的感受，表情富，达意妙，想象奇，比喻俏，韵律悠扬，火似的热情随才华而横溢。处处有作者心灵的投影，构成文风上的个性美。它们不仅有文学价值、美学价值，而且是了解关汉卿、研究关汉卿的宝贵史料，弥补了一些文献的不足。

从关氏的散曲代表作《不伏老》这套曲子里，我们看到了在他的杂剧中难以看到的直抒胸臆的坦露：其为人，性格，爱好，愁恨，痛苦，统统事无不可对人言。自称："我是个普天下郎君领袖，盖世界浪子班头"，"半生来折花攀柳，一世里眠花卧柳"。称得起是个风流才子，浪漫派艺术家。他游玩州府，嬉戏调笑，说的再通俗点，吃喝嫖赌玩儿乐，他全是内行里手。但他并不肯定它，承认这是天赐予的"歹症候"，可又顽强地卫护着它，直至坚决地号呼："除是阎王亲自唤，鬼神亲来勾……那其间才不向烟花路儿上走！"好象是有谁来阻拦他似的，其实是内心矛盾痛苦不得而解时的愤激之词。再看"凭着我折柳攀花手，直熬得花残柳败休"，一个人在正常情绪下，还能说出这样的话吗？"我是个经笼罩、受索网、苍翎毛老野鸡。"已明朗地表露出他欲展翅高飞而不得的不自由的痛苦。

何况时光逼人，"恰不道人到中年万事休，我怎肯虚度了春秋？"一种强烈的紧迫感在激励他，他在追求，他要战斗。面对现实，兽道横行，他的人道理想与兽道现实的矛盾构成他难以解脱的苦恼。他愤激，他不平，发于中，形于外：性格上桀骜不驯，生活上放浪形骸。何以解忧？"花中消遣，酒中忘忧。"可是花和酒并没有使他消沉。在庄严宣告："我是个蒸不烂、煮不熟、捶不扁、炒不爆、响当当一粒铜豌豆"。任何力量休想使他屈服！他长期和艺人、妓女混在一起，日夜出没于戏院、妓院，他生活在这里，游乐在这里，他的事业也在这里。在这里他获得了独特的生活积累与深厚的题材源泉，这里开拓了他反映生活和塑造性格的广大摄取机能，提高了他的作品主题意义。他爱上了这里，离不开这里，便成为理所当然。《不伏老》是关氏一篇难能可贵的"中年自述"，一幅逼真的自画像，提供了一个自强不息、永不屈服的宝贵性格，使后人看到了一位古代优秀文艺战士的形象。

如果说，关氏杂剧更多的是社会生活的画卷，那么，他的散曲里有不少则属于"自我表现"，流露出一种对人的本能的感情冲动，他不过分地强制自己服从于公认的道德规范。这在以《不伏老》为代表的抒情散曲中表现得十分鲜明。文学是生活的反映，但文学也同时是感情的产物。生活不经心灵的制作，成不了文学。两者本来就相辅相成。一般说来，抒情性的作品更便于"自我表现"，叙述性形式更便于反映社会。西方一些学者认为中国文学里，在对待社会和个人的态度上是重社会而抑压"自我"的。其说或许不无道理，但关作并不尽如此。

三

综上所述，我们再试总结关汉卿的创作的主要特征。

一，人为万物之灵，天地间人为贵，世界是人的世界。戏曲舞台是人世舞台的反映和缩影。人是戏剧的主人公，情节、事件，都需要人物的支配。只有显示人的价值、人的存在的意义的时候，艺术才会获得自己的真实生命，才会取得感动观众的力量。此时，艺术才能说明自己的价值。肯定人的尊严，关心人的命运，歌颂人的美丽，是关氏所表现于他作品的中心感情。关汉卿之所以成功，受到不同时代无数观众、读者的钦服，正是由于他的创作中包含着这一崇高感情。

二，关氏的作品中，闪烁着理想的光华。他在那个暗无天日的社会里，发现了光亮：发现了人的价值、作用和力量，尤其是发现了更多受一重压迫，处于劣势地位的妇女的力量。越是被压在社会底层的，越具有反抗精神。尽管它还只是星星之火，但关氏看到了它，并摄住了它。他从丑的世界里发现了美，看到了丑的横行，也发现了美的存在，看到了可憎的，也发现了可爱的。他把美与可爱予以保护、光大，而在美与丑、善与恶的斗争力量的对比上，占取了优势。他从现实中发现了理想，又把理想性格多赋予惨遭不幸、屈居等级社会最低层的妇女身上。她们身上出现了新意识、新行动；少了自卑感，多了自尊心；少了怯懦性，多了斗争性；少了依赖性，多了自主性。她们力图越出封建礼教的规范，同"女子无才便是德"的教义唱起反调；她们有着独立不倚的人格，富有勇于自救的行动。她们反蒙昧主义，有着不甘于现状的强烈行动性。她们中，有智仁勇兼备的妓女赵盼儿，智勇双全的再嫁寡妇谭记儿，至死不屈、感天动地的童养媳出身的青年寡妇窦娥，大义凛然的继母王婆婆，敢于斗争的婢女燕燕，女才子妓女谢天香，倔强气傲的妓女杜蕊娘，顽强不屈的要活下去的王李氏，等等。这些女丈夫、女强者，具有和男子同等的胆识才干。不，在她们和男性的较量中，大男子常常是她们的手下败将。这是对男尊女卑社会的讽刺性挑战。这些形象都来自生活现实，其真实性毋庸置疑，再说，艺术不能和现实完全等同。艺术家有责任打击可恨者，也有权利使可爱者的形象更高大。

三，反对兽道，维护人的尊严。一个小人物青年寡妇的含冤而死，竟至风云变色，天地震怒，自然界发生巨变，在中国舞台上破天荒显示了人的高贵尊严！关氏笔底的皇亲国戚、权豪势要、昏官贼臣、花花太岁、地痞无赖等，如鲁斋郎、葛彪、桃杌、李存信、周舍、杨衙内、张驴儿等，都是行兽道、反人道的社会势力的代表。他们人面兽心，所作所为，惨无人道，灭绝人性，根本把人不当人看，只当作是会说话的工具或"贱虫"。对他们的愤激揭露批判，就是对人的尊严的维护，对人道的尊重。关氏的批判，一定程度地触及到了兽道主义赖以存在的病根：封建等级制度、妓女制度、奴婢制度，等等。实际上，关氏的人道主义成为他对历史的、时代的灾难的沉痛体验。

四，关氏尽管不是无神论者，但他并不宣扬神道。从他的作品所客观呈现的形象价值意义看，他把人从听天由命拉回到以人力和按人的意志自行掌握自己的命运，并为自己的命运而斗争。在他看来，要改变自己的命运，只有靠自己。在现存十八部剧中，没有一部是带有宿命论色彩的（这是古代文学中相当普遍的缺点）。主人公遇到困难也没有去求神问卦，祈求于神道。他的主要喜剧的完满结局，都是靠主人公自己的意志与力量斗争来的；他的悲剧主人公也是以人的顽强不屈的性格显胜，报仇雪恨全靠人力。在元明杂剧中，"神仙道化"剧流行，关作数量在各家中居首位，竟无一部此类剧。只有《鲁斋郎》中，张珪于孤独绝望中无可奈何地上华山出家，但后来仍还俗，无疑也是对此道的否定。

五，人，本应是平等的，富人、贫人、男人、女人、官吏（包待制、钱大尹）、平民（银匠李四等）、贵夫人（邓夫人、刘夫人）、穷寡妇（《五侯宴》中的王李氏）、小姐（王瑞兰等）、奴婢（燕燕）、妓女（赵盼儿等）、继母（王婆婆）、童养媳等，都是人，都有独立的人格，都有同一的尊严，在人世间都应有自己的位置。可是在不人道的社会里，偏偏人为地把人分作三六九等，好象有人生来就是压迫人的，有人则是受压迫的。人间便成了人奴役人、人践踏人、女人更受凌辱的悲惨世界。关汉卿就生活在这个世界里，他从里内观察、体验并一定程度地认识了这个世界，以现实主义的艺术手法反映了这个世界。人道主义便成为他意图改造世界（为人民代言、反对兽道）的精神武器。不管他是自觉还是不自觉的，其作品的客观反映是如此。

六，关氏的作品，还富有一种英雄主义的雄健美。这种美，不仅表现于驰骋疆场，叱咤风云的英雄人物关羽、张飞、尉迟恭、李存孝、李从珂等身上，即在一般被歌颂的妇女身上，再也不见温柔敦厚、逆来顺受的传统女德，且表现出一种由受制于人到不为人欺的英雄品质，洋溢着敢于斗争、乐观无畏的进取精神。作品呈现出一种人道主义与英雄主义相结合的精神。

七，关汉卿一生生活在人民群众之中，他了解人民群众的痛苦、渴望，他善于发现他们的才智和力量。他满怀人道主义的热忱，采用了活在人民大众口头的语言，以现实主义的创作手法，描写了时代，反映了现实，为后人留下中国十三世纪社会生活的图画、一部"卓越的现实主义历史"。

八，关汉卿的人道主义思想，比欧洲的人文主义早一个世纪，两者自不能混同。关氏的思想是他彼时思想文化土壤的滋生物，仍可寻根于儒家仁爱思想（孔子认为"仁者爱人""泛爱众，而亲仁"。孟子主张"推恩保民""发政施仁"），他的剧作是十三世纪元朝封建统治下的中国社会的产物。关汉卿的人道主义精神背后满面隐含着对皇权主义的承认，对清官出现的幻想。这正是关汉卿人道主义思想的历史局限性。如果看不到这一点，我们将模糊历史唯物主义原则和评价历史人物的标尺，难免就要拔高古人。但是，古人作品的艺术形象所蕴含的客观内容，有时也会是作家所始料未及、意识不到的：关剧中有不少正属这种情况。研究者在理解作家的同时，有责任超越作品的意识范围，发现并揭示其作家并未意识到的作品已呈现的或潜在的价值意义（历史的、美学的）。这就和有意无意地凭空拔高作家是两回事。我们还应看到，关氏的人道主义思想，虽可寻源于儒家的仁爱思想，但其流已与其源儒家的思想相背。儒家一方面讲仁爱，同时讲礼让，于是仁政大受礼制的制约，爱人要按亲疏贵贱来爱，要把人分成尊卑等级来讲不同的礼让。儒家的仁爱还包含着"保民而王""恩及百姓"的恩赐观点。至若儒家的"温良恭俭让"思想，蔑视女子小人的思想（《论语·阳货》："唯女子与小人为难养也，近之则不逊，远之则怨"），等等，正是关作所批判的。人学和理学更是互不相容的。

有社会主义的人道主义，有资产阶级的人道主义，自然在封建时代也有古代的人道主义。关汉卿的人道主义思想，不因他本人的生老病死而衰微而终结，由元到明，随着历史文化的行进，人道主义思潮以新的势态在文学、哲学思想疆域内，时显时隐，但不停地荡漾着，他催促着古老的中国文化思想向近代化漫步。

关汉卿，伟大的人道主义作家；

他的作品，卓越的现实主义历史。

中华人民共和国成立后，关汉卿的作品受到了前所未有的重视。一九五八年，曾作为世界文化名人，在国际上和国内展开了关汉卿戏剧创作七百年纪念活动。同年六月二十八日晚，全国有一百来种不同的戏剧形式，一千五百个剧团，同时上演关汉卿的剧本。可谓盛矣！关汉卿的遗迹传说一直在其故里河北安国县伍仁村世代相传，老幼咸引以为豪。一九八七年春，县人民政府在伍仁村关家坟旧址建立了关汉卿墓碑，刻石纪念。省、地、县政府部门，文艺界，学术界对关汉卿遗迹的清整、研究，已做了不少有益的工作，且引起一些省外和国外专家学者的关注。今年（一九八八年）秋，中国古代戏曲学会三届年会特开展纪念活动，将于十月十七日在安国举行纪念大会并召开学术讨论会，因此敢奉拙篇，聊作芹献！

一九八七年四月初稿
一九八八年九月重订于北京和平街丁庐

关汉卿故里考察记

我们河北师院元曲研究室的五个人带着"关汉卿到底是不是我省安国县伍仁村人"的问题，于今年（一九八五年）六月初偕同省文联的同志一行十三人，来到安国县城南伍仁村一带进行访问、考察，受到当地政府和群众的支持、帮助，县文联、文化馆的同志和乡亲们热情陪同向导，实际参加这次考察工作者不下二十人。之后，又举行了座谈会；会上，还听取了村里老者们关于关汉卿生平遗事的介绍。后来，我和本室的少数同志回到县城，在县委档案馆翻阅有关的方志资料。至此，我们原来所带的问题终于得到了肯定的解答。

安国县城南十五公里处有伍仁村。按《祁州志》（乾隆二十一年刊，据嘉靖四年纂修本重修）说："（关）汉卿，元时祁之伍仁村人也。"这就有必要对伍仁村略作说明。《祁州续志》云："伍仁村三官庙内有石像三，相传为水冲来者。村西有石像五，有身无头，相传为汉光武所杀。"这便是伍仁村命名的来由。"文革"中，这些无头石像亦罹难。今仅见二尊残躯半掩土中。乡亲们见告，石人背面原刻有"大中九年"字样，可知它存在已有一千一百多年（唐宣宗大中九年即855年）。按《祁州乡土志》："南镇伍仁桥，元曰午仁里，明曰伍仁店，自万历间敕修万寿桥于滋河上，今名《畿辅通志·河渠志》曰五任桥，曰沃任桥，皆是村也。"又《祁州志》："贵妃石，在伍仁桥，按桥建于明神宗三十七年，长二十余丈，中空有小石砌，北壁上镌郑贵妃数字。"此桥至今完好固立，是一座雄伟的五孔大石桥，今仍是这里公路上的重要桥梁，各类载重车辆在其上行驶着，桥栏杆上的石狮子有如芦沟桥上的一般，不易数清。群众称它做贵妃桥。桥洞石壁上果有刻石题记，清晰可见"明万历岁次戊戌春"及"万岁爷皇贵妃郑敕赐修建伍仁桥"等字样。可知明人建伍仁桥前已有伍仁村、伍仁店。桥因村得名，此桥建成之后，桥名又代替了村名，"元曰午仁里，明曰伍仁店"，清曰"南镇伍仁桥"，今天是安国县的伍仁桥镇。桥东不远处便是更为古老的伍仁村，传说中的关汉卿故居——关园，正在这里。

这里流传的关汉卿的遗事、遗址甚多，今摘其要者于下。

关家园：人们简称关园，即关宅；因地基高出周围的宅院五六尺，又称高园。相传园内原有小楼一所，为关氏读书、写作处。园址处于村西北角，近临蒲水湖。今者湖水已涸，然仍见一处洼地，积水旧痕尚存。宅基高起，显然是为防水淹。据说其广为九亩九分，取九九双阳吉祥之意，显然非同一般小户人家。据云，关家世代仕宦，乃祖乃父皆清官，观其遗址，果有世家气势。今天，关园原址上砖制新房林立，但人们仍叫它关家园。

关家坟：关墓所在地，在伍仁村西的北堤弯儿北部，占地也是九亩九分，因而又称关家坟为"十亩地"。土改前，其地产为王家（富农）所有。长久流传着"谁动了关家的坟头，谁就头疼"。这句话却起了保护关墓的作用，直到解放后关墓仍在。其东西约十丈，南北约二丈，坟堆前有"官（不写关）汉卿之墓"的墓碑。墓南有三座小坟，按当地的葬仪，应是关汉卿的晚辈的墓址。一九五八年，"大跃进"年代，大平坟头，关墓连同三个小坟头皆平，墓碑亦不翼而飞。同年十月，周扬、田汉、老舍、曹禺等人来此访问后，在遗址上又修起一砖冢。一九六六年"文革"风暴中作为"四旧"，予以扫平之！后来虽有人悄悄堆起一个小"土馒头"，但耕户们只管"以粮为纲"，因而这个"土馒头"随耕作需要不时地在变换着位置。准确的墓穴现在究竟在哪儿，一时谁也说不清楚，我们今天瞻仰的这个长满了蒿草的小坟头，只不过是个象征性的纪念标志罢了。不过，我们仍然是乐观的：关汉卿他躺在哪里？出不了这"九亩九"。

关家渡：小滋河于伍仁村南由西向东流来，关家为方便行人和自家到田间耕作，设船摆渡。人们因称此渡口为关家渡。今者沧桑有年，虽已无水，但其名不朽。

关家桥：已徒存其名，而不见桥，其性质与关家渡同。

关匾：今存石匾"蒲水威观"，阳刻，笔力雄健而洒脱，但保存得不好，已折为两段，相传为关氏亲笔所题。据云，关氏叔父是名医兼书法家。一日乡人造府求书匾额，适叔出诊，汉卿私代笔，书成，叔见之大喜，即交求书者。清乾隆二十年，重修伍仁桥，其匾置桥北楼上，凭临蒲水，景境壮观。可疑者，其匾侧有阴刻小字"乾隆二十年"字样。字迹草率，刻工亦粗，与大字不类。解释者谓，此为乾隆间重修伍仁桥时所补刻。

凡此种种，虽多传说，但绝非平白无故。至少可以看出：关汉卿的幽灵至今仍在安国伍仁村一带游荡着；长期以来，伍仁村人把关汉卿当作自己的同乡在怀念、在自豪；它为关汉卿故里祁州伍仁村说这一头增添了砝码。

关于关氏在他的家乡创作《西厢记》的传说，那就更多了。据说他在北走大都、南游苏杭之后，晚年回到故里，在关园的小楼上寄愤而写《西厢》。关园后原有伍仁寺，亦称双阳寺（一九五六年毁于洪水，其后在此建起了今天的伍仁村小学），人们说它正是《西厢》中的普救寺。蒲水湖畔说是剧中的蒲关。蒲塘中的芦苇缨缨（穗），谐音为莺莺；红瓢虫（俗名红姑娘）在苇秆上爬上爬下，象征着红娘的善于穿针引线。张生影射附近郝村人翰林学士张晓园；崔相国、白马将军说是附近的黄城、流昌二村人，原都实有其人，等等。关园小楼地板上深印着关氏构思《西厢》时来回踱步磨出的足痕。最后，《西厢》未竟，作者却呕血而逝，屋墙上留下了喷吐的斑斑血迹，等等。

这里，我们无意于考究《西厢》的创作权；其实，剧中的人物、地点，亦多为《会真记》《董西厢》所早有。然而，从这些人民群众间流传的美丽故事中，亦可见关氏和伍仁村这块土地是有着千丝万缕的联系的，他最后的生活也是在这里度过的，我们何妨再证之以《祁州志》（卷八）：

关汉卿故里。汉卿元时祁之伍仁村人也。高才博学，而艰于遇。

因取《会真记》作《西厢》以寄愤。脱稿未完而死，棺中每作哭涕之声。状元董君章往吊，异之。乃检遗稿，得《西厢记》十六出，曰："所以哭者为此耳！吾为子续之。"携去，而哭声遂息。续后四出，以行于世。此言虽言无稽，然伍仁寺旁有高基一所，相传为汉卿故宅，而《北西厢》中方言多其乡土语，至今竖子庸夫犹能道其遗事。故特记之，以俟博考。

《西厢》关作王续说，流传已久；关作董续，唯此仅见。志书的纂修者犹抱"以俟博考"态度。本文任务是探究关氏的里籍问题，这里出现的董君章这个社会关系，当不可忽视。按董珪字君章，祁人，元至治辛酉状元，《弘治保定郡志》《祁州志》均有传。汉卿卒，同里好友董珪往吊，一往深情，亦可为汉卿为祁人之一证。棺里哭涕，自当无稽。然"竖子庸夫"所道的"遗事"，正好可作"汉卿元时祁之伍仁村人也"的佐证，当不应因人而废言也。

《祁州志》所说，并非孤证。赵万里先生曾从《永乐大典》卷四中发现《析津志·名宦》有云：

关一斋字汉卿，燕人。

这可是一条十分过硬的材料。《析津志》是最古的北京志书。纂修者江西丰城人熊自得修书的时代是在元顺帝年间，钟嗣成《录鬼簿》作于元至顺二年，《析津志》成书晚于《录鬼簿》不过十余年。它的记载无疑是可靠的。《祁州志》的"祁人说"，正是对《析津志》的"燕人说"的补充和具体化。两说相互印证，自然增强了可靠性。按《元史》的说法，如果合二说为一，便是这样的句式："关汉卿，燕之蒲阴（元称祁州为蒲阴）人。"犹如元曲作家史九散仙①（之父）史天倪，《元史》本传云："史天倪，燕之永清人。"所谓"燕人"正是河北人。习惯上也是如此，涿郡人张飞亦称"燕人张翼德"。群众的传说，如果得不到其他史料的印证，作

① 《庄周梦》的作者，见《录鬼簿》。

为论据自然是苍白无力的。现在我们有了可信史料的佐证，伍仁村关氏的种种遗址遗事，及我们在这里的所见所闻，顿时都闪起光来，它们对"祁人说"散发着加重分量、充实内容的能量。

常言要过河先得解决桥或船的问题，要进一步断定关汉卿的里籍，也需要思考一下方法上的问题。管见有三。

一、进一步开拓资料。地下发掘工作至今并未开始，我以为探究关氏生平资料尚有很大的潜在条件。近年来村民在关园旧基上建房，常从地下发现古井、砖石等物。一九七八年村民王昭恒曾挖得一异样的大磁瓮（至今未得专业工作者的鉴定）及罄（已失），我们还看到了一些石香炉、石佛像等文物。有开掘价值者，如1. 关墓：关氏在当时乃平常人，不会有更多的葬物；但亦不可能绝对化。2. 同济桥（亦称天庆桥）遗址：此处原有建桥碑，上刻资助人姓名，如"关灿（据说是关氏的亲属或后裔，亦有说即关氏本人者）捐银五十两"。一九五八年前其碑犹存，今失，或陷于泥土中未知。它可证明伍仁村确有关氏之裔。3. 跃进桥：一九五八年"大跃进"时期，曾把周围四十多村的石碑作为建筑材料，集中到关家坟附近，建起了一座石桥，名曰"跃进桥"，用作水闸（今已报废）。以水泥灌铸石碑作桥基，桥下亦平铺石碑多块。粗计其数，不下千块。可说它是无知而自毁文化的见证。参观者异口同声：拆开此桥，即或发现不出有关的资料，经过一番去芜取菁工作，建一碑林，供人鉴赏书法，也是有意义的。

二、比较研究。关氏之里籍有三说。大都（北京市）说，见元人钟嗣成《录鬼簿》："关汉卿，大都人。太医院尹，号已斋叟。"解州（山西解县）说，见清人邵远平《元史类编·文翰》："关汉卿，解州人，工乐府，著北曲六十种。"皆语焉不详。比较而言，祁州说所据较详、较具体。我认为应提倡三说比较的研究方法。古人的里籍，常有异说，或因传闻失真，或因祖籍与生地不同，或因客居与家居有异，以致记载失实，也不为怪。有人以"祁州原属中书省，中书省所属，即称大都"，因而以为祁州说与大都说完全一致。其说，颇为流行，但实难说通。元大都周围，包括今河北、山西和山东、内蒙古的一部分地区，叫作"腹里"，直属中书省，这是事实。若按此说，不仅祁州可称大都，解州亦称大都，山东、内蒙古一部分地区亦称大都，以此记人的籍贯，将大而无当矣！"大都说"始见于《录鬼簿》。翻开其书，则见：曾瑞卿，大兴（今属北京市）人；王伯成，涿州人；李直夫，德兴（怀来）人；彭伯成等，保定人；尚仲贤等，真定（正定）人；刘士昌，宛平人；等等。山西作家，《录鬼簿》标平阳（临汾）、太原籍者不少。何不说他们都是大都人，而要具体地标明其地呢？所以，祁州则祁州（安国），大都则大都（北京市），不可混为一谈。我们应根据关汉卿的特点探讨关汉卿的里籍问题。他是"梨园领袖""编修师首""杂剧班头"，也就是说，既是戏剧活动家又是作家和演员。他是安国伍仁村人，但不可能只待在伍仁村，他需要到大城市去搞演出，他得带着他的班子到观众更多的地方去，离故乡最近的大城市莫过大都。北京从十世纪就成为辽国的首都。辽金以后，北京成为当时北中国的政治文化中心，不少著名的学者、文人都在这里聚集。蒙古灭金，停止科举，一些文人在这里组织"书会"，创作剧本、唱本，以满足城市人民的文化娱乐需要。当时在大都最有影响的"玉京书会"吸引了一大批河北、辽东一带的作家，即所谓"燕赵才人"。关汉卿那正是"玉京书会""燕赵才人"中最杰出的代表。他是祁州人，但更多、更重要的戏剧活动则在大都，那里有他的更多的观众和交游，那里有他的英雄用武之地，那里有他的事业，因而把大都说成他的第二故乡，也未尝不可。正如鲁迅是绍兴人，但他的主要活动却在北平、上海等地一样。至于解州说，我很同意这种见解："我们可以推测汉卿或者祖籍解州，或者曾经客居解州。"（罗忼烈：《两小山斋论文集》，第一八三页）这样，我的结论是：关汉卿，祁州伍仁村人。祖籍解州，重要的戏剧活动在大都。最后回到伍仁村故里，便终于此。

三、协同研究。上述这一基本看法，如能得到大家的同意，对关氏的里籍问题，予以坐实，当然最好；如果经过讨论予以推翻，也并非坏事。服从真理，是对每一个学术工作者的起码要求。河北、山西、北京三地并不存在"抢关汉卿"的问题。弄清、坐实关氏的里籍问题，是我们共同的愿望。关汉卿不仅属河北、属中国，他是世界文化名人，为全世界人民所共有。我们三地应同力协作，互通信息，交流成果，坐在一条板凳上，共同研讨，合求建树。我们一位地方政府的领导同志号召说："要把关汉卿的事情办好！"办好关汉卿的事情，绝非少数人的事，也不是个别地区的事，办好了关汉卿的事，是我们大家的共同胜利。

一九八五年六月二十三日于和平街丁庐

作者附记：此次来安国考察，承蒙县、乡领导同志关怀支持，伍仁村、县文联、文化馆的同志热情协助，介绍情况，提供资料，给予极大的方便，考察任务才得以顺利完成。在这篇小文结稿之际，特向安国县的同志们谨致最诚挚的谢忱。

附　重修关汉卿墓碑记

我国十三世纪伟大戏剧家关汉卿，号已斋，元时祁州伍仁村人。生而倜傥，博学能文，滑稽多智，蕴藉风流，为一时之冠。他既是作家，又是戏剧活动家和演员，为有元一代剧作家之卓越代表。著杂剧六十三种，今存十八种，乃民族艺术之精英、人类文化之瑰宝。一生以艺术为武器，为人民代言，向暴政开战；其艺术成就光耀千秋！一九五八年世界和平大会理事会列他为世界文化名人，全球举行纪念。关汉卿之真正贡献，一如其生平，在旧中国长期被埋没。建国以来，始得光昭，其精神遗产渐为进步人类所共有。其遗产传说，在故里世代相传，老幼引以为豪。惟今陵园荒芜，墓石坍颓，令人殊感不安。今我国家昌盛，百废俱兴，缅怀先哲，建此碑石，以志纪念。

伟大艺术家永远属于人民，人民戏剧家关汉卿永垂不朽！

安国县人民政府立
河北师范学院教授　常林炎　撰文
中国书法家协会理事　胡　旻　题字
一九八六年四月十日

《状元堂陈母教子》不是关汉卿的作品

　　《陈母教子》在艺术上是有可取之处的。语言生动流畅，三末陈良佐滑稽多才，给人以深刻印象。但是，我们判断《陈》剧是否关汉卿的作品，却不能取决于它艺术上的高低成败，我以为《陈》剧不是关作，有它另外的理由。

　　丹纳说得好："一个艺术家的许多不同的作品都是亲属，好象一父所生的几个女儿，彼此有显著的相象之处。每个艺术家都有他的风格，见之于他所有的作品。"① 《陈母教子》和关汉卿的其他"女儿"，毫无相象之处，不仅风格不类，而且与关氏平生思想背反。关氏是位"不屑仕进"、轻功名、重自由、狂放不羁的风流人才、浪漫艺术家，自称："我是个普天下郎君领袖，盖世界浪子班头"，过着"半生来折柳攀花，一世里眠花卧柳""花中消遣，酒内忘忧"（《不伏老》）的生活。他主张："平生肥马轻裘，何须锦带吴钩？百岁光阴转首，休闲生受，叹功名似水上浮沤。"（《女校尉》）他有一套人生哲学："世情推物理，人生贵适意。想人间造物搬兴废，吉藏凶，凶暗吉。""富贵哪能长富贵，日盈昃月满亏蚀。"所以他劝人："君莫痴，休争利！""急流勇退寻归计，采蕨薇，洗是非，夷齐等，巢由辈。这两个谁人似得；松菊晋陶潜，江湖越范蠡。"（［双调乔牌儿］）这些从理论到行为的自我告白，揭示了他轻视功名利禄思想的深厚性。

---

　　① 《艺术哲学》第一章。

他长期和艺人、妓女混在一起，出没于戏院、妓院及其游乐场所，所谓"夜夜娱游赛上元，朝朝宴乐赏禁烟"（［双调新水令］）。他生活在这里，玩乐在这里，他的事业也在这里，他便深深地爱上了她（它）们。他顽强地号呼："除是阎王亲自唤，神鬼自来勾……那其间才不向烟花路儿上走。"（《不伏老》）有人为他辩解说："这里面也许有故意表示浪漫，借图规避当时统治阶级对他的注意的用心在内。"这只是一种好心肠的揣度。其实，关氏的浪漫生活，又何伤于他的艺术贡献呢？醇酒、女人，不是也未曾有损于"斗酒诗百篇"的李白的艺术成就么！古今时代不同，道德标准亦有异。关氏正是在这一特定的社会深层中，获得了独特的生活积累与深厚的题材源泉；发现了人：善良的，凶恶的，高尚的，卑鄙的，损害者，被损害者；从另一视角观察了：人情世态，人间的不平，社会的病态；人的欲望：求生之欲，求胜之欲，色欲，贪欲，权势欲；自然也领略了历史的、时代的和民族的风采和苦难。特别值得重视的是，他看到了一个非人道的、故意把本来平等的人划作三六九等，人奴役人，人践踏人，女人更受凌辱的悲惨世界。这个世界的形形色色悉纳入了他的审美视野，收进他的笔底。不人道的社会环境却孕育了他的人道思想，他的反封建统治的观念，轻视功名利禄的观念，尊重妇女的观念，反禁欲的观念……在这里形成、成熟、发展，通过艺术形象，按照自己的观念改造这个悲惨世界。他的观念和《陈母教子》的观念，没有相容性，只有相抗性。

关氏创作的一个重要方面，则是（至少是在客观上）对高唱"存天理，灭人欲"、为名教纲常护法的程朱理学的抗击。他在［双调新水令］套曲中，描写了一个"女孩儿果然道色胆天来大"的幽会过程，其中有几只曲子是性行为的描写，但他用花径、花阴、芭蕉、牡丹以及"地权为床榻，月高烧银蜡"等自然情境的衬映，达到情景相生地步，构成了意境美。相形之下，以后明人小说中的同类描写便显得丑陋不堪了。曲中写的本是"颤钦钦把不定心头怕""终是个女儿家"的偷情经过，可是作者却显现出一幅光明坦荡的胸怀，它所冲击的是桎梏人性的封建礼教。关汉卿的作品不论是散曲，还是杂剧，不论是悲剧，还是喜剧，所表现的是人学，而《陈》剧所表现的则是理学。

《陈》剧是以陈母冯氏为主人公的旦本戏。作者歌颂备至的陈母，原是个"官迷""状元迷"。她的夫主原系汉相陈平之后，她生有三子一女。为训子攻书，盖起一堂取名状元堂。长子陈良资、次子陈良叟，在她的严教下都成了状元，招了个女婿也是状元。三子陈良佐赴考，未中状元，得了探花回来。在一般人看来，这已经不错，可她认为有辱门庭，气得"浑身上冷汗浇流"，抢起"拄杖蒙头打"，还株连到三儿媳，"将陈良佐两口儿赶出门去，再也休上我门来"。不得状元便没有母子骨肉情！老三受到极大凌辱，终于发奋读书也中了状元，得了官。老太婆满意了，母子和好，她激动得哭起来："险些儿俺母子分离！"儿子也说："若不是母亲严教，岂得今日为官？"最后，寇莱公奉旨前来表彰"冯氏大贤，治家有法，教子有方"。四位状元郎（三子一婿）抬着贤母迎接钦差大臣，盛况空前，一门封赏。正是："今日个待漏院赐赏封官，庆贺这状元堂陈母教子。"这便是作家理想中的人生最高幸福，这与关汉卿的幸福观则大相径庭。

再看陈母教子的"教材"内容。

【混江龙】才能谦让祖先贤，承教化，立三纲，禀仁义礼智，习恭俭温良。定万代规模尊孔圣，论一生学业好文章。……《中庸》作明乎天理，性与道万古传扬。《大学》功在明明德，能齐家治国安邦。《论语》是圣贤作谱，《礼记》善问答行藏。《孟子》养浩然之气，传正道暗助王纲。学儒业，守灯窗，望一举，把名扬。袍袖惹桂花香，琼林宴饮霞觞，亲夺得状元郎，威凛凛，志昂昂，则他那一身荣显可便万人知。抵多少五陵豪气三千丈，有一日腰金衣紫。……

这段唱词，无异是《陈》剧的主题歌。它源于朱熹的《四书章句集注》。剧中搬引《五经》《四书》词句及宣扬儒家道统观念者，不胜枚举。朱熹祖述程颢、程颐的观点方法，把《论语》、《孟子》和《礼记》中的《大学》、《中庸》提出合编为《四书》，代表由孔子经曾子、子思传到孟子的一套儒学道统，而二程和他自己则是这一久已中断的道统的当然继承者、发扬者。借注释《四书》，渗透理学思想，且在《大学》中按自己的理学观念杜撰《格物传》，以强化自己的理论。而关汉卿以他一生的创作实践，证明他是以人学反理学的。

朱熹死后，其书风行。特别是到元仁宗延祐（1314—1320）间，被悬为功令以后，其书更成畅销书，翻刻者蜂起，为之作疏释者日增。朱注《四书》大为普及，成为科举考生必读物。因此，我们有理由推断：《陈》剧是延祐间"《四书》热"兴起之后的产物，另外，据《元史·选举志》、《元史纪事本末》（卷八）等书记载，元太宗九年（1238，金亡后三年）曾开科举。相隔四十余年，元世祖至元二十一年（1284），亦曾有"贡举取士"的记载。然元初数十年间始终未形成统一正规的科举制度。直到延祐二年（1315）才正式重开科举。这样，《陈》剧极有可能是延祐间重开科举取士以后的产物。尽管剧本托前朝事（寇莱公奉旨访贤），然实际则是作家对当朝现实的有感反映。如寇莱公云：

> 当今明主要大开学校，选用贤良，每三年开放一遭举场。今以圣主仁慈宽厚，一年开放一遭举场。天下秀士都来应举求官。今奉圣人的命，怕有那山间林下，隐迹埋名，怀才抱德，闭户读书不肯求进的，圣人着老夫五南路上采访贤士走一遭去。

这片歌功颂德的声响，既与关氏的为人行事、创作思想相逆反，却也反映了元朝开科取士后，一些一向追求利禄但求进无门的知识分子的渴望与欢欣。

如果能承认《陈》剧是延祐以后的产品，其作者自然和关氏无涉了。因为这时，关汉卿已不在人间了。关氏的卒年，学者们的意见尽管尚不大一致，但多数人则认为在1300年左右。郑振铎认为约卒于1298年至1300年（大德二年至四年）之间①；胡适认为卒年在1300年（大德四年）以后②；吴晓铃认为卒于1300年左右③；王季思认为卒年在1297年（元贞三年，大德元年）以后。此外，赵万里认为更早些，孙楷第师认为较晚

---

① 见郑振铎《关汉卿——我国十三世纪的伟大戏曲家》。
② 见胡适《再谈关汉卿的年代》。
③ 见吴晓铃《再论关汉卿的年代》。

一些。

最后，还有一条理由，最接近钟嗣成原本《录鬼簿》的孟本系统《录鬼簿》不录。仅此一条，自不足为凭，但与上述种种理由合看，自然也是问题了。

一九八七年元月二十五日于丁庐

与王季思教授论关汉卿书

——关于关汉卿的里籍问题、人道主义思想问题

季思教授著席：

　　九月二十六日，由京寄上拙稿两篇，其一是将近两万字的打印稿，邮至穗，谅已是月底了。可是"国庆后一日"，您即为我裁复；如此迅速而认真的回示，热情而恳切的指教，令人感佩之余，亦为先生的精力、才思之充沛、敏捷而称庆，而赞服！这种从长期教研、育人生涯中养成的孜孜诲人不倦精神，予后学辈以深刻的教育。

　　在关于关汉卿里籍问题的研究上，很感谢先生对我们所作的肯定：经"实地考察，结合历史文献、地面文物、民间传说，加以综合研究，得出接近实际的结论"（按，即"关汉卿，祁州伍仁村人。祖籍解州。重要的戏剧活动在大都"）。吴晓铃先生亦著文说："现在，在对于关汉卿的里居正有着许多不同的说法的时候，我承认'河北省·安国县·伍仁村'的可能性最大。"（见《河北师院学报·关汉卿里居考辨》87.2）老专家们对"祁州说"的肯定，无疑提高了我们的信心，同时也给我们以极大的鼓舞！在研究方法上，先生另提示应"结合作品本身进行考察"。在文献不足征的情势下，这无疑是不可缺少的一大重要法门。您对《单刀会》的解析，当是有力的例证。此外，关曲用语中，河北方言土语甚多。关汉卿把家乡的方言用进自己的作品，也很自然。关曲中当然也有其他方言，但对河北方言用得特多、特熟，也可成为他是"元时祁之伍仁村人"的佐证之一。这也是对先生所提倡的"结合作家作品本身进行考察"的研究方法的一种

尝试。但在这方面应做的工作还很多，我们做得很有限，仍须继续努力。待有具体成果，容再奉陈。

关于中国悲剧、喜剧的理论，从大著《中国十大古典悲剧集·前言》和《中国十大古典喜剧集·前言》中早受教益。今读惠书，又获新的启示。"从关氏有代表性的作品出发，分析剧中悲喜意蕴的辩证关系，就不至逗留于喜剧色彩是否浓厚，悲剧结尾是否团圆等表面现象的争论。"说得好极了！掌握"剧中悲喜意蕴的辩证关系"，则是关键。这一提示，使人少走多少舍本逐末的冤枉路。我体会，先生理论的一大特色，总是从我们民族文化的独特性出发，不架空套用西方的理论。若是机械地按照西方悲剧理论的要求，或许《窦娥冤》亦将不成为悲剧。中国古代戏剧史上将无悲剧可言。

先生对人道主义的审视，全面透辟，承诲良深。指出关汉卿"对封建黑暗统治的愤怒控诉，表现剧作家的人道主义精神，但隐藏在这些正义呼声的背后是对皇权主义的承认，对清官出现的渴望"。这一提示是重要的。它正确地揭示了关氏人道主义的局限性。如果忽略了它，我们将会模糊历史唯物主义原则，难免就要拔高古人。当然，古人作品的艺术形象所蕴含的客观内容，有时也会是作者自己所始料未及或意识不到的；关曲中有不少正属此类情况。研究者在理解作家的同时，有责任超越作品的意识范围，发现并揭示其作家并未意识到的作品已呈现的或潜在的价值意义（美学的或历史的），这就和有意无意地凭空拔高作家是两回事。

先生理论视野广阔，审视全面。我则不时陷于顾此失彼的困境。如，只看到关氏没有元明时代盛行的神仙道话剧，不事宣扬宿命论的一方面，而忽视了他仍有"神道设教的色彩"。只看到赵盼儿、谭记儿、燕燕等一系列女强者形象的不依赖外力，自己救自己的行为，便说"在她们看来，根本没有什么救世主"云云。承先生指谬，顿觉其失，不胜为感！

关汉卿的人道主义思想，自然只能是广义的人道主义。它比欧洲的人文主义早了一个世纪，自不能两相混同。关氏的思想是他彼时彼地思想文化土壤的滋生物，也就是十三世纪元蒙贵族封建统治下的中国社会的产物。或可考源寻根于儒家的仁爱思想，孔曰"仁者爱人""泛爱众，而亲仁"。孟曰"发政施仁""保民而王"等。但主要，我认为关汉卿的人道主义思想，正是当时猖獗的兽道主义的反弹。关氏在他的作品中所显示的人道主义思想光华，已大大超越了儒家的仁爱思想。儒家一边讲仁爱，一边讲礼治。仁爱大受礼治的制约，爱人要按亲疏贵贱的层次去爱，把人分成不同的尊卑等级来讲礼让。其结果是实际得以施行的仁爱也就太有限了。且这种"保民""推恩"的仁爱思想，带有很大的恩赐观点。至若"温、良、恭、俭、让"规范，歧视女子、小人的思想，关汉卿所唱的正是他们的反调。至于后世出现的理学，它和关氏的文学——实则是人学，更是互不相容的对立体。

知道先生工作很忙，但依然抽时为我详为审稿、复信，不吝垂教，能不衷心感谢！今次所述，亦未敢自信，为求海正耳。

谨复，顺颂

道安！

常林炎　敬上

一九八七年十二月二十三日于北京和平街丁庐

附　王季思教授来书

林炎教授撰席：

惠书并大著两篇均收到。利用国庆假期，快读一过，得益非浅。对关汉卿的里籍生平向来不易确定。经河北师院元曲研究室诸同志实地考察，结合历史文献、地面文物、民间传说，加以综合研究，得出接近实际的结论。篇末提出三点研究方法，对学者尤多启发。我还有一点想法，即还可结合作品本身进行考察。历史上文人宗族观念重，汉卿在《单刀会》中把关羽的形象塑造得如此雄伟，至少可以助证他以祖籍解州自豪。这正如白朴的剧作多取材于白居易的诗一样。

论关氏创作一篇，读后得益更大。我完全同意您对出现在中国十三世纪的人道主义的思想的分析。"一生怀着人道主义精神，以戏曲为精神武器，为人民代言，向人道淹灭、兽道横行的世界开战，成为我国古代剧坛上一面不倒的旗帜"，关汉卿是当之无愧的。

您根据悲喜剧的不同特征，具体分析关剧的代表作，从中概括出"悲剧的结尾不悲，这是中国古典悲剧的通例"，说得很好。悲剧的团圆结尾，既反映了中国人民的善良愿望，所谓"善有善报，恶有恶报"，也体现了中国人民的乐观主义精神，所谓"天从人愿""人能感天"。这个"天"实际是把日月天地人格化了的，也都包含"神"的意蕴。关氏剧中一些神奇的关目设计，如六月飞雪，蝴蝶感梦等就是从这个想法出发的。虽然跟一些宣扬宿命论的作品不同，仍带有神道设教的色彩。因此在结论第二点所谈的"在他看来，根本就没有救世主，也不靠神仙与菩萨；要改变自己的命运，只有靠自己"，似乎仍值得商榷。

您说："在关汉卿的喜剧后面往往是悲剧"，它"隐含着深刻的悲剧性"，这也说得很好。只有蕴含悲剧性的喜剧，才更深刻地揭露不合理的社会现实给善良人带来的痛苦，启发读者和观众的深思，而不至流于廉价的笑料。

我们从关氏有代表性的作品出发，分析剧中悲喜意蕴的辩证关系，就不至逗留于喜剧色彩是否浓厚，悲剧结尾是否团圆等表面现象的争论。

还有一点，起源于欧洲文艺复兴时期的人文主义或人道主义思想，对批判欧洲中世纪的神权统治是有力的思想武器。近现代传入中国后，又成为我们反对封建统治和外来侵略的思想武器。五四运动前后，一些进步青年提出人格独立、男女平等、民族平等等口号，追根溯源，是从人道主义思潮来的。作为批判封建主义的思想武器，即在社会主义社会，也还有它一定的进步作用。因为社会主义社会特别是它的初级阶段还不同程度地存在着种种封建思想意识。但我们如不能从每一历史时期的经济关系、政治制度说明它历史地产生也必将历史地消亡的事实，就不能引导读者从历史唯物主义的角度分析封建社会下层人民尤其是妇女被压迫被剥削，甚至被迫害至死的现象。"这都是官吏每无心正法，使百姓有口难言"，"从今后把金牌势剑从头摆，将滥官污吏都杀坏"，这诚是对封建黑暗统治的愤怒控诉，表现剧作家的人道主义精神。但隐藏在这些正义呼声的背后，是对皇权主义的承认，对清官出现的渴望。如看不到这一点，将不容易掌握我们今天评价历史人物的标尺。

您论文的最大特点，是排除了"以阶级斗争为纲"来评论古典文学的条条框框，恢复了人在文学创作中的主体地位，给人面目一新的感受。我的一些不同看法，只是以朋友切磋的态度，提供参考。从您的思想体系出发，您是相当精辟地阐明了自己的观点的。

承嘱为河北师院学报投稿，附上我和助手林健合作的一篇短稿，不知可用否？

专复，顺颂

撰安

王季思

一九八七年国庆后一日

【林炎附记】

《学报》有意发表王季思先生和我的这组学术往来的信稿，我函征王先生的意见。先生回信说："这是一种学术交流的好形式。思平生师友通函有关学术讨论者不少，在'文革'中大量散失，使当时择要发表，或可存十、一于千、百，而今已无及矣。"先生肯定发表通信是学术交流的好形式，同时还可借以保存学术资料。此外，我认为还有一种好处，那就是从这里可以看到我们的老一辈学者孜孜诲人不倦、热心提掖后进的精神风范，后来人宗仰有方矣。

四

诗文评议

论陶渊明的创作

饥食首阳薇，渴饮易水流

——拟古

一 现实主义，还是浪漫主义

有人曾认为陶渊明是反现实主义诗人，有人却认为是现实主义诗人。经过了一个阶段的广泛讨论，看来，反现实主义这顶帽子是从陶渊明头上摘掉了。这是这次论争的一大成绩。不过，这么一来，现实主义的帽子又好像就在陶渊明头上越戴越稳了。《文学遗产》编辑部的《陶渊明讨论集前言》就认为："陶渊明基本上是现实主义诗人，而同时在他某些诗篇中又带有较浓厚的浪漫主义情调和色彩。"说他基本上是现实主义诗人，当然要比说是反现实主义的接近事实，不过这种论断也还有商榷的余地。

什么是现实主义的基本原则呢？高尔基的"对于人类和人类生活的各种情况，作真实的赤裸裸的描写的，谓之现实主义"的说法[①]，尽管简单了一些，但是，用它来解释我国古代的现实主义作品，还是足以概论其特点的。周扬同志也说："现实主义者，偏重观察，善于描绘客观世界的精确的图画"，"以精雕细琢的写实手法见长"[②]。而用这些理论来考诸陶渊明作品的实际，说他基本上是现实主义诗人，就越发令人难以信服。在他的作品中，"作真实的赤裸裸的描写的""以精雕细琢的写实手法见长"的作

---

① 高尔基：《我怎样学习小说》。
② 周扬：《我国社会主义文学艺术的路》。

品，虽然不能说没有，但毕竟是次要的，绝不足以代表其总的倾向。

陶渊明作品的主要倾向、总的特征，在于对社会现实不满，却又有意地躲开了现实的真实材料，用自己主观的理想或借助于历史人物、神话传说和那现实相对抗，从而曲折地评价了现实，否定了现实。他在没有自由的社会里，强烈地追求着个人的自由，高唱返回田园，来满足他精神上的追求。因此他把自然与世俗相对置，把田园与仕途相对置，以讴歌田园来抒发个人不与世俗同流合污的高尚情操，显示他对现实的鄙弃，对自由的渴望。渴望、追求、幻想使他从一种现实世界推进到一种精神世界，现实世界与精神世界的矛盾就造成了他内心的苦痛；饮酒、读书、写诗、欣赏自然风物便成了这种苦痛的寄托和排遣，并竭力地表现他的孤高和对现实的蔑视态度。一种不驯服于现实羁縻并且力图冲破现实羁縻的精神力量，渗透在他的诗篇之中。有时他又极为平静地驾驭着这种力量；然而，理想不能实现的精神重荷又压得他不能平静。有时因感到无能为力，不免发出几声沉重的慨叹乃至在无可奈何中"精神胜利"地进行自我陶醉，所以在某些作品中，他的浪漫主义又带着一定的消极色彩，这就构成了陶渊明独特的浪漫主义艺术。他的浪漫主义精神是充分的，不仅仅是某些"情调和色彩"而已。

陶渊明前前后后的三四百年，是中国历史上少有的动乱时代。战争浩劫，没头没了；司马、桓、刘相继篡夺，人民沦陷在苦难的深渊中。陶渊明就一身经历过三朝政权、两次篡夺，确乎是"乱也乱惯了，篡也篡惯了"（鲁迅语）。从汉末以来，文人学士的被杀，就像杀鸡子一样随便，造成了一个中国历史上罕有的恐怖时代。死的死了，不死者自然要吸取血的教训；兼之佛教传播，老庄思想盛行，汉末以来由动乱造成的人生无常的思潮进一步得到发展，形成了一种病态的社会风气。有的颓废享乐，寄情酒色；有的悲观厌世，逃避现实，谈玄游仙，沉溺到神秘主义的世界中去。于是文坛上卷起了一阵消极浪漫主义的逆风，这一阵逆风吹遍了魏晋六朝的整个时代。只有少数的思想家和文学家同这种病态的社会进行了斗争，陶渊明便是这时期出类拔萃的、最伟大的诗人，而且他主要是以积极浪漫主义的创作方法发挥了他的才能，创作了不少光辉的诗篇。当然陶渊明也不可能完全出淤泥而不染，在他的光辉作品中，有时也掺杂着一定的安贫乐道乃至虚无空幻的消极没落情绪，依然带着他的时代的和阶级的印痕。在这个"密网裁而鱼骇，宏罗制而鸟惊"（感士不遇赋）的恐怖时代里，他又懂得"贞脆由人，祸福无门"（荣木）的道理，他尽可能地避免了以现实的真实材料赤裸裸地揭露现实，对客观世界不多作精确的描绘。于是托古抒怀，借古非今；借理想社会来否定现实社会；讴歌田园借以否定世俗；咏叹人生，表示他的乐天知命的胸襟，这四类作品是陶渊明创作的主体。

二 托古抒怀，借古非今

这是一个最不讲理的时代，诗人躬逢其时。统治者大修"百家谱"，门阀制度森严，士族霸道，军阀骄横，戕害人才，颠倒黑白，"八表同昏，平路伊阻"（停云）。博览群书，托古抒怀；现实社会中的人与事既是那样混浊醒酿，诗人不得不从历史中摄取精神力量，借古人抒发不平。

诗人所同情、所赞美、所哀悼的都是传说中、历史上不幸的人们和不屈的人们：被侮辱、被损害、被压抑者。他赞美了断了头仍然和天帝抗争的"猛志常在"的刑天；歌颂了敢于和太阳竞走而"功在身后"的夸父，以及虽死犹不屈服于自然力的精卫；他为荆轲的壮烈的义举作了极其热情的歌颂，且为他的"奇功不成"而惋惜，高声赞美着"其人虽已没，千载有余情"（咏荆轲）。对这些不畏强暴，勇于反抗的英雄志士的热烈赞美，正是诗人反黑暗反压迫情绪的反映。

诗人为三良的惨遭殉葬而涕泣，君命难违，忠臣只能是这样的下场！只有"荆棘簇高坟，黄鸟声正悲"（咏三良）；他为箕子横遭迫害，"佯狂为奴"的不幸而哀伤，他为屈原、贾谊的"逢世多疑"、有志难伸的悲剧而愤慨。才能，在封建社会里会成为招致祸患的根由，韩非就是这样"竟死'说难'"（读史述九章：韩非）。诗人对人才、忠臣、志士、爱国者，在封建制度下悲惨遭遇的同情与哀悼，无疑是对暴君血腥统治的控诉，对野蛮的封建专制制度的抗议。诗人的笔尽管伸入在古代，但诗人的心仍然在于反抗现实。

诗人对管仲与鲍叔崇高的友情给予崇高的评价；他对"望义如归"的

程婴与公孙杵臼高声赞美："令德永闻，百代见纪"（读史述九章：程杵）。诗人对古人真挚友情的歌颂也正是对当时相互暗算、尔虞我诈的世俗人情的否定。在这个统治阶级奢侈纵欲、招权纳贿，士大夫鲜廉寡耻、追腥逐臭的社会里，诗人特意地以大量的诗篇歌颂了贫士和隐士。他赞美：长饥至老、以索为带的荣启期；蒿蓬绕宅、乐非穷通的张仲蔚；不慕荣利，至死"弊服仍不周"的黔娄；纳履则踵决，而犹嘲笑子贡车马之盛的原宪；"耦耕自欣"的长沮、桀溺；不容于世的张长公；廉洁清贫的黄子廉。尤其他对安贫乐道的颜回不止一次地赞扬，而对富而善辩的子贡却表示鄙薄："赐也徒能辩，乃不见吾心"（咏贫士），甚至对他们两人的不同遭遇深感不平："回也早夭，赐独长年"（读史述九章：七十二弟子）。诗人颂扬了"刍藁有常温，采莒足朝餐"，"弊襟不掩时，藜羹常乏斟"的贫士生活，可是他也指出："岂忘袭轻裘，苟得非所钦"，"岂不实辛苦？所惧非饥寒"（咏贫士），"既轩冕之非荣，岂缊袍之为耻"（感士不遇赋）。这就充分地歌颂了人的品德与操守的可贵，从而对腐化糜烂的社会现实，作了否定。

《感士不遇赋》是一篇不可忽视的杰作，我认为它和伟大诗人屈原的九章摆在一起并不逊色，它是从士的立场向封建社会制度发出的一篇抗议书。

> 自真风告逝，大伪斯兴，间阎懈廉退之节，市朝驱易进之心。怀正志道之士，或潜玉于当年；洁己清操之人，或没世以徒勤。故夷皓有"安归"之叹，三闾发"已矣"之哀。
>
> ——感士不遇赋序

这就是这篇作品所产生的社会背景和作者的创作动机。这是一个血腥的时代，杀戮异己，残害人才，真理被埋没，正义被践踏。于是诗人写道："密网裁而鱼骇，宏罗制而鸟惊！"这就是封建专制社会的真实写照。在这个罗网密布、鱼骇鸟惊的恐怖世界里，人当然总有生之留恋，于是"被达人之善觉，乃逃禄而归耕"。美好的理想被摧残了，只有"望轩唐而永叹，甘贫贱以辞荣"。在这社会里，没有是非，没有真理，好人退后，歹人向前。诗人愤慨地写道：

> 嗟呼！雷同毁矣，物恶其上，妙算者谓迷，直道者云妄。坦至公而无猜，卒蒙耻以受谤；虽怀琼而握兰，徒芳洁而谁亮。……审夫市之无虎，眩三夫之献说。悼贾傅之秀朗，纡远辔于促界；悲董相之渊致，屡乘危而幸济。感哲人之无偶，泪淋浪以洒袂。

封建社会就是这样的不合理，是非邪正都被颠倒混淆。正直的人蒙耻受谤，有才能的人不仅有志难伸，而且横遭迫害。于是诗人不得不"泪淋浪以洒袂"，愤愤不平地对天道提出了质问：你们不是说"天道无亲"么，可是"夷投老以长饥，回早夭而又贫"，那么"虽好学与行义，何死生之苦辛！疑报德之若兹，惧斯言之虚陈！"残害贤良，赏罚错乱，在封建社会的历史上，有功劳有才能，都是有罪的。无怪诗人要对天慨叹："苍昊遐缅，人事无己；有感有昧，畴测其理！"最后，只有"拥孤襟以毕岁，谢良价于朝市"。这确乎是出于不得已！

诗人就是这样痛快淋漓地揭露了封建社会扼杀人才、迫害贤良的罪恶。用铁的历史事实向残暴而昏聩的统治者进行了控诉，雄辩地宣示了封建专制社会的不合理。《感士不遇赋》向封建社会的知识分子告诉了一个真理：正直而有才能的人在那个社会里常常是要倒霉的，当该警惕！

这样的作品自然会引起历代统治阶级内部心怀不满或者具有正义感的知识分子的共鸣，从而更增强他们对统治阶级的恶感。不少进步的思想家、文学家，如顾炎武、龚自珍、谭嗣同乃至鲁迅先生给陶渊明以崇高的评价，这是有道理的，而且是自然的。陶渊明所歌颂所同情的人物，都是不合理制度下的牺牲者、不幸者或被压抑而不得志者；这些人物大多是有才能、有品德、有气节的爱国者、富有反抗性者，诗人借这些正面人物展示了自己的精神世界，写出了自己对生活、对历史的评价。这些历史人物其中有不少人的生平事迹很多，可是作者单单选择了他们为封建社会或封建专制帝王所不容，所以形成悲剧的关键性原由，予以赞美或哀悼，可见陶渊明借古非今这类主题是在对抗现实社会和与现实社会不调和的基础上产生的。

但是，由于世界观的限制，他所歌颂的人物，有些实际上并不值得歌颂。他再三地歌颂"对自己国家的人民不负责任、开小差逃跑"①，反对武王革命的伯夷、叔、齐。他不仅为夷齐的"不幸"而打抱不平，而且还非常敬慕他们，要向他们学习，要"饥食首阳薇"。对独善其身的隐士的赞美，正是作者逃避现实的消极思想的反映。不过在具体的历史环境中，陶渊明对某些不慕荣利的隐士的赞美，也含有对当时上层社会钻营奔走、追腥逐臭的风气的否定的一面。

三　描写理想，否定现实

诗人的笔，并没有停留在过去，最可贵的还是他写了未来，写了理想。

诗人常常"慨想黄虞"，幻想着传说中古代的好帝王、好日子。有时甚至精神胜利地自称"羲皇上人""无怀氏之民""葛天氏之民"；有时慨叹着"重华去我久，贫士世相寻"（咏贫士）、"羲皇去我久，举世少复真"（饮酒）。诗人的幻想与感叹是交织在一起的。幻想好帝王，是由于慨叹今不如古，批评现实，否定现实。我们都知道，诗人所处的这一个时代，司马、桓、刘相继篡夺，杀戮残暴。在这种情况下，幻想古代好皇帝，是因为现实的皇帝太坏了，而不是什么复古主义。战争在东晋是非常残酷的，而在暴君蹂躏下，人民幻想古代传说中被美化了的那些好皇帝；在战乱摧残中，就会想到安定生活的美好；在饥饿威胁下，想吃饱肚子的幸福；这能说是复古主义吗？人民在任何的苦难情况下，总是不屈服的，总是追求幸福、向往光明的。暴政、战乱、饥饿，正是陶渊明写幻想、写理想的现实基础。诗人否定现实，但没有否定人生，写幻想正是对人生追求精神的表现。他在恐怖的饥饿中幻想着："仰想东户时，余粮宿中田，鼓腹无所思，朝起暮归眠。"（戊甲岁六月遇火）应该说，这是挣扎在饥饿死亡线上的广大人民渴望吃饱肚子、追求美好生活愿望的反映；可是有的同志却认为这是宣传老庄复古主义思想。的确，庄子在《马蹄篇》中说

① 见《毛泽东选集》第四卷第 1499 页。

过："赫胥氏之时，民居不知所为，行不知所之，含哺而熙，鼓腹而游。"陶渊明受到庄子的启发，这当然也是可能的。然而这究竟是两回事，老庄作为哲学家的阐述哲理和陶渊明作为艺本家的反映现实，其间有着很大的举异。陶渊明所幻想的并不是旧制度，而是过去时代的好生活。从陶渊明的作品一直到他的行动看，他是坚决地反对那种游手好闲、不劳而获的行为的。只要我们看一看他《于西田获早稻》《劝农》等诗，就知道他所说的"鼓腹无所思，朝起暮归眠"，并非有意教导人吃饱肚子去当二流子。"鼓腹无所思"的思想，在今天看来确实是很不高明的，可是对待古人的作品，我们还得看当时具体历史环境作具体的分析。在"倾壶断余沥，窥灶不见烟""饥来驱我去，不知竟何之"的悲惨情况下，憧憬那种人们都吃得饱饱的过着无忧无虑的生活，应该说这种幻想，是根植于广大饥民不甘于受饥饿贫困宰割的共同思想愿望的基础之上的。

当然，诗人成就最高的作品还是《桃花源诗》并《记》。在四世纪就有"靡王税"的社会理想，不能不说它是伟大的。可是有的同志竟认为《桃花源诗》所表现的社会理想是老子"小国寡民"的翻版。其理由是老子说过"鸡犬之声相闻，民至老死不相往来"，陶渊明也说"鸡犬相闻"，所以就必然会有老子的"民至老死不相往来"的意思。前一句话，陶渊明的确说过，第二句话是论者用歇后语的办法推演来的。诗人不仅没有这个意思，而且说那个社会（桃花源）里人很热情，许多人都来访问这个误入桃花源的渔人，而且还要邀请到家，热情招待。在这个理想的社会里，老人小孩到处游玩，"童孺纵行歌，斑白欢游诣"，可见并非"老死不相往来"。老子"小国寡民"的生活理想则是"使有什百之器而不用，使民重死而不远徙，虽有舟车无所用之，虽有甲兵无所陈之使人复结绳而用之……老死不相往来"的原始愚昧的社会。桃花源是一个和现实社会相对立的无剥削、无压迫、人们自由劳动、老幼各得其所的欣欣向荣的太平幸福社会。"桑竹垂余荫，菽稷随时艺；春蚕收长丝，秋收靡王税"的社会图景，显然是生活在压榨、战乱和饥饿中的晋朝人民尤其是农民所渴望的理想社会。更是两千年来封建社会中农民所梦寐以求的理想社会。这样的作品，自然是会引人向往光明、追求幸福的，应该得到崇高的评价。至于那些意志消沉的知识分子从这里得到逃避现实的"启示"，我认为陶渊明是不能负责的。同样的事物，不同的阶级或不同思想的人会有不同的感受，这原是不足为怪的。"历览千载书"的知识分子陶渊明，受老庄消极哲理的影响，因而在他的作品里局部地或多或少地遗留着一定的残余痕迹，这也是可能的事。不容讳言，象"俎豆犹古法""于何劳智慧"的思想，显然是应该批判的。但是它是次要的，掩盖不了全诗的光辉。

另外，我们也不赞成有些论者对这篇作品作不适当的抬高。说"不知有汉，无论魏晋"是什么"无君"思想，是相当大胆的行为。他根本上否定了剥削，否定了贫富悬殊，等等。我们从作品中是找不到也分析不出这些东西的。"不知有汉，无论魏晋"，按一般的理解只是说人们从秦时避难到此，与现实世界隔绝，截至现今——晋，根本不知道经过那么多的朝代。意在说明这里是一个与世隔绝的清平乐园，看不到也找不出什么"无君论"来。虽有父子无君臣之说，尽管古已有之，但不足深信。诗人在其它作品中反倒一再怀念羲、农、重华、轩黄，可见他对"圣君"却是非常向往的。在这篇作品中，诗人只是极为粗略地勾画了一个生活的理想幻境，至于这里具体的社会制度，没有作更多更具体的设计，也不可能作出更多更具体的设计，因此，我们也就不必过多的去附会。

四　讴歌田园，反抗世俗

以歌唱田园来反抗世俗，这又是陶诗的一大特征。他有意地把田园与仕途相对立，这正是光明与黑暗的对比、纯洁与污浊的对比。据诗人自己讲，为饥寒所迫，一再地走进官场，十二年来游移于进退之间。转辗在耕与仕之间的生活，使他清楚地认识了现实，"大济苍生"的猛志破灭了。他再也不愿折腰屈辱，再也不愿同流合污，终于和他的阶层决裂了，于是"拂衣归田里"。说他归隐，不如说他是为了自由，走向田间更恰当。他不是沽名钓誉的假名士，他真正去农村种地了。朱熹有几句话说的很对："晋宋人物，虽曰尚清高，但个个要官职。这边一面清谈，那边一面召权纳货。陶渊明真个能不要，所以高于晋宋人物。"（朱子语录）陶渊明是贵族的后代，统治阶级的官吏，但是不按照他的阶级给他规定的道路走去，而偏偏要反其道而行，要过从来为封建士大夫所耻的劳动生活。单从这一点说，陶渊明的归隐是不能否定的。

《归去来辞》是陶渊明的一篇极为重要的作品。他总结了十二年来的仕宦生活，批判了过去，"悟已往之不谏，知来者之可追；实迷途其未远，觉今是而昨非"。认识了自己过去的错误，坚定了今后的志向和态度。于是他以精神解放了的愉快心情，歌唱他所得到的自由："舟遥遥以轻扬，风飘飘而吹衣，问征夫以前路，恨晨光之熹微。乃瞻衡宇，载欣载奔，僮仆欢迎，稚子候门。"这种走出衙门，获得自由的喜悦，和他在出仕途中，"望云惭高鸟，临水愧游鱼"（始作镇军参军经曲阿作）的心情比较，就知道他对自由是多么的渴望！《归田园居》第一首（少无适俗韵）也是一篇带有总结性的作品，在这篇作品中他热烈的歌颂了自由。"误落尘网中，一去三十年"，这是对仕途的彻底否定；"羁鸟恋旧林，池鱼思故渊"表现了对自由的强烈向往；"久在樊笼里，复得返自然"说明了获得自由的无比喜悦。官场就像尘网与樊笼一样的束缚人的自由，他离开统治阶级借以维护它的统治、施行政权、压迫人民的衙门，就象一只小鸟冲破牢笼返回自然一样的欣慰。作为一个统治阶级的官吏，这难道不是一种可贵的叛逆思想么？

人们一向很少提到的《归鸟》诗四章，也是歌颂自由的佳作。他以归鸟来象征挣脱了官缰宦锁的自己。归鸟自由地在青空里舒翼，"远之八表，近憩云岑"，或翻腾于云端，或游憩于茂林，"顾俦相鸣，景疵清阴"，再也不会受缯缴的谋害了。这里用归鸟的形象热烈地歌唱了自由的幸福，也曲折地反映了那个戕害自由的时代的影子。诗人因为向往自由，写飞鸟的诗很多。当他受官缰宦锁绊羁的时候，便想道："云鹤有奇翼，八表须臾还；自我抱兹独，僶俛四十年。"（连雨独饮）"羁鸟恋旧林"，"望云惭高鸟"。当他获得自由后，便又想道："久在樊笼里，复得返自然"（归园田居），"遇云颉颃，相鸣而归"，"缯缴奚施，己卷安劳"（归鸟）。当他感到孤独的时候，他也把自己的感情化入鸟的形象之中，借以表达其心愿，寄托以深远的意义。

诗人追求自由的意志是十分坚定的。自己宣称："质性自然，非矫厉所得；饥冻虽切，违己交病"（归去来辞序），"形骸久已化，心在复何言"（连雨独饮），"一形似有制，素襟不可易。园田日梦想，安得久离析；

终怀在归舟，谅哉宣霜柏"（为建威参军使都经钱溪）。这种追求自由的精神，表现在诗篇中，同时也表现在行动上，不愿为五斗米向乡里小儿折腰，这又是多么可贵的热爱自由的反抗性格。这一点，对阶级社会里进步的知识分子有积极的影响。

有的同志责难陶渊明美化了田园。其实，陶渊明美化的只是自然风物，从来也没有美化社会生活。把祖国的自然风景写得美一点，这又有什么不可呢？陶渊明为什么要那样尽情地讴歌田园呢？一个久囚在夜一般的监牢里的人，一旦获得自由，走出牢门，见到阳光，他就会异乎寻常地感到阳光的可爱；如果他是诗人，就一定会热烈地歌唱阳光。陶渊明正是这样。他为了鄙弃混浊的政治，否定追腥逐臭的官场和糜烂肮脏的上层社会，才讴歌田园。他是借田园的美好来否定上层社会的丑恶。有的同志说，陶渊明的退隐在很大程度上是脱离了现实，因而在反映现实上受了一定的限制。这话虽然有道理，但仍然不够全面。因为陶渊明辞官归田，参加了劳动，观察了农村的生活现实，接近了人民，在反映现实上有了较高的成就，才产生了他反映农村生活面貌的诗篇。那么陶渊明不退隐，高高地坐在衙门里，作骑在人民头上的统治阶级官僚，就不脱离现实了么？对一个作家来说，那才叫脱离现实。我认为陶渊明之所以能写出不朽的作品，所以成为伟大的诗人，就在于他能够"拂衣归田里"、靠近人民，才获得了新的生活，丰富了他的创作源泉。"退隐"对作为诗人的陶渊明来说，具有关键性的意义；对统治阶级的幻想断绝了，和农民生活在一起了。他的"退隐"把他的生活划分为前后两期，把他的创作也划分为前后两期，他的成就最高和较高的作品，都可以说产生在四十一岁以后，也就是"退隐"以后，这便是明证。我们还可以这样说，没有"退隐"，就没有诗人陶渊明。当然，我们就具体的问题谈问题，我们谈的是具体的诗人陶渊明的所谓"退隐"，而不是谈论抽象的"退隐"，作为一种反抗的形式，相对的说"退隐"当然是消极的。

诗人不仅描写了劳动，劝人劳动，而且给予劳动以崇高的评价。《劝农》诗在陶集中并不能算好诗，它有着很大程度的学究式的说教成分。但其中也有一些可取的思想。他把劳动和人民的生活命运联系起来，他说："宴安自逸，岁暮奚冀！儋石不储，饥寒交至。"尽管他还不大了解"勤"

并不能改变人民"饥寒交至"的命运，剥削才是人民贫困的主要原因。然而，希望人民岁暮生活有所着落的善良愿望，是从现实教训中产生的。如果我们再联系他的《有会而作序》——"旧谷既没，新谷未登，颇为老农，而值年灾，日月尚悠，为患未已。登岁之功，既不可希，朝夕所资，烟火裁通；旬日以来，始念饥乏。岁云夕矣，慨然永怀。"——来看，就知道他的考虑是出自惨痛的现实教训。诗人以饱含着热情的笔触描写了他和农民的友谊生活，如《饮酒》（清晨闻叩门）《移居》二首，《归园田居》（"野外罕人事""久去三泽游"）《癸卯岁始春怀古田舍》等。农村生活使得他对农民有了深厚的同情，他写道："山中饶宿露，风气亦先寒，田家岂不苦，弗获辞此难"（于西田获早稻），"纷纷士女，趋时竞逐；桑妇宵兴，农夫野宿"（劝农），可贵的还是他从对农民的深厚同情中反映了农民的苦辛。劳动生活使他和农民有了同一的感受，他对禾苗是那样的关怀："常恐霜霰至，零落同草莽"（旧园田居）；秋收时，他便急切地喊道："饥者欢初饱，束带候鸡鸣"（下潠田舍获）。这种情感，无疑是从农民中获得的，如果陶渊明永远待在彭泽县的衙门里，这种情感是无法获得的。说陶渊明的走向田间是脱离了现实，因而在反映现实上受到了一定的限制，这恐怕只是看到了一方面，他脱离了官场的现实，没有看到他走向农村的现实这一面。

陶渊明所处的时代是一个大饥荒的年月，但是如果他甘于折腰屈辱的话，总还有五斗米可吃罢。可他穷得有骨气，拒绝了江州刺史王宏的利诱，坚持了自己的志愿，他能"固穷"。所以，可贵的还不仅仅在于他描写了饥饿，而在于贫困、饥饿的威胁动摇不了他坚贞的意志。在那个"官以贿迁"，寡廉鲜耻的社会里，他一再地申诉他的高操：

> 青松在东园，众草没其姿，凝霜殄异类，卓然见高枝。 ——饮酒
> 芳菊开林耀，青松冠岩列，怀此贞秀姿，卓为霜下杰。
>
> ——和郭主簿

我们还常常发现，诗人在反映生活中不时地流露着一种疑惧与警戒的心理。他写劳动，则说"四体诚乃疲，庶儿无异干"；在《饮酒》中发了

几句牢骚，便说"但恨多谬误，君当恕醉人"，又说"觉悟当念还，鸟尽良弓藏"；写归鸟，便说"矰缴奚施，已卷安劳"；在《荣木》篇中又说"贞脆由人，祸福无门"，这种疑惧、警戒心理对外在世界的反射，也正折光地反映了动乱社会的影子，反映了"密网裁而鱼骇，宏罗制而鸟惊"的恐怖时代的影子。这种疑惧与警戒的心理在他的政治诗里表现得更明显，在《述酒》《拟古》（种桑长江边）中所表现的那种晦涩、隐曲的风格包含着他无限的苦衷。"流泪抱中叹，倾耳听司晨"，这是多么痛苦的情感！疑惧退缩的心理对现实曲折的反应，自然就会形成晦涩的风格；清新的风格势必出之于坦率果敢的胸怀。陶渊明的笔描绘起田园来是那么的清新，一触到政治，又是那么的晦涩。不难看出这里也就包含着一种难言的隐忧。我们了解了这一点，不论对了解陶渊明的诗或人都是有帮助的。他通过自己对客观现实的反应，从而使人们从他的反应中去认识现实，所以他所描写的现实多半是通过他自己内心世界的折光而再现的。

陶渊明以农村为背景，创作了那么多优美的诗篇。然而，我们也不能忽视，在这些诗篇中也掺杂着一定的消极因素，最明显的是那种封建士大夫的闲情逸致与找不到出路的文人的自我陶醉的思想感情的流露，尽管它不占重要的地位，但缺点终归是缺点。

五　咏叹人生，忧世乐天

在陶诗中，探索人生和生命的秘密的作品占有相当的比重。在《荣木》《连雨独饮》《己酉岁九月九日》《形影神》《杂诗》《饮酒》《挽诗歌》以及不少的赠答诗中表现了他对人生的见解与颓废的心情。在这一类作品和具有这一类内容的作品中，显示了作者世界观、人生观的矛盾复杂。时而追求时而退缩，时而乐观时而悲观，时而进取时而颓废，时而狂歌时而感叹，忧世、乐天、知命，可以说是这一类诗的共同主题。应该说，这是陶渊明作品中消极思想最严重的一部分。不过，我们还是应该耐心地做具体的分析。

首先，诗人的消极颓废是有原因的。因为"日月掷人去，有志不获聘"，于是"念此怀悲凄，终晓不能静"（杂诗），追求探索人生的秘密，一直到他的追求与现实的矛盾无法解决时，只好"理也可奈何，且为陶一殇"（杂诗），"天运苟如此，且尽杯中物"（责子），"何以称我情，浊酒且自陶"（己酉岁九月九日），甚至到"人生似幻化，终当值空无"（归园田居），"今我不为乐，知有来岁不"（酬刘柴桑），"且极今朝乐，明日非所求"（游斜川）。这也是知识分子尤其是个人反抗的必然反映。这样厌倦人生、虚无颓废的思想，便是陶诗中最突出的糟粕，且起着不小的消极影响。但是，陶渊明探讨人生的作品很多，也并不都是如此，更多的对人生还是肯定的。以《杂诗》这组诗说，从总倾向看，"及时当勉励，岁月不待人"，可说是它的基本思想。因此，我们不能同意那些寻章摘句的批评。"人生无根蒂，飘如陌上尘"，是不少论者当作陶诗消极没落的代表作来批判的。例如余振生同志说：

> 陶渊明还有一部分反映消极悲观情绪的作品，如"人生无根蒂，飘如陌上尘"一类的诗。可以肯定，这是没落阶级颓废的思想感情。①

只要我们看看这首诗的全貌，就会知道这个批评是不恰当的。兹引原诗如下：

> 人生无根蒂，飘如陌上尘。分散逐风转，此已非常身。落地为兄弟，何必骨肉亲！得欢当作乐，斗酒聚比邻。盛年不重来，一日难再晨，及时当勉励，岁月不待人。

这首诗在我看来，不仅不象余振生同志说的那样，而且恰好相反，它表现了积极进取的思想感情。"落地为兄弟，何必骨肉亲"的思想，在那个门阀制度等级森严的时代里，是一种多么可贵的平等观念。"盛年不重来"等四句的积极进取之意更是明显。就以这诗的前四句讲，也是动乱时代中的一种普遍现象。如果能从全篇着眼，就不能说这"一类的诗。可以肯定，这是没落阶级颓废的思想感情"。鲁迅先生早就批评过陶渊明研究

---

① 见《文学遗产》第252期《陶诗反映现实的特点》。

中的"摘句家"。他说:"最能引读者入迷途的,是'摘句'……倘要论文,最好是顾忌全篇,并且顾忌作者的全人,以及他所处的社会状态,这才较为确凿。"① 这话到今天,还值得我们温习。而且,陶渊明探讨人生和生命问题的作品,有不少在当时具体的环境下是有进步意义的。这是个宗教盛行、迷信与愚昧笼罩着整个上层社会的时代,什么长生说、神不灭论把那些高贵体面的人物弄得晕头转向,人们深陷于神秘主义的泥坑。陶渊明和这些上层分子比起来,却显得相当的唯物。他对生死问题看得并不神秘,高唱"有生必有死,早终非命促","死去何足道,托体同山阿"(挽歌诗)。在《挽歌诗》《自祭文》中对死神采取了一种轻蔑的态度,浪漫主义情调十足地和死神开起玩笑来;"形影神"尽管存在着苦闷消极的因素,可是又表现出一种"纵浪大化中,不喜亦不惧,应尽便须尽,无复独多虑"达观从容的精神和唯物思想的因素。这对那些贪得无厌、追求长生的愚人和贪生怕死之徒是一种极大的讽刺。在《饮酒》中,他对因果报应之说又表示了疑问:"积善云有报,夷叔在西山;善恶苟不应,何事空立言。"在《感士不遇赋》中,亦有类似的思想。总之,陶渊明在他作品中所表现的唯物思想,实际上是对当时神秘主义的一种反抗。

六 结语

陶诗中确乎富有现实主义精神,但从上述分析可看出,更多更主要的乃是浪漫主义的。周扬同志说:"历史上许多伟大的杰出的作家、艺术家,虽然由于他们所处的时代不同,他们的个性和风格各异,有的更富于现实主义精神,有的更富于浪漫主义精神,有的以精雕细琢的写实手法见长,有的以奔放的热情和大胆的幻想取胜,但他们总是常常在他们的作品中来表现出现实主义和浪漫主义这两种精神、两种创作方法的不同程度的结合。"② 陶渊明便是一位更富于浪漫主义精神的作家,但他的作品又常常表现出现实主义和浪漫主义这两种精神、两种创作方法的一定程度的结合。

陶渊明的一生,就是很富于浪漫主义精神的。他一方面退隐田间,一

---

① 鲁迅:《题未定草》,《且介亭杂文二集》。
② 见《我国社会主义文学艺术的道路》。

方面又不忘世事。"饥食首阳薇，渴饮易水流"（拟古），这两句诗很能代表他的这种矛盾思想：既要隐居，又想复仇，既要做隐士，又要当壮士。他的作品的复杂性也都从这里来。在一定的情况下，他又把二者的对立统一起来，所以陆树声《长水日抄》说他"忧世乐天，并行不悖"，也是有见地的话。陶渊明是我国文学史上一位伟大的浪漫主义诗人。从屈原到李白这一千年来，他是一个最杰出的诗人。

一九五九年秋于北京

唐诗的繁荣与唐时的民主

　　唐代诗歌，有质有量，繁荣发达，形成我国文学史上的伟观。究其原因，当然很多，很复杂。这一直是文学史家们探讨的重要课题。在我国漫长的封建社会时代，唐王朝相对地政治较为开明，对文人的思想控制也不象其他王朝那样严酷。如果说民主是种历史现象，它随着不同的时代有着不同的形式的话，那么，就可说唐代文坛是有一定的民主的，我们姑且称之为"封建民主"，也可说这是唐诗繁荣的原因之一。

　　"天下，天下之天下，非一人之天下。"在封建社会里，这可称得上是种民主思想。这话当然不是唐时的创造发明（早见于《吕氏春秋·贵公》《六韬》），但在唐时谈论的人又多起来了。官家或私人的著述中都相与引用。《群书治要》几次提到"天下者，非一人之天下，天下之天下也"（《六韬序》），"天下非一人之天下也"（《武韬》）。按《群书治要》，系唐太宗令魏征等博采史迹纂辑而成，作为资治宝鉴，"置在座侧，常自省阅"，即以后的唐代统治者对此书亦相当重视。贞元初，马总纂辑《意林》，也引《六韬》说："天下非一人之天下，天下之天下。"元和间，诗人白居易也高喊："古人有言天下者，非是一人之天下。"（《二王后》）。这种思想在民间或私人著述流传，当不足奇，而在供御览的官书中亦竟公然存在！在天下为私的时代里，这种思想在封建帝王的读物中或在公私著述里公然流转，对当时社会难免会产生一定的影响。

　　说来很新鲜，唐代诗人的有些主张和做法，却和我们今天（清除"四害"之后的今天）诗人的某些呼声颇为近似。我们的诗人大声疾呼"诗人必须说真话!""写诗应该通过自己的心写,应该受自己良心的检验"。但是,"说真话容易触犯权势者,说真话会招来严重的后果。说真话得到的惩罚是家破人亡"。然而,"面对着瞬息变幻的现实,诗人必须说出自己的心里话","诗人首先要做一个诚实的人,做一个正直的人"。① 我们的诗人还在响亮高呼:"诗贵诚实,反对虚假!""诗人和作家首先要忠实于人民,忠实于事实,然后才能从事实中引出结论来。""诚实必定胜利,因为人民喜欢听真话。"② 这既是诗人的话,也是人民心里的话。就是这样的话,恐怕在三年前还是不能说的,说了会"招来严重的后果"!可是,生活在八世纪封建社会的唐人,他们却是敢说的。他们主张"但伤民病痛,不识时忌讳",即便是"贵人皆怪怒,闲人亦非訾"③ 也无妨,甚至"权豪贵近者相目而变色,……执政柄者扼腕……握军要者切齿,……乃至骨肉妻妾皆以我为非"(此句大概就有我们今天说的不怕老婆离婚的意思),仍然是主张文艺应大胆干预生活,"文章合为时而著,诗歌合为事而作"。④ 要做到"篇篇无空文,……惟歌生民病"。⑤ 他们的创作实践证明,他们确是敢于讲真话的。

唐代诗人勇于揭露社会矛盾,批评时政;不仅敢于抨击权贵,而且还往往把矛头直指最高统治者皇帝本人。有的诗人在天子面前也要摆架子:"天子呼来不上船,自称臣是酒中仙"(杜甫句);有的则认为当一辈子皇帝也不怎么样:"如何四纪为天子,不及卢家有莫愁"(李义山);有的高呼:"天下者,非是一人之天下"(白居易);有的那就更不客气了:"天子好征战,百姓不种桑。天子好年少,无人荐冯唐。天子好美女,夫妇不成双"(曹邺)。这在某些人看来,不是"大逆不道"吗?唐诗反映现实,来得很快。诸如重大政治事件、军事行动、经济设施或宫廷罪孽,等等,都会在诗人笔底得到及时反映。即当朝天子的事,亦可指责。玄宗好斗鸡之戏,鸡童贾昌等恃宠逞豪,李白便有"路逢斗鸡者,冠盖何辉赫!鼻息

---

① 艾青:《新诗应受到检验》,《文学评论》1979 年第 5 期。
② 公刘:《诗与诚实》,《文艺报》1979 年第 4 期。
③ 白居易:《伤唐衢》。
④ 《与元九书》。
⑤ 《寄唐生》。

干虹蜺，行人皆怵惕"之句；德宗末年以来，"宫市"掠夺民资益剧，白居易遂有"黄衣使者白衫儿，手把文书口称敕，回车叱牛牵向北……"之句，《卖炭翁》自注："苦宫市也。"唐代诗人好象还管得很宽，连皇帝的内亲串亲戚，他们也要反映讽刺。如玄宗的三姨子虢国夫人大清早骑马进宫，诗人说人家："却嫌脂粉污颜色，淡扫蛾眉朝至尊。"（张祜）皇帝睡懒觉不按时起床上班，诗人也有意见，说是："春宵苦短日高起，从此君王不早朝。"（白居易）看来这些只是宫廷生活琐事，但其背面却蕴含着重大的政治主题。唐时一出现重大政治事件，常常就成了艺术家绚丽宝贵的诗料。以马嵬事件来说，就有不少诗人从不同的角度做出了多样的反映。如杜甫、刘禹锡、白居易、李义山、郑畋等，对李、杨二人或同情或批判，各家争鸣，颇显思想活跃、言论自由的意味。事件的结果是："官军诛佞幸，天子舍妖姬"；"六军不发无奈何，宛转蛾眉马前死。……君王掩面救不得，回看血泪相和流"。从此，"姊妹兄弟皆列土"的杨氏一门权贵一个个落网伏法。此种场面出自封建专制时代，称得上是民意战胜强君权的历史奇观！也可说是唐明皇这个风流天子受到了一次咎由自取的"大民主"的冲击。

我们的诗人，至今仍不断乐道周恩来总理六十年代初提出的："要造成一种风气：使大家敢于讲话。"① 唐代诗人也在倡议："所谓善防川者，决之使导；善理人者，宣之使言。""宣之使言"和"使大家敢于讲话"，多么相近。"宣之使言"的目的在于："天子之耳不能自聪，合天下之耳听之而后聪也；天子之目不能自明，合天下之目视之而后明也；天子之心不能自圣，合天下之心思之而后圣也。若天子唯以两耳听之，两目视之，一心思之，则十步之外，不能闻也；百步之外，不能见也；殿庭之外，不能知也；而况四海之大，万枢之繁者乎？"所以希望形成一个"工商得以流议，士庶得以传言，然后过目闻而德日新"的局面，并以期收到"言之者无罪，闻之者足以自戒"②"救济人病，裨补时阙"之效。

唐代诗人之所以敢于讲话，大概和"上之人亦不以为罪"有一定的关系。假使让他们去生活到"密网裁而鱼骇，宏罗制而鸟惊"（这是陶渊明

---

① 见《在文艺工作座谈会和故事片创作会议上的讲话》。

② 白居易：《策林》。

形容他所处时代的诗句）的陶潜的时代，恐怕他们也会生"望云惭高鸟，临水愧游鱼"之感！说不定有一些人也还会哼起"归去来兮，胡不归"啦！

慢说文祸横飞的魏晋，或者文网密布的明清，即与唐代相接的宋代，情况已经不同。宋人对唐代诗人的敢讲话，已表示诧异态度。洪迈《容斋续笔》"唐诗无讳避"条说："唐人歌诗，其于先世及当时事，直辞咏寄，略无隐避，至宫禁嬖昵，非外间所应知者，皆反复极言，而上之人亦不以为罪。……今之诗人不敢尔也。"

宋代的统治思想，当然是其时的统治阶级的思想。代表这种思想的宋时文人，把唐人的敢讲话，看作是大逆不道，无礼于君。魏泰认为刘禹锡、白居易反映马嵬事件的诗歌，"造语拙蠢，已失臣下事君之礼"。[①] 张戒说："杨太真事，唐人吟咏至多，然类皆无礼。太真配至尊，岂可以儿女语黩之耶？"[②] 这犹如蓬雀指责大鹏冲霄是无礼于天！本属谬论，然而，它却得到清代统治阶层的欣赏。乾隆间出的《四库全书简明目录》，每条只作简介，文字寥寥可数，但那也不忘对张氏的"唐人无礼于君"之论，予以"有裨名教"之赞。象唐代那样多少有点民主空气的创作环境，在旧中国漫长的历史中也还是暂短的。

在白色恐怖"禁锢得比罐头还严密"的半封建半殖民地时代，鲁迅先生在"怒向刀丛觅小诗"的同时，也不能不兴"吟罢低眉无写处"之叹！在《为了忘却的纪念》一文中说："要写下去，在中国的现在，还是没写处的。年青时读向子期《思旧赋》，很怪他为什么只寥寥的几行，刚开头却又煞了尾。然而，现在我懂了。"先生的这一席话，在新中国成长起来的人，恐怕也是不易懂或者懂得不深刻的。然而，经过"四害"肆虐的日子，我们大家全懂了，而且懂得十分深刻了。

我们的社会主义民主是工人、农民、知识分子和其他劳动者所共同享有的民主，是历史上最大的民主。中国出现这样的民主，只是一九四九年以后的事。不意经过十七年之后，林彪、"四人帮"竟公然用他们的"全面专政"又把它吞噬了一个阶段。不经过阴霾的日子，便不知晴朗天的可

---

① 《临汉隐居诗话》。
② 《岁寒堂诗话》。

贵。今天，党的阳光重新温暖了诗人的心，照亮了创作的路。文艺民主的发扬，将会成为"双百"方针贯彻落实的有力保证；有"双百"方针的指引，我们的文艺民主将会得到充分的发扬。我们时代的民主应该是过去一切时代、一切阶级的所谓的民主都无法比拟的，我们时代的诗歌，其繁荣发达，也将应该是过去一切时代、一切阶级所难以比拟的。然而，需要为之奋斗！

一九七八年九月十七日初稿

一九七九年十一月十七日修毕

怀素的《自叙帖》与李白的《草书歌行》

——读报随笔

《光明日报》副刊（1978 年 4 月 23 日）有篇题为《有笔如山墨作溪》的文章说：

> 李白对他（按：指怀素）的书法有极高的评价，《草书歌行》十分生动形象地描绘了怀素的成就："古来万事贵天生，何必要公孙大娘浑脱舞。"

按怀素的《自叙帖》作于大历十二年（777 年），其时李白已死十六年，若是李白确有此诗，当不会在《自叙帖》之后；如在前，怀素在《自叙》中摘引了那么多并不太著名诗人的诗句，而对声名赫赫的李翰林的赞诗，焉有只字不提之理？《草书歌行》是篇伪作无疑。早在北宋，苏轼就指出其伪。《墨池编》等书，亦作伪断。至清代王琦作注时，便理由充足地判定："断为伪作，信不疑矣！"今天我们看，以伪而言，亦非出自高手。作者不假思索，以假当真地仓促向读者作肯定的介绍，似欠慎重！

况且，作者所选引的这两句诗，正是《草书歌行》中的宣扬天才，否定勤奋的非正确论调。用它怎么能说明"怀素草书的成就"呢？这诗意是说：自古以来一切成就都是天生就的，根本用不着再去观摩大舞蹈家公孙大娘高超的艺术表演浑脱舞（唐时舞名）了。据杜甫《观公孙大娘弟子剑器舞》诗"序"说，大草书家张旭曾观看公孙大娘的剑器舞，"自此草书长进，豪荡感激"。《乐府杂录》说："开元中，有公孙大娘善舞剑器，僧怀素见之，草书遂长，盖准其顿挫之势也。"生活对艺术家的创作总是起着积极影响的。可是《草书歌行》却主张艺术家贵在天才，不需要再体验生活。肯定这种观点，并认为它是对"怀素草书的成就"的生动描绘，那实质上则是对"笔山墨溪"精神的否定。因之在行文的逻辑上亦陷于矛盾、紊乱状态。

文章继续写道：

> 怀素有一幅"自叙帖"，表示了对自己的自我欣赏，如说自己的艺术构思："志在新奇无定则"，"心手相师势转奇"，对自己的笔法，流露出了十分的自信，可谓绘声绘色志得意满。他还说："寒猿饮水撼枯藤，壮士拔山伸劲铁。""笔下唯看激电流，字成只畏盘龙走。""……粉壁长廊数十间，兴来小豁胸中气，忽然叫绝三五声，满壁纵横千万字。"

这里，文章一连从《自叙》中引录了十句诗。这十句诗，全是他人作的：第一句是许瑶的，第二句是戴叔伦的，第三句是王邕的，第五、六句是朱遥的，最后四句是窦冀的。皆属对怀素草书的赞扬，且难免有溢美之辞，从哪方面来看绝非怀素自己的创作。而且，怀素在《自叙》中摘引完这些诗句之后，还表示客气说："固非虚荡之所敢当，徒增愧畏耳！"可是文章竟将它们都说成怀素自己的"自我欣赏"之辞！怀素再"自我欣赏"，再"志得意满"，恐怕也不大好意思自吹自擂到这种地步！何况，《自叙》中，他还叙述了自己挑起行李书箱，长途跋涉，从长沙来到当时的京都长安，向当时著名的书法家颜真卿等名家虚心求教学书的情景。如说："屡蒙激昂，教以笔法。资质劣弱，又婴物务，不能恳学，迄以无成。追思一言，何可复得！"谦逊好学之情，溢于言表。看来，作者对怀素的《自叙帖》，并未认真一读，可能单从"自叙"二字着眼，想当然耳。于是张冠李戴，把别人对怀素的赞扬一股脑都说成是怀素的"自我欣赏"！这样，怀素莫不成了个自吹自擂的自大狂了么！粗枝大叶，太不严肃!

怀素的狂草，确是难认。初学者如能一读明人文彭的楷书《自叙帖释文》，便可一目了然。

一九七八年四月二十五日于北京和平街丁庐

诗律知识在校释工作中的作用

　　我国古代的诗家们很早就在努力寻求着诗的形式美，特别是着意于声律美。《文心雕龙·声律》已总结这方面的经验和探索这方面的问题。诗歌的形式不断得到新的发展，到唐代出现了近体诗（或称今体诗），从此诗歌有了更严密的格律，诸如，用韵、平仄、对仗、句式、字数和语法特点，都有了固定的规则；其中最主要的莫过于用韵和平仄。唐诗的韵部和前代大不相同，宋以后的用韵都依唐人的韵部，押韵的位置、范围，都是固定的，严格的。平仄是近体诗最主要的格律因素，它构成诗句中的音响节奏，主要也就是平仄的交互，以形成声律美。近体诗则把这种平仄的交互的声律作为诗的格律固定下来。格律，不论对理解诗的内容或是欣赏诗的艺术，都有着极为重要的作用，同时它也为我们校勘前人的诗作提供了一种依据和参考条件。

　　当然，校勘近体诗，自然需要多方面的考订研究，这里只是说在平仄用韵方面作必要的推敲，有时也会收效；也就是留意格律，亦可作为校诗、解诗之一助。下面就举几个我在阅读中遇到的实例说说。

　　例一：

　　有篇《一句诗的"混乱"》①的短文举出，于谦的一句话："粉骨碎身全不惜"，在今天我们的一些出版物中就有好几种不同的文字，如：

---

① 见《光明日报·东风》1982 年 8 月 25 日。

一、粉身碎骨全不惜①

二、粉骨碎身全不惜②

三、粉骨碎身浑不怕③，作者对此种"混乱"，提出批评，并感到苦恼：孰是孰非，莫衷一是。

这里，就有了校勘问题。如果我们熟悉近体诗的格律，单从它的平仄上便可看出分晓。我们知道，于谦既是英雄，又是诗人，他是重视诗的格律的。这句诗是于谦青年时代写的咏物诗《石灰吟》中的第三句，全诗是：

千锤万击出深山，烈火焚烧若等闲。粉骨碎身全不惜，要留清白在人间。

这是一首近体诗——平起式七言绝句。平起式的七绝的平仄格式是这样：

平·平仄·仄仄平平　　仄·仄平平仄·仄平

仄·仄平·平平仄仄　　平·平仄·仄仄平平

（字旁加点者，表示可平可仄）

一经对照，即可看出于谦的这首《石灰吟》是标准的七绝：平仄工稳，韵律严整。第三、四句中的"碎""要"，虽是仄声，第四句中的"清"虽是平声，但他们都在可平可仄的声位，所以并不背律。全诗无一字不合平仄规则。这样，我们就可以判定："粉骨碎身"是对的；"粉身碎骨"则误，"身"（平）、"骨"（仄）各居二、四关键声位，平仄不调，便破坏了诗的声律。我们也相信诗人于谦不会造这种拗口的句子。两相比较，就可以肯定人民文学出版社《中国历代诗歌选》这个本子。

"浑不怕"和"全不惜"的谁是谁非问题又将怎样解决呢？这就不是用格律所能解决的了，格律对它则无能为力；因为它们全合律。"浑"和

---

① 《华夏正气篇》，安徽人民出版社，第226页。

② 《中国历代诗歌选》，人民文学出版社，第872页。

③ 《暑期生活》，上海教育出版社，第29页。

"全"都是平声，且均在第五声，即或平仄不一，亦不足为据。按这个句型如第五字用仄，第三字必须用平。可这里也没有这个问题。

"惜"和"怕"，在古代全是仄声。"惜"本入声，今读阳平。如果按今天的读音，"惜"就不调了。"全不怕"比"全不惜"，在音节上响亮多了。可是我们面对的是明代作品，自然不能以今代古了。

例二：

有篇《相逢尽道休官好》的文章①说：

> 韦丹又有《答澈公》云："空山泉落松窗静，闲地草生春日迟。白发渐多身未退，依依常在咏禅师。"按"闲地"应为"闲池"之讹，取意于谢灵运的"池塘生春草"。

说"闲地"为"闲池"之讹，似乎根据不足。其实，也未见得是"讹"。首先，从内容上看，"闲地草生春日迟"，通顺明白，自成意境；再就全章考察，通畅联贯，结构一体；校者又未提出其他有力旁证，诸如资料、版本之类，只说"取意于谢灵运的'池塘生春草'"。谢固有"池塘生春草"，但它和韦句"闲地草生春日迟"又有什么必然的关联呢？二诗本是两种意思，说此"取意于"彼，根据何在呢？就算确乎取意于彼，难道作家在"取意"时就不可以变换个巴字——变"池"为"地"么！且"闲地"一词，在唐人诗中，屡见不鲜。如：

> 阶前多是竹，闲地拟栽松。（贾岛）
> 非时应有笋，闲地尽生兰。（皇甫丹）
> 东门有闲地，谁种邵平瓜。（许浑）
> 闲地细飘浮净藓。（薛能）

特别是刘长卿，有"蕙草生闲地"句，和韦丹的"闲地草生"句，是多么相近！

---

① 见《光明日报·东风》1983 年 3 月 28 日。

在这里，个巴字的"讹"与不讹，或许不是什么重要问题，但这种既不提根据，又不说理由，率尔下结论的文风，未免简单武断，难于令人信服。校勘诗歌，除了考察内容，发现他证之外，再从它的平仄声律等格律方面作必要的推敲，有时也有助于问题的解决。按韦丹，《全唐诗》收诗凡二首，皆七言绝句，格律协整，平仄极工。这首《答澈公》，也是一首严格的平起式的七绝，其平仄格式和前面介绍过的于谦的《石灰吟》完全相同。前面已列出它的平仄格式，按格式此处（"闲地"）只能用仄声，不能用平声；"地"仄"池"平。"地"居第二字，是关键性声位，所谓"二、四、六分明"，即第二字、第四字、第六字的平仄是固定的，不能通融的。若以"地"换作"池"，读之拗口，完全破坏了诗的声律。想来，韦丹是很懂这个道理的，不会在此处用个平声字"池"。

按绝句有律绝和古绝两种。古绝不受平仄格律的限制，一般只限五绝；律绝要受平仄格律的限制。前例中的于诗和本例中的韦诗都是律绝。律绝的平仄格律等于半首律诗，一般是截取律诗的首尾两联，完全不用对仗，如于诗；也有截取律诗后一半者，即颈联和尾联（即后两联），前一联要用对仗，如韦诗。（律绝亦有截取律诗前两联或中间两联者，较少见。）"空山泉落松窗静，闲地草生春日迟"就是工整的对仗句，"闲地"对"空山"。在关键声位，仄对平，平对仄，这是对仗的一般规则。"山"平"地"仄，正协；"池"则平声，背律。这又是"闲地"非"闲池"之讹的一证。

这样，我们就有理由说，原诗非讹，说"讹"者实讹耳！亦可看出，校订一首近体诗，对其平仄格律的考察，也是不可忽视的。

例三：

以上二例，全属近体诗，所谈多是平仄方面的问题。现在再举个古体诗的例子。古体诗不限平仄（据清王士禛《古诗平仄论》和赵执信《声调论》说，古诗亦另有平仄规则。其说牵强，不为大多数学者所认可。唐以后的古体诗，虽受律诗的影响，平仄上也有些讲究，但它仍依汉魏六朝古诗的作法，形式比较自由，没有严格的平仄规则），可在用韵上还是有自己的要求，只是比近体诗要宽就是了。现在来看李白的《庐山谣寄卢侍御虚舟》：

　　我本楚狂人，凤歌笑孔丘。手持绿玉杖，朝别黄鹤楼。五岳寻仙不辞远，一生好入名山游。……

　　由于这开头的两句，前几年罗思鼎之辈便大作文章，说什么"用大不敬的态度直呼孔老二名字的也还大有人在。李白自称是'我本楚狂人，凤歌笑孔丘'，对孔圣人有点油腔滑调，很不礼貌"。"四人帮"的小喇叭胡吹乱奏，自然为人所不齿。就以后也有同志在书刊中说，李白对孔子"直呼其名，予以嘲弄"，李白"自比楚狂接舆拿儒家圣人开玩笑"，等等。看来"呼名嘲弄"之说，还颇有点影响，但这种说法是不能令人赞同的。

　　从全篇看，这是一首游仙诗，表现了一种消极避世的道家思想。据记载，楚狂正是"避世之士"，属道家派人物。就算作是"嘲笑"孔丘，也只是以消极避世嘲笑积极入世，以"道"笑"儒"，或许连"以五十步笑百步"都说不上；何况，并未见得就是什么"嘲笑"！我们看，用什么笑孔丘呢？乃是《凤歌》。据《论语·微子》，《凤歌》是："凤兮，凤兮！何德之衰？往者不可谏，来者犹可追。已而，已而！今之从政者殆而！"译文："凤凰呀，凤凰呀！为什么这么倒霉？过去的不能再挽回，未来的还可不再着迷。算了吧，算了吧！现在的执政诸公危乎其危！"[①] 这哪里是嘲弄？歌中以凤凰喻孔子，对孔子充满着尊崇、同情、惋惜与劝谏的复杂感情。反对的倒是今天危乎其危的执政诸公。哪有什么"嘲弄"、"开玩笑"或"大不敬"呢？

　　"笑孔丘"的笑，在这里自然是有善意规劝，不赞同或责怪的含意，但并非恶意嘲弄或嘲笑，它是诗的语言，不应以今天的口语化作简单化的理解。李白《送薛九被谗去鲁》诗曰："宋人不辨玉，鲁贱东家丘。我笑薛夫子，胡为两地游！"这里也用了"笑"字，但全诗对薛九的遭谗表示了极大的同情与不平。且认为："黄金消众口，白璧竟难投。梧桐生蒺藜，绿竹乏佳实；凤凰宿谁家，遂与群鸡匹。……沙丘无漂母，谁肯饭王孙！"对他的怀才而见弃是如此地抱愤！能说"我笑薛夫子"的"笑"，还有半点恶意么？"凤歌笑孔丘"的"笑"，与此可作同一解。若释为"嘲弄"，

　　① 杨伯峻：《论语译注》。

那不仅与事实不符，而且和《凤歌》的内容则无法统一了。

如果说"凤歌笑孔丘"，乃是"直呼其名"，则谓之"大不敬"，那么"西过获麟台，为我吊孔丘"①，也是"直呼其名"，能说这也是"大不敬"吗？一个诗人，对他所写的人物，是可以根据创作上的需要自由选用其不同的称谓的。且旧体诗有较严的格律形式，诸如平仄、对仗、押韵，等等，诗人为适应格律形式，需要做出种种的精心推敲。"孔丘"二字在李白诗中出现过二次：一是"凤歌笑孔丘"，一是"为我吊孔丘"；"丘"字皆在韵脚，属"十一尤"韵。《庐山谣》前三韵押"尤"韵，《送方士》全篇一韵到底押"尤"韵。所谓"直呼其名"，则与押韵有一定关系。在李白诗中，对孔子的称谓，从最尊称"宣父""尼父""孔圣"，到一般称"孔子""仲尼"，乃至直呼其名者皆有。如：

> 宣父犹能畏后生，丈夫未可轻少年。（《上李邕》）
> 冶长非罪，尼父无猜。（《上崔相百忧章》）
> 孔圣犹闻伤凤麟，董龙更是何鸡狗！（《答王十二寒夜独酌有怀》）
> 留我孔子琴，琴存人已没。（《忆崔郎中宗之游南阴》）
> 仲尼欲浮海，吾祖之流沙。（《古风之二九》）

这里出现了"孔丘"，则说是"呼名嘲弄"，那里又出现了"宣父""尼父""孔圣"，该作何解释呢？所以决不能以"直呼其名"作为李白"反孔"的依据。如果我们再仔细琢磨李诗中对孔子的种种不同称谓，则会发现它固然首先有内容上的需要，但同时又多与平仄韵律、诗的音乐性有一定的关系。这里直呼其名"孔丘"，是为押韵。

看来，对诗词感兴趣的一些读者、编者，尤其是作者，如果能多留意或掌握一些诗词格律方面的知识，想来是会用得着的。

一九八二年十二月十六日初稿
一九八三年十二月九日重订

---

① 李白：《送方士赵曳之东平》。

试论《论语》的文学贡献

一　《论语》在我国散文发展史上的位置

据《汉书·艺文志》："《论语》者，孔子应答弟子时人及弟子相与言，而接闻于夫子之语也。当时弟子各有所记，夫子既卒，门人相与辑而论纂，故谓之《论语》。"其作者，据《论语》邢昺疏引郑玄说是由"仲弓、子游、子夏等撰定"。《论语》的产生，标志着中国历史上私人著书的开始。书中开始有了个人的思想和性格，和以前那些官家的著述已有了明显的不同。它是一部孔子的言行录，在先秦散文发展史上有不可忽视的地位。孔子不仅是儒家学派的开山祖师，同时也是诸子之学的创始者。《论语》就是诸子著作中最早的一部，也是我国历史上出现的第一部独立的说理散文，尽管它还处在中国散文的幼年阶段，但在诸子散文的发展史上有着开辟道路的作用。《论语》之后，接着出现了大量灿烂辉煌、长篇巨制的散文佳品。

从中国散文史看，《论语》之前的散文并不多。殷商卜辞和金文可说是最早、最原始的散文形式；《周易》封爻辞是散文的雏形；《尚书》中的殷周文告，语言佶屈聱牙，同时也是一些官家的公文。这些散文中有的还往往间杂韵语，可以看到文体的不纯，韵文与散文尚无严格的区分。《春秋》和《论语》是东周散文中较早的作品，亦可称为纯散文。《春秋》偏于记事，《论语》偏于记言。一属史学，一属哲学。但在记述手法、表情达意上，《论语》比《春秋》更为成功，更有文学价值。当然，还不能说它在散文史上已是成熟的作品。《论语》所记，大半是问答对话的实录，可说是我国最早出现的语录体。绝大多数，谈不上篇章结构，亦无鸿篇大制，但在语言上有它极大的特色。再不象以前官家文字那样的呆板艰涩，已渐接近口语化，大量使用虚词，使语气活泼而可传神。又简朴明快，准确精炼，已有恰切生动的比喻，且具有一定的形象性、概括性。它们为《论语》增添了不少艺术光彩。我们从全书凝练逼真的记述中，不仅看到了孔子的政治主张、教育思想及当时的一般社会概况，而且感受到孔子这个历史人物的伟大人格风格及精神气质，以及孔门人物的人格修养与处世态度，甚或在想象中浮现出不少粗具性格的人物形象来。这正是我们所要谈论的《论语》的文学贡献。

二 促成形象化的重要手段：多样的记述方式的出现

在我上私塾的那个年代里，我们五六岁的小蒙童，就要念《论语》，又背育又回讲（大一点的学生才回讲，即按老师讲解的再向老师回讲），可是对其中的哲理并不明白，倒是书中的一些人物给人留下了难忘印象。在一个儿童的想象中：孔子是个又严厉又慈祥，又严肃又温和，学问很大，品德极高，几乎是个万能的好老师。子路是个黑脸大汉，蛮有气力，脾气不好，谁都不敢欺负他，连老师都不怕的一位大同学。颜渊是个肌黄面瘦的文弱书生，少白头，要是现在，准还架着一副深度近视镜，全校学习最好、最聪明、老师最喜欢的好学生。曾子虽不聪明，但"死用功"，功课学得非常好，他是老师的接班人。公西华长得很"帅"，穿戴起来很漂亮体面，很有一副外交官的风度。此外，如，会作生意能说善道的子贡，大白天睡懒觉受到老师训斥的宰予，替上级刮民皮，气得老师要开除学籍的冉求，等等，无一不予人以可感的印象。这虽是一个小小孩童的幼稚天真的想象，但它并不是一无根据的。这种具体的感性的获得，是建立在《论语》真切朴实的记述人物言行的基础之上的，有力地说明着《论语》记人记言的成功。

司马迁也说："余读孔氏书，想见其为人。"① 确乎，我们读《论语》，不仅只获得一些言论哲理知识，同时也可想见孔门人物的一些精神风貌。本来《论语》是一部哲学笔记、语录，并不是什么文学创作，篇章简短零散，既无生动复杂的情节，又无宏伟严整的结构；既无五境背景的映衬，又无具体细致的肖像描写；只不过是一则则简短语录的集结，可是书中许多人物都被写得有了生命，浮现出一些性格特点来，读者如果从全书中把分散记述某一人物的章节归类集中起来，那形象就会在想象中显得更完整、更真切、更可感了。孔子是全书的中心人物，占篇幅最多。我们从孔子的自我表白，他人的评论，教育弟子的态度以及门弟子对他的记述和赞仰中看到了一位身形饱满的万世师表、伟大思想家的形象。尤可注目者，开始见到了从以前的官家书中难以见到的个人思想意识与个体独特性格的出现。形象化地记人记言，则成为《论语》文学价值的标志。多样化的记述方式，则是促成形象化的重要手段。《论语》记述方式至少有：

第一，以第一人称作自我介绍。

文学作品把写好人物的说白看作是塑造形象、刻画性格的重要手法之一，因为人物的说白是人物思想感情的具体表现。《论语》中的人物说白在表现人物上更有特殊的重要意义，因为它本身就是一部说白的辑录。以下我们可看看孔子的自我告白：

> 子曰："女（指子路）奚不曰，其为人也，发愤忘食，乐以忘忧，不知老之将至云尔。"
> 子曰："饭疏食，饮水，曲肱而枕之，乐亦在其中矣。不义而富且贵，于我如浮云。"
> 子曰："富而可求也，虽执鞭之士，吾亦为之；如不可求，从吾所好。"
> 子曰："我非生而知之者，好古敏以求之者也。"
> 子曰："盖有不知而作之者，我无是也。多闻，择其善者而从之；多见而识之。知之次也。"

---

① 《史记·孔子世家》。

子曰："默而识之，学而不厌，诲人不倦，何有于我哉！"

子曰："德之不修，学之不讲，闻义不能徙，不善不能改，是吾忧也。"

子曰："加我数年，五十以学《易》，可以无大过矣。"（以上八章皆见《述而》）

子曰："吾尝终日不食，终夜不寝，以思，无益，不如学也。"（《卫灵公》）

子曰："吾少也贱，故多能鄙事。"（《子罕》）

子曰："吾有知乎哉？无知也，有鄙夫问于我，空空如也。我叩其两端而竭焉。"（《子罕》）

从以上的文字中我们看到的孔子不是一具"道贯古今，德配天地"的至圣先师的僵尸，而是一个活生生的人；他的为人，志趣，强烈的求知欲，清醒的忧乐观，积极自信，乐观进取的生活态度，重视人格修养的意识，都令人分明可感，从而在人的感受中，突现出他的独特的思想、风格与人格。这无疑与它所运用的语言的富有概括性、形象性有着不可分割的关系。"发愤忘食，乐以忘忧"，"曲肱而枕"，"富贵浮云"，"学而不厌，诲人不倦"，等等，一直至今，流行不衰，为人们所熟悉、所喜爱。

孔子既谦虚，但又自信自负，胸怀坦荡。他说："不怨天，不尤人，下学而上达，知我者，其天乎。"（《宪问》）常常在危急的关头，他表现出一种无所畏惧的自信心，在匡地被围时，他喊出豪言："天之将丧斯文也，后死者不得与于斯文也，天之未丧斯文也，匡人其如予何？"（《子罕》）。在遭到宋司马桓魋的危害的险境中，他发出壮语："天生德于予、桓魋其如予何？"（《述而》）他以自己有"文"有"德"而自豪，俨然以天降大任于自我，何忧何惧？从科学的角度看，或许不可破解；然站在文学的角度察之，它正好成为孔子独特性格组成的一部分，在其人格与风格的图象上又添了一笔重彩。

孔子曾两次（《子罕》《宪问》）谈到"知者不惑，仁者不忧，勇者不惧"。子贡作解说这是"夫子自道也"。孔子知、仁、勇三者兼备，是以不惑、不忧、不惧。他说："内省不疚，夫何忧何惧？"（《颜渊》）从这里看到孔子的遇事不慌、临危不惧，是有素养的。孔子还有一段自我介绍的名言：

> 吾十有五，而志于学，三十而立；四十而不惑；五十而知天命；六十而耳顺；七十而从心所欲，不逾矩。（《为政》）

这里孔子自我概括了他的成长过程，写出了他思想发展的逻辑，由于学习、生活、社会阅历的磨练和年龄的不断增长，最后终于达到"从心所欲，不逾矩"的炉火纯青的地步。直到今天，人们还习惯于把它作为对照检查自我的标尺，其影响可谓大矣。

第二，以第三人称作客观记述。

此类记述，一为门弟子的记述，一为时人的评议。我们先看弟子们的记述，凡精神风貌，举止仪态（不同场合各有不同），生活细节，受恶喜好，待人接物等，都有所描述。可贵的是用语非常精炼，往往数字即可传神。如：

> 子温而厉，威而不猛，恭而安。（《述而》）

这里所用的实词只有六个字，中间用一个虚词"而"联起来，便精炼地勾画出一位修养深湛的教育家的形象来，其精神风度浮现纸面。再如："子之燕居，申申如也，夭夭如也。"（《述而》）"孔子于乡党，恂恂如也，似不能言者，其在宗庙朝廷，便便言，唯谨尔。""朝，与下大夫言，侃侃如也；与上大夫言，訚訚如也。君在，踧踖如也，与与如也。""入公门，鞠躬如也，如不容。立不中门，行不履阈。过位，色勃如也，足躩如也，其言似不足者。摄齐升堂，鞠躬如也，屏气似不息者。出，降一等，逞颜色，怡怡如也。没阶，趋进，翼如也。复其位，踧踖如也。"（《乡党》）这几段文字描写了孔子平常在家，在乡党和在宗庙朝廷时的三种不同态度神情，主要已不是叙述，而是比较细致的描绘。我们在这里看到了一场孔子上朝的过程，他所显示的形象并不美，今天看来甚至有点使人感到难受，但从文字技巧上看，是出色的。它着意描绘了人的举止、仪态、神情。大量出现新的形容词，所用的词汇那是丰富的。特别是作为我国散文的少年时代的作品，更是可贵的。在《论语》之前的散文中我们尚未发现有达此等高度的绘画性。

在《乡党》篇中有不少是写孔子的生活细节的，如"齐，必有明衣，布。齐必变食，居必迁坐""寝不尸，居不容""食不语，寝不言""升车，必正立，执绥。车中不内顾，不疾言，不亲指""席不正不坐"。特别是吃起饭来更是讲究，挑剔。这不吃，那不吃。"色恶不食，臭恶不食，失饪不食，不时不食，割不正不食，不得其酱不食……"这和他"饭疏食，饮水，曲肱而枕之"时的情景大有不同。《述而》篇还说："子食于有丧者之侧，未尝饱也""子于是日哭，则不歌"。（《论语》）对孔子的衣食住行等方面的生活琐事，都有所记述，作为一部哲学书来看，它与哲理无关，绝不是什么优点；但从文学角度看，它会丰富人物的性格，增添作品的生活气息。

孔子多才多艺，精通音乐，对音乐有特殊喜好。"子在齐闻韶，三月不知肉味，曰：'不图为乐之至于斯也。'"（《述而》）用"三月不知肉味"来表现孔子对韶乐的如痴如醉，是高超的艺术手法。他又是位音乐评论家。他说："韶，尽美矣，又尽善矣。""武，尽美矣，未尽善也。"（《八佾》）他对乐的整理工作做出了重大贡献。"吾自卫反鲁，然后乐正，雅颂各得其所。"（《子罕》）。他很喜欢唱歌且兼长器乐。"子与人歌，而善，必使反之，而后和之。"（《述而》）还善于鼓瑟击磬。"取瑟而歌。"（《阳货》）"子击磬于卫。"（《宪问》）这些记述，都为人物增强了生活情趣和活力。

除门弟子的记述外，从时人的评论中，亦可见孔子的为人。晨门说他"知其不可而为之者"（《宪问》）。这一句便准确地概括了孔子之个性。再如，孔子在卫国，一天在击磬，有一个荷蒉者从门前经过，便说道："有心哉，击磬乎！"既而曰："鄙哉，硁硁乎！莫己知也，斯己而已矣！深则厉，浅哉揭。"（《宪问》）从磬发出的声呼中就能听出一个人立身行事的意蕴来，可贵！这又是从另一角度对孔子精神、人格、风格的一种描述。其语句感情深挚，意味悠长。再如《微子》篇中，楚狂接舆、长沮、桀溺、荷蓧丈人等对孔子的讽议，客观上都在起着为人物画像的作用。

第三，第一人称与第三人称交叉运用，从人际关系与思想冲突中表现人物风格。

孔子在历史上是伟大的教育家，从他对弟子的教育态度、方法上确乎显示了一位良师的风范。他对弟子们确是爱之深而教之严。该批评者严厉批评，该表扬者热情表扬，从批评或表扬学生的过程中突现出严师的音容笑貌来。他遇到宰予大白天睡懒觉，便严加斥责："朽木不可雕也，粪土之墙，不可杇也；于予与何诛。"（《公冶长》）他听到子贡在说别人的过恶（"子贡方人"），便说："你端木赐就一贯正确吗？我就没有那个闲工夫（说闲话）呀。"（"赐也贤乎哉？夫我则不暇。"——《宪问》）孔子打算，若是卫君请他为政，他便首先主张"正名"。子路反对，认为这样做是太迂阔了。孔子责备子路说："野哉由也！君子于其所不知，盖阙如也……"（《子路》）冉求替季氏聚敛民财，夫子生气地号召弟子们说："（求也）非吾徒也！小子鸣鼓而攻之，可也。"（《先进》）这是对四个徒弟的四种批评，但其口气、严厉程度随着过错的轻重不同而各异。对宰予的批评，言词虽厉，但主要是率直地教诲改正。对子贡的批评，不直指其错，而且委婉而尖锐的指责。子路主要是和夫子的政治见解不同，而且对老师说话时缺乏应有的礼貌（如说"有是哉，子之迂也"），于是引起夫子的恼火。斥责之后，接着讲了一大套不"正名"会引来一系列严重后果的道理："名不正，则言不顺；言不顺，则事不成；事不成，则礼乐不兴；礼乐不兴，则刑罚不中；刑罚不中，则民无所错手足。"这种逻辑推理所用的顶针式的句法，在《论语》之前那是罕见的。很明显，孔子对子路的批评，旨在说服。冉求的问题，比较严重，性质和前三人都有所不同，所以直呼门徒们"鸣鼓而攻之！"大有孺子不堪教也，意欲开除学籍之势。同是对学生批评性的语言，但或比喻，或嘲讽，或直斥，或号召群起而攻之，令人如闻其声，如见其人，一位怒气冲冲的严师神态，如现纸上。

孔子严厉地批评学生，又热情地表扬学生。他表扬最多的莫过于聪明好学的颜回。他说：

　　贤哉回也！一箪食，一瓢饮，在陋巷，人不堪其忧，回也不改其

乐。贤哉回也！（《雍也》）

子谓颜渊曰："用之则行，舍之则藏，惟我与尔有是夫！"（《述而》）

在赞扬中勾勒出一个安贫乐道的清寒学子的形象，他们间具有着深厚的师生感情。再如：

子谓子贱曰："君子哉若人！鲁无君子者，斯焉取斯？"（《公冶长》）

子曰："孝哉闵子骞！人不间于其父母昆弟之言。"（《先进》）

从表扬中亦看到孔子崇尚德育的教育思想。学生提的问题好，亦要受到夫子的表扬。一天，南宫适问道："羿善射，奡荡舟，俱不得其死然。禹稷躬稼而有天下。"夫子一时没有回答。但认为问题提的很好，在等到南宫适出去以后，赞扬说：

君子哉若人？尚德哉若人！（《宪问》）

他表扬学生或在当面或在背后，不是为了讨好，而是出于诚意，言谈话语之间，总是留给人以可敬可亲的好老师的印象。

孔子"不愤不启，不悱不发，举一隅，不以三隅反"的先进的教学方法，至今犹为人们所尊崇。他的"因材施教"的教育方法也是建立在对每个学生了解的基础之上的。对学生所提的同样问题，他的回答便因人而异。"颜渊问仁。子曰：'克己复礼为仁……'""仲弓问仁。子曰：'己所不欲，勿施于人……'""司马牛问仁。子曰：'仁者其言也讱。'"（皆见《颜渊》）有一次公西华听到同一问题夫子对子路和冉求有着不同的回答，感到纳闷，便向夫子质疑。夫子回答说："求也退，故进之；由也兼人，故退之。"（《先进》）当他发现他的赞扬产生副作用时，便及时教育，防止骄傲心理的滋长。他深知子路勇敢过人，便说："道不行，乘桴浮于海。从我者，其由与！"子路听了非常高兴。接着他又指出子路的缺点："好勇过我，无所取材。"（《公冶长》）同样，他发现他对学生的批评起了不好的影响时，便赶快进行解释，以消除影响。子路性情刚猛，鼓瑟不合雅颂，他说："由之瑟，奚为于丘之门。"结果，因此"门人不敬子路"。他又赶快解释："由也，升堂矣，未入于室也。"（《先进》）又为子路树立威信，处处显示着教育家的人格与风格。

于危机困苦之际，在天灾人祸面前，更显出他的人性美，崇高的同情心。他一向反对没有真是非的好好先生，他说："乡愿，德之贼也。"（《阳货》）他认为公冶长虽然被关在牢狱里，但"非其罪也"，于是把自己的女儿许配给他。（《公冶长》）可见他分明的是非感，这是一般人不易做到的。李白有诗称赞说："冶长无罪，尼父无猜。"① 当冉伯牛患了重病之后，他亲自去探视，"自牖执其手，曰：'亡之，命矣夫！斯人也而有斯疾也！斯人也而有斯疾也！'"（《雍也》）颜回死后，他哭得非常悲痛，感动了跟随的人，都说："您太伤心了！"他说："噫！天丧予！天丧予！"可是当门人要为颜回举行厚葬时，他却坚持原则，以为不可。最后他自我责备说："回也，视予犹父也。予不得视犹子也。"（《先进》）他既是严师，又具慈父心肠。如果说感情是文学的灵魂的话，《论语》便有这个优长。在另一种危机中，他也是能坚持原则，稳定局面，转危为安的。"在陈绝粮，从者病，莫能兴"，他依然用"君子固穷，小人穷斯滥矣"的原则约束群弟子，不管今之学者对这句名言作何分析批判，然而在其时，孔子不是"迂夫子"！

孔子在弟子心目中有着至高无上的威信，夫子之道，弟子们常兴高不可企及之叹。最聪明好学，善于接受夫子教诲的颜回感叹说："仰之弥高，钻之弥坚。瞻之在前，忽焉在后。夫子循循然善诱人，博我以文，约我以礼，欲罢不能。既竭吾才，如有所立卓尔。虽欲从之，末由也已。"（《子罕》）弟子中最富表达能力的子贡形容说："他人之贤者，丘陵也，犹可逾也；仲尼，日月也，无得而逾焉。""夫子之不可及也，犹天之不可阶而升也。夫子之得邦家者，所谓立之斯立，道之斯行，绥之斯来，动之斯和！其生也荣，其死也哀，如之何其可及也！"（《子张》）从孔门哲人的

① 《上崔相百忧章》。

赞叹中，又加深了这位其学问道德高不可及、深不可测的"孔圣人"的光辉度。

这样，孔子是否成为一个完人、神人呢？不是的。他有时也会犯过失。孔门把对待过失看作是至要的人格修养。孔子力主"过，则勿惮改"（《学而》）。赞扬颜回"不迁怒，不贰过"（《雍也》）。子贡说："君子之过也，如日月之食焉。过也，人皆见之；更也，人皆仰之。"（《子张》）子夏说："小人之过也，必文。"（《子张》）夫子从不文过饰非。陈司败曾向孔子问：鲁昭公知礼不知礼？孔子回答说"知礼"。等孔子出去后，陈司败便向孔子的弟子巫马期说："吾闻君子不党，君子亦党乎？君取于吴，为同姓，谓之吴孟子。君而知礼，孰不知礼？"这就是人家举出了鲁君不知礼的事实来。巫马期把这话又转告给孔子。孔子便坦率承认自己错了，说："丘也幸，苟有过，人必知之。"（《述而》）他把人家指出他的过错，看作幸运的事，正象子贡说的"君子之过，人皆见之"。孔子曾到子游治理下的武城地方，听到弦歌之声，便微笑着说："割鸡焉用牛刀？"子游对答说："昔者偃也闻诸夫子曰：'君子学道则爱人，小人学道则易使也。'"这一下，夫子便觉察到方才自己是失言了，于是特向大家重作解释："二三子！偃之言是也。前言戏之耳！"（《阳货》）即刻否定了"前言"，于细小中见品格。

孔子与时人，特别是与他讨厌的人的交往关系中，不时地显现他特有的性情和心计。阳货想让孔子来见他，但孔子却不愿见，他便赠送孔子一份礼品豚，迫使孔子前来道谢。按礼法，孔子必须得登门拜谢。不愿去，不去又不行，于是想了个办法："孔子时其亡也，而往拜之。"可巧的是"遇诸途"，孔子的计谋失败了。本想既不见人，又不失礼，而今在路上碰见了，躲闪不及，被阳货叫住了："来！予与尔言。"于是只好听人家发的一大套议论。这个小故事的本身就富于戏剧性、趣味性，而且所用的语言，如"怀其宝而迷其邦"，"好从事而亟失时"，"日月逝矣，岁不我与"等，都是凝练富有概括性的文学语言。儒悲，也是孔子不愿见的人物。但他来了，要见孔子。孔子托言有病，拒绝接见。传话的人刚出门去，孔子便"取瑟而歌，使之闻之"（《阳货》）。成心让儒悲听到，又弹又唱，不是有病，而是不愿接见。看来，孔夫子并非在任何场合都是直来直往的，在交际场中也还是要耍点花招的，最有趣的是《宪问·原壤》章：

> 原壤夷俟。子曰："幼而不孙弟，长而无述焉，老而不死，是为贼。"以杖叩其胫。

孔夫子竟动手打人，侵犯人权了。据说，原壤还是孔子的故人，曾母死而歌。这次，又两脚箕踞以待孔子，态度傲慢，姿势很难看，孔子见了大骂一顿。"老而不死，是为贼"，这话多泼辣！"以杖叩其胫"，可能是拿起拐棍儿在他的脚脖子上敲了两下，让他把伸展着的两腿收了回去。不见得就是重责数十，不过这已够有意思了。它表现了孔子性格的另一角。这类小故事在《论语》中还有不少，除对人物形象有着描画或丰富作用外，其本身就具有人情味、戏剧性，说不定它还是以后诸子散文中产生寓言故事的先导。

从上面的论述中，我们看到了一位古代伟大教育家的高大饱满的形象。《论语》还以不少的篇幅记录了孔子的政治主张、哲学思想，其言论虽多是抽象的哲理的发挥，但由于记述的真切生动，所以同时也表现出一种思想家的精神面貌。他有个性，有风采，有生命力，长期以来，被人们尊为孔圣人、万世师表，绝不是无源无本的。至于别有用心者，从他身上各取所需，进行附会，来为自己的目的服务，孔子自身自不能负其责。清人梁绍壬《两般秋雨盦随笔》说："《清净法行经》称孔子为光净童子，《造天地经》以孔子为儒童菩萨，《酉阳杂俎·玉格》以孔子为玄宫仙真，《灵位业图》以孔子为太极上真君，援儒入墨，殊属可笑，然侮圣亦甚矣。"可笑则可笑，然，"侮圣"的后面，含有"尊圣"的实质，因为实际上他们都想沾点圣人的光。

三　促成人物性格化的手法之一：从两种思想冲突中表现性格

上节我们已谈到《论语》从人际关系中显现人物形象的问题。在人际关系中，人物间思想意识上的冲突现象更是表现人物性格特点的极好机缘。《论语》对这一艺术手法的运用，自然不能说是自觉的，然而它是存在的，成功的。我们仍然通过实例来看。

孔子早在生前，在门人心目中已是圣人。《子罕》篇说："夫子圣者与？""固天纵之将圣。"（孔子死后，宣传孔子为圣人者那就更多了，其中较早者以孟子为最有力）夫子虽然有至高无上的威信，但并非所有的弟子的思想见解都和老师完全一致，孔门内部的思想冲突也就在所难免。子路、冉求是孔子的两个有从政才能的弟子，在孔门属"政事"科。孔子称赞说："由也，千乘之国，可使治其赋也。""求也，千室之邑，百乘之家，可使为之宰也。"（《公冶长》）孔子曾回答季康子问，说："由也果，于从政乎何有？""求也艺，于从政乎何有？"他俩都在季氏的政权里做了官，在一些问题上和老师的政见有了分歧。孔子对"季氏富于周公，而求也为之聚敛而附益之"（《先进》）的行径大为恼火，差点把他赶出孔门。据《季氏将伐颛臾》章的记载，在应伐还是不应伐颛臾的问题上，师徒间出现了分歧。有趣的是：一开始，冉求听到夫子提出反对意见时，他还装好人解释说："夫子（季氏）欲之，吾二臣皆不欲也。"经孔子三问二问，冉求便不得不说实话："今夫颛臾，固而近于费。今不取，后世必为子孙忧。"原来他俩也是主伐派。且看孔子的两段力论：

> 孔子曰："求！周任有言曰：'陈力就列，不能者止。'危而不持，颠而不扶，则将焉用彼相矣？且尔言过矣，虎兕出于柙，龟玉毁于椟中，是谁之过与？"
>
> 孔子曰："求！君子疾夫舍曰欲之而必为之辞。丘也闻有国有家者，不患贫（原作寡），而患不均，不患寡（原作贫），而患不安。盖均无贫，和无寡，安无倾。夫如是，故远人不服，则修文德以来之。既来之，则安之。今由与求也，相夫子，远人不服，而不能来也；邦分崩离析，而不能守也；而谋动于戈于邦内。吾恐季孙之忧，不在颛臾，而在萧墙之内也。"

好文章用严师特有责问训诫口气，以先声夺人的气势，折服对方，有据有理，逻辑严密，比喻生动，辨析透辟，尤能晓之以利害关系，末句一语击中要害。雄辩、犀利的风格，已露战国议论文之先声。

在《论语》孔门人物间，和孔子思想意识冲突最大者，莫过于子路。凡在政治、礼法、为学、军事、交游、音乐、爱好、疾病、生死、鬼神、处事接物……等等方面师徒两人或多或少总有那样这样的意识冲突或不协和，于是也就显出了两种性格的对立；当然，既有对立，也有统一。何妨说这是这部哲学语录，为文学做出的贡献。

孔门弟子，各有面目，各具气质，但其中以子路为最突出。《论语》涉及子路的篇章有三十余处，比写其他弟子的笔墨都多，写得也最为成功。成功的标志有性格特点。《史记·仲尼弟子列传》谓："子路性鄙，好勇力，志伉直，冠雄鸡，佩豭豚，陵暴孔子，孔子设礼稍诱子路。子路后儒服委质，因门人请为弟子。"这是司马迁对子路入学前的一段描写。"性鄙，好勇力，志伉直"，这一性格特征在《论语》里就表现得已十分饱满（当然，《仲尼弟子列传》的取材来源，主要还是《论语》）。

《论语》中尚无肖像描写，但出现了关于神态气质的形容，如前已谈过的《乡党》篇中对孔子神态的形容，已较细致。在《先进》篇中，对子路等亦有简单的形容。这就是他和闵子骞、冉有、子贡四人站在夫子身旁，人家有的"訚訚如也"，有的"侃侃如也"，只有他"行行如也"，显得刚强不屈的样子。夫子从他桀骜不驯的气色上预先判定"若由也，不得其死然"。这不是孔子会看相术，而是观察到人物不稳定的内在精神在外观上已有所反映。其后子路果死于卫孔悝之难。"子路无宿诺。"（《颜渊》）"子路有闻，未之能行，惟恐有闻。"（《公冶长》）"由也（卤莽）。"（《先进》）都说明他勇敢中带有急躁情绪，直性子，急脾气。和孔子这一位涵养高深的人在一起，思想上出现冲突，就成为不可避免的。

有一次，他和曾晳、冉有、公西华几人陪同夫子坐着，夫子开导他们"各言其志"。他不假思索，"率尔而对"："千乘之国，摄乎大国之间，加之以师旅，因之以饥馑。由也为之，比及三年，可使有勇，且知方也。"（《先进》）这段豪言壮语，却遭到"夫子哂之"！这"哂"，不是肯定的微笑，而是讪笑。"夫子何哂由也？"原来是"为国以礼，其言不让，是故哂之"。夫子和他在礼让问题上存在着意识冲突。"率尔而对"，表现了他坦率性急的个性，夫子仅以"哂之"表态，显现着"子温而厉"的风格。从子路言志中可见其宏伟的政治抱负，他不愿在平安无事的环境中坐享其成，宁愿在天灾人祸交逼的危机中去施展其政治才能、军事才能，且有信心在三年的时间内使民有勇而知礼，这是何等高大不凡的气概！这段雄心壮志坦直的自白，不仅显示着他那尚勇刚强的性格，同时令人如见他说话时自负和激动的神情，和文质彬彬、慢条斯理的夫子老人家形成对比。

子路与孔子最激烈的思想冲突则表现在政见上。在"正名"的问题上他和夫子有着尖锐的分歧。夫子要以"正名"为治卫施政的首要方针。子路直责道："有是哉，子之迂也！奚其正？"气得老师不得不回击道："野哉由也！君子于其所不知，盖阙如也。……"（《子路》）这里的"野"，按"粗野"讲，最合适不过。《论语》写孔子与子路的争执，常常是：出现一场冲突，表现两种性格。子路在一些问题上不仅仅是不同意夫子的主意，而且要给老师发态度。公山弗扰以费叛，召孔子，孔子要去。可是子路不高兴了，他责道："末之也已，何必公山氏之之也。"逼得夫子不得不婉转解释："夫召我者，而岂徒哉？如有用我者，吾其为东周乎？"（《阳货》）佛肸以中牟叛，召孔子，孔子想去。子路又来反对，并拿出老师平常教导学生的话来反诘老师："昔者由也，闻诸夫子曰：'亲于其身为不善者，君子不入也。'佛肸以中牟畔，子之往也，如之何？"逼得夫子不得不承认说："然！有是言也。"（《阳货》）接着只好大加解释一番。子路的老实、率直，对夫子的教导认真不苟，与夫子的灵活机变，有时欲居九夷，有时要乘桴浮于海，有时很清高，有时又想进叛地图谋改革一番的性格形成对照。子路的这种性格有时竟使夫子很难堪，下不了台。孔子在卫国见了卫灵公的夫人南子，子路又火儿了，直逼得老师发誓赌咒："子所否者，天厌之！天厌之！"（《雍也》）子路性格虽则粗鲁，但促成他言行的动机则是善良的，因之其人亦是可爱的。

在对待礼法上子路与孔子也有严重的分歧。孔子生了重病，不省人事，子路以孔子曾作过鲁国大夫，就使门人大行其家臣之礼。等到夫子病情好转知道此事后，气得冒火了，怒斥道："久矣哉！由之行诈也！无臣而为有臣，吾谁欺？欺天乎！且予与其死于臣之手也，无宁死于二三子之手乎！且予纵不得大葬，予死于道路乎？"（《子罕》）从这里可以感受到孔子的不可抑制的愤怒，但在子路，却是出于尊敬老师的一片好心。在"从心所欲不逾矩"的夫子看来，这简直是"欺天！"孔子的细致守礼，子路粗莽越分在这场冲突中表现了出来。

在教育思想上，他和夫子也有着不同的认识。他反对死读书，他不认为只有读书，才算"为学"。他曾使子羔为费宰。孔子不赞成，认为子羔的学习不够，给了他这个差事，是害了他。子路却反驳老师说："有民人焉，有社稷焉，何必读书，然后为学？"说得老师无法从正面辩解了，只好责之以"是故恶夫佞者"（《先进》）。子路的快人快语，不以老师的是非为是非，两种观点，两种性格。

子路是孔门中富有军事才干的人物，孔子曾称赞他"千乘之国，可使治其赋（军务）也"。可是在治军问题上，两人的观点并不一致。子路问夫子："子行三军，则谁与？"夫子回答说："暴虎冯河，死而无悔者，吾不与也。必也临事而惧，好谋而成者也。"（《述而》）孔子在答弟子问中，往往体现出提问者的性格特点来，这可说是《论语》中一种特殊的勾勒人物性格的手法。"暴虎冯河，死而无悔"，正是子路性格的概括，"临事而惧，好谋而成"，是孔子自己的告白。我们还应注意到，子路的"则谁与"的发问，是在夫子夸奖颜渊"用之则行，舍之则藏，唯我与尔有是夫"之后。子路好勇，满以为"子行三军"，便少不了他。同样会得到夫子"唯我与尔有是夫"的赞许，没想到反遭批评。子路的天真，近似儿童。

在危急情势下，也是他站出来和老师争论。在陈绝粮，同学们都饿倒了，他怒气冲冲地来见夫子，提出质问："君子亦有穷乎？"夫子不得不赶紧说服："君子固穷，小人穷斯滥矣。"（《卫灵公》）在"穷"的境遇中，他愠怒了，他对君子的"有穷"发生了疑问，他不甘于穷、不甘于环境支配的刚猛的性格和夫子的"君子固穷"的信念构成鲜明对比。

在音乐思想上，师徒二人也是大异其趣。夫子竟说："由之瑟，奚为于丘门？"（《先进》）朱熹《四书章句集注》："程子曰：'言其声之不和，与己不同也。'《家语》云：'子路鼓瑟，有北鄙杀伐之声。'盖其气质刚勇，而不足于中和，故其发于声者如此。"从演奏的器乐声中表现人物的性格特征、区分两种性格的不同，这是两千年前的古籍《论语》的文学贡献。

再如鬼神、生死、祈祷等一系列问题上，师徒两人都有着一定的思想分歧。"季路问事鬼神。子曰：'未能事人，焉能事鬼？'曰：'敢问死。'曰：'未知生，焉知死？'"（《先进》）"子疾病，子路请祷。……子曰：'丘之祷久矣。'"（《述而》）

孔门弟子对孔子总是恭而敬之，唯命是从的。唯有子路对老师态度随便，有时还要顶撞。这可能与子路的年长有一定的关系。子路仅小孔子九岁。象颜回、冉求、子贡等都比孔子小三十岁左右，公西华、子张、子夏、子游、曾子等比孔子小四十岁左右。据《史记·仲尼弟子列传》，儒家把"长幼"列为五伦之一，孔子也说："长幼之节，不可废也。"（《微子》）这当然不是主要原因。子路对孔子的态度，完全和他思想性格是统一的。

子路尽管和孔子在思想上不断发生冲突，但又有统一的一方面。在周游列国的征程中，子路成为孔子的忠诚追随者、强有力的保卫者。《史记·仲尼弟子列传》云："孔子曰：'自吾得由，恶言不闻于耳'。"集解："子路为孔子侍卫，故侮慢之人不敢有恶言，是以恶言不闻于孔子耳。"在周游列国的途中，师徒同甘共苦，子路替老师碰了许多钉子。夫子使他向长沮、桀溺问津，人家冷言相嘲，不答所问，照常工作。又有一次他随夫子行路，落在后面，遇见荷蓧丈人，他问人家见到夫子没有，人家训了他一顿："四体不勤，五谷不分，孰为夫子？"受到冷遇，但后来又受到丈人的礼遇。（见《微子》）孔子不仅在周游列国时少不了子路，就连他不得志想隐退时也需要子路的陪同，孔子说："道不行，乘桴浮于海，从我者，其由与！"（《公冶长》）子路听说后，非常高兴。"子路不悦""子路闻之喜""子路愠见"，他总是喜怒哀乐形于色，从来不会隐匿自己的情绪，这正是直性子人的本色。

子路尽管对夫子的态度有时不大好，可是他对夫子非常爱戴、敬重和关心。当夫子夸奖他时用了"不忮不求，何用不臧"的这话时，他便"终身诵之！"（《子罕》）夫子又作了补充教导："是道也，何足以臧？"（《子罕》）当夫子有病时，他急着请求"祷尔于上下神祇"（《述而》）。还有个颇为有趣的故事：孔子行于山梁，看到雌雉在那里很得其所，于是就叹道："时哉！时哉！"子路弄错了夫子的意思，以为孔子说雌雉正是时月之味，于是把它打下来，煮熟后供孔子吃。夫子虽不肯吃，但对子路的盛情难却，只好三嗅其气而起，从这里可以看到子路对夫子爱戴入微的程度。虽弄错了夫子的原意，但一片热忱可见，粗莽性格亦见。颜回亦热爱夫子，绝不会有此行为（事见《乡党·山梁雌雉》章。历代学者对这章书的解释颇有异议。这里据邢昺说。邢说未见得科学，但它富有文学性，故取之）。

孔子对子路既有严厉的批评，又有热情的表扬。如说："片言可以折狱者，其由也与！"（《颜渊》）赞赏他的聪明善断。又说："衣敝缊袍，与衣狐貉者立，而不耻者，其由也与！"（《子罕》）穿着破棉袄和穿着狐皮貉绒衣服的阔家主站在一起，毫不感到寒伧。可是他平常又慷慨好友，"愿车马，衣轻裘，与朋友共，敝之而无憾"（《公冶长》），这和孔子"朋友死，无所归，曰：'于我殡'"的思想是一致的。（《乡党》）这也是一种勇敢。他又多次亲切地呼着子路的名字进行教诲："由！诲女知之乎！"（《为政》）"由！知德者鲜矣。"（《卫灵公》）"由也！女闻六言六蔽矣乎？""居！吾语女。好仁不好学，其蔽也愚；好知不好学，其蔽也荡；好信不好学，其蔽也贼；好直不好学，其蔽也绞；好勇不好学，其蔽也乱；好刚不好学，其蔽也狂。"（《阳货》）谆谆教诲，语重心长，亲切爱护之情，溢于言表。不论是批评、表扬或教诲，无一不显露人物思想性格特色。这也是《论语》惯用的表现方法之一。

"一场冲突，两种性格"，或者"有冲突，有统一"，作为艺术方法，在《论语》的时代自不可能是作者自觉运用的，然而它毕竟是一种客观存在的现象。子路这一人的性格的出现，自不会是作家有意刻画而成的完整艺术形象，只能说是用零星的语言碎片所砌成、经读者接受想象才立起独特的性格来，但在他身上我们可以寻找到后世的小说人物张飞、李逵这一类型人物的某些影子。在文史哲三者并未分立的先秦时代，我们的说理散文中出现了这种表现方法，虽不是自觉的，但应该说也是可贵的，它必然会产生着启后作用。这也正是我们说的《论语》的文学贡献。

孔门人物，各有特色。其中最聪明好学的一个要数颜回。子贡本来已经很聪明了，可是子贡还说："赐也何敢望回？回也闻一以知十，赐也闻一以知二。"子贡的说法，且得到夫子的认可："弗如也；吾与女弗如也。"（《公冶长》）闻一知十，聪明到了何种程度！用回与赐作比较，用十与二打比喻，把颜回的聪明给具体化、可感化了。这便是可贵的艺术手法。夫子说："吾与回言终日，不违如愚；退而省其私，亦足以发，回也不愚。"（《为政》）表面上似若愚鲁，实际上不惟不愚，且能更多地发挥老师的见解。所谓"大智若愚"，可见于颜回的形象。夫子还说："语之而不惰者，其回也与！"（《子罕》）"惜乎！吾见其进也，未见其止也。"（《子罕》）"有颜回者好学，不迁怒，不贰过，不幸短命死矣！今也则亡，未闻好学者也。"（《雍也》）。"贤哉回也！一箪食，一瓢饮，在陋巷，人不堪其忧，回也不改其乐。贤哉回也。"（《雍也》）孔子对颜回从生前到死后的一系列夸奖中，为读者推出一位聪颖好学、乐观进取、甘贫乐道、具有高尚人格修养的读书人的形象来。

他在表白自己的志愿时说："愿无伐善，无施劳。"（《公冶长》）成为孔门中修养高尚人格完美的典型。他热爱夫子与夫子之道，热烈赞美夫子之道："仰之弥高，钻之弥坚。"他对夫子有深厚的感情，所以夫子才有了"回也，视予犹父也"之叹。夫子在匡地脱险后，他后来才逃回，夫子对他说："吾以女为死矣！"他回答说："子在，回何敢死？"（《先进》）他以为只要夫子不死，他也就不敢轻易地死，愿永远追随着夫子走。这一句话饱含着极为丰富可回味的内容。

颜回是孔门中聪明而好学的典型，而曾子好学却不聪明，"参也鲁"，由于勤学，终于学而有成，得领夫子一贯之道。一日，夫子呼其名说："参乎！吾道一以贯之。"曾子只用一字回答说："唯。"他完全明白了。等夫子出去以后，别的门人问曾子："这是什么意思？"曾子说："夫子之道，忠恕而已矣。"（《里仁》）可见他比别人高明，已向别人阐释夫子之道。他小孔子四十六岁，通孝道，著《孝经》，很注重内省修养。他说："吾日三省吾身：为人谋而不忠乎？与朋友交而不信乎？传不习乎？"（《学而》）每天都须复习老师的传授，是以能够弘扬夫子之道。如他说："士不可以不弘毅，任重而道远。仁以为己任，不亦重乎？死而后已，不亦远乎?""可以托六尺之孤,可以寄百里之命,临大节而不可夺也。君子人与?君子人也?""以能问于不能,以多问于寡;有若无,实若虚,犯而不校。昔者吾友(注家多以为指颜回)尝从事于斯矣。"(皆见《泰伯》)这完全是夫子之道的再宣传。为今人所常乐道的"君子以文会友,以友辅仁"(《颜渊》),正是曾子的名言。

最富有文学性,充满着生离死别的深痛感情的记述,要算曾子病危时召见他的学生和探视者谈话的情景:

> 曾子有疾,召门弟子曰:"启予足!启予手!《诗》云:'战战兢兢,如临深渊,如履薄冰。'而今而后,吾知免夫!小子!"
>
> 曾子有疾,孟敬子问之。曾子言曰:"鸟之将死,其鸣也哀;人之将死,其言也善。……"(《泰伯》)

这番话之所以千载流传不朽,是因为它概括了人对生命世界的留恋,表现了人性的纯良美。只有文学才可表述此境,科学则无能为力。

此外,"束带立于朝,可使与宾客言"的公西华,"可使南面"的冉雍,"弦歌武城"的子游,"学干禄"的子张,"夫人不言,言必有中"的闵子骞,"行不曲径,非公事"不见上级的澹台灭明,"与之粟九百,辞"的原思,"不受命,而货殖"的子贡,多言多忧的司马牛,白昼睡觉的宰予,"可与言《诗》"的子夏,等等,各有特色,皆予人以清晰的形象。

除孔门人物外,书中对一些时人的记述,往往也能以扼要的语言勾画出人物的某些特征来。如不自表功的孟之反,"奔而殿,将入门,策其马曰:'非敢后也,马不进也'。"(《雍也》),把不自夸予以形象化。说子产是:"其行己也恭,其事上也敬,其养民也惠,其使民也义。"(《公冶长》)用恭、敬、惠、义四个字概括出一位政治家的为人行事的全貌。再如"乞诸其邻而与之"的微生高,"善与人交,久而敬之"的臧文仲,"三思而后行"的季文子,"邦有道如矢,邦无道如矢"的史鱼等,都能抓住人物的某些特征,三言两语就能予人以鲜明的印象。简练明快,成为《论语》的风格。

四 《论语》在语言词汇上的贡献：扩大、丰富了散文的表现力

《论语》是私人著述的开始，他要表现个人的思想、感情、意欲、行为、活动。原有的语言词汇自己不敷应用，必须要求有相应的新的语汇出现为其服务。《论语》又是私家讲学的记录，讲学就需要讲释，质疑，问难，自然得有对话；要使听者接受明白，讲述者的语言语气乃至教态神情，都需讲求，口语化的出现，亦成为必然。我们在《论语》中首先看到的是虚词的大量的出现，之、乎、者、也、焉、矣、哉的自如运用，使得语言活泼传神。例如：

> 子曰："不曰'如之何，如之何'者。吾末如之何也已矣。"（《卫灵公》）

且看译文孔子说："〔一个人〕不想想'怎么办，怎么办'的，对这种人，我也不知道怎么办了。"（杨伯峻《论语译注》）

其次是：大量的形容词的出现，特别是叠词更多，如"闇闇如也"，"侃侃如也"，"行行如也"。（《先进》）"申申如也"，"夭夭如也"。（《述而》）"空空如也"。（《子罕》）"恂恂如也"，"愉愉如也"，"与与如也"，"怡怡如也"，"便便言，唯谨尔"，"勃如战色，足蹜蹜如有循"。（《乡党》）"荡荡乎民无能名焉。""巍巍乎！唯天为大。""洋洋乎盈耳哉！""悾悾而不信。"（《泰伯》）"郁郁乎文哉！"（《八佾》）"君子坦荡荡，小人长戚戚。"（《述而》）"夫子循循然善诱人。"（《子罕》）"朋友切切偲偲，兄弟怡怡。"（《子路》）"丘何为是栖栖者与？"（《宪问》）这些形容词的出现，为说理文增添了描写成分，加强了文章的生动性、描绘性。

第三是：叠句的运用。例如：

> 师冕见，及阶，子曰："阶也。"及席，子曰："席也。"皆坐，子

告子曰："某在斯，某在斯。"（《卫灵公》）

乐师（古代乐官一般是盲人）冕来见孔子，孔子接待时，处处表现出对盲人的关照，告诉他这里"是什么"，并介绍说："某人在此，某人在此。"自会增进其亲切感，为文章注入了生气。再如：

或问子产。子曰："惠人也。"问子西。子曰："彼哉，彼哉！问管仲。子曰："人也……"（《宪问》）

问到子西其人，夫子未作具体回答，只连说两声"他么！他么！"从口气上可听出其感情上的轻蔑。再如：

"人焉廋哉？人焉廋哉？"（《为政》）
夫子矢之曰："予所否者，天厌之！天厌之！"（《雍也》）
使者出。子曰："使乎！使乎！"（《宪问》）
"沽之哉！沽之哉！我待贾者也。"（《子罕》）
"亡之，命矣夫！斯人也而有斯疾也！斯人也而有斯疾也！"（《雍也》）
"桓公九合诸侯，不以兵车，管仲之力也。如其仁，如其仁。"（《宪问》）

还有一种重复句的形式，开头一句和本段的末句相重。如：

贤哉回也！……贤哉回也！（《雍也》）
禹，吾无间然矣！……禹，吾无间然矣！（《泰伯》）

这些叠句皆出现于人物说白之中，全为了加强语气，表现感情：或表自信；或表气急；或表赞许；或表赞同；或表痛切；或表悲痛；或表赞扬，都在加深文章的感情色彩。它为说理文增入了抒情性，还可说为散文输入了诗意。《诗经》中的叠词复语，反复咏叹的形式，或许给予《论语》

以影响。

第四是：大量生动形象的比喻的运用。如：

> "朽木不可雕也，粪土之墙，不可杇也。"（《公冶长》）
>
> "虎兕出于柙，龟玉毁于椟中，是谁之过与？"（《季氏》）
>
> "文犹质也，质犹文也。虎豹之鞟犹犬羊之鞟。"（《颜渊》）
>
> "譬之宫墙，赐之墙也及肩，窥见室家之好。夫子之墙数仞，不得其门而入，不见宗庙之美，百官之富。"（《子张》）
>
> "仲尼不可毁也。他人之贤者，丘陵也，犹可逾也；仲尼，日月也，无得而逾焉。人虽欲自绝，其何伤于日月乎？"（同上）
>
> "夫子之不可及也，犹天之不可阶而升也。"（同上）
>
> "君子之过也，如日月之食焉；过也，人皆见之；更也，人皆仰之。"（同上）

这些巧妙、恰切的比喻，把抽象的道理具体化、可感化，大大增强了文章的感染性、形象性和说服力，亦见《论语》语言的丰富生动。以上是直接比喻，现在再看间接比喻：

> 岁寒，然后知松柏之后凋也。（《子罕》）
>
> 苗而不秀者有矣夫！秀而不实者有矣夫！（同上）
>
> 譬如为山，未成一篑，止，吾止也。譬如平地，虽覆一篑，进，吾往也。（同上）

从自然现象的观察中体现了孔子的宇宙观，语意深长，而富有哲理性。此类耐人寻味的语句，在《论语》尚多，如："子在川上曰：'逝者如斯夫，不舍昼夜。'""'唐棣之华，偏其反而。岂不尔思？室是远而'！子曰：'未之思也，夫何远之有？'"（《子罕》）含蓄优美，富有诗意美和暗示性。《论语》中尚有一些略带情节性的比喻，值得一提：

> 子贡曰："有美玉于斯，韫椟而藏诸？求善贾而沽诸？"子曰：

"沽之哉！沽之哉！我待贾者也。"（《子罕》）

子谓仲弓曰："犁牛之子骍且角，虽欲勿用，山川其舍诸?"（《雍也》）

宰我问曰："仁者，虽告之曰：'井有仁焉'。其从之也?"子曰："何为其然也? 君子可逝也，不可陷也；可欺也，不可罔也。"（同上）

为了强化自己的理论，编造故事以说服对方，于是出现了寓言，这是以后的事。《论语》中尚无寓言，可是从这三则记述中已见寓言的影子。"井有仁焉"，是说井里掉下去一位仁人啦，是不是他（有仁德的人）也该跟着跳下去呢? 这已有点近似后世诸子散文中的寓言雏形了。可以说它是寓言的先声。若给《子罕·譬如为山》章中加进人物行为，便会成为"愚公移山"式的寓言。《论语》中各类比喻手法的成功，大大加强了说理散文的形象性、说服力，同时对它在散文发展史上所起的启后作用不可低估。

第五是：评人论事的高度概括、惊人精炼，亦是《论语》语言的一大特色。孔门人物各有特点，在品评人物中出现了"一字评"："柴也愚，参也鲁，师也辟，由也喭。"（《先进》）"由也果"，"赐也达"，"求也艺"（《雍也》）。"枨也欲，焉得刚?"（《公冶长》）"臧武仲之知，公绰之不欲，卞庄子之勇，冉求之艺。"（《公冶长》）在"一字评"中又出现了人物间的比较评论，如："晋文公谲而不正，齐桓公正而不谲。"（《宪问》）"师也过，商也不及。"（《先进》）"求也退，故进之；由也兼人，故退之。"（《先进》）这种相对照的评述，书中用于对君子与小人的比较者最多，如："君子周而不比，小人比而不周。"（《为政》）"君子怀德，小人怀土；君子怀刑，小人怀惠。"（《里仁》）"君子泰而不骄，小人骄而不泰。"（《子路》）"君子和而不同，小人同而不知。"（《子路》）"君子上达，小人下达。"（《宪问》）"君子求诸己，小人求诸人。"（《卫灵公》）"君子成人之美，不成人之恶，小人反是。"（《颜渊》）"君子不仁者有矣，未有小人而仁者也。"（《宪问》）"君子不可小知而可大受也，小人不可大受而可小知也"（《卫灵公》）等。从比较中以见事物的特征，这又是《论语》在论述上的特色之一。

　　这种品评人物时所用的高度概括手法，同样运用于理论的总结。如："子之所慎：齐、战，疾。""子不语：怪、力、乱、神。""子以四教：文、行、忠、信。"（《述而》）"子绝四：毋意、毋必、毋固、毋我。""子罕言利与命与仁。"（《子罕》）"刚毅木讷，近仁。"（《子路》）"能行五者于天下为仁矣"，五者即"恭、宽、信、敏、惠"。孔子教诲子路的"六言六蔽"是仁、知、信、直、勇、刚和愚、荡、贼、绞、乱、狂（《阳货》）。再如："君子有三畏"，"君子有九思"，"君子有三愆"，"君子有三戒"（《季氏》）。"尊五美，屏四恶，斯可以从政矣"（《尧曰》）这些数目词下所包含的内容是丰富的，都是夫子之道的高度概括。夫子讲了"功课"是要牢记的，即孔子所说的"默而识之"，曾子每天都要检查自己的功课，所谓"传而不习乎？"把"教材"的要义高度概括，使之数字化，如"六言六蔽"正是夫子的教材。这样，便于帮助"默而识之"。这种数字上的需要，在客观上便促成了文章的凝炼性和概括性。不论怎样，《论语》语言上的这些特点都是值得研究的。

　　总之，《论语》的出现，必然有它的历史位置，自然也是前有所承，后有所启。它在语言词汇上的创新，扩大和丰富了散文的表现力，为促进中国散文的发展特别是为促进议论文的日趋成熟做出了贡献。如果我们探求《论语》的传统承继关系，《诗经》则是不可忽视的。它十分尊崇、赞扬并重视《诗经》。在全书二十篇中，引用和提到《诗》的不下十多处。它给《诗》以极高的评价，认为"《诗》三百，一言以蔽之，曰：'思无邪。'"（《为政》）它对《诗》的社会功用、美学功用都强调到至高点。它说"兴于诗"。（《泰伯》）"不学诗，无以言。"（《季氏》）"人而不为《周南》、《召南》，其犹正墙面而立也与！""诗，可以兴，可以观，可以群，可以怨，迩之事父，远之事君；多识于鸟兽草木之名。"（《阳货》）从它对《诗》的一般赞扬到具体的评论，以至不断地引用《诗》句为自己的观念服务的过程中，可以看到它对《诗》有着深厚的好感和深度的研究。所以，其受影响，也就成为自然。儒家本来就倡导诗教，所以《诗经》对《论语》的思想影响，自不在话下，或者说是《论语》利用《诗》为自己的目的服务。这里所谈，惟就形式风格而言。如《论语》的比喻手法，受《诗经》"以此物比彼物也"的

"比"的表现方法的影响，是十分明显的。叠词叠句，反复咏叹，这又是《诗经》的基本表现形式，《论语》则大受其感染。大量生动活泼的形容词句，如"訚訚如也"，"怡怡如也"，"空空如也"，"朋友切切偲偲，兄弟怡怡"之类，都是《诗经》中惯见的形式风格。《论语》中不少抒情性的记述，颇得《诗经》的风韵。

至于《论语》语言对后世的影响，那已经远远超越了文学的范围。它作为格言、成语，其流传之广，影响之大，不论中国哪一部古籍，都无法与它相比拟。可说至今它们仍活在人们的生活中，如"学而时习之"，"有朋自远方来，不亦乐乎"，"犯上作乱"，"巧言令色"，"使民以时"，"言而有信"，"过则勿惮改"，"温、良、恭、俭、让"，"和为贵"，"一言以蔽之"，"三十而立"，"有事弟子服其劳"，"温故知新"，"学而不思则罔，思而不学则殆"，"知之为知之，不知为不知"，"人而无信，不知其可也"，"见义勇为"，"是可忍也，孰不可忍也"，"每事问"，"既往不咎"，"尽善尽美"，"乐而不淫，哀而不伤"，等等。好了，以上仅从开卷头三篇《学而》等中就摘举了如此诸多的例证，其他十七篇便可推想而知。元明清戏曲小说中引用《论语》的语句不少，如关汉卿的《陈母教子》等杂剧大量引用。有趣的是猪八戒也向菩萨斯文地说："获罪于天，无所祷也。"① 吴月娘训斥潘金莲时也说："其身正，不令而行；其身不正，虽令不行。"② 《论语》一书的影响，单就语言文学方面说，已够深广！还是孔子说得好："言之无文，行而不远。"③ 《论语》之言，可谓有文，是以行且远矣！

五 《论语》的篇章结构及其影响之探测

《论语》是一部两千多年前的哲学语录（实际上是文史哲未分家），多半是零星散碎的记录，篇幅简短，小则数字，多则数十字，上百字者是极少数。篇与篇、章与章之间，一无次第、联系，除极少数章外，根本谈不

---

① 见《西游记》第八回。
② 见《金瓶梅词话》第 85 回。
③ 《左传》襄公二十五年。

到篇章结构，完全显露着散文幼年时期的特点。今天要正确地审视它、论定它，就绝不能离开历史的视角，也不能挪动它的历史位置。不可忽视的一点是，私人著述此后便逐步走向繁荣，乃至灿烂辉煌。如果与《孟子》一经比较，先秦论说散文的发展轨迹便清晰可见了。《论语》是孔子死后，"门人相与辑而论纂"成书，《孟子》则是孟子生前"退而与万章之徒序《诗》《书》，述仲尼之意，作《孟子》七篇"（《史记·孟荀列传》。按：尚有他说，窃以为太史公之言可信。）这就是说，孔子并未参与《论语》的成书工作，而孟子却是《孟子》的主要成书人。《孟子》文章表现的个性风格比《论语》更足更强。两者形式上最显著的不同：一为简短语录，一为已成长篇巨制。这种不同，正是时代的发展赋予的。但是，《孟子》并非从天而降。它本在"序《诗》《书》，述仲尼之意"，思想上受《论语》的影响，自不必论，在形式上《论语》也给予《孟子》以启迪作用。

我们发现《论语》中已有个别章节迹近《孟子》。《孟子》虽已成为长篇巨制，但其基本体例并未完全越出《论语》。特别是《论语》所提供的"议中夹叙"的形式，被《孟子》所完全承继，乃至为先秦诸子散文以及后世一些辞赋（如枚乘《七发》等）所吸取。在议论文中出现记叙成分，有人物形象，有独白，有对话，或构成简单的情节。如："子路、曾皙、冉有、公西华侍坐"，"原壤夷俟"，"楚狂接舆"，"长沮、桀溺"，"荷蓧丈人"，"阳货见孔子"，"儒悲见孔子"，"子见南子"，"毂路请祷"，等等，都是记叙成分较强的例证。"季氏将伐颛臾"章，是"议史夹叙"的代表作。它本是孔子申述自己反对伐颛臾的理由的一篇极好的议论文，但他先得说服自己的两个弟子冉有和子路，这里便出现了三个人物，在对话中显示了事态的变化：冉有从推托责任到承认自己的主张。文章的雄辩风格已近似《孟子》。《孟子》七篇，其基本形式、风格，可说是"季氏将伐颛臾"的继承和发展。

《论语》中篇幅最长的一章，即《先进》篇中的"子路、曾皙、冉有、公西华侍坐"章，315字；次长的便是"季氏将伐颛臾"章，274字。这是全书中绝无仅有的两个长篇，这两章都有着有序的结构，特别是"侍坐"章的结构更见精巧自然，两章书都颇具文彩。可见所谓《论语》无篇章结构可言，是因为它篇幅太小，三言两语已告结，无从而显结构艺术，并非《论语》的时代不可能有结构艺术。我们就以"侍坐"的原文来说明问题。

> 子路、曾皙、冉有、公西华侍坐。子曰："以吾一日长乎尔，毋吾以也。居则曰：'不吾知也。'如或知尔，则何以哉？"
>
> 子路率尔而对曰："千乘之国，摄乎大国之间，加之以师旅，因之以饥馑。由也为之，比及三年，可使有勇，且知方也。"夫子哂之。"求！尔何如？"对曰："方六七十，如五六十，求也为之，比及三年，可使足民。如其礼乐，以俟君子。""赤！尔何如？"对曰："非曰能之，愿学焉。宗庙之事，如会同，端章甫，愿为小相焉。""点！尔何如？"鼓瑟希，铿尔，舍瑟而作，对曰："异乎三子者之撰。"子曰："何伤乎？亦各言其志也！"曰："莫春者，春服既成，冠者五六人，童子六七人，浴乎沂，风乎舞雩，咏而归。"夫子喟然叹曰："吾与点也。"
>
> 三子者出，曾皙后。曾皙曰："夫三子者之言何如？"子曰："亦各言其志也已矣！"曰："夫子何哂由也？"曰："为国以礼，其言不让，是故哂之。唯求则非邦也与？安见方六七十如五六十而非邦也者？唯赤则非邦也与？宗庙会同，非诸侯而何？赤也为之小，孰能为之大？"

这可说是一幅孔门弟子的言志图；文章颇具绘画性，善画者可以形诸彩墨。它的记叙成分不小，已不象纯粹的议论文。《论语》记孔门师生言志，或者说是座谈的场面的，还有两处：一是《公冶长》篇中的"颜渊、季路侍"；一是《先进》篇中的"闵子侍侧"。第次都有子路在场，都写得不错，惟独这次四子"侍坐"，写得最为出色。通过各言其志，表现了孔门弟子力图参与政治、治理国家的积极进取精神。他们虽然各有其政治抱负，但最终的目的仍是一致的，都没有出乎孔子平日所教导的礼治规范。子路要使民"有勇""知方"（礼法）。冉有的话说得很谦虚，表示只能做到"足民"，"如其礼乐，以俟君子"，可见把"礼乐"看到更高一层。公西华说得更谦逊，表示愿做大典礼仪式中的"小相"，也是尚礼的表现。曾皙更愿恢复古代的礼乐（据王充之说）。弟子们的志愿、理想正是夫子之教成功的反映。

从结构上看，这段文字也相当完整。以弟子侍坐，夫子启发各言其志开端。接着子路冒冒然抢先发言，坦率吐露胸怀，可是遭到夫子的讪笑。这里文章就有了波浪，引起以下三子的迟疑，不得不采取慎重态度。会场变得沉默起来。于是夫子又只得逐个点名征问。以后，弟子们的措词一个比一个谦虚，态度一个比一个谨慎。最后轮到曾皙，曾皙只好放下手中的瑟站起来，但瑟的余音铿锵未绝，可见当时的环境——会场，是多么地安静！连一丝弦外余音都是那么清晰可闻。这种出色的细节描写，使读者如临其境。它出现在两千多年前的议论文里，简直是奇笔！曾皙比前二人更拘谨，不敢直说，只说，"我和他们三个说的不一样"。夫子只得再开导："有什么关系呢？各人说各人的志愿么！"这才逼出了曾皙的这段受到夫子大加称赞的话。等到散会，其他三人出去，由曾皙的质疑引出了夫子"哂由"原因的揭出。夫子并做了这次"座谈会"的总结。其记事过程，亦自成段落：四子侍坐，夫子提议言志，这是首段；四子的发言是文章的主体，此为第二段；三子者出，夫子答曾皙问，等于总结这次的言志会，此是末段。我们前边的引文，正是这样分段的。这是由夫子主持的一次师生座谈会。夫子是主持人，他的发言、提问成为全篇的组织线索，以委婉而富于启发性的话题开端，中间一再地开导弟子，让他们打消顾虑畅所欲言。但对其有的讪笑，有的暂不表态，有的立即赞许，最后做出总评。夫子的话，从内容上看，显示了老师的主导作用，从形式上看，串联了四子的发言，使文章的组织绵密，结构完整。

这段文章的成功之处，还在于它勾勒出了不同人物的形象，从不同的志趣中体现着不同的性格，从对话中显示了夫子的师长姿态与教育家的风貌。子路率尔发言，"其言不让"的急躁态度与措词不逊、自信自负的发言内容是统一的。本篇与全书对他的记述也是一致的，突出地显示了他的性急、坦率和勇敢的个性。其他三人都和子路不同，都是那样谦虚谨慎，措词婉转，但各自却有程度上的不同，且各有各的抱负和志趣，从而表现出了不同的气质。这篇文章颇象一出独幕话剧。今天有人提倡课本剧，我看，这篇文章作为课本剧也是合适不过的。

若"侍坐"者，在《论语》中尽管是极少数，然而，它却代表着《论语》所达到的艺术高度。在《论语》之前的议论文中，它是罕见的，在《论语》之后，它不再稀奇，蓬勃发展，不可遏止。从历史位置上审视《论语》，其功永存不泯！

一九五七年春初稿于天津北院
一九八九年春节重订于北京丙庐

事细情深　形散神聚

——读归有光的《项脊轩志》

《项脊轩志》是明代散文家归有光的名作。

翻开《震川文集》，可以看到其中有一部分记述个人生活、家庭逸事和悼念亲人的抒情之作，富有生活气息，感情真挚，自然动人，具有较高的艺术价值。《项脊轩志》即属此类作品的代表作。

这是一篇记述自己青年时代读书、生活过的小屋——项脊轩的散文。作者满怀深沉的感情，写出了这间小屋的变迁史；围绕这间小屋的变迁写出了一个家庭的变迁，表达了对逝去三代亲人（祖母、母亲、妻子）的怀念，抒发了长年生活在这里所产生的"可喜"与"可悲"的复杂情怀，同时流露出一种功名不遂、志事未成的抑郁心情。

诗意是一篇优美散文的灵魂。特别是抒情散文，如果缺乏诗意，就象鲜果抽去果汁一样，干瘪乏味。一个有成就的诗人或抒情散文家，总是不会不着意于意境的创造的。归有光正是用饱和真挚感情的笔触，描绘出一幅洋溢着浓郁诗意的生活图画——项脊轩今昔变迁图。他把这间"百年老屋"的变化与自己的身世之感有机地联系起来，把这里的自然景物与自己"多可喜亦多可悲"的复杂感情相与交融起来，从而形成了这篇散文内涵深邃、意境优美的独特风格。

散文的诗意，来自作家丰富的生活积累，来自美好真挚的思想感情，来自高尚的艺术修养。《项脊轩志》创作的成功，正是由于它的作者具备了这些素养。他摄取的材料都是一些细小的身边琐事或家务细节，但它却是从深厚的生活土壤中发掘提炼而来，于是才获得感人的力量。他善于捕捉日常生活中所观察、体验到的自然的或社会的某些富有特征意义的细节，它们既是作者感受最深、平生难忘的，又是读者平常熟视，只有感觉但无认识的，一经作家用生花笔勾出，用精妙的语言道破，即刻令人恍然而悟，与之共鸣。所以，激动人心的描写总是建立在激动己心的基础之上的。

《项脊轩志》出色地描绘出"鸟不惊人"与"东犬西吠"的前后不同的两种物境，随之情随景迁地出现了"多可喜"与"多可悲"的两种不同情感，形成了移情于景、情景交融的艺术境界。先是，这间老屋，经过修葺，便呈现出一派生趣盎然、可喜可爱的景象。作品中这样描写：

> 余稍为修葺，使不上漏；前辟四窗，垣墙周庭，以当南日；日影反照，室始洞然。又杂植兰桂竹木于庭，旧时栏楯，亦遂增胜。积书满架，偃仰啸歌，冥然兀坐；万籁有声，而庭阶寂寂。小鸟时来啄食，人至不去。三五之夜，明月半墙，桂影斑驳，风移影动，珊珊可爱。

在这幅画面上，有竹有兰，月白风清，桂影珊珊，诗意盎然。然而，给予人最突出的印象，还是幽静。它突出"静"的境界，但又不是死一般的沉寂，依然富有生机，常常从动态中显示静境。如"万籁有声，而庭阶寂寂"（有的本子在"万籁有声"下，标句号或分号，我以为这是不符原意的）。意思是说，远处自然界的一切音响都清晰可闻，可小屋的庭阶显得特别的寂静。正如南朝梁代诗人王籍所写"蝉噪林逾静，鸟鸣山更幽"这两句颇含有哲理意味的诗一样，蝉与鸟的音响不但未造成噪杂现象，反而使得"林逾静"而"山更幽"。时钟摆动的嘀嗒声，反会令人感到室内更为宁静。万籁的有声，同样会更显得庭阶的无声；由于庭阶的无声，才得显现万籁的有声。在这里有声与无声正构成辩证关系。再如，"小鸟时来啄食，人至不去"，小鸟啄食的行为，本是动态，但"人至不去"，则从动态中又显示了静境。这就是用一件细小的生活现象把"静"具体化、有形化了，进一步把环境静化了。那么，生活在这样的环境中的主人公该是怎样的性格呢？"余扃牖而居，久之，能以足音辨人"，这就把他好静、安详、勤学、深思的性格活现纸上。"能以足音辨人"，是从长期的"扃牖而居"的宁静生活养成的，既写了人，也写了环境。环境与性格得到高度的统一；而高度的谐和，谓之美。

由于叔伯们的分家，破坏了"庭中通南北为一"的开阔环境，作品中又出现了另外一幅画面：

> 内外多置小门，墙往往而是。东犬西吠，客逾庖而宴，鸡栖于厅。

东家的狗冲着西家叫，客人来了得穿过厨房去就餐，鸡都卧到厅堂上来了。这完全是反常现象，但作者把这三种反常现象置于"内外多置小门，墙往往而是"特殊环境下，它们的反常性便变得可以理解，成为自然合理的了。这种反常现象的出现，正是"诸父异爨"的后果，完全是人为的。这样就又把物境与人事联系起来，于是造成了物境与人事的交融。作者巧妙地把犬、客、鸡三者并列起来作为主语，造成三个排句，而把"客"放在"犬"与"鸡"之间，这就更给予人以混杂不堪的心理感。三种反常行为把一个封建大家庭分家后所出现的分裂、混乱、衰败景象，表现得再逼真也没有了。而就是这种局面，也还是不能固定的："庭中始为篱，已为墙，凡再变矣！"这一笔概括的描述，显现着他的家园还在不停地一变再变着，在一幅静止的画面上不断地呈现着动态。

写到"可悲"的物境，总是易于勾起对"可悲"人事的联想、回忆。作者善于选取富于特征意义的细节，以多样的表现方法，赋予这些极为平常的生活细节给人又以极不平常的感觉。同样是写对亲人们的怀念，感情都是那么的深沉真切，然而，又各具特色，各有不同。通过老妪的转述，重现了自幼失去的母爱，慈母问饥问寒："儿寒乎？欲食乎？"只是一种单纯的慈爱心肠。当其写到对祖母的怀念时，又表现出一种复杂的心情。祖母赠祖上遗物象笏，它包含着老一代亲人的关切、期望和鼓励。象笏是上朝参政的用品，也是封建时代士子功名仕途成就的象征。今睹此遗物，再看现实，仍困局败室，能不伤怀？在写到怀念亡妻时，并不说如何地思念她。只说："庭有枇杷树，吾妻死之年所手植也；今已亭亭如盖矣！"枇杷树本来是无思想感情的静物，但把它的种植时间与"妻死之年"联系起来，移情于物；在"亭亭如盖"四字前再加上"今已"这个时间词，表明时光在推移，静物也显示着动态。树长，人亡！物是，人非！光阴易逝，情意难忘。由于想念人而触及到与人有一定关系的物，便更增添了对人的思念，再由对物的联想，又引发对往事的伤怀。于是托物寄情，物我交融，进一步把思念之情深化了。只言树在生长，不言人在思念，但所产生的艺术效果，则是不言情而情无限，言有尽而意无穷。

同样是表现怀念亲人的感情，但因其被怀念者的身份和当时环境的不同，而感情的内涵及其表达方式也随之各异。作者幼年丧母，今天表现对母亲的怀念，重在说明母爱难忘，于是借老姬之口，重现了难以再见的慈母音容，结果是："语未毕，余泣，姬亦泣。"写祖母，重在说明对遗教的不忘，把祖母对自己的殷切期望同自己对自己前途命运的忧虑交织起来。写亡妻，重在说明恩爱难忘，只是感到物是人非，一往情深，感情表现得深沉而含蓄，令人惆怅不已。写其他人物，也善于抓住特征，极尽情态。写老姬，只讲那些抚育儿女的生活家常，极符老姬的身份。写妻家的小妹们，说她们只知姊家有个"阁子"，但不知"何谓阁子也"。一种小孩子特有的天真情态，生动活现。

从实际生活中来的东西自然会有真情实感。作家既有生活的真情实感，又具高度的艺术匠心，所以题材尽管如此细小，然而深为激动人心。事细而情深，正是这篇散文的一大特色。

散文有既"散"而又"不散"的特点。取材可"散"，立意不可"散"；材料可"散"，结构却不可"散"。做到"散"与"不散"的辩证统一，便达到了所谓的"形散而神聚"。《项脊轩志》正给人以如此之感。作者把经过选择的零散材料集中到一定的空间上来，尽管看来是互不关联的生活琐事，但它们都发生在项脊轩，用这间"老屋"的历史把它们有序地贯串起来，用作者的思想感情把它们统摄起来，经过过滤，使之本来互不关联的东西产生了内部联系，形式上也得以和谐统一。犹如作家用一条回忆的金线把生活的碎珠精心地贯穿连缀起来，使之由散而聚，成为一个完整的艺术品。

由南阁子到项脊轩，从"稍为修葺"到"其制稍异于前"，其间屡坏屡修，一变再变。从"雨泽下注"到"使上不漏"，从"不能得日"到

"室始洞然"；原来"庭中通南北为一"，而今"内外多置小门，墙往往而是"；原来"庭阶寂寂"，今又是"东犬西吠"；"庭中始为篱，已为墙，凡再变矣"；"轩凡四遭火"，"使人复葺南阁子"。项脊轩在不断地变化着，它包含着时光的推移，人事的演进，一间"老屋"在变迁，一个家庭在变迁，自然也反映出一段主人公的生活史。他从童年"读书轩中"到"吾妻来归"，到"吾妻死"，"久卧病无聊"，"区区居败屋中"，一直与项脊轩结下了不解之缘，在这里经历了"多可喜亦多可悲"的事，以时间的推移、空间的变化为脉络，以亲身的经历作为纵贯全文的主线，统领、组织物景、人事以及其他生活现象。作品的格局虽小，然结构缜密，层次明确，在很大程度上把叙事、写景、抒情融会起来，剪裁精当，详略得体。有时用墨如泼，工笔浓彩，有时又惜墨如金，意到笔停。如初修南阁子，对如何辟窗采光，如何植竹木改善环境，甚至对良夜、明月、清风、桂影，都要精雕细刻一番。可是当写二次复修南阁子时，只说"其制稍异于前"，再不细述其状。再如，"吾妻死，室坏不修"，只把"不修室"与"妻死"两者并摆在一起，至于其中的情由，则留给读者去咀嚼，既节约笔墨，又丰富了文章的内涵。文章的末段，补记了项脊轩的又一段历史。虽是后来补写的，但不显得是外加的。它充实了全文的内容，与全文成为一个统一体。这段文字叙事十分简括，其间跃进性很大，于是完全以时间线索贯之。在最后使用了一个枇杷树今已亭亭如盖的警句，结束全文，令人味之不尽。

这是一篇记事文，但写人物仍占了很大的比重。主人公十五岁来轩中读书，八岁已失去母亲；所以母亲的出现，是由老乳母转述。祖母来轩中赠象笏，是在作者童年，于是祖母上场，只能出于回忆妻子的出现，既有生前的活动，又有死后的追忆。妻家的小妹们没有来过项脊轩，她们出现，只能由妻子转介。这些老老少少的人物，看来是既杂而散的，可他们都和项脊轩有过一定的关系。作者只选取了他们与项脊轩有过一定关系的生平事迹，围绕着一个中心而出现、而活动，体现着统一的思想感情。因之，这些人物也是既散而又不散的，即所谓"形散而神聚"。

一九八〇年十二月七日于北京和平街丁庐

小说家的散文

——读蒲松龄的《地震》

既是小说家又是散文家

单凭《红楼梦》中的诗词，曹雪芹足可称得起是位大诗人，但人们不称他为诗人，而称之为小说家；那是因为他的小说成就远远超过了诗的缘故。以同样的道理，人们称蒲松龄为小说家，不称他为散文家。可不可以这样说：如果曹氏不是诗人，他的作品里没有那么多的诗词，《红楼梦》自然会大为减色，但仍不失为一部杰作。如果蒲氏不是散文家，没有优美的散文笔法，《聊斋志异》恐怕就不成其为《聊斋志异》了，不可想象它会成为一个什么的作品！所以我们说，蒲松龄既是小说家，又是散文家。现在，我们就看他的一篇散文杰作——《地震》。

历史上的一次特大的地震

从现存的地震资料来看，我国华北地区共发生过六次八级左右的大地震，而以一六六八年七月二十五日，即清康熙七年六月十七日，震中位置在山东省郯城、莒县间的一次震级为最高：八点五级。一六七九年九月二日（康熙十八年七月二十八日），于河北省三河、平谷一带发生地震，对北京的影响很大，康熙皇帝率眷离开皇宫，躲进帐篷；但震级为八级，并不比这次鲁南地震为高。一九七六年七月二十八日的唐山、丰南地震，我们记忆犹新，但震级为七点八级，也没有这次高。蒲松龄的《地震》，写的正是发生在他故乡山东的这次特大的地震。他确切地记录了这次地震的年、月、日、时："康熙七年六月十七日戌刻"，形象地再现了这场自然灾异的惊人景象，生动地把它托现在读者面前，使人获得对历史上一次自然力侵犯人类的再认识。现在就看《地震》的全文：

> 康熙七年六月十七日戌刻，地大震，余适客稷下，方与表兄李笃之对烛饮，忽闻有声如雷，自东南来，向西北去。众骇异，不解其故。俄而几案摆簸，酒杯倾覆；屋梁椽柱，错折有声。相顾失色。久之，方知地震，各疾趋出。见楼阁房舍，仆而复起；墙倾屋塌之声，与儿啼女号，喧如鼎沸。人眩晕不能立，坐地上，随地转侧。河水倾泼丈余，鸡鸣犬吠满城中。逾一时许，始稍定。视街上，则男女裸聚，竞相告语，并忘其未衣也。后闻某处井倾仄，不可汲；某家楼台南北易向；栖霞山裂；沂水陷穴，广数亩。此真非常之奇变也。

> 有邑人妇，夜起溲溺，回则狼衔其子。妇急与狼争。狼一缓颊，妇夺儿出，携抱中。狼蹲不去。妇大号。邻人奔集，狼乃去。妇惊定作喜，指天画地，述狼衔状，己夺儿状。良久，忽悟一身未着寸缕，乃奔。此与地震时男妇两忘者，同一情状也。人之惶急无谋，一何可笑！

记述地震的正文共一百九十四字；加上篇末联想到的"邑人妇"的故事，也不到三百字，可它绘形绘神、生动逼真地再现了一场强烈地震的全部过程，而且真实地反映了人在这场自然灾异中的多样的反应与情态，篇幅虽小，容量够大。其笔力之活泼凝练，令人叹服！

惊心动魄的画面

小说重视描写，散文亦复如是。文学作品的描写和绘画艺术的性质相近；缺乏绘画性的描写是不成功的，缺乏描写的作品是不会感人的。蒲松龄作品的一大特色，便是它的绘画性。他驾御语言文字的功力，高明得犹如传说中的超人画家挥动神奇的彩毫，随物赋形，活灵活现，信笔所走，淋漓尽致。这篇不到三百字的短文，笔力蓬勃，写得历历如画在目前；状物写真，见形见神。本属散文，实收小说的艺术效果。

结构是作品形式美的重要因素之一。《地震》的格局虽小，但所营造的结构，却完整缜密、平整均衡，单纯精美。记事由隐入显，循序渐进，层层开拓境界，逐步创造高潮、首尾联贯完美，通篇委曲尽态。结构的艺术处理，贵在线索的贯穿。他运用自如地按记叙文的表现形式，以事件发生、发展的时间为线索，把一幅幅惊心动魄的画面组装起来，联动式地推到读者面前。

第一幅，烛前对饮图：闻有声如雷，众骇异，不解其故。

第二幅，室内、震荡图：几案摆簸、酒杯倾覆，屋梁椽柱，错折有声，相顾失色。

第三幅，户外、大震图：楼阁房舍，仆而复起；墙倾屋塌，儿啼女号。人不能立，随地转侧。河水倾泼，鸡鸣犬吠。

第四幅，街上、男女裸聚图：竞相告语，忘其未衣。

第五幅，震后山河图：水井倾仄，楼台易向，栖霞山裂，沂水陷穴。

此外，尚有一幅联想到的地震之外的"狼口夺子图"。此图既如绘画，又如小说。

五幅画面，完整而形象地再现了一场怵目惊心的大地震的全部过程，正好表明地震发生（第一图）、发展（二图）、高潮（三图）、缓和（四图）、终结（五图）的程序。最后以联想方式出现的"夺儿图"强化了第四图的思想。这里的文字都有极强的可感性与可绘性，成为绝好的画材，勤快的画工遇到，会立地引毫成幅。而幅幅画面，则先后有序，连接自然。"戌刻""俄而""久之""逾一时许""后闻"成为既贯串而又推动事件发展过渡的关键。这五个时间词锤炼得十分精当、妥帖、工巧，使每个画面成为能动地而不是静止地展现给读者。从形式上看，它们是多样的，有"俄而""久之""逾一时许"等之不同，可是它们的内涵，全是表明"时"的概念，这又是统一的。"多样而统一"，便成为构成形式美的一种重要因素。"俄而"是瞬间、不久的意思，和下文的"久之"正好相反。从听到地声（忽闻有声如雷）到感到有震（酒杯倾覆），其间用"俄而"

过渡，显得时间很快；从"相顾失色"到"方知地震"，用"久之"连结，显得时间过得很慢。这里的快与慢都是在当时急迫情势下的主观感觉；其实，这里的"久之"并没有多久，也不可能太久，用"久之"最能表明人在焦急惶恐之中的感觉情状。"逾一时许"的"一时"，亦不能理解得太机械。古人说的一个时辰，即今天的二小时。对这里时间词所表示的概念，应放在特定环境下去灵活理解，方晓古人锤炼词语之功。

《地震》本是篇记事文，但它并未单纯记事，还写了人。所记的事，都是在人的感觉、视觉、听觉中出现的，所以又显得不仅写了人，而且还把人放在中心位置来写（尽管篇幅上记事的比重是大些）。首先描写了人遇事前所在的环境，"余适客稷下"，正和表兄烛前对饮时，发生了事——地震。出现了情节，产生矛盾：人和自然的矛盾。初闻地声时，不知是怎么回事，于是"众骇异"；这便是写人。史学家记地震，往往只写事，不写人。例如，《三国志·魏书》记魏明帝青龙二年十一月发生的地震，只说："京都（洛阳）地震，从东南来，隐隐有声，摇动屋瓦。"我们很赞赏陈寿的简洁有力的笔法，但他只记事，对人的反应便不再管了。文学是人学，文学家蒲松龄既记事又写人，既写物又写我，物我交凝，才能出现艺术境界。从"不解其故"到"方知地震"，从"众骇异"到"相顾失色"，便出现了悚惕、惶急的情境。及至"各疾趋出"：见，墙倾屋塌；听，儿啼女号；感，人眩晕不能立，随地转侧。这就把事很快推向高潮，造成了惊心动魄、物我交融的境界。及到注意到男女裸聚，可知地震已经缓和，然而人的惊恐情绪依然未释，竞相告语，竟忘未衣！这个镜头，似乎是大震中的一个小插曲，可实际上它则是作品的重要组成部分。因为它最集中地表现了人在极度紧张惶急下的精神情态。人在生命攸关的时刻，自然会把礼仪放在第二位。正如孟子说的"此惟救死而恐不瞻，希暇治礼义哉？"这一镜头摄取具有典型意义，对人在惶急中违常态的生活情境作了饶有情趣的反映，令人从笑声中产生对自然力的藐视。

作者由此及彼地联想到一位"一身未着寸缕"而与狼斗争的妇女形象，写得幽默健美，同时也强化了那种藐视自然力的思想。对一个从狼口夺儿胜利的母亲的形象，惊喜的情态，写得再逼真再生动也没有了。非杰出的小说家，何能有此手笔！

一个文学作品，如果它具备了绘画般的描写和一定生动的情节，且其间有跃跃欲出的人物，尽管其形式并不是小说，那也一定很象小说。蒲松龄的散文《地震》，也正是如此。所以我们说它是一篇小说家的散文。

史笔与文笔

我国的史传文学，对蒲松龄有着深厚的影响。他常以史笔行文。所谓《春秋》笔法，一般是指寓褒贬、别善恶之类，这是从内容上说的；从形式上说，《春秋》亦自有其笔法。由于古代书写条件的局限，行文必须高度精练。《春秋》记事，需先表明时间，然后极简括地说明发生的事，称之为《春秋》经。蒲氏《地震》的起句，正相当于"经"，下述地震的过程相当于"传"。他字斟句酌，言简意赅，凝炼准确，颇类史笔。特别值得一提的是，《地震》记载如实，不事夸张，绝无虚构，用字遣词，严肃冷峻。如第五图记震后的山河面貌，段首标明是"后闻"，乃事后所闻，并非目睹。于"井倾仄不可汲""楼台南北易向"句前，特意加上限制词"某处""某家"，说明只是"某处""某家"，并非"处处""家家"。不难设想，一篇记载历史上的一次自然灾异的文字，如果妄加想象，任意夸张，虚构累累，试问，它还有什么价值？

发生在七十年代的唐山地震，给人以欣赏这篇奇文的生活经验。以前读此文，总感或有想象，未必纯属纪实。若"楼阁房舍，仆而复起"等语，就觉未必不无夸饰。可是唐山地震中果见此情，且出现了马路起伏翻浪，树梢来回摔打地面的奇观，从此知蒲氏所记凿凿有据。再如，在地震紧急时刻，我们中亦不乏"衣冠不整下堂来"的男男女女们。因此读至蒲氏"男妇两忘""忘其未衣"等描写，便备感亲切。可见，生活，不仅是作家、评论家写作的源泉，就是读者，有了它和没有它，对理解、欣赏作品，则大不相同。

蒲松龄毕竟是文学家，他既有史笔之冷峻，又有文笔之炽热。他写照传神，维妙维肖；取舍扬抑，用笔自如。一场特大的自然灾异，反映到他的脑际，经过艺术构思概括，用散文的形式再现出来。但是，这种再现，既不是单纯的灵感驰骋，纯自我表现，又不是照相式的再现，而是有着自己的独特感受，经他从感性到理性的熔冶而创作出的艺术品。值得肯定的是，他摒弃了一切凄惨恐怖的、会产生消极影响的材料。这是一场八点五级的强震，人死畜伤的惨象比比皆是。据王渔洋《池北偶谈·地震》所记，仅郯之马头一镇，即死伤数千人。蒲氏却未取这类镜头，但也写出了人在这场灾异中的表现，相当完整真实地反映了这次历史上著名的山东大地震。今天的某些西方的文学艺术，尤其电影艺术（我们也不同程度地受到传染），专意拍写凶杀、恶斗、惨叫、伤口、污血……人间最丑恶的形象。老人看了闭眼，孩子看了惊叫。这，决不是艺术！读了蒲氏的《地震》，感到他美学思想的高尚。在他的这个作品中，人在自然威力面前的表现是乐观的，流露的情绪是健康的，甚乃是幽默轻松的。

他写的是文学作品，不是灾情汇报，不能有闻必录，有见即采；他要有选择地摄取，他选择得很好！能不能这样说：现实主义者的蒲松龄，对自然主义的排斥，不是意外的事。

有比较才有鉴别

清康熙年代（1662—1722），在我国山东省地面上，同时屹立着两位文学巨匠——蒲松龄与王士禛。两人既同乡土（一今淄博市，一今桓台县，相距不过百里之遥），又有文字交谊。只是在其时两人的身份地位，却相去悬殊：王氏乃达官显贵，兼一代诗坛盟主；而蒲氏则一生偃蹇，是个久困场屋的穷秀才、私塾先生。历史的辩证法不徇情，百年之后，蒲氏的文名大振，特别是科学的马克思主义进入了学术领域的今天，他俩的身份名望，似乎又颠倒了过来。说来也巧，这一对朋友同时以《地震》为题，用散文形式记载了他们生逢其时的康熙七年六月十七日晚上，发生在家乡的一场大地震。现录王文《地震》全文于下：

> 康熙戊申六月十七日戌刻。山东、江南、浙江、河南诸省，同时地大震，而山东之沂、莒、郯三州尤甚。郯之马头镇，死伤数千人，地裂山溃，沙水涌出，水中多有鱼蟹之属。又天鼓鸣，钟鼓自鸣。淮北沐阳人，白日见一龙腾起，金鳞烂然。时方晴明，无云气云。

全文不到百字，文笔精粹，叙述自然，层次清晰。先言地震波及的广泛区域，然后逐步缩及震中地带：山东之沂、莒、郯三州。三州中再集中到马头一镇，说明死伤惨重。对这次地震的严重程度，仅以"地裂山溃，沙水涌出"八字概括。以"天鼓鸣，钟鼓自鸣"，状其大震时的可怖气势；最后引昼见金龙的传说，以述其异，一看可知为出自大手笔。然而，俗话说得好："不怕不识货，就怕货比货。"若较之蒲文，则相形见绌！首先，王文近于单纯记事，没有反映出人在这场自然灾异中的活动与情态，也就是缺乏蒲文的那种物我交凝、形同小说的境界；同时缺乏蒲文的那种可感性与绘画性，因之在艺术上自然为之逊色，在美学思想与美学趣味上也低蒲氏一等。出现金龙的传说，可能是"地光"的附会。但这次地震是在夜晚，大白天金龙飞腾，其说荒诞。虽传闻异词，然既摄取之，亦见作家的审美观点。同样是写"地声"，蒲文只作为一种音响，客观记实；王文则取不科学的俗说，称之为"天鼓鸣"云云。其时人们对地震，已有较为科学的认识了。康熙曾在前人积累的经验基础上，写过一篇题为《地震》的论文（见《御制文》四集三十卷），探讨了地震的成因、发展过程及震时出现的一些地面现象，其中的有些解释已接近或符合现代地震学观测研究的成果，因而一定程度地反映了我国当时人民对地震比较科学的认识水平（参看阎立钦、杨懋源《谈康熙的〈地震〉》，见《文物》1978 年 11 期）。很能说明在康熙的时代，人们已不完全从迷信唯心观念去理解地震现象，一个有声望的作家，特别是像"虽有台阁之望，无改名士风流"（蒲氏给王氏信中语）的渔洋先生这样的作家，其思想认识水平，理应高常人一等才对。

一九八一年十月十日于丁庐

［附记］后读《北京晚报·地震奇闻》（1985 年 11 月 27 日）：1977 年 9 月 15 日福建东山东南海中发生地震。震前下雨。"雨前乌云中有一条光亮线在移动。"因思，此与渔洋"一龙腾起"之说迹近。今者，科学难释之自然奇象尚多，前文对渔洋之责，苛矣！

五

论学杂著

尊右尊左辨

我国古代，尊右，还是尚左？从古至今，一直是个有争议的问题。

在古籍记载中，多见尊右，但亦时见尊左，似无一定之规。在今人的著述（包括辞书、文章）中，也是众说纷纭，莫衷一是。有的辞书在不同的词目下便有不同的说法，时而"古以左为尊"，时而"古时亦尚右，而以左为下位"。只看一端，似觉有理，两相对照，矛盾抵牾，不能自圆其说。问题确乎有点费解。大则，在不同时代、地域、民族、历史环境、风俗习惯下，尊右尚左有异；小则，在各种礼仪、官、制、方位、坐向、行止、坐立、车上、堂前、室内、男女、服饰等等方面，或尊右或尚左，各有不同。经初步思辨，窃以为问题尽管难予一下解决，但并非毫无规律可寻。为了便于读者一目了然，我把自己的研究结论先摆在前面。这就是：

古代（秦汉以前）主要是以右为尊的；尊右，是有着人体生理依据的，是唯物思想的体现。关于尊左现象，除少数特定环境（如车上、民俗等）之外，其他多与阴阳、五行、吉凶等抽象乃至神秘观念相联系，是受当时阴阳五行学的影响，是唯心思想的反映。凡事有常有变，尊右是常，尊左属变。

我的这一看法，所涉的范围，主要是秦汉以前的黄河流域。张守节早就有过"秦汉前用右为上"的话（《史记正义》）。这是对的。本文所讨论的主要也是秦汉以前的情况。秦汉以后的情况，又有所变化。例如在官制上，汉以右为上，右丞相高于左丞相，可是在以后的一些朝代里却反过来，如左右仆射、左右丞相、左右司、左右曹等皆以左为尊。由于历史、社会的发展，各个民族之间文化的融合，尊右尊左的特殊习尚的色调也随之日趋浅化。例如，孔子所说"被发左衽"，或许越来越不会成为哪一民族的专有权，"左衽"所蕴含的尊卑性自然势必淡化。楚人尚左，说不定非楚人在一定条件下也会尚左，或者后代的楚人也会改变尚左的。尊右尚左，有所发展变化，这也是自然的事。但由阴阳五行学加之于左右尊卑性上的神秘色彩，必将随同人类社会文化的进步日益淡化。根据人体便右、左不便做出的唯物解释，势必为广大人群所接受，乃至今天，在世界范围，依然如此。或有例外，但总的说来，是右为上的。现就个人所见分述于下。

右便左僻

《说文》无屮，只有彐。彡（左）字后起。㕜（右），助也。段注："以手助手曰左，以口助手曰右。"最初不含尊卑性。从字源上说，"右"代表右手，尊右，是有人体生理依据的。古人对此已有较为科学的解释。如《左传·襄》十年孔疏："人有左右，右便而左不便，故以所助为右，不助为左。"《左传·昭》四年：杜注："左，不便。"（以下凡《三传》《三礼》的引文；皆据《十三经注疏本》）宋毛晃《增修互注礼部韵略》说："手足便右，以左为僻，故凡幽猥皆曰僻左。"这便是尊右卑左的理论基础。应该说它是唯物的，得到广大人群社会的认可。即在世界范围，今天，凡敬礼，举手，握手，示意，宣誓举臂等统统是尚右的，中外一理。一般辞书的解释也多是，右：上也，尚也，上位也，助也……；左：犹下也，降也，邪也，不助也……再考诸古籍，其例证更多。如：

《老子道德经》三十一章说："偏将军居左，上将军居右。"

《礼记·王制》："执左道以乱政，杀。"疏："左道，邪道也。地道尊右，右为贵。右贵左贱，故正道为右，不正道为左。"

《礼记·曲礼》："献民虏者操右袂，献粟者执右契。"注："右为尊。"

《史记·陈涉世家》："发闾左适戍渔阳，九百人屯大泽乡。"［索隐］："凡居以富强为右，贫弱为左。"

《史记·陈丞相世家》：（陈平）"愿以右丞相让勃，于是孝文帝乃以绛侯勃为右丞相，位次第一；平徙为左丞相，位次第二"。

《史记·大宛列传》："汉遣宗室女江都翁主往妻乌孙；乌孙王昆莫以为右夫人。匈奴亦遣女妻昆莫，昆莫以为左夫人。"

《史记·文帝纪》："右贤左戚，先民后己。"韦注："右犹高，左犹下也。"

《汉书·诸侯王表》："作左官之律。"应劭曰："人道上右，今舍天子而仕诸侯，故谓之左官也。"师古曰："左官，犹言左道也。皆僻左不正，应说是也。汉时依上古法，朝廷之列，以右为尊。故谓降秩为左迁，仕诸侯为左官也。"

《汉书·周昌传》："吾极知其左迁。"颜注："是时尊右而卑左。"

这种尊右卑左的例证是举不胜举的。问题是同样也有关于尊左的不少记载，我们得对它做出合乎情理的解释。那么何以会出现尊右尊左、莫衷一是的现象呢？我们说，事有常态亦有变态，有普遍亦有特殊，有发展就有变化，有全有偏。以变代常，以偏概全，所得的结论往往是不正确的。这样就有必要把在特定环境中出现的例证作一些解释或辨析。

车上尊左

《辞海》"虚左"条说："古时以左为尊，空着左边的位置以待宾客叫'虚左'。如：'虚左以待。'"接着就举了信陵君在车上礼遇侯生的例证作为根据。看来，这就是没有对具体的事物作具体的分析，而以偏概全，忽略了"车上"的特殊性。盲人摸到象腿之后，说象腿是柱形的，这当然没有错；但以此就说大象也是柱形的，那就不对了。用"信陵虚左"的故事，说明古时车上尊左，无疑是正确的；但如果以此来证明"古时以左为尊"，那就犯了以偏概全的错误。

在一般情况下以右为尊的时代里，何以独特地要在车上"尊左"呢？这就有必要弄清"车上"的特殊性。

据《考工记图·辀人》记载："……终日驰骋，左不楗（注：楗，或作券，俗作倦）。行数千里，马不契需（注：犹踅懦）。终岁御，衣衽不敝，惟辀之和也。"注："辀和则久驰骋，载在左者，不罢券（疲倦之意），尊者在左。"这就是说由于辀在车行中起着调善安定作用，左位不易疲倦，优于右伴，所以尊者居左。

《礼记·曲礼》："祥车（注：葬之乘车）旷左。"疏："旷，空也。车上贵左，故仆在右，空左以拟神也。"可知御车者在右边。在右边，执鞭、执辔，都较方便。这里，特地注明"车上贵左"，自是区别于一般。

《曲礼》："顾命车右就车。"注："车右，勇力之士，备制非常者，君行则陪乘，君式则下步行。"按君车出行，则有三人，君在左，御车者在中，所谓勇力之士的车右在右。为了防备意外，随时要上下车，如《谷梁传·成》五年，"遇辇者，辇者不辟，使车右下而鞭之"。再如，在著名的"狗咬赵盾"的故事中，毙犬保主的勇士祁弥明，就是赵盾的车右。《公羊传·宣》六年，"赵盾之车右祁弥明者，国之勇士也"。《公羊传·成》二年，"逢丑父者，顷公之车右也。面目与顷公相似，衣服与顷公相似，代顷公当左"。可见在紧急形势下，车右还可以化装代君当左，以避不测。更足见车上左、右位置十分分明。以左为尊，尊者居左，是由车上的特殊环境所规定的。

由以上的记述，可知：（一）车上左座比右座安适，是以尊得居左；（二）御者和侍卫者在右，其操作、行动都较方便。这就是车上的特殊性造成了与社会上尊右习惯的普遍性的不同，如果把特殊性当成了普遍性，就会把事情弄混，使人迷惘不清。不能因车上尊左，就得出"古以左为尊"的结论来。

男左女右

人们习惯于把"男左女右"与"男尊女卑"相提并论。从"男左女右"一词中的"左"与"右"的本身来说，是看不出有什么尊卑性的。如果再用古代男尊女卑的社会习惯推论等量一番，自然是有了问题。"男左女右"，早见于《礼记·内则》："三月之末，择日剪发为鬌（注：所遗发也），男角女羁，否则男左女右。"这是说对满三月的婴儿留的头发式样，男女不同，以示区别。《内则》说："男子设弧于门左，女子设帨于门右。"尽管"男左女右"四字并未连用，但也是这个意思。

汉代自董仲舒用阴阳五行学附会经义之后，今文经大大增加了唯心迷信成分，在一些学术领域内阴阳五行化了，按阴阳五行说，天左旋为阳，地右周为阴，阳左阴右，男阳女阴，阳尊阴卑。《白虎通·天地》："阳唱阴和，男行女随也。天道所以左旋，地道右周。"《嫁娶》："礼男女嫁娶何？阴卑不得自专，就阳而成之。""阳数奇，阴数偶。"董仲舒说："丈夫虽贱，皆为阳；妇人虽贵，皆为阴。"（《春秋繁露·阳尊阴卑》）又说"阳贵而阴贱，天之制也"（《天辨人在》），这就是男左女右的理论基础。《礼·内则》："凡男拜尚左手。""凡女拜尚右手。"注："左，阳也。""右，阴也。"疏："女拜尚右手者，右阴也，汉时行之也。""男左女右"说，就这样行开了。我们得知它在阴阳五行说与官方的神秘主义结合的"汉时行之也"。显然，这种"阳贵而阴贱，天之制也"的立论基于唯心主义，与"手足便右，以左为僻"的唯物说形成鲜明的对立。

就是在"男左女右"说流行的同时，"尊左"的范围也是极有限的。一，即宣传"男左女右"的《内则》同一篇内，又说："道路，男子由右，女子由左。"《王制》也说："道路，男子由右，妇人由左。"这不又成了"男右女左"了么！要是你拿"男左女右"的那条材料证明"古以左为尊"，我也可拿"男右女左"的这条材料证明"古以右为尊"。这不成了公婆各有理了。《礼记·玉藻》："听乡任左。"疏："立者尊右，则坐者尊左。"从拜到行、立、坐等行动中，对或左或右都有不同的尊卑要求，所以很难在这里断然做出古以右为尊还是以左为尊的结论来。从"男左女右"得出的"尊左"结论，只能说是论者依据"男尊女卑"的传统观念推断出来的，"男左女右"并未直接表现"尊左卑右"。二，左、右是随人的面向而改变的，是无法绝对固定化的。《曲礼》注，在讲平常设席时说："坐在阳，则上左，坐在阴，则上右。"疏："凡坐随于阴阳，若坐在阳，则贵左；坐在阴，则贵右。南坐是阳，其左在西；北坐是阴，其右亦在西也。俱以西方为上。"阴阳说的"上左""上右"是以阴阳为转移的，不在于显示左与右的尊卑性。三，即便是在一些特殊的语言环境里出现所谓"上左"的含意，但也多半是间接推断出的。通常人们还是按着它本义——以右为便行事的。就是"始推阴阳，为儒者宗"（《汉书·五行志》）的唯心主义思想家董仲舒，在他平常行文时也还是遵循着"便右僻左"的规则的。《春秋繁露·玉杯》云："《春秋》之序道也，先质而后文，右志而左物。"苏舆注："右、左犹先后。""先、后"与"上、下"或"主、次"有着同一的含意。

总之，违反科学的说法，总是本身会留下破绽的。阴阳说对左与右的尊卑性解释上造成了一些纷乱，但它只限于有限的局部范围，占主要位置的仍然是"手足便右，以左为僻"的唯物解释。如果说事物有常有变的话，尊右是常态，尊左是变格。明乎此，我们在认识上，就不至以变乱常。

左吉右凶

左吉右凶，语出《老子》。《道德经》（三十一章）云："君子居则贵左，用兵则贵右。……吉事尚左，凶事尚右。"一些"尊左"论者，便把这里的"吉"作为"尊"，把"凶"作为"卑"，把"吉左凶右"与"尊左卑右"径直地等同起来。其实是，这里只表示对此尚左，对彼又尚右，并未涉及左与右所含的尊卑性。不须多讲，只要一看紧接"吉事尚左，凶事尚右"的下文"偏将军居左，上将军居右"，便可看出这种主观等同法的不科学、不可取。从偏将军与上将军不同的层次，可知老子是以右为尊的。

楚人上左

"楚人上左"，亦成为"尊左"论者的口实。按楚人上左，盖指楚人的军备而言。《左传·桓》八年，楚、随交战前，季良献策于随侯说"楚人上左"（左，即左军），应该避开装备精良和楚君所在的左军，应攻其比较薄弱的右军。随侯未听这一正确的建议，结果是遭致惨重的失败。即便是说成楚人的整个社会习尚也是"上左"的（清刘宝楠曾说："被发左衽，乃戎狄之俗，楚虽南夷，未有此制"，见《论语正义》），它与诸夏相比，那也只是个局部地区，因而说明不了"古以左为尊"。我们何妨再看看孟子的几句语："陈良，楚产也；悦周公、仲尼之道，北学于中国。"可见当时的楚与中国（诸夏地区）是两不相同。孟子还攻讦"自楚之滕"的许行说"今也南蛮鴃舌之人，非先王之道"云云（均见《滕文公》上）。我们当然并不赞同孟子这种歧视南方人的口吻，但以此证明当时的楚地文化不同于"中国"，是完全可以的。或许，"楚人上左"，是楚地的特习，正好还可反证诸夏各国是不"上左"的。

左 衽

有文章说，孔子称赞管仲时说"微管仲，吾其被发左衽矣！"这证明黄河流域各国是"尚右"的。我以为至少是中夏地区与其他民族有所不同，多数人服装习惯，是右衽。有人却以《礼记·丧大记》"小敛大敛，祭服不倒，皆左衽"为据，认为："左衽，不仅是少数民族的习惯，中夏亦是如此。"这是由于对敛衣未能有正确的理解而引起的误解，它是死者的葬服。一看注、疏，即可明白。注："左衽，衽向左，反生时也。"这是说和活着的时候穿衣正好相反。疏："皆左衽者，大敛小敛同然，故云皆也。衽，衣襟也。生乡右，左手解抽带便也。死则襟乡左，示不复解也。"这把活人和死人穿衣何以有别说得再清楚不过了，说明活人的衣服是右衽，死人才穿左衽的葬服。所以《丧大记》这条材料，反成了中夏人右衽的再证明。

清代学者（如毛奇龄、江永）对此倒也表示过异议，他们据深衣之制，提出"凡裳无不左衽，而何夷夏之别乎"？刘宝楠对此辨之甚力，释之甚详，可参看《论语正义》。他说："领右则衣前幅掩向右，领左则衣前幅掩向左，中夏礼服皆右衽。深衣则用对襟，对襟用直领。……戎狄无礼服，亦无深衣，止随俗所好服之，而多是左衽。"其说可信，古籍关于"左衽"的记载，不只《论语》。《尚书·毕命》："四夷左衽，罔不咸赖。"《汉书·匈奴传》："夷狄之人，贪而好利，被发左衽，人面兽心，其与中国殊章服，异习俗。"近人亦多遵前人说，如康有为《论语注》："左衽，襟向左，夷狄之俗也。"

左派与右派

有文章说："上个世纪的法国会议，政党不少，名目繁多……大概也是物以类聚，人以群分吧。开会时，主张改革的坐在左边，主张保守的就坐在右边。这样做是完全偶然的呢？还是象两手分工那样有某种必然性呢？似乎还没有研究出来。"我这篇小文谈的主要是秦汉以前的情况，这个问题已出本文范围。但我觉得问题提得很有意思，且和我的论题有一定的关系，尽管对此素无研究，何妨姑妄言之。这个问题，查查资料，或许不难解决。我只认为在其说"主张保守的就坐在右边"这句话前应再补充一句，政府党，即执政党人员的席位在右，或者说政府首领、官员在右席。这也正是由于右是正座上座。这样，眉目就清楚了，还是那个"右便左僻"以右为尊的道理。在给左、右派赋于政治内容之后，随着人们的政治立场的不同，自然会有不同的尊卑观。但从右派与左派用语的起因上看，仍然由于右座是正座，所以仍然是以右为上的。许多的事，往往源与流是不同的。

在这篇小文里，我在提供古代尊古的资料的同时，对一些尊左论者常提到的几种所谓尊左的论据，作了一些驳议。但并不是说尊左的根据材料，就只有这些，不，一定还有，说不定还会有一定的说服力。然而，无论如何，它没有若尊右根据材料那样的充分，那样的有力。"右便左僻"是块具有万钧分量的唯物基石，是用阴阳神秘观念所不可替代的。但"尊左"，作为一种民间和民族习俗，它既客观存在，亦应受到尊重。如果从时间和地域上看，尊右与尊左是全局与局部的关系，尊右是全局，尊左属局部。如从源流上看，尊右是主流，尊左是支流。

无论从中国文化史的架构的角度看，或从民俗学的角度看，尊右尊左的现象是个很有研究价值的课题；但，目前，我们的研究是不够的（尽管也有一些杂文性或知识性的文章）。我这篇小文，如果能起到一点引玉作用，那就可称至幸了。

一九七九年六月初稿
一九八八年十二月重订

释"女工一月得四十五日"

马南邨同志博学多才，其成就是多方面的。他的杂文集《燕山夜话》以闪光的思想、艺术与丰富的材料知识给予读者以多方的教益。但其中个别文章也是有可以质疑之处的。我认为《生命的三分之一》这篇著名文章（有的电台广播，有的刊物转载），其中对某些史料的解释显然是有不当之处的。可是，《战力增刊》一九七九年第二期中《30 = 45》一文的作者，从材料到观点都还在盲目因袭。例如他说：

> 《汉书·食货志》上有几句话："冬，民既入；妇人同巷，相从夜绩，女工一月得四十五日。"颜师古（应是服虔——笔者注）对此作了注解："一月之中，又得夜半为十五日，共四十五日。"看来，我们的古人老早就懂得了科学地、合理地利用宝贵的时间。

这显然是对所引用材料的上下文及其背景缺乏应有的考察，以致得出这样不恰当的结论——"古人老早就懂得科学地、合理地利用宝贵的时间"。这段史料记述的是周代井田制下公社成员夜以继日的艰辛劳动的状况。引文的上文已清楚地写着他们是在"邻长""里胥"的监督之下劳动的。如"里胥平旦坐于右塾（颜注：'门侧之堂曰塾。坐于门侧者，督促劝之，知其早晏，防怠惰也。'），邻长坐于左塾，毕出然后归"。"夕亦如之。入者必持薪樵……"《公羊传解诂》宣公十五年也记载了这段材料，而且记得较《汉书》更为详细。现录于下：

春夏出田，秋冬入保城郭。田作之时，春，父老及里正，旦开门，坐塾上，晏出后时者不得出，莫不持樵者不得入。五谷毕入，民皆居宅。里正趋（同"促"）辑绩，男女同巷，相从夜绩，至于夜中，故女功一月得四十五日作，从十月尽正月止。男女有所怨恨，相从而歌，饥者歌其食，劳者歌其事。

据郭老的研究，这里的"民"是奴隶，按范老说，是农奴。不管怎么说，他们是被压迫、被剥削阶级，则是毫无问题的。其实，郭沫若早就解释过："井田耕作时规模是很宏大的，……那些耕作者在农忙时是聚居在一个集中地点的，一出一入都有人监管着。《汉书·食货志》为我们保存了一些资料。"郭老在较全面地引入了《汉书》原文之后，接着说："班固号称'良史'，自应有所依据，不能作无根之谈。我们依据这种情形，可以明白地看出殷周两代的农夫，即所谓'众人'或'庶人'，事实上只是一些耕种奴隶。连妇人的工作时间一天都是十八小时，男人的时间也就可以想见。男人在农忙时从事耕种，在农闲时有各种力役。"（《奴隶制时代》，第15—17页）一个女奴隶一个月要干四十五天的活，一天得干十八小时，这只能说明阶级剥削的残酷性，根本不是什么科学地、合理地利用宝贵的时间。

《生命的三分之一》是篇多年前的旧作，其中有一点疏忽，毫不足奇，可怪的倒是它在我们当中所引起的那种盲目推崇、竞相宣传和个别人盲目因袭的现象。联系今天的理论工作，似乎还值得一提。

一九八〇年元月二十二日于北京丁庐

说"夔一足"

——驳何明

读了何明关于"夔一足"的文章①有些不同的意见，就此说说：何明在引用韩非子中鲁哀公和孔子关于"夔一足"的一段对话后，接着就说：

> 哀公把"夔一足"解为夔有一只足（脚），而"夔一足"的原意却是（重点是引者加的），有精通音乐的夔这样一个人，"使为乐正"就够（足够）了，本应读作"夔一，足"。可是古文没有标点，而且语句至简，常常省略联系词……因此，如果拘泥，例如"夔一足"者，就会被解为夔有一只脚了。

何明惟恐"还会被误解作夔有一只脚"，还提出了两点补救的积极办法：一是加逗点（如说，"我看这一句［'君子曰：夔有一足'——引者注］应作'夔有一，足'"），一是加字（如说，"加一'者'者字，'而'字，'若夔者，一而足矣'，不加逗点，也不会发误解了"）。

总括何明的意见：第一，鲁哀公的提问是出于误解，孔子的回答是符合原意的。夔的原意是一个精通乐音的人，不是什么动物。"夔一足"的"足"，原意是形容词"足够"，不是名词"脚"；把"足"当作"脚"那

---

① 《灯下漫笔》，《光明日报》1961 年 11 月 7 日。

是一种误解。第二，造成这种误解的原因，是古文没有标点，语句至简，读者"拘泥"的结果。总之，这是一种由于文字上的"缺陷"所造成的误解。

实际上正好与此相反，鲁哀公的疑问是有来由的，孔子的解答是一种巧妙的曲解。夔的原意是动物，不是那个杰出的乐师夔，所谓"一足"者，原意是"一只脚"，不是"有一个足够了"；把"足"解作"足够"，那才是曲解。其所以要如此的曲解那有儒家的思想根源的，并不是文字形式上的缺欠造成的；文字上的缺欠不过被曲解者充分地加以利用就是了。

为了要说明问题，就不得不翻出几条材料来看看。把夔解作独脚兽或鬼怪，古代不乏记载，《山海经·大荒东经》："东海中有流波山……其上有兽，状如牛，苍身而无角，一足，出入水则必风雨。其光如日月，其声如雷，其名曰夔。"《庄子·秋水》："夔谓蚿曰，吾以一足趻踔而行，予无如矣。"《国语·鲁语》韦昭注："夔一足，越人谓之山缲，或作獿……人面、猴身、能言。"《汉书·扬雄传》孟康注："木石之怪曰夔，如龙有角，人面。"《文选·东京赋》薛综注："夔，木石之怪，如龙、有角，鳞甲光如日光，见则其邑大旱。"（以上两条记载，虽未说明"独脚"，但都肯定是"木石之怪"）。《博物志》："山有夔，其形如鼓，一足。"《抱朴子》："夔，山精，或如鼓，赤色，一足。"《广韵》："山魈出汀州，独足鬼也。"（按山魈，即韦昭所说的山缲，越人称夔为山缲。）《说文》："夔，即魖也。如龙，一足，从夊，象有角、手，人面之形。"段注："按从夊者，象其一足。"看来，说"夔的原意本是动物，大概是没有问题的"。

从这些资料看，在鲁哀公和孔子之前，夔是独脚兽的传说已经有了，所以才引起鲁哀公的疑问。足见鲁哀公的质疑是有来由的，并不是出于误解；在鲁哀公和孔子之后，夔是独脚兽的记载更多了，可见孔子的"纠误"并没有起到多大的有效作用。历代那么多的饱学之士难道都没有见过孔子这种"指谬高论"么？为什么他们还一再地要重弹那种"荒诞不经"的老调呢？可见"夔一足"的"夔"，原意并不是人名，而是兽名；"一足"是一只脚，而不是什么有一而足。

由此还可以说明是非、黑白，是无法永远被颠倒的。

　　我们说"夔一足"的原意是，"夔是一只脚的动物"，（这只是就传说而言，当然不可能真有这么一个奇怪的兽），并不否认在正统派的史籍记载中还有一个名叫夔的人。夔作为人名出现最早见于《尚书》。《虞书·舜典》里，夔是舜的乐师。如"帝曰：'夔！命汝典乐，教胄子（《史记·五帝本纪》，胄子作稺子），……神人以和。'"而且是一个了不起的音乐家，自称拿起石磬之类敲打起来，飞禽走兽都会随着他应拍起舞（夔曰："於！予击石、拊石，百兽率舞！"——《舜典》）。《虞书·益稷》中也有类似的记载："夔曰：'戛击鸣球，搏拊琴瑟，以咏，祖考来格。'……箫韶九成，凤皇来仪"云云。这大概就是以后的史学家、思想家们以夔为题著书立说的最早的史料依据。如果有这种类似的材料落到忌讳谈"怪、力、乱、神"的孔子手里，到一定场合当然是会利用的。到了汉代，对神话传说认为"其文不雅驯，荐绅先生难言之"的司马迁在《史记·五帝本纪》中照搬了《舜典》中关于夔的记载，在《夏本纪》中照搬了《益稷》中关于夔的记载，夔就成了中国历史上最早的一个伟大的音乐家了。不过在《史记》里，夔只是舜的乐师，"禹、皋陶、契、后稷、伯夷、夔、龙、倕、益、彭祖自尧时而皆举用，未有分职"（《史记·五帝本纪》）。《说苑·君道》："当尧之时，舜为司徒，……夔为乐正。"夔又作了尧的乐师。到皇甫谧的《帝王世纪》里，夔既是尧的乐师，又是舜的乐师。在尧时，夔就有了音乐作品，"夔放山川溪谷之音，作乐《大章》，天下大和"。在舜时，"夔为乐正，神人以和"……作《大韶》之乐，箫韶九成，凤皇来仪云云，和《尚书》、《史记》全是一脉相传，只是又引用了孔子关于韶乐尽善尽美的赞语。我们再结合宋翔凤的《帝王世纪集校序》来看，皇甫谧也是孔子派的人物。在古代史籍记载中有个人叫夔，这是事实。只是"人夔"之前，在传说中早有"兽夔"就是了。

　　这里，我们清楚地看到两类系统的记载：一是以《山海经》为代表的一只脚的"兽夔"的记载，一是以《尚书》为代表的人乐正"人夔"的记载。就是在这类"人夔"的记载中，除了孔子托尧、舜（《韩非子·外储说》中托"尧曰"；《吕氏春秋·察传》中托"舜曰"）的口气说"夔有一而足之外"，再找不到说夔"有一个就足够了"的第二条材料。《尧典》中并没有夔的记载，就拿《韩非子·外储说》并载的两则孔子为"夔一足"辨解的材料说，孔子本人对夔的说法两处就是两样：一则是"忿戾恶心，人多不说喜"的夔，一则是"彼其无他异，而独通于声"的夔，（何明引用的是后一则）《吕氏春秋·察传》的记载，其内容与后一则同。桂馥的《说文解字义证》说："此二说不同，皆寓指也。"实际上在孔子的时代，"夔"究竟是什么样，人们也弄不清楚；本来，传说中的事就很难弄清楚。孔子为夔的奇特形体辨正，显然是出于他"不语怪、力、乱、神"思想主张，并非确有什么可靠的"文献足征"。同时，二说尽管不同，为"夔足"辨正的结论则一。孔子为夔作辨，也不一定真有其事，然而这种"人化"神话传说的举动，倒是确很符合儒家的思想精神的。

关于"人夔""兽夔"的两类记载，虽然属于两种系统，然而他们之间还是有一定的联系的。在《山海经》里，也就是在神话传说中，夔是东海流波山上的一只脚的异兽；用他的皮子制成鼓，可以声闻五百里。到了儒家奉为宝典的《尚书》里，出现了一个夔为名的很有能耐的乐官；他要是作起乐来，连鸟兽都会翩翩起舞（本来，人以动物取名者，古今颇不乏实例。就以《舜典》的记载而论，以兽为名者，亦不乏其人。如"伯拜稽首，让于夔、龙""益拜稽首，让于朱虎、熊罴"。按：夔、龙、朱虎、熊罴，原意都是兽名；这里都是以兽命名的人名，我们决不能和孔子一样因为他们在这里作了人名，就否定他们本来是兽名的原意）。到了鲁哀公或者说是韩非子的时代，夔的面目更模糊了。从鲁哀公向孔子质疑的这句话——"吾闻夔一足，信乎？"——其本身是看不出夔是人，还是兽？孔子在回答中才肯定，"夔，人也"。在《吕氏春秋》里，连鲁哀公也认为夔是人，惑疑的只是"一足"。明明说着："乐正夔，一足，信乎？"这里已经是"兽夔"和"人夔"的混合物了。在神话传说中，把动物神化，或给神（人）加上动物的某些特点，这是习见的事。《尚书》中的"乐正夔"，实际上也就是由《山海经》里那个独脚兽夔而来，古史本来就富有神话意味。孔子按照儒家的思想观点去解释世界，把神话加以理性的诠释，把虚幻怪诞的传说解释成为合理可能的事了，但究竟它还是歪曲了原意。

我们都知道，孔子忌谈神怪之事，也反对他的弟子去研究这一方面的问题。有一次"季路问事鬼神"，他便说："未能事人，焉能事鬼？"季路又说"敢问死"，他又说"未知生，焉知死"（见《论语·先进》）。一个软钉子把子路给碰回去了。对神怪之事他一直采取着一种回避的态度。当然，如果遇到能够曲解的地方，他也并不放过。关于这其中的道理，不少文学史家在解释中国古代神话散亡的原因时，有过精辟的论断。鲁迅先生在《中国小说史略》中说："孔子出，以修身齐家治国平天下等实用为数，不欲言鬼神，太古荒唐之说，具为儒者所不道，故其后不特无所光大，而又有散亡。"把神话传说历史化，儒者的确尽了一份力量。孔子为"夔一足"辩解，此其一例。如果再找，例子还有。《太平御览》（卷七十九引《尸子》）有这样一段记载：

> 子贡曰："古者黄帝四面，信乎？"孔子曰："黄帝取合己者四人，使治四方，不计而耦，不约而成，此之谓四面。"

本来，神话传说中的黄帝形象奇特，是有四个脸面的。可是孔子巧妙地解释成黄帝派遣"合己者四人"分治四方，谓之四面。还有，《大戴礼记·五帝德》篇载：

> 宰我问于孔子，曰："昔者予闻诸荣伊令，黄帝三百年。请问：黄帝者，人邪？抑非人邪？何以至于三百年乎？"……孔子曰："……生而民得其利百年，死而民畏其神百年，亡而民用其教百年。故曰三百年。"

你看，这不是把神话传说中黄帝活了三百年的说法又"别有用心"地作了如此的歪曲么？由此看来，孔圣人简直是一位"曲解专家"！此风所及，后世受传染者，亦大有人在。

何明在那段文章的末尾还说，有着两种解释的"夔一足"这句话，在语法形式上也看不出什么区别，找古本也解决不了问题，"只有按情度理，求助于思维了"。诚然，语法形式上是看不出什么区别（主要是一个"足"字有二种词性：名词和形容词。如果谓语部分的词性能确定下来，问题也就解决了），古本也不能解决问题，"思维"是必须得"求助"的；可是单纯靠思维，也不是解决问题的最好办法——因为它有时也会失之于主观。有关"夔一足"的其他记载还很多，何不一翻？所以还是需要详细占有材料，再反复地研究、思维，从这些材料中引出结论来，或许要比单"求助于思维"的可靠性更大一些。

[作者附记]

何明是关锋的化名。我这篇小文写于一九六一年底，最近对其中的个别字词作了修改，内容未动。

一九八一年二月十七日

与秦似同志论"同志"书

秦似同志：

我不断地读到您的一些杂文，颇有收益。最近读到《同志相称今昔谈》一文（见《战地》增刊 1979 年第 2 期。后据秦似同志来信，该文已由上海教育局教科书编辑组收入高中语文课本第六册），我亦深为文中热烈的感情所感染。但，另外，有个小问题愿提出来和您商讨。您说：

> "同志"是外来语，英文称 Comrade，兼有同伴的意思，中文译得特别精当，寓意专指志同道合，并无歧义。

你的意思是说"同志"一词本非汉语，是从英文译过来的"外来语"。它是不是外来语，我一时还不便断言，只觉得尚有讨论的必要。

"同志"，早在东汉人的著作中已经出现，或许还要更早一些，《白虎通·三纲六纪》云：

> 朋友者，何谓也？朋者，党也；友者，有也。《礼记》曰："同门曰朋，同志曰友。"（今天的《礼记》中无此二句，当是《礼记》逸篇文句）朋友之交，近则谤其言，远则不相汕（当面可以指责批评，背后则不相攻讦）。一人有善，其心好之；一人有恶，其心痛之。货则通而不计（财物上互相通用而不计较），共忧患而相救。生不属，死不托（主动地帮助，生前的事用不着嘱咐，死后的事用

不着拜托）。

这里也有"同伴"或"志同道合"的意思，而且体现出一种亲密无间，劝善规过，从精神到物质的互助友爱精神，似乎和后来的"同志"概念，也大体相似。

再如《后汉书·刘陶传》云：

> 陶为人居简，不修小节。所与交友，必也同志。好尚或殊，富贵不求合；情趣苟同，贫贱不易意。

这里强调的仍然是"志同道合"。

在明季东林党人与阉党展开斗争时，也出现"同志"的称谓。阉党分子崔呈秀秘密向魏忠贤提供东林党人的黑名单，管它叫做《同志录》。魏忠贤得之，如获至宝，按名捕杀。《明史·阉党传》说："忠贤以阅工故，日至外朝，呈秀必屏人密语，以间进《同志》诸录，皆东林党人。"此事亦见《明史·宦官传》（卷三〇五）、《明史纪事本末·魏忠贤乱政》（卷七十一）诸书。这里的"同志"含义，已有浓厚的政治内容，颇具近代色彩。

当然，对一个词，单凭"古已有之"，并不能说明他就不是"外来语"。例如，今天的"经济"一词，尽管也是古已有之，但不能否定它是外来语。因为今天常说的"经济"一词，已和古籍中的"经济"，有了不同的新的含义。而"同志"一词古今并无显明的含义上的区别。说它是外来语，似乎依据不足。当然，古今词意，随着时代的发展也不能一成不变。我们这里说的"无显明的含义上的区别"，只是作为人类交际工具的语言而言，若从古今"同志"一词的阶级含义来说，那当然是不同的。东林党人的《同志录》说的"同志"，恐怕它和您今天说的"共产党人之间，一声同志比冬日的阳光还要温暖"的这种"同志"，也是有异的。那么，"外来语"的标准究竟怎样确定呢？它的特征究竟是什么？我现在还不清楚，如果我们对"外来语"能有个明确的界说，能划分出外来语与非外来语之间的界限，问题就好办了。

我们在这里讨论"同志"这个词，并不是单纯为了解决一个词的问题，据说有人正在研究汉语中的外来语，并着手编纂外来语词典，所以感到外来语与非外来语的界限问题是个值得注意的问题。

以上浅见，未敢自信，作为探讨，特函请教！专此，顺颂
撰祺！

常林炎　敬上
一九八一年五月十六日于北京

附　秦似同志来书

林炎同志：

你写给我的信，是八一年五月十六日写的，我收到后，当重要的信，放在抽屉里，谁料人事倥偬，事务纷繁，竟一搁下去，后来便忘了复你了。今天翻抽屉，才偶然翻了出来，看到你这封一字不苟的信，不由得不引起我的崇敬之心，并因忘了及时复信而产生疚愧之感。尽管迟了，还立即写这封复信。

首先感谢你读了我那篇短文，并对"同志"一词是否外来语，提出了意见。你所举的许多材料，我有些未见到，有些或则见到过，印象不深，虽然我也知道"同志"这个词是中国原有的，但在我写该文的时候，未加深考，把它当作"经济"一类词，认为是外来语了。当时我曾联想到"革命"这个词，中国虽也有"汤武革命"的话，但 Revolution 这个意义到底是后来才有的，甚至应该说是近代才有的，是个外来语。这样，便用类推法，以为"同志"也与此相同了。

那篇杂文，上海教育局的教科书编辑组已收入高中第六册课本，他们也曾来信提出了"同志"是否外来语的问题。后来我略作了修改，把"外来语"几个字删去了。

但谈到要给外来语定个界限，我还是没有研究过，这需由有研究的人去谈了。如你提出"同志"二字古今似无大别，但作为革命党人的互称，则似乎又不能认为毫无区别。十月革命前后，苏俄共产党人是称同志的，在中国，孙中山先生领导下的同盟会也称同志，再早，我就没有研究了。

比如太平天国农民革命运动，似乎并不用"同志"一词，于此，可见真要给外来语与非外来语画出一道界线并不很容易。虽然在科学研究上，又总得画一个界线。

我虽对你所提的界线问题提供不了什么意思，但对你的来信，则深心感谢。对你这种认真探讨的精神，感到由衷的敬佩。

我现在在编一个杂志，叫《语文园地》，不知你是否看到过？倘承不弃，能给这刊物写点稿子，那将是我们最盼望的，现嘱人寄上几册，请查收，并请批评指正。

专此，并颂

时佳

秦　似

82. 11. 10

怎样突破文言关

从选注本入门

读古书，我们常常会遇到一道难关——语言文字关。要突破这个关口，没有什么秘诀，只有从刻苦的阅读作品中去锻炼和提高。初读文言作品，可先读选注本，还不妨多找几种比较好的注本，拿一种作为主要读本，参照其他的注本读。可能这个词、这个句，在这个本子里没有注，说不定那个本子就有注；或者这个本子注得含混，那个本子注得明确。如遇到有现代语译文的作品（如《诗经》《楚辞》等都有今译本），也不妨参照译文去读。在阅读时，我们也要充分利用工具书和一些有关指导阅读文言文的书籍（如王引之的《经传释词》，刘淇的《助字辨略》，杨树达的《词诠》，吕叔湘的《文言虚字》等）。同时，查字典，向别人请教也是不可少的。只要我们能够从不懈的刻苦阅读中留心文言的词汇、句法，揣摩它们和现代语的同异，摸索它们的规律，日积月累，自然会提高阅读能力，克服学习文言的困难。

辨别文言和现代语法的异同，对初学者是有很大帮助的。文言和现代语的异同，可以从两个方面来看：一是词汇，一是语法。词汇有实词和虚词两类。

辨识词汇的古今异同

这里先谈实词。文言实词有和现代语相同的，有不同的，有的则部分相同。我们读不懂文言文，有时就是因为没有注意到它们不相同之点，如古代语的"奕"[yì]，现代语是"下棋"，知道了它的异同，就能得到确切的解释。比如你懂得了这一"奕"的古今的异同，你对《孟子》中"今夫奕之为数"这句话就会懂得一部分。最需要注意的还是表面上相同而实质上不同的一些词汇，不然，就会发生误会。如同样一个"去"字，古代语的"去"是现代语的"离开"；现代语的"去"是古代语的"往"。如"孔子之去齐，接淅而行；去鲁，曰：迟迟吾行也"，就不能讲作孔子到齐国去，到鲁国去。再如"交通"，古作"交际、勾结"，今作"水陆往来"；"消息"，古作"生灭、盛衰"，今作"新闻、音讯"；"慢"，古主要作"不加礼貌"，今主要作"迟缓"。还有些词语的现代意义则是把古代的缩小了，如"坐"，现代专指"坐下"的动作讲，古代除了这种讲法之外，还可以当"由于""为了"讲，如《陌上桑》中"但坐观罗敷"的"坐"就是这样讲法。如果懂了这种讲法，再遇到杜牧的《山行》中"停车坐爱枫林晚"的"坐"，也就能理解了。又如"书"，古代汉语除作书籍讲以外，还作"字""信"讲。如《桓灵时童谣》中"举秀才，不知书"的"书"就当"字"讲；杜甫诗中"家书抵万金"的"书"就当"信"讲。据说有人把这句诗解释为杜甫家里藏书很多，可值万金，那就闹成笑话了。再如出产的"产"，古代的用法和现代的"生"相当，如《孟子·许行》中"陈良，楚产也"。明梁辰鱼《浣纱记》中伍员对范蠡[lí 离]说："大夫，我乃郢[yǐng 影]人，君亦楚产。"这里说"产"，丝毫没有恶意。现代语的习惯是对人只说生于何地，对物才说产于何地。此外，有些词语现代的意义把古代的扩大了。如"哭"，古代只指出声的，不出声的叫"泣"；可是现在不管出声不出声的都叫"哭"。特别要注意的是同一个字，古文里因所在场合不同就可以有好几种不同的讲法，如《史记·廉颇蔺相如列传》里的"负"就有好几个意思。"均之二策，宁许以负秦曲"的"负"，当"担当"讲；"秦贪，负其强"的"负"，当"倚仗"讲；"臣诚恐见欺于王，而负赵"的"负"，当"辜负"讲；"肉袒负荆"的"负"当"背负"讲。一篇文章中一个字就有四种讲法。这类例子还有很多，阅读时，在理解的基础上还要记忆，揣摩它的规律，慢慢地就会触类旁通。

文言和现代语的词汇，部分相同的，大致有两种情形：一是文言的单音词包括在现代语的多音词里。如现代语的"鼻子""耳朵""讨厌""相信"，在文言中就只用一个字："鼻""耳""厌""信"；一是两个文言的单音词合成一个现代语多音词。如"骄傲""单独""困难""墙壁"等词，在文言里都可以分成两个单音词，两个中间取一个，只用"骄""独""难""壁"就成。从这里可以看出现代语词多音化的倾向，为的是说起来便于听得清楚。

我们再谈虚词。文言的虚词，可以说大多数和现代语全不相同，一个虚词往往随着它所在的场合不同有着不同的讲法，但它总有个基本的讲法，我们应该首先抓住这个基本的讲法。如"之"就有不少的用法，但最基本的不过两种，一是作宾语用的代词，相当于现代语的他（它）。如《郑伯克段于鄢〔yān 焉〕》中"爱共叔段，欲立之（他）"，"请京，使居之（它）"；一是相当于现代语的"的"，如"先王之制，大都不过参国之一，中五之一，小九之一"。可是有时，它还作实词（动词）用，如《孟子·齐人》中"之祭者乞其余"的"之"当"到"讲。懂得了这种用法后，碰到李白的《黄鹤楼送孟浩然之广陵》的"之"，就不会误解了。又如"将"，除了当"打算""要""会""把""还是"等讲法以外，还可当"请"或"愿"讲，如李白的"将进酒，杯莫停"诗句中的"将"，就可做"请"解释了。文言虚词很多，一时不易全部掌握，最好能就阅读时所遇到的例句，认真笔记，收集归纳成类，辨明用法，揣摩规律，时间一久，自不难掌握。

揣摩句法规律

看文言和现代语的异同，第二方面，就是句法。他们大体上相近，值得谈的有三点。

一是文言的词性变化灵活。名词、动词、形容词活用的例子很多。名词作动词用的，如"人其人，火其书，庐其居"（韩愈《原道》）。名词作形容词用的，如"嫂蛇行匍伏"（《苏秦以连横说秦》）。形容词作动词用的，如"吾妻之美我者，私我也"（《邹忌讽齐王纳谏》）。形容词作名词用的，如"披坚执锐""摧枯拉朽"等，总之，都比现代语的用法灵活。

二是句子成分的次序变化大，和现代语比，倒装成分多。比如疑问词作宾语时，往往倒过来放在动词之前。如《论语》中"吾谁欺"，现代语就说"吾（我）欺谁"；再如《项羽本纪》中"孰与君少长"等。文言否定句里的代词作宾语，也往往倒置在动词之前，如"不吾知也"，"岁不我与"。在魏晋之后，这种用法逐渐减少，但是先秦文字中，也有不是这种结构的，如《诗经·黍离》中"知我者谓我心忧，不知我者谓我何求"。除了宾语倒装以外，文言里的"以……" "于……"往往和现代语的"拿……""在……"位置不同，如"赠之以芍药"，现代语说"拿芍药赠给他"。"战于长勺"，现代语说"在长勺打仗"。文言的"于"多数放在主要动词之后。

三是文言句子成分的省略多。我们更以《郑伯克段于鄢》为例：

先王之制：大都不过参国（国都）之一（三分之一）；中（都不过）五（国）之一（五分之一）；小（都不过）九（国）之一（九分之一）。

在诗歌中同样有这种省略，如《七月》：

七月（蟋蟀）在野，八月（蟋蟀）在宇，十月（蟋蟀）入我床下。

懂得了文言句子省略的特点，遇到不易解的句子就可从上下文看，看它是否有省略的情形。

独立思考，仔细辨别

以上我们谈了如何解决读文言"读不懂"的问题。可是"读懂了"，有时还会遇到另一种问题：就是对一个词、一篇文章的解释，众说纷纭，莫衷一是。这时就需要我们自己独立思考，不能全依赖注释家。比如解释一篇古文，有的注释家为了某种目的有意地加以曲解和穿凿，像《诗经》的旧注中，有不少就是这样。至于对作品思想内容上的解释，这种情况就更多了。例如《诗经·采葛》一诗，本来是一首写男女相思的诗，可是《毛传》解释为："采葛，惧谗也。"这显然是一种歪曲。古代的学者固然在旧典籍的整理、注释工作上有着不可磨灭的贡献，但也留下了不少的缺点和错误。因此我们读书，在借助和重视古人（或今天的专家）的注释的同时，也要独立思考，采取分析批判的态度。

有些问题，不仅古人的说法不一，就是今天的研究者也可能会有分歧。例如辛弃疾的《西江月》词中"明月别枝惊鹊"的"别枝"，1956年12月号《语文学习》中"问题解答"栏释作："那根枝条"或"那棵树"。朱光潜先生又认为"别"是动词，"别枝"是月亮离别了枝头（其说见1957年2月号《语文学习》）。另外还有作"另一枝"和"月光从树枝上转移"等说法。这就需要我们自己动脑筋，从全篇的思想、风格、语言、古今词义的变化以及别处的例证等方面考虑。认为哪一家的说法合理，就可采取它，如果自己能提出新的看法那当然更好，万一判断不定，无所适从，还可采取存疑的态度。如果两种说法都很有道理，也可采取并存的态度。古代的作品，因年代久远，传离异辞，众说分歧，原是不足怪的。今天我们研究它，那是一桩十分艰巨、复杂的工作，需要我们有持久的辛勤劳动与实事求是的科学态度。

1961年5月1日北京己楼

建立读书学[*]

一　读书学的任务

生也有涯，知也无涯，欲以有涯之生究无涯之知，这就需要有个较好的方法。一个人以有限的时光要阅读浩如烟海的书籍，并不是件易事。这就需要究门径、讲方法、求效果。今天是科学的时代，事事得讲科学，读书亦不能例外。这就是我们所以要建立一门读书学的基本理由。把它当作一门专门的学问来研究，把它列为大学的必修课，是完全必要的。

"只有用人类创造的全部知识财富丰富自己的头脑，才能成为共产主义者。"几千年来记载人类知识财富的书籍，其数量已够可观，况且随着时代的发展、社会的进步，总结与反映人类生活斗争知识财富的书籍，自然愈来愈多、愈复杂，至于无止境。但，人不能作书的奴隶，不能只是望着书的海洋而兴叹，必须根据自己的需要，有选择、有鉴别地去阅读。怎样选择，怎样鉴别，就是一门学问！也正是读书学研究的一大任务。

"在科学上面是没有平坦的大路可走的，只有那在崎岖的小路的攀登上不畏劳苦的人，有希望到达光辉的顶点。"（马克思语）"谁怕用工夫，谁就无法找到真理。"（列宁语）这是永远颠扑不破的真理，在读书做学问上，不可能有不劳而获的事。所以读书学首先肯定读书者的理想、志向、毅力和勤奋刻苦精神，但同时也提倡科学的攻读方法，反对不讲方法的笨

---

[*]　与朱星先生合作。

读书，傻读书，死读书。我们要完成一件任务，必须先解决完成任务的方法问题。毛泽东同志曾恰当地打比方说："我们的任务是过河，但是没有桥或没有船就不能过。不解决桥或船的问题过河就是一句空语。不解决方法问题任务也只是瞎说一顿。"这里虽然不只是指读书，但用于读书也是适合的。有个好的读书方法则事半功倍，否则就事倍功半。科学的时代，人们的一切有目的的行为，必须要追求其效果，争分夺秒，以最经济的时间换取最理想的收益。值得注意的是：有些朋友在宣传读书须下苦功的正确主张的同时，又把它片面化，绝对化了。把下苦功和讲方法对立起来，好像是读书就不应讲方法，越笨越好，越傻越足以显示有根底，见功夫，一个劲地讲悬梁、刺股、偷光、囊萤、映雪的故事，但对古人好的读书方法却很少总结推广。"铁杵磨绣针，功到自然成"的故事自然是鼓励人扎实用功的好故事。但今天来看，如果能在磨针的工具、方法上再想想办法，改进一下，不是可以成功得更快一些么？读书学提倡的正是把苦干与巧干结合起来的精神。

本来，下苦功与讲方法两者并行不悖，相辅相成，所以对片面地强调"读书无法""读书无窍门""读书无捷径"的说法，也应采取分析的态度。这些观点，在鼓励人勤奋苦读的意义上说，是对的；但不能以此排斥对读书方法的探求。不下功夫，想投机取巧，专门去找窍门，寻捷径，自然是极端错误的，但是，在建立了正确的攻读态度的基础上，也必须承认读书是有法的，而且读书必须讲方法。任何建设性的事务，既有少慢差费，就有多快好省，读书亦然。相对地说，读书并不是绝对的没有窍门。这个窍门，就是科学地攻读方法。读书既有弯路，相对而言，亦有捷径；所谓"捷径"，即科学的途径。读书尽量避免少走弯路，寻求科学的途径，正是读书学的一大任务。

勤奋，对谁来说，都只是个"为不为"的问题，并不是"能不能"的问题，方法就不是"为与不为"的问题，而是"能与不能"的问题，必须经过揣摩学习，才能变"不能"为"能"，即是封建社会、资本主义社会的求名谋位之徒，也于并不崇高的目的，也会产生勤奋的行为。"不下苦中苦，焉能人上人"的观念，也会促成一个人的苦学。例如，苏秦"读书欲睡，引锥自刺其股，血流至足"的苦读，其动力出于"人生世上，势位富贵，盖可忽乎哉"的人生观。所以离开了崇高目的的勤奋，并不是什么难能可贵的事。回顾我们今天的宣传工作，似有种重勤奋、轻方法的倾向。有不少访问记、报告之类或学人们介绍自己的成才经验时，都很少总结推广其成功的读书经验方法。他们既已获得高度的成就，必然有一套走向成功的方法。这才是后学们所需要的。其实在我们丰富的文化典籍中有不少值得凭借推广的读书经验。革命导师、古今学者已为我们创造了不少可贵的读书方法和经验，亟需我们加以总结整理和推广。例如，当今著名学者钱钟书先生以读书多、学识精深渊博而著称于世，他就是在天才加勤奋的同时，还掌握了一套科学的读书方法。他的读书经验、方法就是很值得研究总结的。总结古今中外学者的读书经验方法，这又是读书学的一项重要任务。

活到老，学到老，自然也是要读书到老的。大学的学习生活，在一个人的读书史上是宝贵最堪珍惜的阶段。但仅仅四五年的时光，读的书是有限的。所以上大学，应该说：不是光读书来了，而是学读书来了。首先要学会读书，获得读书的本领，取得读书的法门，循序升堂入室。这就要广增基本知识，掌握读书的基本技能，为一生学习上进打好基础，绝不可入宝山而空回。当然，得在游泳中学会游泳，读书中学会读书。要积累比较丰富的知识，根据自己的专业需要，知道必读哪些书，涉猎哪些书，哪种本子好，哪种本子陋，怎样利用丛书、类书，怎样使用其它工具书，有了什么问题要请教什么书。学习总是在不断产生疑问和解决疑问中前进的。所以有了问题，不怕不知道，就怕不知其寻求解决途径，不知到何处去查，怎样查法。例如，今天的一些文章中常出现一些古诗摘句："山雨欲来风满楼""病树前头万木春"之类，有的同学想知道它的出处，而《佩文韵府》就在那里摆着，可是却感到"老虎吃天，无处下爪"。近期有家报纸上对"男女授受不亲"发表了争论，《孟子引得》《十三经索引》都在眼前，但，就是不会查，干瞪眼没有招！其实，这类技术一学就会，但不学就不会。你如果有一定的类书知识，那就方便多了。想知道"指南车"的由来，就去查《北堂书钞》的《车部》；想知道造纸的故事，就去查《艺文类聚·杂文部》的《纸》；想查唐宋以至明嘉靖时的典故、辞藻，就可以利用《渊鉴类函》；想要从《太平御览》里查找资料，还可以利用

《太平御览引得》……当你掌握了一把打开知识宝库的钥匙之后，就会收到"一窍通后百窍通"之效。对一个正在成才道路上摸索的青年来说，他可以少走多少的弯路啊！读书学就是要教人们会读书，会利用各类的书的。

读书学重视方法，但不能把方法看作纯技能问题。掌握科学的方法，总是和正确的思想方法相联系着。读书学和教育学、心理学都相与联系。

二　读书学的基本内容

（一）读书与理想、意志、勤奋、思想修养。

（二）书的历史（简史）、书的知识。

（三）要籍目录、读法、版本知识。

（四）工具书使用方法。

（五）读书方法探求：古今学者读书经验、方法总结评介。其他方法（凡阅读、思考、记忆、札记、制作卡片、积累资料，等等）总结交流。

（六）现代化科学技术在读书与图书上应用的知识。

（七）其他。

以下诸项内容，偏重于使用，只觉目前可先作为大学的一门课程而言。若作为一门学科来研究，当然不能以此为限，更需要基础理论的建设。

三　应先在高校文科开设读书学

读书学可先作为一门大学课程，设在文科的低年级，给予学生以读书的门径，为进而自学深造打下基础。本课程应以传授基本知识，培养基本技能为主，是一门指导实用的课程，不只是空对空的纸上谈兵，要重视实物教学，在组织参观、见习上投入更多的力量；必要时，还可把课堂搬到图书馆和书库中去。

要使学生会读书，就得先让他们见到书（大量的、多样的、今本、古本、普通本、善本……），熟悉书。不仅只听教师讲讲，还要自己看看；

不仅看看封面（那也是好的），还要翻翻内容；既动脑又动手。这样所得的是活知识，讲版本、目录，不见实物，等于浪费。我们有个深刻的教训：在讲《水浒传》时，曾也空口无凭地介绍过几种本子的特点，当时好像都明白。可是事后全然秋风过耳，甚至有人连繁本、简本也分辨不清。如果当时拿出两种本子让他们看看，或许不用多讲便可自通。所以讲丛书，就在丛书架前讲；讲类书，就在类书架前讲；"开卷有益"，在这里，那可一点也不假。讲工具书使用方法，更必须得动手。空口无凭，不见实物，本门课程便设如不设。

参观、见习，会有很大好处。今天全国主要城市，都有较像样的图书馆，认真地参观藏书室、善本馆、阅览室，可令人开眼界，广见闻，增知识，扩胸襟。除知识上的收获之外，还可得到思想上的启示：我们的祖先为我们创造了如此灿烂辉煌的文化业绩，如此丰富多采的文化典籍，会增进青年人的民族自豪感。当我们站在闪耀着人类智慧与劳动光芒的书山面前时，会感到自己阅读太有限了，会使读了几本书就觉得有学问了，飘飘然起来的朋友们谦虚起来，也会激发他们产生"入宝山不能空回"的渴望。

什么样条件的教师，才能完成本门课程的教学任务？善于把书的知识宝库的钥匙交给学生的人最好。专家，想来一时不会那么多，我们认为具有一般文化知识基础的中青年教师都能胜任，但必须是实干家；教这门课，要准备吃苦受累，要跑路，要勤进书库，多进图书馆，要接触实际，要带学生参观见习。有的课得到书库去备，不是在窗明几净的书斋里写好讲稿就行。按能者为师的原则，参观期间，必要的课，亦可就地请有经验的图书馆管理人员讲授。任此门课程虽然辛苦，但容易收效，容易出成绩。劳苦带来的是功高，何乐而不为！

四　读书学与读书指导

建立读书学是件嘉惠学子的好事，已故著名语言学家黎锦熙先生早开倡于数十年之前，只是不曾提出"读书学"这个名称，而称之为"读书指导"（以目录学为主，但有别于其他高校开设的目录学）。了解黎先生的人都知道他本人就是一位非常讲求读书方法的学者，他之所以在学术上获得那样高的成就，是和他科学的治学方法分不开的。他身体力行，在他主持的老师大国文系开设了一门"读书指导"课，此课设在低年级。他当时已是部聘教授，著名学者，但仍亲任此课（后来叶鼎彝先生亦任此课）。课中虽亦讲授要籍目录知识，但和一般的目录学不同，注意指导学生取得读书的法门，重视实用。一个从中学刚到高等学府的青年，难免有"一部二十四史，不知从何读起"之难，"读书指导"适其所需，既长知识，开眼界，又得其读书门径。

今天，我们所谈的读书学，作为高校的一门课程，和黎锦熙先生当年开倡的"读书指导"具有同一的用意，但读书学的任务却远比"读书指导"为广。读书学包括了"读书指导"，"读书指导"且不能独立为"学"。在我国，目录学遗产十分丰富，总结学者们长期研究的结果，自然也有必要。但目录学也只能是读书学所包括的内容之一，它远不能代替读书学。读书先可作为高校的一门课程来普及，同时也可作为一门专门学问作提高一步的研究，系统地研究、阐述读书学的基础理论，揭示它对人类攀登文化科学顶峰的指导意义和开启文化知识宝库的钥匙作用，就是非常必要的。

如果说"书籍是人类进步的阶梯"的话，读书学就是指导正确攀登这一阶梯的科学。不论从今天的时代、社会的需要看，还是从历史的发展趋势看，或是从已有的读书经验、理论的积累看，读书学独立为学，已是势所必然。只是我们在这篇短短的小文里，阐述得还很不充分，很不全面。例如，我们只谈了作为一门课程，应先在高校文科开设，然后推广。但读书学并非只限文科，它包括文、理、工、农、医等百科之学。它也没有时间、地域的限制，从古到今，由中及外，凡有读书者，就有读书学。我们相信这门学科，将大有作为，前途无量。它关系着极为广大的人们的进步，和读书学发生关系的人，本来就很多，而将会越来越多。

我们的意见不全面，不充分，这是肯定的，错误的缺点亦在所难免，深盼读者同志们、各界专家同志们指教补正，以期在集思广益的建设下，使这门新的学科渐臻完善，裨益于人类文化与社会主义精神文明的建设。这就是我们所至诚期待的！

一九八二年五月二十二日

研究与创作互促共进

——《中国作家与中国古典文学研究》读后

近来，《光明日报·文学遗产》专刊开辟"当代作家谈古典文学"专栏，为作家、诗人提供园地，笔谈其学习古典文学的心得、体会。把促进古典文学研究工作的发展与社会主义文学创作的繁荣相互联系起来，这对古典文学的研究和教学无疑将会产生积极影响，同时也有益于当代作家交流向前辈作家学习的经验、成果，从而给社会主义文学创作的民族化输送养分。这就不能不令人由衷地赞美、欢迎！

《文学遗产》专刊第六六一期刊出了王昌定同志的文章《中国作家与中国古典文学研究》，文中对当前古典文学的研究工作，在肯定成绩的前提下，温和地提出了一点批评："我们的古典文学研究中的学院气、书斋气还嫌浓了一些，与现实脱节的弊病时有出现……"这一批评是中肯的。我认为我们的研究与现实脱节的弊病，首先出在某些研究缺乏明确的目的，为研究而研究的学风时有抬头；同时，忽视对研究方法的研究、改进，习惯于以不变应万变的思维方式，缺乏探求、革新的锐气，因而便难于开拓其理论视野和思维空间。古典文学的研究，如果离开了今用的最终目的，如果离开了建设社会主义精神文明的总目标，那将是极大的浪费！且会令人迷惘不清，前途茫茫。举例来说，我们对《红楼梦》的研究，成绩是巨大的，可也在一个时期内出现了某些与红学无关的所谓红学论著，颇令人难以理解。自有《红楼梦》其书，可说便有了红学（脂评与《石头记》同时问世，脂砚斋可说是第一位红学家），二百年来，红学家辈出，红学著作如林。可是到今天，似乎连"什么是红学"还未闹清，仍在争议着。如果有人乐于写点为研究而研究的精神消遣文字，我以为也可以写，只是不要以此代替科学的学术研究。不妨同钓鱼、养花视为同列，可开辟一门"老龄红学"，由《长寿》《老年之友》一类刊物提供发表园地，这便是古人说的"为之，犹贤乎已"。

王文还以充分的理由说明当代作家学习古典文学的必要性，并对那些轻视、鄙视祖国古典文学的思想，进行了批评和说服。这都值得重视。古典文学的研究者应当读点今天的文学作品，否则，知古不知今，何谈古为今用！当代作家读点古代作品也很必要。提高全民族的科学文化水平，人人有份，提高我们的作家的文化水平，尤为重要。窃以为我们的一些作家不仅应学点古典文学，而且学点古代文化知识，也有必要。我们的一些颇有才华的作家，由于缺乏较高的文化修养，作品中常常流露出功底浅、底子薄的现象，有时还会出现一些贻笑大方的失误。记得电影《李清照》中有个李清照考才郎赵明诚的镜头，考题是：《秦誓》出于何书？何人所作？当赵正确回答之后，李便佩服得不得了，说我真服你了！其实，这是一个当时具有一般文化程度的人都可回答的问题。《秦誓》是《尚书·周书》中的一篇，《尚书》是"五经"之一。那时的读书求功名的人，人人必读，且要背诵。拿这样的问题煞有介事地去为难赵明诚，也就成了笑话。看来，文艺工作者学点古代文化知识确是必要的。

再举一个文艺随笔的例子。"蝉噪林逾静，鸟鸣山更幽"，这本是大家经常引用的南朝梁代诗人王籍的诗句，可是有篇题为《相反相成》的文章（《光明日报》一九八〇年十一月三十日）把它说成"王维名句"！类似的现象，在一些小报、晚报上那就更是屡见不鲜了。

看来，古典文学的研究者应读点当代文学，当代作家也应读点古典文学，研究与创作互促，才好共进。

一九八四年十二月一日

当代作家与民族文化修养

缺乏民族文化修养，是今天的一些作家、评论家走向成功之路的一大障碍。

我们的时代是伟大的时代，确乎也出现不少好作品。但与时代相称的伟大作品，迄今少见，这也是事实。这，值得深思。

同为绘画工作者，有人是画家，有人却是画匠。其实，搞文学写作的，又何尝没有作家与作匠区别呢？有的人没有苦读用功的习惯，理论知识不足，可也有点生活积累，读过几篇小说，凭着点聪明劲，便照猫画虎地写起小说来，于是乎成了"作家"。有限的一点生活写光了，还得写；不读书，腹内没有几滴墨水了，还要写，于是作品里少了底气，增了匠气。得不到及时的精神食粮的营养，可是稿约若债台高筑，入不敷出，还是得写，于是"作匠"应运而起。

我们并不主张在文艺作品中大"掉书袋"，亦不欣赏什么"教授小说"。但是，作家的文化修养必然会在作品中得到反映。作家当然应该是富有文化修养和艺术修养的人，应该是积学深厚、知识宏通的人；且应具有一般常人所不及的思维能力，比常人更广阔的思维空间，比常人更丰富的想象力。不论哪种思维，形象思维、理论思维或灵感思维，没有不受知识、学问的制约的。丰富的想象广域必然是建立在丰富的知识基础之上的，博大精深的学问，则是精辟尖锐地认识生活、分析生活、评价生活、驾驭生活的后盾。当然，不能说有了学问，就能一定成为作家；然而，一个知识贫乏、没有学问的人是写不出伟大的作品的。

常听到青年人提这样的问题：我们的时代是伟大的，何以总是产生不出与之相匹配的伟大作品来？

其原因固然是多方面的：社会的，个人的，客观的……能说上一大堆。依我看，不可忽视的一条是：我们的有些作家不认真读书，文化水平低，没有相当的学问，艺术修养差。他们的思维空间大受局限，其理论视野无法延展，在生活面前表现得无能为力，认识不上，分析不透，概括不了，评价不准，驾驭不灵；虽有一定的生活，却短于有力的表现方法。古人说："读书破万卷，下笔如有神。"这"神"来自万卷书。它一语道破了思维与学问之关系。我们的前辈大师，鲁迅、茅盾、郭沫若、巴金等，他们创作上的卓越成就，是和他们高深的文化修养、宏通的学问知识分不开的。他们学贯古今，智通中西。精通一定的外国文种，比常人多一只眼；他们一支笔创作，一支笔翻译，比常人多一支笔。伟大的作家就是要与众不同，人类灵魂的工程师嘛，在学问道德上就应该高人一等。

今天，有的作家"激烈地抗议"读中国古典文学，说它是"陈芝麻，烂谷子"（《中国作家与中国古典文学研究》，《光明日报》1984.11.13）。有的作品中亦出现庄子、孟子等古代思想家的言论，但一看就知其外行，不伦不类，令人莫名其妙。谈及古籍，张冠李戴。数典忘祖者有之，颠三倒四者有之，遗东拉西者有之。再如，"几次与我求床第之欢"（《男人的一半是女人》p. 122），"床第"显然是"床笫"之误。"第"与"笫"，形、音、义三者皆不同。"笫"读 zǐ，古代床上铺的竹席，人们常用它作床的代称。"床笫"是由两个同义词组成的复合词，其意与床铺相同。而"第"与床毫无关系，不能组成复合词。孟子说："天将降大任于斯人也，必先劳其筋骨，饿其体肤，空乏其心志，行指乱其所为。"（同上书，p. 142）。按原文应是："必先苦其心志，劳其筋骨，饿其体肤，空乏其身，行拂乱其所为……"（《孟子·告子下》）孟子原话是有逻辑顺序的。这种颠倒遗落的作法，至少也是不严肃的。再如，有位知名作家"在书面发言中引李大钊诗句'铁肩担道义……'"（《光明日报》1985.12.18，第一版）这"诗句"并不是李大钊的；尽管李大钊引用过它，但它仍是明人杨继盛的。"孔夫子有一句名言，说是不以规矩，不能成方圆。"（《成方圆的弦和歌》，《文汇月刊》1984年第6期）这不是孔夫子的名言，而是孟子说的，见《孟子·离娄》。记得电影《李清照》中有个李清照考才郎赵明诚的镜头，考题是：《秦誓》出于何书？何人所作？当赵明诚正确回答之后，李清照便佩服得五体投地，说我真服了你了！其实，在当时，这是一个极普通而易答的问题。不用赵明诚，即一般文化程度的人皆可回答。《秦誓》是《尚书·周书》中的一篇。《尚书》又是"五经"之一。那时读书求功名者，人人必读，且要背诵。及至后来朱熹的《四书章句集注》盛行后，这问题就显得更简单了。《大学章句》第十章引录了《秦誓》的一段话，朱熹对《秦誓》加了注解。《大学》是"初学入德之门"，相当于我们今天的小学低年级课本。所以这样的问题，其时的小学生也不难回答。李清照拿这样的问题来煞有介事地为难才人赵明诚，岂不成为笑话！

我的阅读力不强，对当前的作品看得更是有限，但所见亦足说明问题。

文化修养与文风亦有着莫大关系。

当年，鲁迅先生反对新八股（《伪自由书·透底》），毛泽东同志反对党八股。八股文风，由来久矣！而今的洋八股和以往的土八股，实乃一脉相承。毛泽东指出党八股的罪状：若"装腔作势，借以吓人"；若"空话连篇，言之无物"；若"语言无味，像个瘪三"；若"无的放矢，不看对象"；若"不负责任，到处害人"；等等，仍然是今天洋八股的重要特色。它不是生动活泼的东西，而是死硬的东西；不是前进的东西，而是后退的东西；不是促进改革的东西，而是阻碍改革的东西。从历史来看，它是对我们多年来倡导的民族化、科学化、大众化的反动。可是它似乎还没有引起人们应有的重视。现在我们再稍为具体地谈谈某些现象。

一、现代汉语规范化，人人皆应遵守，可有些作家却不遵守。近有篇评论文章，竟说："尽管作品中有许多字句都不合规范化，粗糙别扭，但就是这些词句在他的笔下却汇聚成一股蓬勃的生机。他叙述语言表面上的粗糙并不表明他对语言的轻视，恰恰意味着他具有一种相当清醒的语言意识，他使我注意到，中国当代小说似乎正跨入了一个语言意识的清醒期。"（转引自《文摘报》第 364 期《在语言的挑战面前》）这样，语言的规范化则成无所谓的了。不是个别，而是"许多字句都不合规范化，粗糙别扭"，可是它又"汇聚成一股蓬勃的生机"，"具有相当清醒的语言意识"。

这岂不是对语言规范化的公然蔑视！维护祖国语言的规范化和它纯洁健康，是全体公民的责任，是一种爱国心理的表现，作家应为人民做出表率，何能置祖国语言的规范化而不顾！不仅我国如此，世界上的文明国家都无不爱护自己的语言。以颁发诺贝尔文学奖而著称的瑞典文学院来说，它在二百年前创建时，就明文规定创建的宗旨是纯洁瑞典语，确定各种语法规则。语言的规范化是对语言使用者的普遍的要求，作为语言的艺术的文学作品，如果失掉了它起码的普遍要求，还将何以为艺术？"许多字句都不合规范化、粗糙别扭"的作品，就不得称之为"语言的艺术"，还有何提倡的价值？无视祖国语言的规范化及其健康纯洁，只能说明其文化修养的欠缺。

二、语言既不受规范化的约束，语法词汇皆可随意杜撰生造；自由倒是自由，但写出文章来，谁也看不懂，就成为必然的恶果。鲁迅当年告诫写文章的人说："不生造除自己之外，谁也不懂的形容词之类。"（《二心集·答北斗杂志社问》）今天，有些写"谁也不懂"的文章的人，已不是"除自己之外"，恐怕连自己也未必看得懂、说得清。这是为什么？原因之一："装腔作势，借以吓人"！显示自己的观念新、理论新、方法新，领新时代之风骚。欲标新立异，而又苦无实在的东西，于是只能在形式主义上变戏法。玩弄概念，拼凑术语，故作惊人之笑，特造曲高和寡假象——其实曲怪亦可和寡。有人就是以怪为贵，以怪为新，以怪沽名的。实事求是不足，哗众取宠有余，把简单的道理故意复杂化、艰深化，于是明快失而晦涩兴，"谁也看不懂"的奇文充塞文坛。善于把复杂艰深难懂的道理浅显化、简明化，使人读来，心目了然，这才是本领。诗可懵懂化，画可以抽象化，可以发挥欣赏主体的能动性去理解，懂不懂在你，可是论文必须有它的科学性，"懵懂论文"决不是进步，而是倒退，是新形势下出现的变态的形式主义，是在观念更新的招牌下呈现的缺乏群众观点的个人主义的货色，也正是一种缺乏文化修养而图掩盖其虚弱的表现。

三、我们的一些同志太缺乏民族自豪感，什么都是洋的好。盲目崇拜欧化语句，却又不懂欧文，于是其文疙里疙瘩，聱牙螯脚，以至修辞混乱，语意不明，常常连造冗长不堪的排句，又无新鲜语汇，多用近义度词或同度词排列组合，饾饤堆砌，欲显其思维细腻丰富而不达，实犯修辞学之大忌。我们的一些中学语文老师对此类文章极感头晕，因为它对中学生的消极影响颇大。当老师对学生作文中的毛病提出指责时，学生常常以作家的作品为例向老师进行反诘。作为一个中国文学的教师，我非常希望我们的作家有更多、更新、更好的文章选进中学语文课本，作为广大青少年学习的范文。然而，选来不尽如人意。鲁迅先生当年的声音"救救孩子吧！"而今听来，犹感亲切。

第四，近年来，对方法论的研讨是有意义的。它对我们的文化事业起着促进作用，值得继续开展。但也随之出现了一些形而上学观点：所谓好就是绝对的好，一切皆好；所谓坏就是绝对的坏，一切皆坏。西方的东西皆好，民族传统的东西皆坏；西方，等于文明；传统，等于封建。这完全背离了历史唯物主义的批判精神。在实践上便出现了生搬硬套，兼收并蓄，烩多种学科的名词术语于一锅。自称为系统论者，实则最无系统，东一榔头，西一棒子，杂乱无章，或故弄玄虚，混淆范畴，如把文学哲学化，莫名其妙，但哲学终究代替不了文学。不管什么"化"，总得言之有物；不管什么"论"，总得要说明问题，解决问题。你夸你的箭如何如何的好，但它射不中的，或不足以穿鲁缟，好有何用？一篇大块文章，"米汤一锅，米粒甚少，天马行空，云腾雾罩，说了半天，不知所云"（一位老专家语），这类洋八股则纯属浪费。至于想让自己民族的悠久文化传统断子绝孙，一心扑向全盘西化，这是极端民族自卑感的表现；也正是对民族文化缺乏深入研究使然。学，然后知不足。

古人云："士大夫三日不读书，则语言无味，面目可憎。"这自然是有点夸大。可是一个作家或评论家，如果常年不读书，语言无味，则是可能的。作为语言艺术的文学作品，如果语言无味，那就是问题了！

"读书无用论"，对我们的影响可太深太久了。"四人帮"的"知识越多越反动论"将"读书无用论"推向极端。轻视读书就是轻视知识。过去，我在相当长的一个时期内，轻视读书，把读书看得比煮饭、烧菜都容易。那时的文艺作品中的读书人的形象，往往是可笑的，要让他出点洋相，以示轻蔑。所以一些便以甘当大老粗为荣，读书用功似乎成了不大光彩的事。这是因为战争时期没有读书的条件，不得读书，自有历史的原因。可是到有了条件之后，习惯势力不小，我们仍然在作家中不怎么提倡读书，不怎么注意提高作家的艺术修养。

"生也有涯，而知也无涯。"以有涯之生，欲事事都必躬亲体验，是办不到的。人类之所以为万物之灵，其特点之一，就在于能够吸取前人、他人总结的经验（对自己说，这是间接经验），来丰富自己的头脑，发展自己的思维。如果说生活是直接经验的话，那么书本知识便是间接经验（是他人对生活体验的总结）。人由于受时空的制约，获得的直接经验总是有限的。人类在长期实践中积累起来的经验是丰富的。前人总结的一切正确反映客观规律的科学理论知识，是我们进一步探索世界奥秘、推动社会发展的精神武器。它为读书人不断地丰富自己提供了取之不尽的知识能源。在这里可以充分显示其知识分子的优势，知识分子与非知识分子也正是在此处划界。直接经验当然是宝贵的，但知识分子更多的经验则来自间接——书本，这完全是正常的。

生活犹如作品的原料，作家如果缺乏文化修养、艺术修养，再好的原料也成不了一流的产品。常年居住在天姥山的老农民，未必能写出好的诗篇，而李白未到天姥山，可他的《梦游天姥吟留别》成为千古名篇。无他，取决于文化素养而已矣。这里，丝毫没有轻视生活之意，因为李白的素养中已包含了他平生浪游天下名山大川的直接经验。所以对作家来说，读书与生活二者不可偏废；但是，现在的问题则是：不重视读书用功，特别是对民族文化的轻视。今天青年中的一些盲目的民族虚无主义者，大半都不是认真读书、对民族文化有真正研究的人。他们喊叫全盘西化，也带有极大的盲目性。

一九八二年五月二十二日于丁庐

六

附　录

什么是中国古典文学的优秀传统

——中国文学史讲义导言

一

中国是世界文明发达最早的国家之一，有着将近四千年有文字可考的历史。中华民族又是一个有光荣革命传统和优秀遗产的民族。毛泽东同志告诉我们："在中华民族的开化史上，有素称发达的农业和手工业，有许多伟大的思想家、科学家、发明家、政治家、军事家、文学家和艺术家，有丰富的文化典籍。"① 又说："我们这个民族有数千年的历史，有它的特点，有它的许多珍贵品。对于这些，我们还是小学生。今天的中国是历史的中国的一个发展；我们是马克思主义的历史主义者，我们不应当割断历史。从孔夫子到孙中山，我们应当给以总结，承继这一份珍贵的遗产。这对于指导当前的伟大的运动，是有重要的帮助的。"② "中国的长期封建社会中，创造了灿烂的古代文化。清理古代文化的发展过程，剔除其封建性的糟粕，吸收其民主性的精华，是发展民族新文化提高民族自信心的必要条件；但是决不能无批判地兼收并蓄。必须将古代封建统治阶级的一切腐朽的东西和古代优秀的人民文化即多少带有民主性和革命性的东西区别开

---

① 《毛泽东选集》第二卷，第 592 页。
② 《毛泽东选集》第二卷，第 496 页。

来。"① 毛主席对我国古代文化的成就作了充分的肯定；并且告诉我们清理、承继遗产的目的：是为了今天，为了"指导当前的伟大的运动"，为了"发展民族新文化提高民族自信心"；同时给我们指示了承继遗产的方法：批判地承继，要区分其精华与糟粕。毛主席这段话并非专对古代文学而发，但对古代文学遗产的研究同样是最重要最适合的指示。这对长期以来封建文人、资产阶级学者所控制的古代文学研究阵地以有力的冲击，对彷徨歧路的文化研究工作者指引了康庄大道，而成为马克思主义者对待遗产、研究中国古代文学所遵循的唯一正确的原则。

我们要建设中国的新文化，社会主义今天的文化和共产主义明天的文化，是不能从半空中开始的，必须在旧有的传统的基础上建立起来，必须继承人类文化发展中的一切有价值的东西。即便吸取外国的东西，也必须使它同我们民族的东西相结合，使它具有民族色彩。我们要"标新立异"：也是要标民族之新，立民族之异。这样我们的文艺才能为人民群众所喜爱，又能为世界文化做出我们民族的独特的贡献。因此对我们祖先为我们所创造的灿烂的古代文化，对我们民族文化的优秀传统，无疑应该也必须为我们所充分地理解和批判地继承，使它真正为全体人民所共有，并且保护它不至受到资产阶级唯心主义、修正主义者的这样或那样歪曲和利用。

二

什么是我们民族文化的优秀传统呢？

对于中国封建社会的文化，毛泽东同志把它区别为"封建统治阶级的一切腐朽的东西和古代优秀的人民文化即多少带有民主性和革命性的东西"，也就是封建性的糟粕和民主性的精华。在中国古代的文学方面，它的精华、它的优秀的传统就是反剥削、反压迫、反侵略的战斗传统及其在反剥削、反压迫、反侵略的斗争中所显示的强烈的反抗精神、豪迈的英雄主义气概。从艺术方法上讲，就是现实主义和积极浪漫主义以及二者相结合的传统。这个传统是很久远的。既然文学是一定社会生活在人类头脑中

① 《毛泽东选集》第二卷，第 679 页。

反映的产物，那么随着人类文学艺术的产生，就不能不同时具有现实的和理想的因素，经过长时间的积累、丰富和发展，才形成了现实主义和浪漫主义两种不同的流派。他们从不同的角度反映现实，但是，又往往在同一作家或同一作品中表现出二者不同程度的结合，丰富了我们优秀的传统。

我国古代文学，丰富多彩，源远流长。远在公元前五六百年之间，就出现了一部古代诗歌总集——后来被称为《诗经》。在这 305 篇作品中鲜明地表现了毛主席所说的"古代封建统治阶级的一切腐朽的东西"和"古代优秀的人民文化"的两种截然不同的作品。前者是歌颂或娱乐统治阶级的工具；后者也可分作两类，一是古代人民反剥削反压迫、争生存的呼声和对劳动、爱情生活的歌唱，一是当时统治阶级内部某些抑郁不得其志，对本阶级心怀不满的进步的知识分子对时政、社会的批评和牢骚。后两类作品不同程度地都具有现实主义和浪漫主义，或二者相结合的精神。这两类作家不仅是《诗经》中现实主义作品的创造者，而且一直是我国数千年来所具有的优秀作品的创造者，中国古典文学精华的创造者，现实主义与浪漫主义优良传统的继承者和发扬者。劳动人民本来是人类文明和物质财富的创造者，可是在阶级社会里，由于政治上、经济上长期处于被压迫、被剥削的地位，在文化上也被剥夺了一切的权利。然而，终由于现实生活的激发，他们自己也不能不以文学为形式表达他们的痛苦和愿望，不能不以文学的武器和他们的压迫者、剥削者进行斗争（从《诗经》时代起，已清楚地看到成为阶级斗争的工具之一）。他们是被压迫者、被剥削者，对阶级社会的灾难与罪恶有着切身的感受和深刻的观察，就会更多地暴露出这个社会的真相和秘密；他们用自己的双手长期地进行着改造世界的伟大工作，尽管生活在苦难的现实中，但总是顽强地向着未来的美好生活，敢于幻想；他们有着对阶级敌人的深仇大恨和革命斗争的实际经验，因而相信自己的力量，蔑视敌人。这些，都是他们的现实主义和浪漫主义以及二者相结合的根源。且因他们长期地生活在火热的斗争中，又在斗争中不断地创造着火热的生活，所以也就能够以新鲜活泼的语言创造出"新鲜活泼的、为中国老百姓所喜闻乐见的中国作风和中国气派"。几千年的文学史证明，以周代诗歌为起点的中国民间文学以它的新的生命力哺育着历代杰出的作家；而且成为各个时代文学的先导，新形式的出现总是先自民间文学始。因此在我国文学史上，民间文学有着它不可忽视的地位（1958年的学术批判运动中，许多高等院校的同学批判了过去资产阶级学者对民间文学的轻视、无视或仇视的错误倾向，而且经过一个时期的讨论之后，对某些不适当的过度的强调民间文学的地位、作用的一些提法，也得到了修正。这都是不容忽视的学术批判和学术讨论的成绩）。

统治阶级内部的作家，大体可分为三类：一是维护旧制度和封建统治的；一是反对旧制度和封建统治的；一是逃避现实、逃避斗争的。第一类作家的作品我们只能采取排斥的态度，或可作为反面教材研究，那是比较简单的。第三类作家的作品就很复杂了，在评论中常常发生问题。远在先秦，庄子就开这一派先河。这派人物对自己的阶级并不满意，常常不是当时社会的幸运儿，在政治上对统治者往往采取不同流合污的态度，对统治阶级的底细及其内部黑暗与罪恶了解最深。所以他们有时对社会也会发出一些批评或抱怨，有意无意地暴露了社会某些病态，且因他们一般都具有较高的文化教养和艺术才能，他们的作品一般具有某种艺术性。可是他们又往往会引导人们脱离现实，逃避斗争，客观上起到麻醉斗争意志的作用。且因这类作品具有一定的艺术性，其影响也较大。我国古典文学优秀传统的创造者与发扬者主要还是第二类的作家。在历代统治阶级内部总是会有遭受其统治者迫害的人物，具有叛逆性的人物。他们由于接近人民，对现实生活中的某些不合理的现象不能熟视无睹，不可避免地会对自己的阶级有所不满。就出身和教养说，他们属于"高等地主贵族，但是他与这个阶层的一切传统的观点决裂了"，而成为不合理制度的"热烈的抗议者、愤激的揭发者和伟大的批评家"（列宁论托尔斯泰语）。当然就有可能成为人民的代言人。这些人往往有着很高的文化教养和丰富的生活经历，一方面自身经历过不幸的遭遇，对被压迫者和人民的痛苦生活有一定的理解和感受，一方面对统治阶级的腐朽生活又非常熟悉，所以经过他们高度艺术概括的创作，就会直接或间接地反映出当时社会斗争中某些和人民利益相关联的思想感情和当时社会的某些真实的面貌与本质，就会具有更大的普遍性和历史意义。当然，在这类作家中，情况也还很复杂。随着他们的叛逆性和倾向人民的程度的不同，他们的现实主义或积极浪漫主义的精神的深广程度也各有差异。不论怎样，作为古代的伟大的或杰出的作家，总是毫无例外地要揭露和批判旧制度、旧社会，他们的进步意义主要也就表现在这里。批判旧制度、旧社会，是可以站在各种不同的思想立场来进行的（当然，只有站在无产阶级的立场才最正确、最彻底）。他们从不同的角度、不同的立场或多或少、有意无意地揭露了封建社会（我国的古典文学主要是封建社会的文学）的黑暗和罪恶，表现了封建主义制度的发展和瓦解过程，对旧制度、旧社会有着一定的破毁作用，引起人们对旧制度的怀疑和对合理制度的追求。作为古代伟大的或杰出的作家，他们总是无例外地没有一个是统治阶级的宠儿。从我国文学史上第一个伟大诗人屈原算起，司马迁、李白、杜甫、陆游、关汉卿、罗贯中、吴承恩、吴敬梓、曹雪芹，哪一个是封建社会的幸运儿？在人民的利益和社会制度根本冲突着的阶级社会里，一个作家，如果总是过着"官运亨通"的生活，那就根本不可能真实地反映出人民的观点和要求。这些古代优秀的作家，差不多都从当时的民间文学吸取营养，丰富和提高其作品的思想与艺术。民间文学同样又受着文人优秀作品的积极影响：不断提高其艺术水平。在我国古代文学里，主要就是这两类作家——被压迫的人民群众和统治阶级内部具有叛逆性的知识分子的优秀作品形成了优秀的传统，汇成了现实主义和积极浪漫主义的长河。

三

既然一定的文化（当做观念形态的文化）是一定社会的政治和经济的反映，文学艺术都是一定社会生活在人类头脑中的反映的产物，那么古代文学的优秀传统，就不仅有它的思想基础，而还必须有它的社会基础。没有阶级社会残酷的阶级剥削和反剥削的斗争，就不会有《诗经》《乐府》中那样多的反剥削的诗篇；没有严重的阶级压迫和声势浩大的农民革命斗争，也就不会有《水浒传》英雄史诗；没有吃人的礼教制度对青年一代的长期摧残和长期反对封建礼教的斗争，也就不会有《牡丹亭》《红楼梦》等那样的封建礼教、封建制度的抗议书；没有历代尤其南宋以来的民族侵略、民族压迫和本国统治阶级的投降卖国和轰轰烈烈的人民爱国卫国、反对投降、打击侵略的伟大斗争，也就不会有"杨家将"等可歌可泣的英雄传奇和小说、戏曲以及无数的反侵略、反民族压迫的爱国主义诗篇。反剥削（经济的、超经济的）、反压迫（阶级的、民族的、礼教的……）、反侵略（国家之间的、民族之间的、政治集团之间的）的壮烈斗争是我国古典文学的英雄主义传统的社会基础，这种斗争反映在创作领域内便构成了古代现实主义和积极浪漫主义以及二者相结合的传统。一个民族的文艺特点，首先决定于自己民族的政治、经济、精神生活上的特点，同时又顽强地表现着他的民族的文化传统、历史风貌，以及生活、斗争，等等。因此，我们应该从我们民族的特点出发，理解我国古代文学的优良传统。这里，我们有必要再回忆一下毛泽东同志的这段话："中华民族不但以刻苦耐劳著称于世，同时又是酷爱自由、富于革命传统的民族。以汉族的历史为例，可以证明中国人民是不能忍受黑暗势力的统治的，他们每次都用革命的手段达到推翻和改造这种统治的目的。在汉族的数千年的历史上，有过大小几百次的农民起义，反抗地主和贵族的黑暗统治。而多数朝代的更换，都是由于农民起义的力量才能得到成功的。中华民族的各族人民都反对外来民族的压迫，都要用反抗的手段解除这种压迫。他们赞成平等的联合，而不赞成互相压迫。在中华民族的几千年的历史中，产生了很多的民族英雄和革命领袖。所以，中华民族又是一个有光荣的革命传统和优秀的历史遗产的民族。"① 这段话无比正确地总结了我们民族的特点和历史的特点。"刻苦耐劳""酷爱自由""富于革命传统""不能忍受黑暗势力的统治"的民族，就必然正视现实而又有理想，既具有英雄气概又富有求实精神。要用革命手段推翻和改造地主贵族的统治，要用反抗的手段解除外来民族的侵略压迫，就必然从现实出发，去认识现实、改造现实，就要产生现实主义；既要改变现实，就必然有所追求、有所理想，这就要产生浪漫主义。中华民族勤劳勇敢，不怕牺牲、不畏困难的大无畏精神赋予优秀的文学传统以不朽的生命力。不论多么严酷的阶级压迫与民族侵略，中国人民总是永不屈服的。远在先秦，老子就说："民不畏死，奈何以死惧之？"它正说明了中国人民的英雄性格。这句话的确是从现实中总结出的至理名言。古代人民在不断的斗争中不断地提出自己的战斗口号，如"苍天已

————————

① 《毛泽东选集》第二卷，第 593 页。

死，黄天当立""驱逐胡虏，恢复中华，立纲陈纪，救济斯民"……在这种反阶级压迫、反民族侵略的现实斗争中是充满着英雄气概、理想主义的。所以古代人民的斗争生活，便是现实主义和浪漫主义以及二者相结合的最肥沃的土壤。古代文艺上的现实主义和浪漫主义正是古代人民求实精神和英雄气概在文艺上的表现。换言之，把他们的求实精神和英雄气概相结合的原则运用在文艺上便是现实主义和浪漫主义相结合的艺术方法。我们还可以得出这样一个公式：生活上的现实主义和浪漫主义是文艺上的现实主义和浪漫主义的源泉，文艺上的现实主义和浪漫主义是生活上的现实主义和浪漫主义的结晶。说它是结晶，因为生活和艺术"虽然两者都是美，但是文艺作品中反映出来的生活却可以而且应该比普通的实际生活更高，更强烈，更有集中性，更典型，更理想，因此就更带普遍性"①。文艺的源泉虽然是现实，但文艺又应当比现实更高，它通过形象反映现实，其目的不是消极地为反映现实而反映，而是为了积极地作用于现实，推动并改造现实。

我们的民族在反剥削、反压迫、反侵略的长期斗争中形成了顽强不屈的反抗精神与豪迈雄健的英雄气概，发展了现实主义与浪漫主义的精神。现实主义与浪漫主义的艺术方法又回过头来更强烈、更集中、更典型、更理想地反映了这种斗争的生活，表现了这种反抗精神与英雄气概。我国古典文学的精华，它的优秀传统，其内容固然丰富异常，然而其中最光辉的部分，总是离不开对旧制度的反抗精神，与恶势力作斗争的精神及其在反抗与斗争中所显示的英雄主义气概。因而它总是和人民的思想愿望相联系着。从最早的一些片断的神话传说看，补天、射日、填海、逐日、治水等故事，无一不表现人对自然力的艰苦斗争及战胜自然、改造自然的英雄气概。刑天舞干戚的故事，更生动地表现了英雄顽强、至死不屈的反抗精神。《诗经》中最优秀的部分仍然是以《伐檀》《硕鼠》为代表的反抗性最强的作品。如果抽掉屈原作品中追求理想、坚持理想、不惜以生命殉理想的斗争精神、反抗精神，《楚辞》便会暗淡无光。司马迁的《史记》千百年来光辉不息，原因之一在于它生动地描写了诛无道、伐暴秦、叱咤风

---

① 《毛泽东选集》第三卷，第 883 页。

云的反抗英雄，形象地歌颂了敢作敢为、舍生取义的游侠刺客和智勇双全、为正义赴汤蹈火、制胜敌方的能臣武将。乐府民歌中最为人所激赏的，是不畏强暴、不慕荣利、反抗精神最强的部分。刘兰芝不惜以生命去反抗旧制度对她的迫害，木兰更是一个古今盛传不绝的女战斗英雄。李白的精神，主要则在于他对封建制度采取了一种无比轻蔑与桀骜不驯的态度，不愿摧眉折腰的豪迈气概渗透在他的光芒四射的诗篇中。杜甫以他的如椽之笔揭开了阶级社会的内幕，真实地描绘了残酷的现实生活；但是我们绝不能忘记他还有"安得壮士挽天河，净洗甲兵常不用"一类雄奇壮美的气概。从根本意义上说，杜甫的成就仍然是建立在反抗旧制度的基础之上的。唐人传奇、宋元话本以及明代拟话本的最优秀的代表作品《霍小玉传》《碾玉观音》《杜十娘怒沉百宝箱》中霍小玉、秀秀、杜十娘无一不是以至死不屈的反抗精神为其性格基础的；如果抽掉她们性格中的此种要素，就会失掉其艺术灵魂。尤其杜十娘重人格、轻财宝，重志气、轻生死，聪慧、刚果、不可侮的性格，充分显示了我们古代妇女——处在社会底层而不屈服的妇女的严正气概。"报国欲死无战场"的陆游、诗人兼英雄的辛弃疾，在国家受战争威胁、民族受屈辱的前面，反对妥协投降和不抵抗主义。抗战卫国便成为他们英雄诗篇的灵魂。关汉卿写了不少名剧，感人至深的，还是反抗最强、最富有英雄主义色彩的作品：不仅感天动地的窦娥或威慑江东的关大王都很富有民族的英雄气概，就是谭记儿、赵盼儿、王氏及王氏弟兄（《三勘蝴蝶梦》）身上也充满着被压迫人民的侠骨义胆。《三国演义》所着力歌颂和受到读者最喜爱的人物，诸葛亮、张飞、关羽等无一不是以英雄主义作为他们的思想基础的。《水浒传》中的108个来历不同的农民起义英雄，他们的反抗斗争，他们的英雄主义，更是惊天动地，气象万千，尤其李逵是一个杰出的大无畏的反抗英雄，是中国古代文学史上最辉煌的劳动人民的英雄形象，不朽的艺术典型。大闹三界、征服一切艰险困难、为理想开辟道路的孙悟空，更是人民理想化了的无敌英雄。穆桂英、白素贞则是反侵略、反压迫的残酷斗争中孕育出的家喻户晓、人人皆知的英雄，已经成为民族的骄傲。叛逆精神给贾宝玉以生命，和封建制度两不相容的精神铸成了他性格的基本特征，高官厚禄、娇妻美妾留不住这个封建贵族阶级的不肖浪子。从反抗封建制度的深广性上说他已超过了他以前的任何时代的任何作品。近代文学的精神，当然是它的反帝反封建的精神。总之，中国古代人民在反剥削、反压迫、反侵略的斗争中所显示的反抗精神、英雄主义使得这些艺术形象获得了强烈的生命力，使得他们千百年一直和广大的人民群众发生了精神上割不断的联系，且成为我国古典文学光辉的传统精神。

我们还可以从另外一个角度来探讨这个问题。晚清产生了那么多的小说，可是没有出现一部伟大的作品。李伯元、吴趼人写了那么多的大作品，从数量上讲超过以前的任何一个小说作家，但其成就并不理想。究其原因，可能很多，但其中一个重要原因，便是由于改良主义世界观的局限，他们的作品尽管也一定程度地反映了半封建、半殖民地社会的某些病态，尽管也描绘当时官僚机构的种种丑态，然而，总是开心有余，批判不足。尽管他们也在反帝反封建，可是在反对的同时，又不无幻想，甚至在反对的同时，还流露着一种畏惧的羡慕的情绪，缺乏那种相信自己的力量，蔑视敌人的豪迈气魄与大无畏的精神，没有写出中华民族、中国人民的那种英雄主义气概，缺乏美与理想的光辉。所以尽管也采取了一些夸张的手法，其结果正如鲁迅先生所批评的那样："辞气深露，笔无藏锋，甚且过甚其辞，以合时人嗜好"①，仍然放射不出惊人的艺术光芒。

我们优秀传统中所表现的英雄人物或英雄气概，总是必然和人民的利益相联系的。那些不惜牺牲生命为维护封建统治或封建道德而尽忠、尽孝、尽节、尽义的人物，和我们所说的英雄主义是绝缘的。那些为封建道德所麻醉，为他人的利益而自觉地走向死亡的愚忠愚孝者，我们对他们也应该采取具体分析的态度，应该把他们的行为和为真理、为正义而慷慨捐躯的英雄行为区别开来。就是我们古代文学优秀传统中所表现的那些真正的英雄人物，他也都是过去时代的英雄，他们身上不可能不打着时代的或阶级的烙印，不能和今天的人民英雄混为一谈。

四

从我们优秀的文学传统中，可以了解和认识过去的社会生活和历史发

---

① 《中国小说史略》。

展的真理，从而加强我们对社会主义今天生活的珍爱和对共产主义明天生活的向往。吸取历代人民在生产斗争、阶级斗争中所积累的斗争经验与教训，继承他们不怕牺牲、排除万难、打击敌人、反抗侵略、爱国卫国的奋斗精神和优良品质。同时，优秀的古典作品在艺术技巧上也有不少可以借鉴之处。但是，对于这些我们所要继承的优秀传统，也还是要采取分析批判的态度；正因为要承继，批判才有意义，才有价值。

我们优秀的传统是旧时代的产物，旧时代的反映；而且它们的作家绝大部分是属于封建士大夫阶层，因而不可能没有时代的和阶级的局限性。即以我国文学史上最伟大的诗人屈原、杜甫而论，他们的世界观仍然存在着矛盾，仍然有他们消极落后的一面。屈原一方面"哀民生之多艰"，但一方面又"恐皇舆之败绩"；杜甫一方面对封建社会进行着愤慨的批判，一方面又在"时危思报主"。杰出的爱国英雄诗人陆游一方面"忧国复忧民"，一方面却仍然念念不忘"一片丹心报天子"；甚至连水浒英雄也喊着在我们看来自相矛盾着的战斗口号："酷吏赃官都杀尽，忠心报答赵官家。"作为巩固封建秩序工具的君臣父子之道，支配了几千年的中国封建社会的伦理，它在广大社会人群中成为占着统治地位的统治思想，因而封建时代的文学总是不可能出淤泥而不染地带着它的时代的印痕。《水浒传》是封建社会极为罕见的也是世界文学史上稀有的进步文学，但是它的政治观点、道德观念和历史观还是束缚在封建主义的思想体系上。象《西厢记》《牡丹亭》等都是以爱情为主题的反封建礼教极为成功的杰作，但是，他们的爱情在很大程度上又以封建主义的荣誉、功名富贵作为结合的幸福理想，"状元郎"成为最理想的"佳婿"的一大条件。这种"夫荣妻贵"的追求，使它们无法和封建主义的思想体系作彻底的决裂。旧时代的最伟大的作家，他们对社会现实进行批判时，才是清醒的、彻底的现实主义者，当他们一旦要对社会出路进行说明时，便迷惘不清，甚至还会树起错误的路标来，即使他们的作品中闪烁着对人类未来生活的崇高的美好的理想主义光辉，但对现实中的矛盾仍然无法解决，而且还不知道通过什么道路去解决，于是就会变成一个消极的社会悲观主义的宣传者。伟大的现实主义作家曹雪芹正是这样。不仅旧时代的文人受着时代和阶级的局限，就是旧民歌的作者劳动人民，他们也很难完全挣脱时代的束缚。他们受着阶级压迫、阶级剥削的锁链，政治上、经济上没有获得解放，思想精神上也不可能获得彻底的解放。因而旧民歌难免是被压迫、被剥削的痛苦生活的反映，同时，小生产者的地位束缚着他们的胸襟与视野，和今天人民掌握了政权，作了主人的社会主义时代的新民歌有着千差万别。例如歌颂农民起义领袖王三淮的四川歌谣：

> 蓝布套头麻草鞋，
>
> 达州造反王三淮，
>
> 有朝一日时运转，
>
> 大红顶子八人抬。
>
> ——见成都实验小学编《四川歌谣》

按王三淮《清史稿》作王三槐，系白莲教徒，清嘉庆时在达州起义。这首民歌本来是对起义领袖歌颂的，可是他盼望"有朝一日时运转"之后，不仅要坐八抬大轿，而且还要戴上"大红顶子"，这样的"革命理想"也就太不足取了。所以对过去时代的一切作品，只能以马克思主义的革命精神批判地吸取。对于优秀的传统怎样进行分析批判，才是马克思主义的历史观点和科学的态度呢？我们应该细读周扬同志的《我国社会主义文学艺术的道路》中的一段话：

> 我们按照马克思主义的革命世界观和历史唯物主义，对文学艺术遗产进行科学的分析，既要指出过去的优秀作品在当时历史条件下的意义和作用，给以一定的历史地位，这是一方面；另一方面又要指出它们在今天条件下对人民的意义和作用，这是我们更需要注意而不可忽视的方面。只有同时注意这两个方面，才能避免片面性，才是完整的革命的和历史的观点。总之，对本国和外国的过去的作品都必须加以区别和分析，指出哪一些作品由于深刻地描写了当时的社会生活，以动人的艺术力量反映了历史的真实，在今天和今后仍有重要的价值而且仍然为读者所欣赏；哪一些作品对于当时的社会现实并没有深刻的认识甚至有显著的歪曲，而在艺术上又是一无足取的。对作品中那

些曾经起过进步作用的思想也要加以分析，指出哪一些在今天仍有积极意义，哪一些已不适用于今天，哪一些在新的历史条件下已变成反动的东西。对前人技巧的学习，也要有所选择，不能机械地亦步亦趋。这就是我们所主张采取的马克思主义的历史观点和批判态度。

我们过去在古典文学的教学和研究中虽然没有完全忽视批判，但是并没有很好地把革命观点和历史观点相结合。把历史观点理解得太片面，往往只注意到它在历史上的成就和局限，忽视了它在今天的积极或消极作用，尤其忽视了有些在当时的确起过进步作用的作品，而在今天新的历史条件下已变成了反动的东西。这样，给我们的古典文学教学有时就带来了一些"副作用"。有些青年由于缺乏辨别和批判能力，无形中受到消极因素的影响，而在思想上陷于迷惑，甚至降低了革命的斗争意志。因此，以革命的和历史的观点评价古典作品，在我们的教学和研究工作中就具有突出的意义。

只有依据无产阶级的观点，也就是马克思列宁主义、毛泽东思想的观点，我们才有可能对这些极丰富、极复杂的民族遗产做出正确的评价。马克思主义者从来不凭主观想象，不凭一知半解，而凭客观存在的事实，进行系统的周密的调查，详细地占有材料，在马克思列宁主义的一般原理指导下，对已有的材料加以科学的分析和综合的研究，从这些材料中引出正确的结论。这就是理论与实践统一的马克思列宁主义的研究方法。列宁说过，马克思主义的最本质的东西，马克思主义的活灵魂，就在于具体地分析具体的情况。他还说过，我们马克思主义者，应该竭力企图以科学的方法，研究作为我们政策基础的那些事实。列宁的这些话虽然不是专就研究工作而发的，但它的精神对于研究工作也同样是完全适用的。因此我们提倡实事求是，反对主观主义、穿凿附会、捕风捉影的作风。当然，只是详细地占有材料，只是有事实的基础，也不一定就能做出正确的结论，也可能只做一些材料的罗列；这就是缺乏马克思列宁主义理论指导的结果。加强马克思列宁主义、毛泽东思想理论的学习，是提高我们古代文学研究工作、教学工作的重要一环。

在古代文学研究领域中，树立毛泽东思想旗帜，反对修正主义的各种谬论，批判资产阶级的一切反动理论，粉碎资产阶级的伪科学，是我们当前的光荣的战斗任务。马克思主义的新兵进入中国古代文学的研究阵地，不过短短的十数年而已。虽然我们已有了显著的研究成绩，但中国文学史上的不少重大的问题，极需要我们认真的科学的研究；有许多的地方还是空白，正等待着我们辛勤的努力。对浩如烟海的我国古代文学要作马克思主义的清理和评价，确乎是一件艰巨伟大的工程。为了把我们的教学工作、研究工作做得更好，避免错误和损失，为了更有力、更彻底地击溃现代修正主义的进攻，我们一定要努力学习马克思列宁主义，学习毛主席的著作，用马克思列宁主义、毛泽东思想武装我们的头脑，更高地举起毛泽东文艺思想的红旗，以推动古代文学研究领域中的更大跃进。

一九六一年三月于河北北京师院中文系

奇文共欣赏　疑义相与析

——首届海峡两岸元曲研讨会论文选刊前记

　　在金春元宵节前后的五天时间里，大陆和台湾 120 余位中国古典文艺专家、学者、研究者以及少数海外学人，云集河北省会石家庄市，举行了首届海峡两岸元曲学术研讨会。"综论元曲源流，弘扬华夏文明。"这是李瑞环同志为大会的题词，也是本次研讨会的主旨。我们研究元曲的崇高目的，则在于弘扬华夏文明。振兴中华，繁荣祖国文化，这是我们两岸同行、海内外同胞的共同宏愿。会上，魏子云先生代表台湾学者献词："以文会友，以友辅仁。"八字闪光，代表了大家的心声。大家都熟知这是曾子于二千多年前说的古话，但它却于此时此地获得了新意。把它译作口语，也就是：（君子）用文章学问来凝聚朋友，用朋友来培养仁德（高尚的道德）。前一句强调学问，后一句突出道德。以文会友，仍是步骤，以友辅仁，才为指归。弘扬华夏文明，增强民族志气，我以为这便是我们当前的最高"仁德"，也是我们两岸同行、同胞的历史责任。在完成这一重任的远大途程上，我们天然地都成了志同道合的同志。

　　这是一次学术盛会，也是一次文苑雅集。我们至诚期待，它能为沟通两岸学人架起一座桥梁；当然，现在还不敢说已经架起了这座桥，只能说为建桥先摆下一块基石，惟愿而今而后，众志成城。在会上，除了口头交谈切磋，质疑究难之外，还提交了一批研究成果——学术论文。我院本期学报特辟专号，使这批文章得以及早面世，不仅供饷海内外更为广大的读者，同时也作为对一次富有深远意义的学术活动的纪念。

由于大会早规定以关（汉卿）、王（实甫）、马（致远）、白（朴）四大家为研讨会重点，所以编选入本专号的论文也以论四家者为多。按序共分编为六组：一概况，二关汉卿，三王实甫，四马致远，五白朴，六其他。

第一组共收三篇文章，主要是向大陆读者介绍台湾及海外元曲研究的概况。

读完第二组文章，给我一个最突出的感觉，那就是一个"新"字。我们的老一辈专家王季思教授为大会特撰专稿：《关汉卿〈玉镜台〉杂剧的再评价》，对他以往颇具影响的论断，提出修正，推陈出新。昔者批判它"替老夫少妻的不合理婚姻辩护"，今者肯定它"体现了关汉卿进步的婚姻观"。昔者责它"抹上了一层无聊的喜剧色彩"，今者赞它是关汉卿的"一部优秀喜剧"。今昔之差，正反映了人的观念的更新。它不仅表现了王老个人在学术上勇于追求、进取的精神，同时也反映了学术研究事业的不断发展前进。随着改革大潮，人们的思维空间、理论视野都在不断开拓变化。《略论关汉卿散曲艺术的审美特征》和《论〈谢天香〉的审美价值》两篇着力于审美追求的评论，本身即体现着一种新的追求，其成功点，可读性是建立在良好的艺术感悟的基础之上的。台湾学者的《关汉卿杂剧的宗教意识》《汉宫秋与窦娥冤所反映的时代情状》等篇，从选题到风格，都别开生面，使人为之耳目一新。争鸣是推动学术发展的有益手段；有益的争鸣，会为到达或接近真理缩短距离，亦可活跃学术空气。因此，人们欢迎此类文章。《杂剧〈鲁斋郎〉作者非关汉卿辨》和《关汉卿散曲与杂剧比较论的异议》，是两位中年学者的手笔，是两篇争鸣性的文章。我因对此问题素乏研究，无条件参与这一争鸣。然两文言之有物，学风笃实，且能予人以启示，这都是易见的。我倒觉得可以暂撇开问题的正面，从另一层面去窥察我们学术研究事业的进展流速。人们对五六十年代甚对十年前曾颇为流行的一些说法（当然不是所有的）普遍感到不满，说不定将会在学术界出现一次论者们自我再批评运动。这正证明时代在前移，学术思想在变化，新见不断出现，确是规律。只是学术观念的更新得随着时代的流速不均衡地，时快时慢、时显时隐甚至有时会出现曲线地行进着，但无论如何总是在向前滚动着。其总规律，诚如汤之盘铭曰："苟日新，日日新，又日新。"

马致远，成为本次文会的热门论题。大家以极大的热情探讨了马氏的创作思想，特别是隐逸思想。过去，曾过分强调文艺的政治功能，轻视其审美功能，出现了不少简单化、公式化的批评，把马曲，特别是他的散曲目为"消极""颓废"之作。《试论马致远散曲的隐逸主题》，颇富青年人锐气地申称，本文"旨在挣脱四十年来扬关抑马的思维定式，对马致远的意义和价值给以重新发掘和阐释"。诚然，此文及另一篇青年人的文章《马致远版本的失败哲学》，都从中国社会文化的深层剖析了古代文人特具的历史位置、悲剧命运及其常规情结、文化品格。前者总结出"马致远开拓了一个新的审美天地，为山水田园诗题材领域提供了一份新的审美经验"，后者则着眼于古代文学的模式性特征，将马致远的隐退散曲及度脱杂剧所引之"类"进行纵向对比，所以两文在论点、视角或方法上，都给人以某些新的启发。《马致远的创作道路》是篇比较全面地总结马氏创作经验之作，它以为对马氏"评之为曲中状元，不无过誉。马致远的创作成就并不能与关汉卿、王实甫比肩"。这仍然保持了中年学者的稳健。但，马氏头上消极颓废的帽子是被掉掉了，承认了他的所谓隐逸是以避世显示对丑恶现世的深恶痛绝。论者或以《蹉跎半世，悲剧一生》的标题对他深表同情；或以"忧患·抗争·超脱"六字概括自己文章的大旨；或说，"他要以出世的情绪竭力使自己忘怀功名利禄，从闲适中找到归宿"；或云，其作品"抒发了元代文士的愤懑和不平，从读书人的处境方面反映了元代的现实"。一个值得注目的结论是"不论前期还是后期，马致远都不是一个避世孤寂的人"。关、马、王三者优劣论的文章怎样写下去？一时难估，但马致远的身价较前提高了，他在翻身仗中已稳住了阵脚。马致远的神仙道化剧，有文章已经触及。但看来，它仍是一个学术难点。我们的研究事业如果能从宗教禁区打开一道缺口，或许在中国古代文学研究的前路上会出现一块新的开阔地。

王实甫一组文章，主要是围绕《西厢记》的产生、发展、影响、点评及再创作等一系列有趣的问题展开了考察、探究。从蒋星煜诸先生的文章中，可见我们的中老年一代专家在文艺学、考证学、文献学等方面功力之深厚，亦显中青学人思想活跃、视野开阔之优长。《太平多暇与董、王

〈西厢〉的产生》提出："元代统治阶级对士人和文化政策相对宽容"的论断，显然与一般的习惯的对元代社会批判性的评说，大不相同。然细察之，不同则不同，实质上并无矛盾。观其文"大环境"（金元时代并非太平盛世）与"小环境"（元贞、大德之年，确见太平）之论，两种看来截然不同之说，便在有乱亦有治的解释之下统一起来；得出"太平多暇"是两《西厢》产生的重要条件的结论，并不突兀。《论崔张故事的创作》，是本期唯一的一篇当代文学评论，"古作今编"，我以为是古典文学，特别是古典小说、戏曲研究的出路之一，它会为我们的学术研究领域注入新的活力，例如，古作今编的电视连续剧的上映，已为古典文学开辟了新境。"大陆一向倡导，但并非总能贯彻的古为今用推陈出新的文艺方针也在最佳程度上得到体现。"这是该文中语。我现在借花献佛地以它作为对该文的看法。

白朴组的文章最少，但都涉及一向众说纷纭的白朴代表作《梧桐雨》的主题问题。《白朴及其剧作论考》，有考有论。论及作品的复杂问题，指出作者对他的主人公有批判有同情。批判其酒色误国，然民族意识的潜流在焉。《评梧桐雨》又以"乱自上作"四字概括全剧的主题。唐明皇荒唐祸国，"自作孽，不可逃"。自作自受，罪有应得。既受到权力惩罚，又受到精神惩罚。

以关、王、马、白论题之外的文章组成了最后组。台湾著名的曲学专家张敬教授的《由南戏传奇资料，臆测北杂剧中一项悬疑》、曾永义教授的《所谓"元曲四大家"》两篇鸿文，即收在此组。我以有缘读到他们的大著而庆幸，且为将来大陆学者能继续看到他们更多的新作而祝愿。美国夏威夷大学夏威夷与亚太地区研究院助理教授任友梅女士，以喜剧成分的定义和对组成喜剧的要素的理解为指导思想完成的《元杂剧中的喜剧成分：〈西游记〉杂剧中的唐三藏和孙悟空》一文，颇引人注目。它以理论和对剧作情节的具体分析相结合，从纷繁的文艺现象中总结出喜剧发笑的艺术规律。评论中且时见闪光的见解："在全剧歌颂佛教献身精神的大基调中，提倡孔子的人文主义"，"想把佛教的法则和孔教的人文主义平等对待，在两者之间维系一种平衡"，确收一语道破之效。任友梅属年轻一代学人。看来，"后生可畏"——孔夫子的这句古话，从这次会上收到的文章来看，也颇具真理性，且是海内外一理。

我从编辑部送来的论文选目看到，有罗锦堂教授的《〈单刀会〉中的新水令与驻马听》和魏子云教授的《元杂剧的上下场艺术》二目。但有目无文（可能在邮途中），惜未获一读，现只有待诸刊出，再行学习。

我在批读这批文章时，于浮想中时现二句陶诗："奇文共欣赏，疑义相与析。"共赏相析，确乎是一种高尚的审美享受，成为古往今来读书人的赏心快事。我从涵咏中得到启发，愿再陈陋思，与诸公相析。

元曲的政治评价确是一个有讨论价值的问题。面对改革大潮，人们颇重视观念的更新，强化研究的现代意识。评论意识由政治热点逐渐转向审美热点。这对思维空间的开拓，理论视野的延展，无疑起了积极作用，自然是不可忽视的一大进步。然而，不久，我们的研究动向，似乎又走向极端，从过去的"突出政治"又走向回避政治，不要政治，文学只剩下神秘的不可言喻的文学自身而已，导致了评论思想的混乱。中国古代文学的强烈的政治性、批判力，这是中国古老的历史文化所决定，是不能以评论者的意志为转移的。孔子兴、观、群、怨与事君事父的文艺功能说为中国文论奠下基调。唐人"文章合为时而著，诗歌合为事而作"，已形成悠久坚实的创作传统。太史公总结他以前的经典作家"皆有郁结，不得通其道，故正往事、思来者"，这是中国最早具有权威性的创作论。他身后的作家也是大体未出此轨道。因而"悲愤成作""郁结""抒情"成为中国古典文学的一大特征。这便是长达二千多年的封建文化专制主义的社会存在所决定的社会意识。"世胄蹑高位，英俊沉下僚"，关汉卿的时代犹有甚焉。"英俊们"或敢怒敢言，或敢怒而不敢言；以敢怒而曲言者为夥，于是形成了中国文学的不惜曲笔、托古讽今的特征。甚至郭沫若历史剧《屈原》不是也在指斥现实么？关、王、马、白何可例外？但是他们对生活中的政治评价，已经过审美中介转化为艺术形象，已经超出时间的表层，而获致了深厚的美学意蕴，这是他们艺术成功的共同点。关曲的政治性，首先表现在作者一生怀着人道主义精神，以戏曲为武器，为人民代言，向人道湮灭、兽道横行的世界开战，成为我国古代剧坛上一面不倒的旗帜。但是，《单刀会》却具有另一风格。全剧贯串着维护汉家基业这一基本思想。关羽以捍卫祖宗的基业为己任，成为维护汉家领土主权的免受外人侵凌、赴汤蹈火在所不辞的英雄。全剧突出一个"汉"字，《沉醉东风》曲，一句一个"汉"字，甚至不顾史实，说"汉献帝将董卓诛""汉皇叔将温侯哭"，关羽自称"我是三国汉云长，端的豪气三千丈"。剧末句：急且里倒不了汉家节。开剧，连东吴老臣乔公一上场也自称："俺本是汉国臣僚。"我们从这里似乎听到了关汉卿激动的脉搏声，他的感情用事不重史实，并没有给他的作品减色；因为他从事的是文学创作，而不是史学。就实质而言，《单刀会》是一出成功的政治剧。马致远的《汉宫秋》，作家从四个方面加强其政治性。一，汉元帝时汉强匈奴弱，不存在受外族威压。作家有意渲染了匈方动用武力和以武力相威胁的不平等的民族关系，其和亲是汉方的屈辱。二，强调了昭君的爱妃地位，渲染了帝妃双方的恩爱关系，威逼下的离散，便构成国家民族的耻辱。三，改变了关于昭君结局的其他记载，写成在黑河投河自尽，以身殉国，一个弱女子与满朝贪生怕死的文臣武将相对照，伟大与渺小自现。四，把毛延寿由画工上升为朝廷官员，贪贿舞弊，叛国投敌献图，从而扩大了批判面。如果我们再细致地考察宋元的历史环境、民族关系，更会感到：《汉宫秋》称得上是13世纪的一副政治图画。前面已提到的白朴的代表作《梧桐雨》的主题：罪与罚，白朴从各种史料中挑选最不利于唐明皇的材料来强化其批判力。第一折：人主父夺子媳（妃）；贵妃母子（义子）私通，爱情沾上了罪恶性。七夕乞巧，是在杨贵妃相思情人安禄山的无奈情绪中促成的。明皇心目中的织女是贵妃，可贵妃心目中牛郎不是明皇而是安禄山，爱情蒙上了不洁性（对此，于第一折杨妃的自白苦闷时说得已十分露骨，粗心的读者常对此忽略。李杨之欢，"春从春游夜专夜"，何来的一年一度七夕会？）。长生殿上所表现的明皇的"一头热"，已为李杨爱情定了性：是一场以皇权维系着的权力爱情。这是白朴的独创。这一独创，使他的剧作摆脱了历来在这一题材的作品中出现的种种矛盾现象。第二折，游宴、献荔等场面的选取，正证明李杨的爱情幸福是建筑在人民痛苦的基础之上的。第三折，马嵬事变，作孽者受到罪有应得的惩罚。突出地显现了人民群众的斗争及其胜利场面，群众的怒吼以及"马践杨尸"血腥场面在明场上演，都说明她死有余辜，不如此不足以泄民愤。这是一场罕见的人民群众在封建专制制度下向最高统治者发动的"大暴动"，是一次民意战胜皇权的历史奇观。第四折，秋雨梧桐的哀叹，以示明皇受到最难过的精神惩罚。"寡人不识人，致令狂胡作乱。""寡人身居九重，怎知闾阎贫苦？"已见有所识悟，然对自己的"单想思"，始终无察。这里便予人以悲剧性的思索。今天的剧作家如果能从这里开辟思路，写出新编历史剧，定会成为一部超过古人之作的历史悲剧、爱情悲剧。唐明皇是个荒唐误国的风流天子，毕竟与残暴不仁的暴君有别，所以越往后作者的批判笔触中又加进了对失败者的同情和哀怜。最后，他写的似乎不再是皇帝，而是一个精神痛苦难熬充满了失落感的退位老人。听："实有心待盖一座杨妃庙，争奈无权柄谢位辞朝。"上述三剧大体都属历史剧，都有不少其他形式的文字作品在流传，但杂剧的政治性、批判力都远远超过史实记录和其他作品。何以故？这是个有意义的学术课题，我以为应从元代特定的历史环境、文化深层去探究。这里，只粗略地考察了三部具有代表性作品的思想内容，说明对古典文学政治评价的必要性，并非说明所有的杂剧都是政治剧。王实甫的名剧《西厢记》就不是政治主题，但亦不能说它与当时的社会政治是绝缘的。反封建礼教的斗争，"愿天下有情人都成眷属"所体现的博大的人道主义的追求，就不能说与封建政治毫无联系。

关于元曲的社会背景，又是人们关注的问题之一。元朝结束了从五代开始的数百年的分裂局面，建立了一个多民族统一国家。蒙汉各族之间文化的交流与影响，南、北方之间的沟通交融，无疑起着历史的进步作用。但同时，当时的蒙汉联合政权的统治中，充满着强烈的阶级压迫和民族歧视。这在元曲中有一定的艺术反映。我们既看到了民族矛盾的一方面，也不能忽视还有民族融合的一方面。金元时代既有"高原水出山河改，战地风来草木腥"的"大动乱"，也有"一时人物出元贞，击壤讴歌见太平"的"小安定"。文人动纸笔搞写作，总得有一块放书桌的安静土地吧。有文章把《西厢》的产生归因于"太平多暇"，这是有道理的。那么，关汉卿的《窦娥冤》《拜月亭》的产生，是否也是同出一理呢？唐诗的繁荣，自然与帝国的兴旺有关；可是建安文学的发达之因又何在呢？"十年内乱"，文苑确是一片荒芜，可是伟大的鲁迅却出在黑暗的旧中国；苏联文学未见得就超过俄国文学。精神产品产生的条件、成因，总是那么的复杂多因！如果说神道主义迫生了 14 世纪欧洲的人道主义，能不能说兽道主义也迫生了13世纪关汉卿的人道主义？问题成山，但是，不论它是多么的复杂纷繁，我看，"社会存在决定社会意识"，这一条则是颠扑不破的真理。

我们主张弘扬民族文化，但同时也要吸取外来文化。在这方面，我们已有过受益的经验，在近世元曲研究的进程中，有过两次跃进：一是清末民初，受西方民主思潮和文艺理论的影响，以王国维、吴梅为代表，他们吸取西方的理论：悲剧、喜剧理论，用于中国戏曲的研究评论，使中国古老的学术思想体系、研究方法受到冲击，促进了我国戏曲研究的进程。二是解放以后，马克思主义在学术领域普遍应用，遵循历史唯物主义原则，批判继承，推陈出新，把中国戏曲研究推向了新阶段。历史证明，在中华民族的文明史上，每出现一次文化大融合，随之而来的便是民族文化的繁荣发达的新景象。随着改革开放的大潮，一个文化大交流大融合的时代必将到来。

海峡彼岸此岸，环境有异，其学风与文风、方法与风格，有同亦有异。对其异者，大家极感兴趣，渴望交流。我们相信，两岸同行，携手合作，同耕共耘，互补短长，互通有无，并联同港澳及海外学人共同努力，必将开创一个新局面。王季思先生曾精当地把元曲研究的历史总结为四个阶段，这就是元末明初；明末清初；清末民初；全国解放至今（详见《玉轮轩曲论三编·元杂剧论集小序》）。我们很希望第五个阶段即从90年代开始。因为这不仅是我们两岸同行携手并耘的开始，而且改革开放，前程似锦，文化大交流必将促进学术的更新，一个文化大融合的高潮正在形成中。展望未来，信心充怀，让我们为共同的事业而努力奋斗！

1990年五一劳动节于北京和平街

图书在版编目（CIP）数据

常林炎文集 / 常林炎著；霍现俊编. -- 北京：社
会科学文献出版社，2021.9
（燕赵学脉文库）
ISBN 978-7-5201-1664-0

Ⅰ.①常… Ⅱ.①常… ②霍… Ⅲ.①中国文学-文
学研究-文集 Ⅳ.①I206-53

中国版本图书馆 CIP 数据核字（2017）第 260779 号

·燕赵学脉文库·

常林炎文集

著　　者 / 常林炎
编　　者 / 霍现俊

出 版 人 / 王利民
责任编辑 / 李建廷　孙连芹
责任印制 / 王京美

出　　版 / 社会科学文献出版社（010）59367215
　　　　　地址：北京市北三环中路甲 29 号院华龙大厦　邮编：100029
　　　　　网址：www.ssap.com.cn
发　　行 / 市场营销中心（010）59367081　59367083
印　　装 / 三河市尚艺印装有限公司

规　　格 / 开　本：787mm × 1092mm　1/16
　　　　　印　张：25.25　字　数：387 千字
版　　次 / 2021 年 9 月第 1 版　2021 年 9 月第 1 次印刷
书　　号 / ISBN 978-7-5201-1664-0
定　　价 / 198.00 元